Adalbert Prinz von Bayern

Die Herzen der Leuchtenberg

Aus der Ahnentafel der Wittelsbach

GUSTE
88 †1851
1806 mit Eugène
Beauharnais
ekönig von Italien,
ter Herzog von Leuchtenberg,
st von Eichstätt
81 †1824

CHARLOTTE
*1792 †1873
∞ 1808 mit dem späteren König
Wilhelm I. v. Württemberg
1814 annulliert
∞ 1816 mit Kaiser Franz I. v.
Österreich

KARL THEODOR
*·795 †1875
∞ mit Baronin von Bayrstorff
∞ mit Baronin von Frankenberg

ent von Bayern
rzherzogin Auguste

e Linie)

Adelgunde
*1823 †1914
∞ 1842 mit Ferdinand V.
Herzog von Modena

Hildegard
*1825 †1864
∞ 1844 mit Albrecht
Erzherzog von Österreich

Alexandra
*1826 †1875

Adalbert
*1828 †1875
∞ 1856 mit Amalie
Infantin von Spanien
(Adalbertinische Linie)

arl
rreich

MARIA
(Zwillingsschwester der vorigen)
*1805 †1877
∞ 1833 mit König Friedrich
August II. von Sachsen

LUDOWIKA
*1808 †1892
∞ 1828 mit
Herzog Max in Bayern

inand Max
erzog von
rreich,
er von
iko
2 †1867

Karl Ludwig
Erzherzog von
Österreich
*1833 †1896

Ludwig Viktor
Erzherzog von
Österreich
*1842 †1919

Theodor
zog in Bayern
9 †1909
nit Sophie (Tochter d. Königs
ann von Schweder)

374 mit Maria Josepha
zessin von Braganza

Amelie
∞ mit Herzog Wilhelm von Urach

Marie
*1841 †1925
∞ 1859 mit
Franz II.
König beider
Sizilien

Mathilde
*1843 †1925
∞ 1861 mit
Grafen Trani

Sophie
*1847 †1897
∞ 1868 mit
Herzog
von Alençon

Max Emanuel
Herzog
in Bayern
*1849 †1893
∞ mit Prinzessin
Amelie von Coburg
und Gotha

Adalbert Prinz von Bayern

Die Herzen der Leuchtenberg

Geschichte einer
bayerisch-napoleonischen
Familie

nymphenburger

Umschlaggestaltung: Wolfgang Heinzel, München
Satz: Fotosatz Völkl, Puchheim
Gesetzt aus 10/12 Bembo auf Macintosh Quadra 700
Druck und Bindung: Wiener Verlag, Himberg
Printed in Austria
ISBN 3-485-00665-3

Inhalt

II
Herzog Maximilian von Leuchtenberg

Vorwort

Die Fliegerbomben des Zweiten Weltkriegs haben mit dem Leuchtenbergpalais am Odeonsplatz auch die Szenerie der Münchner Epoche dieser Familie gründlich zerstört. Nur Reste der inneren Wände sind jahrelang stehengeblieben. Eine Steinplatte mit einem Relief von Schwanthaler dürfte in ›Ruinenplünderern‹ die Hoffnung auf einen wertvollen Schatz erweckt haben. Sie zerschlugen das Relief, stellten dann aber ihr Suchen ein, ohne eine Reihe eigenartiger Behälter zu finden, die für sie höchstens Metallwert gehabt hätten: sieben in eine Wand der Hauskapelle eingemauerte Herzen der Leuchtenberg. Um sie sicherzustellen, wurden sie der Ruine entnommen und den Jesuiten von St. Michael in Obhut gegeben. Dort wurden sie in einer der auf uns wartenden Nischen der Gruft untergebracht, nicht weit von den Metallsärgen des Elternpaares und dem ihres im Alter von einigen Monaten verstorbenen Töchterchens Caroline.
Es sind die Herzen von Eugen Beauharnais, Herzog von Leuchtenberg; das seiner Gemahlin, Schwester König Ludwigs I. von Bayern; die ihrer Söhne, der Herzöge August und Maximilian von Leuchtenberg, und die ihrer Töchter Theodolinde, Gräfin von Württemberg, und der kleinen Caroline. Das Herz der Fürstin Eugenie von Hohenzollern-Hechingen hat die Stadt Hechingen reklamiert. Außerdem fehlen die Herzen der beiden ältesten Töchter, das der in Stockholm beigesetzten Königin Josephine und das der in Lissabon beim älteren Bruder ruhenden Kaiserin Amelie von Brasilien, die einzigen, die ein für die damalige Zeit hohes Alter er-

reicht haben. Josephine wurde neunundsechzig, Amelie einundsechzig. Josephine hat noch nach dem Tode Theodolindes den Wunsch ausgesprochen, daß auch ihr Herz der Kapelle ihres Vaterhauses einverleibt werden sollte, damit sie alle vereint seien. Es kam jedoch nicht dazu. Als Josephine und Amelie starben, waren die Leuchtenberg Russen und die Fäden zu München zerrissen.
Daß die Töchter ihren Männern ins Ausland folgten, ist nicht außergewöhnlich, wohl aber, daß die Söhne zu ihren Frauen zogen: August nach Portugal und Max nach Rußland, so daß die Mutter schließlich allein war und sich keines ihrer Kinder am Sterbebett einfinden konnte.
Sie waren schöne Menschen, die meisten zu zart für ein langes Leben. Es ist eine äußerst seltsame und weitverzweigte, meist traurige Familiengeschichte, die von München aus gesehen mit der europäischen während der Regierung Ludwigs I. von Bayern – mit Schweden, Brasilien, Portugal, Italien und Rußland – verzahnt ist. Die Tagebücher der Herzogin Auguste von Leuchtenberg, die mir weiland König Gustav V. von Schweden freundlicherweise in Photokopien geschenkt hat, bilden den Grundstock dieser Arbeit, ergänzt durch die ihres Bruders Ludwig und ihrer Tochter Theodolinde. Nur erstere sind in Deutsch geschrieben, die anderen, wie auch fast alle einschlägigen Korrespondenzen, französisch. Den Eigentümern auch der anderen benützten Archive und deren Beamten und Angestellten, allen gütigen Helfern möchte ich an dieser Stelle meinen Dank zum Ausdruck bringen.
Die Familiengeschichte der Fürsten war damals mit der ihrer Staaten eng verknüpft, und persönliche Verbindungen waren manchmal wirksamer als heutzutage Bündnisse und Verträge. Es sollen verschiedene Persönlichkeiten in ihren bisher unbekannten Briefen und Tagebüchern zu Wort kommen, die Einblick in den Ablauf der Ereignisse hatten.
Man erlebt aus nächster Nähe die Regierungszeit des bayrischen Königs Ludwig I., den französischen Hof von Louis Philippe, die Schicksale der Familie Bonaparte zwischen dem ersten und dem dritten Napoleon mit letzterem im Mittelpunkt, das schwedische

Königshaus um die Kronprinzessin und Königin Josephine, das Ende der Regierung des Kaisers Dom Pedro I. in Brasilien und sein Ringen mit dem Bruder in Portugal um den Thron seiner Tochter Maria da Gloria, den russischen Hof unter Nikolaus I. Es führen Fäden zu Österreich unter Metternich, Preußen unter Friedrich Wilhelm III., seinen Söhnen und anderen deutschen Herrschern, zu England unter den letzten Hannoveranern und der jungen Königin Victoria, zum ersten König der Belgier, zu Italien mit Kirchenstaat, Königreich Sardinien, Österreichisch-Lombardo-Venetien, Toskana, Modena und dem Königreich beider Sizilien.

Nymphenburg, im Januar 1963

Rückblick

Durch die Heirat von Josephine Beauharnais mit Napoleon I. wurde der Sohn des unter der Schreckensherrschaft Robespierres guillotinierten Vicomte de Beauharnais in die Familie Bonaparte aufgenommen.
Die Kinder des Vicomte de Beauharnais wurden vom Kaiser der Franzosen adoptiert. Hortense mußte Napoleons Bruder Ludwig heiraten und wurde Königin von Holland. Eugen ernannte der Stiefvater zum Vizekönig von Italien und verheiratete ihn gegen den Willen sämtlicher Beteiligten mit der ältesten Tochter des ersten Königs von Bayern. Hätte der bayrische Kurfürst seine Tochter verweigert, wäre an seiner Stelle ein Napoleonide König von Bayern geworden.
Auguste opferte sich ihrem Land und ihrer Familie. Es wurde erstaunlicherweise aber eine sehr glückliche Ehe, obwohl der Kaiser der Franzosen sein vor der Heirat gegebenes Wort, daß er den Stiefsohn zum erbberechtigten König von Italien erklären würde, nicht hielt. Auguste mußte sich mit der Stellung einer Vizekönigin mit der Residenz in Mailand und Venedig begnügen. Schlimmer war, daß Napoleon später die Schwiegermutter Josephine verstieß, den Sohn der Nachfolgerin zum ›König von Rom‹ ernannte und den Stiefsohn mit der Aussicht auf das Erbe eines zusammengebauten Großherzogtums Frankfurt abspeiste. Trotzdem hielt dieser ihm die Treue, auch als der Kaiser ihn auf dem unseligen Rückzug von Moskau verließ, ihn mit dem Oberkommando über die Reste der ›grande armée‹ betraute und der Kälte und den nachdrängenden Kosaken in verzweifelter Lage preisgab. Dafür, daß er sein zusam-

mengeschmolzenes Häuflein hinter die Elbe brachte und den Russen sowie den zum Feind übergegangenen Bundesgenossen so lange standhielt, bis der Kaiser mit seinen neu aufgestellten Truppen aus Frankreich herankam, erntete er keinen Dank, sondern wurde zu Frau und Kindern nach Mailand geschickt. Er hatte damals vier Kinder: die nach der Großmutter benannte Josephine, Eugenie, August und Amelie. Der so heiß ersehnte Sohn wurde kurz nach der Scheidung der kaiserlichen Großmutter, durch die die Beauharnais an Interesse eingebüßt hatten, geboren. Auch der Abfall Bayerns traf Eugen schwer. Er widerstand dem Versuch des Schwiegervaters, ihn auf seine Seite zu ziehen. Obwohl der kaiserliche Schwager Murat, König von Neapel, überschwenkte und ihn seinerseits zu gewinnen suchte, blieb Eugen treu und versuchte Oberitalien zu retten. Dafür bekam er nur Vorwürfe. Er wehrte sich verzweifelt, bis ihn ein Aufstand mit der Familie aus Mailand in die Festung Mantua vertrieb. Dort, im Gonzaga-Schloß, im Bereich der österreichischen Kanonen, kam im April 1814 eine vierte Tochter zur Welt, die in Erinnerung an die aus Bayern gekommene Langobarden-Königin und an die in der Kirche des so geliebten Sommerschlosses Monza verwahrte eiserne Krone Theodolinde genannt wurde.

Der Traum war zu Ende, Napoleon auf dem Weg nach Elba. Bayern wurde die erste Etappe der Flüchtlinge Beauharnais aus der Lombardei. Vierzig Jahre blieben sie im Lande ihrer Mutter, bis sie nach Rußland übersiedelten und nach weiteren vierundsechzig Jahren von den Bolschewisten in alle Welt versprengt wurden.

Vater Max nahm die Tochter mit Familie und Gefolge liebevoll auf und stellte sein Gästehaus an der Theatinerstraße, wo heute die Zentrale der Hyotheken- und Wechselbank steht, zur Verfügung. Eugen mußte gleich zur sterbenden Mutter nach Malmaison weiterreisen und kam gerade zum Tod noch zurecht. In der Folge war die Begegnung mit dem Zaren Alexander I., die sich auf dem Wiener Kongreß zu einer tiefen Freundschaft ausweitete, für ihn bedeutsamer als der Besuch bei Ludwig XVIII.

Von der Mutter erbte er Malmaison bei Paris und ihr Schloß Na-

varre bei Evreux in der Normandie. Seine von ihm so geliebte Schwester Hortense, fortan Herzogin von St. Leu genannt, zog mit ihrem jüngsten Sohn Louis Napoléon zunächst nach Augsburg, erbaute sich dann am Bodensee im Kanton Thurgau Schloß Arenenberg, nicht weit von der Stelle, wo der Bruder später seinen Eugensberg errichtete. Auch in Rom hatte sie ein Haus. Obwohl sie von ihrem Mann getrennt lebte, wurde sie von der Verbannung der Bonaparte aus Frankreich betroffen. Ihr Bruder kämpfte mit Hilfe des Zaren in Wien um ein souveränes Fürstentum und um die Herausgabe seiner verschiedenen beschlagnahmten Guthaben, besonders um die Einkünfte seiner im Kirchenstaat gelegenen Güter in der Mark Ancona. Kronprinz Ludwig von Bayern, der die Napoleoniden nicht mochte, hätte den Schwager lieber außerhalb Bayerns gehabt, etwa in Korfu, das auch zur Diskussion stand.
Die unerwartete Landung Napoleons in Frankreich machte diesem Streit und dem Kongreß ein Ende, doch erhielt Eugen im österreichisch-bayerischen Staatsvertrag feierliche Zusicherung seiner Ansprüche auf künftige Versorgung. Nach den hundert Tagen wurden die Verhandlungen fortgeführt. Kronprinz Ludwig konnte die Ansiedlung des Schwagers in Bayern nicht verhindern. Als die Schwester nach dem Tode der kleinen Caroline im Sommer 1816 nicht mehr im Sterbehaus bleiben wollte, schlug er einen Neubau durch Klenze als Beginn der künftigen Ludwigstraße nach Schwabing vor. Die Grundsteinlegung fand im Herbst des nächsten Jahres statt.
Kurz darauf, bei der Taufe des jüngsten Sohnes Maximilian, überreichte ihm der Pate und Schwiegervater die Ernennungsurkunde zum Herzog von Leuchtenberg, Fürsten von Eichstätt. Sein Fürstentum wurde aus dem säkularisierten Fürstbistum Eichstätt gegen fünf Millionen Francs als Majorat-Fideikommiß gezimmert.[1] Das Geschlecht der alten Landgrafen von Leuchtenberg war längst erloschen, ihre Burg in der Oberpfalz zerfallen. Der Herzog erhielt für seine Person den Titel Königliche Hoheit an Stelle der früheren Kaiserlichen. Seine Nachkommen wurden Durchlaucht, mit Rang vor den darüber wenig erbauten Standesherren. Bei der Einführung

der bayrischen Verfassung bekam er wie diese Sitz und Stimme als erblicher Reichsrat.
Zuvor hatte Eugen isarabwärts im Dorf Ismaning, vor den Toren Münchens, aus dem ebenfalls säkularisierten früheren Besitz des Erzbischofs von Freising einen hübschen Sommersitz erworben, Augustes Lieblingsaufenthalt. Die drei großen Güter im Kirchenstaat lagen in und bei Ancona, ein Ersatz für die ehemalige Dotation Napoleons. Seine beschlagnahmten Gelder wurden freigegeben. Er war einer der reichsten Herren in Bayern und sehr großzügig im Ausgeben. Seine Diners, Bälle, Liebhaberaufführungen, Schlittenpartien waren die schönsten in München, besonders seitdem nach drei Jahren Bauzeit sein neues Palais fertig war mit einer Flucht von Empfangsräumen, einer Bildergalerie, Theater, großem Ball- und Eßsaal, ausgestattet mit prachtvollen Möbeln, darunter einigen aus Malmaison, alles von Paris bezogen nach dem neuesten klassizistischen Geschmack. Um den Speisesaal lief als Fries ein Abguß des Alexanderzuges von Thorwaldsen, und in der Galerie standen, laut Brief der Königin Caroline an ihre hessische Schwester, die drei Grazien, die die Kaiserin Josephine bei Canova bestellt hatte und die ihr Sohn hatte fertigstellen lassen.[2] Nach dem lithographierten Katalog von Muxel waren außer den zeitgenössischen Künstlern auch fast alle berühmten alten Maler vertreten, füllten jedenfalls zwei Säle.
Im Theater trat die Familie mit Damen und Herren der Münchener Gesellschaft auf. Der Hausherr ließ seinen französischen Charme spielen, und die Hausfrau hielt hof wie vormals in Mailand und Monza. Durch seine großzügige Wohltätigkeit und Leutseligkeit machte Eugen sich auch bei der Bevölkerung sehr beliebt.
Die hübschen Kinder wuchsen prächtig heran. Der Kronprinz Ludwig hatte seinen Groll gegen den Schwager begraben, seitdem er in ihm einen warmen Anhänger von Verfassung und Kammern entdeckt hatte.
Aber das Glück war nicht von Dauer. Die Verlobung des schwedischen Kronprinzen mit der Tochter Josephine im September 1822 in Eichstätt war ein Höhepunkt. Was konnte die Mutter für ihre

Tochter mehr wünschen? Der Sohn Bernadottes und der Königin Désirée war hübsch und sympathisch. Daß er evangelisch war, mußte sie in Kauf nehmen. Die kühnsten Träume schienen in Erfüllung zu gehen, da erlitt Eugen an Ostern einen Schlaganfall mit Lähmungserscheinungen. Er erholte sich noch einmal so weit, daß er im Frühjahr an der Prokurationstrauung seiner Tochter im Leuchtenberg-Palais teilnehmen konnte, aber dann ging es rasch. Ende Januar 1824 bekam er einen neuen Schlaganfall und starb am 21. Februar, keine dreiundvierzig Jahre alt. Sein Sarg kam neben den seiner kleinen Tochter in die Gruft von St. Michael, sein Herz in die Wand seiner Hauskapelle im Palais Leuchtenberg. Hier beginnt unsere Geschichte.

ERSTES BUCH

Herzog August von Leuchtenberg

1
Unter väterlichem Schutz
1824/25

Nach Eugens Tod glich das Palais Leuchtenberg lange Zeit einem Trauerhaus. Der König verbrachte täglich viele Stunden bei seiner Tochter in ihrem Palais. Er hatte diesen Schwiegersohn besonders ins Herz geschlossen, der ihn an seine hauptsächlich in Frankreich verbrachte Jugend im Bund mit Napoleon erinnerte. Sie hatten fast jeden Abend zusammen Karten gespielt. Da man damals am Hof und in der Gesellschaft Französisch sprach, bestand in dieser Hinsicht wenig Unterschied zwischen Residenz und Palais Leuchtenberg. Max Joseph suchte seiner Tochter jeden Wunsch zu erfüllen. Trotzdem erschien ihr für ihre Kinder alles zuwenig. Sie wußte, daß von seinem Nachfolger für die französischen Leuchtenbergs wenig zu erwarten war.

Obwohl ihr im Testament ihr Lieblingsbruder Karl Theodor zur Seite gestellt war, behielt sie allein die Abwicklung des Nachlasses in Händen. Der Versorgung der Töchter und der Erziehung der Söhne zu würdigen Nachfolgern des Vaters und strammen Bonapartisten galt nunmehr ihr Leben. Der siebenjährige Max war noch ein Kind, aber August schon dreizehneinhalb, Eugenie sechzehn, Amalie zwölf und Theodolinde zehn. Die Mädchen wurden von Mademoiselle Maucomble, Fanny genannt, betreut und der kleine Max von Leutnant Schuh. Einer von Augusts Lehrern war der spätere Direktor der Handschriftenabteilung der Hof- und Staatsbibliothek Schmeller.[3] Noch vor Ablauf des Todesjahres seines Vaters mußte er sich einem schweren, zweitägigen Examen unterziehen. Das Privatstudium ging noch bis 1826 weiter, wie Graf Méjan in seinem Nekrolog auf August berichtet.[4]

Drei Generationen dieser aus Montpellier stammenden Grafen Méjan waren mit der Familie Leuchtenberg engstens verwoben. Wenn Schmeller in seinen Lebenserinnerungen richtig schreibt, ist Napoleon bei dem Attentat mit der Höllenmaschine auf Pierre Etienne Méjan aufmerksam geworden, der damals den Polizeipräsidenten von Paris vertrat und durch seine Umsicht und Gewandtheit auffiel. Napoleon hat ihn seinem jungen Stiefsohn in Mailand als Adjutant und Berater beigegeben. Bei Eugens Tod war er siebenundfünfzig Jahre alt, Faktotum der Familie. Auguste nannte ihn ›Papa Méjan‹ und die Kinder ›Grandpapa‹. Sein älterer Sohn war anno 1812 mit so vielen anderen bei Polozk gefallen. Sein zweiter, Maurice, spielte im geselligen Leben im Palais als hervorragender Vorleser und Schauspieler eine besondere Rolle, ergänzt durch seine Frau, eine Wienerin, Freiin von Spielmann, eine vollendete Pianistin. Dieses Paar war das Rückgrat der Liebhaberaufführungen und sonstigen künstlerischen Darbietungen. Ihre Kinder, besonders Stefanie, wuchsen mit den Leuchtenberg-Kindern auf.
Neben den Méjans spielten die anderen Franzosen des Hofstaates Nebenrollen: Der Chevalier Planat de la Faye, einer von Eugens Offizieren, verfaßte für seinen Herrn eine Rechtfertigungsschrift, weshalb er im letzten Stadium Napoleon von Italien aus nicht nach Frankreich zu Hilfe geeilt war. General Triaire hatte als Hofmarschall das Palais und das Personal unter sich. Ein anderer Offizier namens Darnay schrieb eine kleine Biographie des Herzogs. Er vertrat, unterstützt von Monsieur Henin, die herzoglichen Interessen in Paris, während Chevalier Roux de Damien, geborener Schweizer, sich in der Münchener Verwaltung betätigte. Graf Ré verwaltete die Güter in Italien. Diese stolzen Herren ließen sich nicht gern in ›cavaliers de la maison ducale‹ zu Diensten der Herzogin verwandeln, die von ihrer ehemaligen Erzieherin, Frau von Wurmb, ›ma chère‹ genannt, beherrscht wurde. Diese alte Dame war als Oberhofmeisterin mit ihr nach Mailand gezogen und seitdem nicht von ihrer Seite gewichen. Gleich nach ihr rangierte die erste Hofdame Gräfin Sophie von Sandizell. Die zweite war Freiin Rosa von Aretin.

Als der Familie besonders nahestehende französische Verwandte sind noch die Tascher de la Pagerie zu nennen. Da die Kaiserin Josephine eine Tascher war, mußten sie nach dem Sturz Napoleons Frankreich verlassen. Der in München oder bei seinen fürstlichen Verwandten von der Leyen lebende Graf Tascher war von Eugen zur eventuellen Mithilfe bei der Regelung des Nachlasses bestimmt worden, aber die ›tutrice unique et absolue‹ begnügte sich mit Darnay.

Von den bayrischen Verwandten stand Auguste, abgesehen vom Vater und der Stiefmutter Königin Caroline, geborene Prinzessin von Baden, ihr jüngerer Bruder Karl am nächsten. Augustes richtige Mutter, eine hessische Prinzessin, war gestorben, als sie noch ein Kind war. Von ihren Geschwistern hielt sich Ludwig mit Therese von Sachsen-Hildburghausen bis zum Tode des Vaters meist in Würzburg auf. Sie hatten damals fünf Kinder: Max, Matilde, Otto, Luitpold und Adelgunde; Hildegard, Alexandra und Adalbert kamen erst später. Schwester Charlotte lebte als vierte Gattin des Kaisers Franz von Österreich in Wien und nur Karl Theodor in dem nach ihm benannten Prinz-Karl-Palais in München, sofern er sich nicht mit seiner morganatischen Frau, der Baronin Bayrstorff, in Starnberg in seiner Villa ›La Folie‹ aufhielt. Auguste hatte noch fünf Stiefschwestern: zweimal Zwillinge und Ludowika. Von dem ersten Zwillingspaar war Elise mit dem künftigen König Friedrich Wilhelm IV. von Preußen verheiratet und Amalie mit dem künftigen König Johann von Sachsen, von dem zweiten Zwillingspaar war Sophie im Begriff, den Erzherzog Franz Karl von Österreich zu heiraten, Marie den künftigen König Friedrich August II. von Sachsen. Die erst sechzehnjährige, in der Familie auch Luise genannte Ludowika wurde mit zwanzig die Gattin ihres Vetters Max von der herzoglichen Linie des Hauses Wittelsbach.

Dieser Herzog Max war die Zentralfigur der herzoglichen Linie, ein lebenslustiger und genialer Mann, Schriftsteller, Musiker und Komponist, begeisterter Jäger und Reiter. Von seinen acht Kindern wurden Karl Theodor als Augenarzt, Elisabeth als Kaiserin von Österreich, Maria als letzte Königin beider Sizilien und Sophie als Braut

Ludwigs II. am bekanntesten. Seine Linie ist wie die königliche aus der pfälzischen von Birkenfeld hervorgegangen.
Ferner lebte noch bis zum Revolutionsjahr 1848 die Witwe des Kurfürsten Karl Theodor von Bayern, des Vorgängers Max Josephs als Kurfürst von Pfalz-Bayern, geborene Erzherzogin Maria Leopoldine von Österreich-Modena. Sie war zwar längst mit dem Grafen Ludwig von Arco verheiratet, wurde aber nach wie vor Kurfürstin genannt und zur Familie gerechnet.
August, der ältere Sohn und Nachfolger Eugens von Leuchtenberg, erbte Eichstätt, das Leuchtenberg-Palais, Ismaning mit allem, was dazugehörte, und die Hälfte des Vermögens. Die zweite Hälfte ging an die noch unverheirateten Töchter und Max. Die Witwe richtete im Palais ein »bureau de la tutelle« ein. Sie wünschte, daß die Mädchen früh heiraten sollten, aber nur künftige Monarchen oder wenigstens regierende Fürsten. Der Auftakt war die schwedische Heirat der ältesten Tochter Josephine.
Einstweilen bekam Amelie Masern, und August wurde siebenmal hintereinander zur Ader gelassen. Zur Erholung zog man nach Ismaning hinaus, dem Lieblingsaufenthalt der Mutter. Aber jetzt lebte dort mit der Erinnerung an frühere Zeiten ihr Schmerz neu auf. Sie fühlte sich einsam, besonders, als im Herbst das Königspaar mit Familie zur Hochzeit der Schwester Sophie mit dem Erzherzog Franz Karl nach Wien reiste, wo die richtige Schwester Charlotte in der Burg und in Schönbrunn die Honneurs machte. Daß Sophiens Sohn Franz Joseph dereinst Kaiser würde, war damals nicht vorauszusehen. Die beiden noch verfügbaren Prinzessinnen, Sophies Zwillingsschwester Marie und die jüngste, Luise, fuhren mit den Eltern nach Wien. Letztere verliebte sich dort in den bildhübschen, schwarzhaarigen, zweiundzwanzigjährigen Infanten Dom Miguel Braganza von Portugal, einen jüngeren Bruder des Kaisers Dom Pedro I. von Brasilien. Aber der Herr Papa widersetzte sich einer solchen Verbindung entschieden. Dieser Dom Miguel wurde zur Erziehung in die Obhut Metternichs gegeben. Er war ja der Schwager der Kaisertochter aus erster Ehe, Leopoldine, die der Vater Dom Pedro von Brasilien gegeben hatte, wie ehedem ihre

Schwester Marie Luise, derzeitige Herzogin von Parma, dem Kaiser Napoleon.
Wie immer im Unglück, häuften sich die Forderungen an die Tutrice, so daß sie den Bankier Baron Eichthal auf die Einkünfte aus Italien oder auf den Erlös für Malmaison vertrösten mußte. August wird es seiner Mutter nie verzeihen, daß sie während seiner Minderjährigkeit Malmaison verkauft hat. Auch die Güter in den päpstlichen Marken waren in Gefahr. Papst Pius VII. hatte sie Eugen überlassen, aber der neue Papst Leo XII. wollte sie wiederhaben. Nur mit Hilfe der Kaiser von Österreich und Rußland gelang es, sie der Familie zu erhalten.
Auguste wollte die Stellung der Kinder auch äußerlich bessern. In ihrem Nachlaß befindet sich der Entwurf zu einer Bitte an ihren Vater, daß diese über ihrem Wappen die Königskrone anbringen dürfen, was sie über andere Durchlauchten herausheben würde:
Seit dem Tode ihres Vaters macht sich der Unterschied in ihrer Lage schon lebhaft fühlbar und wenn ich nicht mehr sein werde, werden die Kinder Ihrer Tochter mit Ihren anderen Unterthanen verwechselt werden. Diese Krone, die ich für die Wappen meiner Kinder erbitte, wird dereinst die Nachkommenschaft an unser Unglück erinnern, worüber wir glücklicherweise nicht zu erröthen brauchen.
Der Erlaß, der die Etikette und die Zusammensetzung unseres Hauses regelt, spricht nicht eindeutig von meinen Kindern. Da sich Schwierigkeiten bei der Ausführung des Testaments gezeigt haben, obwohl diesbezüglich kein Zweifel sein kann, weil wir keine anderen Vortheile haben als die mediatisierten Fürsten, die im Rang nach uns kommen, wage ich, Sie anzuflehen, ein Zusatzschreiben erlassen zu wollen, das die Rechte meiner Kinder bestimmt, damit jede Diskussion in Zukunft vermieden werde. Mein Bruder Karl und der Minister Graf von Rechberg werden Ihnen die nöthigen Aufklärungen geben.[5]
Der Vater hat ihr diese Bitte nicht erfüllt, aber den jungen August als Nachfolger seines Vaters zum Oberstinhaber seines Chevauxlegers-Regiments ernannt.
Eine Zeitungsnotiz vom 1. Februar, Eugenie habe sich mit dem Sohn des Fürsten Metternich verlobt, empörte sie:

Ich hüte mich aber sehr, merken zu lassen, in welchem Grade mir das zuwider ist. Der Haß eines mächtigen Mannes könnte meinen Kindern verderblich werden.

Anders lag der Fall beim Erbprinzen Friedrich Wilhelm Constantin von Hohenzollern-Hechingen. Sein Land war nicht groß, aber souverän. Nur daß seine Eltern getrennt lebten, entsprach nicht den streng moralischen Grundsätzen Augustes. Fürstin Pauline zog Schlesien und Wien Hechingen vor. Sie war eine Tochter des Herzogs von Sagan Biron-Kurland, Schwester der Herzogin von Dino, der letzten großen Liebe Talleyrands. Eugenie war noch so jung, daß man sich Zeit lassen konnte, vermerkte Auguste, und *die Angelegenheiten meiner Kinder sind unseligerweise so ungeklärt, daß ich nicht sagen kann, was meine Töchter mitbekommen werden, was doch nötig ist, wenn man eine Tochter verheiraten will.*

Sie war mit dem Verlauf ihrer Vormundschaft gar nicht zufrieden. Am Jahrestag von Eugens Tod klingt der Eintrag in ihr Tagebuch, dem sie ihre Kümmernisse ausführlich anvertraute, pathetisch: Sie wolle zu ihm. Gott stelle sie auf eine harte Probe. Er möge ihr Kraft verleihen, um die Kinder gut zu erziehen und die Angelegenheiten einem guten Ende zuzuführen. Sie wisse, daß die Welt sie falsch beurteile und nicht an ihre Uneigennützigkeit glaube. Gott möge sie zu sich rufen, sobald ihre Kinder versorgt seien. Ruhig und froh warte sie auf den Augenblick, daß sie dem Etre Suprême von ihren Handlungen Rechenschaft ablegen könne.

Im Mai lud sie der Vater zu seinem – letzten – Geburtstag in sein geliebtes Tegernsee ein, wo abgesehen von der Familie auch viele gemeinsame Bekannte aufmarschierten. Sie war begeistert, daß der König ihrer Eugenie besondere Sympathie erwies. Bruder Kronprinz war weniger aufmerksam, sagte, daß sie nicht damit rechnen könnte, ihre Töchter mit regierenden Fürsten zu verheiraten. Darauf erwiderte sie, dies wäre anders, wenn ihr Vorschlag, die Leuchtenbergs den Wittelsbachern als neue Linie anzugliedern, angenommen worden wäre.

Dem befreundeten russischen Gesandten sagte sie, sie sei gegen den Erwerb von Eichstätt gewesen, *das nicht einmal so groß ist wie unser*

Sommersitz Monza und daß man nach dem Verlust Italiens nicht eine derartige Entschädigung annehmen sollte.
Dann stellte sich der Erbprinz von Hohenzollern-Hechingen in München persönlich Mutter und Tochter vor:
Seine Manieren sind schlicht und angenehm und man wird mit ihm nicht verlegen. Meine Tochter scheint ihm gefallen zu haben, doch war sie mit ihm wie mit jedem anderen.
Nach drei Tagen erschien er wieder in Ismaning. Als er bei der Mutter um Eugenie anhielt, sagte sie, er solle reiflich nachdenken. Es handle sich um das Glück seines Lebens. Er habe genug nachgedacht, erwiderte er, und sei zur Überzeugung gekommen, daß er mit einer von ihr erzogenen Tochter glücklich werden müßte.
Eugenie brach in Tränen aus, ehe sie sich einverstanden erklärte. An dem dazu bestimmten Tag holte sich Constantin – so wurde er in der Familie genannt – in Ismaning vor dem Essen sein Jawort. Am nächsten Tag in München erneutes Zusammentreffen. Constantin wird die Genehmigung seiner Mutter einholen und dann den Vater offiziell anhalten lassen. Der König sagte Auguste in Nymphenburg, daß es eine gute Partie sei, ein altes regierendes Haus, und der junge Mann würde dereinst das Herzogtum Sagan und das Vermögen seiner Mutter erben. Wenn Eugenie zufrieden sei, gäbe er sein Einverständnis. Obwohl ihn die Tochter um einstweilige Geheimhaltung bat, erzählte er es gleich aller Welt, vermerkte Auguste, *ein Zeichen, daß er zufrieden ist.*
Es war bezeichnend für die Herzogin, daß sie die Verlobung ihrer Tochter allen Monarchen anzeigte, wie dann auch für den König Karl X. von Frankreich, daß er in seinem Glückwunschschreiben den ganzen Zwischenfall Napoleon einfach ignorierte und an die Zeiten des ältesten Bruders Louis XVI. anknüpfte, als er noch Graf von Artois und in Versailles und oft mit dem damaligen bayerischen Kurfürsten beisammen war. Er erinnerte an seine *amitiée particulière* für ihren *bien aimé père.*
Der »bien aimé père« holte sich seine Tochter mit Kindern Mitte August vor deren Übersiedlung nach Eichstätt noch einmal nach Tegernsee. Es war das letzte Zusammensein mit dem Vater. In

Eichstätt brach der Schmerz um Eugen erneut auf, denn es war der erste Aufenthalt dort nach seinem Tod. Jetzt mußte August als Hausherr dem künftigen Schwager Constantin die Honneurs machen. Eugenie bat die Mutter, das nahe von Arenenberg und nicht allzuweit von Hechingen gelegene väterliche Schloß Eugensberg in ihr Erbteil einzubeziehen, und diese gab Darnay diesbezügliche Weisung nach Paris und fuhr fort:
Die Möglichkeit, Schloß und Garten von Malmaison zu erhalten, wäre zu erwägen, nämlich das, was die Kaiserin ursprünglich gekauft hatte ... Das von mir für den Prinzen bestellte Denkmal wird in drei Jahren vollendet sein. Der berühmte Thorwaldsen in Rom führt es aus. Wenn man meine Idee genau befolgt, wird es sehr schön werden.
In diesem Jahr kam sie nicht wie üblich zum Namenstag des Vaters nach Nymphenburg, weil die ehemalige Königin Friederike von Schweden bei ihrer Schwester Caroline zu Besuch war und die Mutter ihrer künftigen Nachfolgerin in Stockholm nicht gerne gesehen hätte.
Des Königs Namenstag am 12. Oktober wurde in Eichstätt mit Hochamt und Militärparade feierlich begangen. Anschließend Festbankett in der Residenz. Auguste brachte es nicht übers Herz, in den Räumen, in denen sie so oft mit Eugen gewesen war, einen Ball zu geben. Am nächsten Abend kam die Todesnachricht.
Ich war abends mit meinen Kindern und Damen im Salon. Meine Töchter machten Musik und alle schienen sehr vergnügt. Um dieses Glück nicht zu trüben, ließ ich mir den Schmerz, der mich seit dem Tode meines Mannes nicht mehr losläßt, nicht anmerken. Da ich mit dem Rücken zur Türe saß,

bemerkte ich nicht, daß meine Oberhofmeisterin herausgerufen wurde. Ich erschrak sehr, als sie blaß und zitternd vor mir stand. Ich glaubte, es fehle ihr etwas und frug sie, was sie habe, ob sie sich schlecht fühle. »Nein«, erwiderte sie, »Ihr Vater, der König, ist krank.«

Auguste springt auf, will sofort nach München fahren. Man will sie überreden abzuwarten. Wer die Nachricht gebracht habe? Der durchreisende Oberst de la Garde. Auguste läßt ihn kommen, fleht ihn an, die Wahrheit zu sagen. Ob eine Hoffnung bestehe? Nein, gibt er zu verstehen. Sie will unbedingt fahren, um ihn noch zu sehen. Als man merkt, daß es ihr damit ernst ist, sagt ihr Eugenie, daß es zu spät sei, ... *daß mein Vater seit der Nacht vom 12. auf den 13. nicht mehr am Leben sei, daß man ihn tot im Bett gefunden habe. Ich war fassungslos und keine Träne erleichterte mein unglückliches, von tausend Schmerzen gequältes Herz. Meinen angebeteten Vater, die letzte Stütze meiner Kinder, hatte ich verloren. Ich habe keinen Vater mehr, keine Mutter, keinen Mann. Ich bleibe allein mit meinen Kindern und einer Zukunft voll Schmerz und Leid!!*

Sie ließ in der Nacht packen, ordnete in einer Art Fieberzustand ihre Papiere. Méjan und Tascher erschienen und bestätigten die traurige Nachricht. Um halb neun fuhr man ab, zusammen mit Constantin. Auguste fühlte sich schlecht. Spät in der Nacht Ankunft im Palais. Man mußte die Herzogin fast die Treppen hinauftragen.

Als sie mehr tot als lebendig am 15. früh in Nymphenburg eintraf, streckte ihr die Stiefmutter schon von weitem aus ihrem Bett die Arme entgegen.

»Auguste, Du kannst meinen Schmerz ermessen, Du weißt ja, wie das

ist ...« Etwas ruhiger geworden, berichtete sie, wie der Vater noch am Abend des 12. auf dem Ball des russischen Gesandten Woronzoff hombre gespielt hatte und um zehn nach Nymphenburg aufgebrochen war. Bei der Ankunft sagte er dem Posten: »Nicht wahr, ich bin brav, daß ich so früh nach Hause komme ...« Dann ging er wie gewöhnlich zu Bett. Als ihn der Kammerdiener wie üblich um sechs mit einem Glas Zuckerwasser wecken wollte und keine Antwort bekam, trat er näher und sah die Totenblässe auf dem Gesicht. Er rief Leute herbei, den Arzt. Da der Vater wie immer da lag, glaubte er an eine Ohnmacht. Als der Arzt den Tod festgestellt hatte, ging er zur Königin, um sie auf das Unglück vorzubereiten. Sie war so erschüttert, daß sie nicht wußte, was sie tat. Sie sprang auf, warf einen Unterrock über und lief die kleine Wendeltreppe hinunter. Man war mit Wiederbelebungsversuchen beschäftigt – umsonst.

Ich wollte diesen père adoré sehen. Bruder Karl führte mich zu ihm. Das Zimmer, worin ich ihn so oft lebend gesehen hatte, war schwarz verhängt. Der leblose Körper glich kaum mehr meinem Vater. Ich verstehe nicht, daß ich bei dem Ansturm von Schmerz nicht zusammengebrochen bin.

Man brachte meinen Vater weg, um ihn in der Hofkapelle in München auszustellen. Ich blieb bis zum Abend bei meiner unglücklichen Mutter und ihrer Schwester, der Königin Friederike, die ich ohne Groll wiedersah, obwohl sie der Anlaß war, daß ich meinen Vater nicht mehr lebend gesehen habe, wie sonst immer am 12. Ich hatte befürchtet, daß meine Anwesenheit meinen Vater in Verlegenheit bringen könnte und wußte, daß niemand genug Charakterstärke aufgebracht hätte, um mich so zu behandeln, wie es der Tochter des Hauses gebührte. All das ließ mich das Unglück vergessen. Die Königin Friederike und ihre beiden Töchter waren gut zu mir.

2
Eugenies Heirat
1826

Wegen der Trauer wurde die Hochzeit verschoben.
Der neue König Ludwig schlug Auguste schweren Herzens aus Prinzip einen neuen Vorstoß wegen der Königskrone über dem Wappen ab. *Daß sie sich darüber nicht gräme, es ihr Leben nicht abkürze, darum bin ich besorgt ... das hat mir schon recht zu schaffen gemacht.* Er lud den jungen Herzog mit dem Bräutigam der Schwester zum Essen ein, wobei August zum erstenmal in seiner grünen Chevauxlegers-Uniform mit rosa Kragen und Aufschlägen erschien.
Im Dezember kam die Nachricht vom Tode des Zaren Alexander in Taganrog am Asowschen Meer. Sie traf zwar in erster Linie die Königinwitwe als Schwester der Zarin Elisabeth, aber auch Auguste wegen der Freundschaft zwischen Alexander und Eugen.
Elisabeth schilderte ihrer Schwester Krankheit und Tod ihres Mannes so ausführlich, daß sie sich auch ihr gegenüber verstellt haben müßte, wenn die Behauptung zuträfe, ein anderer sei in Taganrog gestorben und der Zar habe als Mönch in Sibirien weitergelebt.
Auguste nahm durch den russischen Gesandten Woronzoff sofort Verbindung mit dem neuen Zaren Nikolaus auf, damit er, wie es auch sein Bruder getan hatte, die Ansprüche der Familie Leuchtenberg unterstütze.
Die Großmutter strahlte, als ihr der schwedische Oberst Aubin meldete, daß am 3. Mai der ersehnte Thronfolger Karl Herzog von Schonen geboren worden war. *Nous sommes dans la joie,* vermerkte sie in ihrem Tagebuch, das ganze Haus stünde auf dem Kopf. Dagegen beklagte sie sich beim König von Schweden, daß die Zeremonie des ersten Ausgangs der Wöchnerin in einer evangelischen

Kirche erfolgt war. Es stünde doch im Ehevertrag, Josephine müsse nur bei ganz feierlichen Anlässen an evangelischen Kirchenzeremonien teilnehmen. Der erste Ausgang nach dem Wochenbett sei eine rein private Angelegenheit ihrer Tochter.[6]
Königin Josephine von Schweden hat unter großen Schwierigkeiten nicht nur ihren Glauben hochgehalten, sondern auch die wenigen Katholiken in Schweden protegiert. Sie hatte oben im Schloß ihre private katholische Kapelle und ihren eigenen Kaplan zur Betreuung.[7]
Am 22. Mai war in Eichstätt die Hochzeit Eugenies mit dem Erbprinzen von Hohenzollern-Hechingen. Die Feiern begannen mit einer Audienz der Beamten und Offiziere des neuen, seit 1. Mai in Eichstätt garnisonierten Jägerbataillons. Am 20. Mai Proben für die Liebhaberaufführung und die Contredanses. Die Feststimmung wurde dadurch getrübt, daß die alte Frau von Wurmb in München im Sterben lag.
Der Bräutigam erschien korrekt erst zum Polterabend. Die Trauung fand gegen Abend in der Hauskapelle statt. Zuvor war Diner, wie in Eichstätt üblich, in zwei Räumen, Herrschaften und Suiten getrennt. Anschließend zog man in großer Gala feierlich in die Kapelle. Die Sonne brach durch die Wolken. Der Bischof hielt eine lange Rede. Alle weinten vor Rührung, aber die Braut hielt sich tapfer. Gratulationscour. Constantin sei *d'un bonheur extrême, Eugenie sieht trotz ihrer Verlegenheit auch sehr glücklich aus, hält sich gut und benimmt sich sicher. Am Hochzeitstag war sie schön wie ein Engel,* berichtet die Mutter ihrer Stiefmutter am Tag darauf.[8] *Heute gebe ich einen Ball, den ersten seit Eugens Tod. Dazu kommt die Marschallin Fürstin Wrede mit ihren beiden Töchtern, der Graf von Pappenheim und vier Damen aus Neuburg. Morgen großes Diner und Theateraufführung. Für den 25. hat uns Graf Pappenheim zum Diner geladen, am 26. Komödie im hiesigen Casino ... Am 28. wieder großes Diner bei uns und zweite Theateraufführung und am 29. Ball im Casino.*
Die neue Erbprinzessin wurde in Hechingen von der Bevölkerung begeistert aufgenommen.
Ihr Erscheinen genügte, um alle Herzen zu gewinnen, schrieb Constan-

tin an seine Schwiegermutter[9], *und das meinige ist auf ewig ihr Eigentum geworden. Möchte es mir nur gelingen, diese mir so theuere Tochter in ihrem neuen Vaterlande so ganz zufrieden zu machen, als ich es gerne wünschte und möchte und die kindliche Liebe zu verdienen, die sie mir erweist.*

Ganz ist es ihm nicht gelungen, zumal Kinder ausblieben. Eugenie mußte ihr nicht sehr abwechslungsreiches Leben mit Wohltätigkeit und Frömmigkeit ausfüllen, während Constantin sich besonders der Musik widmete. Daß, gegen die Meinung seiner nicht sehr bequemen Schwiegermutter, nicht er an der Kinderlosigkeit schuld war, hat er in seiner zweiten Ehe bewiesen.

Nach der Hochzeit siedelte die Mutter nach Ismaning über, wo August ihren und seinen Namenstag am 3. August besonders sinnig beging. Er hatte ihr unter den Bäumen eine »salle de verdure« voller Blumen errichtet mit den Namenszügen ihrer Kinder in Medaillons und darüber ihr eigener Namenszug und der des Vaters. Von München kamen ihre liebsten Verwandten, Bruder Karl und Herzog Max.

Noch ehe der Monat um war, fuhr sie auf eine Woche nach Hechingen, um nach dem Rechten zu sehen, während die jüngeren Kinder mit Erzieher und Gouvernante auf eine Fahrt in die Berge geschickt wurden.

Sie war entzückt über die Lage des Städtchens in der hübschen schwäbischen Landschaft mit der Ruine der hochgelegenen Zollernburg im Hintergrund. Von dem alten Schloß am Stadtrand standen damals noch Überreste, die kaum Raum für den Fürsten boten. Die Herzogin wohnte beim jungen Paar auf dem nahen Lindich, einem entzückenden einstöckigen Schlößchen aus dem 18. Jahrhundert mit allem, was dazu gehört. Auf der einen Seite ein Rondell voller Linden und Blumenrabatten, eingerahmt von Wirtschafts- und Stallgebäuden. Auf der anderen Seite fiel der Hügel ziemlich steil in einen herrlichen Wald ab, und man sah weit über das Land.

Der Aufenthalt auf dem Lindich ist charmant, berichtete sie hinterher ihrer Stiefmutter[10], *und wir haben sehr hübsche Ausflüge gemacht. Ich habe lange Gespräche mit dem regierenden Fürsten gehabt, weiß aber nicht, ob sie den gewünschten Erfolg haben werden. Das ganze Land wünscht die Rückkehr der regierenden Fürstin. Eugenie wird sie mit ihrem Mann in Schlesien aufsuchen.* Den Winter will sie mit dem Schwiegervater in Lindich verbringen.

3
Kaiserin Amelie von Brasilien
1827/29

Im Nekrolog Méjans auf den jungen Herzog August heißt es, daß dieser nach der Hochzeit von Eugenie sein Privatstudium, das aus den Fächern Mathematik, Geographie, Geschichte, Literatur, Griechisch und Französisch bestanden hatte, abschloß und sein Universitätsstudium begann, und zwar nicht, wie damals bei Fürsten üblich, als Privatissimum, sondern auf seinen ausdrücklichen Wunsch als Student unter Studenten.[11] Man kann aus seinen Neigungen schließen, daß er sich vor allem dem Studium von Zoologie und Botanik widmete.

Der Tod der alten Frau von Wurmb hatte eine weitere Änderung der Lebensführung im Palais Leuchtenberg zur Folge. ›Ma chère‹ war eine rührende Seele gewesen, doch scheinen alle nach diesem Ereignis aufgeatmet zu haben, selbst die Hausfrau.

Die Bemerkungen der Kurfürstin-Witwe Leopoldine zu diesem Thema sind gewiß übertrieben und boshaft, aber immerhin charakteristisch.

Die gute Herzogin von Leuchtenberg ist wie ein Mädchen von fünfzehn, qui met le nez dans le monde. Sie scheint seit dem Tod ihrer alten Eule ihre Freiheit gefunden zu haben. Sie zieht sich einem Alter von fünfzehn Jahren entsprechend an. Sie hatte Rosen im Haar und am Kleid ... Die arme Frau beginnt mit vierzig reichlich spät zu genießen. Sie ist richtig in Planat verliebt und das mit der candeur et innocence de quinze ans. Sie errötet, wird verlegen, wenn sie ihn ansieht, enfin c'est l'amour timide, le sentiment naissant, un désir, qu'on ne s'avoue pas. Cette bonne Princesse n'a encore jamais aimé, car elle aimait le Prince par devoir et obéissance pour Madame de Wurmb, mais pas par inclination.[12]

Als aber bald darauf jener Prinz Croy, der vor Augustes Verbindung mit Eugen um sie angehalten hatte, nun um die Witwe warb, wies sie ihn entrüstet ab.

Planat bat die Herzogin schriftlich um Enthebung von seiner Funktion als Begleiter ihres Sohnes. Der junge Herzog habe einen ›caractère bouillant‹ und vom ressentiment zum insulte sei nur ein Schritt. Kälte und Kindereien könne er ertragen, aber keine Herausforderung. In solchem Fall verschaffe er sich Genugtuung ohne Rücksicht auf die Person.[13] Im Herbst wurde der Kürassierrittmeister Graf von Spreti Begleiter des Herzogs.

Pfingsten unternahm man Familienausflüge auf die Königsalpe und zum Achensee von Bad Kreuth aus, das die Königin Caroline mit Tegernsee vom König geerbt hatte.

Welcher Jubel, als am letzten Juni ein schwedischer Kapitän die Nachricht von der glücklichen Geburt eines zweiten schwedischen Prinzen nach Ismaning brachte. Königin Désirée schrieb auf französisch und König Karl Johann auf deutsch, daß dieses Kind am 18. elf Minuten nach Mittag im Schloß Haga glücklich zur Welt gekommen sei, *ein gesunder, wohlgestalteter Prinz, welcher in der hl. Taufe den Namen Franz Gustav Oscar erhalten wird und dem ich den Titel Herzog von Upland ertheilen will.*[14]

Im Frühjahr ließ Dom Pedro, Kaiser von Brasilien, der vor anderthalb Jahren seine Erzherzogin Leopoldine verloren hatte, durch deren kaiserlichen Vater nach einer Nachfolgerin Ausschau halten. Die Kaiserin Charlotte, die den Ehrgeiz ihrer Schwester Auguste kannte, klopfte in einem Brief bei dieser an.[15]

Auguste erwiderte[16] ehrlich: *Eine leise Regung von vanité, was für Vorteile sich für meine Kinder durch solch glänzende Heirat ergeben würden, schleicht sich in mein Herz.* Ob aber Amelie glücklich würde? Man sagte, die Erzherzogin Leopoldine sei aus Gram über die schlechte Behandlung von seiten ihres Mannes gestorben. Er solle einen schlechten Charakter und eigenartige Sitten haben. Wenn dem so wäre, könne sie ihm ihr Kind nicht anvertrauen, noch dazu bei solcher Entfernung. Amelie sei auch noch gar nicht entwickelt. Unter siebzehn Jahren könnte sie ihm ihr Kind nicht geben. Fünf Stief-

kinder zu übernehmen, sei auch keine Kleinigkeit für ein so junges Mädchen. Wenn die Schwester versichern könne, daß die Behauptungen nicht zutreffen und ihr Kind glücklich werden könnte, dann würde sie vielleicht dieses Opfer bringen. *Amelie hat einen liebevollen Charakter, verwöhnt mich besonders und liebt ihren älteren Bruder derart, daß sie neulich sagte: »Ich will nicht heiraten, will bei meiner Mutter bleiben und mein Vermögen August überlassen, um seines zu mehren.«*
Darauf Antwort am letzten März[17], daß Leopoldine nicht glücklich war. Dom Pedro habe von seiner Maîtresse en titre zwei legitimierte Töchter. Die Ernennung der älteren zur Herzogin von Goyaz sei unter Bezugnahme auf das Beispiel Ludwigs XIV. in den Zeitungen veröffentlicht worden. Diese »scandaleuse liaison« habe noch sechs Monate über den Tod der Kaiserin hinaus angehalten. Die beiden Kinder würden im Schloß wie Prinzessinnen von Geblüt behandelt. Die Mutter habe sich zwar entfernt, setze aber alles daran, um zurückzukehren, was sie sicherlich erreichen wird, wenn der Kaiser sich nicht wieder verheiratet. Die Mutter einer zukünftigen Kaiserin müsse die Bedingung stellen, daß diese Frau des Landes verwiesen werde. Sie scheine ebenso intrigant zu sein wie Dom Pedro ihr gegenüber schwach. Im übrigen sei er energisch, ehrlich, klug und trotz seiner Heftigkeit gütig. Seine Frau müßte den nötigen Mut aufbringen, sich nicht einschüchtern zu lassen. Allzu große Nachgiebigkeit habe das Unglück der armen Leopoldine herbeigeführt. Es müßte gerechterweise gesagt werden, daß deren beinahe männliche Manieren dazu beigetragen haben. Auch habe sie Schulden gemacht und sei nicht nur pro forma Regentin gewesen, als der Kaiser sich im Krieg gegen die Republik Buenos Aires befand. Dom Pedro sei zärtlicher, fürsorglicher Vater und angeblich auch ein sehr schöner Mann. Wenn Amelie aber nicht vor siebzehn heiraten dürfe, käme sie bei der großen Ungeduld Dom Pedros kaum in Betracht.[18]
Zum Verständnis der kommenden Ereignisse in Brasilien und Portugal ist ein kurzer Einblick in die Familie Braganza nötig. Der Vater der Brüder Miguel und Pedro, König João VI. von Portugal, kann nicht als Zierde des lusitanischen Thrones bezeichnet werden.

Die energische Königin Carlota Joaquina war ihm geistig überlegen, aber allzu temperamentvoll. Sie war eine Tochter des spanischen Königspaares Carlos IV. und Maria Luisa. Ihr Profil ist auf dem bekannten Familienbild Goyas hinter ihrem Vater zu sehen. Im Gegensatz zur spanischen Königsfamilie entzog sich die portugiesische im letzten Augenblick dem Zugriff Napoleons durch die Flucht nach Rio de Janeiro.[19] Brasilien, das im Jahre 1500 von Pedro Alvarez Cabral entdeckt und für die portugiesische Krone in Besitz genommen wurde, war im 19. Jahrhundert nur an den Rändern von Europäern bewohnt, und die Lebensbedingungen waren selbst in Rio noch primitiv. Obwohl König Johann Handelsfreiheit gewährte, kam es 1817 zu einer antimonarchischen Bewegung. Anfang 1821 forderte Brasilien eine Verfassung. Pedro und Miguel schworen auf sie, trotzdem forderte man weiter die spanische Verfassung von 1812, was gleichbedeutend mit Unabhängigkeit gewesen wäre. Der nach Portugal zurückgerufene König João riet seinem zunächst als Regenten zurückbleibenden Sohn Pedro beim Abschied, allem zuvorzukommen und sich selbst die Krone aufzusetzen. In Lissabon ließ man den Vater erst landen, nachdem er die Verfassung unterschrieben hatte. Dies bedeutete die endgültige Trennung von Carlota Joaquina, denn sie war ebenso wie ihr Sohn Miguel geschworene Feindin jeder Verfassung. Beide wurden des Landes verwiesen. Dom Miguel kam damals über München nach Wien und wurde Metternichs Kandidat für Portugal. Im März 1826 starb König João.

Damals schrieb die Königin-Witwe Caroline von Bayern ihrer Mutter aus Wien nach Baden:[20] *Der arme Dom Miguel, den sie schon für den König hielten, ist anscheinend mehr denn je entfernt davon. Sein Bruder in Brasilien ist in einer sehr prekären Lage, so daß er sich möglichst an Portugal klammern wird. Außerdem verlautet, daß nach dem eben geborenen Sohn – dem künftigen Kaiser Pedro II. – alle Töchter vor Miguel thronberechtigt sind. Um ihm auch jeden Anspruch in Zukunft abzuschneiden, sagt man, England wolle ihn mit der noch nicht siebenjährigen … Maria da Gloria verheiraten. Fürst Metternich sagt indessen, daß der Vater keine derartigen Wünsche geäußert hat. So bleibt der arme Dom Miguel einstweilen hier. Er soll erklärt haben, daß er sich ganz den Wünschen des Kaisers füge und soll durch den Tod seines Vaters sehr gebrochen sein. Rührend ist die Standhaftigkeit dieses jungen Mannes für Luise, führt aber zu nichts.*

Miguel nahm jedoch die von seinem Bruder für die Rückkehr nach Portugal gestellten Bedingungen an: Schwur auf die Verfassung und Treue seiner Nichte und Braut Maria da Gloria. Vier Monate darauf löste er die Cortes auf und erklärte sich zum König von Portugal. Nach Abzug der englischen Truppen hob er die Verfassung auf. Am 12. Dezember 1822 hatte Dom Pedro eingedenk der Abschiedsworte seines Vaters die ihm angebotene brasilianische Kaiserkrone angenommen und damit die Monarchie gerettet, während sich die spanischen Kolonien in Südamerika eine nach der anderen in Republiken verwandelten. Er wurde zum Kaiser Dom Pedro I. von Brasilien gekrönt. Die ihm nach dem Testament des Vaters zustehende, vom Regentschaftsrat angebotene portugiesische Königskrone nahm er als Peter IV. an, verzichtete aber gleich darauf zugunsten seiner Tochter Maria da Gloria.

Als die Mißstimmung gegen seine zur Marquesa de Santos erhobene Geliebten Domitilla immer mehr zunahm, entfernte er sie vom Hof, obwohl sie ihm erst vor kurzem eine zweite Tochter, Herzogin von Ceara, geboren hatte. Er schien entschlossen, sein Leben zu ändern, wenn er eine zweite, hübsche und sympathische Frau bekäme, aber es mußte bald sein. Daher war Felisberto Caldeira Brant Pontes Marques de Barbacena noch vor Ablauf des Trauerjahres nach Europa gesegelt, um eine neue Kaiserin zu holen. Außerdem sollte er die Anerkennung des selbständigen Kaiserreiches Brasilien mit zurückbringen, die jedoch alle auf Metternich eingestellten Höfe versagten.

Schiff und Vollmachten seien unterwegs, schrieb die Königin Caroline ihrer Mutter[21], es fehle nur die Braut. Charlotte sei in großer Verlegenheit, habe sich auch an ihren Bruder Ludwig gewandt. Dieser bekam den Brief Mitte September in Bad Brückenau nach der Rückkehr von seinem Besuch bei Goethe in Weimar. Er vermerkte, daß er nichts dagegen hätte, wenn eine seiner Stiefschwe-

stern Dom Pedro heiraten möchte. Sie wollten jedoch ebensowenig wie eine Savoyerin und noch andere Prinzessinnen.
So kam Barbacena im Mai 1828 ohne Braut zurück, aber mit einem Garantievertrag mit England und Frankreich für die Rechte der jungen Königin Maria da Gloria von Portugal. Dom Pedro verbannte Domitilla nach São Paulo und schickte Barbacena noch einmal auf Brautschau, während der brasilianische Diplomat Visconde de Pedra Branca in Paris sich an die in Mannheim lebende Witwe des Großherzogs Karl von Baden, Eugens Cousine Stefanie Beauharnais, an dessen Schwester Hortense und schließlich an die Herzogin von Leuchtenberg wandte.
Barbacena nahm die kleine Königin Maria da Gloria von Portugal mit, um sie zur Verlobung mit Dom Miguel nach Wien zu bringen. Als er aber erfuhr, daß Miguel den portugiesischen Thron usurpiert hatte und Metternich sich auf dessen Seite stellte, begab er sich statt nach Wien nach London, wo das Mädchen bei den Freunden Portugals unter König Georg IV. in guter Hut war. Maria da Gloria gewann bei diesem programmwidrigen Aufenthalt die Sympathien des englischen Hofes. Hingegen kamen in der Heiratsangelegenheit des Kaisers weitere Absagen, so von der verwitweten Großherzogin Stefanie von Baden über den Grafen Méjan mit der Begründung, der Nachfolger ihres Mannes würde als Anhänger Metternichs seine Einwilligung nicht geben[22], weiter Nachrichten aus Rio, der Kaiser habe sich mit Domitilla ausgesöhnt. Da die Post damals ungefähr zwei Monate von Europa nach Brasilien brauchte, kam es, daß Dom Pedro mit Amelie Leuchtenberg bereits verlobt war, als sein Befehl zur Einstellung der Werbungen bei Barbacena eintraf.
Im Juli 1829 erreichte Amelie das von der Mutter für ihre Verheiratung festgesetzte Alter von siebzehn Jahren, und prompt wiederholte die Kaiserin Charlotte ihre Werbung. Die gerade in München anwesende Schwägerin Hortense sekundierte, während Stefanie aus Mannheim schon seit längerer Zeit im gleichen Sinn am Werk war. Die von Planat über den Freier eingeholten Auskünfte lauteten eher günstig:
Der Kaiser ist ein sehr schöner Mann, kräftig und gesund, gewandt in al-

len körperlichen Übungen, liebt die Jagd und leidenschaftlich Pferde. Er ist ein guter Musiker, komponiert sogar. Er hat ein gutes Herz, ist aber impulsiv und läßt sich mitunter hinreißen. Eine sanfte, tugendsame Frau wird ihn leiten können. Die verewigte Kaiserin war zu gleichgültig und zu wenig soigniert. Seine Zivilliste beträgt sechs bis sieben Millionen francs, abgesehen von ansehnlichem privatem Einkommen. Trotz Freigebigkeit ist der Kaiser sparsam und vermehrt sein Vermögen jedes Jahr.

Mutter und Tochter nahmen an. Planat begab sich zur Abfassung des Ehekontrakts nach London. Die Königin-Witwe Caroline schrieb am 24. Juli aus ihrem eben fertig gewordenen Landsitz Biederstein bei München an ihre Tochter Elise nach Berlin[23], daß sie Amelies Mut bewundere. Auguste holte sich in Bad Brückenau das Einverständnis ihres Bruders Ludwig.

Kaiser Franz dankte Gott, daß seine Enkelkinder eine solche Stiefmutter bekämen. Im nächsten Brief an Auguste brach Charlotte noch einmal eine Lanze für Dom Pedro. Bei seiner ersten Heirat sei er noch jung und unerfahren gewesen, aber jetzt sei er durch schmerzliche Erfahrungen gereift. Leopoldine habe keineswegs dem sehr geschmeichelten Porträt geglichen und ihn schon durch ihr Aussehen enttäuscht. Er liebe gutangezogene Frauen, und Leopoldine habe sich auch darin vernachlässigt.

Einige Tage darauf hieß es in einem neuen Brief aus Wien, Auguste solle auf Entfernung der intriganten Marquesa de Santos bestehen. Pedro habe ihre Tochter behalten, die jüngere sei gestorben. Er habe seinem verflossenen Schwiegervater reuevoll Besserung gelobt und dem Wunsch nach einer zweiten Ehe Ausdruck gegeben.[24] Anscheinend wußte Charlotte auch nicht, daß Domitilla wieder zurückgekommen war, nachdem sie ein drittes Mädchen geboren hatte, das den Titel Condesa d'Iguassu erhielt.

August war entschlossen, mit Graf Spreti und Papa Méjan seine Schwester nach Brasilien zu begleiten. *Karl behauptet, daß der gute alte Méjan sich bereits dort als dirigierender Minister sehe. Es ist wahr, daß man in diesem Haus großen Ehrgeiz hat, besonders Méjan und Planat, die die ganze Heiratsangelegenheit in Händen gehabt haben,* schrieb die Königin Caroline an ihre Tochter nach Berlin.

Noch schroffer urteilte die verwitwete Kurfürstin Leopoldine: *Das Haus Leuchtenberg, glücklich, eine Tochter dem Ehrgeiz opfern zu können, sie Kaiserin zu nennen, scheint auf dem Höhepunkt der Seligkeit angelangt zu sein. Jedenfalls verheimlicht man nicht, daß dieses Ereignis alle alten Ansprüche auf Größe neu erstehen läßt.*[25]
Dom Pedro begeisterte das Porträt seiner Braut so sehr, daß er Domitilla wieder verbannte. Amelie ließ ihn um Verleihung eines der beiden Prädikate ihres Vaters – nämlich Königliche oder Kaiserliche Hoheit – an ihren Bruder August bitten, da dies vom bayrischen König nicht zu erwarten sei.[26]
Dies und die einmalige Gelegenheit, nach Brasilien zu kommen, waren nicht die einzigen Gründe, daß August seine Schwester begleitete. Er interessierte sich nach Ansicht seiner Mutter zu intensiv für die schöne Schauspielerin Lotte von Hagen. Man muß dem jungen Mann einen guten Geschmack zubilligen. Sein Onkel König fand diese Lotte jedenfalls würdig, in seine Galerie der Schönheiten aufgenommen zu werden. Er selbst liebte sie platonisch, wie – bis auf Lola – alle Damen dieser Sammlung. Aus ihren noch unveröffentlichten Lebenserinnerungen in der Staatsbibliothek in München geht hervor, daß er sie durch seine Besuche und Vorlesen seiner Gedichte eher langweilte. Sein eigenhändiger Zusatz, er habe diese für ihn wenig schmeichelhaften Memoiren gelesen, spricht für seinen Humor.[27]
Über die Abschiedsszene mit August gibt ein Brief Auskunft, den dieser aus Brasilien an seinen Freund Maurice de Méjan geschrieben hat.[28] Ohne irgendein Versprechen zu geben, habe er seinen Hut genommen und sei durch die Wein- und Schwabingergasse nach Hause gerannt.
Eine Reise nach Brasilien war noch ein Wagnis. Für alle Fälle verfaßte er, sicherlich mit Hilfe von Méjan, ein Testament.[29] Zuerst dankt er der Mutter für ihre Liebe und Fürsorge und bittet sie, ihr geliebtes Ismaning für sich zu behalten. Die nächste Ziffer beginnt mit dem Bekenntnis, *je mœurs le cœur françois.* Der Verkauf von Malmaison habe diesem französischen Herzen weh getan, besonders der der Möbel und sonstigen Gegenstände. Jeder Nagel war ihm teuer,

und nichts von diesem väterlichen Erbe hätte veräußert werden sollen. Lieber sein Leben lang nur schwarzes Brot essen als Reliquien jenes Mannes zu verkaufen, dem die Familie alles verdankt. Er bittet, daß die Herrschaft Navarre, *das Einzige, was uns in Frankreich verbleibt,* niemals verkauft werde, damit sich Bruder Max, wenn er will, dort niederlassen könne. Es soll alles geschehen, um für den Besitz Navarre die Bezeichnung »Duché de Beauharnais« zur Erinnerung an Vater und Großvater zu erreichen. Der Titel Herzog von Beauharnais dürfe nie mit dem eines Herzogs von Leuchtenberg vereinigt werden. Sollte Max nur einen Sohn bekommen, dann müsse eben ein späterer Nachkomme Herzog von Beauharnais werden. Es solle immer einen Zweig dieses Namens in der Familie geben und der Chef desselben den Säbel bekommen, den Napoleon in seinem ersten Feldzug getragen hat.

Artikel 15: Schlichtes Begräbnis und jährlich am Todestag eine stille Messe. Was ein feierliches Traueramt gekostet hätte, soll an die Armen verteilt werden.

Artikel 16: Freund Méjan (Sohn) erhält den Ring, *den ich gewöhnlich trage, eine Locke meiner Haare und das goldene Medaillon mit Haaren de l'Empereur und meines Vaters, das ich immer auf der Brust trage. Er soll verfügen, daß dieses Medaillon … an denjenigen falle, der das Herzogtum Beauharnais bekommt.*

Auch die Braut Amelie dachte mehr an die Armen als an Feste. Sie verzichtete auf eine prunkvolle Prokurationstrauung und ließ das Geld, das Barbacena dafür mitbrachte, dem Waisenhaus zugute kommen. So kam München zu seinem Dom-Pedro-Platz und das Waisenhaus zu einer Stiftung von vierzigtausend Gulden, die trotz Inflation nach dem Ersten Weltkrieg und Währungsreform nach dem Zweiten noch heute besteht. Das Waisenhaus stand damals im Inneren der Altstadt und ist erst 1899 an den Nymphenburger Kanal verlegt worden.[30]

Barbacena und die anderen Portugiesen ließen auf sich warten, weil sie durch Maria da Gloria in London festgehalten waren. Von den Leuchtenbergs kam nur Josephine von Schweden nicht, zum besonderen Kummer Eugenies, deren Lieblingsschwester sie war.[31]

Die mütterlichen Ratschläge an Amelie haben etwas Rührendes. Fromm sein, aber ohne Fanatismus, Eifersucht nicht anmerken lassen. Die Männer seien flatterhaft und leichtsinnig. Den Stiefkindern stets eine liebende Mutter sein. Die Einstellung zur jungen Königin von Portugal erfordere Takt. *Du weißt, daß Haß Portugiesen und Brasilianer spaltet und daß dadurch auch an den Höfen Feindschaft entstehen könnte.* Sie solle unparteiisch mit beiden Verbindung halten und die Kluft zu überbrücken suchen, Interesse an der Entwicklung Brasiliens zeigen. *Vergiß aber niemals, daß Du durch Deinen Vater Französin und durch Deine Mutter Bayerin bist.*[32]

Eingehender waren die Ermahnungen an den Sohn, die ihm erst auf der Fregatte übergeben wurden.[33] Die Reise sei günstig für ihn, weil er sich durch seinen Leichtsinn ins Gerede gebracht habe. Er habe ein ausgezeichnetes Herz, viel Takt und Verstand, kurz alles, um so zu werden, wie sie ihn haben möchte, aber Jugend, Lebhaftigkeit und der Drang nach völliger Unabhängigkeit ließen ihn seine guten Vorsätze vergessen. Er sei allzu empfindlich, brause gleich auf. Da ihm die Arbeit so leicht von der Hand gehe, gebe er sich wenig Mühe. Er solle nicht schlechten Menschen vertrauen. Der Stand seines Vermögens erfordere Sparsamkeit und Ordnung. Man wünsche, auch um dem Kaiser guten Eindruck zu machen, daß er seine Schwester begleite. Vorsicht mit brasilianischen Frauen. Man sage, sie seien eher zügellos und richteten junge Leute zugrunde: *Vergiß nicht, daß gewisse Krankheiten in diesem Land unheilbar sind. Wenn Dir etwas zustieße, würde ich es nicht überleben, und die Vorwürfe, in Deine Reise eingewilligt zu haben, würden mir noch die letzten Stunden vergiften ...*

Am 2. August fand die Prokurationstrauung im Palais statt. Der Nuntius Charles Mercy d'Argenteau, Erzbischof von Tyr, nahm sie vor, und Onkel Karl vertrat den Bräutigam. Graf Spreti, dem wir eine sehr eingehende Reisebeschreibung verdanken, schreibt:[34] *Abgesehen von der Familie Leuchtenberg mit gesamtem Hofstaat waren mit ihrem Gefolge dabei die Königin-Witwe Caroline, das Ehepaar Herzog Max in Bayern, der k. bayrische Oberst-Kämmerer Graf Rechberg und der bayrische Außenminister Graf Armansperg als Zeugen, von Brasilien außer dem außerordentlichen Kommissar Marquis Barbacena der brasilianische*

Gesandte in Paris Marquis Rezende, der Ehrenkavalier der Kaiserin, Commandeur de Vena Magalhães, der Sekretär der außerordentlichen Gesandtschaft, d'Oliveira. Die unmittelbar nach der Trauung erfolgte Übergabe der Kaiserin nahm der Graf von Tascher vor. An der Tafel waren vierzig Gedecke. Die Braut sah entzückend aus in ihrem von dem Pariser Meister der Haute Couture Delille gefertigten Spitzenkleid. Am nächsten Tag Abreise.

Lassen wir die Königin Caroline in einem Brief an ihre Tochter Elise von Preußen zu Wort kommen:[35]

Welch ein Abschied! ... Was für ein Vormittag war das heute und schon der gestrige Abend ... Armes, liebes Kind! ... Ihre tiefe Feinfühligkeit, Bescheidenheit, Einfachheit haben mich innig mit ihr verbunden und mein Bedauern, sie für immer aufzugeben, vertieft. Barbacena war in Tränen aufgelöst, und ich auch, als ich ihm beim Abschied dieses arme Kind empfahl. Dann schleppte er sie weg und Auguste nahm sie beim andern Arm. So brachte man sie an den Wagen. Der Andrang der Menge war so groß, daß ich die Treppe nicht ganz hinunter kam und mit Marie (ihrer Tochter) zitternd wieder hinaufging ... Noch jetzt muß ich weinen, wenn ich an dieses arme Opferlamm denke. Auch ihr Bruder August tut mir leid und rührt mich ungemein. Er war alle diese Tage über so traurig und niedergeschlagen, als habe er bei seiner so schwachen Gesundheit eine schlimme Vorahnung. Gott schütze ihn! Es ist richtig, daß seine Anwesenheit für seine Schwester sehr wichtig ist ... Alle diese Brasilianer haben mir gut gefallen. Sie haben sehr gute Haltung. Besonders Barbacena flößt in seinen oft recht seltsamen Reden durch große Güte und Offenheit Vertrauen ein. U. a. sagte er mir vor Amelie: »Ich bin der unglücklichste Mensch, verbringe mein Leben auf Reisen durch Meere und Länder. Ich liebe Ruhe, muß aber die kleine Königin beschützen und bin für alles verantwortlich. Oft muß ich auf eigene Verantwortung handeln und riskiere dabei das Mißfallen meines Herrn.« Morgen wird er Amelie verlassen, sich nach London begeben, um zu erfahren, was mit der kleinen Gloria geschieht. Dann muß er in Ostende wieder mit Amelie zusammentreffen und sie begleiten, falls die kleine Königin nach Brasilien zurückkehrt. Es waren ungefähr sechs oder sieben (Brasilianer), darunter recht junge d'une charmante figure – besonders ... Almeida ...

Eine Kolonne von acht Wagen rollte über Stuttgart – Köln zunächst nach Ostende. Nur der erste mit Amelie und Fanny war sechsspännig, alle anderen vierspännig. Im zweiten fuhr August mit Papa Méjan. Barbacena begab sich mit seinen Landsleuten eiligst nach London zur Königin Maria da Gloria von Portugal.
Außer dem alten Grafen Méjan und Graf Spreti fuhr noch Dr. Casanova mit, der Eugen in seiner letzten Krankheit beigestanden hatte, an Damen Baronin Sturmfeder und Fräulein Necker. Graf Maurice Méjan und Amelies ehemalige Erzieherin Fanny Maucomble gaben nur bis zum Schiff das Geleite. Obwohl die junge Kaiserin als Herzogin von Santa Cruz inkognito reiste, wurde sie an allen Etappen mehr oder weniger feierlich empfangen. In Ulm fand sich Tante Hortense zur Verabschiedung mit ihrem jüngsten Sohn, dem künftigen Napoleon III., ein. August fand sie reichlich oberflächlich.
In Stuttgart wartete ein Brief Barbacenas mit der Mitteilung, daß er Befehl habe, die Königin mitzubringen, wodurch sich die Reise verzögere. Man gab einen Tag in Stuttgart zu, sah sich die Schlösser an, und August besuchte das Atelier des berühmten Bildhauers Dannecker. *Der nun allmählich ins Greisenalter übergehende Künstler hatte eine große Freude, die junge Kaiserin in seinem Atelier zu sehen,* vermerkte Graf Spreti. Die Kolossalbüste seines Jugendfreundes Schiller wolle er um keinen Preis hergeben. Mit Tante Stefanie in Mannheim wurde ausgemacht, daß die Herzogin den Winter bei ihr verbringen solle. In Köln meinte Spreti, daß der Dom wegen der hohen Kosten wohl nie fertiggebaut würde, und in Gent wartete man ungeduldig auf Nachrichten aus England. In Vertretung des Königs Wilhelm der Niederlande zeigte der Kommandant Prinz Bernhard zu Weimar sich besonders aufmerksam. Amelie mußte sich in einer Ausstellung in ein Ehrenbuch unter den Namenszug ihrer Großmutter Josephine eintragen.
Am 23. August erreichte man bei scheußlichem Wetter Ostende und mußte zwei Tage warten. *Ich werde den Kontinent mit Bedauern verlassen ... Ihr und Vaters Bildnisse begleiten mich überallhin,* schrieb August seiner Mutter.

Eugène Vicomte de Beauharnais
Herzog von Leuchtenberg
Fürst von Eichstätt

Prinzessin Amelie von Leuchtenberg
Kaiserin von Brasilien

Aus den vielen Gratulationsbriefen, die Auguste anläßlich der brasilianischen Heirat bekam, seien nur zwei aus dem Nachlaß Méjans erwähnt[37], weil sich die Schreiber, noch ehe ein Jahr um war, auf dem französischen Thron ablösten. Karl X. schrieb aus St. Cloud, er könne mit Freuden seine schon bei Eugenies Hochzeit ausgesprochenen Glückwünsche wiederholen. *Sie können an der Aufrichtigkeit meiner Gefühle nicht zweifeln, sind sie doch eine Folge der Freundschaft, die mich mit Ihrem vielgeliebten Vater, dem König von Bayern, verbunden hat.*

Weniger aufrichtig, wie schon die nächste Zukunft zeigen wird, schrieb der Herzog von Orléans aus Neuilly sur Seine, es sei eine Befriedigung für ihn, daß die Herzogin den Gefühlen gerecht werde, *die ich jederzeit dem verewigten Prinzen, Ihrem Gemahl, entgegengebracht habe. Ich habe immer alle Gelegenheiten wahrgenommen, sie zum Ausdruck zu bringen. Ich bin entzückt, Madame, zu erfahren, daß der Prinz, Ihr älterer Sohn, nach Paris kommen will. Madame d'Orléans, meine Schwester und ich möchten, daß sich E. K. H. entschließen könnten, diese Reise mit ihm zu machen. Wir wären sehr glücklich, Sie in unserer Mitte zu sehen und Ihnen meine Kinder vorzustellen. Wie dem auch sei, wir empfangen Ihren Sohn, den Prinzen, mit bien de l'empressement und werden alles, was in unserer Macht steht, daransetzen, um ihm den Aufenthalt in Paris angenehm zu gestalten.*

Die Überfahrt bei heftigem Sturm von Ostende nach Portsmouth auf einem von Barbacena gemieteten Dampfer dauerte statt achtzehn Stunden sechsundzwanzig. Das Geschwisterpaar scheint sich am besten gehalten zu haben, jedenfalls besser als Dr. Casanova, der sie betreuen sollte. Auf einer recht talentierten Zeichnung Augusts sieht man ihn seekrank in sich zusammengesunken in Amelies auf Deck festgemachtem Wagen sitzen. In dieser Stellung habe er den ganzen 26. verbracht, berichtet der Künstler am 28. August seiner Mutter »an Bord der brasilianischen Fregatte l'Imperatrice«, wohl noch im Hafen von Portsmouth. *Nach einer Überfahrt von zwei Nächten und einem Tag haben wir die junge Königin getroffen. Sie hat sich beeilt, an Bord zu kommen, um ihre Stiefmutter zu sehen. Sie verstehen sich sehr gut. Unsere Fregatte ist recht schön … Bisher steht der Wind gegen uns,*

aber heute dreht er sich ein wenig. Wenn das anhält, können wir morgen oder übermorgen segeln.
Und am 30. vor der Abfahrt: *Nochmals à Dieu ... Alles läßt sich ausgezeichnet an, verspricht gute und glückliche Reise. Wir sind alle in unseren Kabinen eingerichtet ... Ich habe das Arsenal von Portsmouth besichtigt, das Interessanteste, was ich seit meiner Abreise erblickt habe. Wahrscheinlich werden wir gegen zehn oder elf Uhr unter Segel gehen ... Wir sind alle sehr munter und zufrieden.*
Spreti vermerkt, daß zur Reisegesellschaft aus dem bisherigen Stab von Maria da Gloria noch eine Hofdame und der Chevalier Sardanha dazugekommen waren und daß mit Betreten des brasilianischen Schiffes trotz bedrückender Enge strenge Etikette in Kraft trat. Die beiden Majestäten von Brasilien und Portugal und der herzogliche Bruder mußten allein essen und wurden meist vom Marquis eigenhändig bedient. *Die Wache auf dem Verdeck tritt vor dem Admiral, dem Capitaine und den höchsten Herrschaften unter das Gewehr, ebenfalls bei der Retraite abends um 8 Uhr, dann bei dem Aufstecken des Pavillons morgens 8 Uhr und mittags 12 Uhr zum Gebete. Bei der Retraite kömmt der Pavillon herunter, die zwei Posten am Vorder- und Hinterteil des Schiffes schießen ihr Gewehr los. Die Musik spielt bei dieser Gelegenheit die vom Kaiser komponierte Hymne, die allgemein als Parademarsch angenommen ist.* Das kleine Geschwader bestand aus den Fregatten ›L'Imperatrice‹, ›Isabella‹ und einer schnellen Korvette.
Wochenlang nur Himmel und Meer. August läßt sich in die Geheimnisse der Navigation einweihen. Die kleine Königin gibt brasilianische Stunden. In einem Brief schreibt August der Mutter undatiert, daß er sich zeigen läßt, wie man nach dem Sonnenstand den Längengrad feststellt. *Ich will diese zwei Monate Seereise benützen, um mir einige Kenntnisse der Marine anzueignen.*
Die Mutter erwartet sich vor Ende Dezember keine Nachrichten. Die letzten vor der Abfahrt haben ihr die zurückkehrenden Méjan Sohn und Fanny überbracht. Die Ernennung des Fürsten Polignac, der wegen royalistischer Umtriebe gegen Napoleon seinerzeit im Gefängnis war, zum französischen Ministerpräsidenten erschien ihr höchst bedenklich. Die Erregung im Land sei so groß, daß man mit

einer Explosion rechnen müsse. Das sei auch ihrem Plan, August bei der Rückkehr entgegenzufahren und zusammen Navarre zu besichtigen, abträglich. *Die Regierung würde froh sein, einen Grund zu finden, um mindestens gegen Dich gelinde gesagt unhöflich zu sein,* schrieb sie dem Sohn. Vor August rechne sie nicht mit seiner Rückkehr. Da er schon einmal diese Reise unternommen habe, soll er möglichst viel sehen. Inzwischen würde sich manches klären. Durch die Heirat von Amelie sei die Familie wieder mehr in den Vordergrund des Interesses gerückt, was gewissen Leuten nicht passe. *Vielleicht hängt Deine Zukunft von Deinem derzeitigen Verhalten ab. Sicherlich wird es auf das Glück Deiner Schwester von Einfluß sein.* Sie habe mit Betrübnis festgestellt, daß ihren Kindern im Lande ihres Bruders, im Gegensatz zu fremden Souveränen, nicht die geringste Aufmerksamkeit erwiesen wurde. *Dies hat mich erneut bewogen, die Lage meiner Familie in Bayern ernstlich zu überdenken ... Es wäre Schwäche, sich freiwillig täglich Unannehmlichkeiten auszusetzen, wenn man solche vermeiden kann. Meine Laufbahn ist zu Ende, aber die meiner Kinder fängt gerade an.*[38]

Als August am 2. Oktober eine Fregatte heransegeln sah, wollte er ihr einige rasch geschriebene Zeilen an die Mutter mitgeben. *En plaine mer sous l'équateur à 22 degrés de longitude.* Sie hätten an diesem Tag um drei Uhr den Äquator passiert. Das Wetter hätte nicht besser sein können. *Ich bin fröhlich wie immer und stärker geworden, aber nicht so sehr wie die Kaiserin, die sichtlich gewachsen ist und zugenommen hat. Die junge Kaiserin ist sehr lustig.*

Am nächsten Tag Zusatz, daß das Schiff gestern nur auf Rufweite herangekommen sei. Durch die Fortschritte in Portugiesisch könne er schon etwas mit den Schiffsoffizieren sprechen. Er habe zur Bereicherung seines naturwissenschaftlichen Kabinetts einen fliegenden Fisch, der durch ein Kabinenfenster hereingeflogen sei, auch einen Vogel, der sich in der Nähe der Kapverdischen Inseln auf der Fregatte niedergelassen habe, bekommen. *Gestern habe ich zwei große Vögel geschossen. Sie waren sehr schön, sind aber ins Meer gefallen und konnten nicht aufgefischt werden.* Er rechne mit Ankunft in Rio am 14. Oktober. Der Himmel habe es jedenfalls gut mit ihnen gemeint. Es habe keinen einzigen Tag Flaute gegeben, während andere Schiffe auf der gleichen Route zwanzig bis fünfundzwanzig Tage liegengeblieben seien. Erstaunlicherweise habe er unter der Hitze am Äquator nicht gelitten. Es sei sogar sehr angenehm auf der Brücke bei aufgespannter Leinwand. Die Abende und Nächte seien prachtvoll, wie die schönsten Sommernächte daheim. Nur drei Tage war es unangenehm heiß, als der Wind nachließ. Das Matrosenleben gefiele ihm. Gestern hätten alle für passage de la ligne zusammen den Matrosen sechshundert Francs gegeben.

Die Herzogin schrieb ihrem Sohn am 11. Oktober aus Ismaning, das Interesse in München für das Geschwisterpaar in Brasilien sei ungeheuer.

Wenn sie allein wäre, würde sie den Winter in Ismaning verbringen. Wenn es die Finanzen erlaubten, möchte sie diesen Winter dort das Innere der Stallungen richten lassen und im Frühjahr die neue Remise. *Da aber das Denkmal, das ich in Rom für Deinen guten Vater habe anfertigen lassen, eben angekommen ist und ich Thorwaldsen die zweite Hälfte bezahlen muß und alles, was dazu in der Kirche gemacht ist, so weiß ich nicht, ob es möglich sein wird. Ich werde das Monument erst am 21. Februar (Eugens Todestag) für das Publikum enthüllen lassen.*

Dazu kam Thorwaldsen selbst nach München und gefiel der Königin Caroline in seiner Bescheidenheit besonders gut. Die Gesamtkomposition fand nicht ihren Beifall, wohl aber die beiden Genien Tod und Leben, schrieb sie ihrer Tochter nach Berlin.[39]

Eugenie mahnte ihren Bruder[40], in den Tropen nicht auf die Schwester im kalten Norden zu vergessen. Josephine solle wieder in anderen Umständen sein. *Was mich betrifft, so bleibt es immer beim alten, beim Wunsch. Diese Prüfung wird erst mit meinem Leben enden! Ich hoffe, Du kennst mich genügend, um zu wissen, daß ich darob mit Mut und Resignation unglücklich sein werde!*

Am 15. Oktober sichtete man am Horizont die Bahia de Guanabara. August war von der Einfahrt in Rio überwältigt. *Man muß sich vorstellen, was es heißt,* schrieb er der Mutter, *nachdem man zwei Monate lang nur Himmel und Wasser gesehen hat, plötzlich zwei Gebirgsketten vor Augen zu haben und einen Wald von Masten, der die dahinter lie-*

Grabmal Eugen Beauharnais

genden Häuser leicht verdeckt, und wenn man näher kommt, die Flaggen aller durch Handel vereinigten Nationen. Die ganze Landschaft wird belebt von einer ungeheuren Menge den Europäern unbekannter Vögel und einer Unzahl von im Hafen von einem Schiff zum anderen geruderten Kanus, Pirogen, Schaluppen. Das erste Stück Land, das man bei der Ankunft in der Hauptstadt Brasiliens zu Gesicht bekommt, ist das Cap Frio. Von da braucht man bei günstigem Wind bis an die Barre des Hafens von Rio, in den man nur nach einer Visitation einlaufen darf, keinen Tag. Der Meerwind setzt regelmäßig täglich um elf Uhr vormittags ein und hält bis zum frühen Morgen an. Beim Näherkommen staunt man über die bizarren Formen der Berge um die Stadt. Man sieht sie in Gestalt eines liegenden Menschen, dessen Nase der Coscorado darstellt und die Füße der Zuckerhut ... Aus der Ferne kann man die der Barre vorgelagerten Inseln nicht unterscheiden. Man kommt nahe an der Insel Razo mit dem Leuchtturm vorbei. Dahinter liegen die Insel Rodunda und mehrere andere mit wenig vornehmen Namen. Rechts von der Barre erhebt sich das Fort Sta. Cruz, das die Einfahrt beherrscht, und das Fort de Lage auf einem Felsen ... Am Fuß des Zuckerhutes liegt das Fort de S. João ... weiter vorne das durch von Coligny entsandte französische Protestanten erbaute Fort de Villegaynon, wo so viel französisches Blut geflossen ist. Zuerst ist die Stadt durch die Masten ankernder Schiffe fast verdeckt, doch gewahrt man bald die Kirche da Gloria ... Die ganze Stadt liegt wie ein Amphitheater am Meeresstrand und auf den vielen Inseln in der Bay von Rio. Die rasche Überfahrt hatte zur Folge, daß man mit den Vorbereitungen zum Empfang nicht fertig war. Laut Spreti war der Kaiser durch den optischen Telegraphen auf Cap Frio am Vortag von der Ankunft verständigt worden. Er kam in der Barkasse, die die Fregatte einzuschleppen hatte, zum Marinearsenal gefahren und erklomm eiligst das Schiff. Beide Partner waren angenehm überrascht. Barbacena und die kleine Maria da Gloria sollen ihnen über die erste Verlegenheit hinweggeholfen haben. Das war um so nötiger, als Dom Pedro so erregt war, daß er, wie Auguste von Hortense aus Rom erfuhr, zusammenbrach. Spreti bestätigte diese verdächtige Ohnmacht. Nach einigen verlegenen Worten an Amelie sei er erbleicht und hätte sich übel befunden, beinahe ohnmächtig. *Erst nach einigen Minuten hatte er sich wieder er-*

holt und war im Stande, sich mit seiner Gemahlin zu beschäftigen. Er sei nicht groß, stark, aber keineswegs dick, *dunkles, stark gelocktes Haar, schöne, große Augen, von den Blattern etwas markiert, aufgewecktes, geistreiches Gesicht voll Leben. Er hat vielen militärischen Anstand und gute Haltung, ist überhaupt ein schöner Mann ... Während nun dies alles vorging, kamen wir dem Eingang des Hafens immer näher, um so mehr, als man unsere Fregatte an das Dampfschiff anhängte. In jeder Beziehung wunderschön ist die Bay von Rio Janeiro. Was Martius, alle Reisebeschreibungen auch sagen, bleibt noch zurück. Sieben Forts decken den Hafen. Diese sowie alle im Hafen liegenden brasilianischen und fremden Schiffe fingen an, uns ihre Grüße entgegenzudonnern, die dann tausendfach in den Bergen, welche die Stadt und die Bay umgeben, widerhallten.* Dann wurde unter erneuten Salutschüssen zwischen den Schiffen geankert. Hofleute und Offiziere, auch solche der englischen und französischen Marine, stellten sich vor. Auch die kaiserlichen Kinder erster Ehe, Januaria, Francisca, Paula und Pedro – *recht artige Kinder* – , kamen an Bord. Barken mit Neugierigen aller Klassen umfuhren die Fregatte. Der Kaiser kehrte ungern wegen des Protokolls nach dem Essen mit seinen Kindern in sein Palais zurück. Abends erstrahlten alle Schiffe in Festbeleuchtung. Dabei regnete es in Strömen.
Am nächsten Tag Trauung. Der Kaiser kam, so berichtet Spreti weiter, am Vormittag mit Kindern und Gefolge wieder aufs Schiff. Punkt zwölf begann unter Flaggen- und Kanonensalut das Übersetzen zum Arsenal. Von dort ging man zu Fuß zwischen einem Spalier von Marineaspiranten auf mit Blumen bestreuten Teppichen zu einem nicht ganz fertig gewordenen Triumphbogen, worin in einer Halle der Hofstaat die hohen Herrschaften erwartete. Grenadiere und Hartschiere stellten die Ehrenwache. Auf der anderen Seite des Portals standen die Wagen. *Diese Staatswagen waren alle von uralten Formen ... und mögen schon vielen portugiesischen Königen gedient haben.* Der des Kaisers war der einzige moderne und mit Pferden – acht Schimmeln – bespannt. Alle übrigen wurden von unansehnlichen Maultieren gezogen, die sich unter den reichen barocken Geschirren noch kümmerlicher ausnahmen, je sechs oder vier an der Zahl. Die ersten vier wurden vom Bock aus geleitet,

während auf den Satteltieren der Paare davor Postillione saßen. Die Wagen wurden von kaiserlichen Angestellten zu Pferd und zu Fuß begleitet. Der der Kaiserin hatte acht Mulis. Die Hoflivreen waren in den brasilianischen Farben, Grün mit Goldborten, grünen oder weißen Hosen, *enorme, dreizackige Hüte* mit goldenen oder silbernen Borten mit und ohne Federn. Der Kutscher des kaiserlichen Wagens trug außer Goldborten schwer goldene Epauletten und einen Degen. Die Uniformen der vornehmeren Hofleute waren ebenfalls grün und gold. Der Kaiser wollte mit seiner Gattin zur Kirche fahren, aber Barbacena bestand auf seinem Recht, sie bis dorthin zu begleiten. Verärgert folgte Dom Pedro mit Maria da Gloria und August. Ein störrischer Maulesel hielt den Wagen der Kaiserin auf. *Trotzdem die sieben Gefährten des eigensinnigen Tieres an demselben mit Leibeskräften zogen und ein Hagel von Schlägen auf das arme Tier fiel, brauchte es doch mehrere Minuten, dasselbe in Bewegung zu bringen, was es endlich mit ungeheueren Sprüngen beging.* Die kurze Fahrt zur Hofkirche erfolgte in feierlichem Zuge mit Hofchargen und Ehrengarde zwischen einem Militärspalier. Kaum war der Wagen in Gang gebracht, mußte Amelie wieder halten, um eine ihr unverständliche lange Begrüßungsrede des Magistrates über sich ergehen zu lassen. In den Straßen und auf dem Hofplatz drängte sich das Volk unter Vivat-Rufen heran. Alle Fenster waren von aufgeputzten Damen und Herren besetzt, die mit weißen Tüchern winkten. Es mußten noch zwei Triumphpforten passiert werden. In der einen rezitierten und übergaben festlich gekleidete Mädchen Gedichte, in der zweiten Genien Blumenkränze. Am Kirchenportal stand der Bischof mit seinen Geistlichen zum Empfang. Auch die Kirche war reich dekoriert und der goldene und silberne Kirchenschatz ausgestellt. Die gesamte Hartschiergarde war mit ihren Hellebarden aufgebaut. Außer dem diplomatischen Korps und den am Festzug Beteiligten hatte niemand mehr in der Kirche Platz. Die Trauung war kurz, um so länger das Tedeum mit der vom Kaiser komponierten Musik. Es sangen zwei berühmte Sänger. Das junge Paar kniete auf rotsamtenen Kissen. *Die Kaiserin war sehr andächtig, den Kaiser schien die Sache ihrer Länge wegen gewaltig zu langweilen. Seine vielen Bewe-*

gungen, die nicht immer zu den anständigsten gehörten, gaben hievon sehr deutliche Spuren.
Von der Kirche begab sich die kaiserliche Familie mit dem Hofstaat durch ein ehemaliges, diese und die Residenz verbindendes Kloster in den Thronsaal. Das junge Paar nahm unter einem reich mit Gold bestickten Baldachin zum Handkuß Platz. Die nicht sehr große Residenz enthielt außer einem Absteigequartier für das Kaiserpaar fast nur Säle für Repräsentation. Nach dem Handkuß fand in verschiedenen Räumen und Serien Tafel statt, wobei nach brasilianischer Sitte nur die Suppe serviert wurde. Alle übrigen Speisen in reichlicher Zahl standen verdeckt oder offen zur Selbstbedienung bereit. Der kaiserlichen Familie wurde von Kammerherren und Pagen serviert. Die allzu bescheidenen Münchner kamen zu kurz und mußten diese Art zu essen erst lernen. Der Kaiser sprach viel und brachte mit Champagner Gesundheiten aus. Als zweite Serie stürzten sich die bisherigen Zuschauer wie hungrige Wölfe auf die Plätze und Speisen. An den Tafeln für das Gefolge ging es ebenso zu. Casanova, der viel auf gutes Essen gab, war mit diesem Verfahren gar nicht einverstanden.
Das Kaiserpaar blieb im Schloß zurück. Die Kinder wurden gleich in den kaiserlichen Wohnsitz São Christovão einige Kilometer vor der Hauptstadt zurückgeschickt. Für August mit seinen Herren war ein nahe dabei gelegenes eigenes Haus bestimmt. Als es zu dunkeln begann und immer noch kein Wagen erschien, suchte Spreti den Herzog in den kaiserlichen Gemächern auf. Er fand Dom Pedro höchst unzeremoniell in Nangkinghosen. Als er hörte, daß der Wagen nicht gekommen war, *lief er ans Fenster, riß solches schimpfend auf und pfiff nach Leibeskräften über den Finger nach der Richtung gegen den Hofstall,* mit dem Erfolg, daß alsbald der ersehnte Wagen mit vier Maultieren vorfuhr. Darin ging es eine kleine Stunde lang durch stockfinstere Nacht, ungefähr so weit *wie Nymphenburg von München.* Als sie in dem Quartier bei São Christovão ankamen, geriet der Hausmeister in größte Verlegenheit, weil er nicht mit so baldigem Eintreffen seiner Gäste gerechnet hatte. Die eigene Dienerschaft erschien noch viel später mit dem Gepäck. Sie hatte den

ganzen Tag auf dem Schiff auf ihr Übersetzen gewartet und dieses schließlich selbst organisiert. Das hübsch eingerichtete Gästehaus war erst vor kurzem durch den Kaiser von einem Arzt erworben worden. Das Erdgeschoß wurde von einem großen Speisezimmer eingenommen, im ersten Stock hatte der Herzog seine Wohnung, und im zweiten wurden seine Herren untergebracht. Am frühen Morgen traf auch die brasilianische Dienerschaft ein, vom Hausmeister bis zum untersten Diener zweiunddreißig an der Zahl. *Es ist in Brasilien Sitte, daß jedermann so wenig als nur möglich tut und alle Arbeit im Grunde von den Negern geleistet wird.* Allein im Stall gab es für zwölf Pferde und ebenso viele Mulis siebzehn Personen. Sie waren auch in Grün mit Goldborten gekleidet und trugen Hüte mit silbernen. Vier Mulis waren für den Zweisitzer des Herzogs bestimmt, zwei für ein kleineres Gefährt. Drei Reitpferde standen ihm zur Verfügung und drei weitere seinen Herren. Die übrigen waren für die begleitenden Reitknechte bestimmt. Ein ständig zugeteilter Kammerherr stand an der Spitze und hatte August zu betreuen. Auch er wohnte im Haus. Als Spreti erwachte, bot sich ihm ein zauberhafter Blick *über das herrliche Tal von St. Christoph mit seinen unzähligen Landhäusern und Gärten – letztere in der üppigsten Vegetation –, das sich von dem kaiserlichen Lustschloß zu St. Christoph, nicht mit Unrecht die Quinta Boa vista genannt, bis zu den Vorstädten ausdehnte, dann von der Bay und dem Corcovados-Gebirge begrenzt wurde. Ein Felsenberg am Saco d'Aleros verschloß die Aussicht nach der Stadt und ihrem Hafen.* Von der anderen Seite *übersah man das Campo St. Christoph, das auf dem Hügel gelegene ehemalige Kloster ... jetzt Kaserne ... und einen Teil der Bay mit mehreren ihrer Inseln.* Jeden Morgen um acht zogen von den Kaiserjägern aus São Christovão ein Offizier, ein Sergeant, ein Korporal und zwölf Gemeine für vierundzwanzig Stunden als Wache auf, die jedesmal unter Gewehr trat, wenn der Herzog aus- oder einging. Ein Soldat stand ständig Posten. Der Offizier, der an den Mahlzeiten teilnahm, konnte sich nur im Vorraum aufhalten, die Mannschaft in der Vorhalle.

Noch am Vormittag kehrte man zu einem großen Empfang in die Stadt zurück, der um zwölf Uhr begann. August wurde von einer Kavallerieeskorte begleitet und von einer Kompanie Grenadiere

mit militärischen Ehren empfangen. Auf dem Schloßplatz standen zwischen der gaffenden Menge eigenartige Wagen des diplomatischen Korps und der Leute mit Hofzutritt. Auch innen war die Residenz voll Menschen aller Stände. Hartschiere standen auf den Treppen. Das Kaiserpaar wartete in den Zimmern, von ungefähr dreißig Ehrendamen in gleichen weißgoldenen Hofkleidern mit grünen, goldbestickten Schleppen und weißem Kopfputz mit grünen Federn und Schmuck umgeben. Alle anderen harrten in verschiedenen Sälen auf den Beginn des Handkusses. August berichtete später seiner Mutter[41], daß *l'un et l'autre* glücklich aussahen und die Schwester *d'une mine charmante.* Schlag zwölf donnerten die Kanonen und ging eine riesige Fahne mit dem brasilianischen Wappen auf dem Schloßplatz hoch, die Flaggen aller Kriegs- und Handelsschiffe folgten. Dazu einundzwanzig Salven. Das war das Zeichen zum Beginn der Festivität. Das Kaiserpaar nahm inmitten des Hofstaates in dem noch leeren Thronsaal Platz, die Kinder neben sich. Den Einmarsch zum Handkuß eröffnete das diplomatische Korps, Vertreter von Österreich, Frankreich, England, Nordamerika, Niederlande, Sardinien und verschiedene Konsuln. Es folgten die Brasilianer. Jeder, der ein einigermaßen brauchbares Kleid besaß, hatte Zutritt, voraus die Masse der Beamten von Zivil und Militär aller Grade. Sie schritten hintereinander bis zum Thron, ließen sich davor auf ein Knie nieder und küßten zuerst dem Kaiser, dann der Kaiserin, dann den Kindern die Hand und entschwanden in gleicher Ordnung durch eine andere Tür. An zwei Stunden dauerte die Zeremonie. Dann fuhren die Münchner zurück und überließen den hohen Herrschaften allein den Besuch der von Dom Pedro besonders verehrten Kirche Jencora da Gloria.
Spreti und besonders Casanova fanden die auch in São Christovão nach brasilianischer Sitte aufgebauten Schüsseln und Platten trotz ihrer Vielzahl allzu einförmig. Sobald der Hof übersiedelt war, aß August drüben bei den Verwandten. Am ersten Nachmittag besichtigte man das Kaiserschloß von außen. Es lag in diesem herrlichen Tal auf einem sanften Hügel und wurde auf zwei Seiten von ca. vierzig Tagwerk Garten eingerahmt, der sich in die Ebene hin-

ein ausbreitete. Diesen Landsitz hatte ein reicher portugiesischer Kaufmann seinem König Johann VI. geschenkt. Der Bau war gelb angestrichen. An einen Turm im maurischen Geschmack lehnte sich ein einstöckiger Flügel. Es war eine unregelmäßige Anlage. Ein von Dom Pedro in italienischem Stil erbauter Pavillon war eben fertig geworden und noch nicht bewohnbar. Die steinerne Eingangstreppe war außen an der Hauptfassade angebracht. In der Mitte eines großen Hofes mit steinernen Bögen stieg ein Springbrunnen empor. Dorthin führte vom äußeren Eingangstor eine von Hecken und Blumen verschiedener Art eingesäumte, gepflasterte Straße. Hinter dem Schloß befand sich ein großes Stallgebäude, und seitlich verstreut gab es Häuser für Küchen und Personal. Sie verbanden das Schloß mit dem nicht unansehnlichen Ort, während der von Christovão sich am Fuße des Hügels und außerhalb des Gartens erstreckte. Ein Teil dieses Gartens war im französischen Stil mit von Buchshecken eingefaßten Rabatten angelegt, der Rest scheint im englischen gewesen zu sein. Auch ein Lustgarten aus Rosengesträuch fehlte nicht. Die Hecken an den Wegen bestanden meist aus Kaffeebäumen und Baumwollsträuchern, durch Orangenbäume regelmäßig unterbrochen. Es gab auch eine Allee von sehr großen Mangobäumen, die einzigen Schattenspender.
Am 19. wurde in Rio Kaisers Geburtstag festlich begangen mit Empfang und Parade. Amelie sah aus einem Haus am Platz zu. Pedro führte ihr die Truppen vor, und August und Spreti begleiteten ihn zu Pferd. Die beiden Kavalleristen freuten sich, wieder Pferde unter sich zu haben, wenn sie auch nicht gut waren. Nach einer weiteren Zusammenkunft in einem besonders hübschen Landhaus Dom Pedros in Botafogo siedelte der Hof in das festlich beleuchtete São Christovão über. Nun waren die Geschwister Nachbarn ohne höfischen Zwang. August freundete sich auch mit den kleinen Kindern an. Der Kaiser sei *fou d'Amélie,* schrieb er der Mutter, und auch die Kaiserin glaube, daß er sie glücklich machen werde, *was auch mein Eindruck ist … Er verwöhnt seine Frau. Neulich schenkte er ihr zwei Reihen von 240 Diamanten, alle gleich groß und schön. Am meisten freut mich aber, daß er das Portrait meines Vaters überallhin mitnimmt. Er*

ist auch zu mir, Méjan und Spreti sehr aufmerksam ... Amelie ist immer dabei, auch bei Staatsratssitzungen und geschäftlichen Angelegenheiten ... Er will, daß sie alles erfährt. Wenn ihm etwas abgeht, so nur, daß er nicht zwei Jahre in Europa verbracht hat.

Am 19. Oktober: *Gestern Morgen beim Stapellauf einer Corvette und abends im Theater ... Es ist fast so groß wie das in München, aber niedriger, nicht sehr schön, die Bühne viel kleiner. Es wurde ein Prolog auf die Kaiserin gesprochen. Oper und Ballett weniger gut als bei uns.*

Auf einem eigenen, nur für die Mutter bestimmten Blatt: *Die Marquise ist weit von Rio ... Damit sie nicht zurückkommen könne, hat ihr der Kaiser alle ihre Häuser, Möbel usw. abgekauft. Auch die junge Herzogin ist nicht da. Man hat sie am Tage vor unserer Ankunft ... in ein Landhaus weit von Rio gebracht. Sie wird zur Erziehung nach Frankreich geschickt. Sind Sie zufrieden? – Ich bin es und habe dem Kaiser in Ihrem Namen gedankt. Die ahnungslose Amelie wäre sehr erstaunt gewesen, wenn sie in ihrem Hause dieses Kind vorgefunden hätte.*

Dom Pedro hat Amelie zu Ehren auch einen ›Ordem da Rosa‹ gegründet, ein rosa Band mit schmalen weißen Streifen am Rand und überall rosa Rosen aus Email um den ineinander verschlungenen Namenszug des Paares A. und P. Rosa war Amelies Lieblingsfarbe und die Rose ihre Lieblingsblume. Über den Anstoß zu dieser Gründung gibt es zwei Versionen. Nach der einen soll Dom Pedro, als er Amelie in ihrem mit Rosen bestickten weißen Kleid zum erstenmal sah, ausgerufen haben: »Schön wie eine Rose!« und die Schaffung dieses Ordens beschlossen haben. Nach der anderen habe er ihr in Kenntnis ihrer Vorliebe für Rosen und Rosa bei der Ankunft das Großkreuz in Brillanten überreicht. Um den sechszackigen Stern mit dem Doppelmonogramm schließt sich ein Kranz von rosa Rosen und grünen Blättern, und auf der Rückseite ist in schwarzer Schrift auf blauem Grunde ›Amor e fidelidade‹ zu lesen. Zur höchsten Klasse – es gab nicht weniger als sieben – gehörte eine Ordenskette, deren Glieder abwechselnd Rosen und die Doppelchiffre darstellten. Amelies Rosenorden wurde von allen kaiserlich-brasilianischen am meisten verliehen, besonders durch ihren Stiefsohn Dom Pedro II.[42]

Rio mit seinen zweihundertzwanzigtausend Einwohnern war damals noch primitiv, wie aus undatierten Aufzeichnungen Augusts[43] hervorgeht. Die Weißen überwogen, traten aber nicht in Erscheinung, weil sie bei der Hitze nicht aus dem Haus gingen. Man sah wenige schöne Häuser. Die Residenz, das Arsenal und einige Gebäude sehr reicher Privatleute standen gegen den Vorort Botafogo zu, wo auch der größte Teil des diplomatischen Korps in hübschen Gebäuden und Gärten wohnte. Die schönsten Straßen von Rio waren die sehr lange und ziemlich breite Rua Direita und die fast ganz von französischen Kaufleuten bewohnte Rua Daidor. Diese war, um mehr Schatten zu erhalten, sehr eng. Die nicht sehr schöne Rua Vallonga war für den Fremden interessant, weil dort Sklaven verkauft wurden.
Spreti beschreibt einen Besuch des dortigen Sklavenmarktes mit seinem Herrn. *Alle Häuser sind zum Sklavenmarkt eingerichtet und haben in ihrem unteren Stockwerk ein einziges großes Gemach, in welchem sich die unglücklichen Neger, in Reihen längs der Wände auf den Boden gekauert, teils auf hölzernen Bänken sitzend zum Verkauf ausgestellt befinden. In der Mitte des Saales steht ein Pult, an dem der Sklavenhändler sitzt und auf welchen die Blicke mit Angst und Schrecken der Unglücklichen gerichtet sind. Diese sind meistens ganz unbekleidet, oder haben doch nur ganz kleine Schürzen um die Schamteile gebunden. Der Kopf ist ganz glatt geschoren. Neu angekommene Neger sind gemeinlich ungemein mager, bei welchen sich die dicken Bäuche noch unförmlicher ausnehmen, dann über und über mit einem Ausschlag bedeckt, der ihnen ein scheußliches Aussehen gibt. In gänzlichem Stumpfsinn und Hilflosigkeit sitzen sie in jedem Alter und Geschlecht da, bis Käufer erscheinen und sie dann zur Untersuchung, die ganz so wie bei uns beim Ankauf eines Tieres auf dem Viehmarkt vorgenommen wird, herbeigebracht werden. Der Anblick dieses Marktes ist für den nicht daran gewöhnten Europäer in jeder Beziehung nur Grauen erregend und er wird ohne triftige Ursache nicht zum zweiten Male die Straße do Vallonga durchwandern, wenn sie sonst auch zu den schönsten der Stadt gezählt werden kann.* Sie waren auf der Überfahrt einem Sklavenschiff begegnet, das auf dem Weg nach Afrika war, um solche Menschenware zu holen.

Hauptplätze von Rio waren die vor der Residenz und dem Arsenal und der Platz der Costitution vor dem Theater d'Acclimation, früher Cap Sta. Anna. Letzterer war so groß, daß man darauf mit zehntausend Mann hätte manövrieren können.
Es gibt auch eine Bibliothek und ein Museum ... Der Theatersaal wäre selbst in einer europäischen Hauptstadt superbe. Wenn in den etwas entfernteren Straßen ein Maultier umfällt, läßt man es liegen, bis es die Aasgeier gefressen haben. Schweine und Ziegen beleben die Stadt. Dem Polizeiverbot zum Trotz spazieren sie in den Straßen und tun sich oft neben den Negern nieder, die fast immer in den Straßen in der Sonne herumliegen und ausruhen. Europäische Ohren gewöhnen sich schwer an den Lärm der Karren und die schrillen Schreie der Neger, womit sie sich gegenseitig zur Arbeit animieren. Ebenso schwer gewöhnen sich die Augen an den Anblick halbnackter Menschen. Abgesehen von einigen vierrädrigen Wagen reicher Besitzer gibt es nur kleine, von zwei Maultieren gezogene, begleitet von einem Stallburschen zu Pferd oder Muli-Neger. Einige Ausländer fahren mit Pferden. Diese sind nicht schön und sehr klein. Sie kommen aus dem Süden oder von Minas Geraes und sind im allgemeinen schlecht dressiert. Fast jeder Brasilianer besitzt ein Pferd, um abends spazieren zu reiten – so sehr befürchten sie, sich zu Fuß zu ermüden. Wer kein Pferd hat, reitet ein Maultier. Von dem, was er bis dahin von der Umgebung gesehen habe, seien am schönsten St. Cristophe, Botafogo, die Punta do Cajn, die Kaskade von Feignero, Lagoa mit dem botanischen Garten und der Pulverfabrik.
Den Naturfreund August begeisterten am meisten die herrliche Vegetation, die prachtvollen Bäume, Blumen, Früchte und die vielerlei buntschimmernden Vögel[44], berichtete er seiner Mutter.
Von der Unzufriedenheit im Land[45] scheint die Kaiserin durch den verbannten ehemaligen Minister de Andrada erfahren zu haben. So wurde nicht ohne ihre Mitarbeit ihr Brautwerber Barbacena mit der Bildung einer neuen Regierung betraut. Er konnte das Unheil aufhalten, aber nicht vermeiden.
Rezende schrieb aus Paris an Méjan[46], Spanien, das Dom Pedro nicht als Kaiser von Brasilien anerkannte, habe dies mit Dom Miguel als König von Portugal getan, und angeblich würden Sardini-

en und Neapel demnächst seinem Beispiel folgen. Vom Ministerium Polignac müßte man auf alles gefaßt sein. Die letzten Nachrichten aus Brasilien gingen dahin, der Kaiser sei weniger denn je für eine Einigung mit seinem Bruder. Gott möge ihn darin bestärken, damit er den Vorschlägen der europäischen Mächte widerstehe. Méjan soll ihn beraten, wie er ehedem Eugen Beauharnais beraten habe.

Méjan hatte eben vom Kaiser auf Wunsch der Mutter Augusts Ernennung zum Herzog von Santa Cruz mit dem Prädikat Königliche Hoheit erreicht.[47] August war gerührt, als der kaiserliche Schwager mit der großen Ernennungsurkunde bei ihm erschien und ihm am nächsten Tag noch das Großkreuz seines Dom-Pedro-Ordens für ihn und die Mutter überreichte. Sollte der Onkel in München den Titel – so wie es auch geschah – ignorieren, so bliebe er doch in der Familie, schrieb er nach Hause und legte einen Brief an den König mit der Bitte um Anerkennung bei.

Auf dem Besitz Sta. Cruz, wohin er sich mit der Familie für zehn Tage begab, war er fast immer mit Dom Pedro und Spreti auf der Jagd oder sonstwie in der Umgebung unterwegs.[48] Papa Méjan war besonders stolz und in seinem Element, als an einem der ersten Morgen in Sta. Cruz der Kaiser mit den von den Gesandten Englands, Frankreichs und Österreichs übergebenen Noten an sein Bett kam, um ihn in dieser hochpolitischen Angelegenheit um Rat zu fragen.[49] Der englischen Note lag noch eine spanische bei. Man verlangte Festlegung einer künftigen Heirat zwischen Maria da Gloria und Dom Miguel, was Anerkennung des Bruders als König von Portugal bedeutet hätte. Nach Méjans Auszug der Note Polignacs war diese äußerst scharf abgefaßt. Man habe gehofft, daß eine Heirat Maria da Glorias mit Dom Miguel den Bruderzwist beilegen würde, doch lasse die Rückkehr Marias nach Brasilien auf eine Aufgabe dieses Plans schließen. Daher hätten die Mächte beschlossen, die Absichten des Kaisers durch ihre Gesandten ergründen zu lassen. Wenn eine Übereinstimmung zustande käme, würde Spanien Dom Pedro als Kaiser von Brasilien anerkennen, wie es dies mit seinem Bruder als König von Portugal getan habe. Der neue Minister

Barbacena war über die Einschaltung Méjans gekränkt und plädierte für Eingehen auf die Wünsche der Mächte, doch Pedro blieb hart. Schließlich erreichte August, daß den Gesandten eine günstige Antwort in Aussicht gestellt wurde.
Am 7. Dezember brachte Dom Pedro die ganze Familie in Gefahr. Auf der Rückfahrt vom Landhaus Boa vista nach Rio kutschierte er, wie es seine Passion war, zwei schwierige Pferde. In der Rua do Lavradio gingen sie durch. Der Wagen stieß mit einem Karren zusammen und fiel um. Die Insassen wurden herausgeschleudert. August brach den rechten Arm, Pedro zwei Rippen, Maria da Gloria erlitt Prellungen, und nur Amelie kam mit dem Schrecken davon. August berichtete mühsam mit der linken Hand seiner Mutter von diesem Ereignis.[50] Casanova habe ihm den rechten Arm eingerichtet und einen Aderlaß vorgenommen. Er habe weder Fieber noch Schmerzen. Amelie weiche nicht von der Seite ihres Mannes, dem es relativ gutgehe, wie auch der Königin. Wenn dieser Brief ankomme, würden alle wiederhergestellt sein. *Ich habe meine 19 Jahre (am 19.12.) schlecht beendet.*
Am Neujahrstag schrieb August der Mutter, daß er Mitte März über Bahia – Pernambuco – Brest heimreisen und Mitte Juli nach Hause kommen wolle.
Am 20. Januar eröffnete er mit seiner Schwester den großen Ball in Rio, den die Hofgesellschaft zur Feier der Wiedergenesung der Familie gab. Amelie gewann alle Herzen. Aus der Anteilnahme an dem Unfall konnte man entnehmen, daß eigentlich nur die gemäßigten Moderados für den Kaiser waren, die Liberalen und natürlich die Republikaner gegen ihn. Dieser Ball war der erste und letzte, den die junge Kaiserin in Brasilien erlebte.
August konnte im Hafen von Rio ein Schiff seiner italienischen Länder besichtigen, ein Kauffahrteischiff mit zwei Masten mit dem bezeichnenden Namen ›La reconnaissance filiale‹. Es war noch ziemlich neu und hatte sich sehr bewährt, obwohl es nicht mit Kupfer beschlagen war. *Die Equipage trug eine Uniform in den Leuchtenbergischen Hausfarben.*
Den Februar verbrachte man im Gebirge, in der Serra. Von dort

schrieb der Herzog an Maurice Méjan, er habe bisher so vernünftig gelebt, daß es ihm nachgerade langweilig werde. Sobald er den Fuß auf europäischen Boden gesetzt habe, wolle er sich schadlos halten.[51] Mangels aller anderen Vergnügungen ergebe er sich ganz der Jagd, die er sich wegen seines gebrochenen Armes auch zwei Monate lang versagen mußte. In der Serra sei es angenehm kühl, obwohl man nur zwölf Meilen von Rio entfernt sei.

Am 15. Februar schrieb er an die Mutter, dies sei sein letzter Brief. Statt der Korvette ›Maria Isabella‹ gebe ihm der Schwager die Fregatte ›Prince Imperial‹. Nach kurzem Aufenthalt in Paris wolle er zu ihr eilen, um mit ihr den Herbst in Eichstätt zu verbringen und dort die große Ausbeute für sein Naturalkabinett zu ordnen. Mit diesen lebenden und toten Tieren könne man den ganzen Gartenpavillon ausfüllen. Man möge mit den Jagden auf ihn warten und zuvor nur wenige Hirsche abschießen.

Dom Pedro beteiligte sich selbst an der Bereicherung der Sammlung. *Ich habe wunderbare Schmetterlinge und Insekten gesammelt ... die Sie nicht besitzen,* schrieb er dem Schwager aus der Serra do Correa.[52] Man sah ihn dort mit Strohhut und Schmetterlingsnetz umherstreifen. Spreti verrät, daß sich bei der lebenden Ausbeute zwei südamerikanische Strauße und der Neger Antonio befanden.

Im Karneval von Rio wurde man mit wohlriechendem Wasser bespritzt.

In der Fastenzeit mit ihren frommen Konzerten kam die Nachricht vom Tode der Kaisermutter Joaquina. Bei der nächtlichen Prozession am Karfreitag war die Armee stark beteiligt. Sie stand Spalier, und ein Teil beschloß als Römer verkleidet die Prozession. Der Kaiser ging mit, dispensierte sich aber diesmal wegen seiner gebrochenen Rippen davon, das schwere Holzkreuz zu tragen.

Am 21. April verabschiedete sich August in São Christovão, die Einschiffung erfolgte am 23. von dem kaiserlichen Landhaus in Botafogo aus in mehreren Kähnen nach einem Diner von dreißig Gedecken mit den hohen Staatsbeamten. Die Fregatte empfing die hohen Herrschaften mit dem ›königlichen Gruß‹. ›Le Prince Imperial‹ hatte vierundsechzig Kanonen und war etwas größer als die ›Isabella‹. Diesmal war auch Spreti mit der Unterbringung und Versorgung einverstanden. Es waren so viele lebende Ochsen an Bord, daß das Frischfleisch während der langen Fahrt nicht ausging. Ein Backofen sorgte für frisches Brot. Auf der Fregatte befand sich auch der Marquis de S. Amaro mit Familie und den Antworten an die Mächte.[53]

Es gab Sturm und Flaute und drei Tote: Das kleine Kind des Kochs starb, ein Neger wurde über Bord gespült und konnte nicht mehr gerettet werden, und ein auch schwarzer Schiffsjunge starb an der sogenannten afrikanischen oder schwarzen Krankheit. In zweiundfünfzig Tagen erreichte man Brest und brannte darauf, sogleich an Land zu kommen. Die erste Enttäuschung kam von der Sanitätsbehörde, die wegen des Falles von afrikanischer Krankheit die gelbe Quarantäneflagge für drei Tage auf der Fregatte hißte. August war voll Ungeduld, am Hof in Paris seine Aufwartung zu machen und anschließend sein von der Großmutter Josephine geerbtes Gut Navarre bei Evreux zu besichtigen. Der Chevalier Roux wartete mit den Reisewagen und Briefen aus der Heimat. In einem der Mutter stand zu seiner Enttäuschung, daß er Paris besser miede, um Schwierigkeiten zu entgehen, und gleich nach Navarre fahren möge.[54] Die Enttäuschung wurde erst voll, als am 19. Juni der Souspréfet von Brest verlegen seine Ordre aus Paris bekanntgab, dem Herzog von Leuchtenberg stünden alle Wege durch Frankreich offen bis auf den über Paris. August war über das Verhalten des Ministers Polignac und seines Königs so gekränkt, daß er sich wieder einschiffen und in England an Land gehen wollte. Als dies nicht möglich war, befahl er Spreti, unter Verzicht auf Navarre den allerkürzesten Weg über Straßburg zur Schwester Eugenie in Hechingen herauszusuchen. *Ich hatte gehofft, tout français nach München zurückzukehren. Dieser Traum, dessen Erfüllung mein Glück ausgemacht hätte, ist nun zerronnen ... gerade in Frankreich, das ich so liebe und wo zu leben mein größter Wunsch wäre*[55], klagte er der Mutter. Er hätte sich damit trösten können, daß die Tage von Karl X. und Polignac gezählt waren.

Auf Spreti machte Brest einen guten Eindruck bis auf die Galeerensträflinge, die am Arsenal in feuerroten Jacken, mit Ketten und Kugeln an den Füßen, unter Aufsicht zahlreicher Posten mit geladenen Gewehren die schwersten Arbeiten verrichteten, immer zwei- bis dreitausend an der Zahl.

Sobald das Ausladen beendet war, machte man sich schleunigst auf den Weg. Zum Mißvergnügen der Behörden und zur Freude des Herzogs drängten sich viele Bonapartisten an den Wagen, riefen ihm zu und winkten mit Taschentüchern. In einer ihm von ›serviteurs‹ zugesteckten, von Méjan verwahrten Adresse hieß es: *Die Bretons sind stolz darauf, Sie bei sich zu haben, und bringen ihr tiefstes Bedauern zum Ausdruck, ihren von Ihnen eingegebenen Gefühlen nicht freien Lauf lassen zu dürfen.* Sie möchten ihre Anhänglichkeit und ihre Treue für den ›Auguste père‹ auf den Sohn übertragen.[56] August war zu Tränen gerührt, ließ aber scharfen Trab anschlagen, um Zwischenfälle zu vermeiden. Als man die Barriere von Brest passierte, sah man den optischen Telegraphen in voller Tätigkeit und war überzeugt, daß er die Meldung von der Abreise nach Paris signalisierte.

Die Reise führte südlich an Paris vorbei quer durch ganz Frankreich über Fontainebleau – Orléans – Nancy – Straßburg, wo man nächtigte und den Zweibrücker Hof, das Geburtshaus der Mutter und des Königs Ludwig von Bayern, besichtigte und den Münsterturm bestieg.

Am 27. Juni traf August wohlbehalten bei Schwester Eugenie und Schwager Constantin auf dem Lindich bei Hechingen ein. Es gefiel ihm besonders gut, daß der Wildpark so nahe lag und man aus den Fenstern Damhirsche schießen konnte. Das alte Stadtschloß sei unbrauchbar geworden und das neue nicht über das erste Stockwerk hinausgekommen. Der Erbprinz habe aber ein freundliches Haus mit hübschem Garten vor der Stadt, wo er auch seine Konzerte veranstalte ... *Der Prinz als ein leidenschaftlicher Liebhaber der Musik hält sich nämlich eine kleine Capelle, die recht wackere Musiker hat und die von ihm auch tüchtig in Athem gehalten wird ...* Dort gab er den Reisenden einen Empfang mit Souper. Sie wohnten zwei Tage auf dem Lindich, um von dort die Reise über Stuttgart nach Kissingen fortzusetzen, wo die Herzogin von Leuchtenberg mit ihrer Tochter Theodolinde ihre Badekur beendete. Als sich dann der kleine Bruder Max mit seinem Erzieher Schuh noch dazugesellte, war die Familie komplett. *Er hat die Fröhlichkeit und Herzensgüte, die allen meinen Kindern eigen ist, bewahrt, ist aber posé und réfléchi und sieht nicht ohne Kummer seine peinliche und schwierige Stellung,* schrieb die Mutter an die Königinwitwe Caroline.[57]

Nach einem Besuch mit Mutter, Bruder und Schwester Theodolinde beim König Ludwig im nahen Brückenau fuhr man heim. Am 11. Juli trafen die Brasilienreisenden nach einer Abwesenheit von elf Monaten und acht Tagen glücklich wieder in München ein und ließen sich für den Rest des Sommers in Ismaning nieder.

4
Belgischer Traum und Ende des brasilianischen 1830/31

In diesem Jahr 1830 machte sich die Unzufriedenheit in verschiedenen Ländern Europas Luft. Es waren zwar keine radikalen antimonarchischen Revolutionen wie seinerzeit die große französische, die Monarchien blieben noch bestehen. In Europa hatten sich zwei Gruppen herausgebildet: Anhänger des alten Systems absolutistischer Prägung unter Metternichs Führung und solche liberaler Regierungen mit einer Verfassung.

Frankreich machte im Juli den Anfang mit seiner Erhebung gegen Karl X. und sein reaktionäres Ministerium Polignac. Eugène Delacroix hat in seinem Bild ›Die Freiheit auf den Barrikaden‹ die Illustration dazu geliefert, wie zuvor in seinem ›Gemetzel auf Chios‹ die zum Aufstand der Griechen gegen die Türken. Die Franzosen erwarteten von dem Sohne von Philippe Egalité, Louis Philippe, Verständnis für neuzeitliche Wünsche. Charles X. kehrte in die Verbannung zurück. August gratulierte aus Ismaning dem König der Franzosen Louis Philippe, in der Hoffnung, daß er seiner Familie gnädig gesinnt sei, da Titel und Trikolore an Napoleon erinnerten. Dieser antwortete ebenso freundlich, betonte seine Hochachtung für Eugène Beauharnais, *so daß es mir sehr angenehm sein wird, Ihnen davon Beweise geben zu können ... Votre très affectionné frère Louis Philippe.*[58]

Méjan nahm das zu den Akten, und sein Herzog von Leuchtenberg und Santa Cruz zog sich zur Ordnung seiner naturwissenschaftlichen Sammlung und zum Jagen nach Eichstätt zurück und begab sich später zur Ablegung einer militärischen Übung nach Ansbach. Er wollte Einblick in den Dienst bekommen und dazu die verschiedenen Dienstgrade kurz durchlaufen. Da dies bei seinem 6. Chevauxlegers-Regiment in Nürnberg nicht gut möglich war, erbat er sich vom König seine Kommandierung zum damaligen 2. in Ansbach. Dort war er auch Eichstätt näher, wo die Mutter mit Theodolinde den Winter verbrachte. Bruder Max blieb mit seinem Erzieher in München.[59]

Für August von Leuchtenberg wurde die Loslösung der Belgier vom Königreich der Niederlande noch interessanter als der Thronwechsel in Frankreich, während sein Onkel auf dem bayrischen Thron ganz von dem Schicksal Griechenlands erfüllt war, das auf der Konferenz von London unabhängig erklärt wurde. Griechenland und Belgien suchten Könige.

König Ludwig notierte am 12. Dezember, ein Kurier aus Brüssel habe die Nachricht gebracht, daß sein Neffe August von einem Komitee zum Oberhaupt von Belgien erwählt worden sei. Er gönne ihm diesen Thron, obwohl auch sein zweiter Sohn Otto als Kandidat genannt wurde.

Die Belgier hofften beim Kampf um ihre Selbständigkeit auf Hilfe von Frankreich. Papa Méjan, der das Material zu dieser Episode gesammelt hat, schrieb in seinem Nekrolog[60], daß man in Eichstätt und Ansbach durch Zeitungen und dann durch Briefe aus Brüssel und Paris von diesem Ruf erfahren habe. Man wollte nicht daran glauben, bis ein Sitzungsbericht des belgischen Kongresses vorgelegt wurde, worin stand, daß außer August König Louis Philippe und dessen zweiter Sohn, der Herzog von Nemours, genannt worden waren. Der König der Franzosen habe 607 Unterschriften bekommen, Nemours 644 und der Herzog von Leuchtenberg 3695. Méjan war der Meinung, daß Louis Philippe, der erst vor kurzem seine Freundschaft für Eugen Beauharnais betont hatte, ihn nicht ungern als Nachbarn gesehen hätte und selbst diese Wahl angeregt habe. Méjan schickte den Bericht mit dem Entwurf für die Antwort durch Stafette nach Ansbach. August möge nicht erwidern, er sei zur Reise nach Brüssel bereit, wohl aber zu einer nach Paris, falls ein zweiter Brief dazu Anlaß gäbe, und zwar mit der Bemerkung, daß von dort aus weiterer Bescheid gegeben würde. Zwischen Ansbach und Eichstätt setzte nun lebhafter Briefwechsel ein. August wollte die Mutter entscheiden lassen.[61] Maurice Méjan fuhr nach Brüssel, und Augusts Bild erschien in den Zeitungen, während die Familie Weihnachten still in Eichstätt verbrachte.

Auch der Herzog von Bassano, der seinerzeit als Staatssekretär Maret bei der Trauung Eugen Beauharnais' in München fungiert hatte, war unter den Gratulanten. August antwortete bescheiden, Belgien könne leicht einen Würdigeren mit mehr Erfahrung und Erleuchtung finden. Andererseits seien schon öfter junge Prinzen, die keinen solchen Vater wie er gehabt hätten, an die Spitze von Regierungen berufen worden. Es wäre auch eine schöne Mission, an dem Glück seines Volkes zu bauen, besonders eines, das sich durch solche Freiheitsliebe hervortue. Er sei nach Rücksprache mit der Mutter zur Annahme entschlossen, wenn es die Mehrheit des Kongresses wünsche. Er habe sich keineswegs um diese Wahl beworben und könne zunächst nur erwidern, daß ihm eingegangene Verpflichtungen heilig sein würden.[62]

Unter den Zuschriften befindet sich auch ein Gedicht auf die Melodie: »Dis-moi soldat, dis-moi, t'en souviens tu? ...« und mit dem Refrain: »Viens dans nos bras, fils de Beauharnais ...[63]«

Um so größer war die Enttäuschung, daß gerade Louis Philippe gegen diese Wahl war. Auch das erfuhr man aus der Zeitung. August konnte seine Mutter nur mit Mühe zurückhalten, ihre Empörung dem cher Cousin Louis Philippe zu schreiben. Méjan Vater schrieb nach Ansbach, anscheinend sei der bayrische Otto der Kandidat des Königs der Franzosen, und erbat Genehmigung, dem französischen Gesandten in München mit allen Unterlagen den Hergang darzulegen, um alle Verleumdungen abzuschneiden, *le ciel fera le reste.*[64]

Der Herzog nahm die Absage mit erstaunlicher äußerlicher Gelassenheit auf. *Der Traum ist zu Ende,* antwortete er aus der Chevauxlegers-Wachtstube in Ansbach. *Er war süß und wird mir Ehre machen. Man hat an mich gedacht, ohne daß ich darum nachgesucht habe. Möge Frankreich in demjenigen, der gewählt werden wird, einen so guten Franzosen finden, wie es ihn an mir gehabt hätte. Ich bin glücklich, mich jetzt hier zu befinden.* Natürlich sei es für ihn besonders hart, daß er gera-

de von der Macht abgelehnt werde, die sein Vater so geehrt habe. *Trotzdem werde ich weiterhin Frankreichs Glück erflehen. Mit der Devise meines Vaters – honeur et fidélité – vor Augen, bin ich überzeugt, daß ich stets in Ehren bestehen werde, wohin mich das Schicksal auch verschlagen mag.* Und an die Mutter: Überbringer werde ihr bestätigen, daß er ihn als wachthabenden Korporal auf der Pritsche liegend angetroffen habe. *Mut, gute Mutter! Ich habe solchen. Die Nachricht hat mich überrascht, aber nicht bestürzt. Ich habe mir gleich gesagt, daß ich als König auch nicht mehr geworden wäre, als ich sein will, ein meines Vaters würdiger Sohn. Mir bleibt von all dem nur die Ehre, aber das ist viel ... Wenn ich auch keine Krone trage, so bin ich ihrer doch würdig erachtet worden.*[65]
Er war besonders durch einen Artikel in der Nürnberger Zeitung über die Sitzung vom 11. Januar in Brüssel und ein Schreiben des französischen Außenministers Sebastiani, ehemals General Napoleons, schwer verletzt. Am nächsten Tag schüttete er Papa Méjan sein Herz aus. Besonders Sebastianis und Louis Philippes Äußerung, daß die Wahl des Herzogs von Leuchtenberg die unglücklichste gewesen wäre und daß die französische Regierung ihn keinesfalls anerkennen würde, kränke ihn. Der König der Franzosen habe dem Marschall Gérard oder General Lafayette gesagt, er rate den Belgiern, die Wahl des Prinzen August nicht zu begünstigen, falls sie Wert auf Erhaltung der französischen Freundschaft legten. König und Minister hätten ihn damit vor Europa zum Feind Frankreichs erklärt. Sie könnten ihm nur vorwerfen, daß er der Sohn des Prince Eugène sei, also eines Franzosen – und was für eines Franzosen! Nun sei ihm auf immer dieses schöne Frankreich, das einzige Ziel seiner Sehnsucht, verschlossen. Méjan soll dem französischen Gesandten in München die ganze Wahrheit sagen, und dieser möge bei seiner Regierung offiziell anfragen, was der Sohn des Prince Eugène verbrochen habe. Er fühle sich *Français avant tout* und möchte nur als solcher anerkannt sein. Méjan solle diesen Brief den Grafen Rumigny lesen lassen. Vielleicht werde er dann ihm und seiner Mutter Gerechtigkeit widerfahren lassen.
Am gleichen Tag schrieb er dem Herzog von Bassano voll Entrüstung, man stelle ihn mit seinen zwanzig Jahren als Anführer einer

gegen Frankreich gerichteten Erhebung hin. All sein Sinnen und Trachten habe immer der Gloire Frankreichs gegolten. Nur im Einvernehmen mit Frankreich hätte diese Krone für ihn einen Sinn gehabt. Er müsse beim König verleumdet worden sein. Bassano solle ihm seine Lauterkeit bestätigen.
Und ahnungsvoll an die Mutter, er hoffe, daß der Schleier über seiner Zukunft nichts Trauriges verhülle. Komme, was mag, er werde dem Wahlspruch seines Vaters treu bleiben. Die angebahnten Verhandlungen mit der bayrischen Regierung über Rückgabe des Fürstentums Eichstätt an sie sollen einstweilen gestoppt werden. *So lange ich nicht weiß, wo zu leben mir beschieden sein wird, ist es wenigstens ein sicheres Asyl, wenn auch ein sehr trauriges.* Er möchte zur Mutter, will aber zuvor die Wahl Ottos in Ansbach abwarten.[66]
Die Mutter beschwerte sich bei Louis Philippe.[67] Ihr Sohn, dessen ganze Hoffnung auf gute Beziehungen zu Frankreich gerichtet sei, stehe nun da, als ob er mit Aufrührern paktiert hätte. Die belgische Kandidatur sei völlig überraschend gekommen. Sie habe sie als Zeichen der Anhänglichkeit an ihren Mann aufgefaßt, aber keinen Schritt dazu unternommen. Es habe dem Sohn besonders weh getan, daß die Verwahrungen gerade von Frankreich gekommen seien. Sie erbitte lediglich Gerechtigkeit. August sei durch die Erklärungen der französischen Regierung kompromittiert. Sie erwarte von ihm Wiedergutmachung eines Unrechts, das die ganze Zukunft ihres Sohnes zerstören könne.
Als der Moniteur und Sebastiani ihre Erklärungen richtigstellten, beruhigten sich Mutter und Sohn wieder einigermaßen, besonders da Louis Philippe der Mutter postwendend erwiderte, er wäre froh um diese Gelegenheit zu einer Aussprache. Die ihm angedichteten Äußerungen habe er niemals getan, wohl aber im Gegenteil seine Gefühle für Eugen Beauharnais zum Ausdruck gebracht. Er wolle ohne Diplomatie offen reden. Es täte ihm sehr leid, daß schwerwiegende politische Erwägungen seinen Widerstand gegen die Wahl hervorgerufen hätten, doch werde sich die Herzogin inzwischen überzeugt haben, daß nichts Persönliches im Spiele war. Unter anderen Umständen hätte er diese Wahl begrüßt. Er habe sich

genauso der seines eigenen Sohnes widersetzt. Er habe bedauert, daß sie sich nicht gleich an ihn gewandt habe. *Alles, um was ich Sie bitte, ist, daß Sie die Hand, die Ihnen schreibt, immer als die eines Freundes betrachten.* Er würde gerne jede Gelegenheit ergreifen, ihrem Sohn nützlich zu sein, da die Erinnerung an Vater und Großvater ihn dazu ansporne.

Auch belgische Zeitungen rehabilitierten den Herzog, so daß er seiner Mutter am 11. Februar aus Ansbach schreiben konnte: *Ich gehe von dieser Affaire mit viel Ehre hervor. Trotz Intrigen und Veto von Seiten Frankreichs wäre ich gewählt worden, wenn ich nicht abgelehnt hätte … Im Ganzen also mehr Ehre als manchem paßt.*[68]

Seine Mutter berichtet nicht ohne Stolz Dom Pedro nach Brasilien von der belgischen Episode, ohne zu ahnen, daß sich ihr Brief mit dem Schiff kreuzte, das ihn und ihre Tochter Amelie als Flüchtlinge nach Europa brachte. Eine Erhebung gegen Dom Pedro I. hatte damit geendet, daß er zugunsten seines gleichnamigen Sohnes abdankte und mit Maria da Gloria nach Europa zurückkehrte, um dieser seiner ältesten Tochter den portugiesischen Thron zu erkämpfen. Die jüngeren Kinder blieben unter einem Regentschaftsrat in Rio zurück.

Als Mitte Juli die Nachricht von der Landung der Brasilianer in Cherbourg kam, konnte Theodolinde aus Sorge um die Schwester ihre Tränen nicht zurückhalten, wie sie ihrem kurz zuvor, an ihrem siebzehnten Geburtstag, begonnenen und mit großer Gewissenhaftigkeit geführten Tagebuch anvertraut. Die Familie kam zur Beratung in Eichstätt zusammen, auch das Faktotum Papa Méjan fand sich ein.

Die ehrgeizige Mutter wurde von dem Thronverlust in Brasilien fast ebenso schwer getroffen wie die Tochter. *Auguste ist wegen der Katastrophe in Brasilien äußerst affectée,* schrieb die bayrische Königin-Witwe ihrer Tochter Elise nach Berlin. *Wenn ich sicher wäre, daß sie genügend zum Leben haben, fände ich das Unglück nicht allzu groß … Ihr älterer Bruder (der König) … ist bei dem Gedanken, daß sie sich hier niederlassen könnten, tatsächlich sehr erschrocken … Ich wäre entzückt und sage das ununterbrochen Auguste, die aber nicht sehr darauf erpicht zu sein scheint, sie ihrer Größe entblößt vorzuführen.*

Der Sohn August meinte zu diesem Thema, daß das entthronte Kaiserpaar an einem Hof nicht genehm sein könne, wo *une affaire de fauteuils, chaises ou taburets est une affaire d'état und wo man im allgemeinen gegen Leute, die man nicht fürchtet oder braucht, recht wenig höflich ist.* Außerdem wäre die Münchner Gesellschaft kaum nach Dom Pedros Geschmack. Nach seiner Ansicht käme als Exil für Amelie nur Eichstätt oder Navarre in Frage.

Aus Italien kamen Nachrichten von Aufständen der sogenannten Carbonari in Modena, Parma, Rom und in der Romagna. Sie betrafen auch die Leuchtenbergs, weil sich die revolutionäre Regierung inmitten deren Besitzungen in Ancona niedergelassen hatte. Außerdem waren die beiden Söhne von Eugens Schwester Hortense, Napoléon Louis und Louis Napoléon, bei den Carbonari. Der ältere starb an Lungenentzündung in Forli.[69] Hortense, Herzogin von St. Leu, war damals gerade in Rom und suchte zu den Söhnen in die Romagna durchzukommen. Unterwegs kam ihr Louis Napoléon mit der Todesnachricht seines Bruders entgegen. Sie wollte mit ihm von Ancona nach Korfu übersetzen, mußte aber bleiben, weil er an Masern erkrankte. Ancona wurde von österreichischen Truppen besetzt. Sobald Louis reisefähig war, setzte ihn die Mutter als Diener verkleidet auf den Wagen und fuhr mit falschen Pässen unter großen Schwierigkeiten über Siena, Pisa und Cannes nach Paris. Louis Philippe bezahlte ihr die Überfahrt nach England.[70] Louis Napoléons Sinnen und Trachten war von Jugend an auf Restitution des napoleonischen Kaiserreichs unter seiner Leitung gerichtet, während Napoleon II. als Herzog von Reichstadt und Fürst von Parma unter Metternichs Aufsicht in Schönbrunn an der Schwindsucht dahinsiechte und dessen Mutter in Parma mit dem Fürsten Montenuovo ein neues Leben führte.

Theodolinde, die unter schweren Atembeschwerden litt und für deren Lunge man fürchtete, wurde zunächst zur Erholung mit Schwester Eugenie nach Bad Ems geschickt. August blieb bis zum nächsten Frühjahr in Ansbach. Somit hat er dort noch Kaspar Hauser erlebt, der in diesem November zur letzten Etappe seines merkwürdigen Lebens von Nürnberg dorthin gekommen war. Daß er

ihn gesehen hat, bezeugt ein Brief der Königin-Witwe von Bayern, Caroline, an ihre Tochter Elise vom 26. März 1832. Darin schrieb sie auch, daß die Großherzogin-Witwe von Baden, Stefanie, ihn sehr eingehend nach Kaspar Hauser ausgefragt habe.[71]
Wenn auch die Version, daß Kaspar Hauser der Sohn von Augusts Tante Stefanie und des Bruders der Königin Caroline gewesen sei, erst im nächsten Jahr durch den in Ansbach lebenden Kriminalisten Anselm von Feuerbach aufkam, der Hauser in diesem Herbst unter seine Aufsicht dorthin hatte kommen lassen, so war ›das Kind Europas‹ schon seit seinem Auftauchen im Jahre 1829 in Nürnberg genügend bekannt, um Augusts Interesse zu erregen. Zudem kam der junge Mann nach Nürnberg, um in das Chevauxlegers-Regiment Herzog von Leuchtenberg einzutreten. Im Nachlaß des Herzogs August ist Kaspar Hauser nirgends erwähnt.
Dieser hat seinen einundzwanzigsten Geburtstag und damit die Erreichung der Großjährigkeit am 9. Dezember ebenso still in Ansbach begangen wie seine Mutter die Beendigung ihres Amtes als Vormünderin bei ihrer Tochter Amelie in Paris.
Der neue Chef des Hauses Leuchtenberg war hinreichend mit Reformen beschäftigt. Übers Jahr notierte seine Schwester Theodolinde, daß er Gerichtsbarkeit, Polizeigewalt und die anderen Chargen seines Fürstentums Eichstätt dem Staat zurückgegeben habe, so daß ihm Eichstätt, das achtzehn Jahre lang jährlich achtunddreißigtausend Gulden gekostet hatte, nun etwas einbringe.

5
Paris anno 1831/32

Auguste hat über ihren Aufenthalt im Paris Louis Philippes eingehend Tagebuch geführt. Es war ein trauriges Wiedersehen nach zwanzig Jahren. Damals hatte Napoleon auf dem Gipfel seiner Macht gestanden und auch sie als Vizekönigin von Italien im Mittelpunkt des Geschehens. Jetzt teilte sie im Haus Nr. 10 der Rue Courcelles das Flüchtlingsdasein des entthronten Kaiserpaares von Brasilien.

Bei der Ankunft am Abend des 9. November sah sie ihren Schwiegersohn Dom Pedro zum erstenmal. Er empfing sie am Fuß der Treppe, dankte ihr für sein Glück mit Amelie und bat um Entschuldigung, daß diese ihren Thron habe aufgeben müssen – die Ehre habe es gefordert. Sie fand ihn sehr gut aussehend und geistig rege. Anscheinend kenne er die Falschheit der europäischen Diplomatie noch nicht, meinte sie, denn er sei viel zu offen und zu ehrlich in seinen Reden. Er stellte der Schwiegermutter sein eigenes Appartement zur Verfügung. Amelie war so groß und schön geworden, daß sie sie kaum wiedererkannte. Maria da Gloria erschien ihr schüchtern, sehr groß für ihr Alter und – schon jetzt – ziemlich dick. Die kleine uneheliche Herzogin Isabel von Goyaz, die alle Sonntage von ihrem Institut zum Essen zum Papa kam, war die Hübschere.[72]

Dom Pedro wollte sich gleich nach der Entbindung seiner Frau an die Spitze der pedristischen Invasionsarmee stellen, die sich auf der Azoreninsel Terceira sammelte, um die Miguelisten aus Portugal zu vertreiben und Maria da Gloria auf den Thron zu bringen. Amelie sollte nach dem Sieg mit der Königin folgen.

Louis Philippe stellte der Herzogin seine Loge in den Theatern zur Verfügung. Sie blieb aber wegen ihres ständigen Kopfwehs abends meist zu Hause. Bei Tag machte Dom Pedro den Cicerone, zum Beispiel im Palais Royal, im Louvre oder bei den damals beliebten, Panorama genannten Rundgemälden: Seesieg der Griechen über die Türken bei Navarino, Grab Napoleons in St. Helena, Julirevolution in Paris.

Ihr Herz klopfte, als sie Mitte November zum Antrittsbesuch beim Königspaar zum erstenmal wieder die Tuilerien betrat. Von zwei Hofdamen geleitet, gelangte sie in einen kleinen Salon, wo die Königin Maria Amelie, geborene Prinzessin von Bourbon-Sizilien, sie mit übertriebener Freude empfing und ihre Töchter Louise, Marie und Clementine vorstellte. Auguste zeigte sich bewußt kühl. Um so größer die Verlegenheit, als Louis Philippe mit dem Thronfolger Herzog von Orléans und seiner Schwester Madame Adelaide hinzukam.

Bei einem Diner mit anschließendem Konzert führte der König der Franzosen die Kaiserin von Brasilien, der Kaiser von Brasilien die Königin der Franzosen, der Herzog von Orléans die Königin von Portugal und der Herzog von Nemours die Herzogin von Leuchtenberg. Da Louis Philippe verlegen war, mußte Auguste das Gespräch eröffnen und in Gang halten. Nemours antwortete kaum auf ihre Fragen. Sie fand ihn klug, aber klein und zart für sein Alter. Der Thronfolger hingegen war groß, gut gewachsen und hatte ein schönes, aber lebloses Gesicht. Die Königin sei so schlicht und gütig, daß man sie lieben müsse, notierte sie, aber der Hofstaat entschieden zu unzeremoniell, eine Mischung von Etikette und Privatleben.

Während in einem anderen Salon Kaffee eingenommen wurde, spielten die Prinzessinnen mit Maria da Gloria. Zum Konzert kamen noch andere Gäste. Wahrscheinlich um ein Zusammentreffen mit Sebastiani zu vermeiden, waren keine Minister geladen, dafür einige bayrische Damen.

Auguste taute auf, wenn Bonapartisten sie besuchten, wie der Marschall Mortier, Molitor und die Getreuen aus St. Helena Gourgaud und Antonmarchi. Die alten Bekannten, selbst Generäle, bekämen

Tränen in die Augen, wenn die Rede auf den Prince Eugène komme, schrieb sie ihrem Sohn.
Dom Pedro erhalte alle sechs Monate seine Einkünfte aus Brasilien und Amelie die ihrer Mitgift unter erheblichen Verlusten. Die Diamanten seien in England geblieben, um sie zu verkaufen, falls die Expedition nach Portugal mißlingen sollte. Der Kaiser erhoffe sich viel davon. Er scheine auch mit seiner Rückkehr nach Brasilien zu rechnen, aber nicht als Kaiser, was Amelie beglücken würde.
Am 24. November Wallfahrt zum Grab der Kaiserin Josephine nach Rueil und nach Malmaison. Obwohl Roux die Türen schließen ließ, hatte sich der Besuch der Witwe des Prince Eugène doch schnell herumgesprochen. Das Volk strömte zusammen, und Auguste entfloh nach Malmaison, wo sie kaum die Tränen zurückhalten konnte. Nicht ohne Befriedigung berichtete sie ihrem Sohn auch von bonapartistischen Erhebungen in Lyon unter dem Ruf ›Vive Napoléon II‹. Die Nationalgarde sei nicht aufgekommen und der Thronfolger mit dem Kriegsminister hingefahren. Man befürchtete Übergreifen auf andere Departements.
Die für die Invasion bestimmten Fregatten überwinterten in einem französischen Hafen.[73] Der Gouverneur von Terceira, Dom Cabrona, hatte allen Angriffen Dom Miguels standgehalten und wartete dort zum Angriff nur auf Verstärkung unter Dom Pedro. Ein Aufstand in der pedristischen Stadt Oporto wurde von Miguel grausam niedergeschlagen. Die Miguelisten waren noch in der Übermacht. Dom Pedro bot Geld und Beziehungen auf, um seine auf der Insel Belleville an der bretonischen Küste versammelten Truppen zu verstärken. Die Schiffe standen unter Kommando des Engländers Sartorius. Dom Pedro komponierte auch für seine Invasionsarmee eine Hymne.[74]
Am 1. Dezember setzte Amelie *une superbe petite fille* … in die Welt. Pate war das französische Königspaar. Da die Mutter bei der offiziellen Taufe dabeisein wollte, wurde die Kleine einstweilen auf den Namen Marie Amelie vorgetauft. Die Königin kam am nächsten Tag mit Madame Adelaide zur Gratulation, was einen Gegenbesuch Dom Pedros mit der Schwiegermutter in den Tuilerien erforderte.

Auguste entschuldigte sich von einem großen Konzert bei Hof damit, daß sie ihrem Sohn versprochen habe, nicht in der Öffentlichkeit zu erscheinen. Méjan verrät, daß dieser Sohn seine Großjährigkeit mit einer sehr schönen Geste begonnen habe, indem er als erste Tat seiner Mutter ihren Lieblingssitz Ismaning mit den zur Erhaltung nötigen Mitteln übereignete.[75]

Der Empereur wollte am 20. Dezember zu seiner Expedition nach Portugal aufbrechen, berichtete sie ihm.

Wolle Gott, daß er Erfolg habe. Er riskiert alles für seine Tochter, die ein gutes Kind zu sein scheint. Eine Königin braucht aber so viele hervorragende Eigenschaften, die ich in ihr nicht finden kann, so daß ich ihrer Regierung nicht viel verheiße, wenn sie je dazu kommen sollte … Amelie tut das Menschenmögliche, sie zu wandeln, findet dabei aber keinerlei Beistand.

Marias Stiefschwester, der ehemalige Stein des Anstoßes, Isabel Goyaz, gefiel ihr weit besser: *Ein entzückendes Kind, das man lieben muß. Wie schade, daß die Königin nicht so ist wie sie.*

Der Besuch Sebastianis mit dem Ministerpräsidenten Casimir Perier scheint sehr steif verlaufen zu sein. Beide kamen in Uniform. Sie empfing die Herren absichtlich in Gegenwart ihrer Damen, damit Sebastiani nicht auf die belgische Angelegenheit zu sprechen käme, *der wie ein Verurteilter auf seinem Stuhl saß … Die Anwesenheit eines Mannes, der sich so stark gegen Dich ausgesprochen hat, schnürte mir das Herz zusammen. Ich hielt mich aber gut und war weniger zu bedauern als der General Sebastiani.* Sie hoffe, daß ihr der Sohn bis Mannheim entgegenfahre. Der Schneider Rouget fertige ihm einen polnischen Gehrock an, jetzt die große Mode. Auch zwei moderne Gilets bringe sie ihm mit.[76] Sie bedauert, daß die Familie Weihnachten nicht vereinigt sein könne.

Beim Hofball mit Cercle in den Tuilerien war auch Amelie schon dabei, und am nächsten Tag wurde ihr Töchterchen in der Kapelle der Tuilerien offiziell getauft. König und Königin gingen zu beiden Seiten der Hofdame, die das in Spitzen gehüllte Kind trug. Die Paten schenkten Perlenbracelets mit ihren von Diamanten umgebenen Miniaturen. Zwei Tage darauf Hofball für fünfzehnhundert Personen. Auch die kleine Königin tanzte nach Rang und Würden,

und Amelie bekämpfte ihren Kummer wegen der bevorstehenden Abreise ihres Mannes ins Ungewisse. *Was wird aus ihnen, wenn die Expedition keinen Erfolg hat,* schrieb Auguste ihrem Sohn, *und was können sich die Portugiesen von einer Königin erwarten, die mit achtzehn Jahren großjährig und seit so vielen Jahren schon als Königin behandelt wird?* Der Kaiser werde am 25. abreisen, nachdem ein Teil seiner portugiesischen Anhänger schon vorausgefahren sei.
Der Abschied war fürchterlich. Gott weiß, wie dieses Unternehmen enden wird. Der Kaiser hat sein Testament gemacht. Es dürfe schwer sein, einen vornehmeren und ehrlicheren Charakter zu finden. Er habe ihr Herz völlig gewonnen, als er erklärte, daß er sich Amelies Vater zum Vorbild nehme. Er sei mit den Marquis von Palmela und Loulé und dem kleinen Almeida, der in München gewesen ist, im Wagen abgefahren.
Auguste sollte ihn nicht wiedersehen. Sie mußte nach Hause, um die Formalitäten der Übergabe der Geschäfte an ihren Sohn zu erledigen. Bei der Großherzogin Stefanie in Mannheim kamen Mutter und Sohn zusammen.[77]
Die Herzogin schrieb an den Papst Gregor XVI., der erst im Vorjahr den päpstlichen Stuhl bestiegen hatte, um ihm den neuen Herrn der im Kirchenstaat liegenden italienischen Güter zu empfehlen, und erhielt sofort eine gütige Antwort. Da die päpstlichen Truppen der Carbonari nicht Herr wurden, mußte er die österreichischen nach Ancona zurückrufen, was den König der Franzosen veranlaßte, seinerseits desgleichen zu tun. Die Franzosen kamen in drei Kriegsschiffen und drangen fast mit Gewalt in die Stadt ein. Auguste legte ihnen die Schonung des leuchtenbergischen Besitzes ans Herz.[78] Sechs Jahre lang blieben Franzosen und Österreicher in Ancona.

6
Zwei Jahre Italien
Dom Pedros Sieg und Ende in Portugal
1832/34

Anlaß zur italienischen Reise der Herzogin Auguste war der bedenkliche Gesundheitszustand ihrer jüngsten Tochter. Die Ärzte von Theodolinde warnten vor einem Winter in Bayern und verschrieben mildere Breiten. Man entschloß sich für Italien.

Die Mutter war nicht gerade begeistert, längere Zeit dort sein zu müssen, wo sie unter Napoleon ihre Glanzzeit erlebt hatte. Darum wollte sie sich in österreichisch Lombardo-Venetien, das ungefähr ›ihrem‹ Königreich Italien entsprach, nicht aufhalten. Italien im heutigen Sinne gab es damals höchstens als geographischen Begriff. Der künftige erste König von Italien, Victor Emanuel, war noch ein Kind. Sein Vater Karl Albert aus dem Hause Savoyen-Carrignan, seit einem Jahr König von Sardinien, lebte in Turin. Dieses Königreich Sardinien umfaßte außer Piemont die Stammlande Savoyen, Nizza, Grenoble, Genua und die Insel Sardinien. Toskana und Modena waren habsburgische Sekundogenituren. Daran schloß sich südlich der Kirchenstaat an und an diesen das bourbonische Königreich beider Sizilien mit Neapel als Hauptstadt. Fast zu allen diesen weltlichen Herrschern bestanden verwandtschaftliche Beziehungen; dazu lebten mehrere Mitglieder des Hauses Bonaparte mit ihren Familien im Exil auf italienischem Boden.

Die Herzogin bangte um das Leben von Theodolinde und August. *Deine Gesundheit beginnt mich wirklich zu beunruhigen,* schrieb sie ihm nach Ansbach. *Ich beschwöre Dich, sündige nicht darauf und bedenke, daß Du nicht so kräftig bist wie Du glaubst, daß Du Dich mindestens zwei Jahre lang schonen mußt. Wie viele Männer bedauern es, wenn es zu spät ist.* Der Rückfall Theodolindes ließ sie gleich das Schlimmste befürch-

ten: *Ich betrachte Linda als verloren. Auch wenn sie noch einmal nach Italien reisen könnte, wird sie nicht zurückkehren und ich werde nicht einmal den Trost haben, sie in der Gruft bei Vater und Schwester beizusetzen, wo schon mein Platz festgelegt ist.*
Am 1. Mai an August, daß der Herzog von Reichstadt lungenkrank sei: *Er ist ebenso rasch gewachsen wie Du, hat sich nicht geschont, und das sind die Folgen. Er hat Dein Alter. Ich beschwöre Dich ... schone Dich Deiner Mutter zuliebe.*[79]
August baute im Mai seine Zelte in Ansbach ab und schlug sie in Eichstätt wieder auf. Seine Mutter war froh, daß ihr Erstgeborener sich in Ruhe in Eichstätt mit seiner naturwissenschaftlichen Sammlung beschäftigte.[80] Nach Papa Méjan war sie besonders reichhaltig; sie wurde später der staatlichen einverleibt.
Zuerst fuhr man von Juni bis August zur Kur nach Ems. Die Reisegesellschaft bestand aus Auguste, Theodolinde, Max mit seinem Erzieher Schuh, Baronesse Aretin, Fanny Maucomble und Dr. Kaltenbrunner. Man hielt sich bei der Großherzogin Stefanie in Mannheim kurz auf und verabredete eine Zusammenkunft mit ihr in Italien. In Ems erfuhr man von der Landung Dom Pedros in Oporto und vor der Abreise noch vom Tod des Herzogs von Reichstadt.[81]
Vor dem Aufbruch nach Italien gab man sich in Eichstätt noch einmal Rendezvous mit Eugenie, die wie August im nächsten Jahr nachkommen sollte. Max mußte seines Studiums halber in München bleiben. Gräfin Sandizell, Méjan-Sohn und Theodolindes Fanny fuhren mit. Die Reise begann im September mit Maultieren über die Via mala, die damals noch ihrem Namen alle Ehre machte, und führte über den San Bernardino an den Lago Maggiore.
In Turin erwartete der Verwalter der italienischen Güter, Graf Ré, die Reisenden. Das sardinische Königspaar ließ sich wegen Protokollschwierigkeiten nicht sehen. Das in Nizza für den Winter gemietete Haus im Quartier de la croix de marbre lag vor der Stadt und hatte einen Garten mit vier Zypressen. Der Gouverneur von Nizza meldete sich sofort und stellte im Auftrage seines königlichen Herren sich und seine Loge im Theater zur Verfügung. Auguste

blieb aber die Abende meist zu Hause und weinte still vor sich hin, weil sie Linda für verloren ansah.

Der Tod schrecke sie nicht, meinte Theodolinde, wenn sie nur vorher noch ihre Schwestern Josephine und Amelie sehen könne. Für die Familie wäre ihr Tod nur von Vorteil, weil dann ihr Anteil am Vermögen den Geschwistern zugute käme. Sie möchte auch nicht ein Leben lang hinsiechen. Beim Überschreiten der französischen Grenze an der Var-Brücke krampfte sich ihr Herz zusammen, *als ich die Grenadiere und Invaliden mit der cocarde tricolore sah.* Sie pilgerte zu der Stelle, wo Napoleon, von Elba kommend, an Land gegangen war. Der Schiffer, der ihr auch seinen Weg nach Cannes zeigte, sagte, das Monument sei bei der Restauration zerstört worden.

Sie verrät uns auch den Ursprung der berühmten Promenade des Anglais in Nizza. Alle Jahre täten sich die Engländer zusammen, *um diesen Weg herrichten zu lassen, der den großen Vorteil hat, daß er in der Sonne unter Vermeidung von Mauleseln, Wagen und Schmutz in die Stadt führt.*

Eugenie lud ihren Bruder August in ihr neu eingerichtetes Heim, die Silberburg in Hechingen, zu den Jagden. Seine Zimmer seien bereit. Sie bemühe sich, ihren Mann glücklich zu machen. *Du kennst ihn und weißt vielleicht so gut wie ich, daß dies ein schwieriges Beginnen ist.* Der Bruder werde in dem kleinen Haus überall anstoßen. Er müsse auch singen, denn außer Constantin habe da niemand eine Stimme. Sie möchte ihren Eugensberg am Bodensee verkaufen, weil er sie zu teuer komme, aber August müßte ihr das Geld anlegen, damit es ihr nicht weggenommen werde. Mit dem Erlös möchte sie sich ein geräumigeres Haus bauen. Was ihre Ehe betreffe, so gliche sie nach außen Amor und Psyche, *aber das Fühlen ist eine andere Angelegenheit ...*[82]

Die beiden verschwiegen der Mutter, daß Dom Pedro im belagerten Oporto auf seinen Wunsch zurückgekommen war, daß August Amelie nicht nur nach Portugal begleiten, sondern dortbleiben und dereinst die Königin Maria da Gloria heiraten solle. Nur Papa Méjan wurde eingeweiht, und mit seiner Hilfe wurden zwei Antworten an Amelie ausgearbeitet, eine offizielle zur Weitergabe und ei-

ne ganz private.[83] In ersterer stellte sich August als Reisebegleiter, nicht aber als Heiratskandidat zur Verfügung. Abgesehen davon, daß ein vierzehnjähriges Mädchen keine Wahl treffen könne, müsse die Nation befragt werden, da laut Verfassung der Prinzgemahl Portugiese oder aus königlichem Geblüt sein müsse. Er könne auch nicht auf den Beistand der an Portugal interessierten Mächte rechnen. Im privaten, von Vater Méjan in seinem Nekrolog als besonders charakteristisch bezeichneten Entwurf steht, daß man ihm ehrgeizige Pläne unterschieben würde, wenn er mit Maria da Gloria in Portugal ankäme. Außerdem sei er wegen Übergabe der Verwaltung von Eichstätt an den Staat nicht abkömmlich. Es wäre ihm ferner nach den Vorfällen in der belgischen Angelegenheit peinlich, die Schwester in Frankreich abzuholen. Vielleicht könne die Zusammenkunft in einen südfranzösischen Hafen verlegt werden.[84]
Amelie bestand darauf, daß die Mutter in den Heiratsplan eingeweiht würde, weil es sonst nur größere Unannehmlichkeiten gäbe. August wollte sich mit Eugenie im April nach Italien in Marsch setzen, und letztere hoffte, daß ihr Mann nicht mitkommen würde. Sie wolle ihn überreden, daß er sie erst vom Seebad abhole. Dort könnte er sich *plonger dans cette vaste puissance nu comme Dieu l'a fait, si la famille espère par là obtenir un popolino.*[85]
Die Mutter legte August nahe, auf dem Weg zu ihr seine Güter in der Mark Ancona zu inspizieren; in Bologna Schwester Josephinens von Napoleon erhaltenen Besitz Galliera, den sie verkaufen will, weil er nichts einbringt und so weit von Schweden entfernt ist; im Schloß von Mantua das Geburtszimmer von Schwester Linda; in Verona an die Kriegserlebnisse seines Vaters und überhaupt vom Überschreiten der Grenze an die Glanzzeit der Eltern im ehemaligen Königreich Italien zu denken. Auf Vorschlag der Großherzogin Stefanie beschloß man, statt nach Livorno, wohin dieses Jahr verschiedene Bonaparte kommen wollten, in Castellammare bei Neapel ans Meer zu gehen.
Auguste traf mit Theodolinde zunächst in Florenz ein und bezog das Haus von Monsieur Blanc. Beide fühlten sich nicht besonders wohl. Das Aussehen des mit Eugenie ohne Constantin nachfolgen-

den August erschreckte die Mutter. Sie mußte an Reichstadt denken und brach in Tränen aus.
Damals hielten sich mehrere Mitglieder der Familie Bonaparte unter ihren Exilnamen in Florenz auf: die letzte lebende Schwester Napoleons, Fürstin Caroline von Lipona, vormals Königin von Neapel, und die Gräfin von Survilliers, deren Mann Joseph Bonaparte sich noch in England befand; ferner Louis, Herzog von St. Leu, vormals König von Holland, getrennt von seiner Frau Hortense Beauharnais, und schließlich Jérôme, Fürst von Montfort, vormals König von Westfalen, der mit seiner württembergischen Frau und seinen Kindern ständig in Florenz lebte.
Das Geschwisterpaar Jérôme und Caroline traf man am Corso. Die Gräfin von Survilliers, ehemalige Königin von Spanien, empfing sie auf einer Chaiselongue in ihrer Wohnung, die sie seit drei Jahren nicht mehr verlassen hatte. Sie war eine Schwester der schwedischen Königin Désirée, eine besonders gütige und freundliche Dame. Ihr galanter Schwager Jérôme Montfort war gerade bei ihr und ließ es sich nicht nehmen, die Damen Leuchtenberg zu einem Empfang zu führen, wo seine rundliche Frau Katharina, Schwester des Königs von Württemberg, mit ihren zwei jüngeren Kindern Mathilde und Napoleon anwesend war. Der ältere, Jérôme oder Hyeronimus, war in Stuttgart beim Militär. Mathilde, die den Grafen Demidoff heiraten wird, war erst dreizehn, und ihr Plonplon genanntes, zehn Jahre altes Brüderchen, laut Theodolinde *un superbe enfant,* sah dem Kaiser Napoleon sehr ähnlich. Den Herzog von St. Leu, Hortensens Mann, suchten sie in seinem Landhaus vor der Porta S. Gallo auf. Er war halbseitig gelämt, empfing sie an eine Tür gelehnt.
Im Mai brachen unsere Reisenden auf getrennten Wegen nach Castellammare auf. Theodolinde reiste mit ihrer Fanny von Livorno zu Schiff nach Neapel, wo sie mit ihrer Tante, der Großherzogin Stefanie, Rendezvous hatte. In Gedanken an Napoleon sah sie von ihrem Wagen auf Deck aus Elba vorübergleiten. Bruder August besichtigte unterwegs in Begleitung des Grafen Ré seine Güter in der Mark Ancona. Die Mutter fuhr mit Eugenie und deren inzwischen

nachgekommenen Mann auf dem Landweg über Rom. Dort gönnte man sich nur die für die wichtigsten Besuche erforderliche Zeit. Man mußte sich in die Wagenkolonne am Corso einreihen, um Hortensens Wohnung im Palais Ruspoli zu besichtigen. Die Inhaberin war in Arenenberg. Das leere Haus mit den vielen gemeinsamen Erinnerungen stimmte Auguste traurig. Noch mehr Eindruck machte ihr Madame mère, Napoleons Mutter Laetizia, im Palazzo Bonaparte an der Einmündung des Corso in die Piazza Venezia. Der Papst hatte ihr den Palazzo Rinuccini zur Verfügung gestellt. Seitdem sie vor zwei Jahren den Oberschenkel gebrochen hatte, konnte sie das Haus nicht mehr verlassen und mußte sich vom Bett auf die Chaiselongue und zurück tragen lassen. So vegetierte sie noch zweieinhalb Jahre lang. *Man empfindet Achtung vor dieser fünfundachtzigjährigen Frau, die so viel Unglück durchgemacht hat und es so mutig trägt. Sie zeigte uns einen kleinen Tisch, worauf der Kaiser in St. Helena gefrühstückt hat. Der Salon ist voll Familienporträts.*
Sie hatte sich an der Ecke vom Corso in die Piazza Venezia einen hölzernen Balkon anbringen lassen, um von da aus zu beobachten, was in dieser belebten Gegend Roms vor sich ging.
Von Madame mère ging die Pilgerfahrt in den auf Napoleons Befehl angelegten Garten am Pincio und zur Villa Borghese, wo auch die berühmte Paolina Bonaparte gewohnt hat. Laetizias Bruder, Kardinal Fesch, machte bei Auguste Besuch. Papst Gregor XVI. empfing sie mit Tochter Eugenie sehr freundlich in der Bibliothek des Vatikans. Nach einem Blick auf das Kolosseum im Mondschein brach man früh um fünf nach Neapel auf, wo Stefanie Baden mit ihren Töchtern und Theodolinde schon warteten. Stefanie lud die Leuchtenberg in die Oper San Carlo zu einer Galavorstellung zum Geburtstag des Königs ein. Die Königin Maria Christine, eine savoyisch-sardinische Prinzessin, war schön, totenblaß und unglücklich. König Ferdinand sei nicht beliebt, vermerkte Auguste, kümmere sich nur um das Militär, das er grausam quäle, ohne etwas davon zu verstehen. Der österreichische Gesandte Graf Lebzeltern kam in die Loge und lud zu seinem Ball anläßlich der Hochzeit des Großherzogs von Toskana mit der Prinzessin Maria Antoinette von

Sizilien ein. Dieses Brautpaar war natürlich auch im Theater. Theodolinde konstatierte, die königliche Familie fülle fünf Logen aus, und der König sei recht kühl empfangen worden.
Man mußte in Neapel warten, bis das Haus in Castellammare beziehbar war. So konnte man mit Muße vom Golf von Neapel aus einen Ausbruch des Vesuv beobachten.[86]
Das Haus in Castellammare war groß, hatte keinen Garten, und nur aus einigen Zimmern war das Meer zu sehen. Die Herzogin ließ am Strand ein Badehaus aufschlagen. Die badischen Damen wohnten in einem Gartenhaus und gingen Auguste auf die an sich schon schwachen Nerven, berichtete diese ihrem Sohn in die Mark Ancona. Sie verstünde seine Freude beim Anblick der französischen Truppen, aber sein ewiger Husten mache ihr Sorge. Eugenie schrieb ihrem Bruder noch deutlicher: *In Deinem Alter darf man sich keinen Illusionen mehr hingeben. Du weißt, wohin das führen kann.* Sie huste auch und trinke deshalb Eselsmilch. Das ruhige Leben in Castellammare in frischer Luft ohne eine einzige schöne Frau könne ihm guttun. Constantin sei von Rom nachgekommen.[87]
Theodolinde erholte sich in Castellammare, und August überraschte bei seinem Eintreffen am 1. Juli durch gutes Aussehen.
Er hatte von seiner Schwester Amelie aus Paris gute Nachrichten über den Krieg in Portugal bekommen. Dom Pedro hatte in Oporto alle Angriffe Dom Miguels abgeschlagen, und der Nachfolger von Sartorius, Napier, war im Süden des Landes gelandet und hatte bereits mehrere Provinzen erobert. Mitte Mai hoffte der Kaiser in Lissabon zu sein. Die Entscheidung stand also unmittelbar bevor.
Am 2. August gratulierte ein gewisser Mr. Friesse in Castellammare zu Dom Pedros Einzug in Lissabon. Dom Miguel sei nach Spanien geflohen.[88] Etwa gleichzeitig schrieb Dom Pedro an Schwager August, die Abreise Amelies aus Frankreich erfolge Ende des Monats in Le Havre, und er rechne bestimmt auf seine Begleitung.
August hatte sich aber schon vor Eintreffen dieser Briefe nach Genua in Marsch gesetzt, wo er Nachricht über die Fortsetzung der Reise vorfinden sollte. *Je pars comme une victime,* gestand er Papa Méjan, der sich als Begleiter Amelie anschloß. Er wollte als Graf von

Monterado durch die Lombardei zum Rendezvous nach Le Havre eilen.[89]

Mutter und Schwester weinten beim Abschied, und Schwager Constantin begleitete ihn bis Neapel. *Gott weiß, wann ich diesen guten Sohn wiedersehe und was noch geschehen mag ... Ich hüte mich zuzugeben, wie wenig Einfluß ich auf meine Kinder habe ...*, vermerkte die Herzogin, und Theodolinde machte ihr Testament, obwohl ihr die Seebäder guttaten.

Während die Zurückbleibenden in Casellammare in den Anblick des feuerspeienden Vesuv versunken waren, erschien der bayrische Kronprinz Maximilian auf seiner ersten Italienfahrt.

Die Besteigung des Vesuv scheint abenteuerlich gewesen zu sein. Man ritt von Resina aus unter lautem Geschrei der Treiber auf Eseln durch Rauch und über Lava so weit es ging hinauf und ging dann zu Fuß weiter. Obwohl Auguste von vorn an einem Strick gezogen und von hinten geschoben wurde und außerdem am Arm ihres neuen Hofmarschalls Maurice Méjan hing, rutschte sie immer wieder zurück. Sie war ganz schwarz im Gesicht.

Von August kamen einen Monat lang keine Nachrichten. Um so verblüffender waren sie dann. Er schrieb aus München, daß er Amelie zwar in Le Havre noch gesehen habe, sie dann aber verlassen mußte, weil ihn die französische Regierung des Landes verwiesen hatte. Diese Nachricht schlug in Castellammare wie eine Bombe ein. August war am 26. August in Le Havre eingetroffen. Am nächsten Tag erschien Amelie mit Tochter und Stieftochter. Die kleine Marie Amelie könne bereits gehen und spreche etwas Englisch, Französisch, Deutsch und Portugiesisch, Maria da Gloria habe an Größe und Umfang zugenommen, konstatierte der Bruder. Am übernächsten Abend kam die Ernüchterung in der feierlich uniformierten Gestalt des Souspréfet von Le Havre. Er erklärte dem Herzog, er befinde sich illegal auf französischem Boden und habe das Land unverzüglich zu verlassen. Der Herzog erwiderte empört, daß er sich legal mit einem vom französischen Botschafter in Turin visierten Paß in Frankreich befinde. Aus Takt habe er den Inkognitonamen Herzog von Monterado angenommen. Da er nicht die

Ehre habe, der kaiserlichen Familie Bonaparte anzugehören, falle er nicht unter das Ausweisungsgesetz, das man anscheinend auf ihn anwenden wolle. Unter Karl X. habe er Frankreich ungehindert passieren können. Er sei zur Begleitung seiner Schwester gekommen und werde mit ihr abreisen und keine Minute früher. Der Souspréfet ging mit der Erklärung, daß er sich bei M. de Broglie Weisung holen werde. Als die Angelegenheit in den Zeitungen breitgetreten und mit der Heirat der Königin von Portugal verquickt wurde, verzichtete Amelie schweren Herzens auf den Bruder als Reisegefährten, weihte aber die Mutter in den Heiratsplan ein.[90]

August räumte unter Protest das Feld aus Rücksicht auf den Kaiser Dom Pedro und dessen Tochter. Der Marquis de Rezende bekam einen Brief an den englischen Außenminister Lord Palmerston mit eingehender Darstellung des Vorfalls mit. Er habe keinen Anlaß zu einer erneuten ungerechten Behandlung gegeben. Seine Devise laute: Tout pour la gloire et rien pour l'ambition. Es wäre ihm ein Trost, wenn der Lord sein Verhalten billige. Palmerston tat dies in seiner Antwort.[91]

Amelie war nicht ganz unvorbereitet, da – nach einer späteren Zusammenfassung von Méjan Vater[92] – der Herzog von Broglie dem portugiesischen Geschäftsträger in Paris zwei Wochen vor der Abreise eröffnet hatte, daß die Begleitung durch den Herzog von Leuchtenberg dem König der Franzosen äußerst unangenehm sei. Die Schwester möge ihren Bruder von einer Reise durch Frankreich abhalten, weil sonst das Gesetz gegen die Familie Bonaparte angewendet werden müsse und französische Schiffe die Königin nicht aufnehmen könnten. Darauf hatte Amelie erwidert, ihr Kaiser habe schon vor zehn Monaten ihren Bruder als Begleiter ausersehen. Sie würde nicht gegen den Befehl ihres Gemahls handeln, außerdem könnte sie ihn nicht mehr erreichen. Die Gesetze gegen die Bonaparte kämen nicht in Frage.

Nach Méjan galt das einschlägige Gesetz vom 12. Januar 1816 nur für die Familie Bonaparte einschließlich Onkel, Tanten und Nichten des Kaisers Napoleon und deren Ehegatten. Diese durften ja auch keinen Besitz in Frankreich haben oder mußten ihn innerhalb von sechs Monaten verkaufen. Herzog August habe einen Besitz in Frankreich und dürfe laut Artikel 62 der Charte den Titel davon, nämlich Herzog von Navarre, führen. Ludwig XVIII. und Karl X. hätten das Gesetz nie gegen ihn angewendet. Als der bayrische Gesandte in Paris, Baron Pfeffel, vor der Rückkehr Augusts aus Brasilien vor drei Jahren beim Herzog von Polignac anfragte, ob das Bonaparte-Gesetz auf ihn angewendet würde, bekam er die Antwort: nein. Ludwig XVIII. habe die Adoptivkinder Napoleons mit Rücksicht auf Eugen Beauharnais streichen lassen.

Als Amelie nach der Abreise ihres Bruders aus Paris Bescheid bekam, daß ihr nunmehr die ihr gebührenden Ehren erwiesen würden, schiffte sie sich unverzüglich nach Portsmouth ein, um davon keinen Gebrauch machen zu müssen. Sie ging am Arm ihrer Stieftochter ohne Begleitung eines französischen Würdenträgers vom Hotel durch die Menschenmenge an Bord des englischen Schiffes ›Soho‹.

Dieses Benehmen wird Louis Philippe Unglück bringen, notierte Mutter Auguste. *Er muß sich auf seinem Thron recht unsicher fühlen, da er die Anwesenheit eines jungen Mannes fürchtet, der ein ganz französisches Herz hat und nichts mehr gewünscht hätte, als sich Frankreich, wo die Erinnerung an seinen Vater so hoch gehalten und gepflegt wird, dankbar zu erweisen.*

Um die gereizte Stimmung in Castellammare noch zu verstärken, erschien der Adjutant des bayrischen Kronprinzen Freiherr von Besserer mit der Mitteilung, daß sein Herr noch einige Zeit in der Villa Malta seines Vaters in Rom bliebe, die dieser seiner Schwester für den Winter zur Verfügung gestellt hatte.

Amelie berichtete von Portsmouth, daß die Überfahrt wegen Sturmes statt zwölf dreißig Stunden gedauert habe. Die Herzogin von Kent wolle sie von der Insel Wight aus mit ihrer Tochter Viktoria – der künftigen Queen – besuchen. König Wilhelm IV. empfing die Reisenden in Windsor. Der Wildpark würde den Bruder begeistern. Der König habe viel über ihn gesprochen, aber seinen Brief an Palmerston nicht erwähnt. Als besondere Aufmerksamkeit schenkte ihr der Hausherr einen Likör aus den Besitzungen der Kaiserin Josephine auf Martinique. Da das Meer ruhig sei, rechne sie mit Eintreffen in Lissabon am 20.9.

Die Italienreisenden machten auf dem Weg nach Rom in Neapel Station und besuchten die sizilianischen Bourbon. Zu den Gemächern der Königin im Palast stieg man hundert Stufen hinauf. Salernos luden zum Diner. Die Prinzessin war eine österreichische Kaisertochter. Zum Empfang standen Lakaien auf den Stufen der Treppen. Das Schloß war voller Erinnerungen an Wien, der Garten in Terrassen angelegt. Dazu ein zweihundert Jahre alter Weinberg. Tafelmusik von einem Garderegiment und großer Train, *il me rapelle notre maison à Milan,* stellte Auguste wehmütig fest.

Die von Murat begonnene Wiederherstellung des Riesenschlosses von Caserta war noch nicht beendet. In Molo di Gaeta betrachtete Theodolinde voller Respekt die Festung, wo sich Fra Diavolo verteidigt hatte. In Albano wartete man ungeduldig bis zum 12. auf die Räumung der Villa Malta durch den bayrischen Kronprinzen, der seine Abreise zum drittenmal verschoben hatte.

Vater Méjan stellte inzwischen die Gründe für die Animosität gegen die Napoleoniden zusammen: Der Familienchef Joseph habe von London aus dem Besitzer der bonapartistischen Zeitung ›La Révolution de 1830‹ zweiundsiebzigtausend Francs für ein Monument überreichen lassen. Außerdem habe derselbe Napoleons Kammerdiener Marchand und anderen Anhängern geschrieben, daß er sein Leben in Paris zu beschließen hoffe. Gleichzeitig erfuhr man von Zusammenkünften in London mit Louis Napoléon, Lucien, Jérôme und Achille Murat. Der von Louis Philippe nach England geschickte Herzog von Orléans brachte als Ergebnis mit, Joseph Bonaparte sei krank und habe keinen weiteren Ehrgeiz. Lucien sei gegen Wiederherstellung des Kaisertums in Frankreich, Louis wolle weiterhin als Privatmann leben und sei von dem politischen Ehrgeiz seines letzten Sohnes Louis wenig erbaut. Jérôme sei ungefährlich und wolle in Frieden weiterleben. Louis Napoléon und Achille Murat seien zwar sehr ehrgeizig, verfügten aber nicht über das für ihre Pläne nötige Geld. Der einzige gefährliche

Kandidat sei August Leuchtenberg als Sohn seines Vaters, Inhaber eines großen Vermögens und beliebt. Seitdem ihn Belgien zum König wollte, bestünde Mißtrauen. Der Zwischenfall von Le Havre sei erfolgt, um noch größere Ungelegenheiten im Zusammenhang mit dem Gesetz gegen die Familie Bonaparte zu vermeiden. Die englische Regierung sei zu schwach gewesen, um bei der noch ungeklärten Lage in Portugal energisch durchzugreifen.
Amelie berichtete von ihrer Reise und von dem glänzenden Empfang in Lissabon, und Dom Pedro versuchte, seinem Schwager die Heirat mit seiner Tochter Maria da Gloria schmackhaft zu machen. England sei der historische Vormund von Portugal. Louis Philippe würde bei der Großjährigkeit der Königin nicht mehr am Ruder sein. Ein französischer Prinzgemahl wäre England nicht genehm. Portugal überließe ihm die Wahl, und für ihn käme nur der eine in Frage. Freilich sei die Stellung eines Prinzgemahls nicht allzu begehrenswert, aber in diesem Fall bliebe ihm genügend Betätigung. Amelie schrieb dem Bruder von guten militärischen Fortschritten. Saldanha habe durch eine Umgehung den Feind zum Abzug aus Lissabon gezwungen. Sie konnte den Gefechtslärm deutlich hören. Pedro sei immer in vorderster Linie, Miguel geflohen, man wisse nicht wohin.
Endlich, am 13. Oktober, zog die Mutter mit Eugenie und Theodolinde in die Villa Malta in der Nähe des Pincio ein. König Ludwigs Verwalter, Berater in künstlerischen Angelegenheiten und Freund Wagner aus Würzburg empfing die Gäste mit einem längst überholten Begrüßungsbrief seines Herrn. ›Giardino‹ di Malta nannte Ludwig seinen römischen Besitz. Aus einem von Theodolinde gezeichneten Plan ist ersichtlich, daß es sich um mehrere Häuser in einem Garten gehandelt hat. *Man kann auf einer Seite anfahren oder zu Fuß durch die Gasse Cordella und den Garten hineingehen … Alle sind gut untergebracht. Mamas Appartement ist charmant, aber klein. Man sieht von einer Seite aus Dächer und Glocken, von der anderen den kleinen und gepflegten Garten.* Einer der ersten Besuche führte wieder zu Madame mère Laetizia. Theodolinde registrierte, daß man durch mehrere Salons zu einem geführt wurde, wo sie auf einer Chaise-

Prinzessin Eugenie von Leuchtenberg
Fürstin von Hohenzollern-Hechingen

Herzog August von Leuchtenberg

longue lag. Sie sah nichts mehr. Theodolinde wäre bei ihrem Anblick fast in Tränen ausgebrochen. Sie sprach leise, aber gütig, habe ständig eine Dame bei sich. Auch Eugenie fand sie seit dem Frühjahr erheblich verschlechtert. Sie schrieb ihrem Bruder, er habe Laetizia sehr gut gefallen.[93]

Zum Programm des Winters gehörten auch Besuche in Künstlerateliers. Thorwaldsen hat Auguste enttäuscht: *Ich finde seine Statuen ebenso kalt wie das Monument, das er für meinen Mann gemacht hat.* Dagegen gefielen ihr Wagners Statuen für die Walhalla. Napoleons Onkel Kardinal Fesch führte selbst seine Galerie und seine sehr unordentlichen Zimmer vor. Wie er darin wohnen könne, war der Herzogin unbegreiflich. Im Quirinal wurden die Sommerwohnung des Papstes und die Räume für das Konklave besichtigt. Die dort für den König von Rom vorbereitete Wohnung habe Murat nach seinem Abfall von Napoleon zerstören lassen. Die Damen hatten einen hervorragenden Cicerone in dem preußischen Gesandten von Bunsen. Der Papst empfing sie feierlich und gütig zugleich. Torlonia gab einen Ball. Die Mutter ritt mit den Töchtern in die Umgebung spazieren, sobald die beiden Pferde aus München ankamen; sie waren zwei Monate unterwegs gewesen. Weitere wurden in Neapel gekauft.[94]

Ein Brief der Schwester Josephine aus Stockholm gibt ein Bild des einförmigen Lebens der schwedischen Kronprinzessin:

Wenn ich denke, mit welcher Leichtigkeit man sich heutzutage von einem Ende Europas zum anderen bewegt, scheint es mir wohl, daß ich recht gut kommen könnte, um Euch alle zu sehen. Es ist aber leichter gedacht als getan … Es hat hier keine gesellschaftlichen Veranstaltungen gegeben. Da die Gesellschaft zu klein ist, um sich zu teilen und man sich oft sieht, kann ich nicht behaupten, daß man diese réunions et soirées hier angenehm zu gestalten versteht. Die Fähigkeit der Konversation ist völlig verloren gegangen. Die jungen Leute wispern und lachen untereinander … die Gesetzteren spielen, die älteren Damen sitzen nebeneinander, schauen sich gegenseitig an oder machen Bemerkungen. Ich ziehe kleine Soupers solchen Zusammenkünften vor. Man plaudert, macht Handarbeit, Musik, einer liest vor und die Trennungsstunde kommt unmerklich heran. Wir haben wohl solche Veranstaltungen zu arrangieren versucht, aber mit der Etikette, Rangordnung und Rücksichten kann man nicht so, wie wir möchten. Mein Mann erhebt sich oft um sieben, ich aber im Winter nie vor acht. Nach dem Frühstück wohne ich dem Unterricht meiner beiden ältesten Söhne bei und mache Handarbeit, lese oder schreibe. Von zwölf bis eineinhalb fahre ich aus und beschäftige mich dann zu Hause. Um drei Uhr ziehe ich mich zum Diner an, das um dreieinhalb stattfindet. Um fünfeinhalb ziehen wir uns zurück und ich gehe zu meinen Kindern oder beschäftige mich bei mir. Um siebeneinhalb Tee. Zwischen acht und neun sind die Kinder da, von neun bis zehn musizieren wir, die Damen sticken und die Herren lesen Zeitung. Um zehn Uhr Souper und um elf ist niemand mehr da. Je mehr man in der großen Welt lebt, um so mehr hat man meiner Ansicht nach das Bedürfnis, ab und zu in sich zu gehen und nachzudenken, was man gesehen und getan hat. In einem ständigen Trubel sein, in ununterbrochener Bewegung, immer an andere denken, an das, was um einen vorgeht, wenn man überhaupt Zeit zum Denken hat, das ist nicht leben … Ich fühle mich nirgends so wohl als in meinem großen Fauteuil mit einer Handarbeit in Gedanken darüber, was ich gesehen, getan und gedacht habe und komme zu dem Schluß, daß ich etwas lerne. Ich bilde mir ein Urteil, einen Verhaltungsplan in dieser oder jener Angelegenheit, die kommen kann, so daß ich nicht überrumpelt werde, ich gehöre nämlich nicht zu den brillanten Köpfen, die immer das Richtige treffen – oh nein …

Nun lebe ich schon bald elf Jahre in der großen Welt und immer wieder lerne ich etwas … Ich kenne meine Fehler sehr gut … Sie zu kennen heißt aber nicht, daß man ihrer rasch Herr werden kann … Du wirst diese lange Epistel verzeihen in dem Bewußtsein, daß ich mit Dir zu reden glaubte, ein Glück, das mir vielleicht für immer versagt sein wird! Denn obwohl unsere Pflichten mehr oder weniger dieselben sind, so trennen sie uns, wenigstens hinieden! Ich hoffe und glaube, daß wir uns dereinst wiederfinden und daß wir dann glücklich sein werden, hier unten versucht zu haben, die uns anvertrauten Aufgaben zu erfüllen! Adieu.

In Lissabon war die Ordnung noch nicht hergestellt. In den fünf Jahren Opposition sei die Zivilisation stark zurückgegangen, meinte Amelie. Alle Schulen seien aus Angst vor Freimaurern geschlossen worden, aber das Land sei herrlich. Sie waren zwei Tage in Cin-

tra, das die Engländer die portugiesische Schweiz nennen. Das Schloß stamme aus der Maurenzeit. Auf den Hügeln in Lissabon rutschten die Pferde auf dem schlechten Pflaster, so daß es ihr leicht ergehen könne wie damals dem Bruder in Brasilien, als er sich den Arm gebrochen hatte. Sie habe Sehnsucht nach Brasilien. Sie habe von dort für die Sammlung in Eichstätt seltene Hölzer bestellt, Enten und Papageien. Pedro schicke ihm portugiesische Mineralien.[95]
In Eichstätt zerbrachen sich August und Papa Méjan die Köpfe um einen verblümten Korb an Maria da Gloria.
Theodolinde hatte im Giardino di Malta in Rom wieder Asthmaanfälle, erholte sich aber bald wieder. Dafür starb ihr Arzt, der erst dreißigjährige Dr. Kaltenbrunner. *Vor einem Jahr hatte man geglaubt, daß ich als erste ginge. Wie veränderlich ist doch alles in dieser Welt. Ich hänge nicht gerade am Leben, wenn mich aber Gott wieder gesunden ließe, wäre ich froh. Dann könnte ich durch meine Fürsorge meine Mutter für alle ihre Mühen und Opfer seit vier Jahren entschädigen.*
Der römische Karneval begann damit, daß am letzten Januar elf gutangezogene Männer mit Trompeten und elf verschiedenfarbigen Fahnen in den Hof kamen. Die Zahl der Fahnen gab an, wie viele Tage der Karneval dauerte. Er begann am 2. Februar. Man fädelte sich in die zwei Wagenreihen am Corso ein, die zwischen Piazza Venezia und Piazza del Popolo hin- und herfuhren unter einem Regen von ›dragés‹ – Konfettis – aus den dichtbesetzten und geschmückten Fenstern und Balkons. Nachmittags räumten päpstliche Dragoner den Corso zum Pferderennen. Die Leuchtenberg sahen vom Balkon des Monsignore Piccolomini zu.
Theodolinde bedauerte, daß sie nicht an dem Ball teilnehmen konnte, den der österreichische Botschafter am Geburtstag seines Kaisers gab. Die Herzogin war vom Palazzo Venezia begeistert, beanstandete nur, daß die Teppiche nicht geklopft waren, so daß man von dem aufgewirbelten Staub heiser wurde.
Am 11. Februar wurde der Karneval mit Ausblasen der Moccoli-Lichter begraben. Das Gedränge bei den Blumen- und Konfettischlachten war ungeheuer. Nach dem Rennen und bei Einbruch der Dämmerung wurden Unmassen von Lichtern auf den Balkons

angezündet und auch herumgetragen. Jeder versuchte, sie dem anderen auszublasen. Denen auf den Balkons ging man mit langen Besen zu Leibe. Als alle Lichter gelöscht waren, erschollen Freudenrufe. *Auch wir hatten kleine Kerzen,* schrieb Theodolinde.
Am 27. Februar feierliche Privataudienz beim Heiligen Vater. Man durchschreitet acht Salons voll Garden. Monsignore Patrizzi öffnet eine Tür, kniet nieder und verkündet: die Herzogin von Leuchtenberg. Der Papst in seinem weißwollenen Kamaldulenserhabit läßt sich von ihr die Hand nicht küssen. Er ist groß und hat einen frommen Ausdruck. Als Auguste für Dom Pedro sprechen will, winkt er ab, weil dieser miguelistische Bischöfe weggeschickt und Kirchengut eingezogen hat.
Die Zeremonien des Palmsonntags machte man in der Sixtina mit. Am Dienstag darauf erschien August mit Neuigkeiten. Er hustete, sah aber nicht schlecht aus. Seine Mutter brachte ihn gleich zu Madame mère, zur Prinzessin von Musignano, einer Tochter von Joseph Bonaparte, und zum Kardinal Fesch. Bei einem von der Prinzessin Massimo gegebenen Konzert sah er die ganze neapolitanische Königsfamilie.
Am Gründonnerstag erteilte der Papst vom Balkon den Segen, und die Königin-Witwe beider Sizilien nahm in einem Kloster in Schwesterntracht mit roter Schürze die Zeremonie der Fußwaschung an Pilgern vor. Für die Karfreitagszeremonien begab man sich wieder in die Sixtina, am Ostersonntag zum Papstgottesdienst in St. Peter. Abends Feuerwerk. Auf ein Zeichen des Papstes erstrahlte die Kuppel von St. Peter in einem Lichtermeer.
Mitte Mai wollte man nach Florenz übersiedeln und an der Küste Toskanas Seebäder nehmen. August sollte von seinen italienischen Gütern dazukommen und dann seine Schwester Eugenie mit nach Hause nehmen. Die Nachricht von der Verlobung von Stefanies Tochter Josephine mit dem Erbprinzen Karl Anton von Sigmaringen machte Theodolinde traurig, weil sie ihn von allen in Frage kommenden Fürsten am liebsten geheiratet hätte. *Es ist ein Unglück krank zu sein. Die guten Partien kommen nicht und die mittelmäßigen Nachgeborener regnen vom Himmel.*

Von den verschiedenen Besichtigungen und Besuchen sei der beim Prinzen Charles de Musignano, Sohn von Napoleons Bruder Lucien, in der Villa Paolina mit Garten und herrlicher Aussicht, ein Erbe seiner berühmten Tante Paolina Borghese, erwähnt. Die besonders sympathische Zenaida, seine Frau, war eine Tochter von Joseph Bonaparte. Von dort fuhr man gemeinsam zur Mutter Laetizia. Im Palazzo Farnese wurde die Familie Sizilien aufgesucht. Carraccis Fresken in der Riesengalerie seien für unschuldige Gemüter wenig geeignet. Es folgte ein zweitägiger Ausflug nach Tivoli in die Villa Torlonia. Am Abend Feuerwerk.
August war schon zuvor nach einer langen Audienz bei seinem italienischen Landesherren Gregor XVI. auf seine Güter im Kirchenstaat abgereist.
Kurz vor der Abreise von Mutter und Schwester wurde der Karton für das Fresko in der Ludwigskirche in München von Peter Cornelius besichtigt. Das Wandgemälde würde noch größer als das Jüngste Gericht von Michelangelo in der Sixtina. *Mein Bruder, der König, will diesen gleichen Vorwurf haben.*
Bei der Abschiedsaudienz sprach der Papst sehr gütig dreiviertel Stunden und Mutter Laetizia weinte. Sie starb zu Anfang 1836 in Anwesenheit ihres jüngsten Sohnes Jérôme und ihres Stiefbruders Kardinal Fesch.
Vor Florenz ritt August Mutter und Schwester entgegen. Man stieg im Palais Filidolfi ab. Als erster Besuch kam Charlotte, Herzogin von St. Leu, die junge Witwe des während des Carbonariaufstandes verstorbenen Napoléon Louis und Tochter von Joseph Bonaparte. Auguste und Linda fanden sie nicht schön, aber geistreicher und lebhafter als ihre Schwester Zenaida. Dann kam Louis Bonaparte, Herzog von St. Leu, selbst mit den anderen anwesenden Familienmitgliedern.
Auguste, die nicht mehr an die Heirat ihres Sohnes mit der Portugiesin glaubte, hätte ihn lieber mit Mathilde Montfort, der Tochter von Jérôme Bonaparte, als mit einer Tochter der badischen Stefanie verheiratet. Mathilde war kaum vierzehn, sah aber aus wie achtzehn und war sehr hübsch. Es bestehe zwar die Gefahr, daß sie so

stark würde wie ihre Mutter, ›qui est énorme‹. Die ehemalige Königin von Spanien, Gräfin von Survilliers, lag weiterhin den ganzen Tag auf dem Kanapee. Auguste Leuchtenberg mietete für Seebäder eine Villa in Livorno. August erhielt Nachricht, daß sein Besitz Navarre in der Bretagne um 1375000 Franc verkauft worden war.
Inzwischen ging der Bruderkrieg in Portugal nach der Niederlage Dom Miguels bei Thomar zu Ende. Villaflor schloß gegen den Willen Miguels in Evoramonte mit seinem Gegner Lemos einen Vertrag, worin Dom Miguel auf die portugiesische Krone verzichtete und gegen 375000 Franc Jahresrente das Land für immer zu verlassen hatte. Da dieser von Genua aus den Vertrag als erzwungen widerrief, bekam er das Geld nicht. Weitere Bemühungen um die Krone blieben erfolglos. Er heiratete eine Prinzessin Löwenstein und starb in dem Schloß Heubach dieser Familie in Franken im November 1866.
Gegen Mitte Juni trat August mit seiner Schwester Eugenie die Heimreise an. Sie fuhren über Arenenberg, um Tante Hortense zu besuchen. Die Mutter war auf ihre Schwägerin nie gut zu sprechen. Sie und die Witwe von Napoléon Louis bedauerten besonders die Veröffentlichung von Hortenses Memoiren über die Ereignisse von 1831.[96] Theodolinde registrierte, daß der Vater St. Leu über das Erscheinen dieser Memoiren seiner Frau am traurigsten sei. Sie und ihr Sohn Louis seien selbst schuld an ihrer *position isolée* durch ihre fortgesetzten Intrigen.
August versuchte, laut Méjan, seiner Schwester noch einmal klarzumachen, daß er nicht Prinzgemahl von Portugal zu werden gedenke.[97]
Heute bin ich der erste Pair de la Bavière, unabhängig ... Was wäre und was täte ich aber in Portugal? ... Ich möchte nicht, daß meinetwegen Rechte und Vorrechte der Königin geändert würden, würde aber niemals zustimmen, lediglich Mann der Königin zu sein. Ich habe den Stolz zu glauben, daß ich einer ehrenvolleren Bestimmung würdig sei ... Wenn ich eine Königin heirate, möchte ich keine Null sein.
Auguste und Theodolinde badeten und ritten in Livorno viel. Sie bewohnten ein kleines Haus mit großem Garten. In der Nähe quar-

tierten sich die Montforts ein, so daß sich ein freundnachbarlicher Verkehr mit ihnen entwickelte. Linda fand, daß der kleine Plonpon von seiner Mutter wie ein kleines Mädchen erzogen würde.
Auf dem Heimweg hielten sich Mutter und Tochter zwei Tage in Florenz auf, um sich vom Großherzog und den anwesenden Mitgliedern der Familie Bonaparte einschließlich der Exkaiserin Marie Luise zu verabschieden.
Auf der letzten Station, Benediktbeuren, überraschte sie Max, als Servierkellner mit weißer Schürze verkleidet. Der nun bald Siebzehnjährige sei in den zwei Jahren der Trennung ein hübscher Junge geworden, dunkelblond mit blauen Augen, schlank, fast so groß wie sein Bruder, braungebrannt, aber erschreckend zart wie die Geschwister. *Es scheint, daß alle meine Schmerzen erneut aufbrechen,* vermerkt die Mutter bei der Rückkehr in das Palais Leuchtenberg.

7
Portugiesisches Trauerspiel
1834/35

Im bayrischen Königshaus hatte sich in den zwei Jahren manches geändert. Prinz Otto war als König nach Griechenland gezogen, seine Schwester Mathilde nach Darmstadt als Frau des Großherzogs Ludwig von Hessen und die letzte der Stiefschwestern des Königs, Prinzessin Marie, als die des Kronprinzen und Mitregenten Friedrich August von Sachsen nach Dresden. Theodolinde vermißte sie sehr. Außerdem ging ihr die bevorstehende Trennung von ihrer Erzieherin Fanny, die Schwester Amelie nach Portugal holte, sehr nahe. An die Nachfolgerin Fräulein von Andlau mußte sie sich erst gewöhnen.

Das Ludowizianische München hatte Fortschritte gemacht. Die Pinakothek war nun auch im Inneren so weit gediehen, daß im Herbst die Bilder aufgehängt werden sollten. Auguste findet den Königsbau der Residenz am Max-Josephs-Platz »superbe«, möchte aber nicht darin wohnen. *Schnorrs Fresken sind sehr schön und die Säle de toute beauté. Es gibt eine wegen ihrer Eleganz sehr bemerkenswerte Wendeltreppe, aber keinerlei Bequemlichkeit, keine kleinen Zimmer. Alles ist groß und streng.* Theodolinde gefielen die Glyptothek und das von Klenze erbaute Palais des bayrischen Herzogs Max an der Ludwigstraße, wo heute die Bank Deutscher Länder steht, besonders gut.

Josephine schrieb von einer Choleraepidemie in Schweden. Der Kronprinz leide in den Krankensälen inmitten *der Toten, Sterbenden, Ärzte, Priester, der Krankenwärter, beim Anhören ihrer Gebete und Anordnungen, ... während er verpflichtet ist, die Unglücklichen zu trösten, die Ärzte und Pfleger zu ermuntern, die von so viel Elend niedergeschlagen sind.*[98]

Mitte August hatte Dom Pedro mit einer großartigen Rede die Cortes eröffnet, wurde von beiden Häusern zum Regenten seiner Tochter erwählt, starb aber keine sechs Wochen darauf im Alter von sechsunddreißig Jahren. Amelie mußte ihrer Mutter schreiben, der letzte Wunsch ihres Mannes sei, daß sein Schwager seine Tochter Maria da Gloria heirate. Neun Tage vor dem Tod seines Herrn hatte der Marquis de Rezende aus dem Palast d'Ajuda in Lissabon je einen Brief an August und an Vater Méjan in diesem Sinne verfaßt.[99] Méjan wurde beschworen, August zum Nachgeben zu bringen. Der Briefbote mit dem romantischen Namen Bayard machte sich auf den Weg nach München. Die Mutter schrieb schweren Herzens dem Sohn nach Eichstätt, schon der Gedanke allein schmerze sie zutiefst, aber wenn er in Portugal seinen Namen zu Ansehen brächte, wie es sein Vater in Italien getan habe, dann wollte sie sich so tapfer zeigen wie die Kaiserin Josephine bei der Trennung von ihrem Sohn.[100]

Dann begab Auguste sich mit Linda, Max und Vater Méjan zur Stiefmutter nach Tegernsee, das in der Geschichte dieser Leuchtenberg immer wieder eine bedeutende Rolle spielt.

August brachte aus Eichstätt außer seinem Bruder Max einen herzzerreißenden Brief seiner Schwester Amelie vom Sterbebett Dom Pedros mit nach Tegernsee. Sie und ihre Tochter hätten zusammen mit ihm die Sakramente empfangen. Er habe August im Testament sein Leibreitpferd und seinen Degen vermacht. Er bitte ihn, seiner kleinen Marie Amelie den Vater zu ersetzen und seine Maria da Gloria zu heiraten. Theodolinde beschreibt, wie August mit großen Schritten im Zimmer auf und ab ging, während sie und die Mutter vor sich hin weinten.

Zwei Tage darauf wußte man in Tegernsee, daß Dom Pedro am 27. September in der Familiengruft der Braganzas in S. Vicente in Lissabon beigesetzt worden war. *Arme verlassene Schwester!* trug Linda ein, und ihre Mutter: *Witwe mit zweiundzwanzig Jahren in fremdem Land, weit von ihrer Familie, ohne Freunde, von Intriganten umgeben. Warum bin ich nicht statt seiner gestorben!*

Dom Pedro hatte sich bei klarem Bewußtsein von seiner Familie

verabschiedet. Die dreijährige Marie Amelie erinnerte sich später an jede Einzelheit beim Tode ihres Vaters, so daß sie nach siebzehn Jahren feststellte, daß im Sterbezimmer nichts verändert war.[101]
Onkel Karl, der durch zwei morganatische Heiraten bewies, daß ihn Kronen nicht blendeten, schrieb August, daß er seine Heirat mit der Königin von Portugal für ein Unglück hielte, und Schwager Kronprinz von Schweden, er möge es sich sehr reiflich überlegen, ehe er sich binde.[102] Wenn die Zeitungen nicht voll von diesem Heiratsprojekt gewesen wären, wäre die Mutter gleich nach Lissabon gereist. Eugenie brachte einen Brief ihrer Schwester Amelie mit. Ganz Portugal rufe nach dem Bruder. Papa Méjan traf knapp vor dem Brautwerber in München ein. *Wir sahen uns versteinert an,* notierte Linda, als August erklärte, er würde *über sein Schicksal mit einem coup de dé – den Würfeln* entscheiden. Die Mutter notierte, alle hätten bei seiner Abfahrt nach München geweint. In vier Tagen würde man Bestimmtes wissen. *Dieser Gedanke machte mir Fieber.* Es schneite wie im Winter. Einen verzweifelten Brief von Josephine schickte sie an August weiter. Da sie nicht mehr daran zweifle, daß sich ihr Bruder für Amelie opfere, schrieb sie, möchte sie ihn wenigstens noch einmal im Leben sehen.[103]
Bayard kam mit so weitgehenden Vollmachten und so konkreten Vorschlägen, daß eine Ablehnung kaum mehr möglich war. Wie schwer August die Zustimmung fiel, geht aus dem Brief hervor, den er nach der ersten Zusammenkunft mit Bayard an Papa Méjan von Haus zu Haus schrieb. Méjan solle Bayard sagen, daß er nicht begreife, wie man ihn plötzlich vor die Alternative stellen konnte. Er würde nicht aus Ehrgeiz zustimmen, auch nicht, um die Wünsche seines Schwagers zu erfüllen oder aus Rührung, daß ihn die Königin wünsche, oder um seiner Schwester Trost und Halt zu geben. Nur die Verteidigung der neuzeitlichen Institutionen Dom Pedros gegen alte und neue Feinde sei ausschlaggebend. Dazu müßte er aber mehr zu sagen haben als lediglich als Prinzgemahl. *In einem Wort, ich möchte, wenn möglich, weder Null noch unnütz sein.* Méjan solle also in die Verträge, die abzufassen er im Begriff sei, einen Passus einfügen, der ihm in den Conseils Autorität, Sitz und Rang verleihe.[104]

Die schmerzliche Spannung in Tegernsee geht aus Theodolindes Tagebuch deutlich hervor. Am 27. Oktober 1834 schreibt sie, Bayard habe August den Degen Dom Pedros übergeben und suche ihn für die Königin zu gewinnen. Cortes und Volk erwarteten ihn. England sei auch bereits einverstanden. Er habe sich achtundvierzig Stunden Bedenkzeit ausgebeten. Die Königin wolle ihn zum Oberstinhaber des Regiments ihres Vaters ernennen. Zeichnungen für die Uniform lägen dem Brief bei.
Die Damen weinten, *Max schluchzte, wir sahen klar, daß es aus ist. August kann nicht ablehnen.*
29. Oktober: August ist gekommen. Er nimmt an, wenn ihm die Cortes einen weitgehenden Einfluß in der Regierung einräumen. Herzog von Terceira wird ermächtigt, ihn bei der Prokurationshochzeit zu vertreten und der Königin sein von Diamanten umrahmtes Miniaturporträt zu überreichen. August werde gegen Jahresende abreisen.
30. Oktober: Bayard und Méjan sind in Tegernsee. Linda sitzt neben dem Portugiesen bei Tisch und kann keinen Bissen hinunterbringen. Die Mutter setzt ihm auseinander, welches Opfer ihr Sohn bringe und was diese Trennung für die Familie bedeute.
Man fuhr in drei Stunden von Tegernsee nach München zurück und hatte Bayard, der am nächsten Tag abreiste, zum Diner gebeten. Er bekam einen Brief Augusts mit, der auch dem Ritter Bayard ohne Furcht und Tadel Ehre gemacht hätte. Er dankte Madame, daß sie ihn für würdig erachte, *ihre Farben zu empfangen.* Er würde sie von dem Tage an, an dem er sie rechtens anlegen könne, mit Stolz tragen.
Einige Tage darauf kehrte Bruder Ludwig aus Italien zurück. Auf die Frage, ob ihr Sohn mit oder ohne Krone aus Eichstätt zurückkommen würde, erwiderte Auguste, sie wisse es nicht, wohl aber, daß sie eine solche nicht wünsche. Ludwig schaute sie ungläubig an, schüttelte den Kopf, sagte »hem hem« und dann, mit erhobenem Finger, er sei entzückt, daß er nicht entscheiden müsse. Er wünsche alles Glück. Wenn er es finden könne, um so besser – *sehr précair, sehr précair.*

Sie war gereizt, daß er auch bei Familienfrühstücken ihren Kindern andere Bestecke geben ließ. Er *behandelt meine Kinder wie den Fürsten Wallerstein, der doch Minister ist. Die königliche Familie hat ein Couvert en vermail, besondere Karaffen und Gläser. Meine Tochter Theodolinde genießt diese Auszeichnung nicht, wohl aber Eugenie als Erbprinzessin von Hohenzollern-Hechingen.*
Es war ein trauriges Weihnachten. Ein Lichtpunkt war das Erscheinen des Grafen Rosen aus Stockholm mit einem Porträt von Josephines Kindern und einem rührenden Brief an den Bruder. Als sie sich trennten, sei er sechzehn Jahre alt gewesen, und an diesem 9. Dezember werde er vierundzwanzig. *Glaube mir, daß väterliche und mütterliche Liebe sich in meinem Herzen bemerkbar macht, wenn ich an Dich denke. Ich kann Dich mir nicht anders vorstellen als im Jahre 1823!! und vielleicht werde ich Dich in diesem Leben nie mehr wiedersehen! Ohne Dich zu kennen, liebe ich Dich so sehr, daß Du es nicht glauben würdest und bin unglücklich über Deine ungewisse Zukunft.*[105]
Man mußte bei den ›Charaden‹ des Königs und seiner Stiefmutter mitmachen und den Reiterkunststücken des Herzogs Max in seiner Reitbahn zusehen. August saß Stieler zu einem letzten Porträt, während Peter Hess an seinem großen Gemälde von König Ottos Ankunft in Nauplia malte.
Maria da Gloria nahm alle Bedingungen an. Ihre Stellung zwinge sie, selbst ihre Hand anzubieten, doch sei sie überzeugt, die richtige Wahl getroffen zu haben, indem sie den Rat und letzten Willen ihres Vaters befolge. Gerne ergreife sie die Gelegenheit, seine königliche Hoheit zur Teilnahme an den Conseils zum Wohle der Nation einzuladen.
Am 1. Dezember fand in Lissabon die Prokurationstrauung mit großem Pomp statt, wobei der Herzog von Terceira die Braut zum Altare führte. Der Marquis de Ficalho machte sich mit dem Trauring nach München auf.[106]
So war der Herzog schon Prinzgemahl der Königin von Portugal, als ihm der bayrische König an seinem vierundzwanzigsten Geburtstag den Hausorden vom hl. Hubertus verlieh. Tags darauf wurden im Palais zur Feier dieses Tages im Theatersaal lebende Bil-

der und Charaden gestellt unter Mitwirkung einer Frau von Krüdener.
Diese Frau von Krüdener wird später die Ehe von Max Leuchtenberg mit der Großfürstin Maria anbahnen. Sie spielte am russischen und bayrischen Hof eine große Rolle. Die Großfürstin Olga hat in ihren Jugenderinnerungen verraten, daß sie durch die Fürstin von Thurn und Taxis, eine Schwester der Königin Luise von Preußen, eine offizielle Cousine der Zarin gewesen ist, im Schloß Köfering der Grafen von Rechberg erzogen und an den russischen Diplomaten von Krüdener verheiratet worden war.
Am 15. Dezember erfuhr August durch einen Kurier aus London an Vater Méjan, daß er schon seit dem 1. Dezember Prinzgemahl war. *Notre pauvre Auguste fut surpris de se savoir marié,* notierte Schwester Linda, und weiter, daß er beim Familiendiner in der Residenz seinem neuen Rang entsprechend placiert wurde mit *un couvert de vermeil .. cet honneur ne m'arrive pas ... je m'en console pourtant.*
Man war nicht in der Stimmung, um an dem großen Hofkonzert am ersten Weihnachtsfeiertag teilzunehmen. Am zweiten trafen die Portugiesen ein, Marquis de Ficalho und Vicomte de Basdea, mit Briefen der Braut und der Schwester, Trauring, sämtlichen portugiesischen Orden für August, den von S. Isabel für Auguste und einem Miniaturporträt der jungen Königin, das die Herzogin détestable fand. Die Abreise von S. A. R. Dom Augusto – so lautet sein offizieller Titel – wurde auf den 2. Januar festgesetzt.
Bei der Hofschlittage am 27. Dezember fand die Mutter ihren August prachtvoll aussehend in seinem pelzgefütterten Samtmantel und seinem eleganten Schlitten. Sie war noch stolzer, daß ihr königlicher Bruder den portugiesischen Herren bei ihrer Audienz versicherte, daß er ihn liebe und daß sie auf ihn stolz sein könnten. Beim Hofdiner am letzten Tag des Jahres zerfloß Linda in Tränen beim Anblick des Bruders in seiner bayrischen Chevauxlegers-Uniform zwischen dem Königspaar.
Es war ein trauriger Neujahrstag. Die Mutter schloß sich in ihr Zimmer ein, während sich August vom Königspaar feierlich verabschiedete – diesmal in portugiesischer Uniform von Dom Pedros

5. Chasseurs. Sie war einfach, Braun mit Dunkelblau, auf dem hohen Tschako einen grünen Federsturz, Kokarde weißblau wie die bayrische. Er stellte seinen Bruder Max vor, als ahnte er, daß dieser schon bald sein Nachfolger als Familienchef würde.
Am nächsten Tag stand sie um sechs Uhr auf. Um acht kam Caroline mit ihrer Tochter Ludowika. August verabschiedete sich in seinem Zimmer von jedem Familienmitglied einzeln, *um uns den gegenseitigen Anblick zu ersparen … Er konnte sich kaum von Max trennen. Dieser arme Junge sanglottait d'une manière terrible. Eigentlich verliert er auch am meisten. Um achteinhalb riß er sich aus unseren Armen. Das letzte Adieu kam mit gebrochener Stimme aus seinem Mund et la voiture roula. Max war untröstlich. Der Anblick seiner Verzweiflung steigerte unsere Tränen. Auch alle Angestellten haben einen schweren Verlust erlitten. Er war ihr Schutz- und Versöhnungsengel.*
Wieder begleitete ihn Papa Méjan. Sie fuhren zusammen in einem neuen englischen Coupé. Sein erster Brief an die Mutter kam schon aus Nördlingen.[107] Sie schickte ihm eine Zeitungsnotiz nach Frankfurt nach. *Erlangte auch der Vater die verdiente Krone nicht,* hieß es darin, *so werden seine Kinder und Enkel Diademe tragen … und der Bayer darf stolz sein, Söhne und Töchter seines Regentenstammes auf entfernten Thronen in Nord und Osten, im Süden und Westen Europas zu sehen.*
In Frankfurt erwartete ihn ein portugiesischer Kurier mit der Nachricht aus London, daß der König von England eine Yacht nach Ostende schicke, damit er unter allen Ehrenbezeugungen zu ihm komme.
Die Einladung des Königs der Belgier, Leopold von Sachsen-Coburg, der statt seiner diesen Thron bestiegen hatte, war ihm zu Anfang begreiflicherweise nicht sehr sympathisch, doch wurde er in Belgien überall so freundlich aufgenommen, daß solche Bedenken bald schwanden. Er schrieb aus Brüssel, daß ihn in Löwen ein Adjutant des Königs erwartet habe. Das Königspaar sei »parfait« für ihn. In London wurde er von Lord Wellington mit allen englischen Ministern und dem diplomatischen Korps zum Diner geladen. Ein Hofwagen brachte ihn in fünf Stunden zu König Wilhelm IV. hinaus. Er saß bei Tisch neben der Königin, geborene Prinzessin von

Sachsen-Meiningen. Der König trank auf das portugiesische Paar, August auf das englische. Der spanische Missionschef vertraute Méjan an, sein Freund Wellington hätte ihm gesagt, daß man sich glücklich schätzen dürfte, wenn ihre Thronfolgerin Viktoria so einen Mann wie August bekäme. Einer seiner ersten Besuche in London galt dem Grafen Survilliers, Joseph Bonaparte, um ihm Nachrichten von seiner Familie in Italien zu geben.

Nach einem Diner beim portugiesischen Gesandten in Falmouth begab man sich auf die ›Monarque‹ zur Überfahrt nach Lissabon. Sie dauerte drei Tage. Bei der Einfahrt in den Hafen von Lissabon schossen Forts und Kriegsschiffe Salut, und viele Schaluppen umkreisten das vor dem Marinearsenal anlegende Schiff. Als erste kamen der englische Admiral und der Botschafter dieses Landes zur Begrüßung an Bord, dann Amelie mit den Ministern. Sie sank dem ersehnten Bruder in die Arme, der in Gala durch ein Spalier von jubelnden Menschen zu seiner Königin und Frau ins Schloß Necessidades fuhr. Er mußte ihr über die erste Verlegenheit hinweghelfen. Sie schien ihm größer und schöner geworden. Die Etikette verlangte, daß er sich für die erste Nacht auf sein Schiff zurückbegab. *Ich finde das sehr komisch, um nicht zu sagen lächerlich, aber Etikette ist überall dumm. Morgen um elf Uhr begeben wir uns zusammen in die Kirche, und dann brauche ich nicht mehr auf das Schiff zurück.* Die Königin habe ihm durch Ernennung zum Oberkommandierenden der Armee eine selbständige Betätigung eröffnet.

Am 30. Januar schrieb er aus dem Paço das Necessidades an die Mutter, daß nur sie ihm zu seinem vollständigen Glück fehle. Das Land sei herrlich, doch gebe es viel zu tun, um es in die Höhe zu bringen. Dies und die Königin glücklich zu machen, habe er sich zum Ziel gesetzt. Er sei erstaunt, daß er von seinem Portugiesisch nicht mehr vergessen habe. Am gleichen Tag berichtete der gewissenhafte Chronist Méjan, daß das junge Paar gut harmoniere. Weil er den Eid in der Kammer ablegen wollte, sei der Prinzgemahl zum Pair ernannt worden.[108] Bei diesem feierlichen Akt habe August die Erklärung abgegeben, daß er sich seit seiner Verheiratung als Portugiese fühle. Seine Aktivität errege Erstaunen. Die Königin streife

allmählich ihre große Schüchternheit ab, sei gescheit und freundlich und habe ein gutes Herz.
In München war Fasching. Theodolinde führte bei einem Maskenball im Hoftheater ihre Quadrille vor, eine getanzte Darstellung der vier Erdteile. An Constantins Geburtstag war großer Ball im Leuchtenbergpalais.
Josephine war nun doch stolz auf den Bruder. Er solle niemand bevorzugen, vor allem keinen Ausländer, woran schon so viele Fürsten gescheitert seien.[109]
Stolz las man im Palais im ›Temps‹ vom 24. Februar, daß Bayern und insbesondere die Familie von Eugen Beauharnais anscheinend dazu ausersehen sei, durch Revolutionen neu erstandene Throne zu versorgen. *Der junge Otto regiert Griechenland, der Herzog von Leuchtenberg ist Gemahl der Dona Maria geworden, die älteste Tochter des Prince Eugène hat den Erben Bernadottes, nunmehr König von Schweden, geheiratet; seine zweite Tochter, die Herzogin von Braganza, war mit Dom Pedro, Kaiser von Brasilien, vermählt.* Theodolinde wurde darin dem Herzog von Orléans zugedacht.
Vater Méjan schrieb von Lissabon aus seiner Herzogin, sie solle sich freuen, daß keines ihrer sechs Kinder des Vaters unwürdig sei. Vier seien schon ehrenvoll untergebracht, und die Vorsehung würde auch für die zwei letzten sorgen.
Auch in Lissabon sei Fasching. Die Königin habe sich ihrem Mann als Schweizer Bäuerin vorgestellt und die kleine Amelie als bayrisches Mädel und als Tiroler Bub.
Der Prinzgemahl berichtete seiner Mutter, er werde das Oberkommando über die Armee übernehmen. Er fühle sich bei seinem soliden Leben sehr wohl. Max solle sich pflegen. Bei dem schönen Wetter ritte oder führe die Familie täglich in die Umgebung. Die Bäume stünden in Blüte, und die Blätter seien schon grün. Im Garten blühten Blumen, die in Florenz und Neapel erst im Mai und Juni kämen. Mittags sei es heiß. In den Cortes würde so viel geredet wie in den Kammern anderer Länder. Er sei voller Pläne für die Zukunft.
Laut Méjans Nachruf hatte er schon alle öffentlichen Gebäude

vom Arsenal bis zum kleinsten Armenasyl besichtigt und sich als Präsident der Akademie der Wissenschaften beliebt gemacht. In seinem letzten Brief an die Mutter vom 21. März schrieb August: *Handkuß von Marie. Sie ist wirklich erheblich gewachsen und schöner geworden, seit ich hier bin und hat etwas abgenommen, was ihr gut steht. Viel wichtiger ist aber, qu'elle m'enchante. Onkel Karl, der mich als etwas leichtsinnig kennen gelernt hat – et un peu mauvais sujet –, wäre baß erstaunt, mich nun als soliden Ehemann vor sich zu haben.*

Zwei Tage darauf begleitete er mit Halsweh seine Frau zum Pferderennen. In der Nacht hatte er Fieber und wurde zur Ader gelassen. ›Angina croupale‹ nannten es die eher ratlosen Ärzte und nahmen, da das Fieber anstieg, am 27. März einen weiteren Aderlaß vor. Das war zuviel. Am nächsten Nachmittag um zwei verschied er.

Rund zwei Wochen brauchte die Trauerkunde nach München. Aus den Tagebüchern von Auguste und Theodolinde geht hervor, Amelie habe ihrem Bruder gesagt, nur Gott könne ihn retten. Er nahm es gelassen auf und verlangte nach einem deutschen Priester. Da ein solcher nicht gleich verfügbar war, rief man den alten Priester, der Dom Pedro beigestanden hatte. Er war so ergriffen, daß ihn August erst beruhigen mußte: *Ich bin Soldat, habe ein gutes Gewissen und fürchte den Tod nicht, obwohl ich gern noch gelebt hätte, um zur Beruhigung der Gemüter in Portugal beizutragen.*

Zwei Stunden vor dem Tod sagte er Amelie, sie solle Maria wie eine zweite Tochter lieben. Dann sprach er leise einige Minuten mit dieser, ließ Méjan rufen, die Damen, Adjutanten, umarmte sie, beauftragte Amelie, Mutter und Geschwistern seine Liebe zu übermitteln. Er blieb bis zum Ende bei klarem Bewußtsein. Als die Schmerzen zunahmen, faltete er die Hände und sagte, der Wille Gottes geschehe, und verschied.

In Lissabon hieß es, Palmela, der gerne den eigenen Sohn an seiner Stelle gesehen hätte, habe ihn vergiftet. Er wäre gelyncht worden, wenn Terceira das Volk nicht beruhigt hätte.[11] Fünfzig Zeugen und alle ausländischen Ärzte waren bei der Sektion zugegen. Die Aufbahrung erfolgte mit allen einem Infanten zukommenden Ehren. Am letzten März Überführung in militärischer Trauerparade in die Gruft von S. Vicente neben seinen Schwager und Schwiegervater Dom Pedro. Die gleichen Soldaten trugen den Sarg und die gleichen Generäle die Zipfel des Bahrtuchs. Amelie war, vom Marquis Rezende gestützt, an der Spitze des Hofstaats unter Vorantritt des Marquis de Almeida und gefolgt von der Marquise de Cantagallo, die ihre Schleppe trug, am Sarg niedergekniet und besprengte ihn mit Weihwasser. Dann folgte sie mit dem Cortège bis zum Leichenwagen und wartete, bis sich der Kondukt mit Augusts Pferd hinter dem Sarg in Bewegung setzte.

Die erste Alarmnachricht erhielt König Ludwig am 11. April in einer ihm vom Außenminister mit dem Vermerk, sie sogleich zu öffnen, zugestellten Mappe, *und ich fand die Nachricht des Todes meines Neffen August in Lissabon. Er zieht den seiner Mutter nach, meine arme Schwester! und den ihrer Tochter Theodolinde. An meine arme Schwester und sie mein erster Gedanke.*

Der König las die Meldung der Königin Therese vor und verständigte auch seine Stiefmutter Caroline. Diese trug in ihr ›Journal‹ ein, daß sie Karl kommen ließen, dann Luise, ihre Tochter, die Herzogin Max, später Maurice Méjan. Alle waren zutiefst erschüttert. Karl brachte einen verzweifelten Brief Amelies an sie, mit dem Auftrag, der Mutter die Nachricht beizubringen – außerdem einen an die Mutter sowie Briefe von Vater Méjan an seinen Sohn und an Auguste.[111]

Caroline ließ Auguste zuerst mitteilen, man behaupte, daß August krank sei. Ob sie Nachricht habe? Daraufhin kam diese gleich mit Theodolinde angefahren. Caroline sah, daß sie noch ahnungslos waren. Aber Theodolinde merkte an den Tränen in den Augen der Großmutter, daß sie der Mutter etwas sagen wollte, und zog sich in den Salon zurück. Aufgeschnappte Bruchstücke des Gesprächs machten sie stutzig. Zu Hause konnte sie sich nicht länger zurückhalten, fragte, was vorginge. Die Mutter sagte, es ginge in der Stadt das Gerücht, daß August sehr krank sei. *Möge Gott ein neues Unglück ersparen!*

Auguste notierte, sie habe sich um neun Uhr zurückgezogen,

während Stiefschwester Ludowika und Maurice Méjan noch im Salon blieben. Als sie an ihre Türe klopften und Bruder Karl mit einem Brief ankündigten, von dem Theodolinde nichts erfahren dürfe, sagte sie sofort, *wenn mein Bruder kommt, ist mein August tot!*
Caroline vermerkt in ihren Aufzeichnungen, Karl habe ihr gesagt, Auguste beginne zu ahnen, und sie müsse ihr noch am selben Tag die Wahrheit sagen. Ein Viertel vor zehn habe sie Karl vor dem Palais Leuchtenberg erwartet.
Als Auguste die Stiefmutter und Karl mit schmerzverzerrten Zügen eintreten sah, schrie sie: *Er ist gestorben. Ma mère, sprechen Sie dieses schreckliche Wort nicht aus, ich habe doch Gott nichts getan, um dieses neue furchtbare Unglück verdient zu haben.* Versteinert und ohne eine Träne zu vergießen, läßt sie sich die Briefe von Amelie und Méjan vorlesen. Ihr Herz ist wie erfroren. Nicht einmal das so ähnliche Porträt Augusts kann das Eis brechen. Widerstandslos läßt sie sich zu Bett bringen.
Dr. Breslau erklärt, Theodolinde dürfe einige Tage lang nichts erfahren, es wäre ihr Tod. Am 13. April war ihr einundzwanzigster Geburtstag. Wie an solchen Tagen üblich, geleitete Max die Mutter zum ersten Frühstück zu ihr hinauf. Ihre Totenblässe erklärte sie mit heftigen Kopfschmerzen. Stiefmutter Caroline mit Tochter Ludowika kamen dazu, und man machte verkrampfte Konversation. Auch Bruder Ludwig war tief ergriffen. *Meine Augen wurden mir bei meiner Schwester sitzend fast nie trocken.*
Die Spannung bei Theodolinde wurde unerträglich, zumal sie immer wieder davon sprach, daß an diesem Tage sicherlich noch Nachrichten aus Lissabon kämen. Zweimal war die Mutter einer Ohnmacht nahe. Linda war schon deshalb besorgt, weil man ihr mitgeteilt hatte, ihr Bruder sei an der gleichen Halsentzündung erkrankt, an der Großmutter Josephine gestorben war. *Mein Gott, bewahre uns vor einem so grauenhaften Schlag! … Man weigert sich, uns die Zeitungen zu geben, das beunruhigt mich.*
Ihre erste Nacht als majorenn durchweinte sie. Sie fand, daß man zu ihr und ihrer Mutter sonderbar war. Dr. Breslau bittet weiter um Fassung. Maurice Méjan sagt, der Vater habe geschrieben, man be-

te in allen Kirchen für den Bruder. Großmama Caroline, Tante Ludowika und Onkel Karl lösen sich bei der Mutter ab.

Auguste, Linda und Max gingen in der Hauskapelle zur heiligen Kommunion. Auch die Nacht zum 15. April durchwachen Mutter und Tochter. Auguste ging unter Konvulsionen ruhelos im Zimmer hin und her. Als sie Linda rufen ließ, wußte diese, was geschehen war, noch ehe sie die *lettres fatales* zu lesen bekam.

Josephine suchte in ihrer Frömmigkeit und in der Freundschaft ihres Mannes Trost. *Welch grauenhaftes Schicksal verfolgt unsere Familie seit einigen Jahren, und Du gute Freundin ... scheinst im Himmel besonders geliebt zu sein,* schrieb sie am 23. April aus Stockholm an ihre Schwester Amelie[112], *weil er Dich mehr und mehr von dieser vergänglichen Welt losmachen will ... Ich habe in diesen schlaflosen Nächten, in denen meine Seele in ferne Länder geflogen ist und ich Euer Schutzengel hätte sein mögen, um Euch zu trösten, nachgedacht und fürchte zuweilen, daß unsere Herzen in Wohlstand und Glück zu hochmütig geworden sind und verlernt haben, Freuden demütig aufzunehmen. Ich habe aber dabei in meinem Herzen nur Tränen und Schmerz festgestellt, sowohl bei Deiner Verheiratung, wie bei Deiner Ankunft in Portugal und bei jeder neuen Siegesnachricht. Seit dem Tode Dom Pedros habe ich nur geweint ... trotz Augusts Heirat und guter Nachrichten aus Lissabon, der Schilderung des inneren Glückes und Deinen letzten Briefen. Vielleicht war es eine Vorahnung, daß dieses Glück bald in Tränen endigen würde. Das ist hier allen Leuten aufgefallen, die mir zur Heirat Augusts gratulierten ... mein trauriges Lächeln und die Tränen in meinen Augen! August ist nicht zu beklagen ... Er entgeht vielen Enttäuschungen. Er hat vom Leben nur die Hoffnungen und Illusionen kennen gelernt ... Es ist nicht erlaubt zu klagen, wohl aber zu weinen und zu beten. Letzteres ist mein einziger Trost. Mein erster Gedanke war, Dich zu bitten, Portugal zu verlassen, das uns schon so viele Tränen gekostet hat, aber ... in Erinnerung, daß Du Dein Leben anderen weihst, Deiner Selbstverleugnung sagte ich mir, Amelie wird Marie nicht verlassen.*

Die Testamentseröffnung war besonders grausam. Die Mutter und Max waren Haupterben. Erstere bekam ein Sechstel des Vermögens und jede der Schwestern zehntausend Gulden. Auf Bitten Augustes versprach Bruder König, Max bei Erreichung der Großjährigkeit zum Oberstinhaber des väterlichen Chevauxlegers-Regiments zu ernennen, dieses solle den Namen Herzog von Leuchtenberg fortführen.

Anfang Mai fuhr Auguste mit Theodolinde, Max, Gräfin Sandizell und Leutnant Schuh nach Hechingen zu Eugenie. Diese erwartete die Familie an der Landesgrenze und geleitete sie in ihr Appartement, *qui est un petit bijou.* Die Mutter hat ein Schlafzimmer und einen großen Salon neben Linda, mit Blick auf die Ruine des Hohenzollern. Es handelt sich um die mit dem Erlös von Eugensberg erweiterte Villa Eugenie.

Mutter und Tochter haben, wie stets, alle Unternehmungen auch dieser Tage gewissenhaft aufgezeichnet. Da ist von einer neuen Bibliothek von siebenhunderttausend Bänden in sechsundfünfzig Sälen die Rede, von einem Besuch des Fürsten am Lindich und der immer mehr verfallenden Ruine der Burg Hohenzollern, von einem Ausflug zur Nebelhöhle und zu den Resten des am Rand eines Abgrunds liegenden Lichtensteins. *Es sind nur mehr die Fundamente vorhanden. Die Aussicht ist prachtvoll,* notierte Theodolinde, ohne zu ahnen, welche Rolle dieser Lichtenstein in ihrem Leben noch spielen würde.

Man beschloß, in absehbarer Zeit mit Eugenie die Schwester in Schweden zu besuchen. Amelies Mitteilung vom 10. April, daß man in Portugal den jüngeren Bruder an die Stelle des verstorbenen älteren wünsche, erregte nach den traurigen Erfahrungen wenig Begeisterung. Er sei ein ausgezeichneter Junge und würde sicherlich ein guter Fürst von Eichstätt werden, aber kein König, meinte Linda, und die Mutter erklärte kategorisch, daß sie niemals ihre Zustimmung gäbe, solange er unter ihrer Vormundschaft stünde.

Bei der Rückkehr brach die Wunde erneut auf. Theodolinde verzeichnete, daß Schwanthalers Karton *für das künftige Monument, das Mama für die Urnen von Papa, Caroline und unseren armen August anfertigen läßt,* in der Hauskapelle aufgemacht wurde. *Die Idee ist schön. Mama ist dargestellt angelehnt an die Urne von Papa, während die junge*

Königin die mit dem Herzen Augusts überreicht. Man war noch unentschlossen, ob man dieses Monument in unserer Hauskapelle aufstellen ließe oder in Eichstätt; ich war für hier.

Ihr Eintrag vom 8. Juni gleicht einem Münchner Biedermeierbild. Das schöne Wetter locke ins Freie. *Alle Fiaker sind in Bewegung. Jeder Bürger in weißen Hosen, Pfeife im Mund und die Bürgerin mit goldener oder silberner Riegelhaube neben sich, begibt sich in eine Schenke, um dort in Gesellschaft eines Bierkruges den Nachmittag zu verbringen.*

Am nächsten Tag traf Vater Méjan mit Augusts Herz ein. *Es ist alles, was mir von ihm bleibt,* verzeichnete die Mutter. *Dieser gute, alte Mann ist niedergeschlagen und war doch nur sein Erzieher, sein Freund, und ich bin seine Mutter – ah, alles in mir tut weh.* Das Wiedersehen mit allen Leuten, die mit ihm nach Portugal ausgefahren waren, griff sie so an, daß sie wieder krank wurde. *Es war mir, als hätte ich erst jetzt meinen unersetzlichen Verlust erfahren. Wir tun nichts als zusammen weinen.*

Papa Méjan stürzte sich weinend in die Arme von Theodolinde und brachte zunächst kein Wort hervor. Als er später Max fragte, ob er die Stelle seines Bruders einnehmen wolle, erhielt er ein promptes ›Nein‹.

ZWEITES BUCH

Herzog Maximilian von Leuchtenberg

1
Da capo
1835/36

Max Leuchtenberg war anders geartet als August. Als geborener Münchner hatte er von der Glanzzeit seines Vaters nichts mehr erlebt. Er war noch nicht sieben Jahre alt gewesen, als sein Vater starb, und jetzt war er im achtzehnten. Während der langen Abwesenheit seiner Mutter in Italien hatte er sein Studium unter Anleitung seines Mentors Hauptmann Schuh beendet. Schweren Herzens übernahm die Mutter zum zweitenmal die Vormundschaft. Sie war durch die Reformen ihres verstorbenen Sohnes vereinfacht.

Als erstes schickte sie ihren Max mit Schuh zur Schwester nach Schweden. In den ihm mitgegebenen ›Conseils de mère‹ heißt es, er sei nunmehr der Repräsentant der Familie.[1] Bisher habe er das Leben mit Kinderaugen betrachtet. Sein ganzer Stolz sei gewesen, bayrischer ›Souslieutenant‹ zu sein. Natürlich solle er das Land seiner Mutter lieben, sich aber außerdem klarmachen, wieviel davon abhänge, daß er im Ausland guten Eindruck mache. Man werde ihn mit Vater und Bruder vergleichen *und auch mit Neid, denn unglücklicherweise besteht große Eifersucht und eine gewisse Animosität gegen unsere Familie, besonders bei solchen, die andere politische Ansichten haben.* Er solle nicht vergessen, daß sein Vater Franzose war und auch er französisches Blut in den Adern habe. Man werde ihm dies nämlich nie verzeihen. Den Capitaine Schuh soll er nunmehr als Freund betrachten. Zehnjährige Anhänglichkeit und Fürsorge gäben ihm ein Recht darauf. Und dann prophetisch: *Wenn Dich das Schicksal zu einer glanzvollen Stellung berufen sollte, dann folge dem Beispiel unseres so geliebten August und vernachlässige Deine Christenpflicht nicht.*

Mitte Juni 1835 wurde er unter Tränen von Mutter und Schwester

verabschiedet. Zwei Tage darauf fuhren diese in einem Coupé, mit Büchern zwischen sich, nach dem von August so geliebten Florenz ab. Die Hofdamen Aretin und Andlau folgten mit ihren Kammerfrauen in einer ›Berline de Vienne‹, in einer ›Diligence‹ die Kammerfrauen von Mutter und Tochter mit dem Koch. Der Hofmarschall Maurice Méjan fuhr in einer kleinen Kalesche voraus, um die Postpferde zu bestellen, in einer anderen saß der Haushofmeister mit einem Diener, gefolgt von einem kleinen ›Fourgon‹ mit vier Koffern. Die erste Nacht fuhr man mit einer Laterne im Fond des Wagens durch und erreichte nach kurzen Aufenthalten in Verona, Mantua und Florenz Anfang Juli Livorno. Dort war eine längere Badekur beabsichtigt.
Maxens Briefe aus Schweden machten die einzige Freude seiner Mutter aus. Der Dänenkönig hatte ihn bei der Durchreise sehr freundlich empfangen. Die Garde präsentierte und trommelte, und der König sprach von seinem Zusammensein mit Vater Eugène am Wiener Kongreß. *Ich habe sehr recht, wenn ich sage, daß meine Kinder überall besser behandelt werden als in Bayern, wo man Vergangenheit und Ruhm des Vaters nicht respektiert.*
Josephine und Oskar waren von dem in jeder Beziehung charmanten jungen Mann entzückt. Das Wiedersehen fand in Medevi statt, wo Josephine mit ihren Kindern in der Sommerfrische war.[2]
Weniger beruhigend waren die Nachrichten aus Lissabon, wo die Gruppe um Palmela Amelie von der Königin fernzuhalten suchte und als neuen Prinzgemahl den protestantischen Ferdinand von Sachsen-Coburg präsentierte.
Als die Cholera in Marseille, Villefranche, Turin und Genua auftrat, brach man in Livorno die Zelte ab. Man kam schwer durch den Cholerakordon von Bologna. Von Bozen bog man über Meran zu Hortense nach Arenenberg ab. Es war ein trauriges Wiedersehen am 17. August. Mutter und Tochter fanden Hortense stärker geworden und ihren Sohn Louis zu seinem Vorteil verändert. Außer der ständigen Gesellschaft waren drei italienische Emigranten, Freunde des künftigen Napoleon III. aus der Carbonari-Zeit, anwesend. *Sie haben freundliche und amüsante Manieren, aber à la nouvel-*

le France, c'est à dire sans gêne sans façon, konstatierte Theodolinde. Im Erdgeschoß befänden sich die Salons und in den beiden Stockwerken die Wohnzimmer. Louis wohnte in dem Haus neben dem Hauptgebäude. Er bemühte sich sehr um seine Cousine, fuhr sie in seinem Eselwägelchen im Galopp im Garten herum und war bei allen Ausflügen dabei. Bei der Fahrt nach Konstanz ritt er mit dem Grafen Arese hinter ihrem Wagen. Tante Hortense malte ihr Porträt und redete der Schwägerin zu, die zumeist von General Danthouard gelieferten Verleumdungen in den verschiedenen Werken über Eugen richtigzustellen.
Am 24., Vortag des Ludwigstages, gemeinsamer Ausflug zum Rheinfall von Schaffhausen. Vetter Louis gefiel der romantischen Theodolinde immer besser. Er deklamierte ihr Schiller und Racine, und sie bewunderte sein gutes Gedächtnis, *en tout, il est charmant.* Am nächsten Morgen krachen schon um vier Böller aus nächster Nähe, aber einschließlich Namenstagskind schlafen alle so fest, daß sie nichts davon hören. Es regnet.
Bei den Schreibspielen am nächsten Abend bewies Louis am meisten Talent. Auf eine von Linda aufgeschriebene Frage, welcher Unterschied zwischen Liebe und Freundschaft sei, erwiderte er: *l'amour blesse, l'amitié guerit, l'amour enflamme, l'amitié rechauffe, l'amour passe, l'amitié reste. Ich habe seine Schrift erkannt.*
Zur allgemeinen Freude erschien für drei Tage das Erbprinzenpaar aus Hechingen und wirkte bei einer musikalischen Soiree mit, wobei Hortense ihre bekannten Romanzen laut Theodolinde *mit wenig Stimme, aber viel Ausdruck* vortrug.

Der Aufenthalt ging zum Bedauern von Theodolinde zu Ende. *Louis est parfait. Er hat gefällige Manieren, ein ausgezeichnetes Herz, liebt das Studium, zeigt Aufmerksamkeit und Respekt seiner Mutter gegenüber, freut sich über jede Kleinigkeit. Seine Freigebigkeit geht so weit, daß, wenn ihn ein Armer anbettelt und sein Geld in Wohltätigkeit schon verbraucht ist, er ihm seinen Rock oder seine Wäsche gibt. Jeden Morgen kommt seine alte Amme und küßt ihn. Alle Welt liebt den guten jungen Prinzen. Für jeden Vorübergehenden hat er ein gewinnendes Lächeln und einige freund-*

liche Worte. Er steht um fünf Uhr auf und verläßt sein Bureau vor Mittag nicht. Er hat eben eine angeblich sehr tiefgründige Arbeit über die Artillerie vollendet. Glücklich die Frau, die ihn besitzen wird! Es ist der Tag des fameux Scheibenschießens. Wir fuhren im Wagen hin ... Louis veranstaltete für uns zum Abschied ein prachtvolles Feuerwerk ... Das ganze Dorf lief zusammen und stieß Freudenrufe aus ... Als Louis in den Salon kam, gingen wir ihm zum Dank mit Blumen entgegen.

Louis ritt bis Konstanz nebenher und fuhr dann noch bis zum Schiff nach Meersburg mit. Man übernachtete in Memmingen. In München wartete der über die Entwicklung in Portugal äußerst bekümmerte Papa Méjan. Maria da Gloria habe sich gegen ihre Stiefmutter aufhetzen lassen. Theodolinde entschuldigte sie wegen ihrer Jugend.

Sie besichtigte die Fortschritte an den Bauten des Königs in München. Die neue Hauptpost am Max-Joseph-Platz war fast unter Dach, und der Königsbau würde zur silbernen Hochzeit beziehbar sein. Die romantischen Fresken in den Räumen des ersten Stockes gefielen ihr weniger.

Anfang Oktober war Auguste zum erstenmal nach einem halben Jahr wieder im Theater in einem Stück von Raimund. Plötzlich ging die Logentür auf, und Max trat ein, überglücklich von der Reise zurück, einen Tag nach seinem achtzehnten Geburtstag, gewachsen und gutaussehend.

Am 12. Oktober feierte das Königspaar silberne Hochzeit, und da der erste König zu Ehren der Hochzeit seines Sohnes das Oktoberfest eingeführt hatte, wurde in diesem Jahr das fünfundzwanzigste mit Aufstieg eines Freiballons ganz besonders gefeiert. Die Leuchtenberg waren bei der Eröffnung im Königszelt. Zwei Tage darauf gab es ein Wagenrennen auf römische Art. Die Kutscher fuhren als Römer gekleidet. Ein Wagen war vom Herzog Max, einer vom Grafen Vieregg, der dritte vom Bankier Mayer und der vierte vom Grafen Lerchenfeld. Der herzoglich-bayrische hätte gewonnen, wenn nicht zuletzt die Deichsel gebrochen wäre, verzeichnete Theodolinde. In der Bilderausstellung hatte ihr König Ottos Ankunft in Nauplia von Peter Hess besonders gefallen, dann ein

Schlachtenbild von Adam, Stielers Porträts von den Gräfinnen Holnstein und Irene Arco, Kartons von Cornelius, Glasfenster für die im Bau befindliche Mariahilfkirche in der Au und ein Service aus Nymphenburger Porzellan mit allen Statuen der Glyptothek. Sie betrachtete kritischen Auges die von Gärtner eben fertiggestellte Ludwigskirche mit Schwanthalers Figuren in der Fassade.
Am Jubiläumshochzeitstag legte der König im Regen den Grundstein zur Bonifatiuskirche an der Karlstraße. Hierauf nahm er mit Gefolge in seiner Ludwigstraße vor dem Leuchtenberg-Palais zu Pferd den Vorbeimarsch der Garnison ab. Die nicht unmittelbar Beteiligten sahen mit den Hausleuten aus den Fenstern des Palais zu. Kronprinz Max führte sein Regiment vor, Prinz Karl seine Kürassiere. Es war Namenstag der Maximiliane, und alle drei waren zum Fest gekommen, der Kronprinz und die Herzöge in Bayern und von Leuchtenberg.
Nach der Parade zog der König in seine neuen Zimmer am Max-Joseph-Platz ein, wo er als erstes der Königin die Stiftungsurkunde einer aus seiner Kabinettskasse bestrittenen Präbende des Theresienordens überreichte, *was sie sehr zart von mir fand.*
Bei dem Diner in den neuen Königszimmern zu vierzig Personen waren auch Auguste mit Tochter und Sohn. Sie hatte viel auszusetzen. Die Hartschiere stünden unten an der Treppe statt vor der Tür des ersten Vorzimmers, weil oben nicht genug Platz sei. Die Säle seien schön, aber besonders im Bereich der Königin äußerst unpraktisch. Außerdem war es bei dem Regenwetter dort sehr kalt. Der Speisesaal sei hübsch verziert, aber für so eine Wohnung viel zu klein. Der König trank auf das Wohl der drei Maxe. Theodolinde fand den Thronsaal hübsch, aber der Thron selbst sehe aus wie ein ›thrône de cabinet‹. Die Fußböden gefielen ihr besser als die roten Damastvorhänge.
Am nächsten Tag, dem zehnten Todestag Max Josephs, wurde sein Denkmal von Rauch auf dem Max-Joseph-Platz enthüllt. Die Damen sahen von den Fenstern des Königsbaues aus zu. Sie mußten sich in ihren weißen Kleidern auf Umwegen im Regen zu Fuß durch zwei Höfe und das Badezimmer der Königin hinbegeben.

Der Platz war von Bürgergarde im Viereck umrahmt. Zuschauer drängten sich bis auf die Dächer hinauf. Das Denkmal war mit weißblauer Leinwand verhüllt. Der Erzbischof mit dem Klerus, der Bürgermeister und Schulen begaben sich in das Viereck. Der König schritt mit den Prinzen aus dem Tor des Königsbaues vor das Monument. Man sang eine Hymne, und der Bürgermeister hielt eine Rede. Der König antwortete, und auf ein Zeichen fiel die Hülle und entblößte das Gesicht dieses ›bon Roi Max‹, seinen ausgestreckten Arm, als würde er noch einmal sein Volk segnen. In diesem Augenblick fiel aus dem verhangenen Himmel ein Sonnenstrahl auf das Denkmal. Gleich darauf wurde es wieder trüb und regnete weiter. *Es war, als ob uns mein Vater vom Himmel aus betrachte,* notierte Auguste. Sie und ihr Bruder brachen in Tränen aus. *Thränen um Thränen wurden bei der Enthüllung dieses Denkmals vergossen. Ein heiliges Schweigen herrschte auf dem ganzen Platze,* fuhr Auguste fort, und Theodolinde setzte hinzu, daß man von so vollendeter Wiedergabe des Vaters des Volkes gerührt war. Rauch erhielt für dieses Denkmal den Kronenorden, und Klenze wurde durch Ludwigs erstes in der neuen Wohnung unterzeichnetes Dekret zum Kammerherrn ernannt.
Am Theresientag Gratulation bei der Königin. Nach Theodolinde war sie mit ihrem neuen Appartement gar nicht zufrieden. *Hinter ihrem horriblen Schlafzimmer hat sie zwei Zimmer mit grüner Seidenbespannung, eines ist Toilettenzimmer, das andere ein kleiner Salon mit Familienbildern ... Diese beiden Räume liegen zwischen zwei Treppen, so daß man unbemerkt zu ihr gelangt, denn es gibt kein Vorzimmer. Ihre Frauen wohnen im Erdgeschoß. Für warmes Wasser muß man in die große Küche im alten Teil der Residenz. Wenn sie ihre Damen oder Kinder rufen läßt, dauert es eine halbe Stunde, bis sie kommen.* Hingegen war der König in seinen neuen Zimmern so glücklich, daß er allein darin herumtanzte, *lebendig, feurig, Frohsinn mir in dieser meiner neuen Wohnung; daß mir mein Unternehmen glücken, als König von meinem Volk anerkannt, was ich thue, ich von ihm geliebt werde ... freut mich mächtig.*
Noch vor Jahresschluß will er nach Athen, um dort nach dem Rechten zu sehen. Er hatte den Englischen Fräulein das Mädchen-

institut in Nymphenburg übergeben. Bayern soll ein neues Wappen bekommen mit dem pfälzischen Löwen. Er besucht alle Baustellen, die von Universität und Georgianum, Bibliothek und Damenstift, zeigt Therese das restaurierte Isartor. In der Ludwigskirche wurde Gärtner beauftragt, nachzudenken, was für ein Abschluß der Theatiner- und der Residenzstraße am Preysing-Palais möglich wäre. Es ist die Geburtsstunde der Feldherrnhalle. Dem König schwebte eine Art Fontana Trevi vor. Er sucht Schwanthaler in seinem Atelier auf und fragt, ob er bis Oktober 1841 die Giebelfigur für das Ausstellungsgebäude fertigen könne. Wenn dieses nur für die Kunstausstellungen dienen würde, eine Gestalt mit Kunstattributen, in der Mitte die Bavaria. Wenn es aber auch für Industrieausstellungen in Frage käme, dann rechts von der Bavaria Attribute der Industrie. Dort sieht er auch kleine Modelle der die acht Kreise darstellenden Figuren für die Seitenvorsprünge des am Hofgarten geplanten Saalbaues der Residenz und für Standbilder im Thronsaal. Klenzes Malereien für den Monopteros im Englischen Garten wurden genehmigt. Kurz vor der Abfahrt ließ der König Freiherrn Karl von Rothschild kommen, um ihm und auch seinem Bruder Amschel den Kronenorden zu überreichen, *denn ohne sie wäre weder Bank nach Canal (welch letzterer im nächsten Frühling beginnt, die Bank macht bereits brave Geschäfte).* Ende November reiste er nach Griechenland ab.

Hortense wollte, daß sich Theodolinde in der Nähe von Arenenberg ankaufe. Als diese hörte, daß die Tante sie mit ihrem Sohn verheiraten wollte, gab sie diesen Plan auf.

Ich gestehe, daß Louis von allen jungen Leuten, die ich bisher gesehen habe, derjenige ist, mit dem ich mich am liebsten verbinden würde, und der, wie ich glaube, mich auch glücklich machen würde. Unglückseligerweise ist er aber in zu trauriger Lage – aus Frankreich und Italien verbannt und in der Schweiz nur geduldet. Was für eine Existenz hätte ich, ich, die so gerne reist, könnte meine verstreute Familie nicht besuchen. Außerdem hat meine Tante leider einen für eine junge Person in ihrer Gesellschaft nicht günstigen Ruf ... Sie bezieht eine Lebensrente, so daß Louis nach ihrem Tod nichts haben wird. Jetzt will sie ein superbes Diamanthalsband ver-

kaufen, das von der Kaiserin stammt. Es ist einzigartig an Schönheit und Größe.
Damit hat sich Theodolinde die französische Kaiserkrone verscherzt. Das Kollier hat der bayrische König später gekauft.
Bruder Max machte Theodolinde wieder Sorgen, weil er hustend von den Jagden in Eichstätt zurückgekommen war. *Ich befürchte sehr, daß dieser arme Junge wie wir anderen schwach auf der Brust ist.* Trotzdem werden diese beiden jüngsten Leuchtenberg diesen Winter auf Bälle gehen. Chevalier Roux hat Max zuvor in Eichstätt auf Geheiß seiner Mutter in die Verwaltung eingeführt. Seine Schwester registrierte sämtliche Faschingsveranstaltungen und die Mutter voll Stolz die Erfolge ihrer jüngsten Kinder. Bei einer der Zirkusvorführungen des bayrischen Herzogs Max, von dem seine Tochter Sissi, wie alle ihre Geschwister, ihre große Pferdepassion geerbt hat, *tanzte ein Pferd Walzer, ein anderes machte allerlei Evolutionen, und eine Hirschkuh sprang über Barrieren.* Ein als Lakai angestellter Jongleur und Kraftmensch zeigte seine Künste, und zum Schluß tanzte das Theaterballett Grotesktänze.
Die Königin von Portugal bedeutete ihrer Stiefmutter, das Schloß das Necessidades zu verlassen. Sie siedelte für den langen Rest ihres Lebens in das Schloß »das Janelas verdes« – der grünen Fenster – über, den ehemaligen Wohnsitz des berühmten Staatsmannes Pombal, in dem sich jetzt Museum und Kunstakademie befinden. Vater Méjan predigte Amelie Vernunft und stellte ihr Schwester Eugenie als Vorbild hin.[3] Man kann sich vorstellen, mit welchen Gefühlen Auguste ihrer ehemaligen Schwiegertochter Maria da Gloria zu ihrer Hochzeit mit dem Prinzen Ferdinand von Sachsen-Coburg gratulierte. *Ich hoffe zu Gott, daß dieser junge Prinz von denselben Gefühlen durchdrungen ist, wie es mein Sohn war.*[4]
Theodolinde tanzte viel mit dem bayrischen Kronprinzen Max und schwärmte für ihn wie zuvor für Louis Napoléon. Sie war hübsch, gescheit, anscheinend auch geschäftstüchtig. Jedenfalls hat sie es ihrer Mutter übelgenommen, daß sie ihr abgeraten hatte, Aktien von der ersten Eisenbahn zwischen Nürnberg und Fürth zu kaufen, *denn die von hundert Gulden stehen heute auf 220. Nun werde ich mich nicht*

mehr beirren lassen und werde Aktien für die Eisenbahn Augsburg–Lindau oder für die von Nürnberg nach Leipzig erwerben.
Im März wäre sie beinahe an einer von den Ärzten zu spät erkannten und dann mit Aderlaß und Blutegeln behandelten Lungenentzündung gestorben. Als Eugenie mit Constantin von Hechingen eintraf, war die Krise überwunden. Sie weinte vor Glück, als ihr Dr. Breslau eröffnete, daß sie die längst geplante Familienexpedition nach Schweden mitmachen könne, wußte sie doch, daß die Mutter ohne sie darauf verzichtet hätte.
Mitte April kam König Ludwig von Griechenland zurück und wurde feierlich empfangen. Max Leuchtenberg ritt ihm mit den bayrischen Vettern entgegen.
Als nächste erschien zum erstenmal die Witwe Kaiserin Charlotte. Auguste, die ihre Schwester acht Jahre nicht mehr gesehen hatte, fand es eigenartig, daß sie wegen der Etikette ihr nicht mit dem Königspaar und dem Kronprinzen entgegenfahren durfte. Sie mußte mit dem anderen Bruder in der Residenz auf sie warten.
Ende Mai wurde auch der Neffe Otto als König von Griechenland feierlich empfangen. Er war der Lieblingssohn seiner Mutter Therese und kam auf Brautschau. Griechenland sollte einen König mit den Eigenschaften ihres August haben, notierte Auguste, und Theodolinde verglich ihn mit Bruder Max. Einen Daumen größer als der bayrische Kronprinz, gute Figur, aus Verlegenheit geziert, braune Gesichtsfarbe und nicht schön. Als sie ihn an seinem 21. Geburtstag am 1. Juni in griechischem Kostüm wiedersah, revidierte sie ihr erstes Urteil. Sicherlich hätte sie das noch gründlicher getan, wenn sie den Eintrag des Königs vom 11. Juni gekannt hätte: *Von Therese erfuhr ich, daß meine Nichte Theodolinde begonnen hat, auf Otto Eindruck zu machen, froh wir beide, daß sie weg ist.*
Otto reiste nach Oldenburg und Theodolinde zur Schwester Josephine nach Schweden.

2
Schweden
1836

Am frühen Morgen des 11. Juni Abfahrt von München, Auguste mit Eugenie, Theodolinde und Max, Gräfin Sandizell, die Baronin Aretin und Eugenies Hofdame Baronin Neubert, Graf Maurice Méjan, Maxens Adjutant Graf Bergheim und Dr. Wurm. Dazu reichlich Personal beiderlei Geschlechts in fünf Wagen mit vierundzwanzig Koffern. Die Reise begann schlecht. Die Pferde des wieder als Quartiermacher vorausfahrenden Grafen Méjan wurden bei Ingolstadt scheu und rannten gegen einen Wall. Méjan blieb beim Herausspringen mit einem Fuß hängen und fiel so unglücklich, daß er bewußtlos liegenblieb und von der nachkommenden Herzogin für tot gehalten wurde. Er konnte aber dann zu dem zum ersten Nachtquartier bestimmten Eichstätt weiterfahren. Dort neue Nervenbelastung, weil es das erste Wiedersehen nach der Großjährigkeit von August war. Der Anblick von Augusts Naturalienkabinett, des von ihm umgebauten Gartens und seiner verwaisten Zimmer war zuviel für Mutter und Schwester. Die Mutter legte sich gleich zu Bett. Die Tochter notierte am nächsten Tag, daß sie zum drittenmal durch Nürnberg gekommen sei, ohne diese Stadt zu sehen. Dafür durfte sie aber auf der neuen Eisenbahn nach Fürth und zurück fahren. Der Postmeister veranlaßte die Damen, sich die Abfahrt dieses neuesten Verkehrsmittels anzusehen. Man ließ sich von dem Direktor, Herrn Platner, zum Mitfahren überreden, *sodaß Mama drei Wagen belegte, worin wir alle einschließlich der Kammerfrauen Platz nahmen. Diese acht aneinandergekoppelten Wagen sind auf beiden Seiten offen, aber vorn und hinten geschlossen. Sie können leicht acht Personen aufnehmen. Je weiter man von der Maschine entfernt ist, desto ange-*

nehmer ist es und um so weniger riecht man den Rauch. Wir setzten uns in Nr. 7 und waren in dreizehn Minuten an den Toren von Fürth. Die Passagiere stiegen aus, andere ein, und nach weiteren dreizehn Minuten stiegen wir wieder in Nürnberg aus. Die Bewegung ist sehr angenehm. Obwohl man mit größter Geschwindigkeit fährt, fühlt man den Luftzug nicht allzu arg. Der Fahrpreis ist sehr niedrig, was den Zulauf der Passagiere verständlich macht.

Wie langsam ging dagegen die Reise mit Postpferden zur nächsten Nachtstation! Die Heimatstadt der Königin Therese, Hildburghausen, imponierte Theodolinde nicht sehr. Von der preußischen Grenze machte sich dieses *pays militaire* bemerkbar. *Die rasch auf englische Art reitenden Postillone haben weiße Handschuhe an. Die ausgezeichneten Straßen sind mit Alleebäumen bepflanzt.* In Langensalza gab es Windmühlen. Vom ›Roi de Prusse‹ in Mühlhausen bekamen die hohen Reisenden Flöhe mit. In Harburg erreichte man gerade noch den Elbdampfer und fuhr eine Stunde nach Hamburg. Das Hotel ›Alte Stadt London‹ war gesteckt voll. Hamburg fand Auguste wunderschön und voll Bewegung, doch blieb keine Zeit zur Besichtigung, weil in dem damals dänischen Kiel die schwedischen Schiffe schon warteten. Obwohl Eugenies Wagen gleich nach Hamburg ein Rad verlor, kam man rechtzeitig an. Es gab eine Szene zwischen Mutter und Sohn, weil Max sofortiges Umsteigen auf das Schiff ›Gylfe‹ ausgemacht hatte und Auguste sich vor der Überfahrt ausruhen wollte. Der Platz vor dem beflaggten Schiff war voll von Neugierigen, dänische Truppen waren aufmarschiert, Behörden warteten, Musik spielte. Die Herzogin war so wütend, daß sie niemanden grüßte und Méjan keine Zeit ließ, die von Oskar entsandten Grafen Adelswert und Oxenstjerna vorzustellen. Die Töchter versuchten, die Situation durch gesteigerte Liebenswürdigkeit zu retten. Früh um zwei wurden die Anker gelichtet.

Sonntag, der 19. Juni, ließ sich mit Sturm an. Am besten hielten sich Eugenie, Rosa Aretin und Méjan. Gegen Abend nahm das Schlindern noch zu. Das Schiff krachte in allen Fugen, die Stühle fielen übereinander, in den ersten Morgenstunden schlugen die Wellen in den Salon herein, wo Theodolindes Bett stand. Bald darauf entlud sich ein Gewitter mit Hagel. Die ›Gylfe‹ suchte an der schwedischen Küste bei in der Insel Öland Schutz. Trotzdem gab es eine schlechte Nacht. Um neun Uhr kam Schloß Tullgarn in Sicht, Oskars Landsitz südlich von Stockholm, wo vor dem offiziellen Einzug in die Hauptstadt intime Familienbegrüßung verabredet war. Man sah in der Ferne Menschen Tücher schwenken, konnte sich aber vor Übelkeit und Schaukelei kaum anziehen. Auguste wankte aus ihrer Kabine. Beim Anblick ihrer auf einer Schaluppe anfahrenden Josephine kehrten die Lebensgeister zurück. Josephine stürzte sich nach einer Trennung von dreizehn Jahren weinend in die Arme ihrer Mutter. Man fand sie schön und wenig verändert, Oskar freundlich wie immer. Dann fuhr man in einer Barke zu dem hinter einem Wäldchen liegenden großen Schloß, das Oskar von Karls XIII. Schwester Albertine geerbt hatte. Nach dem Familienfrühstück fuhr man durch den großen Park. Die Leute aus der Nachbarschaft waren zusammengelaufen, um die Verwandtschaft ihrer so beliebten Kronprinzessin zu sehen. Theodolinde staunte, daß die hellen Nächte nur zwischen zwölf und eins einigermaßen unterbrochen wurden. Morgens um sechs begab man sich wieder an Bord, diesmal mit Oskar und Josephine. Es war ein großartiger Empfang in Stockholm. Die Geschütze der Forts schossen Salut, und die Schiffskanonen erwiderten. In Linie aufgereihte Kanonenboote gaben Salven ab, Militärkapellen spielten ›God save the King‹, Matrosen in blauen Uniformen hoben die Ruder und riefen Hurra. So taten auch die auf den Rahen Stehenden und schwenkten die Mützen. Auch alle Handelsschiffe im Hafen hatten beflaggt. Zur Rechten sah man Landhäuser und zur Linken Fabriken. Gegen die kleinen roten Häuser wirkte das Schloß um so größer. Man legte unmittelbar davor am Quai an. Die Menschen stauten sich auf dem Platz. Josephine zeigte auf die Fenster im zweiten Stock, von wo ihre Kinder mit Tüchern winkten. Der König kam aus dem Schloß auf das Schiff zur Begrüßung, gab Auguste den Arm, Max Josephine, und Oskar führte die Schwägerinnen. So schritt man auf einem farbigen Läufer durch die jubelnde Menge zum Schloß, fünfzig Stufen zum Vestibül hinauf in die Gemächer der Königin Désirée, wo diese inmitten ihres Hofstaates wartete. Dann geleitete das Königspaar die Verwandten auf einer Wendeltreppe in die für sie bereitgestellten Zimmer. Josephine lief voraus, und fünf kleine Kinder, vier Knaben und ein Mädchen, stürzten ihnen jubelnd entgegen. *Die drei älteren sprechen etwas Französisch, aber Eugenie und August verstehen es nur,* konstatierte Tante Linda. *Sobald das Königspaar draußen war, schrien die Kinder: jetzt sind wir allein.*

Theodolinde entschuldigte sich von dem ersten Souper von achtzig Personen bei der Königin. *Die Königin Désirée ist klein,* trug sie in ihr Tagebuch ein, *sehr stark, schwarzes Haar ... ihre Züge verraten, daß sie schön war. Sie versteht kaum Schwedisch und spricht es nie. Ihre Conversation ist nicht sehr anregend. Am liebsten ist ihr, wenn man sie zum Lachen bringt. Sie hat immer noch Heimweh nach ihrer Heimat Marseille. Sie sagte mir, daß sie in Paris ein Haus besitze, das auf sie warte. Dorthin will sie, wenn sie frei ist, das heißt nach dem Tode des Königs. Sie nennt ihn ›mon ami‹, aber wenn sie von ihm spricht ›le Roi‹. Sie sieht ihn nur abends. Ihre Zimmer sind hübsch. Sie beschäftigt sich nicht, zeigte uns eine vor zehn Jahren begonnene Handarbeit ... Die Galerie, die ihre Wohnung mit dem Ballsaal verbindet, enthält Statuen, Porphyr-Vasen, ausgesuchte Bilder.*

Nach einem gemütlichen Essen bei Josephine fand in Augustes weißem Salon Defiliercour statt. Siebenhundert Damen und Herren zogen unter Hofknicks und Verbeugungen an ihr vorbei. Dann mußte die Familie den Salon räumen, weil sich dort das diplomatische Korps aufstellte. Währenddessen kam der König.

Der König ist dreiundsiebzig Jahre alt, groß, hält sich sehr gerade. Sein Haar ist gelockt und beginnt zu ergrauen. Er hat eine sehr lange Nase, lebhafte und durchdringende Augen. Sein Ausdruck belebt sich beim Sprechen, was er langsam und in Sentenzen tut. Am liebsten erzählt er von seinen Eroberungen und Schlachten. Seine Manieren sind schlicht, gut und würdig. Nachdem er gegangen war, machten wir unsere grande entrée in den Salon mit drei Reverenzen ...

Zum Namenstag des Königs am nächsten, dem Johannistag, war nachmittags vor der Stadt große Militärparade. Die Damen fuhren mit der Königin im Wagen. Sie und Josephine trugen die vorgeschriebene Hoftracht aus mit Spitzen garnierter grauer Moiréeseide mit doppelt gepufften schwedischen Ärmeln. Dazu einen Hut aus Reisstroh mit Federn. Wie stets, wenn die Königsfamilie ausfuhr, hatten sich schon auf der Treppe Schaulustige eingefunden. Auguste fuhr mit der Oberhofmeisterin in einem Landauer, Theodolinde mit der Königin, die sich, um größer zu erscheinen, auf zwei Kissen setzte. An den Wagenschlägen ritt je ein Reitknecht. Die Straßen waren schön und sauber, aber das Pflaster holperig. Wenn sich einer der wenigen Bittsteller dem Wagen näherte, machte die Königin dem Lakaien ein Zeichen, worauf dieser ihm Papiergeld zuwarf. Nach Passieren des Platzes mit der Bronzestatue Karls XIII. gelangte man zu der mit Truppen und Zuschauern bevölkerten Ebene von Ladugardsgaerdet. Der Anblick erinnerte Theodolinde an die Theresienwiese während des Oktoberfestes. Als echte Tochter des Prince Eugène besichtigte sie die Parade mit kritischem Blick: *Der König kam, von Oskar, Max und zahlreichen Generalstäblern begleitet, im Galopp. Er hielt bei uns einen Augenblick an und stellte sich dann in einiger Entfernung auf. 10 543 Mann defilierten zweimal vor ihrem König, ein prachtvoller Anblick. Alle Musikkorps der Regimenter, an 300 Musiker, spielten mit erstaunlicher Präzision gemeinsam einen von Oskar komponierten Marsch. Oskar sah zu Pferd superb aus. Ich sah mit Freude, daß auch mein Max Erfolg hatte.*

Nach der Parade fuhr man zum Pavillon von Drottninborg auf einer kleinen Erhöhung. Der Anblick der unten zusammengedrängten Menschen machte den Eindruck eines ›Parterre des fleurs‹. Man soupierte unter den Klängen der Militärkapellen in einem Zelt, und

bei der Rückfahrt um drei Uhr morgens war es so hell wie am Mittag.
Am nächsten Tag bewunderte Theodolinde ihren Schwager beim Exerzieren im Lager. Er kommandierte allein zu Pferd in einem großen offenen Karree das 1. und 2. Garderegiment. *Man hörte nur seine laute Stimme und darauf einen einzigen Griff, als handelte es sich nur um ein Gewehr.*
Tags darauf sah sie von einer Anhöhe aus eine Attacke von zehntausend Mann unter Dröhnen der nahe stehenden Geschütze. *Diese Manöver interessieren mich lebhaft. Je voudrais être hussard.*
Anschließend ließ Oskar zum Entzücken der Königin im Pavillon an kleinen Tischen ein Souper servieren. Trotz Regen war sie auch beim nächsten Manöver dabei. Es gefiel Theodolinde auch, daß Oskar und seine Herren fast immer in Uniform waren. Sie fand sie viel kleidsamer *als diese langen, schwarzen Fräcke. Oskar ist ein schöner Mann mittlerer Größe. Sein Gesicht drückt Güte aus, was ihn die Herzen gewinnen läßt. Stets zum Nachgeben bereit, ist er manchmal zu wenig streng. Er will stets alle Leute zufriedenstellen, betet Frau und Kinder an. Aus Respekt gegen die Eltern hört er oft bis zwei Uhr morgens seinem Vater über die Geschichte des vergangenen Jahrhunderts zu. Er steht um sieben auf, beschäftigt sich bis Mittag, empfängt Besuche, nimmt Klagen entgegen und erledigt militärische Angelegenheiten ... Seine Aufmerksamkeiten für Mama und mich haben meine Bewunderung erregt.*
Abends kam ein Alter aus Dalekarlien, um seinen Herzog zu sehen, nämlich den noch nicht fünfjährigen August. Er weinte, als ihm der ›petit patapouf‹ die Hand gab, schenkte ihm selbstgemachte Ringe

aus schwarzem Roßhaar, die der Kleine sogleich den Tanten anbot. *Wie nett sind doch diese Kinder. Karl Herzog von Schonen, geb. im Mai 1826, hat ein gutes Herz. Er wird wahrscheinlich dem König ähnlich werden. Gustav Herzog von Upland, geb. im Juni 1827, ist fast so groß wie sein Bruder. Er hat einen verschmitzten Ausdruck und blondgelocktes Haar. Mitunter erinnert er mich an meinen Bruder August und oft an Onkel Karl. Er ist fröhlich, gut, lernt ebenso rasch wie er wieder vergißt. Ausgesprochenes Musiktalent, spielt die Musik, die er morgens bei den Manövern gehört hat, nach. Oskar Herzog von Ostgotland, geb. Juni 1829, ist zarter, hat eine reizende kleine Figur, weich, sensibel. Er weint, sobald er jemand weinen sieht. Die kleine Eugenie, geb. April 1830, ist gut gebaut, von bräunlichem Teint, mit schwarzen, lebhaften, stechenden Augen. Sie ist heiter, lebhaft, spielt gern mit den Jungen, zärtlich und besonders Tante Eugenie zugetan. Der kleine Herzog August von Dalekarlien, geb. August 1831, hat auch eine nette Figur, von brauner Hautfarbe, dick und kräftig. Er liebt Damen sehr … selbstbewußt, läßt sich gern bewundern, macht sich bemerkbar, Schmeichler. Er zeichnet mich aus, liebt mich sehr. Sie nennen mich alle lilla Linda und alle haben sie Josephines Augen.*

An dem Familienbild, woran Maler Wartin gerade in seinem Atelier arbeitete, ließen Auguste und Theodolinde nur die Komposition gelten. Die Gesichter seien zu rosig, nur der König und Oskar gerieten einigermaßen ähnlich, die Königin auf ausdrücklichen Wunsch größer als in Wirklichkeit.

In Stockholm gab es auch eine Sammlung von Kostümen schwedischer Könige und Königinnen. Man sah die Uniform, in der Karl XII. gefallen war, und seinen Hut mit dem Kugelloch, das blutige Hemd Gustav Adolfs von der Schlacht bei Lützen, den Domino, worin Gustav III. beim Maskenball im Theater erschossen wurde. Die ›salle des états‹ nimmt mit der Kapelle die ganze Breite des Schlosses ein. Die beinahe sechshundert in Schlachten erbeuteten Fahnen waren zuvor in der Ridderholmkirche und hatten bei dem Brand derselben vor einigen Jahren mit einigen Harnischen und dem Degen Gustav Adolfs gerade noch gerettet werden können.

Am 10. Juli gab der König, wie an allen Sonntagen, so es das Wet-

ter erlaubte, ein Familiendiner in Rosendal. Er hatte diesen Landsitz und den schönen Park selbst geschaffen. Fast alle Möbel und Stoffe in den hübschen Zimmern wurden in Schweden gefertigt. Man aß in einem Zelt aus weiß-rosa Musselin. Außen um den Pavillon herum stauten sich wieder Mengen von Neugierigen.
Zu Hause sang Oskar schwedische und norwegische Lieder. In seiner Wohnung, wo auch Max untergebracht war, stand immer ein Klavier zum Spielen bereit.
Am 14. siedelte man mit Bauernpferden in das nördlich Stockholm gelegene Rosenberg über. Die Anwohner, die die Straßen in gutem Zustand hielten, lieferten auch die Pferde, stellten sich hinten auf den Wagen oder liefen nebenher. Das Umspannen dauerte wenige Sekunden. Die vier nebeneinandergespannten Pferde wurden leicht mit der Peitsche angetrieben. Voraus der Hofpostillon mit seinen zwei Pferden. Man fuhr so schnell, daß der Luftzug dem in der Eisenbahn zwischen Nürnberg und Fürth gleichkam. Steigungen wurden in Karriere genommen. Vor einem Gefälle wurden die Pferde etwas verhalten, dann wurden die Zügel freigegeben, und unten war man. Erstaunlicherweise gab es wenig Unfälle. Es ging die Straße nach Upsala bis an Staga vorbei entlang. Die Gäste waren reizend untergebracht mit Blick auf den Garten. Zu dem für sieben angekündigten Diner erschien die Königin um halb zehn und der König um zehn. Bei der Gewalttour am kommenden Tag nach dem Schloß Skogkloster ließ die Königin wieder lange auf sich warten und dann so viele Gegenstände in den Wagen legen, daß die gegenübersitzende Josephine für ihre Füße keinen Platz mehr hatte. Auguste meinte, daß man wenigstens den großen Korb und den ›pot de chambre‹ in dem Wagen der Kammerfrauen hätte unterbringen können. Man fuhr in gestrecktem Galopp mit einmaligem Pferdewechsel bis zum Mälarsee und auf einem Dampfer zum Schloß des Grafen Brahe, einer Nachbildung desjenigen von Aschaffenburg, das sich der Erbauer, Feldmarschall Wrangel, zum Vorbild genommen hatte. Wie alle Wrangel, sammelte auch der jetzige Besitzer Souvenirs und bat Auguste und ihre Töchter um ihre Handschuhe. Bei der Rückfahrt regnete es so in die Wagen hin-

ein, daß man die Sonnenschirme aufspannte. Man machte die neun schwedischen Meilen in zwei Stunden. Nach dem Diner spielte der König mit Max noch Billard. *Der König ist erstaunlich,* registrierte die todmüde Auguste.
Zum Frühstück lud Königin Désirée in den sogenannten Tempel ein, nach allen Seiten offene Räume mit Dach darüber, so daß die dichte Menschenmenge darum herum zusehen konnte. Es war Brauch, daß die Stockholmer sonntags gern dahin fuhren, wo sich gerade der Hof aufhielt. Diesmal waren sie in fünf Schiffen nach Rosenberg gekommen und folgten beim Spaziergang, bis ihnen Oskar die Gäste auf einem Segelboot entführte. Die Königin traute sich nicht, mitzufahren. Nach dem Diner kämpfte sie mit dem Schlaf, während der König über Politik und die Schöpfung sprach. Theodolinde fand, daß die Königin schwer zu unterhalten sei, sie ließe sich nur vorlesen, *steht um elf Uhr auf, braucht zwei Stunden zum Anziehen, trödelt. Um fünf bestellt sie ihren Wagen, fährt um sieben aus. Das auf acht bestellte Diner wird immer wieder aufgewärmt. Gegen neun kommt sie zurück, macht Toilette, diniert, bleibt bis elf im Salon und geht dann zum König von Mitternacht bis um zwei.*
Am Montag, den 18., gegen Abend kehrte man zur Freude der Kinder nach Stockholm zurück und setzte die Besichtigungen fort. Merkwürdiger als die Militärschule von Marienberg und die Kadettenanstalt in Karls XII. Schloß Karlsberg erschien Theodolinde die Blutegelzucht der medizinischen Fakultät in acht Weihern. Sechzigtausend sollen darin gewesen sein. Von da gingen die unappetitlichen Tiere an die Apotheken. Bevor die Teiche zufroren, wurde der Winterbedarf herausgeholt.
Ausflug nach Schloß Haga in dreiundvierzig Kaleschen zu zwei und vier Sitzen. Max fuhr Josephine, Auguste mit der Königin in einem Vierspänner, Oskar, Eugenie und Theodolinde in einem à la daumont. Während man im Park herumfuhr, braute sich ein Gewitter zusammen. Im Galopp, die letzten Wagen in Karriere, ging's zum Schloß. Man kam aber doch noch in den Regen, was den Organdykleidern nicht guttat. Diner in zwei Salons und Ball mit Contredances nach Oskars militärischer Musik. Das Publikum drängte so

an die Fenster, daß es immerzu Scherben gab. Obwohl der Ball bis elf dauerte, kam man noch bei Helligkeit zurück.
Am nächsten Tag ging's nach Gripsholm am Mälarsee westlich von Stockholm. Diesmal durften auf Bitten Augustes auch die fünf Enkelkinder mitkommen. Désirée bekämpfte ihre Furcht und ging unter den Augen der Menge mit auf das kleine Dampfschiff ›Gustav Wasa‹. Linda war hingerissen von der Rundfahrt und dem Anblick der Stadt mit dem Schloß in der Mitte. Nach einem Frühstück an Bord legte man, von der Menge mit Hurra begrüßt, auf der ›Ile de Grifons‹ an, auf der Schloß Gripsholm steht. Oskar machte den Cicerone in diesem düsteren gotischen Bau, einer ehemaligen Jagellonenfestung. Es gab auch ›Oubliettes‹ und ein unterirdisches Verlies ohne Tageslicht. Auf der Rückfahrt schaukelte das Schiff, sehr zum Unbehagen der Königin.
Der 23. Juli war dem Austausch von Abschiedsgeschenken gewidmet, Krawattennadeln und Manschettenknöpfe für die Herren, Armbänder, Ringe, bestickte Kleider für die Damen. Der König gab in Rosendal Auguste sein Porträt in einem mit Diamanten umgebenen Medaillon, und dasselbe in Perlenarmbändern an Eugenie und Theodolinde. Auguste notierte, daß der König in bezug auf Essen sehr heikel war, viele Speisen in die Küche zurückschickte. Sobald er sich zu Tisch gesetzt hatte, brachte man ihm Eau de Cologne und ein Tuch, das er damit tränkte. Nach der Tafel geleitete er die Familie in einen nahegelegenen, reizenden Pavillon mit rosa und weiß gestreiften Bespannungen und modernen Möbeln. Er kam wieder auf seine Schlachten zu sprechen, besonders die von Leipzig, die von den Verbündeten verloren worden wäre, wenn er nicht mit den neuesten Brandkörpern eingegriffen hätte, die Unordnung in die französischen Reihen brachten. Am Sonntag überbrachte Brahe noch mehr Geschenke. Dann fuhr man bei Regen auf einer Schiffbrücke über einen Arm des Mälarsees zu dem sehr großen Sommerschloß Drottningholm am Ufer des Sees, Lieblingsaufenthalt Gustavs III. Kammerfrauen mit den grauen Hofkostümen waren vorausgefahren. Man fuhr in offenen Wagen durch den großen Park mit einer chinesischen Pagode. Schöne Treppen

und Säle mit Gobelins, hübsches Theater, worin Josephine schon aufgetreten war, und eine Reithalle. Vier Dampfschiffe, die schon zum zweitenmal Ausflügler gebracht hatten, lagen am Ufer. Um sieben kam das Königspaar zu einer Tafel von hundertvierzig Personen mit dem diplomatischen Korps und anderen Würdenträgern und Tafelmusik. Diesmal war schönes Wetter, und der Mond schien zur Heimfahrt.

Während des Packens kamen weitere Geschenke. Vom König ein mit Bronze eingefaßter Tisch aus Porphyr. Oskar schenkte seiner Schwiegermutter Tassen und Vasen mit Bildern der ihr bekannten Landsitze und einen mit Steinen besetzten Briefbeschwerer. Max erhielt drei Vasen, zwei Bilder und zwei Silberbarren, wie sie in den Bergwerken gewonnen werden, Eugenie und Theodolinde auch Vasen und Briefbeschwerer. Die Königin brachte Auguste und ihren Töchtern Diamantenmedaillons mit ihrem Miniaturbildnis, zwei Bilder für Max, Hefte mit Ansichten und Kostümzeichnungen. Die kleine Eugenie weinte, weil sie und ihr kleinster Bruder nicht nach Malmö mitfahren durften wie die Großen. Am 26. gab der König ein Abschiedsdiner. *Alles ist groß und vornehm an diesem Hof,* notierte Theodolinde, und daß die Königin auch das bayrische Gefolge beschenkte. Im Garten war ein Volksfest arrangiert worden.

Zum Tee wurde noch einmal nach Rosendal gefahren. Désirée hatte Sänger von der ›Harmonie‹ kommen lassen, die auch deutsche Lieder vortrugen. Nach der Rückkehr verabschiedete sich der König in sehr herzlicher Weise endgültig. Außerdem schenkte er den Damen Colliers und ließ auf die Herren einen Ordensregen niedergehen. Zum Schluß ließ er sich von Auguste das Versprechen geben, daß sie in zwei Jahren wiederkämen. Die Königin hatte sich ihren Abschied auf den Morgen der Abreise am nächsten Tag aufgespart.

Treppe und Schloßplatz waren wiederum gesteckt voll, als man sich auf die ›Gylfe‹ zur Fahrt nach Tullgarn begab, von wo die Heimreise beginnen sollte. Bei der Abfahrt schossen die Forts wieder Salut, alle Schiffe prangten im Flaggenschmuck, Hurras und Tücher-

Prinzessin Josephine von Leuchtenberg
Königin von Schweden

Prinzessin Theodolinde von Leuchtenberg
Gräfin von Württemberg

schwenken. Sobald man auf das offene Meer hinauskam, ließ die Fröhlichkeit nach. Theodolinde beugte sich alle Viertelstunden über eine Kanone, und auch Auguste war völlig erledigt. Die vielen Untiefen verboten es, sich näher an der Küste zu halten. Matrosen mit Laternen wiesen die schwierige Einfahrt nach Västerwik. Da es damals noch keine Hotels gab, machten sich Privatpersonen eine Ehre daraus, die hohen Reisenden aufzunehmen. Auguste schwankte mit Migräne in ihr Quartier. Es war wenig Zeit zur Erholung, weil am nächsten Morgen Defiliercour der Militärs und Behörden angesetzt war. Der Kapitän steuerte aus Mitleid mit seiner kostbaren Fracht nun durch die Felsen der kleinen Inseln. Manchmal lehnte der Lotse die Verantwortung ab. Auguste lag in ihrer Kajüte unten und Theodolinde oben in einer Hängematte. Auf Deck wurde man ganz schwarz, weil einem der Wind den Rauch ins Gesicht blies. Man kam an der Insel Öland mit dem teilweise verbrannten Schloß Borgholm vorbei, wo Erik und Karl X. gelebt haben.
Im festlich beleuchteten Nachtquartier Kalmar gab es Freudenfreuer, Triumphbögen, Girlanden bis zum Haus des Gouverneurs. Auguste fühlte sich so elend, daß Oskar die beiden mitgebrachten Kaleschen richten ließ, um die Damen bis auf Eugenie über Land nach Karlskrona befördern zu lassen, während er mit Max, Eugenie und den Kindern mit dem Schiff dorthin fuhr. Josephine und Theodolinde sahen am Morgen von den Fenstern aus die Seehelden abfahren und besichtigten dann die Kathedrale. Die Fahrt ging rasch in fünf Relais, immer vier kleine Pferde nebeneinander. Voraus Méjan mit dem Gouverneur. Die Herzogin war voll des Lobes für ihren schwedischen Schwiegersohn. Niemand außer ihrem Eugen hätte ihr zuliebe in letzter Minute den Reiseplan umgestoßen. Er sei auch nie schlechter Laune gewesen, habe immer freundlich mit allen Leuten gesprochen.
Man fuhr durch ein fruchtbares Land. Die Ernte war im Gang, die Leute in ihrer hübschen Landestracht waren sehr freundlich. Bei jedem Halt kamen sie an den Wagen und erkundigten sich nach der Familie. In Karlskrona waren die Straßen mit Blumen bestreut und

die Fenster mit Girlanden geschmückt. Böller verkündeten die Ankunft der Wagen und Kanonenschüsse die der ›Gylfe‹. Wegen des großen Andrangs mußte man zum Haus des Kommandierenden Admirals Lagerbielcke im Schritt einfahren. Die Gräfin war Hofdame der Königin. Dort waren die Herzogin und Theodolinde untergebracht und fand auch die obligate Vorstellung der Behörden statt. Die Bettwäsche gefiel Linda besonders gut. *Die Schweden treiben damit größten Luxus.* Der Rest der Familie wurde auf andere Häuser verteilt. Bei dem Diner mit Abgeordneten zu fünfzig Personen gab es keine Rangordnung. Das Kronprinzenpaar machte Cercle. Anschließend Ball im Rathaus. Hinter einem Vortrupp weißgekleideter Mädchen stieg man die mit Blumen bestreute Treppe hinauf. Die hohen Gäste saßen auf einer Estrade. Oskar und Josephine eröffneten den Ball mit einer Anglaise.

Zur nächsten Station Bäckaskog fuhr nur das Gefolge zu Wasser. Überall jubelte man dem Kronprinzenpaar zu. In Romeby überreichten Mädchen in den verschiedenen Landestrachten Schwedens Körbe mit Früchten. Als Josephine ihre Mutter vorstellte, dankten ihr die Frauen, daß sie ihnen so eine Kronprinzessin geschenkt habe, *nie hat eine Mutter eine derartige Reise gemacht.*

In Karlskrona mußte man am Hauptplatz anhalten, weil die Bevölkerung Bonbons und Früchte in silbernen Körbchen überreichte und Champagner servierte. Der Bürgermeister hielt eine Ansprache, und weißgekleidete Mädchen warfen Blumen. Der Gouverneur von Schonen, Graf de la Gardie, bot wegen der Kühle der Nacht seine Kalesche zur Weiterfahrt an. Man kam nämlich nach elfstündiger Fahrt erst gegen Morgen in Bäckaskog an, und da gab es noch Vorstellung der Behörden und Tee. Die Familie war diesmal zusammen untergebracht. Man blieb fünf Tage. Der Garten war voll von Kirschen. Auguste konnte sie aus ihren Fenstern pflücken. An ihrem Namenstag, dem 3. August, gratulierten der Herzogin die Verwandten im Schlafrock. Oskar schenkte ihr ein goldenes Armband mit seinen Haaren. Gäste zum Essen und im Garten Militärmusik aus Kristiansstad. Nach dem Tee bengalisches Feuer auf dem Kanal und Tanz. Die Gräfinnen von Oxenstjerna

und Löwenhaupt führten schwedische Nationaltänze vor, und anschließend wurde von allen unter Anführung von Oskar Nigapucka getanzt.
Für den nächsten Tag stand ein Ausflug nach Kristiansstad auf dem Programm, eine Stadt mit fünftausend Einwohnern und siebenhundert Mann Garnison. Zur Ankunft um die Mittagszeit schossen die Kanonen auf den Wällen, und die Menge in den Straßen rief Hurra. Am Stadttor war ein Triumphbogen mit Eugen Beauharnais' Wahlspruch ›honneur et fidélité‹ auf der einen Seite und ›amour et dévouement‹ auf der anderen errichtet. Man stieg beim Gouverneur ab und ging zu Fuß durch die Straßen, besichtigte die Kirche und sah zum Kummer von Theodolinde im Arsenal Kanonen mit dem napoleonischen N. Man hörte von Schülern gesungene Chöre und beendete den Tag mit einem von der Stadt in einem prächtigen Saale im Haus der Freimaurer gegebenen Diner mit Toasten und Militärmusik. Die Abfahrt ging wie die Ankunft unter Kanonensalut und Hurras vor sich. Die roten Kopftücher der Frauen belebten das Bild.
Am nächsten Tag wurde der Besitz des Grafen Wachtmeister Ljungby besucht.
Am 7. August arrangierte Oskar auf dem Platz vor dem Schloß Bäckaskog ein Volksfest mit Tänzen. Die Mädchen trugen lange Zöpfe. Max ging mit Oskar hinunter, um mit den Spitzen der Geladenen zu essen. Die Damen schauten von den Fenstern aus zu. Am Morgen ging die Reise weiter. Graf Axel la Gardie hatte auf seinem auf einer Höhe gelegenen Schloß Maltersholm zum Frühstück geladen. Nach einem Rundgang durch den prachtvollen Park ging es weiter durch Felder und Sumpf zum Gut des Grafen Jean de la Gardie Löfverstad, Hofmarschall der Königin, der, obwohl krank, eigens von Stockholm gekommen war. Am nächsten Morgen fuhr man in schweren Charabancs zu zehn Plätzen durch den hübschen Park der Universität der Stadt Lund, die auf der letzten Etappe nach Malmö besichtigt wurde.
Zum Einzug in Lund kamen Bauern in dunkelblauen Röcken mit Silberknöpfen, gelben Hosen und aufgeschlagenen Hüten entge-

gengeritten. Man stieg im bischöflichen Palais ab. Diner in der Orangerie zu zweihundert Personen mit Trinksprüchen, Gesang und Militärmusik, weißgekleideten Mädchen, Kaffee in einem Zelt. Studenten und Bauernburschen gaben auch bei der Abfahrt am Abend das Geleit.

Als man unter ähnlicher Eskorte in Malmö einfuhr und im Gouvernementsgebäude abstieg, dunkelte es bereits. Dort Defiliercour. Drei Stunden hatte die Truppe in Paradeaufstellung gewartet. Es war das erste Mal, daß das Kronprinzenpaar nach Malmö kam. Oskar nahm den Vorbeimarsch bei griechischem Feuer zu Pferd ab. Am nächsten Tag gab es ein Riesenbankett mit Reden und schmeichelhaften Strophen nach jedem Trinkspruch in dem schönen Rathaussaal. Darin fand am Abend auch der Ball statt. Die Damen saßen auf Estraden ringsum. Auguste sah mit den Enkelkindern dem Tanz zu. Am Morgen konstatierte Theodolinde, daß man vom Hafen in Malmö mit dem Fernrohr den von Kopenhagen erkennen konnte. Der Vormittag war der Besichtigung von Wohlfahrtseinrichtungen gewidmet und der letzte Abend vor der Trennung der Familie.

Man fuhr am nächsten Tag niedergeschlagen durch die Menschenmenge zum Hafen, und bei der Trennung auf der ›Gylfe‹ flossen reichlich Tränen. *Gott weiß, wann wir uns wiedersehen werden,* vermerkte die Mutter. *Oskar war ganz blaß und die Enkel weinten, wie auch alle anderen. Meine arme Josephine war in einer schrecklichen Verfassung. Ich erstickte, denn seit dem Tode meines Sohnes kann ich fast nicht mehr weinen.*

Kaum außerhalb des Kanals, fuhr man auf Sand auf und brauchte zwei Stunden zum Wiederflottmachen. Die Familie Oskar sah von einer Anhöhe aus zu.

Von Kiel fuhr man gleich nach Hamburg weiter. Der Gepäckwagen mit dem Haushofmeister warf unterwegs um. Es kostete Überredungskünste, bis das bereits geschlossene Stadttor unsere Reisenden einließ.

Die Rückreise ging über Berlin und Dresden, weil Auguste ihre Stiefschwestern besuchen wollte, Kronprinzessin Elise von Preußen und deren Zwillingsschwester Amalie, Prinzessin Johann von Sachsen.

Nach Übernachten in Ludwigslust traf man am Abend im Hotel Stadt Rom in Berlin ein, wo der bayrische Gesandte Graf Waldkirch Elises Besuch für den nächsten Morgen und Auguste ihm den ihren beim König in Charlottenburg ankündigte.
Sie fand ihren Schwippschwager, den künftigen Friedrich Wilhelm IV., überaus aufmerksam und sympathisch. Er und Elise zeigten das 1824 vom König errichtete Museum für Bilder, Plastiken und antike Vasen. Tante Elises Wohnung im Schloß gefiel Theodolinde besonders gut, während das Durcheinander in der neogotischen Wohnung des Kronprinzen auf seine intensive geistige Betätigung schließen ließ.
König Friedrich Wilhelm III. war eigens von Potsdam nach Charlottenburg gekommen, um die Herzogin zu begrüßen und die erreichbare Familie zu einem Diner zusammenzuholen. Auguste hatte ihn zuletzt bei seiner Verlobung mit ihrer Cousine Luise von Strelitz in Darmstadt gesehen. Damals war sie vier Jahre alt. Von den vier Schwestern, denen Jean Paul seinen ›Titan‹ gewidmet hat, waren die Königin Luise und die Mutter der bayrischen Königin Therese, Charlotte, nicht mehr am Leben. Luise war schon vor sechzehn Jahren gestorben und der König längst mit der Gräfin Harrach wieder verheiratet, die den Titel Fürstin von Liegnitz führte. Die Konversation ging besser, als die Herzogin von dem für wortkarg geltenden König erwartet hatte. Theodolinde registrierte: *Der König ist groß, imposant, schweigsam, seine Frau, die Fürstin von Liegnitz, klein, angenehm und macht einen gütigen Eindruck.*
Der dritte hübsche, lustige und galante Königssohn Karl galt als etwas leichtsinnig. Seine Frau Marie von Weimar erschien ihr abwechselnd kalt und »complimenteuse«. Prinz August, Onkel des Königs, fand bei Theodolinde wenig Gnade. Den Herzog Karl von Mecklenburg-Strelitz nannte sie häßlich. Außerdem waren Prinz August von Württemberg, Bruder der Großfürstin Helene, und der Herzog Ernst von Cumberland dabei. Schlag zwei Uhr schritt man zur Tafel. Linda war etwas verlegen zwischen dem Kronprinzen und Karl. Ersteren mochte sie gern, letzterer war ihr zu spöttisch. Während des Essens spielte Musik, und anschließend wurden die

Damen und Herren des Hofes vorgestellt. Elise brachte die Reisenden dann auf staubiger Landstraße nach Schönhausen, dem ganz englisch montierten Landsitz der Herzogin von Cumberland.
Der König ließ durch seinen Hofmarschall Graf Wittgenstein nahelegen, den Aufenthalt über den 20. zu verlängern, weil er in Potsdam ein Fest geben wollte. Am nächsten Tag wurden unter Elisens Führung die Ateliers von Rauch und Tieck besucht. Den Bildhauer Rauch, dem König Ludwig von Bayern schon in der napoleonischen Ära Büsten für die geplante Walhalla in Auftrag gegeben hatte, bezeichnete Theodolinde als ›homme simple, fin et d'un grand talent‹. Abends in der großen Mittelloge in der Oper. Der König saß mit der Liegnitz in einer kleinen an der Bühne. Sie kamen dann in die große hinauf. Man gab ›La Somnambula‹ – die Nachtwandlerin. Das Kronprinzenpaar kam schon früh um acht für die Weiterfahrt nach Potsdam, zeigte auf der Pfaueninsel das von Friedrich Wilhelm III. erbaute neugotische Schloß mit Menagerie und Palmenhaus. In Glienicke wurden sie von Prinz Karl mit Frau und zwei Kindern sehr freundlich empfangen. Es gab da englische Jockeis und eine Menge Hunde, im Garten einen Pavillon mit Aussicht auf den See. Weiter nach Babelsberg zu dem noch nicht vollendeten neugotischen Palais des Prinzen Wilhelm. Das Marmorpalais machte Theodolinde einen traurigen Eindruck. Charlottenhof, das »Château de plaisanterie ou Siam« des Kronprinzen, gefiel ihr besser. Das Kronprinzenpaar wohnte aber wie stets, wenn der König in Potsdam war, in Sanssouci, Elisens Hofdame im Zimmer Voltaires. Die preußische Familie war im Neuen Palais versammelt. Zuerst sah man im Theater ein reizendes, von der Prinzessin Amalie von Sachsen verfaßtes Stück, ›Der Zögling‹, und ein Ballett und soupierte dann im Marmorsaal an kleinen Tischen. Ein häßlicher, kleiner, chinesischer Zwerg servierte. Theodolinde saß zwischen dem Markgrafen Max von Baden und dem alten Prinzen August von Preußen, der, wie sie registrierte, angeblich dreihundertfünfundsechzig uneheliche Kinder hatte. Auguste saß am Tisch des Königs, der besonders freundlich und ganz gegen seine Gewohnheit gesprächig war.

Um zehn verabschiedete man sich, kleidete sich in Sanssouci um und fuhr nach Dresden. Die preußischen Postillione trugen blaue Röcke mit roten Revers, die sächsischen gelbe mit blauen. Am nächsten Abend um acht langte man im Hotel de Saxe in Dresden an, wo sich alsbald Augustes Stiefschwestern Amalie und Königin Marie mit ihren Männern einfanden. Auguste fand Amalie in den neun Jahren seit ihrem letzten Zusammensein ziemlich verändert und älter aussehend als ihre Zwillingsschwester Elise. Dafür hatte sie sieben Kinder.
Die Schwestern zeigten zuerst das Schloß mit Bildergalerie und grünem Gewölbe. Zum Essen fuhr man zum Königlichen Sommersitz Pillnitz. Dort Wiedersehen mit der Großherzogin Marie von Toskana und deren beiden Nichten. Auch Prinz Max war da, die Prinzessin von Lucca und die Schriftstellerin Prinzessin Amalie von Sachsen, Schwester des Königs. Nach dem Essen zum sogenannten Weinberg, einem Besitz des Königs, mit prachtvoller Aussicht über die Elbe, Damwild und Rehen im Park. Am nächsten Tag Fortsetzung der Besichtigung von Dresden, Frühstück in Pillnitz und Ausflug zur Bastei in die Sächsische Schweiz. Marie lief derart, daß alle schwitzend in die Barken kamen, die drei Stunden benötigten, um auf der Elbe zu dem Halteplatz der Wagen zu gelangen, während Johann Geistergeschichten von den verschiedenen Schlössern erzählte. Der folgende Tag begann mit einer Besichtigung der Porzellansammlung im Japanischen Palais. Nachmittag und Abend wurden bis Mitternacht bei Regen in Pillnitz in der Familie verbracht. Am frühen Morgen begann die Rückreise nach München. Man brauchte dazu vier Tage, die Theodolinde unter heftigem Zahnschmerzen verbrachte. In Landshut erfuhr man, daß sich König Otto von Griechenland mit der Prinzessin von Oldenburg – wieder eine Amalie – verlobt hatte, und am Tage nach der Ankunft kehrte Eugenie nach Hechingen zurück.

3
Anfänge von Max Leuchtenberg und Ende von Hortense Beauharnais
1836/37

Nach ihrem Triumphzug in Schweden zog sich Auguste nach Ismaning zurück, auch weil die Cholera wieder kursierte. Außerdem schien nach der teuren Reise – diese hatte fünfzehntausend Gulden gekostet, wovon sie die eine Hälfte bezahlte und die drei Kinder die andere übernahmen – etwas Sparsamkeit ratsam.

Theodolinde befürchtete, daß Max die Familie nicht so glänzend vertreten würde wie zuvor ihr geliebter älterer Bruder. Er sei zwar gutmütig, ließe sich aber leicht beeinflussen und beschäftige sich nicht ernsthaft genug. Er pflanze den ganzen Tag Blumen, lese wenig und sei auch nicht so liebenswürdig, wie Vater und Bruder waren, unpünktlich, nachlässig gekleidet. *Er hat keinen Ehrgeiz, aus sich etwas zu machen, und ich fürchte, daß man von ihm nie in der Weise sprechen wird wie von seinem Bruder. Oh, mon Auguste, du allein hast unsere Familie erhoben; jetzt ist sie nichts mehr und wird auch nichts mehr sein.*

In Portugal hatte sich die Stellung Amelies erheblich geändert. Sie mußte sich abseits vom Hof mit einer Nebenrolle begnügen. Nur politische Unruhen im September führten sie auf einige Tage im Schloß von Belem wieder mit Maria da Gloria zusammen. Diese wurde gezwungen, die von ihrem Vater eingeführte Verfassung durch die von 1822 zu ersetzen. Der Hof flüchtete sich nach Belem, weil dieses nahe am Tejo liegt und englische Schiffe den Schutz übernahmen, konnte aber bald in das Palais das Necessidades zurückkehren und Amelie mit ihrer Tochter in das ihrige.[5]

Wegen der Cholera blieb man in Ismaning und ging nur zum Essen in die Residenz nach München, woran auch König Otto in griechischer Tracht teilnahm. Bei einem Besuch der Königin The-

rese in Ismaning mit ihren beiden ältesten Söhnen fand Theodolinde Otto weniger steif als vor seiner Verlobung. Der Kronprinz Max sei gescheit und ließe sich weiterbilden, habe aber noch kein eigenes Urteil, sei etwas hochmütig, aber auch älteren Damen gegenüber im allgemeinen höflich, gewandt im Gespräch. Er unterhalte sich am liebsten mit geistreichen Menschen und weiche Unannehmlichkeiten gern aus.
Am 2. Oktober wurde in Ismaning der neunzehnte Geburtstag von Max gefeiert, der am nächsten Tag zu Tante Hortense nach Arenenberg abfuhr. Louis Napoléon war nicht dort. Max kam am 9. Oktober zurück, und Louis begab sich am 25. angeblich zur Jagd nach Sigmaringen, in Wirklichkeit aber nach Straßburg zu seinem ersten Putschversuch gegen Louis Philippe.
In der irrigen Annahme, daß die Choleragefahr vorbei sei, zog die Familie Leuchtenberg Ende Oktober nach München um und sah mit Schrecken, daß die Seuche auch in der nächsten Umgebung des Palais noch zunahm. Allein am 2. November registrierte Theodolinde den Tod des ehemaligen Tanzlehrers, des Kammerdieners von Onkel Karl und einer Kammerfrau der Herzogin Max in Bayern.
Am nächsten Tag las sie in der Zeitung von dem mißglückten Putsch von Louis Napoléon. *Unser Vetter Louis St. Leu hat, durch Unbesonnene aufgestachelt, versucht, die Garnison von Straßburg zum Aufstand zu bringen. Unter dem Ruf ›Vive Napoléon‹. Er wurde festgenommen und ins Gefängnis gebracht, ebenso Mr. Parquin und Oberst Nandray. Man muß den Kopf verloren haben, um auf den Gedanken zu kommen, die Besatzung einer Festung aufzuwiegeln. Es zeugt auch von wenig Vaterlandsliebe, wenn man unter Vergießen französischen Blutes an die Macht kommen wollte. Was wird nun mit ihm geschehen? Ich hatte eine andere Vorstellung von Louis' Charakter, hielt ihn für gemäßigt, vernünftig, seiner Mutter zugetan. Wer weiß, ob ihm nicht die Royalisten diese Falle gestellt haben, um ihn los zu werden. Dieser bedauernswerte junge Mann tut mir leid.*
Louis Philippe schickte ihn auf einem französischen Kriegsschiff in die Vereinigten Staaten von Amerika. Dazu notierte Auguste in ihrem Tagebuch, daß er kaum aus dem Gefängnis gekommen wä-

re, wenn nicht seine an Unterleibskrebs erkrankte Mutter sich sofort nach Frankreich begeben hätte, um für ihren Sohn um Gnade zu bitten. Der König habe sie zwar nicht empfangen, aber verfügt, daß ihm nichts geschähe, wenn er in die Vereinigten Staaten zöge. In München holte sich die Cholera ihre Opfer auch aus dem Gefolge des Königs von Griechenland unmittelbar vor der Hochzeit in Oldenburg. Die Familie Méjan siedelte ins Palais über, weil in ihrer Wohnung eine Kammerfrau der Gräfin an Cholera erkrankt war. Augustes Garderobenmädchen trug die Krankheit sieben Monate in sich herum, bevor sie starb, während die Kammerfrau der Herzogin Ludowika ihr bereits nach einigen Stunden erlag. *Die ganze Maximiliansvorstadt, nämlich unser Viertel* sei am meisten betroffen. Man sehe dauernd Leichenwagen vorüberfahren[6], berichtete Méjan nach Portugal. *Nur fünf Tote heute,* registrierte Theodolinde erleichtert am 16. Dezember. So könne Vetter Otto vielleicht doch von Oldenburg über München zurück nach Athen reisen.
Mutter und Tochter waren mit der Entwicklung von Max nicht zufrieden. Er würde nichts anderes als einer der vielen deutschen Soldatenprinzen werden, *bayrisch sprechend, schlecht französisch und kaum italienisch schreibend, und zur Not zwei Worte englisch verstehend.* Er rauche, jage, sei stolz darauf, ein guter Schütze zu sein, promeniere, suche seinen Stall auf und verbringe den ersten Teil des Abends im Theater.
Die Zusammenkunft mit der Königin Amalie von Griechenland fand am Dreikönigstag in Tegernsee statt. Sie erschien ihnen klein und graziös, aber nicht mager, zierliche Füße, hübsche Bewegungen, kein ausgesprochen schönes, aber ein sympathisches Gesicht, angenehme Stimme, dunkles Haar, gewinnender Ausdruck, sehr lebhaft. Sie waren sich auch darüber einig, daß sie die Zügel ergreifen werde. Auch dem König Ludwig, der sie gleich vom Hofporträtisten Stieler malen ließ, gefiel seine erste Schwiegertochter. Sie schien ihm in Otto verliebt. Theodolinde schwärmte noch für den Kronprinzen Max, obwohl sie wußte, daß sie »bei der Einstellung seiner Familie« für ihn nicht in Frage kam. Bei der Schlittenpartie am folgenden Tag kutschierte der König seine Schwieger-

tochter Amalie, Otto seine Tante Auguste Leuchtenberg, Kronprinz Max seine Schwester Mathilde von Hessen. Als die Königin Therese nach der Tafel für ein Menuett plädierte, stellte sich heraus, daß es nur noch die ältere Generation tanzen konnte.

Die Herzogin war bestürzt, als sie erfuhr, daß Fürst Wrede, der Präsident der Kammer der Reichsräte, schon jetzt ihren Sohn als Mitglied aufnehmen wollte, was nur unter vorhergehender Großjährigkeitserklärung möglich war. Max war von diesem Plan begeistert. Die Mutter gab ihre Zustimmung, wenn er in der ersten Kammer den Platz seines Vaters bekäme, nämlich unmittelbar hinter den Mitgliedern des königlichen Hauses. *Die drei Jahre, die Max von mir getrennt war, haben sich auf seine Erziehung unselig ausgewirkt. Man hat ihr eine ganz andere Richtung gegeben, als ich beabsichtigt hatte. Man wollte aus ihm einen kleinen deutschen Prinzen machen, für den es nichts Höheres als den Marschall Wrede gäbe, und ihn vergessen lassen, daß er französisches Blut in den Adern hat und ein Sohn des Prince Eugène ist.*

Der König, der diesen Neffen, gerade weil er bescheiden und bayrisch eingestellt war, gern mochte, ließ seiner Schwester durch den Innenminister Fürst Wallerstein sagen, daß er ihn nur dann großjährig erklären würde, wenn sie es wünsche. Sie erwiderte, sie erachte es als für ihn besser, wenn er weiterhin unter Vormundschaft bliebe. Da er aber unmittelbar hinter dem Herzog Max in Bayern einrangiert würde und dieser Landtag gut disponiert sei, gebe sie ihr Einverständnis. Er müsse aber ein Dokument unterschreiben, worin er sich weiterhin bis zu vollendetem einundzwanzigsten Jahr ihrer Vormundschaft unterwerfe und sich verpflichte, keine Unterschrift abzugeben. Persönlich sagte ihr Ludwig, Wrede hätte hinter ihrem Rücken Max solche Flausen nicht in den Kopf setzen sollen. *Max ist so gut, daß es schade wäre, wenn er verdorben würde.* Man nütze seine Jugend und Unerfahrenheit aus.

Die Herzogin rechnete sich aus, sie würde voraussichtlich in den noch folgenden zwanzig Monaten ihre Vormundschaft günstig abschließen, *denn schon 1836 sind trotz der so hohen Erbschaftssteuer an den Papst und Begleichung von Schulden des älteren Bruders von 80 000 Gulden 163 000 fl. Einnahmen geblieben.*

Auguste war mit ihrem Bruder König nun so zufrieden, daß sie am Ostersonntag, obwohl es der Vorabend von Augusts Todestag war, nach acht Jahren wieder mit Theodolinde und Max beim Hofkonzert in der Residenz erschien. Es wurde ein Triumph, weil Theodolinde in ihrem weißen Tüllkleid mit rosa Courschleppe, mit langen Korkenzieherlocken, prachtvollen Diamant-Chatons und Diamantdiadem entzückend aussah. Der König war in guter Laune, schon weil die schöne Marianina Florenzi aus Perugia in München war, um ihre Kinder zu sehen, die der König in Instituten untergebracht hatte, die Tochter im Angerkloster und den Sohn in der Pagerie. Sie war die größte und längste Liebe seine Lebens, vielleicht gerade, weil sie sich ihm verweigert hatte. Die Mutter stellte befriedigt fest, daß diese ehemalige Marquise Florenzi eine Dame war. Theodolinde hatte Lampenfieber, als sie zum erstenmal auf der Bühne im Palais vor zweihundertdreißig Zuschauern in ›L'oncle d'Amérique‹ auftrat. Außerdem wurde ›Les deux maris‹ gegeben. Stephanie Méjan sang ausgezeichnet, und deren Vater Maurice brillierte wieder als Schauspieler. Nach einer Liebhaberaufführung im Hause Tascher bemerkte der König, Jean Paul habe recht gehabt, daß die Frauen und die Franzosen geborene Komödianten seien.
Theodolinde mußte dann im Palais die Honneurs für Tante Stefanie von Baden mit Tochter Marie machen, weil die Mutter mit Migräne zu Bett lag. Sie zeigte den Gästen die fertigen und im Bau befindlichen Gebäude des Königs, die Glyptothek, die Mariahilfkirche in der Au, die Bauten in der Ludwigstraße, die alte Pinakothek, den Obelisk, die Erzgießerei, Schwanthalers Studio und Künstlerateliers. Gleichzeitig war Großfürst Michael, Bruder des Zaren, mit der Großfürstin Helene zu offiziellem Besuch in München. Galadiner und ›bal du cabinet‹ in der Residenz, Festvorstellung von ›Norma‹ und der ›Vestalin‹ im Hoftheater.
Für die Zukunft der Familie Leuchtenberg sollte sich der Kontakt mit dem militärisch gestrengen Großfürsten Michael als wichtig erweisen. Max war dabei, als ihm auf dem Marsfeld Kürassiere und Artillerie vorgeführt wurden, und Auguste gab ihm ein großes Diner mit der Königin Caroline, Bruder Karl, Kronprinz Max, dem

Nuntius, den Gesandten von Rußland und Baden. Stolz vermerkte sie, daß die Art des Servierens und ›air de grandeur‹ in ihrem Hause allgemein bewundert wurden. Man sei sehr froh gewesen, den hohen Gästen ein so gut montiertes Haus vorführen zu können. Es sei das Verdienst ihres Oberhofmeisters Graf Maurice Méjan. Der Großfürst war so begeistert, daß er seine Postpferde abbestellte, als er hörte, im Palais würde ein Ball stattfinden. Dieser hatte so großen Erfolg, daß der Großfürst seiner Tante besonders dankte, denn sie habe große Ehre damit eingelegt.
Max war der Initiator von Verschönerungen in ihrem geliebten Ismaning als Namens- und Geburtstagsgeschenk der Kinder. Der große Saal wurde nach modernem Geschmack pompejanisch verziert und neu möbliert, und ein neues Treibhaus wurde gebaut.
Baron Ludwig Zoller wurde neuer Adjutant von Max, da der bisherige, Graf Bergheim, heiratete. Er bestand auch vor der kritischen Theodolinde, als sie ihn Cello spielen hörte.
Auguste war mit dem bei Schwanthaler für die Kapelle des Palais Leuchtenberg bestellten Basrelief, das an der Stelle, wo die Herzen vermauert waren, eingelassen werden sollte, nicht einverstanden. Dagegen gefiel ihr in der Erzgießerei von Stiglmaier Thorwaldsens für den Wittelsbacherplatz bestimmtes Reiterstandbild des bayrischen großen Kurfürsten Maximilian I. Auch die dort fertiggestellten Entwürfe der für den großen Thronsaal im künftigen Saalbau der Residenz am Hofgarten bestimmten Statuen bedeutender Wittelsbacher aus vergoldetem Erz fanden ihren Beifall, ebenso die neue Allerheiligen-Hofkirche, aber nicht ihre Lage.
Theodolinde haderte mit der Etikette im Palais. *Ich halte darauf, mich so zu benehmen, daß ich als Prinzessin angesehen und geachtet werde, da der liebe Gott es nun einmal für richtig befunden hat, mir diesen so unangenehm zu tragenden Titel zu verleihen. Aber die Sklaverei, in der wir leben, kann ich nicht vertragen. Warum können wir nicht wie andere unsere Leben genießen, warum muß das harmloseste Vergnügen, die kleinste Zerstreuung, die wir uns erlauben, kommentiert, diskutiert und gewöhnlich schlecht interpretiert werden!*
Der Aufenthalt in Ismaning, wohin man sich zu Augustes Geburts-

tag begeben hatte, wurde durch den unerwarteten Besuch des schwedischen Kronprinzen Oskar verkürzt. Josephine war zur Kur in Bad Ems. Bruder Max besuchte sie dort und hatte geschrieben, er komme mit dem Schwager zurück. Obwohl Oskar inkognito reisen wollte, ließ der König eine Ehrenkompanie vor dem Palais aufstellen und gab ihm ein Diner in der Residenz.

Auguste bot alles auf, um ihren Gast zu feiern und zu unterhalten, Diners, Musik, Besichtigungen, Oper, wo gerade ›Norma‹ und ›Fra Diavolo‹ auf dem Programm standen. Der königliche Marstall mit fünfhundertdreißig Pferden, darunter dreihundert Hengste, führte die Galawagen bespannt vor. Die Museen und wissenschaftlichen Sammlungen wurden besichtigt, alle schon entstandenen und die im Bau begriffenen ludowizianischen Bauten, Nymphenburg und Ismaning. Als Abschluß kam Eichstätt an die Reihe. Max fuhr voraus, um den Empfang und das Programm vorzubereiten. Man trennte sich dann mit dem Versprechen, im folgenden Jahr in Malmö wieder zusammenzukommen. Josephine hatte gehofft, daß sich auch ihre Schwester Amelie aus Portugal anschließen würde. Sie schrieb dieser aus Drottningholm voll Heimweh nach Bayern, daß ihr Oskar im Begriff war, nach Eichstätt zu fahren. *Er hatte mit Mama in unserem lieben Ismaning diniert und mir in meinem Garten seligen Andenkens gepflückte Stiefmütterchen geschickt!! Du wirst mit mir fühlen, wie alle diese Erinnerungen, alle diese Schritt für Schritt wiedererstehenden Orte mich erschüttert haben.*[7]

Das Schicksal der Familie Leuchtenberg nahm eine völlig unerwartete Wendung. König Ludwig I. hatte Mitte April notiert, daß ihm Fürst Joseph Wrede, Sohn des Feldmarschalls und Adjutant des Zaren Nikolaus, dessen mündliche Einladung für den Kronprinzen Max zu Manövern in St. Petersburg und zu den großen Kavallerieübungen mit vierzigtausend Pferden ›im südlichen Rußland‹ überbracht habe. Darauf erwiderte der Vater, der, wie auch der Sohn, glaubte, daß der Plan einer Heirat mit einer Zarentochter dahinterstecke, er befürchte, daß Max wegen des Landtags nicht annehmen könne. Außerdem müsse er eine Badekur gebrauchen. Ob der neue russische Gesandte in München, von Sévérin, oder jemand anders darauf zurückgekommen ist, steht nicht fest, wohl aber, daß Zar Nikolaus I. sich nicht so leicht abweisen ließ. Der König verkündete bei der Namenstagsfeier Augustes am 3. August in Ismaning seiner Schwester, daß es ihn sehr freuen würde, wenn ihr Sohn Max als bayrischer Abgesandter an den russischen Manövern bei Odessa teilnehmen würde. *Max errötete vor Freude,* vermerkte Theodolinde, *und Mama und ich sahen uns erstaunt an. Dann wandte sich der König an Mama und sagte: »Unser Bruder Karl hat abgelehnt, weil ihm die Reise zu teuer käme und der Kronprinz hat sein körperliches Befinden vorgeschützt ... Ich will keine Verantwortung übernehmen, wenn etwas passiert. Denkt alle zusammen bis zum 7. darüber nach. Ich ermächtige euch, mir als Begleiter einen Offizier meiner Armee namhaft zu machen.« Nachdem er noch viel Freundliches gesagt hatte, ließ er uns verblüfft und konfus zurück ... Diese Reise wird den Ruhm von Max begründen, denn vom König dem Zaren empfohlen, wird er gute Behandlung erfahren. Diese rein militärische Reise wird ihn mit vielen Fürsten in Kontakt bringen. Mama ist also entschlossen, anzunehmen, und ich bedaure, kein Mann zu sein, um Max begleiten zu können.* Auf der Rückfahrt von Ismaning nahm sie eine Sternschnuppe als gutes Zeichen. Der König begab sich nach Kelheim, um die Stelle der künftigen Einmündung seines Kanals in die Donau zu sehen und mit Gärtner einen Platz für seine künftige Befreiungshalle zu bestimmen.

Die Herzogin ließ den Minister des Äußeren und des königlichen Hauses Freiherrn von Gise kommen, um zu ergründen, wieso der König auf ihren Sohn verfallen sei. Ein General sei kein Ersatz, erwiderte dieser, wohl aber der Herzog von Leuchtenberg. Das war Balsam auf die Protokollwunden Augustes. Sie sagte dem König sogleich schriftlich zu und erbat als Begleiter den königlichen Flügeladjutanten Graf von Paumgarten.

Ludwig, der als junger Mann selbst mit der verstorbenen Großfürstin Katharina, die dann Königin von Württemberg wurde, verlobt war, hatte ursprünglich nichts gegen die Verbindung seines Nachfolgers mit einer Tochter des mächtigsten Monarchen in Europa einzuwenden. Er hatte die Absicht des Zaren Nikolaus, eine seiner hübschen Töchter Maria, Olga und Alexandrine auf den bayrischen

Königsthron zu bringen, schon im Herbst 1828 aus der Zeitung erfahren. Er schlug im Hofkalender nach und stellte fest, daß die älteste, Maria, im Alter passen würde, *fand den Gedanken trefflich, nahm vor, mich ernstlich damit zu befassen.* Er hoffte, Zar Nikolaus I. würde bei einer solchen Heirat den ›Aachener Machtspruch‹ seines Bruders Alexander I., der der neuen badischen Linie den Weiterbesitz der Kurpfalz ermöglicht hatte, rückgängig machen und er selbst wieder in den Besitz dieser Gebiete kommen. Jedoch gab er den Heiratsplan auf, als er merkte, daß sein Traum von dem Heimfall der Kurpfalz aussichtslos war und ihm die Haltung Rußlands den Griechen und den katholischen Polen gegenüber nicht paßte.
Max Leuchtenberg begleitete zunächst Mutter und Schwester nach Bad Kreuth bei Tegernsee und stieg mit Baron Zoller auf die Berge. Er war sehr stolz, als ihn der König zur Hebung seines Ansehens beim Zaren vom Unterleutnant zum Obersten seines Chevauxlegers-Regiments beförderte. Als er als Chevauxlegers-Oberst in Theodolindes Zimmers trat, erschien er ihr August so ähnlich, daß sie einen Weinkrampf bekam. Vater Méjan gab ihm nach seiner Gewohnheit schriftliche Ratschläge zum Studium mit auf den langen Weg.[8] Noch kein Prinz sei vom König mit neunzehn Jahren in das Große Hauptquartier des Kaisers von Rußland entsandt worden. Dieser Schritt in eine unbekannte Welt sei nicht leicht und der erste Eindruck entscheidend. Vor allem höflich und bescheiden auftreten, er solle besonders zu kleinen Leuten höflich sein, die Großen nähmen das als selbstverständlich hin. Ludwig XIV. habe den Hut abgenommen, wenn er mit einem Zimmermädchen sprach. Beim ersten Zusammentreffen mit dem Zaren seine Dankbarkeit für das zum Ausdruck bringen, was dessen Bruder Alexander für seinen Vater getan habe. Für die Zukunft müsse er sich selbst Sympathien erringen, denn wenn ihm der Kaiser von Rußland beistehe, würde er kaum mehr Schwierigkeiten wegen seiner Besitzungen in Italien haben. Sich keinerlei Bemerkungen gegen Frankreich entlocken lassen, denn niemand schätze Undankbarkeit.
Auch Onkel Ludwig gab ihm gute Ratschläge. Er untersagte ihm, nach St. Petersburg zu reisen, gestattete ihm aber, über Konstanti-

nopel und Athen zurückzukehren, wenn dort weder Pest noch Cholera herrschten.
Abends um acht fuhr Max ab in einer Kalesche, mit Graf Paumgarten, Baron Zoller und Dr. Wurm in einer zweiten. Schwester Linda, die natürlich selbst in Tränen aufgelöst war, schrieb, *er erregte Mitleid, so sehr weinte er.* Sie verbrachte mit der Mutter den Rest des Monats in Kreuth.
Seit dem Frühjahr wurde es klar, daß Hortense nicht mehr zu retten war. *Die Sorgen und die Angst wegen des unglaublichen Unternehmens ihres Sohnes Louis, ihre überstürzte Reise nach Paris hatten schreckliche Blutungen und Schmerzen zur Folge. Es wurden Ärzteconsilien abgehalten. Man ließ einen Chirurgen aus Paris kommen, um sie zu operieren. Dieser erklärte aber, daß die Krankheit zu weit fortgeschritten sei, um eine Operation zu wagen.*
Sie rechnete mit solcher Operation und schrieb ihrem Sohn nach Amerika, daß sie ihn segne, falls die Operation mißlingen sollte. Er machte sich sofort nach England auf und fuhr, da man ihm einen ordnungsgemäßen Paß verweigerte, mit einem falschen weiter.[9] Der von München nach Arenenberg entsandte Graf Tascher brachte sehr schlechte Nachrichten. Die Herzogin von St. Leu nähre sich nur noch von Eis und Opium und sehe ihrem Ende mutig entgegen, spreche sogar von ihrer Beisetzung. Sie möchte bei ihrer Mutter Josephine in Rueil bestattet werden. Wenn dieser Wunsch zuviel Schwierigkeiten mache, dann in Eichstätt in dem – nicht existierenden – Familienmausoleum der Beauharnais. *Louis ist bei ihr und versucht durch seine Fürsorge seine Fehler wieder gut zu machen,* notierte Theodolinde. *Meine arme Tante möchte uns noch sehen. Ich hoffe, daß Mama diesen Wunsch einer Sterbenden erfüllen wird.*
Die Mama wußte schon in Kreuth, daß Louis Napoléon Anfang August bei seiner Mutter eingetroffen war, und außerdem, daß er seinen unfreiwilligen Aufenthalt in London dazu benutzt hatte, um durch den Herzog von Sussex eine Heirat von Max Leuchtenberg mit der künftigen Königin Victoria von England anzubahnen, was aus einem Brief an die Tante Auguste vom 12. August aus Arenenberg[10] hervorgeht. Darin dankte er zuerst für ihr tröstliches Verhal-

ten der Mutter gegenüber in dem ›peinlichen Augenblick‹ des Straßburger Unternehmens. Er habe sie etwas besser angetroffen, als er befürchtet habe. Der Herzog von Sussex habe sich seiner in London wie ein Vater angenommen. Er habe schon berichtet, daß ihn dieser mit Hilfe der Whigs in eine ›position très élévée‹ bringen möchte. *Obwohl ich durch solchen Vorschlag sehr geschmeichelt bin, sage ich Ihnen ehrlich, daß sich Ihr Sohn nach verschiedenen Gesichtspunkten dafür besser eignen würde als ich. Da ich mit dem Herzog von Sussex weiterhin in Verbindung stehe, möchte ich meinen Vater sehr gerne sehen. Ein solcher Erfolg wäre in unser aller Interesse.* Sie dürfe außer Max niemanden einweihen. Unterschrift schon »Nap. Louis Bonaparte«. Daß es sich um eine Heirat mit der Königin Victoria gehandelt hat, geht aus dem Tagebuch Augustes hervor.

Statt Max fuhr die Mutter mit Theodolinde und Maurice Méjan nach Arenenberg. Louis Napoléon erwartete das von Meersburg kommende Boot vor Konstanz. *Meine bedauernswerte Tante streckte uns ihre abgezehrte Hand hin und lächelte,* schrieb Theodolinde. *Sie hauchte einige Worte, die ich kaum verstehen konnte. Sie ist mager, gelb, kann nichts essen und liegt den ganzen Tag zu Bett ... Die drei Damen und die beiden Kammerfrauen wachen.*

Beim Frühstück erzählte Louis *im Einzelnen seine Expedition nach Straßburg. Ich erlaubte mir zu widersprechen. Den ganzen Vormittag verbrachten wir bei meiner Tante. Sie schläft jeden Augenblick ein, spricht wenig und sehr leise.* Nachmittags mit Louis Ausflug zum Schloß Gottlieb, wo Hortense den Winter verbringen wollte. Der Patientin geht es besser. Ihre Stimme ist kräftiger, und sie hat Trauben aus Fontainebleau gegessen, die ihr Me. Vieillard mitgebracht hat.

7. September: Die Besserung hält an, so daß sie bei dem Prachtwetter eine Stunde im Freien sitzen konnte. Linda schöpfte fast wieder Hoffnung. Louis fuhr seine Verwandten auf die Mainau. Der Besitzer, ein Graf, der so verschuldet ist, daß man diesen schönen Besitz um 35 000 Franc hätte haben können, war nicht da.

Auguste entnahm den begeisterten Reden ihres Neffen, daß er fest davon überzeugt war, Frankreich wünsche ihn herbei. Er kam auch auf das Heiratsprojekt für Victoria von England zurück und sagte,

Sussex habe Max vorgeschlagen, nachdem er selbst nicht darauf eingehen wollte. *Ich antwortete, daß ich gar nicht versucht wäre, diesen Vorschlag anzunehmen und daß auch mein Sohn von einer lediglich durch Politik diktierten Heirat nichts wissen wolle. Außerdem wollten wir mit nichts zu tun haben, was nach Intrige aussehe.*
Am 8. September wurde Tante Hortense wieder in ihren Garten getragen. Da sie darauf bestand, daß das schöne Wetter zu einem Ausflug benützt würde, ließ Louis seinen englischen Phaeton anspannen und Theodolinde nach Hohenheim kutschieren. Etwas gereizt, daß er immer wieder auf den Putsch in Straßburg zu sprechen kam, erklärte ihm Auguste, sie hätte es nicht für möglich gehalten, daß diese Unternehmung von ihm ausgegangen sei. Sie habe angenommen, daß ein Hochstapler seinen Namen mißbraucht hätte, denn sie denke, wie Onkel Eugen gedacht habe, der nie einen anderen Weg als den der Ehre gehen wollte, und sie habe ihre Kinder in gleichem Sinne erzogen. Louis erwiderte darauf, seine Lage sei eine andere, er denke nur an das Glück von Frankreich. Am nächsten Tag setzte er laut Theodolinde der Mutter auseinander, daß er die Heirat von Max mit der künftigen Königin von England deshalb wünsche, um nach dem Tode von Louis Philippe deren Beistand zur Besteigung des französischen Throns zu haben.
Am 10. September, vor der Abreise, Ärztekollegium zwischen Dr. Schönlein aus Zürich, Dr. Comeau und Dr. Sauler aus Konstanz mit dem falschen Ergebnis, daß sich die Krankheit noch Jahre hinziehen könne. Da die Patientin keine Medizin behalte, wolle man äußerliche Behandlung anwenden. *Mit dieser schwachen Hoffnung auf Genesung verabschiedeten wir uns um acht Uhr von meiner guten Tante. Sie sah beruhigt aus, gab mir verschiedene Aufträge für das kommende Jahr, ließ uns Rückkehr im Frühjahr versprechen und dankte für unseren Besuch. Ich hatte Mühe, meine Tränen zurückzuhalten. Louis begleitete uns bis Konstanz … Der Arme hatte Tränen in den Augen, als er uns verließ.*
In München wartete Eugenie aus Hechingen. Außerdem hatte die Königin-Witwe Caroline ihre Töchter mit Männern und Kindern versammelt, künftige Könige und die künftigen Kaiser von Öster-

reich und Mexiko. Auguste zählte in Biederstein vierzehn Neffen und Nichten.

Gute Nachrichten von Max aus Rußland. Aus Portugal, daß die Königin Maria da Gloria einen Thronerben geboren habe. In Berlin, Italien und Südfrankreich herrschte wieder einmal Cholera.

Ende September gab es große Familienzusammenkunft bei der verwitweten Königin in Tegernsee – mit Kindern achtundzwanzig Familienmitglieder bei Tisch, wozu noch das preußische Kronprinzenpaar, die verwitwete Kaiserin Charlotte und Bruder Ludwig mit seiner Frau Therese kamen. Auch der Erzherzog Franz Karl erschien. Als Liebhabervorstellung ›Ses premiers amours‹ von Scribe, unter Mitwirkung von Franz Josephs Erzieher Graf Bombelles, Eugenie Hechingen und Graf Maurice Méjan, und darauf das Vaudeville ›Le perruquier et le coiffeur‹. Eugenie spielte so gut, daß sie sogar den Beifall ihres kritischen Onkels Ludwig fand.

In diesen fröhlichen Familientrubel kam die Nachricht, daß Hortense am 5. Oktober morgens um fünf Uhr von ihren Leiden erlöst worden war. *Sie hatte einen äußerst qualvollen Todeskampf,* notierte Theodolinde. *Louis war in derartiger Verfassung, daß er uns nicht schreiben konnte. Ihn bedauere ich am meisten. Für meine arme Tante ist es ein Glück, aber was wird er mit seinem lebhaften und leichtsinnigen Kopf noch unternehmen, er wird auf der Guillotine enden.*

Auch die Mutter sorgte sich um ihn. ... *Wenn er nur ruhig bleibt und nicht wieder ein ähnliches Unternehmen wie das von Straßburg inszeniert! ...*

Genau das tat er nach drei Jahren in Boulogne, kam dafür in die Festung Ham an der Somme, entkam als Maurer verkleidet nach England, wurde zuerst Präsident der französischen Republik, dann Kaiser, bei Sedan geschlagen und gefangen und starb schließlich in England im Exil. Dieses bittere Ende Napoleons III. sollten von den Geschwistern Leuchtenberg nur Josephine und Amelie erleben.

Die letzten Augenblicke seiner Mutter seien schrecklich gewesen, schrieb er am 10. Oktober an Tante Auguste aus Arenenberg: *Sie legte meine Hand auf ihr Herz und sagte allen Umstehenden à Dieu, noch einige Worte für Frankreich, für ihre Familie, dann wurden ihre Augen starr und sie tat in meinen Armen ihren letzten Atemzug. Ich werde diesen herzzerreißenden Vorgang nie vergessen! Sie wollte das Armband, das Sie ihr gegeben haben, bis zuletzt anbehalten.*

Madame Salvage schrieb ihr, daß die Sterbende unter ihren letzten Worten ihren Namen genannt habe.

Zu Lebzeiten ihres Eugen war die Herzogin auf seine einzige, von ihm so sehr geliebte Schwester eifersüchtig gewesen, doch ihr Tod hinterließ eine unschließbare Lücke.

4
Russische Schaumanöver
1837

Tante Charlotte, die verwitwete Kaiserin, war sehr gerührt, daß Max über Wien gereist war, um sie zu sehen. Dabei mußte er ab Lemberg Tag und Nacht durchfahren, um noch rechtzeitig die Stadt Wosnessensk am Bug, hundert Kilometer vor dessen Mündung ins Schwarze Meer, zu erreichen. Acht Tage für diese Strecke im Wagen war knapp bemessen. Max traf gerade noch rechtzeitig in seinem Quartier ein. Väterchen Zar hatte in dieser unermeßlichen, für Kavallerieübungen besonders geeigneten Bug-Ebene eine Heerschau größten Stils befohlen. Nikolaus I. war, abgesehen von dem Eifer, seine Töchter zu verheiraten, auf militärische Prachtentfaltung versessen und wurde hierbei von seinem Bruder Michael womöglich noch übertroffen. Die für die Unterbringung der Fürsten und Würdenträger und zu deren Kurzweil nötigen Gebäude mußten gebaut werden. Lacroix schreibt in seiner Geschichte Nikolaus' I., daß ganze Paläste, Ball- und Theatersäle, Triumphbogen meist aus Holz und über Gerüste gespannter, bemalter Leinwand entstanden, dazu Promenaden, Gärten mit Statuen und Springbrunnen.[11]

Im Lager wurde Max in einem der hübschen, für die hohen Gäste gezimmerten Häuser untergebracht und ihm ein persönlicher Adjutant zugewiesen.

Armeen von Soldaten und Arbeitern hatten monatelang an diesen Wunder-Attrappen gebaut. General der Kavallerie Graf Witte, Chef der Militärkolonien in der Ukraine, war der eigentliche Initiator dieser Riesenheerschau und kommandierte die achtzigtausend Mann Fußtruppen und vierzigtausend zu Pferde. Die Infanterie lagerte in einer Länge von fünf Werst auf einem Plateau im Nordosten der Stadt und bestand aus fünfundzwanzigtausend ehemaligen Soldaten aus den Militärkolonien, ergänzt durch Genietruppen, zweihundert Geschütze, Kavallerie und Dragoner. Die Militärkolonien waren eine Erfindung des Grafen Araktschejew aus der Zeit des Zaren Alexander. Sie bestanden aus bis auf weiteres beurlaubten Soldaten, die regimenterweise angesiedelt wurden und eine Art Reserve aus für den Kriegsfall militärisch geübten und an die Scholle gebundenen Kronbauern darstellten, die bis zum sechzigsten Lebensjahr als Soldaten geführt wurden. Mädchen aus ihren Ehen durften nur wieder Soldaten heiraten. Die Kinder wurden in Militärschulen gedrillt.

Der Zar hielt kurz vor dem Eintreffen der Gäste eine Art Generalprobe ab. Dreihundertfünfzig Eskadrons und vierundvierzig Geschütze waren in fünf Reihen in der Ebene von Wosnessensk aufgestellt. Gefolgt von seinem Generalstab mit allein hundertfünfzig Generälen ritt er Glied für Glied ab. Jedes Regiment beantwortete seinen Gruß mit Hurra. Vor der Front war ein Altar aufgebaut. Nach dem Tedeum erfolgte der Vorbeimarsch. Dann sprengte er zu den in einem Glied aufgestellten Dragonern. Auf ein Kommando sprangen sie von den Pferden und manövrierten als Infanterie.

Von den preußischen Verwandten erschienen der Max schon von Berlin her bekannte Prinz August, Großonkel der Zarin, Bruder des bei Saalfeld gefallenen Louis Ferdinand, und deren Vetter, Prinz Adalbert von Preußen. Die Beschreibung des Chronisten von Max Leuchtenberg hätte die Mama entzückt: *Sein hübsches Gesicht, sein vornehmes Wesen, seine eleganten Manieren, seine vollendete Erziehung und sein anziehendes Benehmen ließen ihn überall unter den deutschen Prinzen, seinen Verwandten, hervorstechen.*

Zar und Großfürst Michael suchten ihn gleich nach seinem Eintreffen auf. Der Zar war, wie alle Brüder, eine elegante, hübsche Erscheinung in seiner nach damaliger Mode sehr engen Uniform. Er war besonders freundlich, sagte, er habe in Berlin von dem von Max hinterlassenen ausgezeichneten Eindruck vernommen, und lud ihn gleich nach St. Petersburg ein. Er möge ihn fortan als alten Be-

kannten betrachten. Erzherzog Johann empfing ihn mit der Bemerkung, daß es ihn freue, den Sohn des Prinzen Eugen kennenzulernen. Obwohl sie sich im Krieg gegenübergestanden seien, habe er ihm Hochachtung und Verehrung bewahrt.
Die Manöver begannen am 1. September mit Bewegungen von vier Kavalleriekorps und Artillerie in einer Ausdehnung von vier Meilen. Der Zar führte höchstpersönlich den Angriff auf Wosnessensk. Achtzig Geschütze der reitenden Artillerie eröffneten das Feuer, die Kürassiere attackierten in Linie und Kolonne. Zum Schluß brausten die Dragoner heran, sprangen von den Pferden und griffen zu Fuß an.
Am nächsten Tag Scharfschießen von Infanterie und Artillerie. Dazu war das Dragonerkorps in dichten Kolonnen mit Artillerie an den Flanken aufgestellt. Der Zar ritt zu den Zielen, um die Treffer zu sehen. Dann ließ er bei den Pionieren Alarm blasen. Mit einer Besichtigung des Kavallerielagers schloß dieser Manövertag.
Am 3. September, dem Krönungstag des Zaren, wohnte der Kaiser mit allen Gästen und Generälen einem Festgottesdienst in der Kirche des Infanterielagers bei. Um vier Uhr war Bankett in seinem Hause. Anschließend wurden die Gestüte der Militärkolonie besichtigt. Abends Festbeleuchtung von Wosnessensk und Großer Zapfenstreich vor dem kaiserlichen Quartier, ausgeführt von den Trompeterkorps der Kavallerie, Tambours und Musikkapellen der Infanterie – über fünfzehnhundert Mann. Er klang in die prachtvolle Zarenhymne aus.
Der folgende Tag war ganz der Kavallerie gewidmet. Sobald der Zar aus dem Manövergelände eintraf, wurde Generalmarsch geschlagen. Im Nu waren die Reiter auf ihren Pferden und ritten in Kolonnen an. Batterien gingen in Stellung und eröffneten das Feuer. Dann rückte die ganze Schlachtlinie vor, die Artillerie machte Stellungswechsel. Die Kürassiere attackierten durch ausgesparte Lücken. Dragoner folgten durch beide Linien, marschierten gegen Schützen auf und gaben rollendes Feuer ab. Zum Schluß formierte sich die gesamte Kavallerie wieder zu Kolonnen.
Am Vormittag des 5. September ließ Großfürst Michael die Pio-

nierdivision in kürzester Zeit eine Brücke über ein Flüßchen schlagen. Der Zar erwartete am Nachmittag die Zarin mit der Großfürstin Maria aus Moskau und den Zarewitsch Alexander, der in Sibiren gewesen war, von den Gouvernements Kursk und Poltawa her. Nikolaus ritt seiner Frau und seiner Lieblingstochter mit einem Gefolge von fünfzig Generälen vor die Stadt entgegen.
Die Zarin Alexandra, die als preußische Prinzessin Charlotte geheißen hatte, war das dritte Kind Friedrich Wilhelms III. und der Königin Luise, war neununddreißig Jahre alt und hatte sieben lebende Kinder. Den Reigen eröffnete der künftige Alexander II., damals neunzehn Jahre alt, dann folgten die drei Töchter Maria, Olga, Alexandra und drei weitere Söhne, Konstantin, Nikolaus und der fünfjährige Michael. Die älteste Tochter Maria wurde Mary genannt und stand beim Vater in besonderer Gunst. Sie habe ihm so sehr geglichen, daß sie im Profil wie seine Miniaturausgabe aussah. Sie sei sehr lebhaft und in ihrer Liebenswürdigkeit unwiderstehlich gewesen, völlig natürlich, haßte Verstellung und Zwang. Sie setzte sich über Konventionen so verführerisch hinweg, daß man ihr nicht böse sein konnte, aber in ihren Gefühlen unbeständig, ließ sie sich von ihnen derart treiben, daß ihre Mutter erschrak. *Selbst noch jung, ließ sie sich wohl gern mitreißen vom Schwung, vom Erfolg ihres schönen Kindes, und doch fühlte sie, die so rein und schlicht war, sich beängstigt von solchem Überschwang, wenn sie an Marys Zukunft dachte. Diese hatte erklärt, daß sie niemals ihr Vaterland verlassen wolle. Wen wird sie heiraten?* fragte sich der deutsche Leibarzt Dr. Mandt.
Die Festbeleuchtung am Abend des Ankunftstages der Zarin übertraf noch die des Krönungstages. Der Platz vor dem Zarenquartier war mit Triumphbögen, Obelisken, Säulen und anderen Attrappen geschmückt. Sie glänzten in allen Farben und zeigten die Namenszüge des Kaiserpaares. Dreitausend Kinder der Militärkolonisten sangen, von fast ebenso vielen Musikern begleitet, die Hymne. Der ›Große Zapfenstreich‹ folgte. Bei dem anschließenden Empfang der Zarin stellte Nikolaus ihr und Mary persönlich unseren Max vor. Die Herzogin vermerkt, daß Erzherzog Johann eine gemeinsame Heimreise der deutschen Fürsten über Konstantinopel und Athen

vorgeschlagen habe, und Schwester Linda notierte über Mary lediglich, daß ihr Bruder sie ›fort bien‹ gefunden habe.
Dr. Mandt schrieb in seinen Erinnerungen, sie sei bleichsüchtig und noch unentwickelt gewesen, mit traurigem Ausdruck. Bis zum Herbst habe er sie so weit gehabt, daß sie ›zu den weltberühmten Manövern‹ reisen konnte. Max Leuchtenberg beschrieb er als sehr schönen Jüngling mit dem dunklen Schatten eines kommenden Schnurrbarts auf der Lippe. Er habe *mehr gesehen als Uniformen und Pferde, er hatte die liebliche Kaisertochter gesehen und in ihrem Herzen zuerst Wünsche und Hoffnungen entzündet, die stark genug gewesen sind, allen Hindernissen Trotz zu bieten.*
Die Zarin nannte ihn in einem Brief an ihren Bruder Wilhelm einen ›kreuzbraven und hübschen‹ jungen Mann. *Wie ein schöner Tiroler Bursch kömmt er mir vor.* Marys Schwester, die künftige Königin Olga von Württemberg, notierte, daß er sogleich von Mary tief beeindruckt war. *Auch ihr gefiel er, da er ein hübscher Junge war, und die Vorstellung, er könnte ihr Gatte werden, schoß ihr jäh durch den Kopf. Würde er einverstanden sein, mit ihr in Rußland zu bleiben?* Olga schrieb in ihren Jugenderinnerungen viel über diese Schwester. Voller Temperament, sei sie ebenso rasch entflammt gewesen, wie sie vergaß. Ihr Gesicht sei klassisch und dabei ausdrucksvoll gewesen, Stirn, Nasenansatz und Mund völlig korrekt, schön entwickelte Brust und die Taille so klein, daß sie den Stirnreif ihrer griechischen Frisur als Gürtel hätte verwenden können. Dazu war sie ebenso geistreich wie schön, rasch von Auffassung und Entschluß. Sie kannte keine Vorurteile, entfachte mit Worten und Blicken ein wahres Feuerwerk. Sie war sehr freigebig gegen Arme und gut. *Gewiß war sie hundertmal mehr wert als ich, war beweglicher als wir sieben zusammen, nur eines fehlte ihr: das Gefühl der Pflicht.*
Die großen Schaunummern begannen erst am 7. September. Im Tagesbefehl wurde der Zarewitsch zum Chef der Moskauer Dragoner ernannt, Großfürst Michael zu dem der Dragoner in Twer, Großfürstin Maria zu dem des Kürassierregiments in Jekaterinoslaw, Erzherzog Johann zu dem des Sappeurbataillons der Grenadiere, Prinz August von Preußen zu dem der 1. Artilleriebrigade der

Grenadiere, und Prinz Adalbert wurde à la suite der Reitenden Artillerie gestellt. Bei der besonders prächtigen Kavallerieparade ritten Zar, Zarin, Großfürstin Maria und Großfürst Michael, gefolgt von den fremden Prinzen, die Front ab. Anschließend Parademarsch in Schritt, Trab und Galopp.

In der Nacht zum 9. September war in der Steppe eine chinesische Stadt mit Befestigungsanlagen und Kanonen aus Holz entstanden. Vom frühesten Morgen an strömten Massen von Zuschauern herbei, um dieses Wunder zu bestaunen. Der Zar stellte sich mit seinem Gefolge links davon auf, während die Zarin aus einem reichverzierten Zelt auf der anderen Seite zusah und der Raum daneben dem Publikum freigegeben wurde. Schlag sechs fuhr die Artillerie rund hundert Meter vor der gemalten Stadtmauer auf und schoß das Holz in Brand. Eingebaute Minen brachten ein Feuerwerk zur Entzündung, und die ganze Pracht versank unter dem Donner der Kanonen in Asche.

Der Alexandertag am 11. September war dem Zarewitsch gewidmet. Er begann mit einem Festgottesdienst im Lager der Kavallerie. Die Zarin und die Großfürstin Helene gaben einen Empfang, und abends war Ball des Grafen Witte. Vor seinem Prachtquartier war eine festlich beleuchtete, mit Waffen geschmückte Kolonnade aufgebaut, und über dem Eingang erstrahlte der Namenszug des Thronfolgers in farbigen Lichtern. Wände und Decke des Ballsaales waren mit weißem Musselin bespannt und mit Blumenfestons mit goldenen Fransen geziert. In gleichen Abständen aufgehängte, blankpolierte Waffen spiegelten die Lichter der Lüster und Kandelaber wider. Als Abschluß waren im Hintergrund, bis zur Decke hinauf, Gewehre, Bajonette, Säbel, Lanzen, Pistolen, Schanzzeug mit Blumen kunstvoll gebündelt und beleuchtet. In einem Nebensaal sah man ein ganzes Museum von Rüstungen und alten Waffen aus allen Epochen und Völkern, hauptsächlich russische und tatarische. Das Zarenpaar eröffnete den Ball, und man tanzte bis zum Morgen um zwei. Lacroix fand die Zahl von fünfzehnhundert Gästen nicht hoch, doch seien es nur Fürsten, Botschafter, Generäle, Minister, Großwürdenträger und andere Persönlichkeiten von

Rang gewesen und alles, was der russische Hof an ›grandes dames‹ und charmanten Frauen zu bieten hatte. *Die Großfürstin Marie, deren Grazie und Schönheit nicht zu den geringen Zierden des Balles gehörte, tanzte öfters mit dem Prinzen von Preußen und dem Herzog von Leuchtenberg.* Das Souper wurde in vier reichgeschmückten Sälen mit allem Luxus einer Galatafel serviert.
Am folgenden Tag ließ der Zar das 1. und 2. Reserve-Kavalleriekorps exerzieren, und am nächsten stand schon bei Sonnenaufgang die gesamte Kavallerie zu einem Reitermanöver riesigen Ausmaßes vor der Stadt bereit. Es endete vor den Mauern von Wosnessensk, und die Truppen mußten noch am gleichen Abend die Ausgangsstellungen für die besonders komplizierten Evolutionen am Morgen beziehen. Dieses Schlußmanöver zog sich durch zwei Tage hin. Der Zar dankte in einem Tagesbefehl den Truppenführern und zeichnete viele von ihnen mit Orden aus. Er verabschiedete sich von den ausländischen Fürsten und Diplomaten und begab sich vor der Weiterreise mit Frau und Mary auf die Krim und in den Kaukasus nach Odessa. Max wurde von Zar und Zarin beim Abschied herzlich umarmt. Er erhielt das Großkreuz des St. Alexander Newski. *Ich wünsche,* steht im Begleitbrief, *daß Sie ein souvenir affectueux et durable an das Fest des hl. Alexander bewahren, das Sie inmitten des russischen Lagers begangen haben und das auch das meines Sohnes ist.* Der Herzogin hatte der Zar in Erwiderung ihres durch Max überbrachten Briefes geschrieben, daß ihr Mutterherz zufrieden sein könne. *Erlauben Sie mir ... alle meine Wünsche für das Glück Ihres Sohnes zu unterbreiten, der meiner Ansicht nach so viele Hoffnungen und vornehme Erinnerungen in sich vereinigt. Mit dem Hinweis darauf, wie sehr Sie der Kaiser Alexander zu verehren beliebte, sind Eure Königliche Hoheit meinen eigenen Gefühlen vollkommen gerecht geworden.* Auch er muß Eugen Beauharnais sehr geschätzt haben. Laut Großfürstin Olga hatte er in seinem Arbeitszimmer in Awitschkow dessen Porträt hängen und stellte den Kindern dessen ritterlichen Charakter als Vorbild hin.
Auch in seinem von Méjan verwahrten Dank an den König von Bayern für den durch Max überbrachten Brief fand er lobende

Worte. *Die Bande, die ihn mit Eurer Königlichen Majestät verbinden und die besondere Hochachtung, die mein erhabener, seliger Bruder dem Vater dieses jungen Mannes geweiht hat, geben ihm berechtigten Anspruch auf mein innigstes Interesse. Seine persönlichen Eigenschaften fügen dem Gefühl der Zuneigung heute eine ebenso angenehme wie dauerhafte Erinnerung bei, womit ich ihn eben inmitten der russischen Armee aufgenommen habe.*[12]

Max schrieb noch am 15. September aus Wosnessensk an die Mutter, daß die Manöver zu Ende seien und er mit der Zarenfamilie in Odessa noch einmal zusammentreffen würde. *Man hat meinen jungen Mann wie ein Mitglied der Familie behandelt. Von Odessa soll er mit dem Erzherzog Johann nach Konstantinopel reisen,* trug die Mutter stolz in ihr Tagebuch ein.

Der von der Stadt Odessa gegebene Ball bot Max reichlich Gelegenheit, mit der Großfürstin zu tanzen. Sie fuhr mit den Eltern auf dem ›Polarstern‹ nach Sebastopol und er auf dem ›Kaiser Nikolaus‹ nach Konstantinopel.

Max besichtigte Moscheen und andere Sehenswürdigkeiten Konstantinopels und machte sogar eine Fußwanderung in den Bergen Kleinasiens. Er wohnte beim griechischen Gesandten Hergraphos, besuchte den Großsultan und wurde von ihm zum Diner geladen.

Die Mutter war besonders stolz, als ihr Bruder Ludwig folgenden Auszug aus der Depesche seines Gesandten in St. Petersburg vom 25. September schickte: *Der Herzog Max von Leuchtenberg hat weiterhin allen Beifall gefunden. S. D. hat besonders dem Kaiser sehr gut gefallen. Man spricht darüber allgemein nach den eingelaufenen Briefen, und man bezeichnet den Herzog als denjenigen, der von allen Fremden am meisten Erfolg gehabt hat.*

Schwager Kronprinz Friedrich von Preußen sagte ihr in Tegernsee, *seine Nichte, die Großfürstin Maria, habe geschrieben, daß sie von meinem Sohn Max entzückt sei und fügte bei, er scheine einen succès prodigieux gehabt zu haben.*

Im Palais Leuchtenberg wurde die Geduld bis zur Rückkehr von Max auf eine harte Probe gestellt. Die Briefe aus Konstantinopel brauchten rund zwanzig Tage. Am 5. November wurde Schwan-

thalers Basrelief in der Kapelle des Palais Leuchtenberg über den Herzen angebracht.
Max hatte am Vorabend seiner Abreise von Konstantinopel vom Großsultan zwei prächtige Pferde und zwei Säbel geschenkt bekommen. Auf dem Weg nach Smyrna stand eine Besichtigung der Dardanellen auf dem Programm. Bei der Ankunft in Athen Mitte Oktober mußte er eine kleine Quarantäne über sich ergehen lassen. Das griechische Königspaar suchte ihn gleich auf. Trotzdem scheint er Heimweh gehabt zu haben. *Mein guter Max schreibt, daß er in Gedanken an München in seiner Kabine oft geweint habe und daß er voll Ungeduld auf den Augenblick wartet, uns zu umarmen.* Er hatte seine Rückkehr für Ende November angekündigt. Die Heimreise verschob sich um etliche Tage, weil, wie die Mutter stolz vermerkte, das griechische Kabinett sich von dem Vetter seines Königs günstigen Einfluß auf dessen Entschlußlosigkeit erhoffte und ihn über den Stand der Dinge zur Weitergabe informieren wolle. Auch der König wollte ihn gern länger um sich haben. Seinem Vater gegenüber erwähnte die Schwester nur letzteres, *denn ich kenne das Terrain hier zu gut, um von dem Vertrauen auf meinen soeben zwanzig Jahre alt gewordenen Sohn zu sprechen.*
Er schrieb gleich nach seiner Ankunft in Triest einen Brief von zwölf Seiten, woraus die Mutter entnahm, daß er die ihm vom Baron Zoller übergebenen Briefe – zwölf an der Zahl – sogleich gierig verschlungen habe. *Ich hatte Tränen in den Augen, während ich sie las, es waren aber Freudentränen, daß es Ihnen gut geht und besonders, daß Sie mit mir zufrieden sind. Seien Sie gewiß, liebe Mama, daß Ihr und des Prinzen Eugen Sohn stets das Vorbild seiner Eltern vor Augen haben wird.*
Theodolinde schildert die Hochspannung, mit der man Maxens Rückkehr im Leuchtenberg-Palais erwartete. Eugenie kam von Hechingen herüber. Das Personal schmückte Tor und Aufgang. Noch bevor man mit der Ankunft rechnete, riß man bei jedem vorüberfahrenden Wagen die Fenster auf. Alle Abende waren die Lampions mit der Chiffre von Max erleuchtet. Am 7. Dezember kam noch ein Brief aus Triest. Er habe keinen Reisewagen kaufen können und deshalb eine Diligence-Postkutsche gemietet. Er wür-

de am 3. bis Innsbruck durchfahren, hoffe, am 9. oder 10. einzutreffen. Trotzdem wurde weiter beleuchtet und gewartet. Am Abend des 8. saß man um den Kamin. *Eugenie und ich nahmen unsere Handarbeiten auf, und ich spitzte mehr als zwanzigmal die Ohren.* Stefanie Méjan sagte, der preußische Gesandte Graf Dönhoff wolle um eine Audienz bitten, um all das Gute zu wiederholen, was er von dem General vernommen habe, der mit Max in Rußland beisammen war. Sie alle hätten *Max schmelzend lieb gewonnen ... Wir lachten gerade über diesen bezeichnenden Ausdruck, als wir das Geräusch eines leichten Wagens vernahmen. Mein Herz klopfte – aber nein, man hörte keinen hereinfahren. Ich schaute auf die Salontüre, die ich, um rascher hinauszukommen, offen gelassen hatte – und was sah ich? – Max. Ich stieß einen Schrei aus und lag in seinen Armen. Mama und Eugenie eilten herbei. Wir konnten vor Erregung und Überraschung nicht sprechen. Er ist gewachsen, stärker geworden. Wir überschütteten ihn alle gleichzeitig mit Fragen, und er konnte nicht antworten. Die Damen und Herren, Diener, alles, was im Haus war, lief herbei, um unseren bon garçon zu begrüßen. Er ging die Treppe hinunter, um die schöne Beleuchtung zu bewundern und den Leuten dafür zu danken. Er ist von Triest Tag und Nacht durchgefahren, um ein Uhr in Weilheim, vier Posten von hier, angelangt. Seine Herren nahmen sich dort Zeit zum Essen, er aber hatte keine Ruhe, nahm eine Kasserolle und seine Brieftasche unter den Arm, setzte sich neben den Postillion und freute sich, uns zu überraschen und zu umarmen. Dieser Zug verrät seinen Charakter und sein gutes Herz. Bis um zehn fragten wir ihn aus ... Ich dankte Gott.*

Beim ersten Frühstück ging die Fragerei weiter. Er schilderte die Zustände in Griechenland. Ottos Hofmarschall, Graf Saporta, habe um Entlassung aus seinem Amt gebeten, und im Januar würden alle Bayern Griechenland verlassen. Ende des Jahres würde die Staatskasse erschöpft sein. *Der Anblick seiner grün-rosa Chevauxlegers-Uniform schnitt mir ins Herz. Heute ist der Geburtstag unseres armen August.* Der erste Besuch galt dem König. Die Königin Therese habe ihn dreiviertel Stunden ausgefragt, stellte Auguste fest, ebenso lange die Königin-Witwe Caroline und der Kronprinz anderthalb Stunden lang. Er erzählte mit größter Bescheidenheit. *Seine Schwestern und*

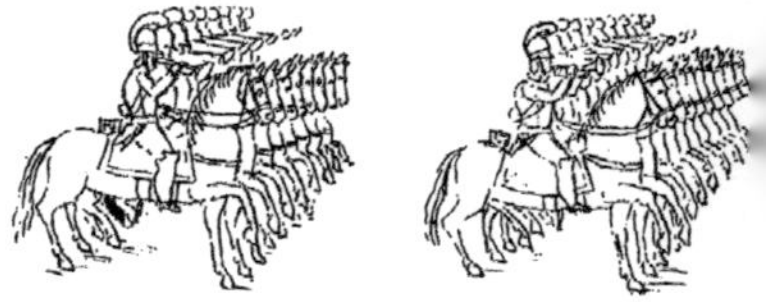

mich entzückten ... seine vornehme Einstellung, die Klarheit seiner Überlegungen sowohl in Bezug auf die gesehenen Länder als auch auf die einzelnen Persönlichkeiten. Graf Paumgarten hat mir gesagt, daß seine Anwesenheit in Athen sehr nützlich war und daß er beauftragt sei, mit dem Königspaar ernstlich über den traurigen Zustand Griechenlands zu sprechen. Die Gesandten von England, Rußland, Frankreich und Bayern hatten Max um Verlängerung seines Aufenthalts gebeten.

Der König notierte, daß ihm sein Neffe schöne, nach seiner eigenen Abreise ausgegrabene altgriechische Gegenstände überbracht habe, ein goldenes Stirnband und anderes aus Gold, dazu als Geschenk der Stadt Athen einen in München gearbeiteten schönen goldenen Becher mit griechischer Widmung. Einige Tage darauf nahm er ihn in seinem Wagen mit, um mit ihm allein *lungo et largo von Athen, nicht von Kunst, sondern vom Hof zu reden.*

Diesmal gab es ein freudiges Weihnachten im Palais Leuchtenberg mit vierzehn Christbäumen. Die drei anwesenden Kinder schenkten der Mutter einen Teil der Möbel für den neuen Saal in Ismaning, ein Porträt von Eugenie, einen schönen Smyrnateppich, einen türkischen Schal in Gold, ein Polster für die Füße und verschiedene Zeichnungen von Nachtmann für ihr Album. Außerdem bekam sie eine neue Nichte. Während man beim Tee saß, meldete Méjan, daß ihre Stiefschwester Ludowika in den Wehen liege. Auguste fuhr sogleich in das herzogliche Palais an der Ludwigstraße. Es ging so rasch, daß schon ein Viertel nach zehn ein Mädchen zur Welt kam, ›qu'était énorme‹ – Sissi, künftige Kaiserin von Österreich.

Man ging zum erstenmal zur Mitternachtsmesse in die neue Aller-

heiligen-Hofkirche. Auguste fand sie sehr schön, aber zum Beten sei man zu sehr gesehen.
In St. Petersburg brannte in der Weihnachtsnacht Rastrellis berühmtes Winterpalais ab. Die Zarenfamilie mußte sich nach Anitschkow zurückziehen. Das Inventar wurde vom Militär fast ganz gerettet. Der Zar war die ganze Nacht an der Brandstätte und befahl sofortigen Wiederaufbau innerhalb eines Jahres. Unter Einsatz von Massen von Arbeitern wurde der Befehl ausgeführt, und das neue Winterpalais wurde gerade für Maxens Hochzeit fertig.

5
Besuch der italienischen Güter
Wiedersehen mit Amelie
1838

Max fühlte sich nach wie vor als bayrischer Offizier und wollte den Dienst von der Pike auf kennenlernen. Er tat dies bei den Kürassieren seines Onkels Karl in München und begann zu Anfang des neuen Jahres als Wachtposten vor der Kaserne, wie dies im München der Biedermeierzeit für bayrische Prinzen üblich war. Der König fuhr mit Königin, Kronprinz, Auguste und Linda im Schneegestöber zur Kürassierkaserne, um zu sehen, wie er die Wache zur Ehrenbezeugung antreten ließ. Die Mutter stellte fest, daß sich viel Publikum angesammelt hatte und Kürassiere aus den geschmückten Fenstern hinaussahen. *Bei dieser Gelegenheit zeigte sich wieder einmal die Zuneigung von Volk, Bürgerschaft und Militär für unsere Familie.* Und Theodolinde am 19., daß Max vierundzwanzig Stunden die Wache befehligte. *Il nous présenta les armes avec gravité.* Er lud die Offiziere zu Souper und Punsch ein und regalierte die Kürassiere. Am 1. Februar fuhr die Mutter mit Linda zweimal am Feuerpikett am Anger vorbei, um ihn zum Herausrufen der aus einem Korporal und acht Mann bestehenden Wache zu veranlassen. Bekannte leisteten ihm bis zur Nacht Gesellschaft. Dann ritt er Patrouille bis Biederstein.

Amelie bereitete in Portugal ihre seit langem geplante Reise nach Bayern vor. Die junge Königin Victoria von England hatte sie durch ihren Gesandten in Lissabon zu einem Besuch eingeladen und ihr für die Reise eines ihrer auf dem Tejo liegenden Linienschiffe zur Verfügung gestellt. Sie wolle aber in der momentan gespannten Lage die Königin von Portugal nicht verlassen, schrieb sie aus Sta. Marta, und stelle sich ihr zur Verfügung[13], obwohl diese auf ihre Stiefmutter wenig Wert legte.

Die Reise nach Italien war schon auf dem Programm gewesen, bevor von der nach Rußland die Rede war, und zwar mit Amelie, war aber wegen der Cholera in Rom verschoben worden.
Seit dem Wiener Kongreß bildete der Besitz in den Legationen Ancona und Macerata, Urbino und Pesaro neben dem Fürstentum Eichstätt den Grundstock der Familie Leuchtenberg – nämlich, außer in Ancona und Pesaro selbst, in Forni, Senigallia, Recorali, Chiaravalle, Josi und Osimo. Das Hauptpalais und der Sitz der Verwaltung unter dem Chevalier Roux Damien befanden sich in Ancona, aber auch in den anderen Orten hatte der Herzog Wohnsitze. Näheres erzählen uns Theodolinde und ihre Mutter, die ebenso wie Max zum erstenmal hinkamen.
Die Reise begann am 2. April, Mutter und Tochter und Diener in einem bequemen Coupé, Max mit Freiherrn von Zoller und einem Leibjäger in einem Charabanc, Maurice Méjan mit Dr. Wurm und Diener in einer Kalesche, Gräfin Sandizell mit drei Kammerfrauen und zwei Dienern in einem anderen Wagen und voraus, mit dem nötigen Abstand, um Postpferde zu bestellen und Unterkunft vorzubereiten, der Haushofmeister Edouard und der Hilfskoch mit dem Gepäck.
Diesmal überwand sich Auguste, im Schloß von Mantua die Stätte aufzusuchen, wo Linda zur Welt gekommen und ihr italienischer Königstraum endgültig zerronnen war. Die Reise ging weiter über Bologna, Forlì und Rimini. *Endlich um neun Uhr rollte unser Wagen in den Hof unseres Palais in Pesaro. M. Roux empfing uns und geleitete uns in unsere Zimmer. Sie sind reizend und sehr sauber, was in Italien erstaunlich ist … Die Musik der Bürgergarde brachte ein Ständchen … Der Verwalter und seine Frau servierten.* Der Kardinal Riario Sforza kam mit Suite zum Besuch.
Es ging gleich weiter nach Senigallia. Dort stieg man, nach Theodolinde, ›dans un grand Palais de Max‹ ab, ›notre maison‹ nach Auguste. Man blieb nur drei Stunden zum Frühstück und zum Empfang der höheren Beamten.
Der vorausgeeilte Chevalier Roux stand am Eingang von Ancona zu Pferd zum Empfang. *Wir traten in unser schönes Palais, fanden dort*

Madame Roux vor, seine Mutter, den bayrischen Konsul und die Hausangestellten. Die Zimmer sind superbe. Die Frau Mama notierte: *Das Palais ist sehr schön. Ich habe ein sehr großes Vorzimmer, drei Salons und Schlafzimmer, Theodolinde ein himmelblau tapeziertes neben mir und mein Sohn eines neben seiner Schwester. Sein Appartement ist komplett. Meine Fenster gehen auf das Meer hinaus. Es gibt einen großen, aber düsteren Speisesaal und verbundene Tribüne in der Kirche, was sehr bequem ist. Das Palais ist so groß, daß alle unsere Leute darin untergekommen sind, obwohl M. Roux mit Familie da wohnt und auch Bureau und Angestellte darin untergebracht sind …*

Am nächsten Morgen traten die französischen und päpstlichen Offiziere zur Aufwartung an. Fast alle Italiener hatten unter dem Vizekönig Eugen gedient. Einer war bei seiner Hochzeit in München gewesen, einer bei der Geburt Theodolindes in Mantua. Max suchte den gichtkranken Delegierten des Papstes auf und den General. Anderentages besichtigte er Chiaravalle und Jesi und besuchte dort den Kardinal Ostini.

Mittwoch, den 19. April, Ausflug nach Loreto. Man fuhr mit einer Eskorte von fünf päpstlichen Carabinieri und konstatierte, daß die leuchtenbergischen Felder am Weg gut imstand waren, die Menschen einen zufriedenen Eindruck machten und die Fahrzeuge von prachtvollen Ochsen gezogen wurden. In Osimo, wo Max ein ehemaliges Kloster als Palais besaß, wurden die Angestellten vom Wagen aus begrüßt. Dann ging die Fahrt stundenlang über so steile Berge, daß man Ochsen vorspannen mußte. Auch im Wallfahrtsort Loreto stand ein eigenes Haus zur Verfügung. Nach kaum beendetem Frühstück erschienen Bischof und Delegato. Beide Herren begleiteten die Familie in die Kirche und anschließend zur Messe in die ›Santa Casa‹. Die Madonna war von Juwelen bedeckt. Es wurde eine Litanei gesungen unter Ausübung aller einer Prinzessin gebührenden Zeremonien. Die A-cappella-Chöre waren hervorragend. Im Kirchenschatz wurden ein Kelch mit Rubinen und einer mit Smaragden gezeigt, Stiftungen von Eugène und Auguste aus ihrer Glanzzeit, und ein vom Vizekönig 1809 geschenktes Rauchfaß. Der Bischof betonte in sehr schmeichelhaften Worten, daß diesem auch die Erhaltung des Kirchenschatzes zu danken sei, weil er jeglichen Kirchenraub streng untersagt hatte. Gleich nach der Rückkehr in das eigene Haus entsandte Max Herrn Roux zum Bischof mit einem sehr schönen Kelch aus Gold und Vermeil und Geld für die Armen. Die vielen Bettler hatten sich als besonders zudringlich erwiesen. Die Damen fuhren nach Ancona zurück, während Max mit den Herren sich landeinwärts zu seinen Besitzungen Recanati, Sta. Maria in Portega und anderen bis zum nächsten Abend auf den Weg machte. Die Damen froren in Ancona und fühlten sich nicht wohl.

Am 21. April Umzug nach Chiaravalle. Das Städtchen war mit Triumphbogen geschmückt, Militärmusik spielte. Aus den Fenstern hingen bunte Tücher. Auch dieses herzogliche Haus war früher ein Kloster. Theodolinde fand die Zimmer und besonders die Plafondgemälde schön. Die Mutter war weniger begeistert, obwohl sie zwei Salons hatte, einen mit Kamin und im anderen Polstersitze ringsum, Schlafzimmer, Toilettencabinet, Garderobe mit Fenster in die Kapelle. Zwischen Mutter und Sohn befand sich ein großer Saal. Es gab auch einen kleinen Garten. Die ganze Stadt erstrahlte am Abend in Festbeleuchtung.

Am Nachmittag des nächsten Tages Ausflug nach Jesi, wo der Kardinal Ostini und der Confalconiere auf die Ankunft warteten. Dann begannen die Pferderennen. Maxens Palais stand am Corso. Es war groß und schön, aber unmöbliert. Darum konnte man dort nicht nächtigen. Abends war Konzert im festlich erleuchteten Theater. Auguste war geschmeichelt, daß die Familie mit Händeklatschen empfangen und verabschiedet wurde. Nach Mitternacht kam man nach Chiaravalle zurück. Der Bischof von Jesi bekam anstelle seines unhygienischen Seminars das schöne und geräumige von S. Domenico zugewiesen.

Die Herzogin schrieb an den ihr von Rom her bekannten Papst Gregor XVI., um für die freundliche Aufnahme in den Landen ›di Vostra Beatitudine in questa Città‹ zu danken. Sie hätte Seiner Heiligkeit ihren Dank gerne mündlich ausgesprochen, müsse aber nach München zurück, weil sie dort ihre Tochter, die Kaiserin von Bra-

silien, erwarte. Wenn sie ihren Besuch nicht nachholen könne, so würde der *Duca Massimiliano tributare alla Santità Vostra gli omaggi della sua particolare devozione alla Santa Sede.*[14]
Samstag, den 28. April, sah man aus den eigenen Fenstern eine Regatta. Balkons und Fenster waren geschmückt. Eine französische und eine päpstliche Militärkapelle spielten auf. Das ruhige Meer wimmelte von Barken. Sechs Boote mit je sechs Ruderern und einem Steuermann kämpften um den Sieg.
Am nächsten Vormittag Abfahrt nach Senigallia, wo der Kardinal-Legat Riario Sforza und der Kardinal-Bischof Testa Ferrata die Reisenden empfingen und sie in ihren Wagen in das bischöfliche Palais zur Tafel holen ließen. Der Bischof war schon achtzig Jahre alt, halb blind und aß nicht sehr appetitlich. Die zwei Stunden bei Tisch wären qualvoll gewesen, wenn der weltgewandte Sforza die Situation nicht gerettet hätte.
Das am letzten April vom Kardinal zelebrierte Hochamt zeichnete sich durch seine Länge aus, es dauerte drei geschlagene Stunden.
Am 1. Mai besichtigte Max seine Seidenspinnereien und anderes in der Stadt Fossombrone, während Mutter und Schwester die Honoratioren empfingen und vom Palais des Gouverneurs dem Pferderennen zusahen. Es liefen sieben Pferde ohne Reiter, wie auf dem Corso in Rom. Es war eine kurze Angelegenheit nach langer Vorbereitung. Man servierte Eis mit Hohlhippen – ›c'est la grande politesse‹, und dann kamen die Kardinäle ins Palais, der gebrechliche alte und der junge gewandte Sforza. Mit einem kleinen, vom Amphitheater aus bewunderten Feuerwerk endete dieser Aufenthalt in Senigallia. Beim Abschiedsbesuch vor der Abfahrt am nächsten Morgen stiegen dem Polizeikommandanten Tränen in die Augen, als er seiner ehemaligen Vizekönigin erzählte, er habe alle späteren Feldzüge ihres Mannes mitgemacht. In Fano kam man mit Max wieder zusammen.
Letzte Etappe der Besichtigung der Latifundien war Pesaro. Bruder August hatte das dortige Waisenhaus begründet, und der Nachfolger half nach.
Die Heimreise ging über Florenz. Beinahe wären Mutter und

Tochter nicht lebend hingekommen. Aus Pferdemangel mußte man vier Posten weit mit den gleichen Pferden fahren. Vor Forlì ging der herzogliche Wagen, weil die Bremsen versagten, steil bergab auf eine Brücke zu durch. Die Stangenpferde wurden gegen das Geländer geschleudert, eines darüber hinweg ins Wasser. Wie durch ein Wunder hielt ein Stein den Wagen auf, als die Räder schon am Brückengeländer waren. So brach nur die Deichsel. Linda pflückte Blumen für ihr Erinnerungs-Herbarium[15], *vom Rande des*

Abgrundes, worein wir bei der Ausfahrt aus dem Dorf Dorandola am 3. vier Uhr morgens fast gefallen wären. In Rocca wartete man dann noch stundenlang im Hause des Marchese de Tassinardi, der die Herrschaften nicht nur bewirtete, sondern zum Zeitvertreib sogar eine Bauernkapelle aufspielen ließ. Endlich nach drei Stunden kam das Coupé mit weinenden Postillionen. Noch viermal sei der Wagen in Gefahr gekommen, in Abgründe des Apennins zu stürzen, behaupteten sie und ließen sich nur schwer zur Weiterfahrt bewegen. Gegen Abend kam man schließlich doch heil in Florenz an.

Das Großherzogspaar war auf dem Land, aber die verwitwete Großherzogin kam mit der Erzherzogin Caroline gleich zu Besuch und fuhr die Ankömmlinge in die Cacini. Auch der Chef der Familie Bonaparte, Joseph, der vor einigen Jahren von England nach Italien übergewechselt war, um, wie er sagte, dort zu sterben, stellte sich ein.[16] Der Großherzog kam eigens in die Stadt, um Auguste zu begrüßen. Der Frau Joseph Bonapartes machten die Reisenden ihren Besuch und trafen sie mit Tochter und Schwiegersohn an. Auguste hätte gerne für ihr neu eingerichtetes ›Cabinet de souvenirs‹ den ihr von einem Händler angebotenen grünsamtenen Mantel Napoleons von der Krönung in Mailand erworben, er war ihr aber zu teuer.

Man fuhr bei Gewitter am späten Nachmittag von Florenz ab und bei Nachtigallenschlagen und Kuckucksruf die Nacht durch bis Bologna. Raffaels hl. Cecilie, die den bayrischen König so begeisterte, daß er sie kaufen wollte und bei jeder Durchfahrt durch Bologna wieder bewunderte, machte Theodolinde keinen besonderen Eindruck. Verona, Bozen, Steinach, Benediktbeuren waren die nächsten Nachtquartiere. Am 14. war man wieder im Palais Leuchtenberg, wo, wie in Ismaning, Vorbereitungen für den Empfang von Schwester Amelie in Gang waren. Die Mutter hatte sie seit Paris nicht mehr gesehen, Max und Theodolinde gar seit ihrer Hochzeit, als sie beide noch Kinder waren. Am 25. traf sie ein. Max fuhr ihr bis Dachau entgegen, Auguste und Linda sechsspännig bis zum Dorf Moosach, wo sie in einem Wirtshaus warteten. Die Mutter versuchte Zeitung zu lesen, während die Tochter auf der Straße unruhig hin und her ging und mit ihrem Lorgnon die Straße nach Dachau absuchte. *Gegen viertel nach zwei sah ich in der Ferne die vierspännige Kalesche, die uns im Galopp meine gute Amelie brachte ... Sie naht, der Schlag geht auf, und sie stürzt in die Arme von Maman. Endlich halte auch ich sie in den Armen. Sie ist so groß wie ich, hat noch den gleichen Ausdruck, dieselbe Physiognomie, aber nicht mehr die Frische von siebzehn Jahren. Ihre Lebhaftigkeit erstaunte mich. Sie erregt sich, spricht schnell. Die Kleine ist reizend, sehr groß für ihr Alter, hat eine charmante tournure, hübsches Gesicht, blaue Augen, blondes Haar mit Naturlocken. Ich konnte Amelie nicht ansehen, ohne zu weinen. Sie erinnerte mich so an August, diesen guten Freund, den ich mein ganzes Leben lang beweinen werde.* Das Gefolge bestand aus der verwitweten Marquise de Masejo, dem Marquis von Rezende und dem Grafen Almeida. Leider war auch die ehemalige Erzieherin Fanny Maucomble dabei, die Auguste nicht leiden konnte.

Amelie zog unter den einer Kaiserin gebührenden Ehrenbezeigungen mit ihrer Mutter in München ein – daher die sechs Pferde –, während Max vorausfuhr. Schon am Wege standen Neugierige, und vor dem Palais staute sich eine ungeheure Menschenmenge. Zu beiden Seiten der Einfahrt waren Truppen aufgestellt, und sobald der Wagen sichtbar wurde, fiel Bürgermusik ein. Die Kaiserin zeigte sich unter Vivatrufen am Balkon. Die in der Stadt anwesenden Mitglieder der bayrischen Familie eilten zur Begrüßung herbei, die verwitwete Königin Caroline, die Königin Marie von Sachsen, Onkel Karl und der Kronprinz. Die Mutter fand ihr Kind seit Paris abgemagert und auch sonst verändert. Die unselige Fanny verschob ihre Reise zu den Verwandten, um an den Empfängen im Palais zu Ehren der Kaiserin teilzunehmen. Sie redete auf Amelie ein, auf ihren Rang zu achten. Der Erfolg war, daß das Verhältnis zwischen den Geschwistern viel weniger intim war als mit Josephine und Eugenie. Linda fand, daß sie sich mit dieser Etikette in der Familie lächerlich machte. *Sie steigt als erste in den Wagen, läßt sich bei Tisch zuerst servieren, setzt sich rechts auf das Kanapee ... Um mit mir und der Kleinen zu Maman hinunterzugehen ... läßt sie ihre Dame rufen, und wenn diese nicht gerade zur Stelle ist, läßt sie eine von denen von Maman bitten, sie zu geleiten.*

Max Leuchtenberg nahm seinen Dienst bei den Prinz-Karl-Kürassieren wieder auf. Am Fronleichnamstag konnte ihn die Familie an der Spitze seiner Eskadron am Max-Joseph-Platz bewundern. *Das gefällt dem Publikum,* registrierte Schwester Theodolinde, und weiter, daß der Graf Montgelas im Alter von neunundsiebzig Jahren gestorben sei. *Er war ein Mann der Geisteswelt und sehr gebildet, ein großer Verlust für die Gesellschaft.*

6
Zar Nikolaus wirbt um Max Leuchtenberg
1838

Louis Napoléon hatte sein Heiratsprojekt für Max mit der jungen Queen Victoria noch immer nicht aufgegeben. Er schrieb an Auguste, er habe wegen ihrer kühlen Aufnahme der Angelegenheit weiter nichts darin unternommen. Darauf antwortete Tante Auguste sehr bestimmt, daß sie für dieses Heiratsprojekt keinen Schritt tun würde. Sie sei dankbar, daß man an ihren Sohn gedacht habe, hätte aber von vornherein für diesen Plan wenig übrig gehabt, *einmal in der Erkenntnis, daß die Religion, wenn auch kein unüberwindliches, so doch schwer zu beseitigendes Hindernis ist und dann, weil ich die Einstellung meines Sohnes kenne, der von vornherein eine Heirat ablehnt, die zum Zustandekommen großer Umwege oder gar Intrigen bedürfe ... Ich bin auf seine mit meinen völlig übereinstimmenden Gefühle zu stolz, um dagegen angehen zu lassen.*

In ihrem Tagebuch notierte sie am gleichen Tag, Louis habe diesen Plan aus egoistischem Antrieb gefördert.

Das Schicksal der Familie Leuchtenberg wurde in Rußland entschieden. Der vergangene Winter 1837/38 war für das Zarenpaar nach der Erregung über den Brand des Winterpalais sehr anstrengend gewesen. Um sich unentbehrlich zu machen, stellte Dr. Mandt den gesundheitlichen Zustand der Kaiserin als äußerst gefährlich hin und verordnete für die Zeit von Frühling bis Herbst eine Badekur. Die Wahl fiel auf Salzbrunn in Schlesien. Nur die jüngste Tochter Alexandra und deren kleinere Brüder durften mitkommen. Mary und Olga blieben in Peterhof, bis sie auf Wunsch ihres Großvaters Friedrich Wilhelm III. von Preußen nach Berlin und Potsdam gebracht wurden.

Der Zar traf im Juli mit dem Kaiser von Österreich in Teplitz zusammen und begab sich anschließend nach München und Bad Kreuth, wo die Zarin offiziell zur Nachkur weilte, inoffiziell, um die Heirat ihrer Tochter mit Max anzubahnen.
Der erste Anstoß zu diesem Plan war von der schon als Darstellerin auf der Liebhaberbühne erwähnten Frau Amelie von Krüdener gekommen, die keinen guten, aber einen großen Einfluß auf diese Ehe haben sollte.
Vor ungefähr zwei Jahren hatte Theodolinde in ihr Tagebuch geschrieben, daß sich Madame Krüdener mit Tränen in den Augen verabschiedet habe, um nach neunzehn Jahren Aufenthalt in München nach St. Petersburg überzusiedeln. Es sei kein Wunder, daß ihr der Abschied schwerfalle, da sie *von den Prinzen verwöhnt und von der Gesellschaft geliebt worden ist. Und wohin kommt sie? – Zu einer etwas launischen Kaiserin. Wie viel Neid und Eifersucht erwartet sie da!*
Die Großfürstin Olga klagt, daß der Zar sich bald geistig von dieser inoffiziellen Cousine der Zarin beherrschen ließ. Sie scheint ihn mit ihren Intrigen ähnlich beeinflußt zu haben wie zu Zeiten der Heiligen Allianz die mit ihr nicht verwandte Juliane von Krüdener in mystischer Weise seinen Bruder und Vorgänger Alexander. Amelie von Krüdener sei ehrgeizig und herrschsüchtig gewesen, nicht schön, aber sehr gepflegt und eine vollendete Vorleserin. Der Zar schenkte ihr das Gut Sobstwernnaja bei St. Petersburg. Im denkwürdigen Sommer 1838 ist sie wieder einmal in ihrer bayrischen Heimat.
Mitte Juni eröffnete der alte Méjan seiner Herrin streng vertraulich, daß Madame Krüdener ihn im Auftrag des Zaren mit der Sondierung beauftragt habe, ob ihr eine Heirat ihres Sohnes mit der Großfürstin Maria genehm wäre. Auguste brach in Tränen aus. *Der Gedanke an eine Trennung von meinem allein mir verbliebenen Sohn krampfte mir das Herz zusammen ... obwohl ich auch das Schmeichelhafte und Ehrenvolle eines solchen Antrages erfaßte ... Auch mein Sohn war bestürzt und zugleich erfreut, weil ihm die Großfürstin einen sehr tiefen Eindruck gemacht hatte. Wenn er, wie Madame de Krüdener versichert, nicht expatriiert würde, noch auf seine Stellung hier und in Italien verzich-*

ten müßte, wäre er versucht, anzunehmen, denn er glaubt sicher glücklich zu werden.

Es wurde nur Theodolinde eingeweiht, nicht einmal Amelie, weil man annahm, daß sie mit Fanny darüber sprechen würde. Theodolindes Schilderung deckt sich mit der der Herzogin. Der Zar wolle sich im August in Kreuth eine prinzipielle Zustimmung holen und würde in diesem Fall Max nach St. Petersburg einladen, um Einzelheiten zu regeln. Er stelle als einzige Bedingung, daß er dorthin übersiedle, weil er seine Tochter zu sehr liebe, um sich von ihr zu trennen. Er würde seine Besitzungen behalten und könne sich nach Belieben dort aufhalten. Der Gedanke, den Bruder herzugeben, war ihr schrecklich: *Unsere Familie ist gewiß zu bedauern, daß ihr immer wieder hohe Stellungen angeboten werden, die uns auf alle Erdteile verstreuen. Wird Max mit der Großfürstin Maria glücklich werden? Alle Welt lobt sie sehr und er gestand mir, von allen Frauen, die er gesehen habe, sei sie die einzige gewesen, in die er sich verliebt habe und die ihm nach allen Gesichtspunkten zusage. Er hat nach seiner Rückkehr aus Rußland diese Überlegung für sich behalten, weil er sich zu gering vorkam, um seine Gedanken bis zur Tochter des Kaisers von Rußland zu erheben.*

Die Bewertung des Heiratsprojekts war in München und St. Petersburg verschieden. Im Palais sah man darin eine Erhöhung, wie bei der portugiesischen Heirat Augusts, während man diese Heirat in Rußland nur akzeptierte, weil Maria Max liebte und ihr Wunsch, im Lande zu bleiben, auf diese Weise erfüllt werden konnte, was bei einem Kronprinzen oder anderen hochgestellten Fürsten unmöglich gewesen wäre.

Es wird der Herzogin nicht leichtgefallen sein, bei der Feier ihres fünfzigsten Geburtstages am 21. Juni das große Geheimnis zu wahren, und sie wird aufgeatmet haben, als am nächsten Tag ihre Tochter Amelie zur Schwester Eugenie nach Hechingen abfuhr und sie selbst mit Theodolinde, Baronin Aretin, Maurice Méjan mit Tochter Stefanie zur Kur von vier Wochen nach Bad Ischl. Max blieb zurück, um seinen Dienst bei den Kürassieren fortzusetzen.

Er berichtete, daß die Zarin am 23. Juli auf dem Wege von Teplitz nach Kreuth in München eintreffen werde. Das bayrische Königs-

Herzog Maximilian von Leuchtenberg

Große Parade auf dem Marsfelde in Gegenwart des Kaisers Nikolaus I.

von Rußland und König Ludwig I. von Bayern am 18. August 1838

Großfürstin Maria Nikolajewna von Rußland
Herzogin von Leuchtenberg

paar werde in München, die verwitwete Königin Caroline ihr in Kreuth und Tegernsee die Honneurs machen. Auguste blieb in Ischl, Amelie in Hechingen, und Max begab sich nach Eichstätt, so daß von der Familie Leuchtenberg niemand anwesend war.
Die Zarin sah sich ganz inkognito fünf Tage mit ihrer Tochter Alexandra in München um. König Ludwig, der äußerst ungern seinen Sommeraufenthalt im so geliebten Brückenau unterbrochen hatte, empfing die Cousine seiner Therese in der Residenz, wo sie zwei Offizianten die Kaisertreppe in die ehemalige Wohnung der Königin Caroline hinauftrugen. Er fand seinen Gast ›das Gegenteil von schön‹, aber besonders herzlich im Umgang.
Mitte Juli war Augustes verwitwete Schwester Charlotte nach Ischl gekommen. Man mußte etwas zusammenrücken, aber dafür wohnte man ganz ungezwungen nebeneinander, was seit zweiunddreißig Jahren nicht mehr gelungen war. *Sie ist ein Engel, Vorbild an Tugend und Entsagung,* registrierte Auguste.
Am 27. übernachtete man in Salzburg, um nach der Abfahrt der Zarin aus München zur Verteilung der Renten aus der Dom-Pedro-Stiftung im Waisenhaus dort einzutreffen. Die Herzogin und ihre beiden Töchter wurden von Bürgermeister und Magistrat empfangen. Amelie als Witwe Dom Pedros stand natürlich im Mittelpunkt der Feier.
Vier Tage darauf fuhren die drei Damen zur Königin-Witwe Caroline nach Tegernsee. Die Anwesenheit der Zarin in Kreuth und die Erwartung des Zaren gaben diesmal der alljährlichen Familienzusammenkunft eine besondere Note. Amelie ahnte nichts von der Ursache der Erregung von Mutter und Schwester. Das preußische Kronprinzenpaar war auch da.
Am nächsten Tag nach der Ankunft erwartete man feierlich gekleidet die Zarin zum Tee, sie ließ aber sagen, daß sie bei dem schönen Wetter zur Jause nach Kaltenbrunn am Ende des Sees käme. Sie war auch schon dort, als man in größter Hast eintraf. Auguste fand sie besonders liebenswürdig. Als erstes gab sie ihrer Freude Ausdruck, daß Josephine in Schweden zu ihren Leuten so rührend war, um gleich mit größtem Lob auf Max überzuschwenken. Theodolinde

fand sie eher streng, elegant von Gestalt, aber zu mager, mit leidendem Ausdruck, mehr nervös als lebhaft. Dagegen gefiel ihr die junge Großfürstin Alexandra besonders, groß, charmant, sehr gewandt in der Konversation. *Sie ähnelt sehr, aber weniger vorteilhaft, Madame de Krüdener, die wiederzusehen ich hoch erfreut war.*

Mit der Ankunft von Schwester Charlotte waren nun drei Kaiserinnen am Tegernsee vereinigt, die russische, die österreichische und die brasilianische.

Am nächsten Tag erschien die Zarin unangesagt und formlos mit Bruder Karl zum Gegenbesuch in Tegernsee. Als sie auf ihre Frage, wann Max käme, erfuhr, daß dies schon am nächsten Morgen der Fall sei, lud sie gleich die Familie Leuchtenberg zum Familienfrühstück nach Kreuth ein. Dort war nur das preußische Kronprinzenpaar noch dabei, Friedrich Wilhelm, Bruder der Zarin, und Elise, Stiefschwester von Auguste. Friedrich Wilhelm saß rechts und Max links von der Hausfrau. Kosaken servierten, und die Stimmung war glänzend.

Während sich Max am Sonntag nach der Kirche in Kreuth verabschiedete, um zu seinem Dienst nach München zurückzukehren, erschien völlig überraschend Zar Nikolaus. Er war besonders freundlich zu Max, verbot ihm, in Tegernsee seinen bevorstehenden Überfall zu verraten.

Im kleinen Tegernsee hatten aber die durchfahrenden Wagen schon Aufsehen erregt. Theodolinde hatte vom Fenster aus eine sechsspännige Postkutsche vorbeieilen sehen und dahinter zwei Vierspänner. Der Posthalter meldete im Schloß, der Kaiser sei bei ihm in einen zufällig dastehenden Wagen umgestiegen und weitergefahren, um die Kaiserin zu überraschen. So warteten die Schloßbewohner von Mittag bis um zwei auf den Zaren. Als Max zurückkam, wurde er mit Fragen bestürmt. Er beschwor sie, sich nichts anmerken zu lassen und sich nicht festlich anzuziehen, um sechs käme das Zarenpaar. So aß man rasch und ging in das Vestibül hinunter, als man den Wagen vorfahren hörte. Amelie war über solchen Verstoß gegen das Protokoll entsetzt. Theodolinde schrieb: *Ein herrlicher Mann. Seine Haltung ist vornehm, imposant. Wir gingen al-*

le wieder in den Salon hinauf und wurden vorgestellt. Ich betrachtete ihn. Sein Ausdruck gefällt mir. Er hat nie eine andere Frau geliebt als die seine. Welcher Mann kann mit gutem Gewissen dasselbe sagen? ... Der Kaiser unterhielt sich einige Zeit mit der Kaiserin von Österreich. Um sieben ging er zu ihr hinauf, um dann gleich nach Kreuth zurückzukehren. Der Kaiser gratulierte Mama zu ihrer reizenden Familie, welches Kompliment sich nur auf Josephine und Max beziehen kann, die einzigen ihm bekannten. Max fährt heute Nacht nach München zurück zum Dienst, wird aber Dienstag oder Mittwoch auf einige Tage zurückkehren. Der Kaiser hätte ihm in Kreuth gesagt: »Komme, wann du willst, geniere dich nicht, betrachte dich als zur Familie gehörig.« Die Diplomaten sind erregt. Jeder schaut, fragt, kommentiert und glaubt viel zu wissen.

Die Mutter war von der Liebenswürdigkeit des Zaren hingerissen, und der Rest der bayrischen Familie fiel von einem Erstaunen ins andere, besonders die Königin Therese.

Am nächsten Abend wurden in Tegernsee den Russen zu Ehren zwei Schwänke in einem Akt aufgeführt: ›Mimi ou le petit enfant prodigue‹ und ›Les Anglaises pour rire, ou la table et le logement‹. Theodolinde fand die Probe ausgezeichnet, aber bei der Vorstellung seien die hohen Herrschaften in ihrer Pracht so steif dagesessen, daß man sich nicht zu applaudieren traute, was die Darsteller hemmte. Die Zarin zog sich für das Theater in Tegernsee um: eine Tunika aus weißem Crepe mit Goldborten und darüber drei Reihen Perlen bis zu den Knien hinunter. Auf dem Kopf einen Turban. Der Zar soll im Frack ausgezeichnet ausgesehen haben.

Max wurde nach seiner Rückkehr für den nächsten Tag allein zur Tafel nach Kreuth geladen und wurde anschließend vom Zaren nach München mitgenommen. Die Zarin veranstaltete ein Volksfest mit Scheibenschießen um wertvolle Preise. Königin Therese konnte sich nicht mehr halten und fragte Auguste, was diese Auszeichnung von Max zu bedeuten habe. *Man kann nicht begreifen, daß man uns mit Auszeichnung und Freundschaft behandeln kann,* notierte letztere; und ihre Tochter: *Das gab ein Gesprächsthema im Schloß, eine derartige Auszeichnung! und einem jungen Mann gegenüber, der von seinem Onkel, dem König von Bayern, kaum wie ein Bürger behandelt wird!*

Der Zar wohnte in München bei seinem Gesandten von Sévérin und überraschte in Kosakenuniform auch den König. Er sprach ihn ›Teutsch‹ an und gewann durch seine Natürlichkeit sogleich sein Vertrauen. Ludwig redete frei von der Leber weg. Die Hauptgefahr drohe von Frankreich, weil man ihm das Elsaß zum Aufmarsch überlassen habe. Dagegen müsse man fest zusammenhalten. Auch über die unselige Teilung Polens sprach er. Abends, in der Oper, ›Die Hugenotten‹. In Kenntnis der Militärfreudigkeit des Zaren ritt man am kommenden Vormittag als Vorgeschmack für die Manöver bei Augsburg zur Parade auf dem Marsfeld. Nikolaus empfahl Ludwig, doch seiner Armee mehr Interesse zu widmen, dann fuhr er mit unserem Max nach Kreuth zurück. Großes Erstaunen beim Familienessen in Tegernsee, als gemeldet wurde, daß der Zar durchgefahren sei und den Herzog von Leuchtenberg abgesetzt habe. *Obwohl mein guter Sohn an solche Auszeichnungen nicht gewöhnt ist, ist er so schlicht und bescheiden wie zuvor,* notiert die Mutter, und die Schwester, daß es der Geburtstag der Großfürstin Maria war. Abends ließ sie sich von ihrem Bruder über seine Erlebnisse in München genau berichten.
Er hatte sich während des Volksfestes in Kreuth in Uniform umgezogen und war in den Wagen des Zaren gestiegen, und zwar rechts von ihm, weil in Rußland der Ehrenplatz links sei. Das habe besonders bei der Anfahrt an der russischen Gesandtschaft, wo sich eine große Menschenmenge angesammelt hatte, Aufsehen erregt. Unterwegs habe der Kaiser sehr verwandtschaftlich über militärische Angelegenheiten gesprochen und sich nach dem Stand seines Besitzes und Vermögens erkundigt. Nach der Parade begab sich Max kurz in die Kaserne. Er wollte eben etwas frühstücken, als Herr von Sévérin ihm sagen ließ, der Kaiser sei im Wegfahren begriffen und wolle ihn mitnehmen. Er warf sich also rasch in seinen Frack und lief zu Fuß mit leerem Magen in sein Geburtshaus, nunmehr Palais Cotta, wo der Wagen schon angespannt war.[17]
Auf der Rückfahrt nach Kreuth erkundigte sich der Zar zunächst über den bayrischen Kronprinzen und kam dann zum Hauptthema. Er liebe seine Tochter zu sehr, um sie unglücklich zu machen, was

seiner Ansicht nach bei dem Charakter des Kronprinzen zu erwarten wäre. *»Wenn er wie du wäre, würde ich nicht zögern«, fügte er bei. »Das Glück meiner Töchter geht allem anderen vor. Wenn du ihnen gefällst und sie dir, kannst du eine bekommen. Es wäre aber Hauptbedingung, daß du dich in Rußland niederläßt. Ich lade dich ein, mich im Frühjahr zu besuchen oder früher, wenn es dein Dienst erlaubt. Du wirst meine Töchter sehen und den russischen Militärdienst kennenlernen und das Land, wirst sehen, ob dir das Klima zusagt, kannst sogar einen Abstecher nach Schweden machen. Bei deiner Rückkehr wirst du dich dann entscheiden.« ... Max konnte nur einige Worte des Dankes erwidern und seiner Ergebenheit, sagte, daß er Mama um ihre Erlaubnis zu dieser Reise bitten würde. Jetzt handelt es sich um ein ernsthaftes Projekt. Wir beschlossen, unser Familienorakel Papa Méjan kommen zu lassen. Wir glauben, daß wir durch ihn und Madame de Krüdener zu greifbaren Abmachungen gelangen werden.*

Am nächsten Tag kam das bayrische Königspaar an und Tante Sophie mit ihrem Franz Karl, der Linda wenig gefiel. König Ludwig zählte, ohne die Kinder mitzurechnen, bei Tafel achtzehn Verwandte und registrierte, dieses Essen habe zwei geschlagene Stunden gedauert. Gleich darauf Umziehen und Fahrt zum ›Bauern in der Au‹. Man setzte über den See und fuhr dann bis zum Anstieg, Nikolaus auf dem Bock des ersten und Max auf dem des zweiten Wagens. Man ging den Berg zu Fuß hinauf. Die Zarin wurde getragen, und Linda lief nebenher. Oben war aus Brettern und Fichten eine Art Gloriette als Teepavillon zusammengezimmert worden.

Zum Essen, das, wie gewöhnlich, um drei stattfand, kam wieder das Zarenpaar mit Adine. Theodolinde fand die Zarin in ihrem bestickten Musselinkleid sehr elegant und war stolz, daß der Zar anschließend lange mit ihr sprach, er liebe ihren Bruder wie einen Sohn und habe ihn nach Rußland eingeladen. *Bei diesen Worten sah ich dem Kaiser in die Augen und sagte, daß ich zwar von seiner Güte zu meinem Bruder geschmeichelt sei, daß ich aber trotzdem den Augenblick der Trennung mit Kummer kommen sähe, denn Max wäre mein einziger Bruder, den mir das Schicksal gelassen habe. Bei diesen Worten wurde der Kaiser nachdenklich und verließ mich.*

Am 21. waren die Leuchtenberg wieder Gäste in Kreuth, diesmal mit dem Erzherzogspaar. Nikolaus nahm Linda gleich bei der Hand und war wieder sehr gemütlich. In Tegernsee fand man dann Papa Méjan vor, der schon mit der Krüdener gesprochen hatte. Er war im Prinzip für die Heirat. Die Mutter befürchtete nicht mit Unrecht, daß Max, einmal in Rußland, zu allem ja sagen würde. Am nächsten Tag sprach sich Max bis nach Mitternacht mit Papa Méjan aus. Laut Linda hatte die Krüdener diesem zuvor die Wünsche des Zaren übermittelt: Max solle noch diesen Herbst nach St. Petersburg kommen, die Hochzeit möglichst bald stattfinden, die Kinder müßten in der griechischen Religion erzogen und der Wohnsitz nach Rußland verlegt werden. Die Mutter fand die Religionsklausel unannehmbar. Der Sohn erklärte, er sei darin nicht so streng; wenn die Mutter aber dagegen sei, würde das Projekt scheitern, weil der Zar in diesem Punkt nicht nachgeben würde, *daß er auf das Glück, das ihm zulächle, verzichten würde,* und fuhr daraufhin auf drei Tage zum Dienst nach München.
Es war eine schreckliche Lage für die Mutter und Vormünderin, zumal ihr der Zar keine Zeit zum Nachdenken ließ. Er kam schon am nächsten Vormittag und fiel mit der Tür ins Haus. Er sperrte sich mit ihr und dem alten Méjan ein, aber Linda horchte hinter der Tür. Er, die Kaiserin und Maria fühlten sich von Max angezogen, seitdem sie ihn in Wosnessensk gesehen hätten. Gerade sein bescheidenes, anspruchsloses Wesen und sein ehrliches Gesicht hätten ihm gefallen. Er sei auch gleich auf den Gedanken gekommen, er sei der Mann für Mary. Diese habe ihn in bester Erinnerung behalten, und er habe herausbekommen, daß dies auch bei ihm der Fall sei. Jetzt komme er, um ihre Zustimmung zu erbitten. Er wisse, welches Opfer es für sie bedeute, glaube aber, daß Max bei ihm glücklicher würde als in Bayern. Er wolle nicht verhehlen, daß man ihn wegen der Bevorzugung von Max schon kritisiere. Sobald die Russen erführen, daß seine Tochter einem Prinzen gegeben wird, dessen Vater gegen sie gekämpft hatte, würden sie dagegen sein. Er habe aber nur das Glück der beiden im Auge. Max würde auch dort die Herzen gewinnen, sobald man ihn kenne. Deshalb möchte er ihn schon

im Herbst in St. Petersburg haben. Dort würde er in der Familie leben und Mary alle Tage sehen. Wenn die beiden sich dann heiraten wollten, solle das im Frühjahr geschehen. Wenn nicht, wäre alles wie zuvor. Seine Freundschaft für Max würde darunter nicht leiden. Linda klopfte das Herz vor Begeisterung und Rührung. Sie wäre am liebsten hinzugestürmt, traute sich aber nicht. So mußte sie anhören, wie Mama zu wenig taktvoll erwiderte und immer wiederholte, man würde ihr Ehrgeiz vorwerfen, sie hätte es nicht für möglich gehalten, daß sie auch den letzten Sohn hergeben müsse. Sie erbat sich Bedenkzeit bis Sonntag, bis zur Rückkehr von Max aus München. Er sei alt genug, um einen für sein Leben so ausschlaggebenden Entschluß selbst zu fassen. Daraufhin stand der Zar auf und verlangte nach Theodolinde. Sie war so ergriffen, daß sie ihm mit Tränen in den Augen nur wortlos die Hand geben konnte. Er drückte sie und sagte im Gehen, das Geheimnis müsse gewahrt werden.

Der alte Méjan, der mit der Erwiderung seiner Herrin auch nicht zufrieden war, schlug vor, daß sie dies in einem Brief wiedergutmache und dabei einige kleine Bedingungen stelle. Natürlich verfaßte er selbst diesen Brief. Theodolinde war überglücklich, als Onkel Karl, von Kreuth zurückkommend, sagte, der Kaiser habe beim Essen geäußert, wenn er jünger wäre, hatte sie ihm leicht den Kopf verdrehen können. Um Amelie den Besuch plausibel zu machen, sagte man ihr, der Zar sei gekommen, um Max nach St. Petersburg einzuladen. Sie ahnte sogleich, was vorging.

In dem von Méjan verfaßten Brief Augustes stand[18], sie habe nicht alles vorbringen können, was sie bedrücke, so, daß Max nie gegen Frankreich kämpfen solle. Sie sei stolz und glücklich über das Angebot, zittere aber bei dem Gedanken der Trennung. Er könne keinen besseren Schwiegervater bekommen. Auf die Religionsfrage wolle sie nicht zurückkommen. Der Zar wisse ja, daß sie an der ihrigen hänge wie er an der seinigen und wie grausam der Gedanke sei, die Enkelkinder in einem anderen Glauben heranwachsen zu sehen. Die Annahme, daß der Zar diesen Erguß gnädig aufnehmen würde, erwies sich als falsch. Auguste wartete umsonst den ganzen 24.

August mit Herzklopfen auf eine Antwort. Statt dessen erfuhr Méjan durch das Ehepaar Krüdener beim Essen in Tegernsee, der Kaiser sei besonders wegen der Stelle, daß Max nie gegen Frankreich kämpfen solle, verärgert. Es wäre recht unvorsichtig gewesen, dem Zaren Bedingungen zu stellen. Dieser Brief könne alles verderben. Vater Méjan, der nicht wußte, ob er Max in Tegernsee auf dem Weg nach Kreuth abfangen konnte, ihn aber anderseits nicht ohne Kenntnis der letzten Vorgänge hinkommen lassen wollte, hinterlegte ihm nach seiner Gewohnheit schriftliche Verhaltensrichtlinien.[19] In folgenden Punkten müsse er fest bleiben: keine Teilnahme an einem Krieg gegen Frankreich, Zusicherung, alljährlich einige Monate bei der Mutter verbringen zu können, für seine Person die Religion zu behalten und daß, wenn er mehrere Söhne bekäme, wenigstens der für Italien bestimmte katholisch würde. Max scheint sich um dieses Elaborat wenig gekümmert zu haben. Außerdem wußte er ja, daß er am 2. Oktober großjährig wurde. Um so erregter war die Frau Mama, besonders als ihr Schwester Elise einen Brief der Zarin mit der Aufforderung sandte, etwas vor dem Essen anderentags zu erscheinen, sie werde sich schon denken, warum.
Der Ludwigstag, den der König auch als seinen Geburtstag in München beging, war in Tegernsee mit Spannung geladen. Auguste sagte ihrer Stiefmutter nach der Messe nur, Max sei nach St. Petersburg eingeladen, und fuhr dann bei strömendem Regen mit Linda nach Kreuth. Sie trafen bei der Kaiserin den Kaiser an. Dieser eröffnete das Gespräch und sagte, er hätte nicht gedacht, daß er die Freude haben würde, sie zu sehen, da sie doch erkrankt sei. Das Gespräch mit ihm habe sie so gequält, sagte Auguste. Ihn habe ihr Brief auch gequält, erwiderte er, denn wenn ihr Sohn nur Franzose sein wolle, könne die Heirat nicht stattfinden. Darauf Auguste, sie habe gehandelt, wie die Witwe des Prince Eugène müsse, und habe gemeint, richtig verstanden zu werden. Nikolaus: *Ich will, daß Ihr Sohn und seine Kinder Russen werden und letztere in der griechischen Religion erzogen werden.* Auguste brach in Tränen aus. Nikolaus versuchte nun, sie zu überreden. Es sei richtig, meinte sie, der König von Bayern würde nie etwas für ihren Sohn tun, Max sei aber doch der Chef

seiner Familie, vermögend und so unabhängig, daß er sich dorthin begeben könne, wo es ihm passe. Dann geschah, was Vater Méjan hatte kommen sehen. Der Zar fragte, ob er direkt mit Max sprechen könne.

Theodolinde, die inzwischen bei Adine gewesen war, fand ihre Mutter höchst echauffiert vor. Diese nahm ihre Tochter bei der Hand mit der Erklärung, sie sei ihre Vertraute, die alles wisse. Auf ihre Diskretion könne man bauen. Daraufhin fing Linda an zu weinen, und Nikolaus fragte, ob sie gekränkt sei. Dafür wären die Intentionen Seiner Majestät zu gut, sagte sie, aber es sei nicht leicht, sich von so einem Bruder, noch dazu dem letzten, zu trennen. Er drückte ihr die Hand. *Dieser Mann würde mich verstehen, warum kann ich keinen ihm ähnlich finden!*

Auf der Rückfahrt zerbrach sich die Mutter den Kopf, was der Zar mit ihrem Sohn eigentlich vorhabe und warum er ihn so anketten wolle.

Nach dem Essen fuhr man zu einem Bauernball wieder nach Kreuth. Es war lustig, aber Theodolinde sah nur den Zaren *in seiner noblen Gestalt in einem bis zum Hals geschlossenen Gehrock auf einen Schirm gestützt.*

Um acht gab es Tee bei der Zarin ohne Gefolge. Die Hausfrau fragte Linda voller Ungeduld, wann denn ihr Bruder endlich komme. Er würde sicherlich am Vormittag in Kreuth sein, meinte diese. Die Zarin umarmte sie mit den Worten: *Wenn du Mary kennen würdest, wärest du sicherlich weniger dagegen.*

In Tegernsee war Max bereits, allerdings erfolglos, von Méjan bearbeitet worden, denn am nächsten Morgen, einem Sonntag, wurde er in Kreuth völlig gewonnen.[20] Nach der Rückkehr erzählte er seiner Schwester auf einem Spaziergang, daß er wie von Vater und Mutter aufgenommen worden sei. Die Reise nach Rußland verpflichte ihn zu nichts. Wenn er oder Mary ihre Meinung ändern sollten, würde niemand von dem Projekt erfahren. Sie hätten ihre Tochter mit all ihren Fehlern geschildert. Er habe die Einladung angenommen. Linda wußte nun, daß die Heirat so gut wie abgemacht war. *Daß der Sohn des Prince Eugène Russe wird, die seinem Vaterland feindliche Uniform tragen, jedem französischen Empfinden abschwören wird, daß seine Kinder in einer anderen Religion erzogen werden ... das tut mir sehr weh und ich glaube, daß ich an seiner Stelle abgelehnt hätte. Daß unsere Familie nicht mehr französisch sein, die Glorie meines Vaters mit ihm erlöschen würde, daß seine Kinder gegen Frankreich kämpfen könnten, sind schreckliche Gedanken. Was tun, was raten? Wir sprachen mit solcher Hingabe, daß wir uns plötzlich am Ende des Dorfes Egern befanden.*

Auch die Mutter wußte, was diese Reise bedeuten würde. *Mein Gott, habe ich noch nicht genug gelitten!*

Als sich der Zar dann am Montag morgen von ihr sehr freundlich verabschiedete, traute sie seinen Worten nicht mehr. Theodolinde fand ihn wieder zartfühlend und gütig. *Als er unsere Tränen fließen sah, sagte er: »Ich verstehe euren Schmerz. Max wird ein großes Opfer bringen, aber wenn unser Plan verwirklicht werden sollte, glaube ich versichern zu können, daß er glücklich werden wird. Glaubt nicht, daß ich Max täuschen oder zwingen will. Ich will lediglich zwei junge Leute, die, wie mir scheint, sich verstanden haben, zusammenführen und glücklich machen. Max hat mir von Anfang an gefallen und hat auf Marie den gleichen Eindruck gemacht. Sie geben zu, daß seine Stellung in München keine glänzende ist. Es ist an ihm zu wählen. Ich werde ihn zu nichts zwingen. Schickt ihn mir diesen Herbst. Ich werde ihn nur zwei Monate zurückhalten, aber bei der Abreise muß er sich entscheiden und er würde sich im Frühling Marie holen.«* Beim Abschied stürzte sich Theodolinde in seine Arme. *Er ist es, der neuen Kummer in unsere Familie bringt, der unsere Stellung verbessern möchte. Er verschmäht es nicht, unsere Familie mit der seinigen zu vereinen, er ist es, der uns Max wegnimmt.*

Er kehrte noch einmal um, um die Erzherzogin Sophie nach Kreuth mitzunehmen. Theodolinde paßte ihn ab und bat ihn, keine schlechte Meinung von ihr zu haben. Sie bekam die Versicherung, daß er sie nur um so mehr schätze. Max war schon zum Essen in Kreuth und wurde morgens um eins von seinem künftigen Schwiegervater nach München mitgenommen.

Es war also kein Wunder, daß der Zar noch schlief, als ihn der königliche Frühaufsteher Ludwig aufsuchte. Nachdem er den Zaren kennengelernt hatte, erwog der König noch einmal die Möglichkeit einer Heirat seines Nachfolgers mit einer Zarentochter, nun aber mit der Großfürstin Olga. Er bot seinem Sohn Max an, ihn mit einem Brief an die Zarin nach Berlin zu schicken, um mit ihr zusammenzutreffen.

Ludwig zeigte dem Zaren unter anderem die Porzellanniederlage und gab ihm im Steinernen Saal in Nymphenburg ein Essen zu sechsunddreißig Gedecken mit Tafelmusik. Abends begleitete er ihn in die Oper ›Die Nachtwandlerin‹. Nikolaus ließ einen Ordensregen niedergehen. Er habe in München guten Eindruck hinterlassen, konstatierte der König, *aber für einen Herrscher von Bayern hätte er das Äußere nicht. Die Bayern wollen ein Gemütliches, Heiteres.*

Inzwischen sorgte die Königin Caroline in Tegernsee für Unterhaltung der russischen Damen. Max kam nur für die lebenden Bilder und fuhr gleich wieder zurück und weiter zum Lager nach Augsburg.

Am 1. September verließ die Zarin Bad Kreuth. Auch die Königin Therese reiste ab. Sie wollten sich mit dem Kronprinzen in seinem Schloß Hohenschwangau treffen. Die Großfürstin Alexandra blieb wegen Schnupfens noch einige Tage. Theodolinde leistete ihr Gesellschaft und erfuhr viel über das Leben am russischen Hof.

Die Zarin übernachtete auf der Durchreise nach Berlin in Bayreuth auf Kosten des bayrischen Königs. *Das Nachtlager der Kaiserin von Rußland in Bayreuth, obgleich sie im Schloß wohnte, kostete mir fast den 10. Theil wie die ganze Reise meiner Schwiegertochter, der Königin von Griechenland – freilich wurde an neun Tischen gespeist.*[21]

Während des Lagers von Augsburg wohnte der Zar im Hotel ›Zu den drei Mohren‹, Ludwig im ehemaligen fürstbischöflichen Schloß und sein Bruder Karl, der die Manöver leitete, im Schätzler-Palais.

Am 1. September holte der König den Zaren im Hotel ab und begleitete ihn ins Lager. Man aß bei Karl mit Schwester Elise. Am nächsten Tag blieb man bei Hitze und Staub fünf Stunden lang bei den Manövern. Die in Augsburg garnisonierten Prinz-Karl-Infanterie und Königs-Chevauxlegers manövrierten. Dann gab Karl ein

Essen zu sechzig Gedecken. Am darauffolgenden Sonntag Besuch des Lazaretts und der Geschützgießerei, wo dem Zaren zu Ehren ein Kanonenrohr gegossen wurde. Zur Feldmesse bei strahlender Sonne war die Truppe in einem Viereck aufgestellt. Bei der Wandlung knieten alle nieder, auch der Zar. Dieser seit 1803 abgeschaffte ›Kniefall‹ war eben vom König – zum Unwillen der Nichtkatholiken – wieder eingeführt worden. Dann nahm der Zar den Vorbeimarsch zu Pferd ab. Die Artillerie gefiel ihm so gut, daß er sie dem Fürsten Gortschakoff als Muster empfahl. Nichts entging ihm. Der König fühlte sich erst gegen Schluß in seiner Gegenwart wohl. Am meisten gefiel ihm seine Abneigung gegen Louis Philippe und die moderne Staatsform.

Max kehrte nach dem Manöver noch einmal nach Tegernsee zurück und überbrachte Linda spezielle Grüße seines künftigen Schwiegervaters. *Meint er es wirklich gut mit Max? Ich hoffe, daß er nicht fähig ist, den Frieden einer Familie zu stören.*

Zum Beschluß dieses denkwürdigen Festsommers in Tegernsee Auszüge aus einer portugiesischen Beschreibung des Marquis de Rezende an seinen gerade in London weilenden Freund Almeida. Er habe viel versäumt, daß er nicht bei dieser ununterbrochenen, eleganten Folge von Tanzereien, Komödien, lebenden Bildern, Promenaden und Banketten dabei war. *Stellen Sie sich ein Kloster vor, in dem außer den Laien 250 Mönche Platz hatten … und statt dieser Patres eine Versammlung von gekrönten Häuptern, Prinzen und Prinzessinnen von fast allen deutschen Staaten mit ihren Suiten, Oberhofmeistern und Oberhofmeisterinnen, Hofdamen, Kämmerern, Adjutanten, hohen und mittleren Diplomaten, katholische Kapläne, protestantische Kapläne, griechische Kapläne … eine Unmenge Politiker, eine Spezies Zugvögel. Sie verstreuen sich in die Berge wie eben die Zugvögel im Herbst … Dazu eine Menge Dienerschaft und sechs Dutzend Tiroler mit wirrem Haar, Apostelfiguren, die wie Furien durch die Korridore laufen. So ähnlich ist das Bild im Innern dieses säkularisierten Klosters.*

Nun zum Tageslauf in diesem Turm von Babel … Ich bin durch Übermaß an Auswahl so verwirrt, daß ich nicht weiß, wo beginnen. Morgens kann jeder auf seinem Zimmer frühstücken, wann er will. Zu einer bestimmten

Stunde vereinigen sich dann alle zivilen Patres und Matres in einem an den Vatikan gemahnenden Saal mit Bibliothek und einigen Spielen, wobei keiner etwas verliert, außer die Geduld. Dort erwartet man alle erhabenen Bewohner, die nach einigen nichtssagenden Gesprächen bei Regen und Sonnenschein promenieren. Nach drei Stunden kommt man zurück und es beginnt die Contredanse der Tiroler Furien. Um dreieinviertel verkünden Diener in den einzelnen Zellen, daß um viereinviertel neue Contredanses stattfinden werden. Man erscheint im Frack mit Stiefeln und schwarzer Krawatte, wenn der König da ist mit weißer. Man versammelt sich in dem Salon neben dem Refektorium, wo die Kaiserinnen, Königinnen und sonstige Fürstlichkeiten sich einfinden. So um fünf setzt man sich zur Tafel, die bis sechs oder halb sieben dauert. Anschließend wird eine Stunde lang in einem anderen Raum Kaffee getrunken, und daraufhin ist man sich in seinen Zimmern etwas sich selbst überlassen. Es folgen – jeden Tag später – Diner, Komödie und lebende Bilder im Theatersaal. Majestäten und Hoheiten nehmen in dem benachbarten Garten Kaffee, während sich die höher gestellten übrigen Sterblichen um die Tische gruppieren. Majestäten und Hoheiten sehen an Feiertagen Bauerntänzen zu oder Bilder in den Prachtalben an, oder die Darsteller der Komödien stellen Charaden. So verbringt man die Zeit bis zum Souper, woran unsere Herrin nur selten teilnimmt. Die kleine Princezinha unterhält sich mit den Prinzen und Prinzessinnen ihres Alters. Um Mitternacht ist Schluß, um am nächsten Tag wieder von vorn zu beginnen.

Der russische Hof war in Kreuth, ein Haus oder Häuschen, eine Meile von Tegernsee, das die Königin-Witwe für die Milchkur der Kaiserin von Rußland hatte herrichten lassen. Der Zar sei mit dem Herzog von Leuchtenberg auffallend freundlich gewesen, und man munkle, daß er ihn mit seiner ältesten Tochter verheiraten wolle. Die Kaiserin-Witwe von Österreich: »adora nossa Ama e a Princezinha«. Beim Abschied habe es Ströme von Tränen gegeben. Das preußische Kronprinzenpaar sei die Liebenswürdigkeit selbst. Sie seien mit der Herrin sehr intim, mehr wie Vetter und Cousine als Onkel und Tante. Von der Zuneigung der Hausfrau und der bayrischen Majestäten habe sich Almeida ja selbst überzeugt.

Nach der Abreise der Gäste herrschte einige Tage Ruhe, bis die ver-

witwete Großherzogin Stefanie von Baden sie wieder störte. Auguste war entsetzt, als Stefanie sie auf das russische Heiratsprojekt ansprach. Die Königin Caroline hatte nicht schweigen können. Maurice Méjan war beleidigt, daß man ihn nicht eingeweiht hatte. Der bayrische Kronprinz holte sich von der Großfürstin Olga in Charlottenburg einen Korb, das heißt, sie hatte, so schreibt sie in ihren Erinnerungen, nicht begriffen, daß seine Beschreibungen der Fresken in Hohenschwangau unter Betonung ihrer Ähnlichkeit mit einer der Hauptpersonen eine Werbung bedeuten sollten. Als die Mutter sie über seine Absichten aufklärte, sagte sie nein.
König Ludwig wurde zu Beginn des neuen Jahres von seinem im Urlaub nach München gekommenen Gesandten in St. Petersburg, Graf Lerchenfeld, verständigt, daß der Zar sein Projekt, eine seiner Töchter mit dem bayrischen Max zu verheiraten, aufgegeben habe, weil er befürchte, daß sie nicht glücklich geworden wären. *Das sieht schlimm aus,* vermerkte er am 2.1.1839, *doch darum nicht traurig … Wenn durch die russische Heurath zum Besitz eines Theils der badischen Pfalz nicht zu gelangen, nachzudenken, auf welche andere Weise.*

7
Verlobung in St. Petersburg
1838

Als erstes erfuhr man in München, daß Eugenie durch den Tod ihres Schwiegervaters am 13. September 1838 Fürstin geworden war. Sie hatte den Sterbenden mit Hingabe gepflegt.

Max setzte seinen Dienst bei den Kürassieren fort. Schwester Linda bewunderte ihn bei der Rückkehr von Augsburg an der Spitze seiner Eskadron. Der Zar sei rührend zu ihm gewesen, berichtete er und weihte Amelie in sein Reiseprojekt ein mit leisem Hinweis auf die Möglichkeit einer Heirat. In der Stadt wurde gemunkelt, daß die Herzogin nun auch den zweiten Sohn ihrem Ehrgeiz opfern wolle.

Zarewitsch Alexander kam auf der Durchreise zu einer von Dr. Mandt verordneten Traubenkur in Como nach München. Er sollte den Winter in Italien verbringen. Max empfing den künftigen Schwager im Palais und lud ihn zum Diner ein. Er erschien in Begleitung von dreizehn Personen, so daß es zweiundvierzig bei Tisch waren. Linda schilderte ihn als groß und, besonders von vorn, seinem Vater ähnlich. Er führte die Herzogin, Karl Amelie, Max seine Tante Ludowika und deren Max Theodolinde. Diese errötete, als sie der Großfürst im Auftrag seines Vaters umarmte. Sie schüttete ihm ihr Herz aus, wie ungern sie ihren Bruder hergäbe, und glaubte, Verständnis gefunden zu haben. Er sagte, daß er ihrem Max einen Brief von Mary gezeigt habe, der ihn gefreut haben müsse, weil darin stand, daß er sich wegen der Anwesenheit des Kronprinzen Maximilian keine Gedanken zu machen brauche. Beim Abschied sagte er ihr, er hoffe, daß ihre Wünsche in Erfüllung gehen mögen.

Am 2. Oktober wurde Max großjährig, und die Mutter war stolz, daß sie ihm seine Angelegenheiten in so gutem Stand übergeben konnte, aber was hatte dies bei den neuen Problemen noch für Bedeutung! Sie verständigte den König von der Abgabe ihrer Vormundschaft und schrieb dem Papst, daß ihr Sohn die Güter im Kirchenstaat übernommen habe. Er selbst begab sich nach dem Oktoberfest nach Eichstätt.
Baron Zoller sollte ihn nach Rußland begleiten. Dieser war aber zu jung, um mit dem Zaren die Bedingungen für die Ehe auszumachen. Schließlich ließ sich der immer noch gekränkte Graf Maurice Méjan doch dazu überreden, mit Monsieur Roux als Beistand. Nach den von Vater Méjan abgefaßten Instruktionen war immer wieder zu betonen, daß der Herzog von Leuchtenberg nur käme, um sich für das Wohlwollen des Zaren zu bedanken. Dann seien aber fünf Punkte zu regeln: Wohnsitz, Religion, Verhältnis zu Frankreich, Rang und Vermögen. An dem Einverständnis mit einer Übersiedlung nach Rußland sei nichts mehr zu ändern, um so mehr müsse in den Vertrag aufgenommen werden, daß Max nach Belieben zu seiner Mutter und seinen Angelegenheiten reisen dürfe. Es müsste mindestens alle zwei Jahre ein Aufenthalt von sechs Monaten in der Heimat ausbedungen werden, schlimmstenfalls mündlich. Max habe zugestimmt, daß seine in Rußland geborenen Kinder griechisch-katholisch erzogen würden, doch dürfe das nicht in den Heiratsvertrag kommen, weil die Domänen, die den größten Teil des Vermögens ausmachten, im Kirchenstaat gelegen seien und der Besitzer sich das Wohlwollen des Papstes nicht verscherzen dürfe. Die angebliche Forderung, vor der Teilnahme an einem Krieg gegen Frankreich bewahrt zu werden, sei in Tegernsee falsch aufgefaßt worden. Die Mutter habe nur daran erinnern wollen, daß ihr Mann Franzose war und der Sohn sein Vermögen Frankreich verdanke. Herr von Krüdener wisse, daß man lediglich an das Herz des Kaisers appelliere, damit er im Falle eines solchen Krieges für den Schwiegersohn eine andere Verwendung befehle. Was den Rang beträfe, so wäre im Interesse der Großfürstin der Titel Königliche oder Kaiserliche Hoheit erwünscht. Über den Vermö-

gensstand soll Roux Vortrag halten und darlegen, daß es wohl für den Herzog von Leuchtenberg genüge, nicht aber für den Schwiegersohn des Zaren mit Wohnsitz in St. Petersburg. Auch die Reisen nach Bayern und Italien würden große Summen verschlingen.[22]
Je näher der Termin für die Abreise heranrückte, desto gedrückter wurde die Stimmung in Ismaning, erreichte am Maximilianstag ihren Tiefpunkt, war doch dieser 12. Oktober abgesehen vom Namens- und Todestag des Königs Max Joseph auch der Todestag Dom Pedros von Brasilien. Dazu schneite es in dicken Flocken. Max kam direkt aus Tegernsee von der Verabschiedung von seiner Stiefgroßmutter Caroline.
Er kam der Mutter an seinem Namenstag sehr nachdenklich vor, besonders auch, weil Maurice Méjan mit Nierenschmerzen zu Bett lag und es recht fraglich war, ob er reisen könne. Papa Méjan gab ihm noch eine für ihn typische Geheiminstruktion mit. Man müsse trachten, die Fragen von Religion und Wohnsitz offenzulassen, denn die Zeit ändere viel. Der Sohn könnte sich Ruhm erwerben, wenn er vom Zaren erreichte, daß man einen nichtrussischen Zweig der Familie entstehen lasse, der die Beauharnais-Tradition hochhalte. Wie wäre es, wenn im Vertrag festgelegt würde, daß ein nachgeborener Sohn Titel und Rang des Prince Eugène weiterführe, dieses Kind vom fünften Jahr an der Herzogin Auguste zur Erziehung in der römisch-katholischen Religion übergeben würde und es die italienischen Güter erbe? Es käme darauf an, diese Vorschläge in geeigneter Form vorzubringen unter Betonung der früheren Beziehungen zwischen dem Zaren Alexander und Eugen Beauharnais. Außerdem bekam Maurice eine Art Geheimcode mit Deckworten für die Briefe zwischen Vater und Sohn mit.[23]
Die Herzogin schüttete Amelie von Krüdener schriftlich ihr Mutterherz aus. Bei aller Freude über das Projekt bedeute es doch die Vernichtung ihres Traumes, den Rest ihres Lebens in der Nähe des Sohnes verbringen zu können. Seitdem sie wisse, daß die Nachkommen griechisch-orthodoxe Russen werden sollten, befürchte sie Hintergedanken. Wenn dem so wäre, käme es dem Aussterben der Familie Leuchtenberg-Beauharnais gleich, und die Geschichte

würde dem Sohn die Schuld geben. Wenn die Großfürstin ihren Sohn so liebe, wie er sie, dann müsse sie das Ausmaß solchen Opfers erfassen. Er sei zwar in Bayern nicht so hoch gestellt, dafür aber unabhängig, denn sein Vater habe bei seiner Niederlassung in Bayern ausdrücklich erklärt, daß er keinerlei Bindung eingehe. Die Krüdener möge doch durch Mary die Wünsche durchsetzen. Es ginge nicht um die Mutter, sondern um das Glück des Sohnes. Sie appelliere an ihre Erklärung, Max eine aufrichtige Freundin zu sein.[24]

Am 16. Oktober früh um acht Uhr fuhr Max allein im Wagen ab, um sich in Freising mit seinen Reisegefährten zu vereinigen. Er war so ergriffen, daß sich Linda kaum von ihm losreißen konnte. Sie flehte zu Gott, er möge ihm die Kraft zum Verzicht geben, wenn man von ihm Abweichen vom geraden Weg fordern sollte. Auguste brach mit den Nerven zusammen.

Max fuhr ohne Pause nach Nordosten. Diese Gewaltreisen gehörten zu seinen Passionen, unterminierten jedoch seine schwache Gesundheit. Dreizehn Tage im Wagen von Ismaning zum Zarenschloß Zarskoje Selo bei St. Petersburg auf schlechten Straßen war gewiß eine respektable Leistung.[25] Anscheinend gab es Übernachtungen nur in Straubing, Breslau, Krakau, Warschau. Da von der neuen Chaussee Warschau–St. Petersburg erst die Hälfte fertig war, wurde die Reisegeschwindigkeit auf russischem Boden noch besonders gehemmt. An der Grenze wurde Max von dem kaiserlichen Flügeladjutanten Paskiewitsch und dem Gouverneur von Warschau begrüßt, und Fürst Joseph Wrede in russischen Diensten, zweiter Sohn des bayrischen Feldmarschalls, begleitete Max von Warschau bis St. Petersburg. Auf russischem Boden ging die Reise zu Lasten des Zaren. Max wurde geehrt, als gehöre er schon zur Familie.

Am Abend des 29. kam man im russischen Versailles an. An der Barriere von Zarskoje Selo war Weisung ergangen, der Herzog möge sich unverzüglich zum Zaren begeben, der mit seiner Familie einen Pavillon im Park bewohnte. Er traf die Eltern mit den drei Töchtern. Die kleineren Kinder hatten Keuchhusten, und der Zarewitsch war in Italien. Sie verbrachten schon den ersten Abend zusammen. Mary kam Max noch schöner vor als in Wosnessensk, aber

ernster und nachdenklicher. Er meinte, er habe sie mit seiner Verlegenheit angesteckt. Olga war noch verlegener als ihre Schwester, größer und sehr schön, Adine nicht gesünder als in Kreuth. Auch Méjan fiel die Ähnlichkeit Marys mit ihrem Vater auf. Sie sei eher klein, habe eine reizende Figur, hübschen Gesichtsausdruck, sei geistreich und solle sehr gutmütig sein. Sie sei nie von ihren Eltern getrennt gewesen und liebe sie überschwenglich.
Der Zar geleitete Max selbst in sein Appartement im großen Schloß und stellte ihn den ihm zugeteilten Kommandeur des Pagenkorps mit der Bemerkung vor, daß er ihm ebenso vertrauen möge wie ihm selbst. Er schnitt bei Max sofort das Thema Heirat an und sprach anschließend darüber zwei Stunden lang mit Méjan, während die Zarin den vor Aufregung zitternden Max abzulenken versuchte. Méjan kämpfte auf verlorenem Posten um die von seinem Vater ersonnenen Bedingungen. Der Zar begann gleich damit, er hätte Max nicht kommen lassen, wenn nicht schon in Kreuth die Hauptpunkte festgelegt worden wären, nämlich gerade die in München unerwünschten.[26] Er las auch den angeblich kränkenden Brief der Mutter an ihn vor, und Méjan suchte vergeblich dieses Opus seines Vaters mit der Sorge um die Kinder zu entschuldigen. Immerhin erreichte er die Zusicherung, daß die Religionsklausel nicht in den Vertrag käme. Kinder, die nicht griechisch-katholisch erzogen würden, müßten aber auf alle Rechte verzichten. Wohnsitz würde St. Petersburg, doch stünden dem Schwiegersohn Reisen frei, wann und wohin er wolle. Im Anschluß an die Hochzeit müßte er acht bis zwölf Monate im Lande bleiben, aber auch das würde nicht im Heiratsvertrag erscheinen. Was die gewünschte Klausel in bezug auf Frankreich betreffe, so müsse man schon darauf vertrauen, daß er ihn nicht in eine falsche Position bringen würde. Am Hochzeitstag bekäme er das Prädikat Kaiserliche Hoheit zu seinem Titel Herzog von Leuchtenberg. Die Kinder würden unter Hinzufügung des väterlichen Titels wie Großfürsten behandelt, denn *nach unserem Hausgesetz betrachten wir die Kinder einer Großfürstin, die einen fremden Prinzen heiratet, als Mitglieder der kaiserlichen Familie mit deren Rechten.*

Die Vermögensfrage sei kein Problem. Das von Max spiele in Rußland keine Rolle, Maria würde sehr reich sein. Ihr Vermögen bestünde in beträchtlichem Besitztum und sei hinreichend, um in St. Petersburg standesgemäß zu leben. Trotzdem sei er erfreut, daß Max in Bayern und Italien über eigenen Besitz verfüge, denn es sei immer gut, in verschiedenen Ländern etwas zu haben. Da nach russischem Brauch die Hochzeit einige Monate nach der Verlobung gefeiert würde, so solle dies erst kurz vor der Rückreise stattfinden und die Hochzeit dann im Juli.

Max atmete auf, als er den Zaren von dieser Unterredung mit zufriedener Miene zurückkommen sah. Man sei sich einig, sagte er, wolle die Angelegenheit aber erst als abgeschlossen betrachten, wenn die beiden Partner sich nach längerem Kennenlernen noch heiraten wollten. Max schrieb seiner Mutter, sie möge verzeihen, wenn nicht alles in ihrem Sinne geregelt wurde. Er habe nicht widerstehen können und werde bestimmt glücklich werden. Maurice Méjan schrieb, er habe herausgeholt, was irgend möglich war. Er war gerührt, daß ihn der Zar am Schluß der langen Unterredung umarmte. Dieser berichtete selbst in einem sehr freundlichen Schreiben, ohne indes die »unvermeidlichen Bedingungen« zu verschweigen.[27]

Schon nach vier Tagen stellten die beiden fest, daß sie füreinander geschaffen waren. Am Sonntag, dem 4. November, während Max gerade Generäle empfing, erschien der Ordensgroßmeister Fürst Galizin und überreichte ihm das blaue Band des Andreasordens. Als er sich beim Zaren bedankte, erwiderte dieser, er habe für die Ordensverleihung den Verlobungstag gewählt, worauf Max um Veröffentlichung der Verlobung bat. Er sei mit sich im reinen und glaube, dies auch von Maria annehmen zu dürfen. Letzteres bestätigte der Herr Papa und begab sich mit der Familie und Max in die griechische Kirche. Nach der Militärparade vor dem Schloß winkte der Zar Max heran und geleitete ihn in das Schlafzimmer der Zarin, wo die ganze Familie bereits versammelt war. Er zählte ihm alle seine Verpflichtungen als Gemahl einer Großfürstin auf und fragte, ob er darauf einginge. »Ja«, sagte Max. Mary gab auf die gleiche Frage die

gleiche Antwort. Dann segnete der Zar die beiden vor dem Ikon in einer Zimmerecke – in jedem Zimmer befand sich eines. *Ich hoffe, Max, daß du ein guter Gatte wirst und daß Gott euch Kinder beschere, und du, Mary, daß du eine gute Mutter wirst und deinen Mann glücklich machst. Ich bin gewiß, daß er sein Glück in deinem finden wird und ich gebe von Herzen mein Einverständnis.*
Max schrieb der Mutter, daß er dabei Glück und Verpflichtung zugleich empfunden habe und nur sie ihm dabei gefehlt habe. Mary sei keine alltägliche Frau. Ihre erste Frage war, ob ihr Vater ihm gesagt habe, wann sie zu ihr reisen dürfe. Vor dem Diner war feierlicher Handkuß des Hofstaates. Maurice Méjan schrieb seinem Vater[28], daß an dem Bankett mit Musik zweihundert Personen teilgenommen hätten. Anschließend Theater und Ball mit Souper um Mitternacht. Es sei in Zarskoje Selo jeden Sonntag große Reunion, wozu kurz zuvor hundertzwanzig Persönlichkeiten aus St. Petersburg geladen würden. Alle kämen schon zum Gottesdienst. Wer nicht im Schloß wohnt, erhält anderweitige Unterkunft und Wagen. Um vier Uhr findet das Bankett an verschiedenen Tischen statt. Die Zarenfamilie nimmt mit den vornehmsten Gästen an einem sehr großen Platz. Um halb sieben beginnt das Theater, und anschließend wird in den Gemächern des Kaisers getanzt. Statt Kotillon tanze man Mazurka. Außer den Spielern im Spielzimmer darf sich kein Herr setzen. Das Souper war um Mitternacht, und um eins zog man sich zurück. Die Gäste von auswärts fuhren am Montag vormittag nach Hause. Ansonsten sei das Leben in Zarskoje Selo ruhig. Man promeniert in den Gärten oder im sehr großen Park. Wegen der Nähe des Meeres und der Sümpfe um St. Petersburg sei das Klima feucht, aber nicht kalt, sechs bis zehn Grad über Null.
Da der nächste Tag der des Todes der Zarenmutter war, wurde Max in Begleitung des Generals Ignatiew auf der im Vorjahr eröffneten ersten russischen Eisenbahn St. Petersburg–Pawlowsk–Zarskoje Selo in die Hauptstadt geschickt – sieben Meilen in achtunddreißig Minuten nach Dr. Mandt. St. Petersburg kam Méjan riesig vor. Die Entfernungen seien so groß, daß Max für sechzehn Besuche drei Stunden brauchte, obwohl er nirgends angenommen wurde. Er

selbst habe manchen alten Bekannten vom Wiener Kongreß getroffen, darunter den Fürsten Wolkonski, der in dem Palais wohnte, wo Max untergebracht war. Er sei Großwürdenträger und Chef d'appanages.
Max wurde zum Generalleutnant und Chef des Husarenregiments in Kiew ernannt. Die schwarze Attila mit goldener Verschnürung mußte sofort angefertigt werden. Die kaiserliche Familie kam nach Petersburg nach. Nach einer Aufführung im zum Teil bereits wiedererstandenen Winterpalais fuhr man nach Zarskoje Selo zurück. Zuerst wußten die Petersburger nicht, warum ihr Zar mit einem blutjungen bayrischen Offizier allein in der Stadt herumging, doch sprach es sich rasch herum, und der Chevauxleger machte guten Eindruck.
Die Herzogin konnte sich kaum beherrschen, als der russische Gesandte von Sévérin mit dem Bericht kam und ihr zur Verlobung gratulierte. Nesselrode hatte Sévérin genaue Instruktionen geschickt, wonach die Herzogin fortan als Verwandte des Zarenhauses unter Erweisung aller den Kaiserlichen Hoheiten gebührenden Auszeichnungen zu behandeln war. Der Mitteilung an die verschiedenen anderen Missionen war beigefügt, daß das junge Paar in Rußland leben würde.[29]
Sobald Sévérin weg war, rannte Auguste zu ihren Töchtern und brach in Tränen aus. Theodolinde hat die Wirkung der Verlobungsnachricht anschaulich beschrieben. Die Mutter sei zu ihr ins Zimmer gestürzt und habe sich auf einen Stuhl fallen lassen mit dem Ausruf: »Max ist verlobt.« Die Lektüre der Briefe von ihm, Mary und deren Eltern wurde durch Schluchzen unterbrochen. Er würde glücklich sein, aber für die Zurückbleibenden gäbe es kein Lachen mehr. Was würde aus Mama? Sie fürchte, ohne ein Kind bei sich zu haben, sterben zu müssen. *Aber hat sie nicht ihre letzte Tochter, ihre Linda, die sie nicht verlassen wird.* Der König und die Königin hätten die Nachricht sehr herzlich aufgenommen. Der Onkel habe beim Lesen der Briefe immer wieder schmeichelhafte Bemerkungen über Max gemacht. Er sei gar nicht erstaunt, daß er so gefiele. Bruder Karl habe die Bemerkung nicht unterdrücken können,

Mary solle keinen so guten Charakter haben wie ihre Schwester Olga. Bei dem anschließenden Familienessen hatten die Damen Leuchtenberg Tränen in den Augen.
Auguste mußte zu Bett gehen, und Ludwig besuchte seine *wegen Schnelligkeit des Eheversprechens ihres Sohnes starke Migräne bekommen habende Schwester Auguste.*
Sie mußte sich bald wieder aufraffen, um die Glückwünsche der gesamten russischen Gesandtschaft entgegenzunehmen, diese und den preußischen Gesandten Graf Dönhoff zur Tafel zu laden. Sie fand den Russen nicht taktvoll und den Preußen verlegen.
Inzwischen stellte Méjan in Zarskoje Selo fest, daß sie bestenfalls zur Jahreswende zurückkommen würden, und das nur bei guter Schlittenbahn, weil der Bräutigam den russischen Nikolaustag am 18. Dezember westlichen Kalenders noch bei seinem künftigen Schwiegervater verbringen sollte. Die Hochzeit war für das Fest der Zarin im Juli geplant. Am 7. November berichtete er seinem Vater, daß Max ungeheuren Applaus bekam, als er zum erstenmal in seiner Husarenuniform mit der Herrscherfamilie im Theater erschien. Der Uniformfrack, den er für gewöhnlich trüge, stünde ihm noch besser als die Galauniform. Er sei für den Dolman etwas zu groß. Um ihn noch schlanker erscheinen zu lassen, habe der Schneider die Attila so eng gemacht, daß er Kongestionen und Kopfweh bekam. Er wechselte die Farbe, und der Zar ließ sogleich Dr. Wurm rufen.
Monsieur Roux brütete in Stellvertretung des erkrankten Méjan mit dem Hausmarschall Fürst Wolkonski über dem Heiratsvertrag. Darin erhielt die Großfürstin eine Apanage von 700 000 Rubel, zwei Millionen Rubel Kapital zu vier Prozent angelegt, ein Palais in St. Petersburg mit Marstall und auch sonst völlig montiert, einen schönen Landsitz und alles, was noch zur Ausstattung einer Großfürstin gehörte. Für die Hofhaltung wurde Graf Wilonsky bestimmt, der Max sehr sympathisch war. Für die Großfürstin waren eine Oberhofmeisterin und zwei Hofdamen vorgesehen und für Max zwei Adjutanten. Méjan war zufrieden, obwohl er wußte, daß man in St. Petersburg über mehr Mittel verfügen müsse als zum Bei-

spiel in London. 20 000 Rubel müsse man allein für Toiletten einer Dame rechnen. Alle Modeartikel müßten importiert werden und seien sehr teuer. Auch brauche man fünf- bis sechsmal soviel Dienerschaft als anderswo. Dazu sei der Hof sehr großzügig im Ausgeben, und es herrsche darin wenig Ordnung. Die hochgestellten Persönlichkeiten am Hof seien sich zu gut, um sich um Einzelheiten zu kümmern und Mißbräuche zu unterbinden. Dies überließen sie Untergebenen, die die Mißbräuche nicht abstellen könnten und schließlich selbst mitmachten. Max bekam eine Apanage von 100 000 Rubel.
Fürst Galizin überreichte Max nun alle russischen und polnischen Großkreuze auf einmal mit Ausnahme der von den Heiligen Georg und Wladimir, die nur für besondere Verdienste verliehen wurden. Gegen Ende November nahm der Zar den künftigen Schwiegersohn auf eine seiner beliebten Gewalttouren mit nach Moskau. Der noch nicht zwanzigjährige Dostojewski muß diesen Besuch erlebt haben. Der Abstecher war auf acht Tage berechnet, einschließlich drei auf der Reise verbrachte – zweihundert Meilen in sechsunddreißig Stunden. Méjan schickte die Übersetzung eines Artikels über diesen Besuch in Form eines Briefes eines Moskauers an einen Petersburger.[30] Die Moskauer bekämen meist nur bei offiziellen Anlässen, Krönungen und dergleichen, Gelegenheit, ihren Kaiser zu sehen. Um so größer die Freude, daß er gekommen sei, um seinen künftigen Schwiegersohn vorzustellen. Er habe ihn als seinen fünften Sohn bezeichnet. Die Moskauer hätten verstanden, daß er ihn hergebracht habe, um ihn sozusagen Rußland einzuverleiben. *Wie jung ist er, schön, gut gewachsen und leutselig! Aller Augen waren auf ihn gerichtet, als er neben dem Zaren vom Kreml in die Kathedrale Mariä Himmelfahrt ging, umgeben von einer jubelnden Menschenmenge. Er hat sich überzeugt, wie allgemein und aufrichtig beliebt der Kaiser ist.* In der Erlöserkirche wurde er gesegnet. Es wurden militärische und zivile Anstalten besichtigt. Im Theater waren alle Logen und Ränge von der ersten Gesellschaft besetzt, die Sperrsitze von Generälen, Senatoren und anderen Würdenträgern. Man gab die Oper ›Das Grabmal des Skalden‹. Der Zar betrat mit dem charmanten jungen

Kaiser Nikolaus I. von Rußland

Herzog Maximilian von Leuchtenberg

Mann die Loge in der Mitte des ersten Aktes. Alle schnellten von ihren Sitzen auf, Hurras erschollen. Der Zar grüßte, und neue Hurras antworteten, während der Chor auf der Bühne die Zarenhymne anstimmte. »Gott schütze den Kaiser« wurde gerufen. Während das Orchester die Nationalhymne spielte, sahen alle mit andächtigen Blicken zum Zaren hinauf.
Max schrieb noch von Moskau seiner Mutter ganz begeistert. Der Magistrat habe ihm eine Platte aus Vermeil mit seinem Namenszug überreicht und die Kaufmannschaft ihm zu Ehren eine wohltätige Stiftung für arme Mädchen gemacht, um sie bis zu ihrer Verheiratung zu betreuen, notierte die Mutter stolz in ihr Tagebuch. Die Rückkehr erfolgte ebenso rasch wie die Hinfahrt, und es wurden unterwegs nur vier Tassen Tee genossen. *Auf solche Weise ist der Großfürst-Nachfolger so krank geworden, daß er den Winter in Italien verbringen muß,* fuhr die Herzogin fort. *Mein Gott, wenn dies auch Max widerfahren sollte!*
Méjan klagte seinem Vater, daß er bei dieser Reise nicht dabeisein konnte. Sein Herr sei begeistert zurückgekommen. Auf der erwähnten Platte sei ihm nach russischer Sitte zur Begrüßung Brot und Salz überreicht worden. Sie solle in das Gemach der Erinnerungen kommen. Maurice fand es einen schönen Gedanken, daß dadurch zwei Epochen verbunden würden: die ›gloire toute française‹ des Vaters mit der künftigen des Sohnes. Man wird im gleichen Raum die Kugel sehen, die den Prince Eugène in der Ebene von Smolensk getroffen hat, und daneben das wertvolle Geschenk der Moskauer an den Sohn zur Erinnerung an seinen ersten Besuch bei ihnen. *Fünfundzwanzig Jahre sind seit unserem Unglück in Moskau verflossen und unsere Fahnen und Kanonen sind heute in diesem Kreml Trophäen!* Kurz vor der Abreise gestand er seinem Vater, der Vorschlag einer Klausel, daß ein Sohn römisch-katholisch für Bayern und Kirchenstaat erzogen werden sollte, hätte nicht angebracht werden können aus Angst, dadurch andere Zusagen zu verbauen. Vielleicht könnte es bei der letzten Fassung noch geschehen und der Mutter das Verdienst überlassen werden. Die offizielle Verlobung in der Kirche sollte am 16. Dezember stattfinden. Der Tag würde

mit Hofgala gefeiert, mit Gratulationscour und großem Ball der Großfürstin Helene. Zwei Tage darauf, am Namenstag der Zarin, Hofball in der Eremitage. Abreise am Morgen des 20. Da Max zu Silvester daheim sein wolle, könne er sich nirgends aufhalten. Das Wetter sei für die Reise nicht günstig. Man habe wenigstens bis Polen mit Kälte und guter Schlittenbahn gerechnet, es habe aber dreimal getaut.

In München war gerade der Herzog Ernst von Sachsen-Coburg mit seinem zweiten Sohn Albert auf Besuch, der übers Jahr bei der jungen englischen Königin die Stelle einnehmen sollte, die Louis Bonaparte Max Leuchtenberg zugedacht hatte. Theodolinde fand den Papa groß, imposant und freundlich, den Sohn hübsch, mit ausdrucksvollen Augen, guten Manieren, etwas schüchtern. Beim Diner im Palais hatte sie ihn als Tischherrn. Er sei nicht gerade geistreich, aber gebildet, seine Konversation gewandt. Er male, komponiere Romanzen und liebe Naturkunde. *Prinz Albert hat so schöne und ausdrucksvolle Augen, daß man sie mit Vergnügen ansieht ... Ich wünsche ihm den englischen Thron nicht. Er würde dabei nicht glücklich werden.*

Der bayrische König war betrübt, als er am 14. den Tod des dreiundsiebzigjährigen Feldmarschalls Fürst Wrede erfuhr. *Thränen traten in meine Augen. Ein unersetzlicher Verlust. Er war der Krone anhänglich.* Einige Tage darauf zeigt ihm sein Sohn Eugen die Kugel, die sein Vater *über Vierteljahrhundert im Körper gehabt. Es ergriff mich.* Der zweite Sohn Joseph, der russischer Oberst und mit einer adeligen Russin verheiratet war, hatte, wie erwähnt, unseren Max in Warschau in Empfang genommen, der dritte Sohn war in österreichischen Diensten.

Die Verlobung wurde am 16. Dezember feierlich begangen. An diesem Vormittag füllte sich die provisorische Kapelle der Eremitage mit den Popen des Heiligen Synods, Offizieren, hoffähigen Damen und Herren, Mitgliedern des Rates, des diplomatischen Korps. Die kaiserliche Familie zog in großem Cortège ein, voraus Hof- und Kammerfouriere, die obersten Hofchargen, Kammerherren, immer zwei und zwei. Hinter dem Zarenpaar der Hausminister und zwei diensttuende Flügeladjutanten, die Großfürstin Helene, die Großfürsten Konstantin und Michael, die drei Großfürstinnen Maria, Olga und Alexandra, dann Max Leuchtenberg, die Hofdamen, hohe Gäste. Dazu läuteten die Glocken. Der Heilige Synod und der andere hohe Klerus empfing die Majestäten mit Weihwasser und Kreuz. Der Zar führte Maria und Max an den Händen auf die inmitten der Kapelle errichtete Estrade und kniete an seinem Platz nieder. Evangeliar und Kreuz wurden auf ein Pult vor dem Ikonostas gelegt und am Altar durch den Oberzeremonienmeister auf goldenen Teller die Verlobungsringe. Der Beichtvater und der Erzpriester von Heer und Marine brachten sie dann dem Metropoliten von St. Petersburg, der sie unter Aufsagen der vorgeschriebenen Gebete den Verlobten an die Finger steckte. Zar und Zarin traten hinzu. Währenddem mischten sich zwanzig Salutschüsse der Peter-Pauls-Festung in das Geläute sämtlicher Kirchen und Klöster der Stadt.

Nach der Zeremonie wurde dem Zarenpaar und den Verlobten gratuliert, zuerst von den Großfürsten und Großfürstinnen. Während des Tedeums standen die Verlobten nebeneinander, um zusammen in die Gemächer zurückzukehren. Dort fand dann die Gratulationscour der Diplomaten und anderer hoher Persönlichkeiten statt. Am Abend erstrahlten Festung und Stadt in Festbeleuchtung, während die Herrscherfamilie nach Entgegennahme einer Ovation mit der Creme der Gesellschaft im Theater einer Galavorstellung beiwohnte.

Der Zar erließ zur Verlobung ein Manifest: *Wir von Gottes Gnaden Nikolaus I. Kaiser und Selbstherrscher über alle Russen etc. tun allen Unseren Untertanen kund und zu wissen: nachdem Wir den Segen des Allmächtigen erfleht, haben Wir mit Zustimmung Unserer geliebten Gemahlin, Ihrer Majestät Kaiserin Alexandra, der Verbindung Unserer lieben Tochter Frau Großfürstin Maria mit Seiner Durchlaucht dem Herzog Maximilian von Leuchtenberg Unser Einverständnis erteilt und sie am 4./16. dieses Monats nach dem Ritus Unserer orthodoxen griechisch-russischen Kirche verlobt.*

Wir sind überzeugt, daß alle Unsere getreuen Untertanen unter Anteil-

nahme an diesem Unserem Herzen so angenehmen Ereignis ihre Gebete zum Allerhöchsten richten werden, damit Er die Neuverlobten mit Seinem Segen begnaden möge.

Gegeben zu St. Petersburg, Freitag, 16. neuen Stils des Monats Dezember des Jahres Unseres Herrn eintausendachthundertachtunddreissig, im vierzehnten Unserer Regierung. Nikolaus.[31]

Die Großfürstin Olga schrieb in ihren Jugenderinnerungen, die Schwester sei in ihrem Kleid aus weißem Tüll mit Silberstickereien in Form von Rosenblättern sehr hübsch gewesen. Mama habe dieses Kleid selbst erdacht. Es habe solchen Anklang gefunden, daß es zum traditionellen Kleid für feierliche Anlässe erklärt wurde.

Auch der Nikolaustag russischen Kalenders wurde mit großem Pomp begangen, mit Gottesdienst in der Eremitage, Handkuß im sogenannten italienischen Saal, Ball und Souper bis spät in die Nacht hinein, wobei die Verlobten unter den bewundernden Blicken aller Anwesenden zusammen tanzten. Am nächsten Morgen machte sich Max verschlafen auf den langen Heimweg.

In München nahmen Graf Tascher und der Marquis von Rezende am Tedeum in der griechischen Salvatorkirche teil, während die Herzogin in ihrer Hauskapelle zur Messe ging. Sévérin erschien mit zwei Attachés in Gala zur Audienz. Dann gab es ein Diplomatendiner in der russischen Gesandtschaft und abends allgemeinen Empfang. Auguste nahm die Glückwünsche zur Verlobung ihres Sohnes befriedigt entgegen, *denn man liebt uns und sieht gerne eine Wiedergutmachung des unserer Familie widerfahrenen Unrechts. Der Sohn des Prince Eugène wird in der Welt den Platz einnehmen, der ihm gerechterweise schon immer gebührt hätte,* notierte sie in Unkenntnis der Einstellung am Zarenhof.

Max schaffte die ganze Reise in zehn Tagen. Da nicht genug Pferde aufgetrieben wurden, eilte er mit Méjan voraus und kam so zwei Tage früher als erwartet, nämlich am Abend des 29. Die Mutter war gerade mit Amelie und Linda bei Eugenie. Plötzlich sprang diese mit einem Schrei auf. Sie hatte einen Wagen hereinfahren hören. Da flog schon die Tür auf und Max in die Arme seiner Mutter. Sie fand ihn schlecht aussehend, blaß, abgemagert. Linda stellte hinge-

gen fest, daß die Schlankheit ihrem Bruder gut stand. Bis nach Mitternacht erzählte er von Mary und seinem Glück. Er brachte ihr einen Kleiderstoff aus Moskau mit und zwei reizende russische Stirnbänder. Die Zarin schickte einen herrlichen grünen Kaschmirschal. Stolz zeigte er ihr das Porträt seiner Braut, und auch sie stellte die Ähnlichkeit mit ihrem »guten Kaiser« fest.
Als die Mutter davon sprach, daß sie ein Haus mieten wolle, um ihre Wohnung der Schwiegertochter zu überlassen, erklärte Max kategorisch, daß diese dann nicht nach München käme. Sie würde im kleinsten Zimmer mit ihm glücklich sein. Mary bekam ihr Zimmer unter dem von Max mit einer Verbindungstreppe.

8
Abschied von München
1839

Seitdem die Heirat beschlossen war, lag ein schmerzhafter Druck auf den Bewohnern des Palais, der mit dem Herannahen des Abreisetermins mehr und mehr zunahm. Dem konnte auch der Fasching nicht abhelfen. Die Kaiserin von Brasilien war sich zu hoch, um auf Gesellschaftsbälle zu gehen, ließ aber ihre Tochter unter der Aufsicht von Theodolinde ab und zu tanzen, während die Frau Mama wegen der bekannten Etikettefragen auch die Bälle in der Residenz möglichst mied.

Sévérin gab der Familie Leuchtenberg ein großes Diner, zu dem Max in seiner russischen Husarenuniform erschien. Auch die anderen Gesandten luden zu Bällen und Diners ein, an der Spitze die von Österreich und Preußen, die Grafen Colloredo und Dönhoff. Amelie brillierte auf dem großen Hofball in einem bestickten schwarzen Tüllkleid und einer Unmenge Diamanten.

Die Familie nahm an einer sogenannten ›maskierten Akademie‹ bei Hof teil, weil der König diese Veranstaltungen liebte. Die Herzogin fand sie langweilig: *König und Königin machen Cercle ... en ceremonie. Dabei tragen die Herren venezianische Mäntel und Dreispitz* ... Zu Vaters Zeiten habe es keine Etikette gegeben, wenn man ›en domino‹ war. Die lustigsten Veranstaltungen waren die des Herzogs Max in Bayern in seinem Palais an der Ludwigstraße. Außer Bällen mit Quadrillen gab es da Theateraufführungen, Bauernhochzeiten, Zirkusvorführungen in der Reitbahn. Immer ersann er etwas Neues. Auf seinem Ball zu Anfang Februar wurden große Pappschachteln in Form von Tassen, Zuckerdosen, Kaffeekannen in den Saal gebracht, denen Rokokodamen und -herren als Porzellanfiguren entstiegen und Tänze ihrer Zeit tanzten. Lindas Quadrille bestand aus vierzehn jungen Leuten, die die vier Elemente darstellten, die vier Jahreszeiten, Tageszeiten. Vier Genien hielten die Zeit an. Sie selbst stellte die Luft dar und gefiel ihrer Mutter im himmelblauen Organdykleid mit Silberborten sehr gut. Mitte März begann die Fastenzeit mit Schneegestöber. Nun gab es Liebhaberaufführungen, lebende Bilder, Lotterien, Wohltätigkeitsveranstaltungen, Musik. Am Namenstag der Gräfin Méjan gaben ihr Amelie, Theodolinde, Max und Stefanie Méjan im Palais ein Konzert auf zwei Klavieren. Das programmäßige Eintreffen des russischen Generals Ignatiew mit dem Heiratsvertrag mahnte grausam an den Ablauf der Tage. Er wohnte im Haus, um Max zu betreuen und schließlich nach Petersburg zu begleiten. Er gewann bald die Herzen, weil er selbst traurig war, von seiner Familie getrennt zu sein.

Auguste antwortete auf den mitgebrachten Brief der Zarin etwas vorwurfsvoll, daß sich Max einigermaßen erholt habe. Sie möge den Kaiser darauf aufmerksam machen, daß er in einem besonders anfälligen Alter sei. Er sehne sich nach Mary. Ignatiew sei als Freund und Vertrauensmann aufgenommen worden. Ihr Brief an den Zaren mit ihrem Einverständnis zum Heiratsvertrag war förmlicher: *Der Himmel schuldet mir eine Entschädigung nach so viel Leid ... Jetzt gewährt er sie mir in weit größerem Ausmaß als ich zu hoffen gewagt hätte. Ich bin doppelt glücklich und dankbar, Sire, daß es durch Sie geschieht.*

Mitte März wohnte der von Italien über Wien zurückkehrende Zarewitsch zwei Tage im Palais. Der russische Gesandte in München Sévérin und der bayrische in St. Petersburg Graf Lerchenfeld fuhren dem Thronfolger an die Grenze bei Braunau entgegen. Max und die Herren des Palais erwarteten ihn unten an der Treppe. Theodolinde umarmte er herzlich. Im Palais gab es Tee und dann großes Diner zu über dreißig Gedecken. Er war herzlich und sah gut aus.

Da der nächste Tag Sonntag war, begab sich der Zarewitsch in die griechische Kirche, wozu der herzogliche Marstall sieben Galawagen anspannen ließ. Nachmittags besuchte er das Atelier von Stieler, der gerade das Porträt des künftigen Schwagers in Arbeit hatte.

Vor dem großen Galadiner in der Residenz mit Courschleppe und Diamanten machten die Herren des russischen Gefolges der Herzogin ihre Aufwartung. Die Treppen und Gänge der Residenz waren voll Neugieriger. Pagen trugen die Schleppen; nur Theodolinde mußte sich selbst behelfen. Als die Königin den Zarewitsch nach dem Diner in die große Hofloge führte, gefolgt von der bayrischen Kurfürstin-Witwe, der brasilianischen Kaiserin-Witwe und der bayrischen Königin-Witwe, erschollen drei Fanfaren, und es wurde applaudiert. Man gab ›Macbeth‹. Im Zwischenakt wurde im Salon hinter der Loge Tee serviert. Auguste, Max und Linda gingen weg, um zu Hause die Aufführung lebender Bilder vorzubereiten. Linda wartete mit ihrer Nichte hinter der Bühne auf ihren Auftritt. Bis auf eine spanische Szene gefielen die Bilder sehr. Max wurde auch in einer Bauernszene bewundert, doch das erste mit der kleinen Amelie schoß den Vogel ab. Viele weinten vor Rührung. Der Tenor Pantalione sang drei Arien, und der Kammermusikant des herzoglich bayrischen Max spielte Zither. Das Souper wurde an fünf runden Tischen serviert. Einer war für die Fürstlichkeiten, die anderen für Gefolge und Darsteller. Die übrigen Gäste wurden zuvor verabschiedet. Um zwei Uhr fiel Theodolinde todmüde ins Bett, und das nur für kurz, weil der Zarewitsch schon um acht abfuhr und sie und ihre Mutter ihn zum Wagen geleiteten. Maurice Méjan erhielt eine goldene Tabatiere mit seinem von Diamanten umgebenen Porträt, Zoller eine mit seiner Chiffre in Diamanten, die Angestellten bekamen fünfhundert Dukaten. Max begleitete seinen künftigen Schwager bis zum Pferdewechsel in Schwabhausen. Der Reisende fuhr über Stuttgart–Karlsruhe nach Holland und London, kehrte noch einmal nach Deutschland zurück, um dann so gut wie verlobt mit der Prinzessin Marie von Hessen-Darmstadt auf väterliches Geheiß vor der Hochzeit seiner Schwester wieder zu Hause zu sein.[33]

Am Todestag von August verrichteten die Mutter, Max und Theodolinde zusammen ihre Osterandacht, in Gedanken, daß es wohl das letztemal mit ihm gewesen sein dürfte. Herzog Max, der oft für Überraschungen sorgte, ließ am Karsamstag drei von seiner Orientreise mitgebrachte Neger in der Frauenkirche taufen. Von einem war Linda Patin.

Ein wichtiges Ereignis aber war, daß die fünfzehnjährige Herzogin Isabel von Goyaz, natürliche Tochter Dom Pedros von der Marquesa de Santos, Anfang April vom Sacre Cœur in Paris in das Mädcheninstitut Angerkloster übersiedelte und zuvor im Palais Leuchtenberg Zwischenstation machte. Die kleine Amelie Braganza wartete ungeduldig am Fenster auf die Ankunft dieser ›Cousine‹, die sich gleich in die Arme ihrer Stiefmutter stürzte. Theodolinde beschrieb sie als *délicieuse, groß, gut gewachsen mit riesigen schwarzen Augen, schneeweißen regelmäßigen Zähnen und angenehmer Stimme. Amelie war entzückt.* Sie gewöhnte sich so gut im Palais ein, daß der Umzug ins Angerkloster allen schwerfiel.

Inzwischen rückte der Tag von Maxens Abreise näher und näher. Man suchte krampfhaft nach Ablenkung. Zu Lindas Geburtstag wurde in ihrem Zimmer eine kleine musikalische Posse von Pocci aufgeführt. Anschließend war Familiensouper im roten Salon der Mutter. Als man auf ihr Wohl trank, konnte sie sich nicht mehr halten und weinte, und Maman folgte ihrem Beispiel, *recht peinlich in Anwesenheit des Generals. Er ist gar nicht zufrieden mit unserem Schmerz.* Bei Amelie kam noch ihr eigener Abschiedsschmerz dazu.

Max verbrachte Ende April in Eichstätt, um sich dort von seinen Leuten zu verabschieden. Nach der Rückkehr fuhr er Mutter und Schwestern in seiner neuen Kalesche mit vier schönen Pferden spazieren. Er nützte jede Gelegenheit aus, um mit seiner Mutter und Linda beisammen zu sein, ging nicht mehr ins Theater noch in Gesellschaft. Eugenie kam mit ihrem Constantin von Hechingen zum Abschiednehmen. Man besichtigte die Fortschritte am Festsaalbau der Residenz mit dem ziemlich weit gediehenen großen Thronsaal, das Atelier von Rottmann, die Basilika von St. Bonifaz, die schon unter Dach war. Theodolinde war davon begeistert. *Sie ist nach den Plänen von St. Paul in Rom gebaut. Die Säulen sind aus einem Stück und kommen von Rosenheim,* behauptete sie. Ein andermal fuhr man in drei Wagen zur Erzgießerei von Stiglmaier, zum Atelier von Schwanthaler, wo man Statuen für die Walhalla sah, und zur Kir-

che in der Au. *Das Bronzepferd für das Denkmal Maximilians I. wurde eben gegossen. Es ist eine Riesenmasse. Die Statue der Bavaria, die in einer Walhalla* – sie meinte die Ruhmeshalle – *bei München aufgestellt werden wird, ist immens. Sie wird bis zum dritten Stock eines Hauses reichen. Die Kirche in der Au ist charmante. Es ist die einzige Art Kirche, die mir gefällt. Sie ist gothisch. Von den dafür vom König gestifteten Glasgemälden kosten das mittlere 14000 fl, die anderen 9000.*
Die verwitwete Kurfürstin gab ein Abschiedsessen im Garten ihres Landhauses am Schönfeld (Schönfeldstraße).
Auf dieser zweiten Reise nach St. Petersburg trug Ignatiew die Verantwortung. Baron Zoller hatte sich entschlossen, in die russische Armee überzutreten und einige Jahre seinem Herrn weiterzudienen. Als zweiter Bayer fuhr Maxens ehemaliger Mentor Major Schuh mit und als dritter Dr. Wurm. Außerdem schloß sich Eugen Mussard an, Schweizer von Geburt wie Monsieur Roux und dessen ehemaliger Privatsekretär.[34] Er sollte im Leben von Max eine wichtige Rolle spielen.
Die Herzogin gab ihrem Sohn eine lange Instruktion mit. Er müsse sich klar sein, daß sich, abgesehen von der kaiserlichen Familie, niemand über den Fremden freue. Man würde allerlei Intrigen anspinnen, um ihn auch bei der Zarenfamilie anzuschwärzen und ihn unbeliebt zu machen. Um sich auf derart glattem Boden halten zu können, müsse er äußerst klug vorgehen, was in seinem Alter ohne Erfahrung gewiß nicht leicht sei. Man würde auch versuchen, ihn von seinen religiösen Pflichten abzuhalten und den Ruhm seines Vaters herabzusetzen. Sie flehe ihn an, in seiner Religion so fest zu bleiben, wie es die Russen mit der ihrigen hielten. Die Erinnerung an den Vater solle ihm ein Talisman sein. Arbeitsfreudigkeit, Mäßigkeit, Gerechtigkeit, Güte, Ablehnung jeglicher Art von Intrigen, Offenheit, Standfestigkeit im Unglück und Resignation im Sterben sollten seine Leitmotive sein. Sie kenne seine Güte, sein Wohlwollen und seine guten Absichten, doch sei er manchmal wegen seiner Jugend und Mangel an Menschenkenntnis schwach und leicht zu beeinflussen. Er solle immer an die anderen denken und nie an sich selbst und sich vor jeder

Handlung in die anderen versetzen. Seiner Frau solle er auch im Kleinen treu sein. Frauen seien nämlich sehr hellsichtig. Viele schwiegen, litten aber darum nur um so mehr. Darin möge er dem Beispiel des Zaren folgen. Die kaiserliche Familie sei vorbildlich auch in ihrer Frömmigkeit. Sie beschwöre ihn nochmals, darin fest zu bleiben und nicht den Weg seiner Tante Elise von Preußen zu gehen – die bekanntlich evangelisch geworden sei. Er allein könne Ruhm und Ehre der Familie hochhalten, was für ihn gerade in Rußland besonders schwer sei. Seine geistige Ausbildung sei ja noch nicht beendet. Er lese zuwenig. Lektüre sei immer eine große Ressource.
Er dürfe nicht vergessen, welch großes Opfer der Baron Zoller ihm bringe, der Familie, Freunde, Vaterland und Karriere aufgebe. Er wisse selbst am besten, daß in der russischen Armee nur hohe Stellen gewertet würden, und müsse ihn durch besondere Güte und Vertrauen entschädigen. Wenn er aber, was Gott verhüten möge, Kummer haben sollte, dann möge er sich bei ihr Trost holen.
Sie bat den Zaren, sie beim Sohn zu ersetzen. Er möge es ihr offen sagen, wenn Max das Unglück haben sollte, ihm irgendwie zu mißfallen.[35]
Die Abreise am Abend des 22. Mai glich mehr der zu einer Beerdigung als zu einer Hochzeit. *Wir sahen alle aus wie Seelen aus dem Fegefeuer,* notierte Theodolinde. *Weinend sahen wir Max an, ohne ein Wort herauszubringen.* Auch er war ergriffen, zog sich zurück, um sich nicht allzu sehr entmutigen zu lassen. Um halb acht verabschiedeten sich Ignatiew und die anderen Begleiter. Sie fuhren zu einem Treffpunkt an der großen Landstraße voraus, um Max beim Abschied allein zu lassen. *Baron Zoller schluchzte und küßte mir zweimal die Hand. Der General betrachtete mich voller Mitleid und sagte, Gott möge uns schützen. Ich konnte nichts sagen, und er hatte kaum die Kraft, mir die Hand zu reichen. Großmama und Onkel Karl waren da. Pünktlich um acht ging Max hinaus, nahm von allen seinen Leuten Abschied, kam zurück, umarmte uns und wir gingen die mit Menschen angefüllte Treppe mit hinunter. Nachdem er uns nochmals in die Arme geschlossen hatte, sprang mein guter Max in seinen Charabanc und entschwand in ei-*

ner Sekunde unseren Blicken. Maman brachte unerhörten Mut auf. Ich fühlte meine Sinne schwinden und konnte meine Tränen nicht zurückhalten.

Und die Mutter am nächsten Tag: *Großer Gott, welch ein Abschied! ... Mein Sohn hat mich vielleicht für immer verloren. Er hat genau so gelitten, obwohl er weiß, daß er mit Ungeduld erwartet und mit derjenigen vereint wird, die er liebt. Wir aßen in meinem Zimmer, um ungestört weinen zu können. Als sich die Herren von mir verabschiedeten, weinte ich derart, daß ich kein Wort sagen konnte ... Er schickte alle voraus, um keinen Zeugen seines Schmerzes zu haben.*

Am ersten Meilenstein stieg er zu Ignatiew und dem Kammerdiener Baumgärtner in das erste Coupé. Dahinter folgten in einem Reisewagen Zoller und Mussard, dann Schuh und Wurm in einem Coupé. Ein Packwagen war vorausgefahren.

9
Hochzeit und Einstand
1839

Man fuhr Tag und Nacht über Breslau–Warschau–Kowno nach Zarskoje Selo durch und kam nur in Breslau auf vier Stunden ins Bett. Schuh rechnete mit deutscher Gründlichkeit unter Berücksichtigung der Essenspausen für die 287 Meilen und dazu die 24 Werst von St. Petersburg nach Zarskoje Selo 574 Stunden aus. Ankunft am letzten Mai, dem elften Reisetag, einen Tag früher als erwartet.[36]

Der Zar hatte sich das Passieren der Durchfahrtstationen telegraphisch melden lassen. Max schrieb der Mutter, daß sein Coupé sechzehn Meilen vor Zarskoje Selo zu Bruch gegangen war. Da er die Reparatur nicht abwarten wollte, setzte er sich mit dem General in die Charette und legte das letzte Wegstück in Karriere zurück. Der Zar kam ihm zu Fuß entgegen, führte ihn in den Salon. Dann kündigte er seiner Tochter Mary an, daß Nachricht von Max gekommen sei. Sie stürzte in seine Arme.

Die Zarin schrieb noch am Tag der Ankunft nach München, daß man schon den ganzen vorhergegangenen Tag bei jedem Öffnen der Türe Herzklopfen bekommen habe, obwohl man erklärt hatte, daß die Reisenden erst am nächsten eintreffen könnten. Als sie wieder geöffnet und ein Kurier von Max gemeldet wurde, habe Mary einen Schrei ausgestoßen, und bald darauf seien sie wieder am gleichen Platz wie vor sechs Monaten nebeneinander gesessen.

Auguste hat vier Tage nach der Abreise des Sohnes keinen Eintrag in ihr Tagebuch gemacht, erst am 27. Mai vermerkte sie einen zweiten Abschied, den ihrer Tochter Amelie mit der Enkelin am frühen Morgen zur Rückkehr nach Portugal. *Es war ein sehr trauri-*

ger Abschied. Es ist schrecklich, so weit von seinen Lieben sein zu müssen. Man sagt zwar auf Wiedersehen, aber ich habe zu viel Unglück erfahren, um mich dieser Hoffnung hinzugeben. Ich habe mit Mut und Entsagung leiden gelernt.

Amelie reiste diesmal über Schweden, um ihre Schwester Josephine nach sechzehn Jahren wiederzusehen.

Es war gut, daß der Arzt der Herzogin Seebäder in der Normandie verordnet hatte, weil sie dadurch aus dem verwaisten Palais herauskam. Sie hatte sich Dieppe ausgesucht.

Der Hitze wegen fuhr man meist bei Nacht, über Nancy, Reims – vorbei an Paris –, Bauvais und kam am Abend des 12. Juni in Dieppe an. Da das gemietete Haus nicht gefiel, mußte Méjan rasch ein anderes finden. Der recht primitive Badestrand war mit einem Holzgitter versperrt. Herren und Damen streng getrennt. Es gibt ein Bild von Spitzweg, ›Frauenbad in Dieppe‹, mit primitiven Bretterverschlägen am einsamen, felsigen Strand. Nach ärztlicher Verordnung mußte mit Wannenbädern in gewärmtem Meerwasser begonnen werden. Erst später ließ Auguste sich wie ein Kind von der Kabine durch einen Matrosen ins Meer tragen und festhalten. Das Badekostüm bestand aus züchtig langen Hosen mit einer ›tunique‹ als Oberteil, wollenen Schuhen und einer Kappe aus Wachstuch. Hülle bis zu den Knöcheln und Händen. Oft war das Meer sogar in den Armen des Matrosen zu stürmisch. Die keusche Auguste war schon schockiert, daß eine Marquise de Contades im vorschriftsmäßigen Badekostüm unter den Augen von Männern ihre Schwimmkünste vorführte.

Gegen Ende Juli meldete sich bei der Herzogin als Abgesandter des Zaren sein Oberst und Flügeladjutant Fürst Wrede mit Briefen und Berichten von der Hochzeit in Petersburg. Der Zar hatte als besondere Aufmerksamkeit den zweiten Sohn des bayrischen Feldmarschalls zu dieser Mission gewählt.

Die Hochzeit sollte an dem Geburtstag der Zarin am 1. Juli alten, 14. Juli neuen Stils stattfinden. Max wurde, wie Lacroix in seiner Geschichte Nikolaus' I. berichtet, Mitte Juni in die große Industrieausstellung in Petersburg mitgenommen. Der Zar schenkte sei-

ner Tochter eine große Vase aus Malachit und Max einen prächtigen Säbel mit dem Wunsche, daß er ihn zur Erinnerung an seinen Schwiegervater tragen und hoffentlich anderweitig nie gebrauchen möge. Er lud alle fünfhundert Aussteller zur Tafel nach Peterhof ein. Angeblich hat Max noch am Tage vor der Hochzeit den Zaren zum Nachgeben in der Frage der Religion umzustimmen versucht und dadurch verstimmt, jedoch die schriftliche Zusicherung bekommen, daß er nie im Kampf gegen Frankreich eingesetzt würde. Die Großfürstin Olga berichtet in ihren Jugenderinnerungen, der Wiederaufbau des verbrannten Winterpalais in St. Petersburg sei gerade für die Hochzeit ihrer Schwester vollendet worden. Die große Kirche war schon zu Ostern des vergangenen Jahres geweiht worden. Der General Kleinmichel hatte alles in Bewegung gesetzt, um den vom Zaren befohlenen Termin einzuhalten, so daß die Familie für die Hochzeit dort vorübergehend unterkommen konnte, für die Dauer aber erst ab November. *Vor unserem Einzug wurde Tag und Nacht geheizt, um die Feuchtigkeit zu vertreiben. Es hieß, daß Arbeiter, die sich dort aufhielten, durch die schlechte Luft Erstickungs- und Schlaganfälle erlitten hätten. Eine neue Art von Zentralheizung war eingebaut worden, die die Luft gänzlich austrocknete. Dagegen wurden dann Zuber mit Schneewasser aufgestellt.*
Laut Lacroix habe Marys Aussteuer drei Säle des Winterpalais ausgefüllt, einen mit Porzellan, Kristall, Silber, Tischwäsche und was sonst noch für die Tafel in Frage kam. In einem anderen sah man Toilettengegenstände aus Gold und Silber, feinste Leibwäsche, Spitzen, Pelze, Kleider aller Art und in einem dritten zwölf russische Kostüme und das Brautkleid, Sonn- und Feiertagstracht mit dazugehörigem Schmuck. Da funkelten in Vitrinen Halsbänder und anderer Schmuck aus Saphiren, Smaragden, Türkisen, Rubinen. Max gab sechs Reihen makelloser Perlen.
Abgesehen von diesen Schätzen schenkte der Zar seiner Tochter das Marinski-Palais gegenüber der Isaakskathedrale am Isaaksplatz.[37] Da dieses aber erst 1844 beziehbar war, stellte er dem jungen Paar bis dahin das Gebäude der Pagerie an der Sudowaja zur Verfügung. Außerdem machte er seiner Tochter einen prachtvollen Landsitz,

Sergiewka in der Bucht von Kronstadt an der Straße von St. Petersburg nach Peterhof, der der Familie Narischkin gehört hatte, zum Geschenk. Er wurde ihr Lieblingsaufenthalt. Die Nähe des Landgutes der inoffiziellen Tante Amelie Krüdener sollte sich allerdings später auf die Ehe nicht günstig auswirken.
Der Hochzeitstag war ein prachtvoller Sommertag. Um zwei Uhr kamen die Geladenen am Winterpalais angefahren, die Damen in russischem Kostüm und die Herren in ihren Galauniformen. Die Plätze waren vom Oberzeremonienmeister festgelegt für die Mitglieder des Heiligen Synods und die anderen hohen geistlichen und weltlichen Würdenträger, die obersten und oberen Hofchargen, das diplomatische Korps, die Gardeoffiziere verschiedener Grade und die hohen Offiziere anderer Truppenteile.
Die Hofdamen hatten die Braut angekleidet. Olga fand, daß ihrer Schwester der kaiserliche rote Mantel mit Hermelin nicht vorteilhaft war, weil er ihre grazile Gestalt verhüllte, und die Großfürstinnenkrone sei für ihr zartes Gesicht zu schwer gewesen. Sie habe aber heiterer ausgesehen, als der ernsten Handlung angemessen.
Sobald die Toilette beendet war, holte der Oberstzeremonienmeister den Bräutigam, der die Uniform eines russischen Generalmajors trug und von dem bayrischen Gesandten Graf Lerchenfeld begleitet wurde. Dann öffneten sich die Flügeltüren der inneren Appartements unter Ankündigung des Zarenpaares. Der Cortège setzte sich durch die Säle zur Kirche in Bewegung. Zuerst kamen Hoffouriere, der Oberstzeremonienmeister mit seinen Zeremonienmeistern, Kammerherren immer zu zweit, der Obersthofmarschall mit seinen Hofmarschällen. Dann der Zar und die Zarin, Hausminister, Flügeladjutanten, Generäle. An der Spitze der kaiserlichen Familie der Zarewitsch Alexander, hinter ihm seine drei Brüder Konstantin, Nikolaus und Michael, der Großfürst Michael Pawlowitsch mit seiner Großfürstin Helene, dahinter die Braut, von Max an der Hand geführt, ihre Schwestern Olga und Alexandra, die Großfürstin Maria Michaelowna, Prinz Peter und Prinzessin Therese von Oldenburg, geborene Prinzessin von Nassau. Seine Mutter war eine Schwester Nikolaus I. Er lebte in Petersburg und grün-

dete dort einen russischen Zweig der großherzoglichen Familie von Oldenburg. Sein Sohn Alexander wird Maxens Tochter Eugenie und seine Tochter Therese deren jüngsten Bruder Georg heiraten. Dem oldenburgischen Paar folgten die Hofdamen der Kaiserin und der Großfürstinnen und andere Persönlichkeiten beiderlei Geschlechts. Vier Kammerherren trugen die Schleppe der Braut. Sie soll sehr gut ausgesehen haben, blond, blaue Augen, hübscher Teint, jung und frisch.

Der Heilige Synod und die übrige hohe Geistlichkeit wartete am Eingang der Kirche zum Empfang. Der Zar führte unter dem Chorgesang das Brautpaar auf die Plätze. Während der Zeremonie hielt der Zarewitsch eine Krone über den Kopf seiner Schwester und desgleichen der Graf von Pahlen über den von Max. Der Metropolit geleitete das Brautpaar vor Zar und Zarin, die beide umarmten. Maria fiel ihrer Mutter weinend an die Brust, die auch in Tränen ausbrach. Unmittelbar vor dem Segen ließ man nach altrussischem Brauch in der Kirche zwei graue Tauben fliegen. Sie flatterten über den brennenden Kerzen eine Zeitlang umher und ließen sich dann über dem jungen Paar auf einem Gesims nieder. Nach der Trauung sanken alle auf die Knie, als letzter der Zar. Der Metropolit stimmte das Tedeum an, und alle Glocken der Stadt fielen ein, während die Kanonen der Peter-Pauls-Festung hundert Salutschüsse abfeuerten. Synod und Klerus gratulierten, und der Zug setzte sich in Bewegung zu einem Saal, wo ein Altar für die römisch-katholische Trauung aufgestellt war. Der Zar führte die beiden wiederum zur Trauung und nahm dann die Glückwünsche der katholischen Geistlichkeit entgegen.

Hier soll Lacroix' Bericht durch den schon erwähnten französischen Reisenden Marquis de Custine unterbrochen werden, der als Anhänger des Absolutismus nach Petersburg gekommen war und als dessen Gegner in seine Heimat zurückgekehrt sein soll, so daß sein vier Jahre darauf erschienenes Buch im damaligen Rußland Anstoß erregte.[38]

Der gütige Gesichtsausdruck Nikolaus' I. sei mitunter von künstlichem Ernst überzogen worden. Dann habe sich erst die Schönheit

dieses wahrhaft antiken Kopfes gezeigt, ein griechisches Profil mit hoher, etwas fliehender Stirne, einer gutgeformten, geraden Nase, schönem Mund, vornehmem, etwas zu langem Gesicht. Die militärische Haltung habe die deutsche Abstammung verraten. Während andere beliebt sein wollten, habe er vor allem Gehorsam verlangt. Die Russen seien noch regimentierte Tataren gewesen, die sich bis dahin mit dem Schein begnügt hätten, *wenn sie sich aber für ihre wahre Inferiorität werden rächen können, dann werden sie uns unsere Vorzüge grausam austreiben.*
Auf dem Riesenplatz vor dem Winterpalais, der die Zarenresidenz von der eigentlichen Stadt trennte, waren Truppen aufgestellt. Die Pferde gefielen ihm besser als die Soldaten, am besten die Kosaken. Es wimmelte von Hofwagen und Uniformen aller Farben und Formen, Massen von Höflingen. Sein Wagen hielt unter einer grandiosen Säulenvorhalle. Die Livreen der Diener seien fast ebenso prächtig wie die Uniformen und Kostüme ihrer Herren gewesen. Die griechische Trauung war sehr lang, majestätisch, symbolisch. Die Kirchenwände, die Decke, die Gewänder der Geistlichkeit, alles funkelte von Gold und Edelsteinen, ein unbeschreiblicher Reichtum überall, wie aus Erzählungen von Tausendundeiner Nacht. Die nicht übermäßig große Hofkirche sei mit Fürsten und Würdenträgern gefüllt gwesen. Die Zuschauer hatten ihre Plätze hinter einer Balustrade, die den inneren Umgang um den Altar abgrenzte, der einem viereckigen Tisch glich. Die Plätze im Chor waren für die kaiserliche Familie reserviert. Der Einmarsch des Zuges in die goldene Pracht war sehr eindrucksvoll. Die beiden jungen Brautleute leuchteten hervor. *Eine Neigungsheirat unter gestickten Kleidern an so feierlichem Ort ist eine Seltenheit.*
Es herrschte vollkommene Ordnung bei dreißig Grad Hitze und strahlender Sonne. Im Gefolge des Kaisers befand sich ein halbtributpflichtiger Tatarenkhan in langem goldenem Kleid, der seinen Sohn in die Pagerie gebracht hatte. Das Rund der Kirche wurde mit den ersten Damen des Hofes und den Botschafterinnen garniert, während der kaiserliche Hof in einer prächtig ausgemalten Rotunde im Fond plaziert war. *Die von der Sonne bestrahlte goldene Vertäfe-*

lung wirkte wie eine Aureole über den Häuptern der Souveraine und ihrer Kinder. Daß der Zar immer wieder seinen Platz verließ, um Etikettefehler seiner Kinder oder des Klerus zu korrigieren, störte etwas die Stimmung. *Die Großfürstin, die Priester, die Hofchargen, alles ... wurde von ihm dirigiert.* Sogar an den Stufen des Altars sei der Geist Peters des Großen noch lebendig, indem alles befohlen würde. Er mußte aber zugeben, daß Nikolaus I. ein bedeutender Mann war und der einzige, der die Wahrheit vertrug.
Nach der griechischen Trauungsmesse mußten die beiden Brautleute zusammen aus dem Kelch trinken. Dann schritten sie, geführt vom amtierenden Popen, Hand in Hand dreimal um den Altar herum, was die Treue beim Gang durchs Leben versinnbildlichte. Am Schluß knieten alle nieder, zuletzt der Kaiser, nachdem er einen Blick über die Versammlung hatte gleiten lassen. Als man sich wieder erhoben hatte, war die Trauung vollzogen. Das Tedeum unter Glockengeläute und der Kanonendonner und der Jubel des Volkes waren besonders eindrucksvoll, auch die A-cappella-Chöre wunderbarer Stimmen. Unter dem Wechselgesang der Chöre während des Tedeum wurde der Tabernakel sichtbar. Man sah die Popen in ihren goldenen Gewändern mit Silberborten und ihren mit blitzenden Edelsteinen besetzten Kopfbedeckungen. Der amtierende Erzbischof war klein und nicht gerade schön, alt, mit schneeweißem Haar. Der Zar verneigte sich vor ihm und küßte ihm die Hand. Soweit Custine.
Lacroix erzählt von dem am Nachmittag im Winterpalais stattfindenden großen Bankett. Die ersten drei Hofklassen standen an ihren Plätzen aufgereiht, als die kaiserliche Familie mit Gefolge den großen Saal betrat. Das Thermometer zeigte dreißig Grad. Es mußten bald Kerzen entzündet werden, weil sich draußen ein Gewitter zusammenbraute. Donner mischte sich in die Musik und die Salven zu den Trinksprüchen. Zuerst trank der Großfürst Michael auf seinen Bruder, den Zaren. Als sich dieser erhob und die Neuvermählten leben ließ, erhellte ein Blitz den Saal, und ein Donnerschlag übertönte die Worte des Zaren. Gleich darauf hellte sich der Himmel wieder auf. Es wurde als schlechtes Omen gedeutet.

Abends erstrahlte ganz Petersburg in Festbeleuchtung. Beim Hofball soll die Großfürstin glücklich und Max bekümmert ausgesehen haben. Die strenge Etikette habe ihm nicht gepaßt. Der Zar sagte zur Zarin, Gott möge die beiden glücklich machen. Er habe sich nichts vorzuwerfen, Mary allein habe es gewollt. Wohl habe Max edle Eigenschaften, sei gut und freigebig, sei aber auch eigensinnig, unnachgiebig und nicht immer aufrichtig.
Im kaiserlichen Ukas stand, daß die Untertanen an der Freude ihres Kaisers über diese Heirat teilnehmen sollten. *Es lag uns am Herzen, daß sich Ihre Kaiserliche Hoheit mit ihrem Gemahl in Rußland niederlasse, wodurch Wir ihr Glück im Herzen unseres geliebten Vaterlandes zu sichern wünschen, zur Freude unserer sehr geliebten Kaiserin Alexandra Feodorowna haben sie selbst es gewünscht.*
Zum Ausdruck der Gefühle, die uns die hervorragenden Eigenschaften des Herzogs von Leuchtenberg einflößen, haben wir gleichzeitig beschlossen, seiner Person den Titel Kaiserliche Hoheit zu verleihen, indem wir von jetzt an für immer diesen Titel erteilen, befehlen wir dem dirigierenden Senat, das einschlägige Diplom und das diesem Titel entsprechende Wappen vorzubereiten.
Gegeben zu St. Petersburg, 2. Juli des Jahres des Heils 1839, dem 14. unserer Regierung. Gezeichnet Nikolaus.
Der Herzogin Auguste ging es sehr zu Herzen, daß durch Ersatz des napoleonischen Adlers im Wappen durch den russischen Doppeladler auch dieser Hinweis auf Eugen Beauharnais verschwinden mußte.
Für die Untertanen wurde die Festbeleuchtung wiederholt, und es gab einige Tage Volksfest. Bei Hof wurde zwei Wochen lang weitergefeiert. Am 15. war Festtheater. Am nächsten Tag traten Hofstaat und diplomatisches Korps zur Gratulation an, und am gleichen Abend wurde der wiedererstandene Weiße Saal mit einem Ball eingeweiht, wobei unter den Ausländern auch unser Marquis de Custine vorgestellt wurde. Es kam ihm vor, als ob die Zeiten des alten Winterpalais unter den Zarinnen Elisabeth und Katharina wiedergekommen wären. Es seien aber noch nicht alle Räume fertig gewesen, wie der Saal des hl. Georg, dessen Säulen aus Carrara geholt

wurden. Die große Galerie, in der das Souper für tausend Menschen serviert wurde, war, sehr zum Unwillen des Zaren, provisorisch mit grauem Papier tapeziert.
Auch der Großfürst Michael und seine Großfürstin Helene gaben einen Ball in ihrem Palais. In der Galerie, wo getanzt wurde, waren fünfzehnhundert Blumentöpfe aufgestellt. Sie war in einen magischen Garten mit duftenden Sträuchern im Schein von Tausenden von Kerzen in farbigen Gläsern mit den Formen von Blumen und Früchten verwandelt, und dazwischen plätscherten Springbrunnen.
Das Ehepaar Oldenburg gab in seinem Landhaus auf den Inseln ein Gartenfest. Man tanzte im Freien zu der hinter Büschen versteckten Musik.
Am 23. veranstaltete der Zar in seinem Schloß Peterhof einen Maskenball, während im beleuchteten Park Volksfest mit Feuerwerk stattfand, wozu viele Bürger herbeieilten. Eines ihrer Schiffe kenterte bei der Rückfahrt nach St. Petersburg im Sturm. Der Mann, der den Namenszug der Zarin beleuchten sollte, fiel von der Leiter, so daß dieser dunkel blieb. Sie erfuhr es und nahm es als schlechtes Vorzeichen.
Custine ließ sich durch diesen Aufwand nicht blenden. Alles und jedes würde in Rußland überwacht und vom Zaren kommandiert. Sechzig Millionen würden durch den sogenannten Tchinn dirigiert. Es sei eine von Peter dem Großen in vierzehn Klassen eingeteilte, regimentierte Nation. Die kleinen Beamten gehörten zur vierzehnten Klasse. Man konnte nichts allein besichtigen, wurde immer begleitet und mußte alles zuvor ankündigen. *Wie in China ... Man kann es nicht oft genug wiederholen, ihre Revolution wird um so schrecklicher sein, als sie im Namen der Religion gemacht werden wird. Die russische Politik hat zuletzt die Kirche mit dem Staat verschmolzen, den Himmel mit der Erde verwechselt. Ein Mensch, der in seinem Herrn Gott sieht, erwartet von der Gnade des Kaisers das Paradies. So ein Mann wird ein Freiheitsfanatiker.*
Nach dem Fest in Peterhof durfte sich das junge Paar endlich auf sein daneben befindliches Gut Sergiewka zu den Flitterwochen zurückziehen.

Theodolinde bemerkte in Dieppe, von den vom Fürsten Wrede mitgebrachten Briefen habe nur der von Schuh Einzelheiten über die Hochzeit gebracht. Er habe sich auch bemüht, die auf zwei Millionen Rubel geschätzte Aussteuer der Großfürstin zu beschreiben, die vollständigen Garnituren aus Diamanten, Rubinen, Smaragden, die Toilettengegenstände aus Vermeil, Silber, Porzellan, die Tafelservice. Allein das Hauskleid des Ehemanns aus rotem Kaschmir für die erste Nacht habe zweitausendfünfhundert Rubel gekostet. Max schrieb, er habe am Morgen der Hochzeit seine Andacht in seiner Kirche verrichtet und eine heilige Messe gehört. Sodann habe er noch an der Parade teilgenommen, weil der Kaiser nicht wolle, daß man seine militärischen Pflichten aus persönlichen Gründen vernachlässige. Dreimal hätten sie aus demselben Kelch vor dem Umgang um den Altar trinken müssen. Dann sei nach ›silence religieux‹ ein wunderbarer Choral ertönt. Der Erzbischof gab den Segen, die Neuvermählten umarmten sich und dankten dem Kaiser, der sie so stürmisch ans Herz drückte, daß die Umstehenden weinen mußten. Die katholische Zeremonie sei kurz, aber würdig gewesen. Er sei glücklich und bedaure nur, daß Mutter und Schwester nicht dabei waren. Mary schrieb ihre Eindrücke, und die Zarin, ihre Tochter habe im Hochzeitskleid prachtvoll ausgesehen. Es sei in Rußland nicht Sitte, Myrten oder Orangenblüten zu tragen, sie habe aber solche in ihre Krone gesteckt, wovon Linda für ihr Herbarium welche bekomme. Max sei schön wie ein junger Gott gewesen. Vor der Hochzeit gab es viele Tränen. *Ich habe Mary ins Bett gebracht und sie erst verlassen, als Max in seinem Schlafrock* – dem teuren aus Kaschmir! – *hereinkam. Dann floh ich.* Sie bete zu Gott, daß sie ihm die Mutter einigermaßen ersetzen könne. Die anderen künftigen Schwiegersöhne würden ihr die Kinder rauben, *aber dieser läßt mir meine geliebte Tochter. Gott lohne es ihm.* Auch der Zar schrieb herzlich. Auguste schrieb, ihr Sohn habe ihr gestanden, daß ihm Mary in ihrem hübschen Negligé noch besser gefallen habe als im Festgewand.
Max mußte den Zaren bei der militärischen Feier auf dem Schlachtfeld von Borodino vom 29. August bis zum 6. September begleiten. Anscheinend hatte dieser sein Versprechen an die Herzogin

vergessen, daß er ihrem Sohne und ihrer französischen Einstellung peinliche Vorkommnisse ersparen würde. Jedenfalls war es nichts weniger als taktvoll, den Sohn Eugen Beauharnais', der in dieser Schlacht einen so hervorragenden Anteil auf der Seite Napoleons genommen hatte, zur russischen Feier mitzunehmen. Beide werteten Borodino als ihren Sieg, Napoleon hatte seinen Marschall Ney dafür zum Fürsten von der Moskwa ernannt, und Nikolaus weihte an diesem Alexandertag auf dem Schlachtfeld unter großem Gepränge ein Denkmal ein.[39] Lacroix beschreibt das militärische Schauspiel.

Der Zar hatte das Gelände der blutigen Schlacht gekauft, um es seinem Nachfolger zu schenken, und ihm neben der alten Kirche mit den Kugelspuren ein Sommerpalais erbauen lassen. Die Truppen biwakierten auf dem Schlachtfeld. Die Zelte für die kaiserliche Familie und die hohen Gäste waren zwischen den Ortschaften Borodino und Zaplarinaia dicht neben denen der Garde und der Grenadiere aufgeschlagen worden. Auch die Veteranen von 1812 waren zur Stelle und Maxens Kiewer Husaren, die er dem Kaiser vorführte. An Fürstlichkeiten waren die Prinzen Eugen von Württemberg und Alexander der Niederlande und Erzherzog Albrecht von Österreich erschienen. Feldmarschall Paskiewitsch war eigens von Warschau gekommen.

Für die Denkmalsenthüllung waren die Truppen ringsherum aufgestellt, und der Zar kommandierte selbst die Ehrenbezeugung mit Musikbegleitung und Trommeln – fünfhundert Spielleute –, als der Klerus in Prozession aus der Kirche herauskam. Der Metropolit hielt den Gottesdienst ab und betete nach dem Tedeum für die Seele Alexanders I. und die in der Schlacht gebliebenen Russen. Dann nahm der Zar vor dem Denkmal die Parade von hundertachtundzwanzig Bataillons, hundertsiebenundsechzig Eskadrons und dreiunddreißig Batterien ab. Der Zar ließ die Chausseure von Kasan und Borodino antreten und gab bekannt, daß erstere nunmehr dem Großfürsten Michael und letztere, die von seinem Bruder Alexander I. gegründet worden waren, fortan dem Zarewitsch unterstünden.

An einem Manövertag wurde unter Leitung des Großfürsten Michael die Schlacht von Borodino rekonstruiert. Die Teilnehmer der Schlacht erhielten den Sold von damals. Zum Schluß gab es noch eine große Parade und turnerische Vorführungen.
Auf dem Marsch von Borodino nach Moskau hatte Eugen Beauharnais in der Nähe des alten Klosters Zwenigorod einen sonderbaren Traum. Ein alter Mönch erschien und sagte, wenn er das Kloster vor Plünderung bewahrte, würde er als einer der wenigen heil in die Heimat zurückkommen, und seine Nachkommen würden Rußland dienen.[40] Von Borodino nahm der Zar seinen Schwiegersohn mit nach Moskau. Sie wohnten im Kreml, wie damals Napoleon.
Der Einzug in Moskau war prächtig. Nach einer großen Feier in der Kathedrale Mariä Himmelfahrt besuchte man die verschiedenen Kirchen des Kreml und den Bau des im russischen Stil entstehenden neuen Palastes. Zwei Fabrikanten baten um die Genehmigung, zur Erinnerung an die Hochzeit fünfzigtausend Rubel zu einer Stiftung für Waisenkinder geben zu dürfen, und der Zar befahl, daß sie Leuchtenberg-Stiftung genannt würde. An der Grundsteinlegung für die Erlöserkirche nahmen zweihundert Erzpriester, einhundert Diakone teil. Drei Bischöfe und neun Archimandriten schritten hinter dem Metropoliten in der Prozession. Max ging mit den anderen Fürsten im festlichen Zuge mit. Auf dem ganzen Weg standen auf einer Seite Truppen Spalier, während auf der anderen die frommen Moskowiter am Boden knieten. Der Metropolit segnete den Bauplatz und die Fundamente. Der Zar küßte das Kreuz, legte eine Kupferplatte in Kreuzesform in den Grundstein und zwei Steine daneben, einen für die Kaiserin, den anderen für sich. Max und die anderen hohen Gäste taten desgleichen. Der Metropolit hielt eine lange Rede, der sich das Tedeum anschloß sowie Gebete für die kaiserliche Familie. Artillerie gab Salven ab, und alle Glocken des heiligen Moskau läuteten. Bei der Festbeleuchtung erstrahlten besonders Mauern und Gärten des Kreml in magischem Licht.
Anfang Oktober durfte Max zu seiner Frau zurückkehren, die in

anderen Umständen war und sich unter der Obhut ihrer Mutter und Dr. Mandts im Alexanderbau von Zarskoje Selo aufhielt. Damals kam es zum Bruch zwischen der Großfürstin und Mandt, weil diese hinter seinem Rücken einen anderen Arzt konsultiert hatte. Seine Verstimmung ist in seinen Erinnerungen zu spüren. Sie sei bei ihrer Heirat noch nicht fertig erzogen gewesen und Max zu jung, um das zu übernehmen. Der Arzt will schon damals erkannt haben, daß dieses Glück nicht von Dauer sein würde.

Einstweilen genossen sie es noch in Sergiewka am Meer, aber auch da nicht ohne die Kritik Dr. Mandts. Der frühere Besitzer Fürst Narischkin habe den Park dem Publikum während der sechs oder acht sommerlichen Wochen geöffnet. Jetzt sei aber nur an Sonntagnachmittagen ein schüchterner Gang durch die üppigen Räume gestattet. Jedes Tor sei von einem ehemaligen Unteroffizier bewacht, und die Spaziergänger müßten sich mit der staubigen Landstraße begnügen.

10
Theodolindes letztes Mädchenjahr
1839/40

Zunächst ging einer von Theodolindes großen Wünschen in Erfüllung, als die Mutter sich erweichen ließ, auf der Rückreise von Dieppe in Paris Station zu machen. Monsieur Henin hatte im Hotel Bristol an der Place Vendôme Quartier gemacht. Man fuhr die Nacht durch. Theodolinde weinte, als sie von ihrem Fenster aus auf die berühmte Säule mit Napoleon sah.

Es war noch das alte, winklige Paris ohne Champs Elysées. Diese Prachtstraße und die sternförmig vom Triumphbogen ausgehenden Boulevards und Avenues wird erst der von ihr unterschätzte Neffe Louis Napoléon anlegen. Das Palais Royal, damals ein Kernstück der Stadt, gefiel besonders gut. Um von zwei Alleen umrahmte Wiesenflächen zogen sich mit der modernen Gasbeleuchtung erhellte Galerien mit Geschäften aller Art. Da gab es nebeneinander Juwelierläden und Konditoreien und was das Herz sonst begehren konnte. Die Luxusrestaurants mit Spiegelsalons voller Bronzen und Pyramiden auserlesener und seltener Genüsse gefielen Linda besonders. In einem Bassin, dessen Wasser durch einen Springbrunnen ständig erneuert wurde, schwamm allerlei Getier der Meere, alles im Schein der hellen Gasflammen, da man dort nur abends promenierte. An den Vormittagen kam man kaum aus dem Hotel. Da boten Vertreterinnen der Haute Couture, Schuh- und Hutmacher und andere Händler ihre Dienste an. Außerdem erschienen Freunde zu Besuch, so der alte Marquis de Beauharnais, der noch drei bis vier Stunden täglich spazierenging, Planat de la Faye, der General Triaire und andere.

Man besuchte den von Eu zurückgekehrten König in St. Cloud. Das Königspaar zeigte selbst das ganze Schloß, wobei Auguste an ihren ersten Aufenthalt anläßlich der Hochzeit Napoleons mit der Erzherzogin Marie Luise denken mußte. Die Königin Amelie stellte in liebenswürdigster Weise die Hofloge in der Oper zur Verfügung, wo gerade Fanny Elßler tanzte. Der bayrische Baron von Eichthal, einer der Hauptaktionäre der Eisenbahn nach Versailles, organisierte einen Ausflug dorthin. Die Fahrt dauerte genau neunundzwanzig Minuten, und die Damen waren sehr erstaunt, als sie auch dort vom Königspaar empfangen wurden. Dieses hatte von ihrem Kommen gehört und sich eigens hinbegeben, um die Honneurs zu machen. Auguste war beeindruckt, daß in der Nationalversammlung jeder zu seinem Recht käme. Das Theater war wieder so wie zu Zeiten des Sonnenkönigs. Abends sah man sich bei den ›Français‹ den ›Misanthrope‹ von Molière an. Die Tuilerien erschienen Auguste »wahrhaft königlich«. Auf dem Weg zur Abschiedsaudienz in St. Cloud pilgerte man zum Grab der Kaiserin Josephine in der Kirche von Rueil, und gegen Ende September war man über Straßburg und Hechingen wieder in München.

Jetzt mußte die Mutter die Tochter trösten, weil diese sich ohne Bruder und Schwester im Palais so einsam fühlte. Die brasilianische Isabel, die zum Essen aus ihrem Angerkloster kommen durfte, war ein Lichtpunkt. Sie war größer und noch schöner geworden und bei ihren Mitschülerinnen sehr beliebt.

Herzog Max von Modena, Bruder der verwitweten Kurfürstin, führte seinen Sohn als Freier der Königstochter Adelgunde vor. Es gab Feiern in der Residenz, und auch Auguste gab den Modenesern ein großes Diner.

Der bayrische Gesandte in Petersburg, Graf Lerchenfeld, kam auf Urlaub nach München und berichtete, Max sei glücklich, würde immer mehr geachtet und geliebt, selbst von denen, die gegen seine Heirat eingestellt waren. Er sei so ehrlich und bescheiden geblieben, wie er in Bayern war, und höre nicht auf Intrigen. Kurz vor Weihnachten schickte er einen Abgesandten mit Geschenken. Die Mutter weinte beim Auspacken wie ein Kind. Es kamen für sie und ihre Töchter wundervolle Kaschmirschals zum Vorschein und

für Linda dazu ein Kleid aus persischem Stoff. Alle bekamen etwas, die Familie Méjan und die Sandizell silberne Gegenstände.
Mary hatte geschrieben, daß ihr Mann sehr beschäftigt sei. Der Zar habe ihm gleich acht Wohltätigkeitsanstalten unterstellt, darunter ein Spital für Unheilbare, eine Irrenanstalt und ein Waisenhaus.
Silvester wurde still beim erkrankten Papa Méjan verbracht, aber am Neujahrstag mußte man zu Hof zur Gratulationscour mit darauf folgendem Diner mit Musik.
Die Königin erbat Augustes und Maurice Méjans Hilfe für die Vorbereitung von Quadrillen beim großen Maskenball im Theater. Sie schlug als Thema Tasso am Hof von Ferrara vor, während Linda ihrerseits zwanzig Mädchen als Garde der Königin Semiramis auswählte. Mitte Januar eröffnete die Herzogin mit einem Ball im Palais die Saison. Der des russischen Gesandten erregte sie, weil er in dem Hause stattfand, wo sie mit ihrem Mann bis zur Fertigstellung ihres eigenen Palais gewohnt hatte.
Der große Ball im Hoftheater am 17. Januar ist nicht zuletzt durch Gottfried Kellers ›Grünen Heinrich‹ in Münchens Lokalgeschichte eingegangen. Von den Künstlern wurde im Maskenzug der Einzug Kaiser Maximilians in Nürnberg dargestellt. Fünfhundert Personen vom Theater nahmen daran teil. Der ›Kaiser‹ lud dann im Odeon zum festlichen Mahle und präsidierte der Tafel auf einer Estrade. Auguste war nicht dabei, konnte aber von ihren nur durch die Straße vom Odeon getrennten Fenstern herüberschauen. Die Künstler seien früh um sieben in die Menterschwaige an der Isar weitergezogen. Der König, der das Tafelsilber zur Verfügung gestellt hatte, sah sich zuvor die vierhundert Gedecke an. Die Plätze seien genau nach der Etikette verteilt gewesen. Kaiser Maximilian saß mit den Seinen so hoch wie das Orchester. An den Wänden hingen die berühmten Teppiche mit der Geschichte Ottos von Wittelsbach. An jedem Platz war verzeichnet, wen der Betreffende darstellte. Die kalten Speisen und das Konfekt waren schon aufgebaut, darunter ein bei Passau gefangener Waller von achtzig Pfund, das Pfund zu sechsunddreißig Kreuzer. Der Praterwirt lieferte die Speisen. Auch der Konditor Teichlein vom Promenadeplatz war in der

Herzogin Auguste von Leuchtenberg
Graf Arco-Valley

Fürstin Eugenie von Hohenzollern-Hechingen
Prinz Karl Theodor von Bayern

Prinzessin Oettingen-Spielberg
Herzog Max von Leuchtenberg

Prinzessin Theodolinde von Leuchtenberg

von Ludwig I. eingeführten ›altteutschen Tracht‹ – schwarzes Wams mit Halskrause und Federn am Schlapphut. *Beim Maskenzug ein Esel, drei Hunde und ein Raubvogel – alle lebend. Umkreiste zweimal den Saal, nürnberger Zug mit dem Kaiser Maximilian. Er stellte sich in der Mitte auf. Chorgesänge vor der großen Loge, in der wir, enthielten Lob auf mich ... die den Kaiser Maximilian und Albrecht Dürer vorstellten, hatten Ähnlichkeit in den Zügen mit diesen. Kleine, eigens für diesen Zweck geprägte Silber- und Kupfermünzen warf im Saal des Kaisers Schatzmeister,* vermerkte der König, nicht aber, daß sich bei dieser Gelegenheit der junge Gottfried Keller einen Scherz erlaubte. So leutselig und schlicht Ludwig I. auch war, legte er Wert darauf, bei Begegnungen auf seinen ausgedehnten Spaziergängen gegrüßt zu werden. Als ihn der junge Dichter kurz vor diesem Fest nicht grüßte, weil er ihn nicht erkannt hatte, nahm er ihm den Hut vom Kopf mit der Frage, warum er ihn nicht gegrüßt hätte. Als Keller nun beim Umzug im Theater an ihm vorbeikam, streckte er ihm seinen Kopf mit der Narrenkappe hin und sagte: *Hei, Bruder König, warum greifst du nicht nach meinem Hut? Er sah mich aufmerksam an, erinnerte sich scheinbar und verstand auch, daß ich die Disteln und Stechpalmen meinte, an denen er sich verletzen würde. Aber er sagte kein Wort, sondern faßte lächelnd mit spitzen Fingern zwei der aufragenden Schellenzipfel meiner Kappe, hob sie ganz sachte in die Höhe, so daß ich barhäuptig dastand und ließ sie ebenso sanft wieder nieder. Da sah ich, daß hier nicht aufzukommen war, ließ den Handel fallen und tollte weiter.* So zu lesen im dreizehnten Kapitel des ›Grünen Heinrich‹, wo mehr über dieses Künstlerfest steht und die ebenso schöne wie bekannte Schilderung von München in jenen Jahren.

Der lustige Herzog Max in Bayern brachte siebenhundert Tänzer und Tänzerinnen zu seinem Maskenfest auf das Parkett seines Palais, und die Stimmung war glänzend bis weit in den frühen Morgen hinein. Er selbst führte eine Quadrille von ungarischen Bauern und Bäuerinnen an. Kronprinz Max und sein Bruder Luitpold machten in der Quadrille der Königin mit. Zwölf Offiziere stellten Grenadiere mit Riesenköpfen dar, die sich plötzlich in Aragonesen verwandelten und deren Tänze vorführten. Die ungarische Qua-

drille wurde beim Ball der verwitweten Kurfürstin wiederholt, wobei Herzog Max und Graf Ludwig Arco unserer Herzogin am besten gefielen. Hingegen beobachtete sie mit Mißvergnügen, wie beim Fest des Mädcheninstitutes am Anger ihr Neffe Adalbert alles durcheinanderbrachte. Hauptattraktion war dabei die schöne Isabel Goyaz. Sie mußte mit der Königstochter Alexandra tanzen, die wie ihr Bruder auch wenig Ahnung von den Tanzregeln hatte. Adalbert tanze wie sein Vater, dem er auch sehr ähnlich sähe, und Alexandra hüpfe geziert umher. Theodolinde kam die kleine Isabel oft traurig vor. Sie fand es nicht recht, daß man das arme Kind über ihre Herkunft aufgeklärt hatte.
Als der Fürst Rohan der Herzogin nach einem ihrer Diners sagte, daß er in Deutschland noch nie eine so gut gerichtete Tafel erlebt habe, waren sie und ihr Hofmarschall Méjan sehr stolz. Letzterer brillierte mit den Tascher, Vater und Töchtern, auf der Bühne des Palais Leuchtenberg. Alle Welt wollte eingeladen werden, *wie wenn mein Haus ein öffentliches Theater wäre, wohin man gehen kann, wann man will.* Auguste lud den Erbprinzen von Darmstadt und jenen jungen Prinzen von Holstein ein, der eigens von Kopenhagen nach Malmö gekommen war, um ihren Sohn Max zu begrüßen. *Mein Haus ist so gut montiert, daß es für das Ansehen der Familie gut ist, wenn ich den Fremden Aufmerksamkeiten erweise.*
Anfang April schrieb Max aus Rußland, daß seine Schwiegermutter in Bad Ems eine Kur gebrauche, Mary sich solange auf ihr Landgut zurückziehen würde, während er selbst an einem vom Kaiser in Zarskoje Selo abgehaltenen Truppenlager teilnehmen müsse.
Am 9. April bekam die Großfürstin Maria in St. Petersburg ein Mädchen. Die erste Nachricht kam durch ein Telegramm der Stiefschwester Kronprinzessin Elise von Preußen aus Berlin. Nähere Einzelheiten brachte Baron Zoller nach München. Der Zar schrieb, daß das Kind Alexandra genannt würde, ein besonders schönes Kind mit dunklen Augen und Haaren, was bedeute, daß es dem Vater ähnlich sieht. *Segnen Sie Ihre Enkelin Alexandra,* schrieb der stolze Papa. Er und der Zar seien bei der peinlichen Prozedur dabeigewesen. Zoller dürfe ungefähr zwei Wochen in München bleiben,

und er selbst hoffe auf ein Wiedersehen im September, wenn es dem Zaren genehm sei.
Unmittelbar darauf Nachricht, daß sich der Zarewitsch mit der Prinzessin Maria von Hessen in Darmstadt verlobt habe.
Die nächste Sensation war, daß Louis Philippes Sohn, Herzog von Joinville, in seiner Fregatte die Gebeine Napoleons von St. Helena holen sollte, damit diese im Invalidendom beigesetzt würden. Theodolinde konnte vor Erregung kaum schlafen, träumte, sie sei auf dem Schiff, sah den Felsen. *Ich konnte mich in die erste Chaluppe stellen, war gleich an Land. Ich fühlte mich beschwingt, als ich den Boden betrat, auf dem Napoleon als Gefangener gegangen war. Was mußte er in diesem engen Raum gelitten haben.*
Die Mutter muß dem König der Franzosen einen überschwenglichen Brief zu diesem Ereignis geschrieben haben. Er sei glücklich, erwiderte er, daß es ihm vorbehalten war, der französischen Erde die Gebeine desjenigen zu übergeben, *der unserer Geschichte so viel Ruhm beigefügt hat und dem Grabe des Kaisers Napoleon alle Ehren angedeihen zu lassen, die ihm unser gemeinsames Vaterland schuldet.* Von ihrem Lob, insbesondere von ihrer Versicherung, daß ihr Mann die bei diesem Anlaß zum Ausdruck gebrachten Empfindungen geteilt hätte, sei er tief gerührt.
Der Zar hatte einen Ukas erlassen, worin er die Enkelin Alexandra zur Kaiserlichen Hoheit ernannte, die nach dem Familiengesetz ›Prinzessin von Rußland‹ gewesen wäre, meldete der Sohn. Ganz Petersburg sprach davon. Mary habe eine Schließe mit einem nußgroßen Smaragd bekommen. Auguste war nicht so begeistert wie Mary, zumal in dem Ukas nur von dem Gemahl der Großfürstin die Rede war. Das sähe so aus, als ob es sich um eine Heirat zur linken Hand handle, wie bei der Prinzessin Maria von Württemberg mit dem Grafen von Neipperg. Sie habe doch in der Frage der Religion der Kinder nur nachgegeben, weil ihr der Zar erklärt hatte, daß sie sonst nicht thronberechtigt wären, *und jetzt vergißt man alles, was man versprochen hat. Das empört mich und tut mir schrecklich weh.* Auch in ihrem Brief an den Sohn machte sie aus ihrer Verstimmung kein Hehl.

Sie sah die noch nicht sechzehnjährige Braut des Zarewitsch bei der Königin Caroline in Biederstein. Linda fand sie elegant und sympathisch, schüchtern und über die ihr zugefallene Würde erschreckt. Ihr Bruder Alexander war dabei, der sie später nach Rußland begleitete und dort, statt die Großfürstin Alexandra zu heiraten, mit der Comtesse von Hauke die Familie Battenberg begründete. Sie mußten ihren Aufenthalt in München abbrechen, weil die Zarin früher als beabsichtigt nach Ems kam. Der Grund war der Tod ihres Vaters Friedrich Wilhelm III. von Preußen. Auf die Nachricht, daß es ihm schlechtgehe, eilte sie mit ihrer Tochter Olga von Petersburg und der Zar von Warschau nach Potsdam. Sie trafen den König noch am Leben, er starb kurz nach ihrer Ankunft. Nun war Augustes Stiefschwester Elise Königin von Preußen.

Auguste und Linda besuchten die Zarin in Ems, sahen sich aber zuvor das Passionsspiel von Oberammergau und das Schloß Hohenschwangau des bayrischen Kronprinzen an. Der Hausherr erklärte mit gewohnter Gründlichkeit alle Fresken, die teils nach Entwürfen von Schwind und von anderen Romantikern für diese neogotische Burg gefertigt worden waren. Da Theodolinde ebenso schwärmerisch veranlagt war wie er, hat ihr diese eigenartige Pracht gefallen, besonders das aus dem Fels gehauene Badezimmer mit Marmorwänden, roten Fenstern mit Blumenbeeten und Springbrunnen und der von Schwanthaler entworfene Löwenbrunnen im Garten. Man machte eine Rundfahrt auf dem Alpsee in einem Kahn, auf dessen Bug ein weißer Schwan angebracht war. Überall sah man diese Symbole des Schwangaus mit und ohne Lohengrin. Das war die Umgebung, in der dann Ludwig II. aufgewachsen ist.

Am Abend des 21. Juli kamen die Reisenden in Ems im Englischen Hof an. Die Zarin lud zum Souper ins Kurhaus und kam entgegen mit *der schönen Olga, groß und graziös, von weißem Teint, süßem Blick.* Auguste hatte sie sich aber noch schöner vorgestellt. Es waren auch da die Prinzessin Louis der Niederlande, Schwester der Zarin, und Bruder Wilhelm, der zuvor im Hotel Besuch gemacht hatte, *liebenswürdig wie alle preußischen Prinzen,* notierte Linda, *höflich und lustig. Ich fühlte mich sehr wohl mit ihm,* aber besonders mit Olga. An deren Namenstag wurde die Trauer abgelegt. Man begab sich bereits um acht Uhr zu der Quelle, wo die Kaiserin Wasser trank. Dann ritt man auf Eseln zu dem Gartenhaus, in dem Theodolinde vor acht Jahren gewohnt hatte. Unter einem mit Blumen gezierten Zelt servierte die Kaiserin selbst Kaffee. Um zwei war Tafel bei der Zarin. Theodolinde saß zwischen Prinz Wilhelm und der Fürstin Wolkonsky, die sie wie die Herren von Kreuth her schon kannte. Anschließend Fahrt nach Aue. Zum Souper mußte man sich wieder umkleiden. Auguste stellte fest, daß die Zarin das mindestens fünfmal täglich tat.

Am nächsten Tag ritt man wieder auf Eseln in den Wald. Linda unterhielt sich ausgezeichnet mit Prinz Wilhelm: *Mein freundlicher Kavalier hat mich völlig erobert.* Beim Ausflug nach Nassau saß sie mit Olga auf dem Bock. Diese nannte Theodolinde in ihren Erinnerungen ein pikantes und graziöses Mädchen mit erkennbarer deutsch-französischer Blutmischung, das dem bayrischen Kronprinzen ›Max Famos‹ eine unerwiderte Liebe entgegenbrachte.

Auguste erwähnte der Zarin gegenüber ihren Kummer, daß Mary nicht einmal den Namen ihres Sohnes führe. Mary könne nicht Herzogin von Leuchtenberg werden, erwiderte diese, weil Großfürstinnen immer Großfürstinnen blieben. Auguste konnte ihre Tränen kaum zurückhalten und vertraute ihren Kummer über so wenig Verständnis ihrem Tagebuch an. August habe auch die Heimat verlassen, aber um in Portugal mit seiner Familie eine neue Dynastie zu gründen. Seine Kinder wären nicht in eine fremde Familie übergegangen und hätten auch seinen Glauben bewahrt. Alle Liebenswürdigkeit und die hübschen Abschiedsgeschenke in Form von Armbändern mit Opalen konnten an ihrer Enttäuschung nichts ändern.

Die Rückfahrt ging nach einem Ausflug nach Schönbusch und einer Nacht in Aschaffenburg weiter über Miltenberg. Vor Blaufelden begegnete man drei riesigen, mit je zwölf Pferden bespannten Karren. Auf die Frage nach solch schwerer Fuhre bekam Linda die Antwort, es seien zwei Millionen in München geprägter Gulden für den Frankfurter Baron Rothschild.

Da der König im Zuge des Ausbaus seiner Ludwigstraße die Übersiedlung des Mädcheninstituts vom Angerkloster in das neue Gebäude gegenüber der Universität für den Ludwigstag befohlen hatte, durfte die brasilianische Isabel zwei Wochen im Palais wohnen. Eben war die Landstraße zum Dorf Schwabing ›begradigt‹ worden, während der aus Griechenland zurückgekehrte Baumeister Gärtner Pläne für den Abschluß der Ludwigstraße nicht weit vom Max-Joseph-Institut durch ein Siegestor entwarf und für eine florentinische Loggia am Anfang gegenüber der Residenz.
Isabel Goyaz genoß diese Ferien in München und Ismaning. Sie durfte mit Tante Linda und den Kindern des Herzogs Max in ein Affentheater und in den berühmten Zirkus Franconi mit seinen schönen Pferden und Kostümen. Madame Laurent-Franconi ritt in einem schwarzen Sammetkleid Hohe Schule. Theodolinde war so begeistert, daß sie Reitstunden in der Manege auf einem Schimmel nahm. Die bösen Zungen lästerten, daß das uneheliche Kind Dom Pedros in der Familie Aufnahme fand, sehr zum Ärger von Linda. *Amelie hat Isabel eigentlich keinen Gefallen erwiesen dadurch, daß sie sie als Tochter ihres Mannes und Herzogin von Goyaz eingeführt hat.*
Unter dem 10. August notierte sie, sie habe erfahren, daß ihr Vetter Louis St. Leu in Boulogne festgenommen worden sei, *wo er mit fünfzig von England mitgebrachten Männern eine Revolution machen wollte. Es tut mir leid, aber ich habe erwartet, daß er nicht ruhig bleiben könnte, doch hielt ich ihn für zu klug, um ein so wenig aussichtsreiches Abenteuer zu unternehmen. Was wird man mit ihm anfangen, ihn aburteilen, in Gefangenschaft halten? Mein Gott! armer junger Mann, er wird alles, was er getan hat, bereuen. Zweifellos war er schlecht beraten, aber was für eine Überheblichkeit, sich mit dem Kaiser gleichzustellen!*
Ende August kam Schwester Eugenie und Anfang September Bruder Max mit Mary und der kleinen Adine. Die Mutter wurde vor Aufregung krank.
Max war kurz zuvor vom Zaren auf ausdrücklichen Wunsch der russischen Künstler zum Präsidenten einer Künstlergesellschaft ernannt worden, weil er so viel Interesse für die Kunst zeigte, Bilder und andere Kunstgegenstände sammelte und selbst zeichnete und

malte.[41] Dies bestätigte seine Schwägerin Olga und daß er auch wissenschaftlich interessiert sei, besonders an Mineralogie, was ihn mit Gelehrten zusammenführe und volkstümlich mache. Er wolle eine Gesellschaft zur Nutzbarmachung der neuesten Entdeckungen in Naturwissenschaft und Industrie gründen und zog auch Künstler nach Rußland. Peter Hess hat, nachdem er von Griechenland zurück war, durch ihn einen Ruf an die Russische Akademie und Aufträge des Zarenhauses bekommen.[42]

Die Großfürstin Olga schreibt über ihn: *Er gab Herz und Seele ohne den geringsten Hintergedanken treuherzig hin, ohne zu ahnen, welche Sorgen er heraufbeschwor. Er war ein hübscher Junge, ein guter Tänzer, liebenswürdiger Kavalier, lebhaft und angenehmen Geistes. Ihm machte nur das Garnisonsleben anfangs arge Schwierigkeiten und die strenge Lebensform in Petersburg.* Ihre Schwester sei nicht schuld gewesen, daß er nicht glücklich wurde. Man habe ihn immer wieder fühlen lassen, daß er Ausländer war. Er sei Kommandeur der aus Lanciers und Grenadieren zu Pferd zusammengesetzten Brigade des Peterhof gewesen und hatte täglich die Parade vor den Fenstern des Zaren zu kommandieren. Onkel Michael sei sehr anspruchsvoll für die Ausführung des reichlich verworrenen Reglements nach preußischem Muster gewesen und habe dadurch viel Unglück und Verzweiflung verursacht. Olga konnte sich vorstellen, wie es ihrem Schwager zumute war, als er plötzlich *in ein Land versetzt wurde, dessen Sitten und Bräuche nur halb zivilisiert, denen seines Landes gänzlich unähnlich waren, unter Menschen, die anders dachten und sprachen als er, in einem Klima, dessen Rauheit seiner Gesundheit schadete. Papa, der die üblen Folgen, die Onkel Michaels übertriebene Strenge hervorrief, sehr wohl wahrnahm, versuchte oft, ihn zu besänftigen. Dies erregte aber nur den Zorn des Onkels, er begann zu schreien, Papa kam seinerseits in Hitze, worauf der Onkel seine Demission anbot, bis Sascha – der Zarewitsch – kam und den Frieden wiederherstellte. Papa aber kränkten solche Szenen im Herzen, weil er seinen Bruder liebte und immer bestrebt war, ihn zu schonen.*

Das junge Paar hatte vom Zaren die Vorliebe für Überraschungen übernommen. Der vorausfahrende Baron Zoller durfte es erst für den nächsten Tag ankündigen, als er am 1. September in München eintraf, obwohl er wußte, daß es ihm auf dem Fuße folgte. Auguste lag mit Kopfschmerzen und Blutegeln im Bett, und Linda saß als Pflegerin daneben, als sie Getrappel von sechs Pferden hörte. Sie stürzte ans Fenster, sah Max und Mary, die ihr Zeichen machten, sie nicht zu verraten. Trotzdem rannte sie die Treppe hinunter und atemlos in die Arme von Bruder und Schwägerin. Beide stürmten ins Zimmer der Mutter, knieten an ihrem Bett nieder und erstickten sie mit Küssen. Auguste bekam einen Weinkrampf und stand auf. Inzwischen musterte Linda ihre Schwägerin. *Sie ist délicieuse, hat eine charmante Taille, angenehmen Ausdruck, geistreich, herzlich und von gewinnender Schlichtheit, sieht ihrem Vater sehr ähnlich. Wir waren gleich wie alte Bekannte.*

Linda war bald völlig im Bann ihrer Schwägerin, fand, daß sie zu Max viel zärtlicher war als er zu ihr. Sie rauchte Zigarren und versuchte Linda dafür zu gewinnen, so daß beide nach Rauch rochen, als das sächsische Königspaar zu Besuch erschien.

Die von der russischen Gesandtschaft erbetene Audienz bei der Großfürstin verwandelte Auguste in einen Empfang mit Musik. Max jagte in Ismaning, ließ die Familie zum Essen kommen und jagte in Eichstätt weiter. Abends ging man oft ins Theater, und untertags zeigte Linda der Schwägerin München. In der Residenz gefielen ihr die Rokokozimmer besser als die neuen ludowizianischen, wogegen sich die Ludwigstraße im Mondschein imposant ausnahm. *Alle diese großen, aber leeren Gebäude ... kamen prächtig zur Geltung.* Dann kam die Glyptothek an die Reihe. In der Erzgießerei waren sechs vergoldete Kurfürsten aus Bronze für den Thronsaal zu sehen, das Stück zu 9000 Gulden, und das noch nicht vollendete Modell für die Kolossalstatue der Bavaria. Der Kopf, in dem sechs Personen Platz haben würden, war fertig. An St. Bonifaz wurde noch gebaut. Die Pinakothek fand sehr großen Beifall, auch das neue Max-Joseph-Stift.

Isabel Goyaz wurde zum Essen geholt, weil Mary sie kennenlernen wollte. Sie fand sie reizend und konnte nicht begreifen, daß die Schwiegermama sie nicht ganz zu sich nahm.

Max hatte den König um Audienz gebeten und wurde von ihm, der von einem Militärlager bei Nürnberg zum üblichen Herbstaufenthalt nach Berchtesgaden unterwegs war, nach Traunstein bestellt. Mary fuhr als Überraschung mit. Das junge Paar kam von dem Empfang sehr beglückt nach München zurück.

Dann ging es zur Familienzusammenkunft nach Tegernsee. Dort fand man Amelie Krüdener mit Mann und Tochter vor. Auch Eugenie kam mit ihrem Constantin aus Hechingen.

Dieser Aufenthalt ließ sich jedoch nicht gut an. Auguste und Mary erkrankten an hohem Fieber. Letztere erholte sich gleich wieder, aber erstere mußte sehr lange liegen. Ihr Kopf schwoll bis zur Unkenntlichkeit an, und der herbeigerufene Arzt Dr. Breslau stellte Erysipel fest. Sie schrie vor Schmerz, daß man es drei Zimmer weit hörte. Eugenie und Theodolinde pflegten sie und kamen kaum zum Schlafen. Auguste notierte später, daß sie elf Tage und Nächte auf einem Stuhl verbracht habe, ohne zu schlafen, und zweiundzwanzig Blutegel aushalten mußte.

Theodolinde war nach zwei Wochen Krankenpflege völlig erschöpft. Constantin fuhr weg und überließ Eugenie anderthalb Monate ihrer Mutter. Schwester Charlotte kam aus Berchtesgaden und half bei der Krankenpflege.

In dieser Lage machte der zwanzigjährige Herzog von Bordeaux, Graf von Chambord, in Begleitung des Herzogs von Blacas Besuch. Als einziger Sohn des ermordeten Herzogs von Berry und Enkel des Königs Karl X. war er der Anwärter der Legitimisten auf den französischen Thron und für sie Henri V. Er blieb drei Tage in Tegernsee. Die Königin Caroline fuhr ihn zur Zerstreuung nach Kaltenbrunn, und Theodolinde war so durcheinander, daß sie ihn zuerst deutsch ansprach. *Er ist natürlich und fröhlich, doch halte ich ihn der ihm zugedachten hohen Stellung nicht für gewachsen.*

Über die Nachricht, daß Louis Napoléon zum Tode verurteilt sei, war Theodolinde erschüttert. *Armer Junge! Ich bin sicher, daß er begnadigt werden wird, aber Gefangenschaft auf Lebenszeit wird sein Los sein.*

Am 19. Oktober notierte sie: *Großmama erwartet den Grafen von Württemberg, der Afrika bereist hat und in der Nähe von Hechingen den Lichtenstein bauen läßt. Eugenie kennt ihn. Sein Bruder Alexander hat die*

Gräfin Helene Festetic geheiratet. Großpapa Méjan, der überall Ehemänner wittert, versichert uns, daß er einer für mich wäre und sicherlich komme, um mich zu sehen. Er wird arg erstaunt sein!

Méjan hatte recht. Der Vater dieses Freiers war ein Bruder König Friedrichs I. von Württemberg und dadurch Vetter des damaligen Königs Wilhelm I. Er hatte eine Gräfin von Tunderfeld geheiratet, und seine Kinder bekamen den Titel Grafen oder Gräfinnen von Württemberg, der später in Herzoge und Herzoginnen – für die Nachgeborenen Fürsten und Fürstinnen – von Urach umgewandelt wurde. Zwei Söhne und eine Tochter wuchsen heran. Lindas Freier hieß Wilhelm. Er hatte vor drei Jahren aus Schwärmerei für Hauffs bekannten Roman ›Lichtenstein‹ das an der Stelle der alten Burgruine, einem der schönsten Plätze der Schwäbischen Alb, entstandene königliche Jagdhaus erworben und dort mit dem Bau einer neugotischen Burg nach den Plänen des Nürnbergers Heideloff begonnen.

Und wieder erfüllte sich ein Leuchtenberg-Schicksal in Tegernsee.

11
Der Graf von Württemberg
1840/42

Da es in Tegernsee in dicken Flocken schneite, als dieser Wilhelm angefahren kam, waren alle Bewohner in der ›Salle de Conversation‹ versammelt. Eugenie stellte ihn ihrer Schwester vor. Er kenne sie bereits vom Sehen im Zirkus Franconi in München, sagte er, und Linda musterte ihn kritisch. Er war groß, schlank, liebenswürdig und gewandt im Umgang, hübsches Gesicht mit ausdrucksvollen Augen. Obwohl er gewöhnlich Deutsch spräche, könne er sich auch in Französisch sehr gut ausdrücken, mache einen sehr gebildeten Eindruck. Bei den von ihr arrangierten Gesellschaftsspielen erwies er sich als lustig und schlagfertig. Sie fühlte seine Augen auf sich ruhen und konnte die ganze Nacht nicht schlafen. Nach einer Schneeballschlacht zwischen Max und seinen Schwestern am nächsten Tag kam die Mutter zum erstenmal nach ihrer Erkrankung wieder herunter und sah den Grafen: *ein charmanter junger Mann. Mancher Prinz dürfte froh sein, ihm zu gleichen,* registrierte sie, und Linda hielt ihre Handarbeit krampfhaft fest, ohne einen Stich zu machen. Beim Diner redete er ohne Unterlaß auf sie ein. Sie widersprach, daß sie in München sehr beliebt sei. Doch, meinte er, er kenne eine ganze Liste ihrer Bewunderer und hoffe, als Nr. 18 oder 20 darauf zu kommen. Bei den lebenden Bildern, wobei Max und Mary besonders brillierten, zerriß er aus Nervosität einen Handschuh in Fetzen und beim Souper neben ihr einen zweiten. Sie durchweinte die nächste Nacht aus Freude und Kummer zugleich. Sollte sie doch noch glücklich werden? Könnte sie ihre Mutter verlassen, und würde diese zustimmen, daß sie einen Grafen heirate und ihre Kinder evangelisch würden? *Mein Gott, ich unterdrücke noch die Gefühle meines Herzens. Wenn es Dein Wille ist, daß ich es noch nicht verschenke, so gib mir dazu die nötige Kraft und Vernunft.*

Die verwitwete Kurfürstin sagte vor ihrer Abfahrt zu Papa Méjan, sie würde diese Heirat arrangieren. Dieser hatte aber schon vom Grafen den Auftrag, bei Theodolinde zu sondieren. Ehe er offiziell um sie anhalte, möchte er wissen, ob sie ihn möge, und zwar noch vor dem Diner. Er – Méjan – habe erwidert, er wisse, daß er ihr sympathisch sei, doch gäbe es zwei bei der Mutter zu überwindende Punkte: den Grafentitel und die evangelischen Kinder. Sie seien übereingekommen, daß er vor der Werbung dem König von Württemberg schreiben und um Behebung dieser beiden Hindernisse bitten würde.

Linda entschuldigte sich von der allgemeinen Schlittenpartie, um mit dem Grafen und Eugenie spazierenzugehen. Als er sie fragte, ob er Aussicht habe, auf die Liste ihrer Verehrer zu kommen, brachte sie kein Wort heraus. Er küßte ihr die Hand und eilte weg. Später erklärte sie ihm, daß sie seinen Vorstellungen nicht entspräche und ihre Gesundheit zu wünschen übrig lasse. Er würde sie pflegen, erwiderte er. Er habe eine sehr geliebte Schwester, eine Wohnung in Stuttgart und eine in Ludwigsburg und baue gerade in der Nähe von Hechingen Schloß Lichtenstein auf. Beim Diner mußte der dritte Handschuh daran glauben, weil sie nicht nebeneinander saßen. Bei den Musikvorführungen hielt sie sich mit Selbstüberwindung von ihm entfernt, obwohl es sein letzter Abend in Tegernsee war. Sie kamen überein, daß er erst anhalten würde, wenn er eine günstige Antwort des Königs wegen der zwei Punkte habe.

Bei Zusage des Königs verhieß die Mutter ihre Zustimmung. Der Gedanke, daß ihre Linda in erreichbarer Nähe bliebe, war ihr sympathisch. Theodolinde weinte vor Glück.

Die Versicherung des Königs von Württemberg, er sei mit der Heirat einverstanden und erteile Wilhelm die Erlaubnis zum Antrag, wurde etwas voreilig als Erfüllung der beiden Bedingungen gewertet. Die Herzogin gab ihre Zustimmung mit dem Bemerken, daß sie dem König um Regelung der zwei bekannten Punkte schreiben würde und im Falle positiver Antwort kein Hindernis bestünde.

Theodolinde war dankbare und glückliche Braut. Max, Mary und Eugenie seien hoch erfreut, notierte die Mutter. Natürlich verfaßte Papa Méjan den Brief Augustes an den König von Württemberg. Da ihre Tochter als Gräfin am Münchner Hof keine gehobene Stellung hätte, würde sie sich freuen, wenn er ihr zuliebe ihrem künftigen Schwiegersohn den Fürstentitel verleihen würde. Der Bräutigam schrieb an Max und Theodolinde, daß der König mit seiner Wahl zufrieden sei und gegen katholische Kindererziehung nichts einzuwenden habe.

Zwei Wochen später entdeckte die Herzogin zu ihrer Bestürzung, daß die finanzielle Lage des Schwiegersohnes sich als wesentlich ungünstiger herausstellte, als man angenommen hatte, während dieser sich seinerseits vom Hause Leuchtenberg weit mehr erwartet hatte.

Wilhelm erschien unter Ausnützung der fertigen Teilstrecke der neuen Eisenbahnlinie Ulm–München unerwartet bei der Premiere von Bellinis ›Puritanern‹ in der Loge. Alle Operngucker richteten sich auf das Paar. Er nahm Linda übel, daß sie, um die Anwesenheit von Max und Mary auszukosten, die Hochzeit nach Ostern festgesetzt hatte. Als der Bräutigam dann einen an sie gerichteten Brief öffnete, kam es zu ersten Auseinandersetzungen. Wilhelm ging weg und sprach während des Essens kein Wort. Nach einem Tränenausbruch von Theodolinde Versöhnung. Die Hochzeit wurde vor die Fastenzeit vorverlegt. Der Bräutigam war über den nach dem Muster für die Schwestern abgefaßten Ehevertrag enttäuscht, weil er sich höhere Mitgift und Einkünfte erwartet hatte. Die Braut erklärte, sie werde aus ihrem Privatvermögen beisteuern, und die Mutter notierte, sie hätte ihre Zustimmung zu dieser Heirat nicht gegeben, wenn Linda nicht großjährig wäre.

Inzwischen ritt das Brautpaar, von Stefanie Méjan chaperonniert, aus, wobei Linda im Reitkleid besonders gut aussah. Es gab verschiedene Einladungen, Konzerte, Theater. Die Universität und die Ludwigskirche wurden besichtigt. *Die Fresken im Kirchenschiff sind vollendet, Meisterwerke von Cornelius. Im Jüngsten Gericht ist König Ludwig unter den zum Himmel aufsteigenden Auserwählten dargestellt.*

Ende November reiste Eugenie nach Hechingen zurück, versprach aber, zur Hochzeit wiederzukommen. Die ganze Familie begleitete sie in der Eisenbahn bis Augsburg. *Die Wagen sind bequem,* konstatierte Linda. *Wir waren zu zehn und hatten zwei Wagen genommen. Die Bewegungen sind weich und die Fahrt ziemlich rasch. Leider hält man an acht verschiedenen Orten, was viel Zeit kostet.* Man trennte sich in den ›Drei Mohren‹ von Eugenie und fuhr in drei Stunden zurück.
Die Mutter sah der Heirat Lindas mit wachsenden Bedenken entgegen. Sie würden kaum genug für den Haushalt haben, und ihre Stellung in München würde sich verschlechtern. Sie mußte ihren Töchtern Josephine und Amelie erst klarmachen, daß es sich um einen besonderen Grafen handelte, der mit dem württembergischen Königshaus verwandt sei. Theodolinde kämpfte oft mit den Tränen. Es kam zu neuer Verstimmung, als König Ludwig den Bräutigam zum Familiendiner an seinem Festtag nicht einlud.
Die Großfürstin Maria wurde von Stieler porträtiert, und der König dachte daran, sie in seine Galerie der Schönheiten einzureihen. Bei einem Empfang im Herkulessaal der Residenz war Theodolinde sehr stolz, daß ihr Bruder in der russischen Generalsuniform so gut aussah. Auch Mary habe ihr weißgoldenes russisches Kostüm mit goldenem Kakoschnik und einer Rubingarnitur ausgezeichnet gestanden.
Zwischen der Mutter und ihrem künftigen Schwiegersohn fielen wieder harte Worte, als sie den württembergischen Gesandten um eine schriftliche Erklärung seines Königs anging, daß die Kinder ihrer Tochter katholisch erzogen würden. Wilhelm wollte nicht einmal ein mündliches Versprechen abgeben. Theodolinde wurde krank, weinte und schlief die ganze Nacht nicht. Sie konnte den Frieden zwar mit Mühe wiederherstellen, aber mit dem Vertrauen zwischen Mutter und Schwiegersohn war es vorbei.
Der Bräutigam fuhr über die Weihnachtstage zu seinen Verwandten und wollte erst nach Neujahr wiederkommen. Mit Max, Mary und der kleinen Enkelin wurde im Hause Leuchtenberg ein stimmungsvolles Weihnachten gefeiert. Ein Feldjäger brachte Geschenke für Max und Mary und einen sehr freundlichen Brief der

Zarin an die Braut. Isabel Goyaz war schon am Vortag zum Essen da und nahm ihre Geschenke in Empfang. Jeder bekam seinen eigenen Christbaum, so daß sechzehn zusammenkamen. Der Ballsaal war fast zu klein, um all die Gaben nach russischem Maßstab aufzunehmen.

Theodolinde beschenkte schon am Vormittag zwei Waisenkinder und stattete in ihrem Asyl zweiundzwanzig Mädchen und noch zwölf weitere Kinder von Kopf bis Fuß neu aus und verteilte Spielsachen. Sie bekam Myrtenkränze und auf ihre Heirat bezügliche Gedichte aufgesagt. Dann richtete sie zu Hause noch einmal die Tische und Bäume. Zuerst beschenkte sich die Familie gegenseitig und dann kam der Hofstaat an die Reihe. Obwohl der Saal prachtvoll aussah, konnte Theodolinde nicht froh werden, denn es war seit dem Tode des Vaters wieder die erste Bescherung im Ballsaal und für sie vielleicht die letzte im Vaterhaus. Von den Geschenken erfreute sie am meisten Wilhelms sehr ähnliches Porträt.

Feste und Bälle in dieser Zeit machten Theodolinde wenig Freude, da sie möglichst viele Stunden im engen Familienkreise verbringen wollte. Am Neujahrstag war sehr feierlicher Empfang bei Hof in großer Gala. Wie in alten Zeiten setzte sich das Königspaar zum Schauessen. Hofstaat und diplomatisches Korps zogen sich zurück, nachdem sie der König nach dem Ehrentrunk begrüßt hatte. Dann wurde das Publikum eingelassen. Der Ball beim russischen Gesandten dauerte bis um drei, weil die Großfürstin den Kotillon verlängerte. Es folgte ein eigener Hausball, einer in der Residenz und einer bei der Kurfürstin-Witwe.

Mutter Auguste konnte sich über die Zukunft Theodolindes nicht beruhigen. Wenn Mary bei der Ankunft Wilhelms nicht in Tegernsee und sie selbst nicht krank gewesen wäre, hätte diese Verlobung gewiß nicht stattgefunden, meinte sie. Ihre Wünsche und Bedingungen würden nicht erfüllt. Die Tochter weinte auch bei dem Gedanken, daß ihr Bruder Ende März nach Rußland zurückkehren würde, und verschob ihre Hochzeit auf den 8. Februar.

Als Wilhelm erschien, während sich Theodolinde gerade zum Hofball anzog, wäre sie am liebsten mit ihm zu Hause geblieben, aber

Maman war dagegen. Er war so eifersüchtig, daß ihn jede Bagatelle in Erregung brachte. Ob sie wohl glücklich würden, fragte sie sich in ihrem Tagebuch.
König Ludwig lud den Bräutigam zum Essen ein und setzte ihn neben die Königin, nachdem er vom Hofmarschall empfangen und in den kleinen Thronsaal geleitet worden war. Er sprach auch dauernd mit ihm, so daß Wilhelm begeistert ins Palais zurückkam. Linda war selig.
Beim Ball des Herzog Max tanzte sie laut Tagebuch der Mutter mit dem Hausherrn einen *pas espagnol vraiment à ravir* und trat mit ihrem Bruder in einer Quadrille auf. Onkel König war entzückt. Dieser Maskenball stand unter dem Motto ›Figaros Hochzeit‹. Alle Herren mußten im Venezianermantel mit Dreispitz erscheinen. Vetter Max gab den Figaro und die Großfürstin die Susanne.
Einen Tag vor der Trauung traf das Paar aus Hechingen ein. Die katholische und evangelische Trauung fand um zwei Uhr nachmittags in einem Saal des Palais statt. Die Braut sah in ihrem Spitzenkleid und Spitzenschleier mit Myrten und Orangenblüten, Brillantchatons um den Hals und auf der Stirne, Diamantdiadem und einem Bukett aus Diamanten und Smaragden an der Brust sehr hübsch aus. Es kam die gesamte anwesende bayrische Familie mit dem Königspaar an der Spitze. Die Braut verließ weinend ihr Mädchenzimmer. Die Mutter führte sie, und die Königstochter Adelgunde, die selbst schon mit dem Prinzen von Modena verlobt war, fungierte als Kranzeljungfer. Onkel Karl geleitete den Bräutigam. Prinz Luitpold und Herzog Max waren Trauzeugen der Braut, der Fürst von Hechingen und der württembergische Gesandte die des Bräutigams. Die evangelische Zeremonie folgte der katholischen. Theodolinde brachte ihr ›Ja‹ ziemlich bestimmt hervor. Beim anschließenden Diner wurde das junge Paar von Mutter und Bruder eingerahmt, gegenüber saß zwischen dem Königspaar die Königin Caroline. Die Großfürstin, die sich nicht wohl fühlte, hatte sich zurückgezogen. Der König trank unter Fanfarenklängen auf die Neuvermählten, der Bruder auf das Königspaar. Militärmusik spielte. Theodolinde konnte vor Glück und Erregung kaum spre-

chen. Erst nach sieben kam die junge Frau aus ihrer Gala. Der Familientee dauerte zwei Stunden, und dann folgte der äußerst peinliche Ritus bei fürstlichen Hochzeiten jener Zeit. *Um neun Uhr zogen mich Maman und meine Schwester aus. Ich legte mich nieder. Maman rief Guillaume und verließ mich mit ihrem Segen.*

Am nächsten Morgen war es noch schlimmer. Nur zum ersten Frühstück ließ man sie noch allein. Dann kam Dr. Breslau, ihr den Puls zu fühlen und mit ›sourire caustique‹ zu verkünden, daß sie keiner Medizin bedürfe. Um einhalb vier Diner bei Hof. Das junge Paar saß zwischen König und Königin. Der schwerhörige Onkel schrie ihr höchst aufgeräumt Dinge in die Ohren, die sie noch verlegener machten. Zu Hause war gerade Zeit zum Umkleiden für eine musikalische Soiree in Biederstein. Die Russen machten Musik. Graf Wilonski spielte Cello, Dephine Klavier, und Kratisch sang. Am nächsten Abend mußte Linda trotz Fieber an dem von Max im eigenen Haus gegebenen Ball teilnehmen.

Das Abschiedsgeschenk der Königin rührte Theodolinde besonders, ein Armband aus Gold und Email mit der Aufschrift ›Souvenir‹ in Diamanten. Wenn man es öffnete, wurde, auf Porzellan gemalt, ihr Kinderheim in Haidhausen sichtbar, mit kleinen Mädchen, die Kränze flochten, und darüber die Inschrift ›Auch in der Ferne‹. Die kleine Isabel Goyaz weinte beim Abschied in ihrem Max-Joseph-Stift bitterlich. Das Schwerste war die Trennung von der Mutter. Um es der Schwester leichter zu machen, fuhr Eugenie auf der Eisenbahn bis Augsburg mit und noch zwei Posten bis Ulm, während Max, Mary und die kleine Adine die Mutter zu trösten suchten.

Linda fuhr mit Herzklopfen bei Schnee und Nebel durch das Königstor in Stuttgart ein. Sie stieg im Haus Bräuning in der Kronenstraße, ihrem vorläufigen Wohnsitz, auf der mit Blumen geschmückten Treppe in den ersten Stock zu ihrem hübsch und bequem eingerichteten Appartement hinauf. Auch darin waren Blumen und als besondere Aufmerksamkeit ein Bild des Palais Leuchtenberg, als lebendes Inventar zwei Papageien, zwei Katzen, zwei Dackel und zwei Schildkröten. Die Diener trugen gelbe Livreen.

Ein elegantes Coupé brachte die Neuvermählten in das königliche Schloß. Wilhelm stürmte zwei Treppen hinauf und durch Korridore voraus zur Wohnung seiner einzigen Schwester Marie, die Linda von Anfang an sympathisch war. Dann wurde der dichtende und reitende Bruder Alexander besucht.
Die Antrittsaudienz im Schloß fand erst am nächsten Tag statt. Der König führte Theodolinde zur Königin. Die mit dem Grafen Alfred von Neipperg verheiratete Tochter des Königs wurde im Wilhelmspalais besucht. Beim Hofdiner saßen sie zwischen der Königin und Jérôme Montfort, einem Sohn des ehemaligen Königs von Westfalen. Lindas Beziehungen zur Familie Jérôme Bonapartes, dessen Frau eine Schwester des derzeitigen Königs von Württemberg war, und die schon vor der Verheiratung der Großfürstin Olga mit dem Kronprinzen bestehenden Beziehungen zur Zarenfamilie erleichterten Theodolinde den Einstand erheblich. Sie freute sich besonders, daß Max, der von Hechingen her die ganze Nacht durchgefahren war, sie am letzten Februar besuchte. Er brachte als Hochzeitsgeschenk von ihm und Mary eine in Rußland gefertigte Garnitur besonders blauer Türkise mit Diamanten in sehr hübscher Fassung mit. Seine Frau sei wieder in anderen Umständen, sagte er, und der Arzt ließe sie nicht vor drei Monaten reisen. Er habe einen Feldjäger zum Zaren geschickt, um seine Befehle einzuholen. Max war beim Familienessen im Schloß und blieb auch den nächsten Tag bei ihr. Abends um zehn reiste er nach München ab.
Linda war froh, als sie ihr Mann auf dem Wege zum Lichtenstein in Hechingen absetzte, und gar, als er sie im April nach München brachte, damit sie Bruder und Schwägerin noch vor deren Rückkehr nach Petersburg sehe. Wilhelm wurde von der Schwiegermutter nicht gerade herzlich empfangen. Mary versuchte die Wogen zu glätten. Sie saß mit ihrem Kind meist im Garten des Prinz-Karl-Palais. Auguste und Max bekamen Grippe, Linda Fieber und die Königin-Witwe Caroline wurde schwächer und schwächer.
König Ludwig gab den Reisenden ein Abschiedsessen. Die Trennung der engsten Familie fand in Eichstätt statt, das Mary noch nicht

kannte. Der ›Wildschweinpark‹ mit seinen schönen Bäumen gefiel ihr am besten. Max war in seinem Element. Er kutschierte die Familie auf seinem Territorium herum. Die Eichstätter brachten einen Fackelzug mit Musik und mit Hymne, die die Mutter zu Tränen rührte und Linda zum Schluchzen brachte. Bei der Abfahrt am 15. Mai klammerte sich die kleine Adine mit aller Kraft an die Großmutter. Es war eine herzzerreißende Szene. Um nicht in Eichstätt zurückbleiben zu müssen, fuhr die Herzogin mit Eugenie und Linda gleichzeitig nach München ab. Der Anblick des Palais mit den geschlossenen Läden brach ihr fast das Herz. *Wie wird es erst sein, wenn ich allein sein werde,* schrieb sie in ihr Tagebuch.
Nach der Rückkehr von einer vom Arzt verordneten Badekur in Dieppe mußte Auguste für die zusehends schwächer werdende Stiefmutter Caroline in Tegernsee die Honneurs machen. Durch deren Tod am 13. November wurde es noch einsamer um die Herzogin. Sie hatte ihre richtige Mutter im Alter von acht Jahren verloren, und Caroline, die an deren Stelle trat, war ihr immer wie eine leibliche Mutter und Großmutter der Leuchtenberg-Kinder gewesen. Zwei Tage vor ihrem Tode eilte Auguste auf die erste Alarmnachricht in die Maxburg, ließ sich aber nicht blicken, um sie nicht zu erschrecken. Elise von Preußen war da und Friedrich Wilhelm IV., der zum vierzigsten Geburtstag seiner Frau am gleichen 13. gekommen war. Die Kranke bestand nicht nur darauf, daß die Gratulationscour bei ihr in der Maxburg stattfinde, sie ließ zur Feier ihrer Tochter noch Einladungen zu einem Empfang am Abend ergehen. Auguste war schon beim Anziehen, als diese Soiree abgesagt wurde. Schlimmes ahnend, fuhr sie sofort in die Maxburg und fand die im Nebenzimmer versammelte Familie in Tränen, weil der Arzt erklärt hatte, Caroline würde die Nacht nicht überleben. Herzogin Ludowika, die vor kurzem die künftige Königin Marie beider Sizilien geboren hatte, lag auf einem Sofa im Zimmer ihrer Schwester Elise. Um zehn Uhr verkündete Dr. Breslau, das Ende stünde bevor. Man stürzte in das Krankenzimmer und kniete am Bett nieder. Der evangelische Kabinettsprediger Schmitt betete laut. Auguste war überzeugt, die Sterbende höre ihn ebenso wie das

Schluchzen der Kinder und Stiefkinder. Bruder Ludwig sei ganz blaß gewesen. Er hatte noch nie einen Menschen sterben sehen.

Die Beisetzung der evangelischen Königin in der katholischen Theatinerkirche wurde zu einer häßlichen Demonstration der sogenannten ›Ultramontanen‹, die die Gesichtspunkte Roms vor die des eigenen Landes stellten. Auguste und ihr Bruder Ludwig, gewiß zwei strenggläubige Katholiken, waren empört. *Der Nuntius, Minister Abel, Fürst Löwenstein und ihre Anhänger, haben sich zusammengetan, um unsere Mutter wie eine Heidin beizusetzen. Man sagte dem König, man täte, was man könne. Unglücklicherweise hatte er sich nicht genügend informiert. Es war kläglich und ein wahrer Skandal für alle, die wahrhaft fromm sind.*

Wegen des schlechten Wetters hatte der Arzt der Familie untersagt, den Sarg vom Sterbehaus zur Kirche zu begleiten. Die rührenden Worte des Kabinettspredigers vor der Abfahrt ließen neue Tränen fließen. Elise klammerte sich an Auguste fest, während der Sarg weggetragen wurde. Dann fuhren alle zur Theatinerkirche. Dort war nichts vorbereitet. Es gab keine brennende Kerze, keinen Priester im Chorrock. Die Kirche war leer und verschlossen. *Man stellte den Sarg vor der Kirchentür ab, und der evangelische Geistliche hielt wieder eine lange Rede, die niemand hörte.* Gugelmänner mit Kapuzen über dem Kopf trugen allein den Sarg in die Gruft hinunter, während die Familie im Hof wartete, um sich dann mit dem König an der Spitze in die protestantische Kirche zu einer sehr schönen Predigt zu begeben. Die Herzogin kam mit gebrochenem Herzen nach Hause. Am nächsten Tag hielt zwar Monsignore Hauber in der Theatinerkirche seinerseits auch eine gute Predigt, aber ohne Gesang und Gebet, *und das bei einer Gelegenheit, da wir unsere Religion in ihrer ganzen Größe hätten zeigen sollen, noch dazu in Anwesenheit des Königs von Preußen, dem nur Parteilichkeit, Intoleranz und Haß vorgeführt wurde,* registrierte die Herzogin, die ihre Entrüstung auch Bruder Ludwig sehr deutlich zum Ausdruck brachte. Die Partei der ›Ultramontanen‹ würde nicht dabei stehenbleiben ...

Der König war wütend und stellte den Bischof von Regensburg, der für die tote Königin eine sehr würdige Trauerfeier abgehalten hatte, als Vorbild hin. Er, der so viel für die katholische Religion und für die Wiedergutmachung des ihr in Zeiten der Aufklärung und Säkularisation angetanen Unrechts getan hatte, konnte noch nicht für möglich halten, daß ihm aus ihren Reihen Widerstand erwachsen könnte.

Die von Auguste ›Catholiques pures‹ genannten Kreise hätten politische Absichten, meinte sie. *Der König wird sich davon überzeugen, wenn es keine Heilung mehr geben wird. Sie handeln nicht zum Wohle der Religion, denn sie befolgen weder die Grundsätze noch das Vorbild Jesu Christi.*

Die Königin Caroline hinterließ ihr geliebtes Tegernsee mit Bad Kreuth, Kaltenbrunn, Bauer in der Au und was noch alles dazugehörte ihrem Stiefsohn Karl Theodor. Sollte er keinen ebenbürtigen Sohn hinterlassen, sollte die Königin Elise von Preußen die nächste Erbin sein, die, da sie keine Kinder hatte, nach Belieben einem Sohn ihrer Schwester das Erbe vermachen könne. Da Prinz Karl seine Stiefschwester Elise überlebte, wurde diese Klausel hinfällig, und er setzte sein Patenkind Herzog Karl Theodor in Bayern als Erbe ein. Schloß Biederstein bei München erhielt die jüngste Tochter Herzogin Ludowika in Bayern, die es ihrem jüngsten Sohn Herzog Max Emanuel hinterließ. Trotz der engen Beziehungen zwischen Auguste und ihrem Lieblingsbruder Karl und weiterhin häufiger Besuche in Tegernsee war es mit den vom Vater übernommenen alljährlichen großen Familienzusammenkünften dort zu Ende.

Theodolinde, die ihre ›Grand maman‹ besonders geliebt hatte, traf die Todesnachricht besonders schwer. *Wie einsam wird jetzt meine Mutter sein, und wie traurig bin ich, nicht dort gewesen zu sein, um noch einmal die Hand meiner Großmutter küssen zu können, die mich so gern hatte.*

Aus Rußland war inzwischen gegen Ende Oktober Baron Zoller in neun Tagen von Zarskoje Selo mit der Nachricht gekommen, daß die Großfürstin eine zweite Tochter zur Welt gebracht hatte, die den Namen Marie bekam. Man täusche sich, notierte Auguste, in der Annahme, sie hätte lieber einen Enkel bekommen: *Es ist mir völ-*

lig gleichgültig. Die Familie des Prince Eugène erlischt mit meinem Sohn, wenn er in Rußland bleibt. Diese Tochter Marussja war ein besonders hübsches Kind mit schönen Augen und regelmäßigen Zügen. Sie kam in Zarskoje Selo im gleichen Zimmer zur Welt, in dem Zar Nikolaus geboren worden war, heiratete den Prinzen Wilhelm von Baden und wurde die Mutter des letzten Kanzlers des Reiches Max.

Im November kam Theodolinde nach München, da aber Mutter und Tochter krank wurden, war es kein fröhliches Weihnachten. Die Hochzeit der Königstochter Adelgunde mit dem Sohn des Herzogs von Modena in der Residenz brachte dann Zerstreuung, während Theodolinde in Stuttgart ihr neues Heim einrichtete. Auch der Lichtenstein war nun fertig. Sie wurde dort mit Böllerschüssen empfangen. Das letzte Wegstück war so schlecht, daß drei Jäger ihres Mannes den Wagen stützen mußten, damit er nicht umfiel. Das Schloß gefiel ihr, »... c'est superbe«. Bei der Rückfahrt schneite es in dicken Flocken, obwohl es schon Ende März war.

Als Max seiner Mutter schrieb, er habe an der Osterandacht der Zarenfamilie teilgenommen, war sie schmerzlich berührt. Das habe mit seinem Dienst nichts zu tun. Der Zar würde alles daransetzen, um ihn für den griechischen Glauben zu gewinnen. Sie zog sich mit ihrem Kummer und Eugenie in ihr geliebtes Ismaning zurück.

Auf der Rückreise von einem weiteren Badeaufenthalt in Dieppe besuchte sie in Paris den Invalidendom. Dort drückte ihr ein älterer Invalide weinend die Hand. *Er sagte mir, auch Sie haben viel verloren und gelitten. Ich bin von der alten Garde. Mehr konnte er nicht herausbringen. Solche Worte tun dem Herzen gut.* Sie fuhr weiter über Stuttgart und traf dort bei Theodolinde auch Eugenie. *Maman war erregt von Hitze und Wiedersehen, aber allmählich beruhigte sie sich ... packte Geschenke für Eugenie und mich aus. Sie versprach mir, zu meiner Entbindung zu kommen. Welches Glück. Um sieben Uhr verließ sie mich schon wieder. Es war ein Traum.*

In diesem September lud König Ludwig seine Schwester zum erstenmal zu sich nach Berchtesgaden ein. Er brachte fast alljährlich nach seinem Sommeraufenthalt in Brückenau, Aschaffenburg oder

Ludwigshöhe bei Edenkoben in der Pfalz und vor seiner Rückkehr zum Oktoberfest nach München im engsten Familienkreis und mit bevorzugten Freunden einige Wochen in dem ehemaligen Schloß der reichsfreien Augustiner Chorherren von Berchtesgaden ohne Etikette zu. Er fuhr oft zu seiner anderen Schwester Charlotte nach Salzburg hinüber, und sie kam herüber. In diesem Jahr waren beide Schwestern wochenlang in Berchtesgaden. Auguste genoß die Rückkehr in alte Vertrautheit, und Ludwig war im Schloß und bei den Ausflügen in die Umgebung besonders herzlich zu ihr. Als er ihr aber erzählte, die leuchtenbergischen Angestellten trügen in den italienischen Besitzungen nunmehr zaristische Kokarden, traf er sie ins Herz. Roux sei sicherlich bestochen worden, ihren Sohn immer mehr in das russische Lager zu ziehen.

Der Anblick der ehemaligen Kaiserin Marie Luise, die für einen Tag auf Besuch gekommen war, erschütterte sie. *Ich hatte sie seit 1814 nicht mehr gesehen. Anscheinend hat sie Gott dafür gestraft, daß sie vergessen hat, was sie dem Hause des Kaisers Napoleon, ihrem Sohn und sich selbst schuldig war. Sie sieht aus wie eine alte, dekrepide, dicke und abgerackerte Bäuerin. Sie ist ekelerregend und man wird ... daran erinnert, was Lord Byron im ›Age de bronce‹ gesagt hat ... Diese Frau, der eine so schöne Rolle zugefallen wäre, wenn sie dem Vorbild der Kaiserin Maria Theresia gefolgt wäre, hat ein Benehmen gehabt, das jede Frau und besonders die Kaiserin der Franzosen in den Schmutz zieht. Ich weiß nicht, welchen Eindruck ich auf sie gemacht habe. Jedenfalls vermied ich ein Gespräch mit ihr. Abends ist sie nach Parma weitergereist.*

Nach München zurückgekehrt, hatte Auguste die Hochzeit der Herzogin Isabel von Goyaz vorzubereiten. Für diese war es ein Glück, daß sich der Graf Ernst Fischler von Treuberg so bald nach Beendigung ihrer Erziehung um das schöne exotische Mädchen bewarb, aber für die Herzogin bedeutete diese Heirat noch mehr Leere im Palais. Der vierzehn Jahre ältere Bräutigam entstammte einer vornehmen Familie und war dazu der Sohn einer Prinzessin von Hohenzollern-Sigmaringen, aus deren Familienbesitz auch das ehemalige Kloster Holzen im bayrischen Schwaben nicht weit von Donauwörth stammte, in das nun die Brasilianerin einziehen würde.

Am 10. Oktober kam Max überraschend, und schon am nächsten Tag begannen die Hochzeitsfeierlichkeiten für den Kronprinzen Maximilian und die Prinzessin Marie von Preußen. Die bayrischen Prinzen erwarteten die Braut und deren Eltern unten an der Kaisertreppe in der Residenz, das Königspaar mit den Prinzessinnen oben. Auguste fand sie in ihrem himmelblauen Kleid eher klein, aber reizend von Angesicht mit besonders schönen Augen, außerdem gewandt und sympathisch. Anschließend war großes Diner mit dem Brautpaar zwischen dem Königspaar. Die Trauung fand am 12. Oktober in der Hofkirche statt, worauf der Nuntius im nun fertiggestellten neuen großen Thronsaal die Begrüßungsrede für das diplomatische Korps hielt. Es war der Namenstag der drei Maximilian, und der König kam ins Palais, um dem leuchtenbergischen zu gratulieren. Da der 13. der Todestag des Königs Max Joseph war, fand die Festaufführung von Bellinis ›Puritanern‹ am 14. statt, am Vorabend des siebzehnten Geburtstages der neuen Kronprinzessin. An diesem war große Galatafel und erster Hofball im neuen Ballsaal, der trotz seiner Größe völlig ausgefüllt war.
Am folgenden Tag bei prachtvollem Wetter feierliche Eröffnung des Oktoberfestes. Das Kronprinzenpaar wurde bei der Auffahrt stürmisch bejubelt. Als erstes zogen die Paare, die am gleichen Tag geheiratet hatten, am Königszelt vorbei und führten Tänze auf. Dann gab der König das Zeichen zum Start des Pferderennens. Onkel Karl gab Max Leuchtenberg, der um Mitternacht zu seiner Großfürstin, die auf ärztliche Verordnung den Winter in Italien verbringen sollte, nach Venedig aufbrach, ein Diner. Seine Mutter war glücklich, ihn sechs Tage für sich gehabt zu haben. *Die Heimatluft hat ihm gut getan. Er war glücklich, wieder daheim zu sein und alle Welt freute sich, ihn zu sehen.*
Mit der Eröffnung der Walhalla bei Regensburg am Jahrestag der Schlacht von Leipzig und der Grundsteinlegung zur Befreiungshalle bei Kelheim am darauffolgenden 19. Oktober fanden die Feiern dieser Kronprinzenhochzeit ihr Ende.
Die Herzogin-Mutter machte sich dann mit Maurice Méjan und der Sandizell auf die Reise nach Venedig zum Rendezvous mit

ihrem Sohn. Sie wohnte im Hotel Danieli. In Erinnerung an ihren triumphalen Einzug Anno 1806 als Vizekönigin stiegen ihr wieder einmal Tränen auf. Ihre beiden Enkelinnen erschienen ihr blaß und mager, die ältere war schon zutraulich, doch da sie nur Russisch verstand, war die Verständigung schwierig. Obwohl Max und Mary sich ehrlich um sie mühten, hatte sie das Gefühl, sich in einer russischen Familie zu befinden. Mit ihrem Sohn August sei das ganz anders gewesen, der habe seinen Vater zum Vorbild gehabt. Als sie ihrer Schwiegertochter den alten Bibliothekar vorstellte, der unter ihrem Mann diesen Posten innehatte und über das Wiedersehen so glücklich war, beachtete diese ihn kaum. Nicht einmal die Tatsache, daß es der Vizekönig war, der die wertvollen Bilder in der Akademie vereinigt hatte, habe ihr Eindruck gemacht.
Anfang November fuhr man zu Schiff nach Ancona. Es erhob sich ein derartiger Sturm, daß nicht nur alle Passagiere seekrank wurden, sondern der Kapitän das Schiff in den Hafen von Rovigno auf Istrien in Sicherheit bringen mußte. Man schlief in einem kleinen Gasthaus auf Stroh. Früh um vier erschien Max mit einer Laterne und erklärte, daß das Schiff vor fünf aus dem Hafen auslaufen müsse, wenn man an diesem Tag noch hinauskommen wolle. Nur die Kammerdiener von Max hielten sich aufrecht und umsorgten die Kranken. Da man vergessen hatte, den Leuchtturm von Ancona zu beleuchten, nahm die Hafeneinfahrt volle zwei Stunden in Anspruch, so daß man erst abends um zehn bei strömendem Regen in kläglicher Verfassung an Land kam. Im Palais war für die Großfürstin eine hübsche neue Wohnung eingerichtet. Der russische Ge-

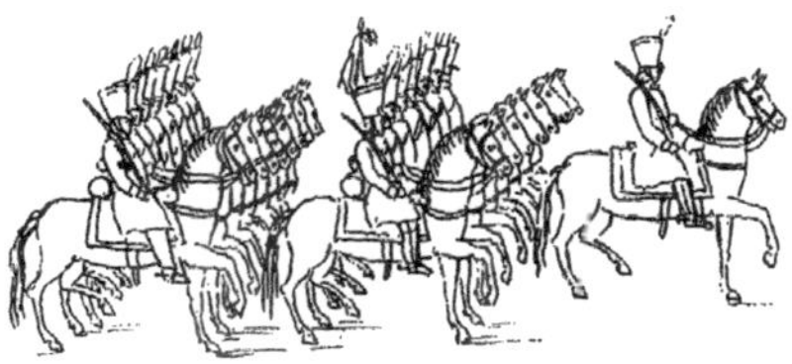

sandte im Kirchenstaat, Graf Potemkin, eilte herbei, sie zu begrüßen, und der russische Konsul in Ancona stellte seine Kollegen vor. Hätte sie das geahnt, notierte die Schwiegermutter, hätte sie den bayrischen gebeten, die Vorstellungen bei ihr zu übernehmen. Sonst lief das Protokoll in und außerhalb Anconas so ähnlich ab wie damals, als sie noch Hausherrin war. Eines Tages sagte ihr Max, daß seine Frau wegen des Klimas den Winter in Rom verbringen und er, um bei ihr zu bleiben, auf die Jagden in Eichstätt und bei München verzichten würde. Sie würden in der russischen Gesandtschaft wohnen, wo wenig Platz sei. Auf ihre Erwiderung, daß ihr Bruder ihr wieder seine Villa Malta zur Verfügung stellen wolle, meinte Max, daß zwei Haushalte zu teuer kämen. Tief verletzt erklärte sie, daß sie abreisen würde, sobald ihre Wagen angekommen seien. Ihre große Enttäuschung kommt in ihrem Tagebuch zum Ausdruck. Sie habe ja nur dem Drängen des Sohnes nachgegeben, und jetzt würde sie weggeschickt. Das sei eine Lehre für die Zukunft, und sie würde sich sehr hüten, der Einladung nach Rußland Folge zu leisten. Trotzdem begleitete sie Max bei seinen verschiedenen Besuchen ohne Mary, und einmal kam es doch zu einer Auseinandersetzung zwischen Mutter und Sohn. Als er einlenkte und sie bat, doch nach Rom mitzukommen, lehnte sie ab. Er habe eine Binde vor den Augen und sei ganz unter dem Pantoffel seiner Frau, notierte sie, *plus russe que français et allemand. Max wird die Tradition der Familie des Prince Eugène nicht hochhalten, es sei denn, daß ihm ein unvorhergesehenes Ereignis die Augen öffne.*
Inzwischen wurde es Dezember. Als erste reiste die Schwiegertochter ›mit eisiger Gleichgültigkeit ...‹ ab. Am nächsten Tag folgte, auch wenig gerührt, Max nach. Auguste fühlte eine Krankheit kommen und machte sich mit Fieber, Krämpfen in den Beinen, roten Flecken und Schwellungen auf die lange Reise. Am Abend des 23. kam sie fiebernd in München an. Dr. Breslau erschrak über ihr Aussehen, stellte Gelbsucht und Leberentzündung fest. Dazu fand sie einen Brief vom Schwiegersohn Wilhelm vor mit der Erklärung, wenn Theodolinde einen Sohn bekäme, müßte er evangelisch werden. Sie atmete auf, als sie erfuhr, daß Ende Dezember in Stuttgart

eine Enkelin zur Welt gekommen war, die künftige Gräfin von Enzenberg. Theodolinde war traurig, daß ihre Mutter nun doch nicht zur Entbindung hatte kommen können.
Aus dem Tagebuch der Mutter geht hervor, wie sehr sie die etwas kühlen Briefe des Sohnes schmerzten. Drei Jahre Rußland hatten ihn verändert. Er wolle nicht glauben, daß sie wirklich krank sei. Dabei dauerte es rund zwei Monate, bis sie sich erholte.
Ihr Wiedererscheinen bei einem Maskenball in der Residenz löste große Freude aus. Die schöne, junge Kronprinzessin stand im Mittelpunkt des Faschings. Einmal trat sie als Dornröschen auf und ließ sich von ihrem Prinzen erwecken und zog dann mit ihrem Hofstaat dem der Königin entgegen. Es wurde ein Teppich mit Schachbrett in den Saal gerollt, auf dem zwei Magier fünfundachtzig Offiziere als Schachfiguren von Feld zu Feld geleiteten. Nach sieben Zügen hieß es ›schachmatt‹, und der Tanz begann.
Anfang April zog Isabel Goyaz in das Palais bis zur Hochzeit ein, und Mitte April kam die Familie Max von Rom an. Mary war im siebten Monat einer neuen Schwangerschaft.
Die Trauung von Isabel Goyaz fand zwei Tage darauf in der Hauskapelle mit den Herzen statt. Auguste und ihr Sohn führten die Braut, Papa Méjan den Bräutigam. Außer den Hausbewohnern waren nur die Zeugen dabei, vier Brautjungfern mit ihren Eltern und die Vorsteherin des Max-Joseph-Stifts. Der zuständige Pfarrer nahm nach einer Ansprache die Trauung vor und las die heilige Messe. Nach der Tafel fuhren die Neuvermählten mit der Eisenbahn nach Augsburg und zogen am nächsten Tag in Schloß Holzen ein.
Diese Heirat bedeutete für die Herzogin einen Grad mehr an Vereinsamung, anderseits war sie froh, die Verantwortung für das schöne Mädchen los zu sein. Die großfürstliche Schwiegertochter war jetzt zu ihr viel aufmerksamer. Eugenie konnte wegen Fiebers nicht kommen und Linda nur wenige Tage mit dem Bruder verbringen, weil sie ihr Kind in Stuttgart gelassen hatte.
Der Abschied von Max in der zweiten Maihälfte fiel der Mutter wieder schwer. Wie stets dachte sie, daß es einer fürs Leben sein

könnte, was für die kleine Adine auch zutraf. *Meine Schwiegertochter und ihr ganzes Gefolge waren diesmal ganz anders, hinterließen einen wesentlich besseren Eindruck. Mary war freundlich, sogar liebenswürdig. Wenn sie so, wie es für Prinzessinnen wünschenswert ist, erzogen worden wäre, könnte man sie ›charmante‹ nennen. Sie hat Geist und kann bezwingen, wenn sie will.*

12
Mehr Hochzeiten, Taufen und andere Begebenheiten
1843/45

In diesem Sommer widerfuhr der Herzogin ein großes Glück: Alle ihre Töchter kamen, Josephine zum erstenmal nach ihrer Hochzeit vor zwanzig Jahren.

Das schwedische Kronprinzenpaar mit Tochter Eugenie hatte sich für 1. August in München angesagt. Hauptgrund dieser Reise war, daß Josephine sich um das Leben ihrer Mutter sorgte. Außerdem hatte sie Sehnsucht nach Bayern, das sie am meisten von allen Geschwistern als ihre Heimat betrachtete. Wie ihr Biograph Braun erzählt[1], schrieb sie einmal ihrer Tante, der Kaiserin von Österreich, Dinge, die Herz und Gemüt bewegen, könne man nur in Deutsch ausdrücken, Französisch eigne sich besonders zur Konversation.

Beim ersten Zusammentreffen konnten Mutter und Tochter vor Weinen nicht sprechen. Josephine sah gut aus, und Oskar war völlig unverändert, die dreizehnjährige Eugenie schon so groß wie ihre Tante Linda. Sie sprang ihrem Großonkel Karl gleich an den Hals, als ob sie ihn schon gekannt hätte.

Am Namenstag Augustes, dem 3. August, traten alle Töchter mit ihren Töchtern und ihren Geschenken zur Gratulation geschlossen an ihrem Bett an, sogar Lindas kleine Auguste.

Die schwedische Kronprinzessin erregte durch ihre Liebenswürdigkeit überall Begeisterung. Ihr erster Gang war zum Sarge ihres Vaters in St. Michael. Dann kamen die Bauten von Onkel Ludwig an die Reihe.

Mitte August erschien nach erneuter Parforcetour Baron Zoller mit der Nachricht, daß in Zarskoje Selo ein Enkel Nikolaus zur Welt

gekommen sei.[2] – Nikolaus? sagte die Großmutter, Mary habe doch versprochen, ihren ersten Sohn Eugen zu nennen.
Ein schwererer Schlag folgte. Zoller hatte schon berichtet, daß die ältere Enkelin Adine an Keuchhusten erkrankt sei. Gleich darauf traf ein Brief des Zaren mit der Nachricht ein, daß die Kleine unter schrecklichen Krämpfen gestorben war. *Unser armer, lieber Max zeigt bewunderungswürdige Standhaftigkeit, um Mary seinen Schmerz zu verbergen.*[3]
Die Großfürstin Olga bestätigt das in ihren Erinnerungen. Auf die Kunde von der Geburt des Enkels sei ihr Vater von den Manövern herbeigeeilt. Max sei zwischen dem Sterbebett seiner Tochter und dem Kindbett seiner Frau hin- und hergegangen und habe versucht, vor der Mutter zu lächeln. Während das tote Kind zur Beisetzung in die Peter-Pauls-Kathedrale gefahren wurde, vermeinte die Mutter, Glocken zu hören und Fackeln zu sehen. Erst zwölf Tage nach der Niederkunft erlaubte der Arzt, ihr die Wahrheit zu sagen. Max kam mit Marussja auf dem Arm zu ihr. »Und Adine?« rief sie aus, worauf Max erwiderte, daß die Ärzte besorgt seien. – »Sie ist tot«, stieß sie hervor und fiel auf die Knie. Sie hat den Namen dieses Kindes nie mehr erwähnt; an der Stelle, wo es gestorben war, ließ sie eine Kapelle errichten, prüfte den Entwurf und wählte die Bilder dafür aus.
Während Constantin und Oskar Ausflüge machten, blieben die Töchter bei der Mutter, bis sie – mit Ausnahme von Amelie – eine nach der anderen nach Hause mußten. Zuerst die Schweden auf ungünstige Nachricht von dem Befinden des Königs Johann. Theodolinde und Eugenie folgten.
Am 1. Oktober erfuhr man, daß König Otto von Griechenland zum Versprechen der Einführung einer Verfassung, zur Dekorierung der Rädelsführer, zur Erklärung dieses Tages als künftigen Nationalfeiertag und zur Zurückschickung aller in Griechenland befindlichen Bayern gezwungen worden war. Zu deren Gunsten gab der ›fameux pianiste Liszt‹ ein Wohltätigkeitskonzert. *Er ist wunderbar, unglaublich … spielte in der Vollendung.* Liszt war übrigens damals auf längere Zeit Gast des Fürsten Constantin in Hechingen, wo auch Berlioz Konzerte gab.[4]

Am 12. Oktober – Jahrestag von Leipzig – legte König Ludwig in feierlicher Weise den Grundstein zum Siegestor und am 15. – Theresientag – den für die Ruhmeshalle an der Theresienwiese.
Auguste war erstaunt, als sie von ihrer russischen Schwiegertochter eine Einladung nach Petersburg erhielt. Unter keinen Umständen wollte sie in diesem Palais zu Gast sein, wo nicht einmal die Diener die Livreen ihres Sohnes trugen. Sie blieb auch bei ihrer Weigerung, als die Einladung im Frühjahr dringlich mit dem Zusatz wiederholt wurde, dieser Besuch stelle einen besonderen Wunsch des Zarenpaares dar. Sie wollte die Austilgung der Beauharnais nicht mit ansehen. *Warum von mir auch noch verlangen, daß ich den Dolch bis ans Heft in mein Herz stoße!*
Hingegen freute sich der König, als ihm Stiglmaier in der Erzgießerei berichtete, der Herzog von Leuchtenberg habe anfragen lassen, ob bei ihm für eine Kirche in Petersburg sechs sitzende Statuen in der Größe des Max-Josephs-Denkmals in München gegossen werden könnten.
Theodolinde war wieder in anderen Umständen und traurig, daß sie ihre Freundin Stefanie Méjan hergeben mußte, weil sie Herrn von Hofstetten heiratete. Josephine war durch den Tod des Königs Johann von Schweden am 8. März Königin der Schweden, Norweger, Gothen und Wenden geworden. Der König kondolierte und gratulierte gleichzeitig ihrer Mutter und vermerkte: *Fand auch heute Abend, daß meine Schwester Auguste noch immer Napoleon sehr anhängt.*
Der neue König Oskar I. entsandte den Grafen Stedingh, um den Tod seines Vaters und seine Thronbesteigung kundzutun, während König Ludwig seinen Gesandten in Petersburg, Graf Bray, nach Stockholm schickte. Als Vertreter des Zaren kam als besondere Aufmerksamkeit Max Leuchtenberg zu Schwager und Schwester. Seine Mutter und Amelie hofften, daß er über München reisen würde, wurden aber enttäuscht.
In diesem Frühjahr heirateten gleich zwei bayrische Königskinder, Hildegard den Erzherzog Albrecht und Luitpold die Erzherzogin Augusta von Toskana.

König Ludwig war zu Tränen gerührt, als er den Erzherzog Karl bei der Ankunft umarmte – *ein glücklicher Tag, daß ich Teutschlands Helden bei mir sehe.* Das Festbankett fand sinnigerweise im neuen Saal Rudolfs von Habsburg statt. Es war noch die ganze Winterkälte darin. Der Schlachtensaal wurde nicht gezeigt, für den Fall, daß nicht alle Bilder genehm wären, und Auguste hatte manches an diesem neuen Festsaalbau auszusetzen.
Auf Wunsch des Königs wurde der Sieger von Aspern bei Betreten der Königsloge im Hoftheater mit Pauken und Trompeten empfangen und stürmisch beklatscht. Der bayrische Feldmarschall Prinz Karl gab dem österreichischen Kollegen in seinem Palais ein Diner mit Zapfenstreich der fünf in München liegenden Regimenter. Zum Abschluß wurde Beethovens ›Schlacht von Vittoria‹ gespielt. Der König fuhr seinen hohen Gast auch zu den ihm zu Ehren zum erstenmal springenden Brunnen an der Universität, und unsere Herzogin lud zur Tafel mit allen sechzig Fürstlichkeiten in ihr Palais.
Luitpold fuhr von Florenz kommend mit seiner Auguste feierlich in München ein. Die Familie empfing sie geschlossen an der Kaisertreppe der Residenz. Auguste beschrieb ihre Namenscousine und Nichte als groß, eine Mischung von Habsburg und Wettin. Da sie ernst und steif im Wagen gesessen habe, seien die Vivats spärlich gewesen. Der König sprach bei Tisch mit ihr italienisch.
Am 1. Mai fand Hildegards Hochzeit statt. Erzherzog Karl erwartete die Braut mit seinen drei Söhnen und dem Ehepaar Modena in der Hofkirche, in die die Einheimischen in feierlichem Zug von den Königszimmern her einzogen, die Braut zwischen ihren Eltern. Das Protokoll war so wie bei früheren Hochzeiten in der Residenz, außer Programm eine kleine abendliche Revolte wegen Erhöhung des Bierpreises. Wenn es ums Bier ging, verstanden die Münchner keinen Spaß.
Die Herzogin stellte fest, daß sich die Münchner zum erstenmal gegen allerhöchste Verordnungen auflehnten. Dem König wurde am Morgen gemeldet, daß es außer eingeworfenen Fenstern einen Toten und einige Verletzte gegeben hatte. Der Polizeidirektor habe ei-

nen Schlag ins Gesicht abbekommen. Ludwig wurde nicht behelligt, als er, wie immer, allein herumging und den Schaden besichtigte, aber am nächsten Abend ging es während der Festvorstellung von ›Titus‹ von neuem los. Auch im Theater kam es zu einer kleinen Panik, als der Rauch des bengalischen Feuers während des Festspiels von der Bühne in den Zuschauerraum drang und vorübergehend für den eines Brandes gehalten wurde. Zunächst bemächtigte sich des Publikums eine gewisse Unruhe. Die Leute vom Parkett stürzten zu den Ausgängen, die Sänger flüchteten von der Bühne. Die Familie in der Königsloge blieb unbeweglich, trotz des Lärms von draußen auf dem Platz, Pfiffen und Vivats. General Graf Ysenburg ließ die Ruhestörer durch Truppen zerstreuen. Der Hof blieb bis zum Schluß des ersten Aktes der Oper, und der König ließ sich vom Innenminister berichten. Am nächsten Tag konnte man ungestört in sechzehn Wagen durch die beleuchtete Stadt fahren. Aber während der Vorstellung von ›Caterina Cornaro‹ gab es neuen Radau. Sturm auf das Hofbräuhaus, weil die Polizei versäumt hatte, den Maibock-Keller zu schließen. Außer dem König erfuhr im Theater niemand davon, auch nicht während des Essens in einem Zwischenakt im Salon hinter der Königsloge, obwohl der Innenminister Abel dauernd zwischen Theater und Hauptwache hin- und herging.
Vor der Abreise des Erzherzogs Karl zur Walhalla gab es ein großes Familienfrühstück und abends Hofball. Für alle Fälle stand das Kürassierregiment auf dem Max-Josephs-Platz zum Eingreifen bereit und außerdem Linientruppen und Landwehr in verschiedenen Stadtteilen. Der König eröffnete die Polonaise im neuen Ballsaal mit Amelie von Brasilien-Braganza.
Als der König am nächsten Morgen zu Fuß zur Auer Dult ging, stand Infanterie und Landwehr auf dem Marienplatz. Einige Bürger ließen ihn hochleben, auch die Biertrinker vor dem Gasthaus zum Grünen Baum. Tags darauf besichtigte er mit Gärtner die Baustelle des an der Brienner Straße begonnenen, für den Kronprinzen bestimmten Wittelsbacher Palais. Es sollte auf Wunsch des Sohnes ganz gegen des Königs Geschmack im neugotischen Stil errichtet

werden. Er ließ sich von Gärtner den Entwurf für die geplante, aber nicht ausgeführte Wittelsbacher Familiengrabstätte im Kloster Scheyern zeigen.
Am gleichen Abend beschloß ein Ball in dem vom österreichischen Gesandten von Senfft in einen Garten verwandelten Saale des Odeons die Feiern der beiden bayrisch-österreichischen Hochzeiten.
Roux erschien auf der Durchreise nach Petersburg, um seinen Herrn von einem Angebot des Papstes für seine Güter in Italien in Kenntnis zu setzen. Auguste war entsetzt. Das bedeutete den Ruin der Familie und das Ende ihres Ansehens. Daß der Papst, der diese Enklave schon lange zurückhaben wolle, auf russisch-orthodoxe Untertanen wenig Wert lege, sei verständlich. *Nur nicht den Fall und Ruin meiner Familie überleben!* schrieb sie in ihr Tagebuch und bekam Fieber.
Als nächstes kam die Nachricht vom Tode der Zarentochter Alexandra. Diese hatte zu Beginn des Jahres den Landgrafen Wilhelm von Hessen-Kassel geheiratet. Sie starb, nachdem sie zu früh einen Sohn geboren hatte. Dr. Mandt schreibt in seinen Erinnerungen, daß Max Leuchtenberg der einzige war, der im Sterbezimmer den Kopf nicht verlor und den Pastor rief, damit er dem Kind noch die Nottaufe spenden konnte. Beide wurden in der Kaiserlichen Gruft der Peter-Pauls-Kathedrale beigesetzt. Von da an begann Zar Nikolaus zu kränkeln, und auch die Zarin erholte sich nicht mehr.
Auguste begab sich zu Bruder und Schwester nach Berchtesgaden. Der Abschied von Eugenie nach zwei Monaten Beisammensein in Ismaning fiel ihr sehr schwer, als ahnte sie, daß auch hier eine endgültige Trennung bevorstand. Aus Briefen Eugenies nach Schweden geht hervor, daß sich von dieser Zeit ab ihr Lungenleiden entwickelte. In diesen Briefen ist fast nur von Gottergebenheit und Caritas die Rede.
Amelie begleitete sie bis Augsburg, um sich zu ihrer Isabel Treuberg-Goyaz nach Schloß Holzen zu begeben, die dort sehr glücklich war und im Februar ihr erstes Kind bekommen hatte – wieder eine Auguste.

Die Herzogin wurde in Berchtesgaden durch einen Brief von ihrem Max mit der Mitteilung erschüttert, daß er seinen italienischen Besitz tatsächlich an den Papst verkaufen würde. Chevalier Roux, der auf dem Rückweg von Petersburg über Schweden nach Ancona in Berchtesgaden vorsprach, bestätigte dies, vorausgesetzt, daß bar bezahlt würde. Mit den Anteilen seiner Schwestern wolle es sein Herr so halten, wie diese es wünschten. Die Kaiserin Amelie habe ihm in München erklärt, daß sie ihren Anteil ausbezahlt haben möchte, um darüber frei zu verfügen. Die Königin von Schweden denke nur an die anderen. Er habe einen ausgezeichneten Eindruck bekommen. Das ganze Land liebe diese Familie. Er gab im Vertrauen zu verstehen, daß Max am russischen Hof nicht mehr ganz glücklich sei. Man habe den Zarewitsch gegen ihn aufgehetzt, und es sei schon zu Auseinandersetzungen gekommen. Falls der Zar oder die Zarin stürbe, wolle er nicht mehr in Rußland bleiben. *Was wird aber die Zukunft meines Sohnes an der Seite einer leichtsinnigen Frau sein, die sich niemals an eine andere Stellung gewöhnen wird!*

Es kamen die drei Söhne von Augustes Stiefschwester Sophie mit dem Grafen Bombelles auf kurzen Besuch nach Berchtesgaden, die künftigen Kaiser Franz Joseph von Österreich und Ferdinand Max von Mexiko sowie Karl Ludwig. Auguste fand sie sehr höflich, besonders den zweiten, den Amelie für ihre Tochter in Aussicht genommen hatte. Die schmalen Köpfe seien typisch habsburgisch. Als letzte der Familie folgte Sophie mit ihrer Schwester Elise. Beide hätten schlecht ausgesehen, auch Bruder Ludwig, der stark hustete. Einen schrecklichen Eindruck machte ihr der unglückliche österreichische Kaiser Ferdinand bei ihrem Besuch in Salzburg. *Der Kaiser macht einen recht peinlichen Eindruck. Er hat einen riesigen Kopf, kleine Augen, die er dauernd verdreht und nie stillhält, dazu einen kleinen Körper und kurze Beine. Wenn er spricht, ist es noch schlimmer, weil er wie ein zerbrochenes Uhrwerk ohne Unterbrechung zwanzigmal dasselbe wiederholt. Die Kaiserin, eine Prinzessin von Sardinien und Schwester der verstorbenen Königin von Neapel, ist nicht so schön wie diese war, wirkt aber sehr vornehm und soll ein gutes Herz haben.*

Am nächsten Tag erschien Marie Luise in Berchtesgaden. Sie sei

zwar weniger gelb gewesen als vor zwei Jahren, habe dafür aber zwanzig Jahre älter als ihr Alter ausgesehen.
Sehr zum Leidwesen der kleinen Amelie fiel die feierliche Eröffnung des Oktoberfestes wegen Unpäßlichkeit des Königs aus. Dafür bewunderte man Fanny Elßler, die nach der Rückkehr von ihrer Tournee in Amerika in München tanzte.
Im Palais war man erleichtert, daß Theodolindes Guillaume nun versprochen hatte, daß auch seine eventuellen Söhne katholisch würden. Sie bekam aber wieder ein Mädchen, Maria Josephine, die mit Zwanzig unverheiratet starb.
Anfang November, während des Abendessens, überraschte Max seine Mutter. Gleichzeitig mit ihm traf der Brief ein, in dem er seinen Besuch ankündigte. Er hatte sich nur vierundzwanzig Stunden in Berlin aufgehalten und acht in Weimar. Baron Zoller und sein Sekretär Mussard begleiteten ihn. Er war sehr abgemagert. Der König war erschrocken. *In neun Tagen und Nächten, ungerechnet den Aufenthalt in Berlin und Dresden, von St. Petersburg* erschien ihm eine allzu große Anstrengung. Max rief Dr. Breslau herbei, weil er Herzklopfen hatte. *Der Erschöpfungszustand meines Sohnes läßt jede Unpäßlichkeit gefährlich erscheinen. Der Arzt sagt, daß es von Überanstrengung käme. Er hätte sie ohne weiteres ertragen, wenn er sich so erhalten hätte, wie er zu Hause war.* Sie könne nur beten, daß Gott dem Übel Einhalt gebiete, ehe es zu spät sei. Er gab auch in München keine Ruhe, besuchte Linda in Stuttgart. Eugenie konnte nicht, wie vereinbart, dazu kommen, weil sie angeblich Grippe hatte. In Wahrheit war ihre Lunge ebenso gefährdet wie die des Bruders. Theodolinde fand ihn im Gesicht mager, sonst aber den alten. Ehe er am nächsten Tag nach Hechingen weiterfuhr, sagte er Linda, es fiele ihm schwer, sich von den italienischen Gütern zu trennen, *aber die Gemüter sind dort so revolutionär und man habe seinen Namen schon öfter an die Spitze von Erhebungen gesetzt, so daß er wahrscheinlich nachgeben wird, wenn die Bedingungen vorteilhaft sind, um in Böhmen oder sonstwo anderes Land zu erwerben, damit unser Vermögen sichergestellt wird.*
Kaum zurück in München, machte er sich nach Eichstätt auf, hatte aber zuvor auch mit der Mutter ein vernünftiges Gespräch über

die Güter im Kirchenstaat, seine Stellung in Rußland und was sonst noch ihr Herz bedrückte.
Sein Urenkel erzählte mir, daß er großes wissenschaftliches und wirtschaftliches Talent gehabt habe. Er sei Direktor des Bergbau-Instituts in St. Petersburg gewesen, der damals einzigen technischen Hochschule in Rußland. Er habe dort auch eine Anstalt für Galvanoplastik und eine Gießerei gegründet und sich selbst wissenschaftlich betätigt. Krupp hätte ohne seinen großen Auftrag für die galvanoplastische Anstalt den Betrieb schließen müssen. Dr. Mandt schrieb, daß er auch eine Stearinkerzenfabrik betrieben habe, und kritisierte seine geschäftliche Betätigung. Mussard bezeichnete er als seinen Mephisto, der ihn in verschiedene Spekulationen hineinziehe, während sich der Geschäftssinn der Großfürstin in völlig unnötiger Knauserei äußere. Mit dieser geht Mandt streng ins Gericht. *In einem Gartensalon, mit der Aussicht auf die schon meergleiche Newa, in einem üppigen Blumenboskett, empfing mich die junge und reizende Dame auf einer mit himmelblauem Sammet überzogenen Ottomane ruhend. Ihr Gesicht hat ganz die Form von dem des Kaisers; schade, daß dem schönen Kopf die Grazie und der Bau des Körpers nicht ganz entsprechen. Die Frau Großfürstin-Herzogin ist sehr blaß; nicht eine Spur von Farbe mildert die Monotonie des weißen Gesichtes. Wie fand ich die Kindheit und Jugend des Kaiserkindes wenig in dem wieder, was das Leben, die Selbständigkeit und die Ehe daraus gemacht hatten! Das alles war das Werk weniger Jahre gewesen. Der schöne Mund hatte offenbar einen blasierten Zug, die ganze Haltung etwas orientalisch schlaffes, verwittertes. Nur die Augen hatten vom frischen Glanz und Ausdruck, an rapider Beweglichkeit nichts verloren... Sie ist in allen Richtungen leidenschaftlich, ein treues Bild ihrer großen Ahnfrau Katharina, in allem, was die negativen Eigenschaften betrifft*[6].
Max hatte jetzt mehr Bewegungsfreiheit als früher. Weihnachten verbrachte er wieder einmal bei der Mutter im Palais. Sie stellte Fortschritte auf geistigem Gebiet fest. Er sei gut orientiert gewesen, klar in seinen Absichten, taktvoll und auffallend vernünftig. Dabei habe er seine Bescheidenheit, Aufrichtigkeit und Loyalität bewahrt, die Vater und Bruder in so hohem Maße eigen waren. Er fuhr um

Mitternacht des 1. Januar nach einem intimen Diner im Palais ab, nachdem er versprochen hatte, noch in diesem Jahr 1845 wiederzukommen.

Das neue Jahr begann freudig mit der Geburt des ersten Enkels des Königs, dem künftigen Ludwig III., am 7. Januar. Die Prinzessin Luitpold hatte die Kronprinzessin überrundet.

Der alte Erzbischof taufte am nächsten Tag im Thronsaal. Der König sagte dem stolzen Vater: *Ich wünsche, daß Ludwig Luitpold so viel Freude macht, wie Luitpold dem Ludwig – angespielt auf mich und seinen gleichnamigen Sohn.*

Die Großfürstin Marie hatte am 1. April eine Tochter geboren, die den ersehnten Namen Eugenie erhielt – die künftige Prinzessin Alexander von Oldenburg. Der Zar schrieb, das Kind sei hübsch, obwohl es zu früh geboren wurde. Man habe es in Watte gewickelt zwischen Krüge mit warmem Wasser gelegt.[7] Großmutter Auguste registrierte, daß zwar der Name an die Glorie der Familie erinnere, aber in Rußland sei ihr Sohn nicht einmal Herr im eigenen Haus, das ›Palais der Großfürstin Marie‹ genannt würde.

Mir blutet das Herz, notierte die Herzogin am 13. Mai, weil der Verkauf der italienischen Güter zustande kam. *Es war die letzte Verbindung meines Sohnes mit Italien und unserer schönen, glorreichen Vergangenheit. Der Papst hat alle Ländereien an Privatleute verkauft, statt den Teil, der einst Klostereigentum war, dem Klerus zurückzugeben. Uns hatte man vorgeworfen, daß unsere Güter aus Kirchengut bestanden und daß wir sie nicht zurückerstattet hätten. Es ist klar, daß die Kurie in Rom nicht mehr wünschte, daß mein Sohn einen Besitz in Italien habe, seit er eine russische Großfürstin geheiratet hat und mehr und mehr russisch statt leuchtenbergisch wird. Ich hatte das seit seiner Heirat kommen sehen. Die Katholikenverfolgungen des Kaisers Nikolaus in seinem Reich sind auch keine gute Empfehlung.*

Der Familie verblieben nur noch Eichstätt, Ismaning und das Palais in München mit seinem ›Gemach der Erinnerungen‹, das Bruder Ludwig genau besichtigt und beschrieben hat.[8] Es sei geeignet, Napoleons Leben von 1796 an vor die Seele zu führen. *Darin ist der Säbel des guillotiniert wordenen Vaters meines Schwagers, des Vicomte de*

Beauharnais, den mein Schwager Eugen als Knabe vom General Buonaparte, der in Paris kommandiert, zurückgefordert und erhielt, der wie Graf Méjan Obersthofmeister meiner Schwester Auguste Eugens Adjutant gewesen, sich äußerte, Ursache war, daß er dessen Mutter einen Besuch gemacht, wodurch er sie kennen lernte, heiratete. Der Säbel, den Napoleon in den Schlachten 1796 in Italien getragen, als er Eugen zum Vizekönig von Italien ernannte, ihm gab. Ein Teil des Zeltes Murad Beys, in der Schlacht bei den Pyramiden erobert, ist aufgestellt, sehr reich. Es erinnerte mich an das Bett in den Kaiserzimmern meiner Residenz, wie dasselbe auf Carmoisinfarbe, goldbestickt. Auch dessen Schild mit dem Talisman hängt in demselben und Waffen. Ein Sessel aus Napoleons Arbeitszimmer in Malmaison, dessen er sich bis 1810 bedient, was meine Augen bei Staatsratssitzungen gesehen. Daß er mit einem Federmesser die Arme seines Sessels schnitt, ist auch an diesem zu bemerken. Eine einfache Standuhr ohne Gold darin, ebenfalls aus Malmaison. Dolman und Pelz Eugens als Oberst der Chasseurs de la garde, dessen Staatskleid als Archichancellier Frankreichs, dunkelblau mit goldenen Borten und das als Prince de Venise, dunkelgrauer Samt mit silbernen Kronen bestickt. Ein rotes Portefeuille, was im russischen Krieg einen Lanzenstich bekam. Eine Leibregimentsuniform meines Vaters, bayrische und portugiesische Uniformen meines Neffen August, des Gemahls der Königin von Portugal. Eine große Vermeille-Schüssel, auf der Brot und Salz, als mein Neffe Max als Schwiegersohn Kaiser Nikolaus nach Moskau gekommen, dem russischen Brauch gemäß gereicht wurde. Auch ein kleiner silberner Adler, der in Napoleons Silbergeschirr angebracht war, welchen er nicht schmelzen ließ, als in St. Helena seines Unterhalts wegen dieses in betreff des Silbers veranlaßt, sie zum Andenken nach seinem Tode aufbewahrend. Das sind nur einige Gegenstände von der Menge dieses geschichtlichen Schatzes.

Bald darauf fuhren die beiden Amelien Braganza nach Portugal zurück. Linda löste sie mit ihren beiden Mädchen ab.

Amelie sagte der Königin Therese beim Abschied so nebenbei, sie habe Schloß und Gut Stein bei Traunstein erworben. Ihre Mutter notierte, es sei ein schöner Besitz, aber sie hätte nicht zum Ankauf geraten.

Man wird in der Annahme kaum fehlgehen, daß sie, die in dem

großen Pombal-Palast in Lissabon etwas verloren und von den Braganzas nur geduldet war, gerne eigenen Grund und Boden in der Nähe ihrer Mutter haben wollte, wo sie tun und lassen konnte, was sie wollte, besonders auch für ihre Tochter, die in Portugal weder Stellung noch Heim zu erwarten hatte. Damit und insbesondere durch den späteren Ankauf von Seeon hat Amelie den Nachkommen von Max ein Heim in Bayern und eine Zufluchtsstätte nach der russischen Revolution geschaffen.

Stein und das ehemalige Kloster Seeon liegen im Chiemgau etwa 15 km voneinander getrennt nördlich des Chiemsees, Stein an der Traun und Seeon an dem gleichnamigen kleinen See. Zur Herrschaft Stein gehörten Schloß, Gut, Grundstücke mit den Hofmarken Kienberg und Altenham über eintausend Tagwerk, zwei Seen mit nochmals fünfzig und der größten Brauerei von Oberbayern. Es kam noch der an der Traunbrücke gelegene Berndlhof dazu. Seeon soll erst 1852 erworben worden sein. In Stein ist die hoch oben in den Felsen geschlagene angeblich vorgeschichtliche Höhlenburg ein Unikum. Der sagenhafte Ritter von Stein soll darunter das sogenannte Hochschloß im dreizehnten Jahrhundert gebaut und grausam darin gehaust haben und heute dort noch geistern. Erst später kam das ›Wohnschloß‹ dazu, das nun für die neue Schloßherrin hergerichtet wurde. Die Grafen von Törring saßen vierhundertfünfzig Jahre auf Stein, dann die Grafen von Fugger-Kirchberg, dann die Grafen von Lösch. 1829 kaufte ein Baron Käser die Herrschaft und von ihm 1835 der Münchner Bankier Martin Kraft, dessen Sohn Hermann sie nun an die Kaiserin-Witwe von Brasilien veräußerte.[9]

Die Mutter und Theodolinde begleiteten die neue Schloßherrin auf der Eisenbahn bis Augsburg. *In den letzten zwei Jahren hatte ich mich daran gewöhnt, mit Amelie und ihrer Tochter zusammen zu sein. Es fiel mir schwer, nun dieses Glückes beraubt zu werden.* Almeida blieb zurück, um Sophie, die jüngste Tochter von Augustes Bruder Karl, zu heiraten. Theodolinde ließ Maman ihre Töchter, als sie mit Mann nach Ostende ins Seebad reiste. *Da ich diesmal mit Wilhelm zufrieden war, bin ich auch über das Los meiner Töchter beruhigt. Ihr Weggehen hat mir aber sehr wehe getan.*

Eugenie kam noch einmal nach Ismaning.
Das interessanteste Ereignis dieses Sommers war die Geburt des künftigen Königs Ludwig II. im Schloß Nymphenburg. Man kann sich vorstellen, mit welcher Spannung die Niederkunft der Kronprinzessin Marie erwartet wurde. Am 24. August, am Tag vor des Königs Namens- und Geburtstag, sprengte ein von Méjan geschickter Bote auf schwitzendem Pferd nach Ismaning mit der Meldung, die Wehen hätten begonnen. Als die Herzogin mit Rosa Aretin nach München kam, hieß es, der König sei von Nymphenburg zurückgekommen, weil sich die Angelegenheit noch länger hinzöge. Daraufhin fuhr sie erst am Nachmittag nach Nymphenburg. Man führte sie in ein Gemach der Kronprinzessin, worin Bruder Ludwig nervös hin und her ging. Luitpold gesellte sich dazu. Das Schlafzimmer, wo die Entbindung vor sich ging, war das mit den grünseidenen Empiretapeten dem Park zu, im ersten Stock des südlichen Pavillons.
Es hieß, das Kind werde in der Nacht vom 24. auf 25. August geboren. Der König hoffte, daß es am 25., seinem Geburtstag, erschiene. Er war so nervös, daß er sich ab elf Uhr nachts nicht mehr traute, auf die Uhr zu sehen. Auguste leistete ihm beim Warten Gesellschaft. Als die Schloßuhr zwölf schlug, umarmte sie ihn und gratulierte. *Jetzt wird das Kind doch am gleichen Tag zur Welt kommen wie der Großvater, stellte er fest. Und Auguste registriert: Um 1/2 1 Uhr rief man »Ein Prinz« ... eine sehr große Freude. Der König gab diese gute Nachricht selbst in dem Salon bekannt und umarmte, wen er gerade vor sich hatte. Ich begab mich sofort zur Mutter, die mir glückselig sagte: »Wie schön nur für Vaters Geburtstag.« Auch die Königin war sehr gerührt und der Kronprinz ...* Alle dankten Auguste, daß sie bis zum Schluß ausgehalten hatte. *Ich bin so glücklich, wenn mir meine Familie erlaubt, so zu sein, wie ich gerne möchte und meine Anhänglichkeit zu zeigen.*
Zur Taufe des Neugeborenen am nächsten Tag fuhr unsere Herzogin im Galawagen in Nymphenburg an, angetan mit einer silberbestickten himmelblauen Courschleppe über einem dazu passenden Kleid mit ihren sämtlichen Orden, Diamanten und Perlen, Brillantdiadem. Sie konstatierte befriedigt, daß sie in dieser Aufma-

chung Erfolg hatte. Der vierundachtzigjährige Erzbischof nahm im großen Saal die Taufe vor, wohin der Täufling in feierlichem Zug durch die Galerie gebracht wurde.

Auguste war beunruhigt, als sie erfuhr, ihr Sohn werde sich zur Inspektion von Bergwerken auf zwei Monate in den Ural begeben. Andererseits war sie froh, daß die geplante Reise in den Kaukasus aufgegeben wurde, weil dort der Aufstand Schamyls gegen das russische Joch bedenkliche Formen annahm. Anfang September war Max bei der berühmten Messe in Nischni Nowgorod, wo er Perser empfing, Leute von der chinesischen Grenze und andere Asiaten. Man gab ihm zu Ehren einen großen Ball mit orientalischem Einschlag. Die Reise ging dann weiter nach Kasan und zu den Bergwerken bei Perm.

Max schrieb von dort, und Mary gab die laufenden Berichte von Mussard weiter. Max sei von Land und Leuten begeistert gewesen und wie ein Sohn des Zaren gefeiert worden. Anscheinend war er der erste vom russischen Hof, der sich für diese Bergwerke interessierte. Auf dem Umweg über den bayrischen Gesandten in Petersburg wurde bekannt, daß er unter Lebensgefahr bei einer im Bau befindlichen Eisenbahnbrücke einen Arbeiter aus den Eisschollen der Wolga gerettet hatte. Mussard schrieb, sein Herr habe alle Hüttenwerke des europäischen Teiles des Gouvernements Perm besichtigt und dann von Jekaterinburg aus die im Zentrum und die im Ural. Wo er fuhr, strömte das Volk zusammen, ein gutes Volk, das man in seiner Heimat erleben müsse, um es richtig zu beurteilen. Sein siebenundzwanzigster Geburtstag wurde mit Bankett, Volksfest, Tänzen und Festbeleuchtung gefeiert. Die guten Sibirier seien besonders begeistert gewesen. General Glincka habe geäußert, es sei ein Glück, so einen Mann an der Spitze der Bergwerke zu haben. Auch in Jekaterinburg gab es Feste. Max kehrte im November nach Petersburg zurück.

13
Schlimme Vorzeichen
1846

Das Sturmjahr 1848 hatte seine Schatten vorausgeworfen, doch König Ludwig hielt die Krise bereits für überwunden.

Es gibt Zeiten, wo man abwarten muß ... Vom Mai bis November, wie übel stand ich in der Meinung der Münchner, der Bayern ... Mit dem geringen wohlfeileren Bierausschank machte ich mich wieder beliebt. Das Bier ist das noli me tangere der Münchner. Den Preis um 1 Kreuzer die Maß herabsetzend ... könnte die Verfassung abgeschafft werden, das gemeine Volk Lebehoch dazubringen, wenn man gewissenlos genug wäre. Nicht so in Franken, da wird mehr auf die Verfassung gehalten.[10]

Doch es kam nicht allein auf das Bier an. Die Zeiten des Absolutismus waren vorbei. Als Kronprinz hatte er wesentlich zur Einführung der bayrischen Verfassung beigetragen, und als König achtete er gewissenhaft darauf, daß sie ja nicht verletzt würde, empfand sie aber als Hemmschuh. Er wollte sich weder von seinen Ministern noch von den Kammern dirigieren oder als ›Unterschreibmaschine‹ benützen lassen. Den Nichtkatholiken war er zu katholisch, den Ultramontanen zu tolerant, schon weil er evangelische Kirchen und Betsäle einrichtete. Seine Schwester Auguste war der Ansicht, ihr Bruder sei ganz in Händen des Ministers Abel und der Ultras. Abel, der Staatsrat Baron Freyberg und andere hätten an den König eine vom Grafen Arco-Valley inspirierte Adresse gerichtet, worin er als Retter der Religion in Ausdrücken gepriesen würde, die sie als ›incroyables‹ bezeichnete. Sie meinte, daß die ›Ultras‹ wahrscheinlich ihre Macht ausprobieren wollten, und ihr Bruder erklärte, solche Adressen verstießen gegen die Verfassung. Er hatte schon mit den im Herbst wieder zusammengetretenen Kammern Ärger, da die der

Abgeordneten seine Bauten zu kostspielig fand. Es bedurfte nur eines Anlasses, den Zündstoff in Brand zu setzen.

Der große Saal im Leuchtenberg-Palais war neu hergerichtet und erregte mit den in der galvanoplastischen Anstalt von Max in Petersburg hergestellten Säulensockeln aus vergoldeter Bronze allgemeine Bewunderung. Herzog Max in Bayern gab nach fünf Jahren in seinem Palais an der Ludwigstraße wieder einen großen Ball mit fünf Quadrillen. Auf Wunsch der Königin übernahm Auguste das Protektorat über ein großes, von Künstlern veranstaltetes Wohltätigkeitsfest im Odeon. Der durch seine Kasperliaden bekannte Intendant Graf Pocci hatte das Referat für Musik, und der Professor und Dichter von Kobell las aus seinen bayrischen Gedichten. Die Initiative zur Aufführung der Komödie ›Le mari de la veuve‹ und lebender Bilder dürfte vom Palais Leuchtenberg ausgegangen sein. Bruttoeinnahmen zweitausendfünfhundert Gulden. Dann erkrankte die Protektorin wieder an Erysipel und machte ihr Testament.

Louis Napoléon gelang es am 25 Mai, aus der Festung Ham als Maurer verkleidet mit einem Brett auf der Schulter zu entkommen und sich nach England zu begeben. Er hatte fast sechs Jahre auf die Gelegenheit warten müssen, daß im Hof gearbeitet wurde und seine Flucht nicht auffiel. Auch bei dieser Gelegenheit hat er große Kaltblütigkeit und Wagemut bewiesen.

Wieder einmal erregte in München der Bierpreis die Gemüter. Durch die Vorgänge von vor zwei Jahren gewitzigt, wurde die Garnison erheblich verstärkt, so daß ständig fünftausend Mann in der Stadt patrouillierten. München habe einem Heerlager geglichen, notierte die Herzogin, aber die Soldaten seien in den kleinen Kasernen so schlecht untergebracht und ernährt, daß man mit ihnen Mitleid haben müsse. Niemand getraue sich, dem König die Wahrheit zu sagen. Die Debatten wegen Religionsfragen in den Kammern um Mitte Mai brachten den König in eine schwierige Lage. Er versuchte die Opponenten aus den Kammern auszuscheiden. Minister Abel und Seinsheim wurden dauernd angegriffen. Abel behauptete sich länger, aber nach Schluß der Kammern wurde der Justizminister von Schenk durch seinen Sohn ersetzt, Außenminister Baron von Gise durch den Grafen von Bray, und Fürst Öttingen sollte bayrischer Gesandter in Paris werden. Die Herzogin befürchtete sehr, ihr Bruder könne durch so schroffe Maßnahmen an Ansehen einbüßen.

Die bevorstehende Heirat des württembergischen Kronprinzen mit der Großfürstin Olga verbesserte die Stellung von Theodolinde in Stuttgart erheblich. Zuerst erschien die Königin von Württemberg auf dem Weg nach Salzburg zur Zusammenkunft mit Olga in München und war des Lobes über Theodolinde voll.

Die schwersten Sorgen kamen von Eugenie. Die Mutter hatte sich bei ihr in Hechingen angesagt, als ihr diese Tochter, in ihr Schicksal ergeben, mitteilte, der Arzt habe Tuberkulose festgestellt und sie müsse zunächst eine Kur in Badenweiler gebrauchen, eventuell Nachkur in Ems. Die Mutter fuhr gleich zu ihr und fand sie weniger schlecht als befürchtet, obwohl die Symptome Grund genug zu Besorgnis geben mußten. Der Arzt Dr. Gefrörer hatte der Herzogin den bedrohlichen Zustand Eugenies nicht verschwiegen. Ihr Übel sei vernachlässigt worden. Man hoffe auf Erfolg der Kur. Eugenie selbst sei völlig ruhig gewesen, notierte ihre Mutter, ginge nur ungern von Hechingen weg. *Gott schütze diesen Engel, der alles Glück ihrer Untertanen bedeutet.* Die Trennung von ihr fiel ihr unter solchen Umständen besonders schwer. Sie besuchte ihr württembergisches Ehepaar zuerst auf dem Lichtenstein und dann in ihrem neuen Heim in Stuttgart. Der Lichtenstein hätte ihr gut gefallen, wenn er nicht so viel Geld verschlungen hätte. *Das Schloß liegt auf einem Felsen. Man geht über eine Brücke hinein. Es gibt keinen Platz für Kinder, die in einem Haus untergebracht sind, das Linda weiter unten bauen ließ. Das einzige Wasser kommt aus einer Zisterne.* Es gefiel ihr, daß ihre Tochter dort eine Kapelle hatte errichten lassen, wo sie täglich zur heiligen Messe ging. Das Haus in Stuttgart erschien ihr hübsch und bequem mit einer Terrasse zum Garten hin. Auf der Rückfahrt nach Ismaning stellte sie fest, die württembergischen Straßen seien besser als die bayrischen. Alles käme da herunter, *aber unser König will es nicht glauben, weil die Minister ihm das Gegenteil vormachen. Er lebt in der Illusion, daß das Volk ihn liebe und glücklich sei... Es ist richtig, daß*

es nicht leicht ist, dem König die Wahrheit zu sagen, weil er sie nicht hören will. Die Augen werden ihm aufgehen, wenn es zu spät ist.
Mit Papa Méjan ging es zu Ende. Auguste besuchte ihn täglich. Der Achtziger saß in einem Lehnstuhl und weinte meist. Der Anblick seiner Enkelin Stefanie ergriff ihn so, daß er die Besinnung verlor. Schließlich verlosch er, *wie eine Lampe, die kein Öl mehr hat, ohne Todeskampf. Dieser Tod geht mir sehr nahe. Ich kannte den Grafen Méjan seit vierzig Jahren, das heißt seit meiner Verheiratung. Er hat die Zeiten unserer Glorie miterlebt und war Zeuge unseres Glückes. Er verstand mich. So verliere ich allmählich eine Person aus jener Zeit nach der anderen und bald wird mich niemand mehr verstehen.*
Ein Glück, daß Schwester Charlotte sie gerade jetzt besuchte. Solange das Gespräch nicht auf Napoleon kam, verstanden sie sich sehr gut. Auguste machte wieder einmal den Cicerone für die Bauten des Bruders. Stiglmaiers Neffe und Nachfolger Miller zeigte die zur Hälfte fertige Bavaria. Mit Elise aus Berlin, Sophie aus Wien und dem eben vom Manöver zurückgekommenen bayrischen Kronprinzen konnte die Herzogin an ihrer Tafel zwanzig Familienmitglieder vereinigen. Luitpold war im Begriff, über Florenz nach Ägypten zu reisen, was damals einer Expedition gleichkam.
Die Schwestern verbrachten wieder einige gemütliche Wochen beim König in Berchtesgaden. Als Nichte Hildegard Augustes von der Kaiserin Josephine stammende Perlen bewunderte und harmlos sagte, sie habe nicht gewußt, daß sie so schöne hatte, fiel Charlotte gleich ein: *Napoleon hat Loretto geplündert und überall gestohlen.* Darauf Auguste, die österreichischen Generäle hätten Tafelsilber mitgenommen. Sie hätte noch ganz anderes sagen können, notierte sie. Charlotte habe ihr gewiß nicht weh tun wollen, *aber Fanatismus, Parteilichkeit und Animosität gegen unsere so ruhmvolle und schöne Vergangenheit lassen sie ungerecht werden. Sie glaubt, daß der Kaiser Franz unfehlbar war. Ich muß immer wieder staunen, daß meine Familie alles, was ich verloren habe und meine ehemalige so glanzvolle Stellung anscheinend völlig vergessen hat.*
Am 19. September kam ihr Rekordreisender Max nach Berchtesgaden. Sie flog in seine Arme, gefolgt von König, Königin und allen anderen einschließlich Kardinal-Fürstbischof Prinz Schwarzen-

berg. Max wollte nicht in den Salon, weil er keine Uniform trug, wurde aber so freudig empfangen, daß die Mutter gerührt war. Er mußte gleich zu dem neuen Promenadeweg zu den ›Cascadelles‹ mitfahren. Bei einem Ausflug nach Schloß Kleßheim an der österreichischen Grenze bemerkte Auguste, daß dieses bayrisch geblieben wäre, wenn der kleine Fluß dahinter statt davor vorbeiflösse. *Der König kann sich über den Verlust von Salzburg und Tirol nicht trösten. Dabei verbleibt ihm doch ein schönes Reich! Wenn aber ich, die alles verloren hat, über den Verlust des schönen Königreichs Italien klage, dann staunt man. So ist die Welt!*

Auguste war stolz, daß sie bei der Eröffnung des Oktoberfestes mit ihrem Sohn im Königszelt auftreten konnte.

Noch am gleichen Abend rollte zur größten Überraschung ein Wagen mit den schwedischen Enkeln ins Palais, dem Kronprinzen Karl und seinem Bruder Gustav mit drei Begleitern. Die beiden waren so nett und bescheiden, daß sie die Herzen im Flug gewannen. Der König stellte befriedigt fest, sie sprächen ohne Akzent Deutsch, und lud sie mit Großmutter und Onkel gleich zum Essen ein. Dieser 7. Oktober 1846 war nicht wegen dieses schwedischen Besuches bedeutsam, sondern weil an ihm König Ludwig zum erstenmal mit Lola Montez zusammenkam.

Die schöne junge spanische Tänzerin Lola Montez, die um eine Stunde gebeten, empfangen. Schön von Zügen wie von Wuchs – nichts von der Behauptung, daß sie auf die Frage, ob ihr Busen echt sei, mit einem Federmesser ihr Kleid aufgeschnitten habe, es zu beweisen. Der auch in intimen Dingen äußerst gewissenhafte königliche Chronist hätte es sicherlich verzeichnet. Im Gegensatz zu seiner Wahrheitsliebe ist fast alles, was ihm Lola gesagt hat, Lüge und Theater, wahrscheinlich auch ihr Temperament. Sie sagte dem König, daß ihr Vater ein spanischer Offizier und Carlist war, der von der Gegenpartei gefangengenommen und erschossen worden sei. Sie sei bei ihrer Mutter aufgewachsen, die mit dem englischen Staatsmann Robert Peel liiert war. Nach dem Tode ihrer Mutter hätten die Gläubiger alles weggenommen. Bevor sie Tänzerin wurde, habe sie alle Familienpapiere und Dokumente verbrannt.[11]

Man weiß, daß sie Irländerin war und Gilbert hieß und als Künstlername Lola Montez wählte, weil sie spanisch aussah und von ihrer Großmutter spanisches Blut in den Adern hatte. Vielleicht hatte diese einen Verwandten namens Montez. Lola ist die Abkürzung von Dolores. Sie hieß Maria Dolores Eliza Rosanna Gilbert. Als sie nach München kam, hatte sie schon zahlreiche Abenteuer hinter sich. Sie war gescheit, von ungeheurem Geltungsbedürfnis, skrupellos. Mit ihrer Erfahrung war es nicht schwer, den sechzigjährigen König zu begeistern. Sie hat es auch mit Jüngeren fertiggebracht, zum Beispiel mit Franz Liszt. Allen Verführungskünsten zum Trotz blieb es lange bei einer platonischen Tändelei. Stieler mußte sie gleich porträtieren, nachdem der König sie für würdig befunden hatte, in seine Galerie der Schönheiten aufgenommen zu werden.

Sie nutzte auch Ludwigs Vorliebe für Spanien aus. Seit 1806, als er von Napoleons Hof in St. Cloud nach Spanien aufbrach und von Figueras aus nach Warschau abdrehen mußte, datierte seine Sehnsucht nach diesem Land. Er hatte sich darauf vorbereitet, Sprachstunden genommen und sich seitdem ständig mit Spanisch befaßt. Lola gab ihm nun Stunden. Ein Blick in ihre Korrespondenz genügt, um festzustellen, daß es bei beiden mit dem Spanischen nicht weit her war, sonst hätte Ludwig gleich merken müssen, daß sie keine Spanierin war. Ein alter spanischer Diplomat, der sie nach der Münchner Zeit in Paris gekannt hat, erzählte mir vor sehr vielen Jahren von ihrem Charme. Sie habe besonders kleine und zierliche Füße gehabt.

Von Paris kam sie auch nach München, nachdem sie in verschiedenen anderen europäischen Hauptstädten unliebsames Aufsehen erregt hatte. Es wäre sicherlich in München auch ohne sie eine Krise ausgebrochen, aber sie hat sie gefördert.

Die Frage, warum sie gerade nach München kam, wird schwer zu beantworten sein. Für den Geschichtsprofessor an der Universität Madrid, Pavon, der sich viele Jahre lang von der spanischen Seite her mit Lola befaßt hat, stand außer Zweifel, daß sie eine politische Emissärin war, um das bayrische katholische Bollwerk zum mindesten zu erschüttern. Dazu der König selbst ein Jahrzehnt nach seiner Abdankung:[12] *Ob sie nicht ein Werkzeug wissend oder unwissend, daß sie antiösterreichisch, ist sicher... mich abwendig machen wollte... Leider setzte sie viel durch bei mir, aber nicht alles. Nur um eines anzuführen, wie drang sie in mich, Freimaurer zu werden und das wiederholt und wiederholt, vergeblich aber.*

Ein Major à la suite V. Freiherr von Maltzahn, ein alter Bekannter aus Salzburg, der angeblich Lola ein väterlicher Freund in Paris war, hätte ihm gesagt, er habe sie auf den Gedanken gebracht, nach München zu fahren, weil er ihr dort Erfolg verhieß und sie sicherlich in die Galerie der Schönheiten aufgenommen werde. Als er sah, welches Unheil sie anrichtete, habe er ihn beschworen, von ihr abzulassen.

Lola Montez gehört auch in die Geschichte der Leuchtenbergs, weil die Herzogin Auguste die ganze Episode aus allernächster Nähe erlebt und in ihrem Tagebuch aufgezeichnet hat. Sie fühlte sich berufen, den Bruder zur Ausweisung Lolas zu bewegen und dadurch ihn und die Heimat zu retten.

Lola war zuerst im Hotel Bayrischer Hof abgestiegen und dann gegenüber in die Dependance zum Goldenen Hirschen umgezogen. Die Sitzungen bei Stieler, zu denen sich der König meistens einfand, kamen ihr sehr gelegen, um sich immer mehr einzuschmeicheln. Nach der Grundsteinlegung zur ›Neuen Pinakothek‹ am 12. Oktober behauptete sie in Gegenwart der beteiligten Architekten Gärtner und Voit, auch sie sei beinahe wie ihr Vater im Carlistenkrieg umgebracht worden. Die Narbe an ihrem Hals rühre von einem Dolchstich her.

Von Stieler ging der König zu Max Leuchtenberg, um ihm zum Namenstag zu gratulieren. *Zwischen vier Augen frug ich, warum Kaiser Nikolaus gegen König Ludwig Philipp. Er erwiderte, persönlich wäre es, weil er dafür gilt, daß er unrechtmäßig den Thron bestieg. Kammerkonzert den Prinzen von Schweden wir gegeben; für einen Ball zu wenig hoffähige Tänzerinnen dermalen hier.*

Am nächsten Tag sah Auguste mit Sohn und schwedischen Enkeln dem ersten Auftreten von Lola Montez zu. Der König hatte den Intendanten angewiesen, Vorkehrungen gegen etwaige Störungen zu treffen, weil Lola ihm gesagt hatte, jemand, dem sie sich verweigert habe, wolle sie auspfeifen lassen.

Auguste konstatierte nüchtern, sie tanze schlecht, *mit viel Keckheit und Lebendigkeit... und ihre Augen ebenso bewegt wie ihre Füße.*

Max jagte nun mit dem älteren Neffen auf Enten, während der jüngere die Großmutter nach Ismaning begleitete. Dieser Gustav liebte Musik mehr als Jagd. Er blieb auch bei ihr, als der schwedische Kronprinz Mailand besuchte.

Die Königin Therese zeigte Auguste voll Stolz den Plan des kleinen Landhauses mit großem Garten, das ihr der König an der Verlängerung seiner Ludwigstraße zum Dorf Schwabing geschenkt hatte. Es wurde der Grundstock des Palais Prinz Leopold, dessen Namen auch die Straße erhielt.[13] *Einstweilen wird es nur Ausflugsziel sein, hors de la rue Louis,* notierte unsere Herzogin. Sie fuhr Gustav auch nach Schleißheim hinaus, wo der König gerade die große Treppe mit den Steinen, die seit Kurfürst Max Emanuels Zeiten in einem Schuppen dafür bereitgelegen hatten, aufführen ließ.

Max Leuchtenberg schenkte seiner Mutter und Onkel König Erzeugnisse seiner galvanischen Anstalt in Petersburg.

Auguste sah jetzt mit wachsender Sorge, wie Lola im Begriff war, sich in München im wahrsten Sinne des Wortes häuslich niederzulassen. Der König hatte ihr ein Haus neben dem von Stieler in der Barer Straße gekauft und den Architekten Metzger beauftragt, es nach ihrem Geschmack in nachgemachtem Rokoko einzurichten, obwohl er diesen ›altfränkischen‹ Stil nicht leiden konnte. Zu ihr hielten außer Stieler ein anderer Maler, General von Heydeck und der Polizeipräsident Baron von Pechmann. Dabei sei sie *eine ganz verworfene Person, registrierte Auguste, die jedermann kennt und Sie schon mit Gensdarmes und Polizei zu tun hatte. Im Grund hat man Mitleid, daß sich der König mit sechzig Jahren so vergessen kann.* Da sei die ›schwedische Nachtigall Jenny Lind‹ schon von anderem Format. Sie freute sich, daß sie den Enkeln diese Compatriotin in ›Nachtwandlerin‹, ›Norma‹ und ›Regimentstochter‹ vorführen konnte. Ihr Spiel sei ebenso vollendet wie ihr Gesang, die Stimme unvergleichlich. Sie sei nicht gerade hübsch, aber von reizender Gestalt, tugendsam und nicht kokett.

Auguste ärgerte sich im Theater, weil Lola die Loge gegenüber der leuchtenbergischen gemietet hatte und, um ja aufzufallen, einen Teppich hineinlegen und rote Stühle hineinstellen ließ. Bei einem Konzert im Odeon, bei dem der ganze Hof anwesend war, beobachtete sie, daß Lola erst recht widerwillig aufstand, als ihr der König etwas ins Ohr sagte. Sie führe unglaubliche Reden über den Bruder und lese jedermann seine Gedichte vor, in denen er schrieb, er habe zuvor noch nie wahrhaft geliebt. *Die Verblendung des Königs ist zum Erbarmen. Man hat aber vor dieser Person große Angst, weil sie alles erreicht, was sie will. Sie kann Schaden anrichten und Leute, die ihr nicht gefallen, oder zu sehr gefallen, aber ihre Avancen nicht verstehen wollen, heimlich kompromittieren.*

Es muß dem König aufgefallen sein, daß die angebliche Sevillanerin sein Gedicht ›Die Andalusierin‹ auf Englisch beantwortete.

Max Leuchtenberg besuchte seine Schwestern in Hechingen und Stuttgart. Theodolinde war glücklich, daß ihr Bruder einige Tage bei ihr blieb und sich mit ihr von der russischen Schwägerin Olga, die inzwischen den württembergischen Kronprinzen geheiratet hatte, und am Hof feiern ließ. Auch die schwedischen Neffen kamen dazu – ›superbes gens, grands, beaux, bons‹, die die Großmutter nur ungern ziehen ließ. Solange Gustav im Haus war, habe sie Musik gehört. Er sei nämlich ein ausgezeichneter Musiker mit viel Talent für Klavier und Gesang. Max wartete nach seiner Rückkehr nach München dort noch die Ankunft seiner Schwester Amelie ab. Sie kam mit Tochter und Gefolge, im ganzen fünfzehn Personen, mit der Eisenbahn an. Beide Amelien sahen gut aus, und die junge, die am 1. Dezember fünfzehn Jahre alt wurde, war fast so groß wie ihre Mutter. Der König kam gleich ins Palais: *Sah auch ihre gewachsene, mehr teutsch aussehende Tochter, die ich gern zur Schwiegertochter haben möchte für Adalbert.*

Theodolinde kam allein, um den Bruder noch zu sehen. Der König lud schon am nächsten Tag alle Verwandten aus dem Palais Leuchtenberg zur Tafel, ließ aber eine halbe Stunde auf sich warten. Als er sich damit entschuldigte, er sei bei einem Maler aufgehalten worden, errötete die Königin, und alle senkten verlegen die Augen. Um so aufmerksamer war er zu den Leuchtenberg, lud Max noch zu einem Abschiedsessen ein. König und Königin liebten ihn sehr, notierte die Mutter. *Er ist so glücklich hier, wo ihn alle Welt verehrt und schätzt.*

Um so schwerer war der Abschied am 16. Dezember. Da sich die Großfürstin Helene noch in Wien aufhielt, nahm er den Weg über diese Stadt, von wo, wie Mary berichtete, er in sechsmal vierundzwanzig Stunden nach Petersburg fuhr, die letzten vierhundertzwanzig Werst oder hundertzwanzig Meilen im Schlitten in fünfundzwanzig Stunden.

Lola würde immer unverschämter, notierte Auguste. Bei der Aufführung von ›Don Giovanni‹ mit Jenny Lind als Doña Anna habe sie in der Loge neben der der Hofdamen und der des sardinischen Gesandten auf einem großen Samtfauteuil gethront, auf der Post einen Beamten geohrfeigt. Sie habe sich silberne Toilettengegenstände mit Grafenkrone bestellt und ließe sich Courschleppen sticken, um damit bei Hof zu erscheinen. Lola wurde jedoch nicht bei Hof zugelassen, bekam aber die bayrische Staatsangehörigkeit und den Titel Gräfin Landsfeld.

14
Das vierte Herz – Eugenie
1847

Eugenies Behandlung war höchst eigenartig: Weil die Ausdünstung von Kühen für kranke Lungen gut sei, wurde ihr ein Zimmer über einem Kuhstall eingerichtet und durch Röhren damit verbunden, so daß der ganze Dunst zu ihr heraufkam. Sie verbrachte den Winter in diesem Kuhstalldunst und unterzog sich noch einer anderen merkwürdigen Prozedur, die man Moxakur nannte. Man verbrannte, natürlich sehr vorsichtig, auf ihrem ausgezehrten Körper Flachs, Feuerschwämme oder anderes leicht brennbares Zeug. Damit glaubten die Ärzte in der kalten Jahreszeit dem Fortschreiten der Tuberkulose zu steuern. Sie fügte sich gottergeben in alles, nicht zur Freude der Mutter, der ihre Selbstlosigkeit zu weit ging. Man könne doch nicht sein ganzes Leben gesund sein, schrieb ihr die Tochter, *und ein Lungenleiden bläst man nicht weg, auch nicht durch Feuer und Schwert... Le Moxa ist bei uns ein heftiges Mittel, das ist schon wahr, aber man wendet es vielfach an. Es kommt aus Frankreich und hat schon viele geheilt, auch Dr. Gefrörer selbst.*[14]

In ihrem Stall spüre sie nichts von dem strengen Winter, störe niemand und werde von niemandem gestört. Es sei ihrem Constantin sehr schwer gefallen, dieser Absonderung zuzustimmen, doch habe er sich nun damit abgefunden und an den Dunst gewöhnt. Er komme täglich zu ihr zum Essen. Der Schwester in Schweden schrieb sie Mitte Januar[15], momentan sei keine Gefahr. Ein Schnupfen, eine Ermüdung könnten jedoch schlimme Folgen haben. Wenn sie nur nach der noch nicht festgesetzten nächsten Kur nach München dürfte. *Kann man aber mit so einer Verfassung Pläne machen? Wie in allem, will ich auch darin nur den Willen Gottes erfüllen! Kranksein ist eine prächtige Schule. Daß du deine Türschwelle nicht überschreiten darfst, lehrt dich, das Glück anderwärts zu suchen und führt dich zu Gott.*

Die Mutter und Linda ließ man nicht zu ihr, weil sie nicht sprechen sollte. So blieb die Mutter zu Hause und ließ sich berichten, daß der Hofball traurig und schwach besucht war, daß die Polonaise durch die Galerie der Schönheiten vorbei an Lolas Bild geführt habe, daß auch der neue Erzbischof Graf Reisach, sehr zum Mißfallen des Königs, nicht erschienen sei.

Theodolinde drang trotz Verbot zu Eugenie vor. Ihr Mann fuhr sie in einer Troika durch den Schnee nach Tübingen, wo sie Constantin in Empfang nahm. *Ich gehe durch den Garten und betrete das hübsche Appartement, das man ihr über dem Stall eingerichtet hat und befinde mich endlich in den Armen von Eugenie, die ich gut aussehend finde. Ihr Gesicht ist weniger gespannt, ihre Stimme klar, sie hustet wenig. Ich bleibe bis neuneinviertel bei ihr. Diese Stalluft bekommt mir gar nicht. Ich habe Mühe zu atmen.* Am nächsten Nachmittag war sie wieder in Stuttgart. Die Mutter ließ sich jedoch nicht täuschen; auch schrieb Eugenie, daß ihr die Moxakur guttäte, doch bewiesen Husten und Auswurf, daß ihre ›tubercules‹ noch vorhanden seien. Selbst wenn Gott sie heilen wollte, könnte es normalerweise nicht vor Frühjahr sein. Sie bete auch für ihren Onkel in München, daß Gott ihm Einsicht gewähre.

Lola versäumte keine Gelegenheit, Klerus, Gesellschaft und Publikum herauszufordern. Sie fuhr mit ihrem Rappengespann und dem großen Hund Turc in die Menschen hinein und teilte Ohrfeigen aus, wo sie Widerstand spürte. Das Lager der Widersacher nahm ständig zu, während das ihrer Anhänger hauptsächlich aus Leuten bestand, die sich durch ihre Vermittlung Posten oder andere Vorteile erhofften. Auguste litt sehr darunter. Bruder Ludwig glaube die Wahrheit nicht oder wolle sie nicht glauben. Eines Tages kam er niedergeschlagen zu ihr und bat sie, doch zur maskierten Akademie zu kommen, weil Therese Unwohlsein vorgeschützt habe. *Du wärst meine letzte Hoffnung,* sagte er. Sie, die alle Vorfälle brühwarm und wohl auch übertrieben zugetragen bekam, notierte viele in ihr Tagebuch. Lola sei mit ihrer Clique in eine geschlossene Bürgerge-

sellschaft eingedrungen und habe bei der daraus entstandenen Prügelei wieder einmal Ohrfeigen ausgeteilt, aber auch welche einstecken müssen. Ohne Eingreifen des Engländers Clemory wäre sie erschlagen worden. Kurz darauf kam es zu einem Auflauf vor dem Laden des Juweliers Maierhofer, weil Lola darin war. Sie habe sich nur über eine Mauer hinter dem Geschäft retten können. Man behauptete, daß sie mit dem Teufel im Bund sei und dem König einen Liebestrank verabreicht habe, und anderen Unsinn.
Der König billigte Lolas extravagantes Benehmen natürlich keineswegs, wollte sich aber anderseits nicht von der Straße Vorschriften machen lassen. Um von der Innenstadt wegzukommen, zog sie bis zur Fertigstellung ihres Hauses in eine Wohnung an der Theresienstraße. Die Polizei bekam Weisung für schärfere Überwachungsmaßnahmen, und Lola wurde immer frecher. Die ganze Familie war bedrückt und bekümmert. Bei einem Essen mit der Königin von Preußen in der Residenz konnte Auguste die Tränen kaum zurückhalten, als Ludwig ihr sagte, er wisse sehr wohl, daß man ihn schlechtmache, aber das kümmere ihn nicht. *Derartiger Starrsinn im Schlechten muß Unheil bringen,* registrierte sie.
Bisher handelte es sich mehr oder weniger um private Angelegenheiten, aber im Februar stürzte das Ministerium Abel, weil es nicht für das ›Indigenat‹ – Verleihung der bayrischen Staatsangehörigkeit an Lola – gestimmt hatte. Unter den Ministern befand sich auch Ludwigs bester Jugendfreund, Graf Karl von Seinsheim. Der Staatsrat Maurer kam in Gnade, weil er dafür gewesen war. Die Herzogin, die bekanntlich mit der ultramontanen Einstellung Abels nicht einverstanden war, lobte aber Seinsheim wegen seiner mutigen Haltung.
Auguste war drauf und dran, die Königin aufzuputschen, damit sie die Entfernung Lolas verlange. Als Frau habe sie schon mehr als billig ertragen, aber jetzt ginge es um königliche Würde. *Der König würde es sich zweimal überlegen, die Königin dieser Kreatur zu opfern. Jetzt möchte ich reich sein, um diejenigen entschädigen zu können, die alles verlieren, weil sie sich loyal und ehrenhaft benehmen.*
Als Lola ihm mit Vorschlägen für neue Minister kam, wies der König sie ab.

Auguste sann Tag und Nacht darüber nach, wie sie ihrem Bruder die Augen öffnen könne. Sie verstünde, daß er im Augenblick nicht nachgeben könne, aber wenn alles aufgedeckt sei, müsse er die Kraft finden, sich von der Frau zu trennen, die an allem schuld sei. *Wenn mir Gott nur einen Weg wiese, meinen Bruder und Bayern zu retten.*
Max meldete am 8. Februar seiner Mutter, daß ein zweiter Enkel geboren und auf den Namen Eugen getauft sei. Zur Feier des neuen Enkels lud sie alle in München anwesenden Russen und die Bayern, die mit ihrem Max in Rußland waren, zur Tafel. Der Gesandte Baron Sévérin schien überzeugt zu sein, daß der österreichische Gesandte Graf Senft und der Erzbischof die Haupttriebfedern der Agitation gegen den König wären.
Am 1. März kam es wegen Suspendierung des Universitätsprofessors Lasaulx zu einem Studentenkrawall vor Lolas Wohnung. Man muß ihr zubilligen, daß sie Mut bewies. Sie schaute vom offenen Fenster auf die Radaumacher hinunter, obwohl Steine hereinflogen. Der König ging entgegen allen Warnungen erhobenen Hauptes durch die Menge. »Hut ab«, befahl er, und die Hüte kamen herunter.
In der Residenz wurden Steine in die Fenster der Nibelungensäle unter den Königszimmern geworfen. Die Herzogin sah durch das Fenster die Leute an ihrem Haus vorbeistürmen, schickte gleich in die Residenz, um sich nach der Königin zu erkundigen. Auf den Bescheid, daß sie sich bei Gräfin Deroy befände und auch der König nicht da sei, war es ihr klar, daß er sich in die Theresienstraße begeben hatte. Sie war entschlossen, ihm zu Hilfe zu eilen. Als sie erfuhr, er sei in der Residenz zurück, fuhr sie dorthin, obwohl sie ihre Damen nicht aus dem Palais hinauslassen wollten. Die Residenz war von Militär abgeriegelt, sie hörte Vivatrufe, alle Tore waren geschlossen. Sie stieg im Kapellenhof aus und ging zur Königin hinauf. Der König kam ihr lächelnd entgegen und umarmte sie. Auch Therese war beherrscht. Sie hatte von der Wohnung der Gräfin Deroy aus gesehen, wie die Menge ihren davorstehenden Wagen unter Rufen »Es lebe die Königin« umgab. Sie schickte den Wagen weg und ging zu Fuß heim. »Ich wollte nicht auf Kosten des Königs auf ein Postament gestellt werden«, erklärte sie.

Der König tat kund, daß er die Universität schließen würde, falls am Morgen nicht wieder Ruhe herrsche. Es geschah auch nichts mehr. Auguste stellte lediglich fest, daß mehr Menschen als sonst in den Straßen gingen. Bruder Ludwig kam ins Palais. Er meinte, es handele sich um ein Komplott der gleichen Partei, auf die er beim Tod der Königin Caroline hereingefallen sei. Er kenne sie und würde nicht nachgeben. Auf dieses Stichwort wollte die Schwester endlich anbringen, was sie so lange schon auf dem Herzen hatte. Er wisse doch, wie sehr sie ihn liebe und daß er sich auf sie verlassen könne, begann sie. *Er nahm meine Hand und sagte, »Ja, ich weiß, daß Du mich lieb hast und daß ich auf Dich zählen kann« ließ mir aber keine Zeit mehr, zu sagen, was ich vorhatte und ging aus dem Zimmer mit den Worten, »Ich will zu Deiner Tochter Amelie«. Wenn ihn nur Gott erleuchten und mir die Möglichkeit verschaffen möchte, ihm die Augen zu öffnen.*

Die neuen Minister mit der Bezeichnung ›Verweser‹ seien: Staatsrat Maurer für das Äußere und die Justiz, von Zenetti aus Landshut für das Innere, Baron Zu Rhein aus Regensburg für die Finanzen und Kultus, General Baron Hohenhausen für das Heer, lauter parteilose, allgemein geachtete Persönlichkeiten. Sie seien dem Ruf nicht gern gefolgt.

Als das Königspaar am 7. März wieder im Theater erschien, wurde es beklatscht.

Max setzte seiner Mutter wieder zu, ihn in Rußland zu besuchen. Sie schrieb ihrem Sohn, daß sie besonders über seine durch Roux angebotene Reisebeihilfe gerührt sei. Sie verstünde, daß Mary jetzt nicht reisen könne und ihm mit einem kurzen Aufenthalt in München nicht gedient sei. Sie wolle sich aber nicht von Amelie trennen.

Eugenie fühlte sich angeblich etwas besser. Wenn Amelie sie besuchen käme, könnte sie sich in ihrem Tragsessel zu ihr tragen lassen. *Sie wird meinen Stall recht schmutzig finden. Das Silber läuft an. Die acht Monate machen sich bemerkbar. Ich schreibe Max in Ihrem Sinne und verstehe, daß Sie sich aus tausend Gründen nicht zu einer so weiten Reise entschließen können.* Die Absage wurde noch dadurch erschwert, daß auch die Zarin die Mutter bestürmte, zu kommen.

In dieser schwierigen Zeit erkrankte der König, und Auguste konnte nicht verstehen, daß die Königin sich gerade jetzt nicht mehr um ihren kranken Mann kümmerte, statt ihn wegen seiner Flechte im Gesicht ihren Abscheu merken zu lassen. Sie fand es auch taktisch falsch, wenn die Königin diesen Sommer den König nicht nach Aschaffenburg begleiten wollte und dadurch Lola die Bahn frei mache. Sie selbst besuchte ihn oft und aß mit ihm.

In der zweiten Aprilhälfte begab sich Schwester Amelie ohne Tochter nach Hechingen. Schon der erste Bericht über das Befinden von Eugenie war niederschmetternd. Die Schwester war viel schlimmer daran, als erwartet, so daß die Mutter überzeugt war, daß man ihr den wahren Zustand verheimlicht hatte. Sie habe wiederholt vernommen, daß der Pfarrer seinen großen Einfluß ausnützte, um sie zur Abfassung eines Testaments zugunsten von Kirchen, Klöstern und Klerus unter Ausscheidung der Schwestern zu veranlassen. Sie habe das bei ihrer Anhänglichkeit an die Familie nicht für möglich gehalten. Aber nun scheine man sie doch soweit gebracht zu haben. *Meine Tochter Eugenie ist wie eine Heilige und ahnt nicht, wie sehr man ihr Vertrauen mißbraucht.* Der erste Ausgang des Königs nach seiner Krankheit sei zu Lolas Haus in der Barerstraße gewesen. Ende des Monats würde sie einziehen. Es würde ihr kaum gelingen, mit Angehörigen der ersten Gesellschaft zu verkehren, aber sie dürfe im Park von Nymphenburg herumfahren, was doch nur Mitgliedern des königlichen Hauses gestattet sei.

Theodolinde schrieb, daß es wegen Erhöhung des Brotpreises in Stuttgart zu einer Revolte gekommen sei. Die Menge hatte Steine auf das Militär geworfen. Der König ritt den Randalierern mit dem Kronprinzen entgegen. Als auch das nichts half, ließ er schießen. Ihr Wilhelm sei am Knie und sein Adjutant am Kopf verletzt worden. Auch aus Böhmen und Galizien kamen beunruhigende Nachrichten.

Die Herzogin sah angsterfüllt von den Königszimmern inmitten ihrer Familie dem Fackelzug zu, den die Studenten auf dem Max-Joseph-Platz ihrem Bruder brachten. Theater und Hauptpost waren bengalisch beleuchtet. Eine riesige Menge Zuschauer verhielt sich schweigend, bis Königshymne und Vivatrufe erschollen. Der König sprach mit den Abordnungen der fünf Landsmannschaften der Studenten. Auguste atmete beruhigt auf, bis sie sah, daß ihr Bruder aufsprang, nachdem ihm eine Meldung gemacht worden war, und mit der Erklärung wegging, er habe zu schreiben. Man wußte, daß Mademoiselle Lola gekommen war, um von der Wohnung des Königs den Fackelzug anzuschauen. *Mein Herz verkrampft sich. Diese Frau tut mit ihm, was sie will.*

Eugenie schrieb, sie sei nach einem halben Jahr zum erstenmal zu Fuß in den Garten zu einem Stuhl gegangen und am nächsten Tag mit ihrem Mann in geschlossenem Wagen ausgefahren. Es sei ein großes Glück, daß ihr das nicht geschadet habe. Man mache sich von ihrem Stall ganz falsche Vorstellungen, *während dieses etablissement das schönste und bequemste ist, was man bei so einem Leben wie das meine haben kann. Ich habe mich so daran gewöhnt, daß ich meine großen Zimmer im Erdgeschoß nicht vermisse. Einstweilen bleibe ich da, wo ich bin. Vielleicht kommen wieder schlechte Tage und nächsten Monat muß man an Reisen denken. Meine erste Station wird jedenfalls Badenweiler sein, da mir die Großherzogin selbst geschrieben hat, um mir im Auftrag des Großherzogs seine Villa dort anzubieten.* Die Abreise dorthin sei auf den 8. Juni festgesetzt. Ihr Mann werde sich nach Baden-Baden begeben, sie in Badenweiler besuchen und in Homburg bleiben, während sie in Ems sein wird. Sie könne nicht für die Zukunft disponieren. *Es ist, als ob für mich die Welt im Herbst zu Ende ginge. Wenn man leidend ist, rechnet man nicht mit dem nächsten Tag.* In Badenweiler werde sie eine Milchkur und eine von Grassaft gebrauchen. Die Ärzte fürchteten Ems. Darum müßte sie zuvor sehr vorsichtig ausprobieren, ob sie dieses Wasser vertrage.

Theodolinde schrieb, sie würde mit ihrem Mann wieder ins Seebad nach Ostende gehen. Sie sei jetzt glücklich in ihrer Ehe mit den Kindern und wolle die ersten zwei Jahre vergessen.

Auguste war entrüstet, daß ihr Bruder Lola am Arm in Nymphenburg spazierenführte und diese im Theater, wo gerade die Taglioni tanzte, einer Gräfin mit der Faust drohte, weil sie sie angesehen hatte. *Als sie beim Prinzen Reuss in Ebenberg gewesen ist, unterhielt sie sich damit, die Pferde in den Garten zu jagen und die Hunde darauf zu hetzen. Man sieht, daß sie die Tochter eines Toreros und grausam ist.* Außerdem sei sie mit ihren Rappen dem Wagen des Königspaares und dem der Prinzessin Luitpold vorgefahren, was unerhört war, usw. Die Erregung erreichte ihren Höhepunkt, als ihre Gräfin Sandizell eine mit L. Montez unterzeichnete Beschwerde bekam, weil sie ihr den Rücken zugedreht habe. Der Brief war ebenso gefälscht wie einer an Adalbert, worin sie sich angeblich ihm als Lehrerin für Spanisch anbot. Es kam zu heftigen Szenen zwischen den Geschwistern, bis Lola einen korrekten Brief mit ganz anderer Handschrift schrieb. Auguste wurde infolge der Aufregung krank. Der von Italien zurückgekehrte Kronprinz war ihr gegen Lola zu nachsichtig. Sie war aber doch gerührt, als ihr der König zu ihrem neunundfünfzigsten. Geburtstag in sehr herzlicher Weise sein von Stieler gemaltes, sehr ähnliches Porträt überreichte. Sie mußte sogar zugeben, daß er seit seiner Leidenschaft für Lola gegen seine Familie viel aufmerksamer war. Er habe ein gutes Herz. Beim Geburtstagsessen in der Residenz zeigte er sich von seiner besten Seite, hatte ihre drei Damen mit eingeladen. Bruder Karl war müde und abgemagert aus Wien zurückgekommen und im Begriff, sich mit seinen drei Töchtern nach Tegernsee zu begeben. Die jüngste hatte der Familie Almeida einen Stammhalter beschert.

Die Königin war nach Franzensbad abgereist, um später mit ihrem Mann in Aschaffenburg zusammenzutreffen. Lola fuhr, wie die Herzogin befürchtet hatte, nach Brückenau ab, und der König folgte alsbald. Das Kronprinzenpaar begab sich nach Kissingen, Luitpolds ließen sich in Nymphenburg nieder und Auguste mit den beiden Amelies in Ismaning. Anfang August kam auch die Gräfin Isabel von Treuberg mit ihrem reizenden Töchterchen Auguste dorthin. Dann hielt sich die große Auguste einige Tage bei Bruder Karl in Tegernsee auf.

Eugenie schrieb beunruhigende Briefe aus Badenweiler. An Josephine: Keinerlei Besserung, sie habe womöglich noch mehr abgenommen. Ihr Körper sei beängstigend. *Gott hat vorgesorgt, daß nichts Eitles mir in den Sinn kommt.* Nach sechzehn Monaten Gebrauch schlage bei ihr die Eselsmilch nicht mehr an. Die verschiedenen Mittel hätten ihren Magen angegriffen, so daß sie nur zweimal täglich solche gegen Fieber einnehmen könne. In vier Tagen sei sie bereits fünf Wochen in Badenweiler. Am 14. würde sie mit ihrem Mann nach Baden-Baden übersiedeln. In acht Wochen hoffe sie wieder daheim zu sein. Die in Badenweiler verbrachten hätten ihr gar nicht genützt. In Baden-Baden dürfte es noch schlimmer sein. Sie habe Angst vor Menschen, werde sich verkriechen.

Baden-Baden, 15. August: Gestern eingetroffen, obwohl sie einige Tage vor der Abreise plötzlich in der Nacht Blut gespuckt habe. Sie sei gar nicht erschrocken. *Meine Rechnung ist seit langem abgeschlossen. Ich mußte mir aber eingestehen, daß dieses Übermaß an Leiden ein recht schlechtes Zeichen ist!!! Meine Umgebung ist sehr erschrocken. Meine Frauen haben geweint. Ich mußte in der völligen Bestürzung trösten, denn mir hat das gar nichts ausgemacht. Wenn die Stunde kommen soll, wird sie kommen! Nur viel leiden muß man vorher. Meine Hand zittert.* Seit ihrer Ankunft sitze sie untertags im Fauteuil. Auf der Eisenbahn ist sie in ihrem Wagen sitzend gefahren.

An die Mutter:[16] Über die Dummheiten, die ihre Lunge anstelle, würde der Arzt berichten. Sie sei gar nicht beunruhigt, bedauere nur, daß sie nicht zu ihr kommen könne. Der Befund habe sich verschlimmert. Constantin habe nicht nachgegeben, bis sie den berühmten Arzt Kucker bestellt habe. Das reizende kleine Haus habe einen Balkon auf die Promenade, gerade das Richtige für sie. Constantin wohne gleich daneben im Hotel Europe.

Der letzte Brief an Josephine ist vom 22. August. Sie fühle sich besser und hoffe, bald heimkehren zu können. Herr Kucker sage, wie alle anderen Ärzte, man müsse sie vor großen Anfällen zu bewahren suchen. *Die Lungenerkrankung weicht nicht.*

Die Mutter fand bei ihrer Rückkehr aus Tegernsee eine Depesche von Constantin und einen Bericht des Arztes vor. *Sie schreiben, daß meine unglückliche Eugenie im letzten Stadium ihres Lungenleidens angelangt ist.* Sie könne nicht weinen, sei aber verzweifelt. Ihre Tochter Amelie habe einen Herzkrampf bekommen.

Dann hieß es, Eugenie wolle nach dem Eintreffen Lindas aus Ostende die Heimreise antreten. Sie selbst schrieb am 26. August, sie sei zufrieden, würde sich aber nie mehr erholen. Gottes Wille geschehe! Zwei Tage darauf kam ein Brief von Constantin und ihr letzter an die Mutter. *Ich schreibe Ihnen noch einmal von hier, liebe Mama, um Ihnen zu sagen, daß wir, wenn mir nichts zustößt, am 30. morgens nach Hechingen abfahren werden. Wahrscheinlich werden wir die Reise in drei Tagen machen. Baden hat mir nicht gut getan. Es ist eine schreckliche Expedition und ich weiß nicht, was ich vorziehe. Meine Natur hat eine unangenehme Tendenz angenommen. Ich freue mich sehr, heimzukommen, da ich Sie bald sehen werde. Sie müssen sich aber darauf gefaßt machen, mich sehr verändert und leidend vorzufinden. Vielleicht wird es aber bis dahin besser werden. Linda wollte am 30. abends eintreffen, ich habe ihr aber geschrieben, daß ich abreise, damit sie nicht komme. Sie wird sich später nach Hechingen begeben.* Sie habe sich von der Luft in Baden mehr erwartet. Seit zwei Tagen sei auch noch scheußliches Wetter, als ob der Himmel einstürze. *Sie kennen meinen bequemen Wagen. Ich bin darin wie im Bett. Ich hoffe, mit Gottes Hilfe mein Heim zu erreichen. Mit einer schlechten Lunge ist halt nichts zu machen, zumal wegen des Blutspuckens. Adieu, liebes, gutes Musele. Gott segne Sie, votre réspectieuse fille Eugénie.*[17]

Die Mutter hat diesen Brief in einen schwarzumrandeten Bogen eingeschlagen und mit der Aufschrift versehen: *Letzter Brief meiner Tochter Eugénie und die Briefe, die mir mitteilen, daß sie wie eine Heilige am 1. September um 6 Uhr morgens in Freudenstadt gestorben ist, 6 Meilen von Hechingen, 1847. Sie ist mit einem Lächeln auf den Lippen entschlafen.*

Theodolinde[18] und Wilhelm hatten auf der Rückreise von Ostende Eugenies Brief mit dem Bescheid, daß sie nicht nach Baden kommen sollten, erhalten, aber trotzdem versucht, sie noch zu erreichen, indem sie so rasch wie möglich von Kassel über Heidelberg, Bruchsal, Karlsruhe fuhren. Als sie am 30. August um halb sechs Uhr abends im Hotel Europe in Baden-Baden ankamen, war sie längst weg. Theodolinde war verzweifelt, wollte gleich weiter, um sie in Freudenstadt einzuholen. Sie machte sich nach einer Szene mit ihrem Mann auf die Reise. Der Zug von Basel hatte Verspätung. In Baden-Oos mußten sie eine Dreiviertelstunde warten. Endlich ging es weiter über Karlsruhe–Bruchsal–Stuttgart. Dort erreichte sie eine Stafette aus Freudenstadt, daß Eugenie am Morgen erneute ›vomissements‹ gehabt habe und versehen worden sei. Linda ließ Pferde kommen und fuhr mit Wilhelm und ihrer Dame von d'Allarmi um halb zwölf los.

Am 1. September um acht hielt der Wagen vor dem Gasthaus zur Post in Freudenstadt. Die d'Allarmi fragte einen jungen Mann, ob die Fürstin noch lebe. Er schüttelte den Kopf. *Ich weiß nicht, was ich tat, sah. Ich saß auf einem Kanapee, zitterte, schluchzte.*

Am 2. nach dem Essen wurde Amelie aus dem Salon in Ismaning gerufen. Da sie längere Zeit nicht zurückkam, ging die Mutter zu ihr hinaus. Sie habe Briefe. *Ich begriff, daß alles vorbei war.* In diesen Briefen stand, Eugenie habe absolut von Baden-Baden weggewollt. Man habe sie in den Wagen tragen und dazu auf jeder Stufe anhalten müssen. Sie habe die weinenden Angestellten zu trösten versucht. Sie wisse, daß sie sterben müsse, doch sollten sie bedenken, daß sie im Jenseits ein glücklicheres Leben erwarte Von Freudenstadt konnte man sie nicht weiter transportieren. Sie habe keinen Todeskampf gehabt. Sie sei glücklicher, vermerkte die Mutter. Sie selbst könne nicht weinen wie Amelie, die Herzkrämpfe bekam. *Es ist schrecklich, seine Kinder zu überleben.*

Die Leiche langte in Hechingen nach Mitternacht an und wurde im unteren Saal des alten Schlosses aufgebahrt. Die Beisetzung fand unter großer Anteilnahme am Abend in der Gruft der Stiftskirche statt.[19]

Theodolinde brachte nicht den Mut auf, an der Beisetzung teilzunehmen. Sie ließ an diesem Tag in Stuttgart ein Requiem abhalten, desgleichen die verzweifelte Mutter in ihrer Hauskapelle mit den Herzen.

Das von Eugenie reklamierte sie 1851, nachdem Constantin sein Land dem Königreich Preußen übergeben hatte und auf seine schlesischen Güter übersiedelt war. Es kam kurz vor ihrem eigenen in die Kapelle.

Von Eugenies Testament nur, daß sie ihrer Schwester Josephine unter anderem vermacht hat: *Ein Medaillon in Gold mit den Haaren von Kaiser Napoleon, vom Vater und von meinem seligen Bruder, sowie eines mit den Haaren meiner ganzen Familie, welche ich immer trage.*[20]

Auguste und Amelie zogen sich nach Stein an der Traun zurück. *Ich habe einen kleinen Salon und ein sehr großes und schönes Schlafzimmer,* notierte die Mutter unter dem 19. September. Die beiden Amelien wohnten unmittelbar daneben. Jeder Beileidsbesuch riß den Schmerz erneut auf. Zuerst erschien von Berchtesgaden die Prinzessin Luitpold. Amelie zeigte ihr das Höhlenschloß, *wo dereinst der Raubritter Hans von Stein gehaust hat. Man zeigt eine ganz kleine Kammer, in die man nur mittels einer Leiter gelangt. Dort hat er seine Frau eingesperrt und verhungern lassen.*

Am nächsten Tag kam Königin Elise von Preußen, die Eugenie besonders geliebt hatte.

Die Herzogin quälte sich weiter ohne Tränen. Es wurde ganz schlimm, als Eugenies Kammerfrau Erinnerungsgegenstände brachte und stundenlang von dem heiligmäßigen Ende ihrer Herrin erzählte. Alle Bemühungen um etwas Ablenkung blieben erfolglos. Von Josephine und Max kamen herzzerreißende Briefe. Letzteren hatte die Trauerbotschaft in Moskau erreicht. Er hoffte, vom Zaren die Genehmigung zu einem kurzen Besuch der Mutter zu bekommen.

Er kam schon am Abend des 2. Oktober ganz durchnäßt und mit einer ›Fluxion‹ behaftet ins Zimmer gestürzt, hatte Fieber und solche Schmerzen, daß er nach drei Tagen nach München zum Arzt fuhr.

Zu seinem Namenstag kehrte er nach Stein zurück. Um ihn etwas abzulenken, veranstaltete ihm Amelie eine Jagd, auf der viele Füchse geschossen wurden. Max veranlaßte die Mutter, noch in Stein zu bleiben, bis Theodolinde eintraf und die Mutter nach München begleitete.

Die Familie Leuchtenberg schloß sich im Palais ein. Am 1. November begab sich Max zum Jagen nach Eichstätt und machte sich Mitte des Monats auf den Rückweg über Stuttgart, um seine Schwägerin Olga zu sehen. Theodolinde blieb bis über Neujahr.

15
Ausgang der Regierung Ludwig I.
1848

Die Sorgen der Herzogin kreisten bald wieder um Ludwig und Lola, die als Gräfin von Landsfeld ihr eigenes Haus bezogen hatte. Sie verfolgte mit wachsender Sorge die stürmischen Kammerdebatten und die zunehmende Erregung in München und fühlte sich berufen, eine Verbannung von Lola herbeizuführen. Sie wußte nicht, daß diese durch ihre immer steigenden Ansprüche und Forderungen und durch ihr aufreizendes Benehmen den Bruder innerlich bereits abgekühlt hatte. Nach außen verbat er sich jedoch jegliche Einmischung in seine Privatangelegenheiten, ebenso in der Regierung, was über die Einschränkungen durch die Verfassung hinausging.

Auguste war stolz, daß ihr Bruder beim Abschiedsessen für Max in der Residenz lange mit ihm gesprochen hatte, auch über Lola. Es sei *unglaublich, welches Vertrauen er in diesen jungen Mann hat, der ihm alles sagen darf, ohne daß er sich ärgert. Leider nützt es nichts, weil ihn diese Kreatur völlig unterjocht hat. Der König sieht nur mit ihren Augen, glaubt nur, was sie ihm sagt. Wenn sie jemand anschwärzt, wird der Betreffende irgendwie bestraft, ohne sich rechtfertigen oder verteidigen zu können.*

Die Trennung von Max fiel ihr wieder schwer: *Ich gewöhne mich so rasch daran, ihn wieder bei mir zu haben... und bei so viel Unglück wird man natürlich ängstlich. Gott schütze ihn!*

Er hatte sich einverstanden erklärt, daß Graf Maurice Méjan, der nunmehr fast vierzig Jahre im Hause war, sich wegen Kränklichkeit durch seinen Baron Zoller als Hofmarschall ablösen ließ.

Ende November traf die Herzogin ihren Bruder König wegen erregter Kammerdebatten schlechter Laune und die Königin sehr nervös an. Man spreche von erneutem Ministerwechsel. Der nach dem letzten Landtag in Ungnade gefallene Fürst Öttingen-Wallerstein sollte Außenminister werden. Auguste notierte ferner, sie sei Lola mit Studenten und zwei Lakaien zweimal auf der Straße begegnet, und Theodolinde, sie führe jetzt in der Nymphenburger Straße spazieren, weil Lola täglich in der Ludwigstraße zwischen eins und vier Uhr zu sehen sei mit zwei Dienern oder mit einem kleinen Jockey, immer in Samt und Pelz. Und am nächsten Tag wieder die Mutter, Lola habe einem Polizisten vor dem Herzog-Max-Palais befohlen, einen herzoglichen Postillion zu arretieren, weil ihr sein Benehmen nicht paßte. Es sei natürlich nicht geschehen, aber wenn man dem König derartiges melde, sage er, die Gräfin würde verleumdet. *Es scheint mir unmöglich, daß es so weitergehen kann. Es kommt sicherlich zu einer Katastrophe.*

Selbstverständlich gelangten gerade stark übertriebene Gerüchte zu ihr. Es war richtig, daß der König dem Fürsten Wallerstein das Äußere und dem Lola gewogenen Herrn von Bercks das Innere antrug, hingegen falsch, daß er ihr in allem recht gab. Es kam zwischen ihnen fast täglich zu heftigen Auseinandersetzungen. Der König hatte sie nicht zu Unrecht im Verdacht allzu enger Beziehungen zu dem Studenten Beisner der ihr ergebenen Verbindung Alemannia. Was hätte die Herzogin gesagt, wenn sie gewußt hätte, daß Lola gerade sie dem Bruder als Urheberin eines Angebots von einer halben Million nannte, wenn sie München verließe! Auguste bezeichnete den neuen Innenminister-Verweser Bercks als Domestiken der Lola, obwohl er zuvor Sekretär der Königin gewesen sei. Diese habe ihn auch geschnitten, als er mit den anderen Herren der neuen Regierung zur Tafel kam.

Der Bruder erwiderte immer noch auf wohlgemeinte Aufklärungen, sie seien erlogen. Er verlange nun, daß ihn seine Flügeladjutanten zu Lolas Empfängen in ihrem Hause begleiteten. Graf Louis Rechberg habe bereits um seine Enthebung gebeten, andere würden folgen. Anständige Menschen mieden die Ludwigstraße, um ihr nicht zu begegnen. Theodolinde bestätigte das. Minister von

Bercks, General von Poissel und andere ihrer Getreuen fänden sich zu ihren Dienstagempfängen in der Barerstraße ein. Die Flügeladjutanten betrachteten die Begleitung des Königs als Dienst und machten den Mund nicht auf. Sobald der König weg sei, begännen die Orgien mit den Studenten. Unter dem 9. Februar vermerkte die Herzogin, die Stimmung bei einer Nachmittagstanzerei bei Hof gemahne an die in Meyerbeers ›Hugenotten‹ unmittelbar vor der Bartholomäusnacht. Es sei schon vor einiger Zeit in der Ludwigstraße zu einem Studentenkrawall gegen die – auch Lolisten genannten – Alemannen gekommen. Bercks habe dem König empfohlen, die Alemannia in den Ferien aufzulösen. Dieser war einverstanden, drohte zusätzlich, bei einem weiteren Krawall die Universität bis zum Wintersemester schließen zu lassen, und nun war es soweit. Der König habe vom Ball weg Lola gesucht, sie in der Briennerstraße getroffen und nach Hause gebracht. Bevor er in die Residenz zurückkehrte, habe er sie beschworen, ihr Haus nicht zu verlassen. Trotzdem fuhr sie im Vertrauen auf ihre Macht mitten in den Krawall hinein. Diesmal versagte ihr Zauber. Sie wurde bedroht, flüchtete in die Theatinerkirche und von dort in die Residenz. Aus dem Schwarzen Saal schickte sie dem König ein Billett, das ihm beim Essen übergeben wurde. Er fand sie, von Alemannen eskortiert, vor. Man habe einen Dolch gegen sie gezückt, behauptete sie, ein Sturm auf die Residenz sei geplant. Als sie zu Hause war, schickte er ihr ein Billett, weil er sie wieder in Gefahr wähnte, und verlangte Antwort. Ein hübscher Jüngling brachte sie – Lola in Hosen.

Am nächsten Tag, 10. Februar, wurde die Universität geschlossen und den auswärtigen Studenten befohlen, München innerhalb sechsunddreißig Stunden zu verlassen. Darüber hauptsächlich unter der Bürgerschaft wegen ihrer finanziellen Einbuße große Empörung. Man rottete sich vor dem Rathaus zusammen, und zweitausend Menschen demonstrierten auf dem Max-Joseph-Platz vor den Königszimmern, forderten Redressierung des Befehls. Da der König die Abordnung mit den beiden Bürgermeistern nicht empfangen wollte, wandte sie sich an die Prinzessin Luitpold um Fürsprache. Sie ging mit Luitpold zum König, der gerade von Tisch aufstehen wollte, und warf sich ihm zu Füßen. Er empfing dann in Anwesenheit seines Sohnes Adalbert die Deputation, erklärte aber, es bleibe bei der Schließung der Universität. Laut Auguste Leuchtenberg hätten die Bürger daraufbeschlossen, am nächsten Tag wiederzukommen, dann aber nicht nur die Wiedereröffnung der Universität zu fordern, sondern auch die Ausweisung Lolas. *Die ganze Garnison bleibt unter den Waffen. Man möchte meinen, es sei Revolution oder wenigstens Aufstand – aber davon keine Rede, man wollte nur die Entfernung von Lola.*

Die Herzogin wußte nicht, daß die Königin die gleiche Forderung gestellt und verlangt hatte, daß Lola zum mindesten der Zutritt in die Residenz verboten würde. Er könne sie nicht wegschicken, ohne sich selbst zu mißachten, und in die Residenz könne jedermann kommen, erwiderte der König. Hingegen erklärte Bercks, daß jetzt genügend Gründe vorlägen, die Alemannia aufzulösen. Lola trat für die Verbindung ein, aber Ludwig blieb fest, ließ jedoch verkünden, die Universität werde bereits für das Sommersemester wieder geöffnet, wenn sich die Münchner ruhig verhielten. Bercks begab sich mit dieser Versicherung ins Rathaus, während Lola, wieder in Männerkleidung, in der Residenz erschien. Auguste hatte eine schlaflose Nacht. Sie kam zu dem Entschluß, am Morgen des 11. Februar ihren Bruder ihrerseits zu bestürmen, Lola zu entfernen. Zuvor betete sie um Kraft, stieg kurz nach sieben in ihren Wagen. Die Residenz war durch Truppen abgeriegelt, so daß sie zu Fuß weitergehen mußte. Wegen Herzkrämpfen kam sie kaum die lange Treppe hinauf. Im Vorzimmer traf sie den Hofmarschall Grafen von Yrsch und den Polizeidirektor von der Mark an, die über ihren matinalen Besuch höchst erstaunt waren. Ihr Bruder ging im großen Salon erregt hin und her, während er sagte: *»Aber Auguste, was willst du, warum kömmst du, ich habe keine Zeit.«* Darauf die Schwester: *»Ich beschwöre dich, höre mich an. Du weißt, wie lieb ich dich habe, wie gut ich es meine, daß ich nur das Gute will. Thue die Binde von deinen Augen. Man hat dich umstrickt, du kennst die Wahrheit nicht, es droht Gefahr.« Er lief immer weiter, während er sagte: »Ich habe den Kopf so voll. Ich weiß, du hast mich lieb, du meinst es gut, aber gehe.« Dann warf ich mich auf die*

Knie. Er kam zu mir, nahm mich bei der Hand und hieß mich aufstehen, mich beruhigen und geleitete mich bis zur Tür. Im Dienstzimmer fiel ich auf einen Stuhl und zerfloß in Tränen, konnte nicht mehr. Dann begab ich mich zu meiner Nichte Augusta[21]*, ihr zu sagen, was ich getan hatte und von dort zu meinem Bruder Karl. Alle billigten mein Verhalten. Heimgekehrt ging ich zu meiner Tochter Amelie hinauf. Sie war von meinem Bericht sehr überrascht. Um neun Uhr war ich wie stets in meiner Kapelle zur Messe. Gleich darauf wurde mir Graf Yrsch gemeldet. Der König habe dem Magistrat kundtun lassen, daß Lola um elfeinhalb wegfahre. Diese Nachricht erregte größte Freude und alle Welt ging auf die Straßen, um Einzelheiten zu erfahren.*

So konnte die Herzogin annehmen, daß ihr Opfergang zu dem großen Entschluß beigetragen habe. Der König hatte seine Chevauxlegers mit der Eisenbahn aus Augsburg kommen lassen, weil ihm der Ober-Kriegskommissar Mussinan, einer von Lolas Anhängern, erklärt hatte, daß auf die Garnison von München kein Verlaß sei. Lola wäre verloren, wenn sie in der Stadt bliebe. Sie wolle aber nicht aufstehen und ließe ihn nicht vor. Die Erregung sei ungeheuer, doch hätte die Bürgerschaft erklärt, sie würde Ruhe bewahren, wenn die Studenten bleiben dürften. Andernfalls würden sie zu den Waffen greifen und die aufgehetzte Truppe nicht einschreiten. Daraufhin ließ der König Lola mitteilen, er könne sie nicht mehr schützen, und sie möge München verlassen. Auf den Rat von Bercks ließ er alle Ministerverweser kommen. Es wurde zehn Uhr. Die Zeit, bis sie versammelt waren, nützte er, um einen Aufruf an die Münchner zu schreiben. Bercks konnte ihm die Wiedereröffnung der Universität nur dadurch abringen, daß er versicherte, der König würde sich dadurch nichts vergeben, hingegen der Opposition einen Strich durch die Rechnung machen, denn diese lege es auf Blutvergießen an.

Der König, der nicht sicher wußte, ob Lola weg war, ging zu Fuß durch die Ludwigstraße zu ihrem Haus. Leute, die über die Mauer gestiegen waren, ließ er durch Soldaten vertreiben. Es war Infanterie und Kavallerie dort, die aber untätig zusah, als die Fenster eingeworfen wurden. Offiziere beschworen den König, nicht ins Haus zu gehen, er tat es trotzdem. Als er durch das Tor schritt, flog ihm ein Stein an den rechten Arm. Er stellte sich aufrecht vor das Portal, Offiziere liefen mit gezogenem Säbel herbei, ihn zu schützen. Er verkündete selbst, er habe die Universität wieder geöffnet, damit die Bürgerschaft keine Einbuße erleide. Sie sollten aber jetzt gehen. Das Fenstereinwerfen hörte sofort auf, die Menge stimmte in den Ruf eines Offiziers »Es lebe der König« ein. Dieser traf selbst Anordnungen zur Räumung des Hofes und der Barerstraße. Er blieb, bis sie in Gang war, und ging dann, gefolgt von einer Menschenmenge, die »Heil unserm König, heil« sang. Von seinen Königszimmern sah er, daß sich auf dem Max-Joseph-Platz wieder Menschen ansammelten, um ihm zu danken. Es kostete ihn Überwindung, ans offene Fenster zu treten, und als die Reichsräte zum gleichen Zweck antraten, empfing er sie nicht. Er war innerlich gekränkt und kam sich gedemütigt vor, nur der Steinwurf freute ihn als Beweis persönlichen Mutes.

Schwester Auguste aß mit ihm in der Residenz, während die Königin dazu allzu erregt war. *Es war ein schauerliches Diner. Der König schien verärgert und niedergeschlagen... »Triumphieren Sie nicht zu früh«, sagte er auch auf der Straße zu manchen, zum Beispiel zum Grafen Pocci, der Lola nicht leiden konnte.* Als gegen Abend verbreitet wurde, Lola sei zurückgekehrt, gab es neue Erregung. Die Truppe blieb am Platz. Den Kürassieren, die zu Pferd seit Mittag auf dem Odeonsplatz standen und erst abends um acht einrücken durften, ließ Auguste zu trinken geben.

Lola war tatsächlich verkleidet und vom Wirt von Hesselohe begleitet auf dem Weg von dort nach Blutenburg durch München gekommen. Der König war nach dem ungemütlichen Diner noch einmal in ihr Haus gegangen und hatte dort einen Brief von ihr vorgefunden, worin stand, sie habe sich nach Hesselohe begeben.

Der König fuhr ihr am Abend von der Wohnung von Bercks aus mit diesem und dem als Bedienten verkleideten jungen Mussinan in einem Mietwagen nach Hesselohe nach. Als sie dort ankamen, war Lola schon wieder fort. Es hieß, sie habe sich nach München begeben, Ludwig verbrachte die Nacht im Wirtshaus auf einem Sofa und im Zimmer auf und ab gehend, für den Fall, daß sie zurückkäme. Statt ihr erschienen zwei Alemannen mit der Meldung, daß sie sich in Blutenburg befinde.

12. Februar: Bercks konnte den König am Morgen nur dadurch davon abhalten, nach Blutenburg zu fahren, daß er ihm klarmachte, Lola wäre dann verloren, weil man ihr auf die Spur käme.

Lola hatte diese Nacht in Blutenburg verbracht, wurde am Vormittag von Kürassieren zur Bahnstation Pasing eskortiert und fuhr von dort um elf Uhr in Begleitung des Polizeibeamten Dichtl und des Funktionärs Weber nach Lindau ab. Wagen und Pferde folgten nach.

Die Herzogin hat diese Vorgänge im allgemeinen richtig in ihrem Tagebuch notiert. Einige Einzelheiten über die Nacht in Blutenburg beweisen, daß Lola nicht einsam war. Sobald der Pächter von Blutenburg erfahren hatte, wer sein Logiergast war, sei er nach Nymphenburg zum Chef der dort stationierten Kürassiereskadron geeilt, um Schutz zu erbitten. Dieser, auch ein Graf von Yrsch, sei daraufhin mit einigen Kürassieren nach Blutenburg geritten und habe diese dort gelassen. Lola habe drei Alemannen bei sich gehabt, darunter ihren Freund Beisner. *Der Wirt kam zum König, um ihm alle horreurs zu berichten, die diese Frau während ihres kurzen Aufenthalts in Blutenburg begangen hat.* Er habe es nicht wahrnehmen wollen, daß sie diese Nacht mit Beisner verbracht habe, aber der Wirt schwor, er könne es beweisen. Lola habe absolut den König sprechen wollen.

Es ist nicht verwunderlich, daß die Stimmung bei einer von der Königin für die Familie am Abend veranstalteten Lottopartie gedrückt war. Auguste fand ihren Bruder schlecht aussehend, traurig und bemitleidenswert. Bevor sie wegging, nahm er sie beiseite und sagte, sie möge sich ja nicht einbilden, daß er mit Lola gebrochen habe, sie sei nur verreist. *»Hast du mich verstanden, Auguste?« Da wurde mir klar, daß diese Angelegenheit noch nicht beendet ist und daß nur Gott allein ihm die Augen öffnen kann. Welch schreckliches Erwachen, wenn er den Abgrund sieht, in den er sich gestürzt hat, und erkennt, wie man ihn hintergangen hat!*

Am nächsten Tag sagte ihm Mussinan – und Bercks bestätigte es –, die Reichsräte seien schon versammelt gewesen, um ihn zu entthronen und dem Kronprinzen, der den Winter in Würzburg verbracht hatte, einen Kurier abzufertigen, wenn er länger mit der Wiedereröffnung der Universität gezögert hätte. Mussinan wurde nach Lindau entsandt, um die Alemanneneskorte von Lola zu entfernen. Sie dürfe sie keinesfalls in die Schweiz begleiten. Lolas Jungfer hatte dem König inzwischen verraten, daß Beisner auch in München bei ihr geschlafen habe.
Die Herzogin registrierte auch, die Königin habe ihr anvertraut, sie sei in verschiedenen Briefen vor Anschlägen auf ihr Leben gewarnt worden. Seitdem der Chocolatier Mayerhofer, der zuvor Hofapotheker war, Hoflieferant geworden sei, habe sie ihre Schokolade zu Hause machen lassen. Es kursierten die unsinnigsten Gerüchte.
Am 18. Februar standen noch immer Truppen zum Eingreifen bereit. Es kam der Herzogin verdächtig vor, daß ihr Bruder an diesem Abend in der Residenz wieder gut gelaunt war. Sie vermutete gleich, daß er irgendwo eine Zusammenkunft mit Lola vereinbart hatte. Es wurde von Palermo oder Malta gemunkelt. Die Zeiten wären nicht zum Reisen geeignet, und besonders nicht für einen Herrscher in Italien, meinte sie. *In ganz Italien von Sizilien bis Mailand brennt es. Ich bin der Ansicht, daß die Souveraine zu Hause bleiben sollten.* Tatsächlich hatte vorübergehend ein Plan einer Zusammenkunft, und zwar in Lausanne, bestanden.
Am 27. Februar wußte Auguste, daß Louis Philippe zugunsten seines Enkels abgedankt und dessen Mutter als Regentin bestimmt hatte. Sie gab ihrer Befürchtung Ausdruck, daß diese Abdankung Schule machen dürfte, *besonders in Italien, wo schon so viele Unruhen vor sich gehen... Ich zittere auch für das Vermögen meines Sohnes, das bis jetzt ganz in Papieren angelegt ist.*
Am 28. standen schon die Namen der neuen französischen Minister in der Zeitung – der Dichter Lamartine Außenminister –, tags darauf der Ausruf der Republik, der Sturm auf die Tuilerien, Verbannung der königlichen Familie, die nach England geflohen war. Die Auswirkung auf Bayern bestand zunächst darin, daß der König

mit seinem fürstlichen Minister Wallerstein Vorsichtsmaßnahmen in den Festungen Landau und Germersheim gegen etwaige Gelüste auf das linke Rheinufer und einen möglichen Einmarsch der Franzosen plante. Alles, was als Demonstration aufgefaßt werden konnte, sollte vermieden werden, aber wenn es dazu käme, wäre der Moment für Rückgewinnung des Elsaß, einer seiner stillen Wünsche, gegeben. Er wollte den Fürsten Wallerstein nach dem nächsten Landtag seines Postens entheben, aber Bercks, der erkannt hatte, daß er sich nicht halten könne, nicht gehen lassen. Indes wurde Bercks am Abend des 3. März durch Steinwürfe in seine Fenster in seiner Ansicht bestärkt.

Am Morgen sah die Herzogin aus ihren Fenstern, daß die Ludwigstraße voll von Menschen war. Es hieß, die Bürgerschaft wolle eine Adresse um Entlassung von Bercks und der anderen Ministerverweser an den König richten mit der Forderung von Pressefreiheit und Einberufung des Landtags. Außerdem wurde das Gerücht ausgesprengt, Lola käme zurück. Ludwig wurde gemeldet, man habe außer nach Reformen auch nach Republik geschrien. Als sich der Bürgermeister Steinsdorf mit Mitgliedern seines Magistrats einfand, wurde er zwar freundlich empfangen, bekam aber zu hören, die Kron- und Staatsrechte stünden außerhalb der Verfassung, und man wolle die Franzosen nicht nachahmen. Der Landtag würde zum Herbst einberufen, zur Zeit wäre es untunlich. Mussinan hatte dem König erklärt, ein Wechsel der Garnison sei zwecklos, weil die auswärtigen Truppenteile auch nicht verläßlicher seien. Als Oberst Spaul, ein Verwandter von Mussinan, dem König sagte, viertausend Gulden seien auf seinen Kopf ausgesetzt, erwiderte der König, er habe geglaubt, mehr wert zu sein. Er wurde von vielen Seiten zum Nachgeben bestürmt. Im Rathaus seien viertausend Bürger versammelt, meldete Fürst Öttingen. Endlich lenkte der König ein, schickte den Fürsten ins Rathaus mit der Erklärung, daß der Landtag auf letzten Mai einberufen würde.

Auguste notierte, der König von Württemberg und der Großherzog von Baden hätten durch rechtzeitiges Nachgeben in ihren Ländern Revolutionen vermieden. Wenn Lolas Kreaturen abgesetzt

würden, könnte man für den Bruder noch Hoffnung haben. Der Kurfürst von Hessen sei aus dem Lande gejagt worden.
Der Abend verlief ruhig, nachdem die Menge von Kürassieren zerstreut worden war. Von ihnen und dem Leibregiment wurden in einer Brauerei viele Verhaftungen vorgenommen.
Am Morgen des 3. März berichtete Fürst Öttingen-Wallerstein an der Spitze seiner Kollegen, die Erregung sei ärger denn je. Man fordere Einberufung des Landtages in vierzehn Tagen. Es kamen Berge von Briefen in die Residenz, auch Bürger, die sich auf die Knie warfen. Wenn der König nicht nachgäbe, würde die Residenz in Brand gesteckt. Der König ließ die großjährigen Prinzen kommen und übergab seinem Bruder Karl den Oberbefehl über die Truppen.
Um ein Uhr befand sich Auguste mit Amelie bei der Königin; auch die Prinzessinnen Luitpold und Mathilde waren da, als der König Therese aus dem Zimmer holte. Sie kam blaß zurück. Draußen hörte man Generalmarsch schlagen. Es hieß, daß bewaffnete Bürger zur Residenz marschierten. Der König wollte die Königin und seine Schwiegertöchter mit ihren Kindern in Sicherheit bringen lassen, aber die Frauen weigerten sich, nur die Kinder kamen nach Biederstein. Auguste kehrte in ihr Palais zurück. Bruder Karl begab sich um halb vier ins Rathaus und verkündete die Einberufung des Landtages für 16. März, was mit Vivats quittiert wurde. Von dort ritt er zum Prater- und Marktplatz zum gleichen Zweck. Dort sollen mindestens zwölfhundert Bewaffnete versammelt gewesen sein. Er sprach zu ihnen und erntete neuen Jubel. Um fünf war die Herzogin mit Amalie wieder in der Residenz. Man war von Karls Verhalten begeistert, hoffte nur, daß der König die Ratschläge des Bruders befolgte. Ludwig ließ sich nur kurz sehen. *Ich fand ihn ruhig und ganz anders als damals nach dem Sturm auf das Haus von Lola.* Die Zugänge der Residenz waren von Militär abgesperrt. Karl stieg vom Pferd und kam zur Familie herauf. Der Bruder ging ihm entgegen und dankte ihm. *Wir alle umarmten ihn.*
Um Mitternacht rückten die Truppen ein.
Am Vormittag des Fastnachtssonntags, 5. März, lag der König mit

Kopfschmerzen auf dem Sofa, dichtete, schrieb Briefe. Dann erledigte er mit seinem Kabinettssekretär laufende Routineangelegenheiten. Plötzlich ging die Tür auf, und Karl trat ein. Er sagte, man wolle den Bruder nicht länger als König haben, auch nicht den Kronprinzen, sondern Regentschaft, am liebsten Republik. In Miesbach stünden Bauern zum Marsch auf München bereit, um ihn abzusetzen. Die Partei der ›Ultras‹ wünsche Unruhen, um die Forderungen durchzusetzen.

Am nächsten Tag bot der König zuerst dem Bürgermeister von Regensburg, Freiherrn von Thon Ditmar, schriftlich das Innenministerium an. Dann hielt er Ministerrat in Anwesenheit der vier großjährigen Prinzen, Bruder Karl und den Söhnen Max, Luitpold und Adalbert, ab. Der Proklamationsentwurf mit den Zugeständnissen wurde verlesen. Der König hatte seine Uhr vor sich auf dem Tisch, denn der von der Opposition gestellte Termin lautete auf zwölf Uhr. Fürst Öttingen traf kurz zuvor mit der unterzeichneten Erklärung im Rathaus ein. Bis zu seiner Rückkehr las der König seelenruhig Zeitung. Er sah, wie sich der Max-Josephs-Platz wieder mit Menschen füllte. ›Hoch dem König‹ schallte es auf. Das Königspaar trat ans offene Fenster. *Sie schreien hoch und erniedrigen mich,* sagte er zu Therese.

Auguste schrieb in ihr Tagebuch, die Proklamation habe guten Eindruck hervorgerufen. Die bayrischen Königstreuen hatten weißblaue Kokarden angesteckt. Sie fand die Königin und die Prinzessinnen in zuversichtlicher Stimmung vor, anders Karl. Er hielt den Thron des Bruders für verloren, und Auguste mußte ihm recht geben, korrigierte aber schon am nächsten Tag ihre Meinung. Es war der Faschingsdienstag mit dem traditionellen Metzgersprung. Um Gesellen zu werden, mußten die Lehrlinge, in wasserdichte Häute eingenäht, in den Brunnen am Marienplatz springen. Der König sah mit Luitpolds beiden Söhnen zu – der Erbprinz war mit seiner Mutter in Würzburg geblieben. Eine Abordnung der Metzger kam wie stets zu ihm in die Residenz, und die Stadt war friedlich.

Der neue Verweser des Innenministeriums Baron Thon Ditmar

machte der Herzogin einen guten Eindruck. Sie registrierte ferner, daß der Kronprinz mit seinem Antrag auf Ablösung von Mussinan vom Vater schroff abgewiesen worden sei.
Auch der Aschermittwoch verlief ruhig. Der König besprach mit seinem Staatsrat von Voltz die Umgruppierung der Regierung. Fürst Öttingen sollte durch den Grafen von Waldkirch ersetzt werden. Als der König zur Zeit der Wachablösung an der Feldherrnhalle vorbeikam, wurde er mit Hochrufen begrüßt. Dann begegnete er einem Zug Studenten mit ihrem Rektor Magnificus Thiersch an der Spitze hoch zu Roß auf dem Weg zum Exerzieren der Nationalgarde. Es kamen Abordnungen der Stadt in die Residenz. Bürger und Bauern seien die Stützen des Thrones, alles andere morsch, sagte er ihnen. Es meldeten sich die Kommandeure der aus Landshut hergerufenen Prinz-Adalbert-Kürassiere und der in Nymphenburg stationierten Königschevauxlegers aus Augsburg. Man kann sich den Schrecken unserer Herzogin vorstellen, als sie am Morgen vernahm, Lola sei wieder in der Stadt, und zwischen ihr und dem Bruder sei es im Polizeigebäude zu heftigen Szenen gekommen. Der König wurde in der Nacht um eins geweckt. Polizeidirektor von der Mark und ein Gendarmerie-Hauptmann wünschten ihn zu sprechen. Sie meldeten, Lola befände sich im Polizeipräsidium. Mark bat den König inständig, sich nicht hinzubegeben – ohne Erfolg. Die beiden Herren mußten ihn begleiten. Lola war als Bäuerin verkleidet. Ein kurländischer Baron war mit ihr gekommen und ihr Hund Turc. Sie habe sich auf den Weg gemacht, sagte sie, weil sie in Bern keine Briefe bekommen habe. Ludwig hatte nach Lausanne geschrieben, wo er sie vermutete. Sie redete ihm – wie schon zuvor schriftlich – sehr eindringlich zu, abzudanken. Da das Volk seinen Willen durchgesetzt habe, würde es so weitermachen. Er möge den Rest seines Lebens in Ruhe mit ihr verbringen, etwa in einem Haus in Vevey am Genfer See. Sie hätte den König am liebsten gleich mitgenommen, aber ihr Zauber reichte nicht mehr aus. Jetzt könne er von München nicht weg, sagte er ihr, aber nach dem Landtag wolle er sie besuchen. Lola fuhr zurück in die Schweiz – sie hatte verspielt. Nachdem sie noch eini-

ge Zeit in der Schweiz gewartet hatte, setzte sie ihr abenteuerliches Leben in Frankreich, Spanien, England, Australien, bei den Goldgräbern in Kalifornien und wo sonst noch fort und starb schließlich arm und als Wohltäterin der Notleidenden in New York.[22]
Das Leben in München schien allmählich wieder normale Formen anzunehmen. Als das Königspaar nach vier Wochen zum erstenmal wieder im Theater erschien, brach stürmischer Jubel aus. Weißblau gekleidete Mädchen streuten Blumen. Therese weinte vor Rührung, während Ludwig verbittert bemerkte, auch Opfertiere würden geschmückt. Auguste und Amalie waren zum erstenmal nach elf Monaten wieder im Theater. Auch die Prinzessinnen hätten weißblauen Kopfputz getragen, und es sei ›Heil unserem König, heil‹ gesungen worden. Ihr Bruder kam ihr ergriffen vor, als sie ihn am nächsten Tag bei der Königin sah.
Am 11. März berichtete ihr Baron Zoller, Fürst Öttingen-Wallerstein sei ohne Nennung von Gründen durch den Grafen Waldkirch als Minister abgelöst worden. Abends beim Lotto in der Residenz nahm sie der Bruder ins Nebenzimmer und sagte: *Man wird glauben, daß ich schwach sei, weil ich nachgegeben habe, ich konnte aber nicht anders. Was für Folgen das haben wird!* Die Schwester erwiderte darauf, es würde gutgehen, wenn er auf geradem Weg bliebe und man überzeugt wäre, daß er für Glück und Ruhe des Volkes das Beste wolle. Die Bayern seien gut und hingen an ihrem Herrscherhaus. Er umarmte sie stürmisch. *Er tat mir so leid. Ich hoffe auf eine Gelegenheit, ihm über verschiedene Punkte die Wahrheit sagen zu können. Er scheint nicht zu glauben, daß Lola an dem Vorgefallenen die Hauptschuld trägt.* Der Kronprinz war wegen der Entlassung des Fürsten Öttingen konsterniert, vor allem, weil ihm sein Vater davon kein Wort gesagt hatte. Er bat seine Tante, den König zu beeinflussen, daß er ihn am Ministerrat teilnehmen lasse. Thon Dittmar gefiel ihr sehr gut. Er sagte ihr, er hätte dieses Amt in keiner anderen Lage angenommen, jetzt aber habe er es für seine Pflicht gehalten.
Am 12. März ging der König bedrückt durch den Englischen Garten. Es schneite ein wenig. Alle seine Vertrauensleute waren nun

aus der Regierung entfernt. Seine Münchner hatten die Kronrechte verletzt, und er sollte noch den Zufriedenen spielen!
Auguste stellte fest, daß beflaggt war. Festbeleuchtung und Umzug der Studenten seien aber wegen des Wetters auf den nächsten Tag verschoben worden.
Die Familie sah dem Aufmarsch der Studenten und der Nationalgarde an der Residenz aus dem Königsbau zu, während der König mit dem Prinzen die Reihen des ersten Regiments abging. Es schien erstaunlich, wie rasch sich die Studenten in ihre militärische Rolle hineingefunden hatten. Der König stand mitten im Volk, und der Vivats war kein Ende. Die Herzogin meinte, Bruder Karl habe durch die jüngsten Vorgänge graue Haare bekommen. Abends brachte die ›Liedertafel‹ eine Serenade, und anschließend fuhr der Hof, eskortiert von Landwehrreiterei, durch die beleuchtete Stadt. Als der Wagen mit dem Königspaar aus der Residenz herauskam, wollten die Studenten die Pferde ausspannen und den Wagen ziehen. Der König konnte sie kaum daran hindern. Eineinhalb Stunden währte die Rundfahrt unter ununterbrochenem Jubel. Ludwig erinnerte Therese, daß dieselben, die dem Heiland Hosianna zugerufen hatten, am nächsten Tag Crucifige schrien.
Die Herzogin erschrak, als sie in der Zeitung las, ihr Schwiegersohn Constantin von Hechingen sei nach Stuttgart gefahren, weil die Bauern Steuerermäßigung forderten, und daß auch in Baden und Württemberg Aufstände im Gange waren. Ein Brief aus Hechingen besagte, die Leute seien mit der Genehmigung von sieben ihrer einundzwanzig geforderten Punkte nicht zufrieden gewesen und hätten mit Anzünden der Stadt gedroht. Der Fürst habe die Kammern einberufen und den Schmuck zu Theodolinde gebracht.
Mitte März ging es auch in München wieder los. Es war das falsche Gerücht ausgesprengt worden, Lola sei in Fürstenried. Einige wollten sie sogar gesehen haben. Zwar wurde das Königspaar beim Erscheinen zu einem Konzert im festlich beleuchteten Odeon bejubelt, aber schon am folgenden Abend kam es zu Zusammenrottungen und Fensterzertrümmern im Polizeigebäude.
Auguste war an diesem Abend mit den beiden Amelien in einer

Aufführung von Mozarts ›Entführung‹. Sie sah, daß der König aus der Loge geholt wurde, und hörte von draußen Generalmarsch schlagen, Alarm für die Truppe und die Nationalgarde, trotzdem blieb sie bis zum Ende der Oper. Der Regierungspräsident Freiherr von Godin hatte den Ansturm auf die Polizei gemeldet und daß auch einige Fenster in der Residenz eingeworfen worden seien. Der König hielt sich zunächst mit seinem Bruder im Salon hinter der Loge auf, begab sich aber dann nach dem zweiten Akt zur Königin in die Residenz. Dort bekam er Meldung, die Menge vor dem Polizeigebäude sei zerstreut. Man habe das Zeughaus stürmen wollen. Um zehn Uhr war wieder Ruhe. Auf dem Max-Joseph-Platz standen Truppen zum Einsatz bereit.

Die Nacht verlief ruhig, doch war der König tief verletzt, als ihm die Minister-Verweser am Morgen erklärten, die Gräfin von Landsfeld könne das bayrische Indigenat nicht behalten. Sie würde es sicherlich zurückgeben, erwiderte er – was sie dann auch tat. Er sprach schon von Thronverzicht, aber nicht jetzt in der Gefahr, das wäre Mangel an Mut.

18. März: Der König hatte Migräne, sprach mit dem Abgeordneten Freiherr von Rothenhahn von Abdankungsabsichten. Die Königin zeigte Auguste einen Brief von Schwester Charlotte aus Wien. Sie hätte es nicht für möglich gehalten, daß die Vorgänge in Frankreich auch in Österreich Nachahmung fänden. Während sie schreibe, würden der Kaiser, Erzherzog Franz Karl und sein Sohn Franz Joseph bei ihrer Fahrt durch die Stadt bejubelt. *Wie hier,* notiert die Herzogin. *Was kann man aber auf solche Kundgebungen geben! Man soll auf Menschen bauen, die sich durch ein Nichts umstimmen lassen! Die Abgeordneten der Rheinpfalz sind eingetroffen und sprechen von Republik … Altbayern ist der königlichen Familie wohlgesinnt.* Es soll ein Aufruf kursieren, worin man den Prinzen Luitpold zum König haben will, *weil er einen Engel zur Frau hat. Gott weiß, was daraus noch entstehen wird. Die Zukunft ist sehr schwarz. Vielleicht werde ich nicht einmal den Trost haben, bei meinem Eugen beigesetzt zu werden, werde auf fremder Erde sterben.*

19. März: Die Herzogin schrieb den ruhigen Verlauf der Nacht den

strengen Vorsichtsmaßnahmen zu. Der König hatte sich nun doch zur Abdankung entschlossen. Er hatte sich überzeugen müssen, daß er nicht mehr so regieren konnte, wie er wollte, und stellte die Bedingungen zusammen, unter welchen er zugunsten des Kronprinzen verzichten würde. Dann bearbeitete er wie sonst mit seinem Kabinettssekretär von Schilcher die laufenden Angelegenheiten, ging zur Kirche, erteilte die Parole, empfing eine Abordnung der Reichsräte und Abgeordneten, die den Zusammentritt ihrer Kammern meldeten.

Um ein Uhr versammelte er die volljährigen Prinzen, sagte zu Bruder Karl, er würde wohl verstehen, daß er unter den gegebenen Umständen nicht weiterregieren wolle. Karl stimmte zu, brach, wie auch Herzog Max, in Tränen aus. Letzterer war gegen eine Abdankung. Bald weinten alle, auch der König selbst. Nachdem er dreiundzwanzig Jahre so regiert habe, wie er es für richtig fand, könne er sich an keine neue Methode gewöhnen, wohl aber an einen Nachfolger. Dann las er seinen eigenhändig geschriebenen Aufruf an die Bayern vor. Kronprinz Maximilian sprach sich gegen die Abdankung seines Vaters aus. Da dieser nicht nachgab, kniete er vor ihm nieder und bat um den väterlichen Segen. Alle waren tief ergriffen. Der König ging darauf zur Königin, ihr Mitteilung zu machen.

Auguste war gerade bei der Königin, als der König mit Tränenspuren im Gesicht hereinkam. Er führte die Schwester in sein Kabinett und eröffnete ihr, daß er soeben abgedankt habe. Er könne sich mit den neuen Ideen nicht abfinden, darum sei es besser, auf solche Weise Schluß zu machen. *»Ich habe nichts übereilt, ich bin gefaßt und ruhig. Keiner meiner Minister weiß von diesem Entschluß, er kam allein von mir. Ich werde in den Wittelsbacher Palast ziehen, denn ich will bei euch leben bleiben. Ich kenne deine treue Seele. Nicht wahr, du wirst immer dieselbe gute Schwester für mich bleiben.« Er drückte mich an sein Herz. Dann ging er hinaus und sprach mit seinen beiden Schwiegertöchtern, die in Tränen zerflossen. Ich ging ins Schlafzimmer, wo ich meinen Neffen, den Herzog Max, und meinen Bruder Karl auch in Tränen vorfand. Mein guter Bruder Karl sagte mir: »Der König war erhaben-sublime. Ich wollte,*

König Ludwig I. von Bayern

König Ludwig I. von Bayern im Familienkreise beim Betrachten des Bildes

»Einzug König Ottos in Nauplia« von Peter von Hess

Kronprinz Maximilian von Bayern

man hätte ihn in diesem Augenblick sehen können. Er war ganz ruhig und zugleich so gut.« Ich blieb noch etwas bei Therese, als ich annahm, daß meine Tränenspuren nicht mehr sichtbar wären, begab ich mich nach Hause.
Am folgendem Tag besprach der König mit seinem Sekretär die Bedingungen und erledigte mit Schilcher die laufenden Sachen wie üblich. Dann empfing er eine Abordnung von siebzig Pfälzern, die Eingaben mit Tausenden von Unterschriften überreichten. Er bemerkte neben weißblauen Kokarden auch einige schwarzrotgoldene. Dann erschienen die pfälzerischen Abgeordneten. Nach ihrem Weggang verlieh er Schilcher und dem Hof- und Staatsbibliothekar von Lichtenthaler das Komturkreuz der Bayerischen Krone. Bei einem Spaziergang in der Frühlingssonne fühlte er sich wie neugeboren. Auch bei Tafel mit Gästen war er heiter. Er unterzeichnete seinen Thronverzicht, seinen Abschied an die Bayern und seine Bedingungen an den Nachfolger mit der gleichen Feder, womit er am 6. die Zugeständnisse unterschrieben hatte. Diese Feder bestimmte er den ›Vereinigten Sammlungen‹. Abends beim Lotto fand sich auch Auguste mit Amelie ein, die neue Königin Marie und das Ehepaar Luitpold. *Wir wußten, daß der König eben seine Abdankung unterzeichnet hatte und daß die Minister beim Kronprinzen-König versammelt waren. Alle waren traurig und bekümmert, nur der König war gefaßt, sogar heiter.*
König Ludwig I. betonte immer wieder, daß er keine ›Unterschreibmaschine‹ abgeben würde. Er verwahrte sich auch ausdrücklich gegen das Gerücht, er habe auf Drängen Lolas der Krone entsagt. Er habe ihr ausdrücklich erklärt, er werde es nicht tun. Der erste Gedanke an die Abdankung sei aufgetaucht, als ihm Bruder Karl sagte, bewaffnete Bauern wollten von Miesbach her gegen ihn marschieren, was ein falsches Gerücht war. Wenn die Bayern gegen ihn vorgingen, müsse er ihr Vertrauen verloren haben. Ein zweiter Anstoß sei gewesen, daß man ihm nicht glauben wolle, Lola sei kein zweites Mal zurückgekommen, ferner, daß ihn die Minister mit der Behauptung, es käme sonst zu erneuten Aufständen, zwangen, das Indigenat für die Gräfin Landsfeld aufzuheben und damit gegen die Verfassung zu verstoßen. Er habe solchen Verstoß

dadurch vermieden, daß er Lola schrieb, sie möge ihm die Indigenatsurkunde zurückschicken. Schließlich habe Thon Ditmar zwei Entschließungen hinausgehen lassen, für die er erst nachträglich die Genehmigung eingeholt hatte. Vor der Erklärung seiner Abdankung habe er nur mit der Königin und Baron Rothenhahn darüber gesprochen. Therese meinte, er würde es später bereuen, Rothenhahn war dafür.

Am Morgen des 21. März 1848 verkündigten Wappenherolde den Thronverzicht des Königs und die Thronbesteigung Maximilians II. Die Truppen wurden auf den neuen König vereidigt. Die Nationalgarde verlangte zuvor eine Erklärung, daß König Ludwig zu diesem Schritt nicht gezwungen worden sei.

Von der Familie Leuchtenberg nahmen auch Max und Josephine aus der Ferne an den Vorgängen in München größten Anteil, wie aus einem Brief der schwedischen Königin an ihren Bruder,[23] hervorgeht. Die seit zwei Wochen aus München einlaufenden Nachrichten seien eine ›douce compensation‹ für die zuvor ausgestandenen Leiden.

Wenn es auch äußerst peinlich ist, einen Herrscher im Alter unseres Onkels durch Leidenschaft derart verblendet zu sehen, muß man zugeben, daß sich alles in so würdiger Weise abgespielt hat, als möglich war. Bürger und Studenten haben bei dieser Gelegenheit eine mit vorbildlicher Mäßigung gepaarte Tatkraft bewiesen. Ich versichere Dir, daß ich auf meine lieben Bayern stolz war ... die ihren Respekt vor dem König bewahrten, den sie von dem Menschen völlig trennten. Sobald das überstürzt und unüberlegt erlassene Edikt widerrufen und der Anstoß zum Skandal und Unglück entfernt war, beschlossen sie einstimmig, die Vorgänge zu vergessen ... umjubelten ihn. Wo sonst würde man so etwas finden? Und diese gute Königin, deren erster Gedanke Bayern galt: »Gott sei Dank! Das Vaterland ist gerettet«, sagte und auf das, was Maman ihr sagte, antwortete: »Oh nein, ich habe nicht an mich gedacht, ich habe um die Ehre des Königs gelitten.« Nie zuvor hat sie zu diesem traurigen Thema den Mund geöffnet. Ich war auch sehr glücklich, daß Maman den mutigen Schritt bei ihrem Bruder getan hat, denn es muß ihr große Überwindung gekostet haben, sich ihm zu Füßen zu werfen. Wenn sie ihr Ziel auch nicht sofort erreicht hat, hat sie vielleicht doch bei ihm vorgearbeitet, um ihn den Vorstellungen der versammelten Minister zugänglicher zu machen. Jedenfalls hat sie getan, was sie vermochte und auch Auguste Luitpold. Vivent les Princesses de notre Bavière! So ruhig sie sich auch im gewöhnlichen Leben zeigen, so haben sie Mut, wenn es gilt! Die Nachricht von der Abdankung verblüffte sie. Sie habe sie am Tag zuvor über Hamburg erfahren, berichtete sie dem Bruder. Sie könne sich denken, was die Mutter, die Familie und das Land durchgemacht haben werden. *Es war ein großer Entschluß und ich ziehe diesen Abschluß manchen anderen vor, die sich vor unseren Augen in anderen Ländern abgespielt haben.* Wenn in Bayern auch nur ein revolutionärer Keim vorhanden gewesen wäre, hätte es große Verwirrung geben können. Sie habe soeben einen Brief von Maman mit Schilderung aller Einzelheiten erhalten und sei beruhigter: *An unseren Grenzen haben wir Krieg zwischen Skandinavismus und Germanismus. In ganz Europa sind die Nationalitäten in Bewegung geraten. Wohin wird uns das noch führen?*

16
Unruhiges Europa
1848/49

Die Leuchtenberg, die durch die Beauharnais mit den Herrscherhäusern von Frankreich, Schweden, Württemberg, Baden und Hohenzollern und durch die Wittelsbacher mit denen von Österreich, Preußen, Sachsen und Hessen nahe verwandt waren, nahmen auch an den außerbayrischen Erschütterungen dieser Revolutionsjahre großen Anteil.
Die Nachrichten aus Wien verkündeten blutige Vorgänge. Der Kaiser mußte Verfassung und Pressefreiheit gewähren, nachgeben wie der bayrische König, *nur mit dem Unterschied, daß dank meinem Bruder Karl hier kein Blut vergossen worden ist. Die Nachrichten aus Berlin sind schauderhaft. Sieben Stunden hat der Kampf zwischen Militär und Bürgerschaft gedauert, unter schweren Verlusten auf beiden Seiten. Nach dieser Schlächterei mußte der König doch nachgeben wie die anderen. Meine unglückliche Schwester Elise hat einen verzweifelten Brief geschrieben. Die Zeitungen bringen, daß man alle Leichen vor das Schloß geschleppt und den König gezwungen hat, die Opfer anzusehen ... Hier herrscht völlige Ruhe. Unsere guten Bayern machen eine rühmliche Ausnahme.*
Theodolinde behauptete, daß aus Frankreich ausgewiesene Fremdarbeiter sich im Marsch auf den Rhein befänden, um sich mit deutschen Gesinnungsgenossen zusammenzutun. Sie würde der Mutter Schmuck und Dokumente zur Aufbewahrung schicken und bat um eventuelle Aufnahme ihrer Töchter. Sie selbst würde möglichst lange in Stuttgart ausharren. Das Verhalten der Hechinger verleidete ihrem Fürsten sein Amt, so daß er sich im August zunächst vorübergehend auf sein mütterliches Schloß in Schlesien zurückzog.[24] Die bayrische Adelgunde mußte mit ihrem Mann aus Mode-

na nach Verona flüchten. Am letzten März kam ein Brief von Josephine, in dem sie schrieb, Pöbelhaufen gingen gegen das Schloß vor. Die Truppe sei mit Steinwürfen empfangen worden. Auf die Weigerung, die Waffen abzuliefern, wurde Feuer gegeben. Der König stieg mit seinen Söhnen zu Pferde. Es gelang ihm auch, durch Zureden vorübergehend Ruhe herzustellen. Der Aufstand sei von außen mit Geld organisiert worden.

Der neue König von Bayern ließ die Garnisonen der Festungen Landau und Germersheim verstärken und tat, was er konnte, um die vom Vater etwas vernachlässigte Armee schlagkräftig zu gestalten.[25] Der Bundestag in Frankfurt unterstellte dem bayrischen Prinzen Karl das 7. und 8. Bundeskorps gegen etwaigen französischen Einmarsch und gegen die Revolutionäre in Süddeutschland. Am 9. April nahm der König vor dem Palais den Vorbeimarsch der Nationalgarde und der Studenten ab. Man höre viel von einem deutschen Parlament reden, *aber niemand weiß, was daraus werden soll.* Immerhin ging es in Bayern noch glimpflich ab, bis auf die Pfalz, die den Aufstand in Baden mitmachte, wo preußische und Bundestruppen unter dem Prinzen Wilhelm von Preußen einrückten.

Am Vormittag des 27. April wurde die Herzogin in die Residenz geholt, weil die Königin Marie in Wehen lag. Der unglückliche künftige König Otto von Bayern beeilte sich derart, daß sie schon beim Eintreffen sein Stimmchen vernahm. *Er ist kräftig, aber nicht so sehr wie der erste gewesen ist und kleiner. Der König Max sagte mir mit Tränen in den Augen: »Da habe ich doch eine Freude nach so unendlich viel Kummer ...« Der König Ludwig schien sehr zufrieden zu sein.*

Die Taufe im Thronsaal am nächsten Tag war sehr feierlich mit großem Cortège. Der Täufling wurde von der Oberhofmeisterin getragen, wobei vier Kammerherrn die Zipfel des Spitzentuches hielten. Abgesehen von den Ministern, dem diplomatischen Korps, hohen Militärs, waren auch Mitglieder der beiden Kammern zugegen. Der Erzbischof taufte das Kind auf den Namen Otto Luitpold Wilhelm Adalbert Waldemar. Die beiden künftigen Könige Ludwig II. und III. hätten mit ihren Kerzen rührend ausgesehen.

Am 18. Mai las Auguste in einem Extrablatt, daß die erste vom Volk gewählte Nationalversammlung in der Paulskirche in Frankfurt am Main zusammengetreten war. Man wolle den aufständischen Polen zu Hilfe kommen und keinerlei soziale Ordnung mehr gelten lassen.

Wenige Tage darauf Nachricht von Schwester Charlotte, die kaiserliche Familie hätte die Hauptstadt verlassen müssen. Sie schrieb am 19. aus Salzburg, die Abreise habe unter einem Vorwand geschehen müssen, weil man gewärtigen mußte, daß sich die Nationalgarde widersetzen würde. Sie habe gesehen, wie diese sich unter ihren Fenstern versammelte, angeblich um das Denkmal des verstorbenen Kaisers zu beschützen. Dann sei sie in die Burg eingedrungen, um von den Ministern ein Zugeständnis nach dem anderen zu verlangen, unter anderem, daß nur auf ihren Antrag Truppen eingesetzt werden dürften.

König Ludwig konnte sich noch lange nicht in seine neue Rolle hineinfinden. Als er von den Königszimmern auf die Fronleichnamsprozession schaute, sagte er mit feuchten Augen zu seiner Schwester Auguste: »*Ich bin wie wenn ich gestorben wäre und sehe, wie es nach dem Tode gehet.*« *Man muß seinen Mut und seine Kraft bewundern, aber er leidet dabei, und wir alle mit ihm.*

Tags darauf kam die erschütternde Nachricht, daß die verwitwete Kurfürstin Leopoldine auf dem Wege nach Wien in der Nähe von Wasserburg am Inn in ihrem Wagen tödlich verunglückt war. Ihr plötzlicher Tod hinterließ auch bei Auguste, der sie von ihrer Kindheit an vertraut war, eine große Lücke.

Amelie ließ sich in Stein nieder. Ihre Mutter vermerkte in Ismaning, daß man sich von der Ernennung des Erzherzogs Johann zum Reichsverweser viel erwarte, doch werde ihn das republikanische Parlament nicht handeln lassen, wie er möchte. Souveräne hätten nichts mehr zu sagen. Weil es aber an überragenden Köpfen mangle, hieße es: *Wenn der Kaiser Napoleon, der Prinz Eugen noch lebten! Sie könnten Ruhe und Ordnung wieder herstellen, weil man in sie Vertrauen hatte.* Diese könnten glücklich sein, nicht mehr leiden zu müssen. Sie sorgte sich um Max, weil in Petersburg Cholera herrschte und er verschiedene Krankenhäuser betreute.

Im August begab sie sich wieder zu ihrem Bruder Ludwig nach Berchtesgaden. Schon am Tage nach der Ankunft in Berchtesgaden fuhr sie mit Ludwig, Therese, Adalbert und Alexandra zum Besuch der Schwestern Charlotte und Sophie nach Salzburg. Dort traf sie zu ihrem Erstaunen den Erzherzog Albrecht an. Er kam, um seine Frau zu sehen, vom italienischen Kriegsschauplatz, wo nach Radetzkys Sieg über die Piemontesen bei Custozza und der Rückeroberung von Mailand ein Waffenstillstand geschlossen worden war. Auguste trennte sich schwer vom Bruder, um Theodolinde bei ihrer Niederkunft in Stuttgart beizustehen. König Ludwig notierte, daß seine Schwester bei der Abreise weinte. *Selten sieht eine sechzigjährige Frau, sogar das Gesicht, so gut aus. Ihre schlanke Gestalt ist ausgezeichnet in dem Alter, ein junges Mädchen könnte sie sein, solche zu haben.*
Theodolindes Haus in Stuttgart schien ihr verschönert. Der Schwiegersohn war bei der Armee in Holstein. Die Mitglieder des württembergischen Königshauses erwiesen sich wieder als äußerst aufmerksam. Am 13. September brachte Theodolinde sehr tapfer ein drittes Mädchen zur Welt, das auf den Namen Eugenie Amelie Auguste Wilhelmine Theodolinde getauft wurde. Schwester Amelie war Patin, und die Großmutter vertrat sie.
Der König von Württemberg sprach fast eine Stunde lang mit Auguste über die unheimlichen Vorgänge in der Welt. Schon am folgenden Tag ließ man bei einer Volksversammlung in Cannstadt die Republik hochleben, und nur sein entschlossenes Einschreiten konnte Einhalt gebieten.
Prinz Paul, der Vater der Großfürstin Helene, erzählte ihr, daß Neffe Louis nunmehr großen Anhang in Frankreich habe, Abgeordneter der Nationalversammlung in Paris geworden sei. Er könne sogar höher steigen, habe aber nicht genug Geist, Talent und Schwung, um sich zu halten. Er sei nur von schlechten Leuten umgeben, die ihn völlig ruinierten. *All das weiß ich seit langem.* Die Einstellung der Herzogin zu dem Verhalten ihres Neffen Louis Napoléon geht hervor aus ihrer in ihr Tagebuch eingefügten Antwort auf eine Anfrage des Generals Planat de la Faye, ob sie die Verbin-

dung mit diesem Neffen aufrechterhalten habe. *Solange er in Gefangenschaft und unglücklich war, habe ich mich mehr denn einmal bei Louis Philippe für ihn verwendet, um Milderung seiner traurigen Lage zu erwirken; ich habe nämlich, obwohl er durch seine Schuld so weit gekommen ist, nicht vergessen, daß er der Neffe des Kaisers Napoleon und des Prince Eugène ist. Sobald er aber frei war, wollte ich keine Beziehungen zu einem Mann haben, dessen Grundsätze den noblen Gefühlen des Prince Eugène, die auch die meinen und die meiner Kinder sind, so entgegenstehen … Außerdem hat er mich, als ich zum letzten Mal bei seiner sterbenden Mutter in Arenenberg war, in seine Intrigen verstricken wollen. Er hat begreiflicherweise keinen Erfolg gehabt, aber ich habe ihn von Grund aus kennen gelernt und festgestellt, daß ein Mann von so hoher Selbsteinschätzung, daß er sich dem Kaiser Napoleon und dem Prince Eugène überlegen glaubte, niemals noch dazu durch trübe Machenschaften und Intrigen etwas Gutes erreichen könne. Dieser Ansicht über ihn bin ich noch, außer er hat sich total geändert, was ich wünsche, aber nicht glaube, weil er sich weiterhin mit in jeder Beziehung wenig empfehlenswerten Gestalten umgeben hat. Das habe ich von verschiedenen von London gekommenen Leuten erfahren. Ich bin überzeugt, daß diejenigen, die ihn jetzt aneifern, es nur aus persönlichen Interessen tun, weil sie dadurch ihre Ziele leichter zu erreichen hoffen. Was der Prince Eugène 1814 vorausgesagt hat, als er die erste Proklamation der Souveräne las, worin sie die Volkserhebung gegen uns guthießen, hat sich in schrecklicher Weise erfüllt. Wer hätte gedacht, daß vierunddreißig Friedensjahre zu nichts anderem dienen würden, als Erregung und Unordnung reifen zu lassen, wie sie jetzt an der Tagesordnung sind und alles vernichten!*

Die Nachrichten aus Ungarn und Österreich waren höchst beunruhigend. Ein Regiment hatte sich geweigert, gegen die aufständischen Ungarn unter Kossuth zu marschieren, Nationalgarde, Studenten und Pöbel machten mit. An das Arsenal war Feuer gelegt worden. Der alte Kriegsminister, Graf Latour, der sich in seinem Ministerium versteckt hatte, sei bestialisch ermordet und zum Fenster hinausgeworfen worden. Schwester Charlotte schrieb aus Salzburg, General Jellačič sei in Anmarsch auf Wien, um Ordnung zu machen.

Auguste, die von Stuttgart nach Stein gefahren war, hatte dort keine Ruhe. Sie begab sich Mitte Oktober zur Schwester nach Salzburg. Wenn sich Jellačič nicht durchsetzen könne, wäre alles verloren, Wien würde von fanatischen Studenten und Pöbel regiert. Es verlaute, daß sich der Kaiser mit den nächsten Verwandten nach Olmütz begebe. Erzherzogin Sophie, energischer als ihre nur gottergebene Stiefschwester Charlotte, war sich mit dem Erzherzog Johann einig, daß der bedauernswerte Kaiser Ferdinand in solchen Zeitläuften nicht mehr tragbar sei und ihr Franz Karl zugunsten ihres vor seinem achtzehnten Geburtstag stehenden Sohnes Franz Joseph zurückstehen solle.[26]

In ihrem Gratulationsbrief an Sophie zum Einmarsch des Feldmarschalls Fürst Windischgrätz in Wien wiegt sich die Herzogin in der falschen Hoffnung, der Sturm sei vorbei. Die Schwester müsse dafür sorgen, vermerkte sie weiter, daß überlebte Einrichtungen aufgegeben würden. *Jetzt kann man das Volk nicht zu den alten Ideen zurückführen. Man muß es der Zeit überlassen und aus dem Schiffbruch retten, was möglich ist.*[27]

Indes kam es in Wien auf die Nachrichten vom Anmarsch der Ungarn zu neuem Aufstand. Es sei nicht leicht gewesen, die erregten Bürger und Soldaten zurückzuhalten, notierte die Herzogin, und Mitte November, daß auch Berlin noch nicht beruhigt sei. In Frankfurt seien die Republikaner gegen die Erschießung von Robert Blum aufgetreten, der die Revolution in Wien entfacht hat. Sie wollten sogar eine Trauerkundgebung für ihn veranstalten.

Auch der Papst werde bedroht und zu Konzessionen gezwungen, nachdem sein Finanzminister Graf Rossi einen Stich mit dem Stilett in den Hals abbekommen hatte. Da sich der Papst von den Rebellen keinen Nachfolger aufzwingen lassen wollte, sei er im Quirinal eine Stunde lang beschossen worden. Wenn er nur Rom verlassen könnte! – Dieser Wunsch ging in Erfüllung, und zwar unter erheblicher Mithilfe des bayrischen Gesandten Graf Spaur, der ihn in seinem Wagen aus der Stadt über die neapolitanische Grenze bis nach Molo di Gaeta brachte. Ein Kurier meldete dem bayrischen König über Spanien die gelungene Flucht des Papstes. Der historische Wagen befindet sich im Marstallmuseum in Nymphenburg.

Bruder Karl fuhr nach Berlin, offiziell zur silbernen Hochzeit des Königspaares, inoffiziell, um zu sehen, was dort vorging. Er kehrte mit im allgemeinen beruhigenden Nachrichten zurück. Seine Schwester Auguste fand die preußische Verfassung zu weitgehend. *Man kann den Charakter des Königs von Preußen nicht verstehen. Man behauptet, er rechne noch damit, durch den Willen des Volkes Kaiser von Deutschland zu werden.*
Anfang Dezember brachte ein österreichischer General dem König die Mitteilung von der Thronentsagung des Kaisers Ferdinand und der Ernennung des jungen Erzherzogs Franz Joseph zum Nachfolger. Kaiser Ferdinand und die Kaiserin Anna hätten sich nach Prag begeben, die Erzherzogin Sophie bliebe einstweilen mit ihrer Familie in Olmütz.
Kurz vor Weihnachten erfuhr Auguste die Wahl ihres unterschätzten Neffen Louis zum Präsidenten der französischen Republik. Es sei weder aus Zuneigung noch aus hoher Einschätzung seiner Person geschehen, sondern weil viele auf diese Weise zu ihren Zielen zu gelangen hofften. Die Bonapartisten hätten ihm wegen seines Namens ihre Stimme gegeben. Die Legitimisten wollten den Herzog von Bordeaux, und die Republikaner hofften, mit ihm ihre Wünsche zu befriedigen. Alt genug wäre er mit seinen vierzig Jahren, doch würden sein großer Ehrgeiz und seine Selbstüberheblichkeit sich hemmend auswirken. Wie seine Mutter, habe er sich stets mit schlechten Subjekten umgeben. Den Aufstieg zum Kaiser sollte sie nicht mehr erleben.
Sie beschloß ihr Tagebuch dieses Jahres mit der Bemerkung, daß man sich auf das neue nicht freuen könne. Man müsse sich mit Mut und Resignation wappnen. *Die hiesige Regierung ist sehr schwach und Bayern wird auch diesmal die zerbrochenen Töpfe bezahlen.*
Die im Januar zusammengetretene Kammer der Abgeordneten habe eine linksgerichtete Mehrheit. Ihr bayrisches Herz revoltierte, als sie hörte, diese Majorität wolle Bayern zur Provinz eines zukünftigen Reiches machen. Hingegen waren die Nachrichten aus Ungarn besser, Windischgrätz in Budapest eingerückt, Kossuth geflohen. Sie meinte, das wäre das Ende der Revolution, es war aber erst der Anfang.

Noch mehr als die Politik erschreckte jedoch die Herzogin ein Brief ihrer Schwiegertochter aus St. Petersburg vom letzten Januar[28] mit der Nachricht, Max habe zwar einen schweren Fall von Masern überstanden, sei aber noch sehr schwach. Man hatte zuerst geglaubt, es wären Pocken, und lange zuvor habe er über Nervenschwäche und Depressionen geklagt. Sein Arzt sei überzeugt, er werde sich gänzlich erholen.

Nach den Erinnerungen von Dr. Mandt[29] wäre er schon damals von den Ärzten aufgegeben worden. *Durch sein ermüdendes Leben ist seine Jugend vorzeitig dahingegangen ... Ich kann für ihn nichts anderes tun als beten,* verzeichnete die Mutter. Bald konnte er selbst wieder schreiben, mußte aber gestehen, daß er noch schwach und sehr abgemagert sei. Auch Mary und die vier Kinder hätten Masern gehabt.

Maxens Arzt Dr. Fischer beschwor die Herzogin, doch zu erreichen, daß er sich außerhalb der Stadt erholen könne. Es handle sich um eine sehr lange Rekonvaleszenz, weil er die Masern nach schwerem Fieber von zwölf Tagen bekommen habe. Sie schrieb sofort dem Zaren, er möge ihn zu ihr schicken. In Bayern würde er bald soweit sein, daß er seinen Dienst wiederaufnehmen könne, wenn er auch seine dereinst brillante Gesundheit nie wiedererhalten würde. Er wisse nichts von diesem Schritt, den er nicht gutheißen würde. Sie hätte ihn nie unternommen, wenn sie darin nicht das einzige Mittel zu seiner Wiederherstellung erblicken würde.

Der Zar antwortete, der Arzt sei der Ansicht, die rasch hintereinander durchgemachten Erkrankungen hätten ihn zwar mitgenommen, aber keinerlei Schaden hinterlassen, bis auf eine durch das strenge Regiment bedingte Abmagerung. Er brauche nur Ruhe und Pflege. Er habe ihm völlige Handlungsfreiheit zugesichert, glaube aber nicht, daß Grund zum Verreisen gegeben sei. *Sein brennender Wunsch nach einem Wiedersehen mit der Mutter wird durch die Überzeugung zurückgedrängt, daß es für ihn im Augenblick nicht zweckmäßig wäre, sich in Deutschland zu zeigen, wo Rußland und alles, was damit zusammenhängt, ebenso bedauerlicher- wie ungerechterweise gehaßt wird. Max fühlt das zutiefst, und ich kann ihm nur beipflichten. Hoffen*

wir, Madame, daß die Zeit alle Infamien der gegenwärtigen Epoche klären und Gott sich erbarmen und schönere Verhältnisse herbeiführen möge.[30]
Der Zar Nikolaus fühlte sich, wie sein Bruder Alexander, zur Wiederherstellung der alten Ordnung berufen. Darum schickte er auch dem jungen Kaiser Franz Joseph nach Ungarn Truppen zu Hilfe. Anfang März hatte der ungarische Reichstag das Haus Habsburg-Lothringen für abgesetzt erklärt und Kossuth als Oberhaupt ausgerufen. Bei einer Zusammenkunft der beiden Kaiser in Warschau wurde die russische Hilfe versprochen, im Juni sollten dann die Russen über die Karpaten und durch die Walachai einmarschieren und im Verein mit den Österreichern Ungarn zur Kapitulation zwingen.
Ende Februar verzeichnete die Herzogin heftige Kämpfe in Siebenbürgen, Ausrufung der Republik in Rom und Florenz. Am 22. März siegte Österreich bei Novara über die Piemontesen. König Carlo Alberto von Sardinien dankte zugunsten seines Sohnes Viktor Emanuel ab, der sofort Waffenstillstand schloß. König Ferdinand beider Sizilien holte sich seine rebellische Insel so energisch zurück, daß er den Beinamen Ré Bomba bekam. Er schickte sich an, mit Hilfe von Franzosen, Österreichern und Spaniern Papst Pius IX. von Gaeta nach Rom zurückzuführen. Auch der Großherzog von Toskana kehrte noch einmal in sein Land zurück. In der bayrischen Pfalz ging die Revolution noch einige Zeit weiter.

17
Das fünfte Herz – Auguste
1849/51

Theodolinde sah schon schlecht aus, als sie mit den drei Töchtern bei ihrer Mutter ankam. Sie gestand, saß sie seit vier Wochen Fieber habe. Sie spuckte Blut, hatte heftige Schmerzen in der Seite und in der Brust. Trotzdem führte sie ihr Tagebuch gewissenhaft weiter. Darin steht, vor dem Palais sei Stroh aufgeschüttet worden, weil das Wagengerassel sie so angriff. Die Mutter war von morgens um sechs an den ganzen Tag bei ihr. Am 10. April glaubte man ihre letzte Stunde gekommen. Die ganze Nacht hatte sie starkes Fieber, stoßweisen Atem und ›den Tod im Gesicht‹. Die Onkels kamen dreimal am Tag ins Palais. Ludwig verzeichnete ›Zehrfieber‹ und gab die Nichte verloren. In der Nacht zum 12. soll ein Abszeß in der Leber aufgegangen sein. Das Fieber ließ nach. Linda erholte sich, aber so langsam, daß ihr Mann, der zu ihrem Geburtstag gekommen war, sie nicht zu sehen bekam.

Auguste war auch wegen Max in großer Sorge. Anfang Mai schrieb er, er sei in mehreren Etappen von Moskau nach Petersburg zurückgefahren, weil er noch schwach sei. *Der Kaiser hat ihm einen Urlaub von vier Monaten gewährt, läßt ihn aber wegen der politischen Ereignisse nicht hierherkommen.*

Der neue bayrische Minister von der Pfordten machte ihr einen sehr guten Eindruck. Ein Bataillon des pfälzischen Regiments in Speyer sei zu den Aufständischen übergegangen. In München würden auf dem Marsfeld, ›auprès de Munich‹, Truppen zusammengezogen. In Sachsen wolle man den König zum Nachgeben bringen wie den von Württemberg, er halte aber stand. Der größte Teil auch der bayrischen und sächsischen Truppen befinde sich in Schleswig-

Holstein. Die Herzogin konnte mit ihrer wieder genesenen Tochter das Lager auf dem Marsfeld besuchen.
Die sächsischen Verwandten hatten sich auf den Königstein zurückgezogen, und in Dresden rückten preußische Truppen ein. Auch das badische Herrscherhaus mußte die Hauptstadt verlassen. *Das ist das Schicksal der Länder, die die Reichsverfassung anerkannt haben.* Das Eintreffen von Wertgegenständen ihres Schwiegersohnes Constantin bewies, daß auch Hechingen nicht zur Ruhe kam.
Der neue französische Gesandte Lefèvre übergab der Herzogin einen Brief seines Präsidenten aus dem *Elysée National, 2. Mai 1849: Es ist lange her, daß ich nicht mehr die Ehre hatte, Ihnen zu schreiben. Ich halte aber darauf, Ihnen zu versichern, daß alle nacheinander vorgefallenen Begebenheiten meine Ihnen seit meiner Kindheit gewidmete Anhänglichkeit nicht ändern konnten.*
Ganz Europa ist jetzt ganz aufgewühlt und ich rühme mich, zur Beruhigung Frankreichs keine Anstrengung zu scheuen. Seine Ruhe wird sich auf den Rest Europas auswirken. Wenn, wie ich hoffe, sich alles beruhigt, erflehe ich, daß mir erneut das Glück zuteil werden möge, Sie wiederzusehen. Haben Sie die Güte, mich bei meinem Vetter und meinen Cousinen in Erinnerung zu bringen ... Louis Napoléon B.
Die im Tagebuch festgehaltene Antwort vom 22. Mai lautete: *S. A. le Prince Louis Napoléon Président de la République* ... daß sie sich über die in seinen Brief zum Ausdruck gebrachten Empfindungen gefreut habe. *Wolle Gott, daß Ihre guten Absichten mit einem Enderfolg gekrönt werden und daß Friede, Ruhe und Ordnung nach Frankreich und Europa zurückkehren mögen, wo zur Zeit ein bösartiger Geist die Oberhand hat.* Sie sei gerührt, daß er sie wiedersehen möchte. Auch sie würde sich freuen, ihm mündlich ihre Glückwünsche auszusprechen.[31]
Bayrische Truppen wurden auch nach Hessen entsandt, und im Landtag kam es wegen der Unabhängigkeitsbestrebungen in der Pfalz zu erregten Auftritten. Am 1. Juni traf Schwager Constantin ein, nachdem er früh um vier von Hechingen aufgebrochen war, weil man ihn als Geisel festnehmen wollte.
Max schrieb vor seinem Aufbruch zu seinem Landgut Sergiewka,

daß er sich zuerst dort etwas erholen wolle, um dann in Fall bei Reval eine Kur zu gebrauchen, doch kam am 8. Juni ein Brief von Mary an ihre Schwiegermutter, der im Palais neue Bestürzung auslöste. Max sei so gefährlich erkrankt, daß ihn nur Verpflanzung in ein mildes Klima retten könne. *Ich konnte nicht weiterlesen, mir stockte der Atem und ich konnte mich nicht mehr rühren.*

Der nächste Brief mit ärztlichen Bulletins klang etwas bessr. Max fühlte sich in Fall nicht mehr gar so elend. Er selbst schrieb seiner Frau: *Ce mieux est bien peu de chose.*

Sein Sekretär Mussard bestätigte eine Besserung. Er habe kein Fieber mehr, huste weniger und nehme zu. Die Tuberkeln säßen ›nur‹ in der rechten Lungenspitze und könnten bei entsprechender Pflege vertrieben werden. Trotzdem solle er aus Vorsicht nach Madeira verbracht werden, um ihn von Petersburg und seinen Obliegenheiten fernzuhalten. Er selbst wisse von diesem Plan noch nichts.

Der ehemalige Hofmarschall Graf Maurice Méjan starb bei seiner Tochter Stefanie in Freising. Er, der Max zur Verlobung nach Rußland begleitet hatte, Freund und die Seele aller Liebhaberaufführungen und Feste im Palais und in Tegernsee gewesen war, hatte wie Vater und Tochter zur Familie Leuchtenberg gehört und wurde ehrlich betrauert.

Die Zeitungen meldeten, der Herzog von Leuchtenberg sei unheilbar krank, aber Mary schrieb, daß sich die russischen Ärzte in der Diagnose geirrt hätten. Auch Auguste klammerte sich an diesen Hoffnungsstrahl und beging etwas weniger bekümmert ihren einundsechzigsten Geburtstag mit dem Ehepaar Roux bei Bruder Karl in Tegernsee. Dieser hatte Briefe von Mussard, daß die Besserung anhielte. Der Zar habe aus eigenem Antrieb für die Reise eine Kriegsfregatte und ein Dampfschiff zur Verfügung gestellt und verfügt, daß seinem Schwiegersohn monatlich hunderttausend Francs ausbezahlt würden, *so daß er nicht selbst für die Ausgaben aufkommen müßte, wenn meine Schwiegertochter, wie beabsichtigt, ihn mit ihren Kindern nach Madeira begleiten würde.*

Sicherlich hätte der Zar die Begleitung der Familie gerne gesehen, da er, laut Dr. Mandt, in den letzten Jahren seines Lebens sehr dar-

unter litt, daß die Ehe seiner Tochter nicht mehr harmonisch war. Max reiste in Begleitung zweier Adjutanten, Dr. Fischers und Monsieur und Madame Mussards. Ein zweites Schiff folgte der Fregatte.[32] Zwei Tage verbrachte er mit Josephine in Schweden. Diese schrieb, er käme ihr seit den fünf Jahren, in denen sie ihn nicht mehr gesehen habe, zwar etwas gealtert vor, sei aber fröhlich wie vordem. Am 6. August wolle er weitersegeln. Roux war mit seinem Herrn sechs Tage in London zusammen und begleitete ihn ans Schiff nach Southampton. Er beruhigte Theodolinde dann etwas in Ostende und die Mutter in Ismaning. Er sehe wesentlich besser aus als bei seinem letzten Aufenthalt in München, sei auch nicht mehr so erschreckend mager. Der Arzt habe ihm versichert, daß diese Reise lediglich aus Vorsicht unternommen würde, da Nizza wegen der politischen Spannung nicht in Frage käme.
Auguste notierte, daß sie, wenn die Reise nicht so lang wäre, sich sofort auf den Weg machen würde, um mit dem Sohn den Winter zu verbringen. Sie befürchte, er würde Heimweh bekommen, zumal er nur zweimal im Monat Nachricht erhalten könne. Der russische Botschafter in London – der ihn dann in Madeira besuchen wird – sei ein reizender Mann. Max habe alles gesehen, was in so kurzer Zeit möglich war, ohne zu ermüden.
Am 25. schrieb er Theodolinde, daß er in Madeira gut angekommen sei und acht Tage Quarantäne über sich ergehen lassen mußte. Man hatte ihm außerhalb Funchal die Quinta de las Angustias mit Blick auf Stadt und Meer gemietet, die zuvor von der Witwe König Wilhelms IV. von England, einer Prinzessin von Sachsen-Meiningen, bewohnt worden war.[33]
Max erholte sich so weit, daß die Mutter die letzten zwei Jahre ihres Lebens in dem Glauben verbringen konnte, er sei geheilt. Da sich auch die politische Lage entspannt hatte, verliefen sie im allgemeinen friedlich. Die Herzogin konnte unbekümmert ihren Herbstaufenthalt beim Bruder Ludwig in Berchtesgaden genießen. Sie übernachtete wieder in Stein bei ihrer ›fille imperiale‹. In Berchtesgaden warteten die Schwestern Charlotte und Sophie, eigens von Salzburg herübergekommen, sie zu sehen. Von den verschiedenen

Tischgästen interessierte sie am meisten der berühmte Fürst Pückler-Muskau. Bevor er kam, hatte sie ihr Bruder gebeten, im Reden vorsichtig zu sein, weil er alles aufschreibe. Er saß neben ihr. *Er ist ein homme aux aventures, vierundsechzig Jahre alt. Er hat die geschiedene Frau des Grafen Karl von Pappenheim geheiratet, eine Tochter des preußischen Kanzlers Fürst Hardenberg. Er ist viel gereist und der König hat ihn in Griechenland begegnet. Er kam nach Salzburg und traf im Gasthaus seine erste Frau, die er besuchte und nach Berchtesgaden mitnahm, um mit ihr den Königsee zu besichtigen.*

Mitte September kam die Königin Amalie von Griechenland. Sie habe zwar ihren schönen Teint behalten, sei aber nicht mehr so hübsch, konstatierte die Herzogin. Am folgenden Tag kam Otto in Salzburg dazu. Bei einem Ausflug vom Wimbachtal aus zu einer hochgelegenen Jagdhütte ritt die Königin mit ihren griechischen Damen und Auguste. Die Königin Therese ließ sich tragen, und die Herren gingen zu Fuß. Die Königin Amalie war im Sattel zu Hause. *Man sieht, daß sie daran gewöhnt ist, Ritte von zwei Wochen zu unternehmen.* Ein andermal traf man in Salzburg die Kaisermutter Sophie mit ihrem Erzherzog, die auf dem Weg zu einer Zusammenkunft mit Radetzky nach Schönbrunn waren. Auch das zurückgetretene Kaiserpaar wurde in Salzburg besucht. Bruder Ludwig war verstimmt, weil er von Berchtesgaden aus in das Wittelsbacher Palais ziehen mußte. Auguste verbrachte die erste Hälfte Oktober in Stein bei Amalie. Max schrieb, der erste Monat auf Madeira habe ihm sichtlich gutgetan. Er hoffe, dick und kräftig zurückzukommen. Er habe einen viertägigen Ausflug im Norden der Insel gemacht und einen fünftausend Fuß hohen Berg bestiegen, ohne zu ermüden.

Ich bin aus Angst und durch die Erschütterungen dieses Jahres erschreckend abgemagert, notierte die Mutter.

In diesem Herbst faßte der Schwiegersohn Constantin den Entschluß, die Regierung über sein Fürstentum niederzulegen, um als Privatmann auf seinen schlesischen Besitzungen glücklich zu werden. Am 1. Oktober schrieb er seinem königlichen Schwager in Schweden und bat ihn um Rat, ob er zugunsten des Fürsten von

Sigmaringen oder des Königs von Preußen verzichten sollte. Die Antwort viel vage aus. Da der Fürst von Hohenzollern-Sigmaringen selbst sein Land bald dem König von Preußen übergab, blieb dem von Hechingen keine andere Wahl. König Ludwig I. von Bayern hat es bedauert: *Mir that's leid, daß Hohenzollern ihr Land den Preußen gegeben, also außer Österreich, Bayern, König von Sachsen die einzigen katholischen Herrscher, also auch dieses solches zu sein aufgehört und zugleich Preußen in Teutschlands Süden gekommen.*[34]
Fürst Constantin heiratete im nächsten Jahr die Baronin Schenck von Geyern, die den Titel Gräfin von Rothenburg erhielt und zwei Söhne und eine Tochter zur Welt brachte.
Der erste Besuch im Wittelsbacher Palais war der Herzogin unangenehm. *Es war mir ein peinliches Gefühl, als ich diese neue Wohnung betrat, die wie ein verwunschenes Schloß anmutet ... König Ludwig ist bewunderungswürdig ... Er nimmt sich derart zusammen, daß man ihm nicht anmerkt, wie sehr er unter dem Wohnungswechsel leidet.* König Max war noch nicht von Nymphenburg in die väterlichen Königszimmer gezogen.
Der andere Max schrieb aus Madeira, er dürfe wieder reiten, und die angegriffene Lunge sei geheilt. Die Zarin berichtete weniger optimistisch, er werde jedenfalls nach seiner Rückkehr geschont und seines militärischen Kommandos enthoben. *Hoffen wir zu Gott, daß die Heilung unseres lieben Max eine vollständige sei.*[35]
Sein nächster Brief klang nach Heimweh. Er fühlte sich einsam, seitdem der russische Botschafter in London abgereist sei, und ebenfalls die russische Fregatte, die erst im Januar zurückkommen werde.
Zum achtzehnten Geburtstag der Enkelin Amelie trat die ganze bayrische Familie mit Geschenken an. Die Großfürstin Mary gebar zum Weihnachtsfest einen weiteren Sohn, der den Namen Sergius erhielt. Der Feldjäger mit der Nachricht traf gerade zu Silvester ein, und die Herzogin zeigte mehr Freude, als sie wirklich empfand. Solange Zar Nikolaus lebe, sei die Stellung ihres Sohnes sicherlich superbe, *aber was wird dann aus ihm werden und aus seinen Kindern, die keine richtige Heimat mehr haben und griechischen Glaubens sind. Zu dritt*

werden sie kaum auskommen, zumal sie an orientalischen Luxus gewöhnt sind und kaum so erzogen werden, wie ich es mit meinen Kindern getan habe. Sie werden nichts Leuchtenbergisches an sich haben und nichts von dem Ruhm unserer Familie erfahren ... Alles, was ich während meiner Vormundschaft getan habe, um Vermögen und politische Existenz der Familie auszubauen, wird verloren sein, sobald mein Sohn nicht mehr lebt; mit ihm wird die Familie gleichsam ausgelöscht sein.

Am 10. Januar kam Eugenies Herz in die Hauskapelle. *Da das Land an Preußen abgetreten wird, will ich nicht, daß es in Hechingen bleibt. Es genügt, daß sie dort beigesetzt ist. Dieses teuere Herz wird mit denen meines Mannes, meiner Tochter Caroline und meines Sohnes August vereinigt werden – das einzige, was mir von ihnen bleibt. Nicht einmal der Tod wird mich mit meinen Kindern vereinigen. Wir alle werden in verschiedenen Ländern beigesetzt werden.*

An ihrem Hochzeitstag notierte sie: *Damals schien die Zukunft prächtig zu sein. Allerdings fühlte ich mich anfangs nur deshalb glücklich, weil ich meinem Vater beweisen konnte, wie sehr ich ihn, meine Familie und Bayern liebte ... Erst als ich die schönen, guten und brillanten Eigenschaften Eugens erkannte, schätzte ich mich glücklich, seine Frau zu sein ... Ich liebte ihn vom Grund meiner Seele so sehr, daß ich nicht eifersüchtig war, wenn ich bemerkte, daß er eine andere Frau auszeichnete, was öfter geschah, war nur verzweifelt, daß man an ihm etwas aussetzen konnte. Es war falsch, daß er das nie erfahren hat, weil er dadurch meine Güte in ihrem vollen Ausmaß nicht erkennen konnte. Er hätte mir gewiß sein volles Vertrauen geschenkt.*

Obwohl sie nichts weniger als in Feststimmung war, machte sie ihrer Enkelin Amelie zuliebe einige Bälle mit. Das hübsche und bescheidene Mädchen hatte großen Erfolg in der Gesellschaft. Als die Königin Therese sie für ihren Sohn Adalbert erbat, bekam sie einen Korb. Sie habe andere Pläne mit ihr, sagte Amelie, und Therese kam weinend nach Hause. *Wir Eltern hatten die Heyrath sehr gewünscht, jezo auch Adalbert.*[36] Auch der künftige König Adalbert von Sachsen wurde abgewiesen. Es sei dahingestellt, ob die Mama damals schon den künftigen Kaiser von Mexiko im Auge hatte oder seinen älteren Bruder Franz Joseph.[37]

Im November war der Bildhauer Ludwig von Schwanthaler jung gestorben. Die Herzogin war ergriffen, *daß der Tod diesen großen Meister schon im Alter von sechsundvierzig Jahren dahingerafft hat. Allein die Bavaria macht seinen Namen unsterblich.* Nach König Ludwig war sein letztes Werk auch sein bestes: die kleinen Modelle zu den Reliefs an den zu Ehren seines Sohnes Otto von Griechenland geplanten Propyläen. Eugens ehemaliger Schlachtenmaler Albrecht Adam malte an seiner bekannten Schlacht von Novara, und Rottmanns Landschaften wurden in der Neuen Pinakothek aufgehängt.
Augustes Tagebuch weist nun eine Lücke von über einem Jahr auf, um erst kurz vor ihrem Tod noch einmal aufgenommen zu werden. Zum Glück springt Theodolinde mit dem ihren ein.[38]
Max blieb bis Juni in Funchal, ging in Holland an Land, fuhr nach Stuttgart und von dort mit Linda nach München. Am Bahnhof von Stuttgart fielen sie sich in die Arme. *Er ist voller, seine Stimme klingt gut, er hustet nicht.* Die Geschwister blieben drei Tage zusammen in Stuttgart. Die beiden fürstlichen Adjutanten und Mussard begleiteten ihn. Das Geschwisterpaar wurde von Mutter und Schwester Amelie am neuen Bahnhof in München erwartet. Sein Aussehen erregte große Freude und falsche Hoffnungen. Er blieb über drei Wochen. König Ludwig lud vor seiner Abreise nach Salzburg die Bewohner des Palais Leuchtenberg zum Essen. Die junge Königin kam von Nymphenburg zum Diner zu Max. Am 15. Juli, dem Tag vor der Abreise, war man bei schönem Wetter draußen in Ismaning. Der Abend war bedrückend, als hätte man geahnt, daß es der letzte gemeinsame mit der Mutter wäre. Schon nach fünf Uhr früh verabschiedete sich Max am nächsten Morgen von Amelie. Die Mutter und Theodolinde fuhren bis Augsburg in der Eisenbahn mit, Max weiter auf zwei Tage nach Eichstätt. Nach der Rückkehr kam Linda das Palais verwaist vor. *Der Tisch klein. Wir waren nur zehn statt achtzehn.* Alle fühlten sich krank die nächsten Tage. Die Mutter bekam wieder einmal Blutegel angelegt, und Theodolinde litt unter Atemnot. Sie reiste bald nach Friedrichshafen und Wolfsberg ab und drei Wochen darauf Amelie über Ostende nach Portugal zurück.

Als Theodolinde unter großen Schwierigkeiten vom Bodensee nach Kirchheim fuhr, um Amelie bei ihrer Durchfahrt noch einmal zu sehen, wurde sie nicht so begeistert begrüßt, wie sie erwartet hatte. *Sie hat mich nie verstanden,* notierte sie traurig. Sie scheint eine Vorliebe für den Bodensee gehabt zu haben. Jetzt pilgerte sie nach Arenenberg und brach beim Anblick der Familienbildnisse in Tränen aus. Sie besuchte auch die Familie Luitpold in ihrem neuen Sommersitz Amsee bei Lindau und kehrte im September nach Stuttgart zurück. Die kleine Amelie hatte sich diesmal besonders schwer von ihrer Großmutter getrennt. Es war für dieses Mädchen ein Glück, daß sie sich mit der neuen, erst achtundzwanzigjährigen Hofdame Baronin Caroline von Stengel so gut verstand. Beide liebten Musik, spielten gut Klavier, beherrschten mehrere Sprachen und hatten noch viele andere gemeinsame Interessen. Die Baronin Stengel war von der kalten Pracht im großen Pombalpalast erschüttert, wie aus ihren Briefen hervorgeht. Die strenge Etikette sorgte für Abgeschlossenheit von der Welt. Die bereits sehr stark gewordene Königin und Stieftochter Maria da Gloria lebte mit Mann und ihrer Kinderschar im Schloß Necessidades.
Mutter Auguste war nach der Abreise ihrer Kinder im Palais Leuchtenberg noch einsamer. Wahrscheinlich war sie noch einmal bei ihrem Bruder Ludwig in Berchtesgaden, mit Sicherheit im Oktober bei Schwester Charlotte in Salzburg und nicht in München, als der alte König am 9. Oktober die Bavaria enthüllte und am 15. der Stadt das Siegestor als Geschenk übergab. Eine große technische Neuerung waren Anfang November die ersten Gaslaternen in München.
Am 1. April nahm die Herzogin ihre Tagebuchaufzeichnungen wieder auf. Sie enden am 27. April 1851. ›Letztes Blatt des journals meiner Mutter Herzogin-Witwe von Leuchtenberg‹, hat die Königin Josephine von Schweden darüber geschrieben.
Als erstes registrierte Auguste, ihr Bruder Ludwig sei mit Adalbert und Graf Pocci nach Italien abgereist.
Am 6. trägt sie ein, ihr Sohn habe sie wieder dringend nach St. Petersburg eingeladen, sie wolle nicht hinfahren, ihn aber auch nicht

kränken. Noch einmal kommt ihr ganzer Jammer zum Ausdruck: *Die Kinder halten nur die kaiserliche Familie für die ihre und Rußland für ihr Vaterland. Sie gehören aber weder zur kaiserlichen Familie noch ist Rußland die Heimat ihres Vaters. Sie wissen nichts von ihrem Großvater, dem Prinzen Eugen, der unseren Ruhm ausmacht, und sind griechischer Religion. Wenn ich nach Rußland käme, müßte ich das, was ich nur zu gut weiß, mit Augen sehen, nämlich daß die Familie des Prince Eugène nach dem Tode meines Sohnes Max nicht mehr bestehen wird. Seine Enkel werden nur simple russische Untertanen sein. Welch trauriges Schicksal für die Familie des Prince Eugène, die als einzige mit Ruhm und Ehre aus dem Zusammenbruch des Kaisers Napoleon und seiner Familie hervorgegangen ist.*

Nächster Eintrag am 11. April: *Ich bin sehr leidend und fürchte, daß ich Grippe bekomme. Dabei ist es warm wie im Sommer und prachtvolles Wetter.*

Theodolinde notierte ihrerseits in Stuttgart am 15., daß sie auf ihre telegraphische Anfrage in München die Antwort bekommen habe, die Mutter liege mit Grippe zu Bett.

Auguste glaubte sich am 20. schon wieder geheilt: *Ich habe sehr starke Grippe mit Fieber gehabt. Die ganze Krankheit hat sich auf den Kopf geschlagen … Nun habe ich keine Schmerzen mehr, aber sehr große Schwäche. Ich hatte eine Art Entzündung an den Schleimhäuten der Nase und Stirne, habe aber nicht gehustet … Mein Bruder Karl und meine Nichte Augusta Luitpold kommen mich alle Tage besuchen. Auch meine Damen sehe ich einen Augenblick, wenn sie von der Messe zurückkommen, aber den Rest des Tages bin ich ganz allein; es ist besser so, ich belästige niemanden. Da ich auch weiß, daß meine Damen alles, was ich sage, wiederholen, muß ich jedes Wort, ehe ich es ausspreche, abwägen, was sehr peinlich ist. Meine Oberhofmeisterin, bei der derartige Vorsicht überflüssig wäre, ist derart taub, daß sie mich nicht hört und versteht. Ich bin allein ganz zufrieden, beschäftige mich den ganzen Tag und langweile mich nie.*

Am 25. konnte sie in ihrer Hauskapelle ihre Osterandacht verrichten. Sie kam mit Mühe die Treppe hinunter. Ihr Körper sei wie Blei gewesen, habe überall weh getan. Sie hielt es für Nachwehen der Grippe. Ihr Neffe König Otto verabschiedete sich, weil er am folgenden Tag nach Griechenland abreisen würde. Sein Befinden sei in der monatelangen Abwesenheit von Griechenland nicht besser geworden. Er sehe immer schlecht, traurig und niedergeschlagen aus. Er habe ein sehr gutes Herz, mache ihr aber keinen überragenden Eindruck. *Gott weiß, was noch alles geschehen wird, denn der Mensch denkt und Gott lenkt.*[39] *In dieser Beziehung habe ich traurige Erfahrungen gemacht. Welche Stellung hätte glänzender sein können als die meine in Italien. Die Zukunft meiner Kinder war gesichert, keine Sorge trübte mein Glück, bis wir plötzlich durch den Sturz Napoleons nicht nur das Königreich Italien verloren, sondern auch unsere Titel, Ruhm und Vermögen ... Das mir allein verbliebene häusliche Glück wurde durch den Tod meines Mannes zerstört. Eine unangenehme umd schwierige Vormundschaft ließ mich Tag und Nacht nicht zur Ruhe kommen. Ich mußte das meinen Kindern verbliebene Vermögen gegen alle Welt verteidigen und war allein mit meinem Kummer und meinen Sorgen ... aber Gott segnete meine Fürsorge, so daß ich am Ende meiner Vormundschaft meinem älteren Sohn seinen Vermögensanteil in einem sehr befriedigenden Zustand übergeben konnte. Zweimal war es so weit, daß ich die Familie des Prince Eugène ihren alten Rang in der Welt hätte wieder einnehmen sehen. Belgien wählte meinen Sohn August zum König, aber Louis Philippe wollte es nicht und meine Freude zerrann alsogleich. Ich klagte nicht, trug diesen neuen Schlag mit Resignation. Der Kaiser Dom Pedro hatte im Sterben angeordnet, daß sein Degen meinem Sohn August mit der Bitte übergeben würde, Witwe, Tochter und Portugal zu beschützen. Er glaubte diesem Ruf folgen zu müssen und opferte sich, indem er die Königin Donha Maria heiratete ... Er gewann die Herzen aller Parteien ... Man hatte volles Vertrauen auf ihn, aber nach zwei Monaten raffte ihn der Tod im Alter von vierundzwanzig Jahren dahin. Dieser grausame Verlust riß ... alle anderen Wunden meines Herzens wieder auf. Es blieb mir noch ein Sohn, aber den behielt der Kaiser von Rußland durch Heirat mit seiner Tochter dort, verlangte, daß die Kinder im griechischen Glauben erzogen würden und er Russe und nichts anderes als Russe würde. Damit hat er meine letzte Hoffnung zerstört und alles, was ich zur Wiederaufrichtung der Familie des Prinzen Eugen getan hatte. Ich, seine Witwe, die sein Andenken immerdar hochhält, muß alles mit ansehen! Der mir dadurch zugefügte Schmerz ist unaussprechlich. Der*

Kaiser von Rußland hat meiner Familie mehr Unrecht getan als diejenigen, die ihren Ruin wünschten – Gottes Wille geschehe. Möge ich die Kraft haben, so viel Schmerz zu ertragen.

Dies war die Schlußbilanz ihres Lebens, und es folgen nur wenige belanglose Einträge, so, daß sie am 26. die unpäßliche Königin Therese besuchen wollte, aber das Wetter zu ihrem ersten Ausgang zu schlecht war, *zumal ich mich noch nicht ganz wohl fühle.* Am nächsten Tag fuhr sie trotzdem in das Wittelsbacher Palais. *Mein Kopf ist noch schwach. Die Stadt Traunstein ist in der Nacht vom 25. auf 26. niedergebrannt. Es bleiben nur noch wenige Häuser und die Salinen. Heute war der König Max dort und wird erst morgen zurückkommen.*

Darunter von der Hand der Königin Josephine von Schweden: *Hier wurde die Feder angehalten. Meine arme Mutter erkrankte Anfang Mai und starb fern von ihren Kindern am 13. Mai 1851 um 3 Uhr nachmittags! umgeben von ihrem Bruder Karl, ihren Nichten und Neffen, beweint und beklagt von allen!! Sie hat aufgehört zu leiden und wird den Lohn für ihre Frömmigkeit, ihre Resignation und himmlische Geduld erhalten. Josephine.*

Theodolinde vermerkte in Stuttgart am 29. April, ihre Mutter sei leidend und von der fixen Idee verfolgt, daß sie eine Kirchenstickerei nicht würde beenden können. *Diner bei Olga in Gala wegen des Geburtstages der Zarin. Ich bin traurig, habe Vorahnungen.*

9. Mai: *Wolle Gott, daß Maman nicht krank wird.*

11. Mai: *Man spricht vom Bau einer Eisenbahn von Ulm nach Augsburg, soll aber erst in zwei Jahren fertig sein.* Bei der Rückkehr aus der Oper fand sie einen Brief von Baron Zoller vor, daß die Mutter Lungenentzündung habe und Blutegel angesetzt wurden. Es sei aber keine Gefahr. *Dem stimme ich nicht zu, werde morgen reisen.*

Auf telegraphische Anfrage am nächsten Tag kam die Antwort, daß es ziemlich gutgehe und sie Linda gerne sehen würde, wenn sie weniger schwach sei … *Ich bin verzweifelt* … In zwei Briefen wurde von Aderlässen gesprochen. … *Um 7 Uhr Depesche, daß Maman mich herbeiwünscht* … Sie bestellt sofort Wagen und Pferde, packt in der Nacht. Sie nimmt ihre Dame mit, und Wilhelm begleitet sie bis Ulm. Sie kam zu spät, wie damals bei Eugenie.

Prinz Luitpold berichtete[40] seinem Vater nach Rom.[41] Dr. Wurm habe zwar Lungenentzündung konstatiert, aber erklärt, daß keine Lebensgefahr gegeben sei, so daß das Ehepaar Luitpold Sonntag den 11. Mai der *Einrichtung des Dampfschiffes auf dem Würmsee* beiwohnte. Auch am 12. hatten Wurm und der noch beigezogene Dr. Graf trotz aller Heftigkeit der Erkrankung noch keine Lebensgefahr gesehen, aber in der Nacht zum 13. verschlimmerte sich der Zustand derart, daß man mit dem Ende rechnen mußte. Die Lungenentzündung war behoben, doch hatte sich *die Krankheit auf das alte Kopfübel der lieben Tante geworfen.* Luitpold begab sich mit seiner Frau sofort ins Palais Leuchtenberg, wo sich auch die anderen anwesenden Wittelsbacher einfanden. Der Anblick war mitleiderregend. Die Ärzte behaupteten, daß sie nicht bei Bewußtsein sei. Der alte Prälat Reindl hatte ihr in der Nacht die Sterbesakramente gespendet, betete während der Agonie. Alle Anwesenden knieten nieder. Ein Viertel nach drei entschlief sie ganz sanft, ohne wieder zu sich gekommen zu sein. *Ihre Züge verschönten und verjüngten sich im Tode.*
Theodolinde vermerkt, sie sei von Dr. May in Augsburg empfangen und in die Bahn gebracht worden. *Er sagte, daß meine Mutter sehr krank sei, und da er meine Tränen sah, sagte er mir die grausame Wahrheit. Ich komme zu spät. Welcher Schmerz, welches Unglück! In Nannhofen umarmte mich die gute Augusta-Luitpold und erzählte mir alle Einzelheiten. Am Bahnhof in München warteten die Königin Marie, Tante Luise, die Vettern … Man brachte mich ins Palais – alle in Tränen. In ihrem Schlafzimmer lag meine gute, ausgezeichnete Mutter kalt, schön.*
Theodolinde blieb am nächsten Tag von sechs Uhr früh bis in die Nacht hinein am Totenbett, betete und schrieb den Schwestern. Ebenso am folgenden Tag, nur durch eine Messe im Haus unterbrochen, bis zum Beginn der Sektion um drei Uhr. Theodolinde verbrachte in ihrem Zimmer eine schreckliche Nacht, hörte im Zimmer darunter reden. Als sie am frühen Morgen wieder hinunterging, wurde die Tote von ihren Leuten in schwarzen Samt mit Hermelin angezogen. Alle anderen schliefen. Die Aufbahrung fand im blauen Salon statt. Anstelle des Kanapees war ein Altar aufgestellt, alles schwarz verhängt, ein Meer von Blumen aus Ismaning.

Durch die Einbalsamierung hatten sich die Züge verändert. Von acht bis zwölf wurden Messen gelesen. Ihre Damen und Herren lösten sich bei der Totenwache ab. Sogar die Hartschiere weinten. Zoller war rührend wie ein Sohn. Massen von Menschen kamen und gingen, schluchzend. Auch in der Nacht zum 17. knieten je eine Dame und ein Herr an der Bahre. Dann versammelten sich Klerus, Minister, Hofchargen, Prinzen. Die Tote lag im Sarg in ihrer Kapelle. Theodolinde gab ihr einen Kranz in die Hand. Die Kapelle konnte die Menschen bei der Aussegnung nicht entfernt fassen. Glockengeläute, Kanonensalut. Bei der Überführung nach St. Michael gingen nur Männer mit. In der Gruft mußte der Sarg von Eugen Beauharnais etwas zur Seite gerückt werden, um den seiner Frau danebenstellen zu können.
›Rien, plus rien‹, trug Theodolinde am 18. in ihr Tagebuch ein. Einige Tage darauf fuhr sie mit den Damen Sandizell, Aretin und Zoller nach Ismaning hinaus, ging alle Gärten ab, alle Stellen, *wo wir so glücklich waren. Ich verabschiedete mich von den Plätzen. Gott weiß, wann ich wieder hinkomme.*
Alle Angestellten weinten, auch als sie am folgenden Tag die Treppe herunterging, um nach Stuttgart zurückzukehren.
Bruder Ludwig weinte in seiner Villa Malta in Rom, als ihm Pocci die Todesnachricht brachte.

18
Sechstes und siebtes Herz
Max und Theodolinde
1851/56

Die Geschwister im Norden versuchten sich gegenseitig zu trösten. Josephine fand mit Recht, eine Reise nach München zur Regelung des Nachlasses sei für Max zu anstrengend. Wozu auch, *wir haben in München nichts mehr als Gräber, ein leeres, verlassenes Vaterhaus.* Trotzdem freute sie sich für Theodolinde, daß er hinfahren wollte.[42] Auf die Erklärung von Mary, er sei vor September nicht reisefähig, schrieb sie dem Bruder, die Testamentseröffnung eile nicht. Sie habe mit Schwiegermutter Désirée in ihrer kleinen Kapelle einen Trauergottesdienst abhalten lassen. Aus Briefen von Linda und der Königin Marie ginge hervor, daß der Körper der Mutter bis auf ein chronisches Übel im Gehirn, das auch den Schlag verursacht habe, völlig gesund war. Sie habe Linda mit ihren Kindern nach Schweden eingeladen. Max solle auch kommen und mit ihr zusammen dann nach München reisen. So müßte er das für immer verlassene Palais nicht allein vor Augen haben.[43] Daraus wurde nichts, auch nicht aus der Familienzusammenkunft in Schweden. Mary schrieb, Max würde zu Schiff nach Rotterdam fahren und den Rhein hinauf, um mit Theodolinde in Baden-Baden zusammenzukommen. Sie würde mit den Kindern auf dem Landweg hinfahren. Theodolinde traf am 21. mit ihrem Wilhelm dort ein. Sie hat diesen Aufenthalt im Tagebuch verzeichnet. Mussard holte sie am Bahnhof ab und geleitete sie in das Hotel Kleinmann zu ihrem Bruder. Beim Wiedersehen brach sie natürlich in Tränen aus. *Max sieht schlecht aus, ist mager,* doch war sie auf noch Schlimmeres gefaßt gewesen. Die Schwägerin war wieder in anderen Umständen und wird am 29. Februar noch einen Sohn, Georg, in die Welt setzen.

Maruschi ist schön, Eugenie graziös, Eugen à croquer. Ich hatte meine Töchter dabei ... Max geleitete mich zurück.
Sobald Theodolindes Pferde eintrafen, fuhr man in die Umgebung. Am Morgen des 1. August standen die Häuser an der Oos unter Wasser. Das Hotel des Anglais mußte wegen Einsturzgefahr geräumt werden. Die Keller liefen voll. Linda rannte zur Tante Stefanie hinüber, ließ ihren Wagen anspannen und die Sachen der Tante zu sich bringen, die sich dann auch selbst zu ihr flüchtete. Der Garten war ein See, die Lichtenthaler Allee zwischen ihr und Max unter Wasser. Eine Brücke wurde zerstört, und das Wasser stieg weiter bis zum Abend. Dann war es vorbei.
Mitte August kehrte Theodolinde nach Stuttgart zurück, und das russische Paar folgte für einige Tage. Von dort ging es gemeinsam in das leere Palais nach München. Die Verteilung des Schmuckes und anderer Erbstücke im Sterbezimmer der Mutter war eine Qual, auch ein Besuch mit Zoller in Ismaning.
Am 4. September verließ Max Leuchtenberg München für immer. Gleich nach ihm fuhr Theodolinde ab zu Tante Charlotte und Onkel Ludwig nach Salzburg. Damit hört auch ihr Tagebuch auf, jedenfalls war für die letzten sechs Jahre ihres Lebens keine Fortsetzung aufzufinden. Josephines Biograph schreibt, daß sie im nächsten Jahr Theodolinde besucht und mit ihr zusammen im Palais in München vor den Herzen ihrer Lieben gebetet habe. Die Gelegenheit dazu ergab sich durch einen Kuraufenthalt König Oskars in Bad Kissingen.[44] Der älteste Sohn blieb in Schweden. Die übrige Familie suchte Onkel König Ludwig auf seiner Ludwigshöhe bei Edenkoben in der Pfalz auf.[45] *Die Königin Josephine erinnert sehr an ihre Mutter, meine verewigte Schwester Auguste, wie sie von Natur cajolante wie unsere Mutter.* Bald darauf, am 24. September, starb in Christiania Josephines Lieblingssohn Gustav an Typhus. Er hatte sich bei der stürmischen Überfahrt nach Norwegen erkältet. Sie brachte die Leiche nach Stockholm zurück.
Max hatte ihr[46] aus Petersburg geschrieben, daß er sich vorstellen könne, welch traurigen Eindruck ihr die Riddarholm-Begräbniskirche gemacht habe. Es sei schrecklich, nicht aus dem Leid her-

auszukommen. *Die Nachrichten von Amelie vom 17. sind nicht beruhigend. Linda war ziemlich nervös. Hier geht es Frau und Kindern gut. Ich selbst kann schwer sagen, wie es mir geht. Die Ärzte setzen mich auf Diät und Digitalis, und ich fühle mich schwach und müde. Ich pflege mich, setze mein ruhiges, zurückgezogenes Leben fort. Es sieht aus, als wollte sich der Winter schon einstellen. Wir haben dauernd drei Grad Kälte, aber nur wenig Schnee. Immerhin wagen sich ab und zu einige Schlitten mit Holzkufen in die Straßen.*

Das scheint sein letzter Brief gewesen zu sein.

Am letzten Oktober berichtete Mussard im Auftrag der Großfürstin, Max habe beim Zubettgehen am 16. Oktober Blut gespuckt, wie das in den letzten sechs Wochen öfter der Fall war. Am Freitag zur gleichen Zeit dasselbe und in der Nacht noch dreimal. Es sei aber jedesmal gelungen, den Bluterguß – hémoragie – zu stoppen. Zusatz der Großfürstin vom 19. Oktober: *Wenn man die Blutungen zum Stehen bringt, besteht noch alle Hoffnung auf Heilung, denn die Lungen sind intakt, keine Spur von Tuberkeln ... Ich hoffe! Dieses Wort wiederhole ich mir seit heute morgen tausendmal.*

20. Oktober: *Er ist im Himmel bei seiner Mutter, seinem erstgeborenen Kind!*

Am 27. Oktober hat die Witwe in einem Brief von elf Seiten ihren drei Schwägerinnen den Verlauf der Krankheit von seiner Rückkehr nach Petersburg an genau beschrieben: Er war heiter und voller Hoffnung zurückgekommen. Am Tag nach seiner Rückkehr bekam er eine Blutung, und von da an alle drei bis sechs Tage wieder kleinere, bis am 17. eine schreckliche kam und zwei Stunden anhielt. Die verschiedenen Ärzte, die ihn in den verflossenen zwei Monaten untersucht hatten, stellten fest, daß die Lungen frei wären, aber das Herz krank sei. In der Nacht des 17. fand sie ihn blutspuckend und sehr unruhig im Bett sitzend. Dr. Fischer gab ihm noch höchstens drei Tage. Sie ließ gleich seinen Beichtvater kommen und für sich den Popen. Morgens um fünf kam noch eine Blutung, da er sich aber nicht schwach fühlte, stand er, wie üblich, um sieben auf. Nachmittags saß er in einem Fauteuil oder schaute vom Fenster auf die vorbeitrabenden Pferde aus seinem Gestüt. Um vier noch eine kleine Blutung. Sie ließ ihn allein essen und sandte dann die Kinder einzeln zu ihm. Er küßte und segnete alle ohne Erregung. Dem Kleinsten, der ihm die Arme entgegenstreckte, sagte er einige Koseworte. Zwischen neun und zehn kamen Alopeus, Fischer und der andere französische Arzt, den er ausfindig gemacht hatte, in das Zimmer. Sie las Zeitung, und Max saß mit aufgestütztem Kopf im Stuhl und lachte auf seine Art herzlich. Als sie ihm gute Nacht wünschte, erwiderte er: »Ich fürchte nein.« Sie umarmte ihn, deckte ihn zu und war schon im Weggehen, als sein Diener Benedikt sagte: »Es fängt wieder an.« Das Röcheln und Würgen an dem Blut war furchtbar. Er warf sich aus dem Bett, schrie: »Ich sterbe« und verlor das Bewußtsein auf ungefähr eine Viertelstunde. Mary, die drei Ärzte und Benedikt suchten ihn zu sich zu bringen. Man mußte ihm einen Blutpfropfen aus dem Hals herausholen. Er verdrehte die Augen, war blaß wie der Tod. Man übergoß ihn mit kaltem Wasser, so daß er fröstelte, brachte ihn ins Bett. *Er kauerte zitternd darin. Ich hüllte ihn in meinen Mantel ... Er küßte mir die Hand, sagte »Arme Kleine, wie bist du erschrocken«.* Dann versuchte sie, ihm den Priester zuzuführen. *»Oho, sind wir schon so weit«, sagte er und blickte den Arzt an.*

Mary erwiderte für Dr. Fischer, daß das von ihr ausginge. »Ja, wenn es sein muß.« Als er in ihren Augen Tränen sah, blickte er so erschreckt darein, daß sie sagte, sie habe Schnupfen. Er fühlte sich besser, schlief vier Stunden und hatte wieder eine schwache Blutung. Der Sonntag verlief verhältnismäßig gut mit weniger heftigem Puls. Er verständigte sich durch Zeichen. Am Abend kam wieder Fieber. Er gab zu verstehen, er fühle sich trotzdem besser. Der Puls ging unter hundert herunter und er wurde ruhig. Die Ärzte legten sich im Nebenzimmer nieder. Sie war allein mit ihm. Er schlief wenig, hustete, spuckte fast gar kein Blut. Um Mitternacht wurde er wieder unruhiger, bekam ein Beruhigungsmittel. Er fragte nach der Stunde. *»Schon?« sagte er, weil er wußte, daß er so lange geschlafen hatte. »Ermüde dich nicht.« ... Ich kam ganz nahe, küßte ihn auf die Stirn und gab ihm mein Kruzifix zum Küssen, das ich, um mich aufzurichten, bei mir hatte. Es war sein letzter Kuß auf dieser Erde. Da mir sein Erregungs-*

zustand zuzunehmen schien, rief ich die Ärzte. Furchtbares Röcheln. Er reißt die Decke weg, will aus dem Bett springen, so daß man ihn festhalten mußte. Der Blutsturz hält an. Sie spricht ihm Mut zu. *Schon im Ersticken sagt er, »ich habe keine Angst, maisj'ét ...« und wurde ohnmächtig. Ohnmächtig, glaubte ich, aber er war tot. Eine Stunde lang machte man alle Wiederbelebungsversuche – alles umsonst. Der Priester behauptet, ihm als er noch atmete, die letzte Ölung gespendet zu haben und die Absolution Gott gebe es!*

Der Ausdruck von Güte in seinem Gesicht fiel jedermann auf. Er sah seinem Vater sehr ähnlich.

Um seine Wünsche für die Beisetzung zu erfahren, habe sie ihren Vater gebeten, das Testament zu öffnen. *Darin hat sich nichts gefunden, als die Bestimmung zur Überbringung seines Herzens nach München, was er, wie ich glaube, für Euch Schwestern getan hat ... Meine Familie bedauert ihn wie einen Sohn, die Wehrmacht wie einen Kameraden und der dritte Stand wie einen Freund ...*

Alle meine Kinder haben viel geweint, besonders Colly ... Als ich Georg in die Nähe des Toten brachte, streckte er dreimal die Ärmchen nach ihm aus ... In seinem letzten Monat ist sein Charakter noch sanfter geworden, seine Geduld groß, aber es hat ihn eine tiefe Mutlosigkeit ergriffen ... »Wann wird das enden! Welches Dasein in meinem Alter!« sagte er mir.

Die Beisetzung war in jeder Hinsicht ergreifend. Papa hat seine ganze Division herbefohlen und von jedem Regiment ein Bataillon.

Drei Monate Generaltrauer, wie für einen Großfürsten. Die Witwe war am Abend vor der Trauerfeier bei der Schließung des Sarges dabei.

Nach dem römisch-katholischen Requiem im ›Palais Marie‹[47] wurde die sterbliche Hülle in die römisch-katholische Kirche St. Johann von Jerusalem im Korps der Pagerie des Zaren zur Beisetzung überführt in folgender Reihenfolge:

Drei Eskadrons des Garde-Kosaken-Regiments

Ein Zeremonienmeister zu Pferde mit schwarzweißer Schärpe über der Schulter

Ein Offizier des Marstalles der Großfürstin Marie Nikolajewna zu Pferde in großer Traueruniform

Zwei zu zwei die Diener S. Kaiserlichen Hoheit in Galalivree und seine Hausoffiziere
Geführt von einem Stallmann, sein Reitpferd mit Generalszäumung
Das Wappenschild des Herzogs, getragen von einem Obersten und zwei Subalternoffizieren
Der Adelsmarschall Tamboff und die Edelleute des Gouvernements, die sich in St. Petersburg befinden
Alle Angestellten der Kanzlei und der Hofstallmeister der Großfürstin in Uniform mit Crêpe an Arm und Degen – letzteres tragen auch die Folgenden
Die Beamten der kaiserlichen Akademie der Schönen Künste in Uniform
Die Offiziere aller Grade und Funktionäre des Korps der Bergingenieure in Uniform
Die Offiziere-Generale desselben Korps in großer Uniform, zwei und zwei nach der Anciennität
Jeder Orden des Herzogs auf einem Kissen von einem Herrn in Uniform getragen, zuerst die fünfzehn ausländischen und dann seine vier russischen Großkreuze
Ein Zweispänner mit dem Beichtvater des Herzogs
Der sechsspännige Leichenwagen, Pferde mit schwarzen Kapuzen und dem herzoglichen Wappen, geführt von sechs Stalleuten in Trauermänteln und heruntergeklappten Hüten. Auf den Trittbrettern zwei Adjutanten des Herzogs und zwei Subalternoffiziere. Obersten der Garde halten die Schnüre
Seine Majestät der Kaiser mit den Großfürsten Konstantin Nikolajewitsch, Nikolaus Nikolajewitsch, Michael Nikolajewitsch und der Prinz von Oldenburg
Alle Generaladjutanten, Flügeladjutanten des Zaren und andere Personen seines Gefolges und der Kaiserlichen Hoheiten zu Pferde
Eine Kompanie des Instituts der Bergingenieure
Die Regimenter der 1. Division der leichten Garde-Kavallerie-Division
Die 2. leichte Batterie der reitenden Gardeartillerie

Acht Garde-Infanterie-Bataillone und eine Garde-Fußartilleriebatterie bilden in den Straßen, die der Trauerzug durchschreitet, Spalier.
Die Adjutanten des verstorbenen Herzogs tragen, unterstützt von dazu bestimmten Personen, den Sarg in die Kirche und setzen ihn auf den Katafalk. Die Ehrenwache in der Kirche wird von je einer Gruppe der 2., 3. und 4. Klasse und einem Kammerherrn des kaiserlichen Hofes gestellt. Der Sarg wird mit dem Bahrtuch eines kaiserlichen Prinzen aus Goldbrokat mit Hermelineinfassung bedeckt. Die Enden reichen bis zum Fuß des Katafalks herab. Die Orden werden, dem Rang nach, zu beiden Seiten auf Kissen und Taburetts gelegt. Eine militärische Ehrenwache steht außen vor der Kirche, und an jedem Eingang stehen zwei Unteroffiziere. Die Ehrenwache zu beiden Seiten stellen sechs Subalternoffiziere der Garde, zwei Grenadiere der Schloßgrenadiere am Kopfende und zwei am Fußende des Katafalks in großer Traueraufmachung.
Solange der Tote im ›Palais Marie‹ aufgebahrt war – bis zur Beisetzung –, hatte jedermann Zugang. Theater und Vergnügungsetablissements blieben solange geschlossen.
Am Tage der Beisetzung versammelten sich Hofdamen Ihrer Majestät der Kaiserin aller Grade, das diplomatische Korps, die Räte des Kaiserreiches, die obersten und zweiten Hofchargen sowie alle nicht eingeteilten Generäle zu gegebener Stunde in der Kirche nach Anordnung der Zeremoniare. Die Truppen von Ehrendienst und Trauerzug erhalten Plätze zugewiesen.
Nach Beendigung des Trauergottesdienstes wird der Sarg vom Katafalk von den gleichen Personen, die ihn in die Kirche gebracht haben, zum Grab getragen. Während der Sarg in die Gruft getragen wird, geben alle unter Waffen stehenden Truppen auf ein Zeichen Rollsalven ab.
Der bayrische Gesandte in St. Petersburg, Graf Bray, hat seinem König dieses Zeremoniell in zweiunddreißig Absätzen übersandt und dazu am 4. November berichtet:
Das feierliche Leichenbegängnis hat heute, nach vorausgegangenem Gottesdienst im Herzoglich Leuchtenbergischem Palaste, in der Malteserkirche

nach anliegendem Zeremoniell in Gegenwart der sämtlichen Kaiserlichen Familie nach katholischem Ritus stattgefunden. Die um 9 Uhr begonnene Feier endete um 12 Uhr. – In der vorausgegangenen Nacht hatte die Durchlauchtigste Witwe, umgeben von ihren Kindern und allen Bediensteten, von den irdischen Überresten ihres Gemahls in ergreifender Weise Abschied genommen.
Die vorgenommene Sektion hat eine starke Geschwulst der Leber und teilweise Zerstörung der Lungen nachgewiesen.
Das Herz des verewigten Herzogs wird, seinem Wunsche gemäß, nach München gebracht werden und dem Vernehmen nach wird sein Adjutant Oberst Graf Alopeus beauftragt werden, es dorthin zu begleiten.[48]
Die Witwe schrieb ihrer Schwägerin Josephine[49], sie sei am Morgen in der Malteserkirche gewesen, um sich zu überzeugen, daß alle Vorbereitungen für die Beisetzung getroffen waren. Der provisorische Holzsarkophag sei als Altar gerichtet gewesen. Sie hoffe, daß der aus Marmor bald fertig würde. *Ich habe ihn aus Maxens Lieblingsmarmor bestellt, nämlich den wie in der Isaakkathedrale. Er ist grün und erinnert an antike Darstellungen des Todes.* Es kommen vier betende Engel darauf und Engelköpfe in der Mitte der Längsseiten und darüber ein weißes Kreuz. An den Schmalseiten Wappen und Inschrift. *Es wird schlicht im Stil, aber schön. Der mit der Ausführung betraute Bildhauer hat erklärt, daß er keine Bezahlung annehme, weil er Max so viel verdanke ... Max hatte eine große Summe bestimmt, um im Palais in München eine zur Verwahrung der Herzen würdige Kapelle zu errichten. Er fand die alte schlecht angelegt und kümmerlich ... mesquine. Er sagte, da er sich eines Tages dieses Palais entäußern wolle, dessen Unterhalt ihm unnötiges Geld koste, so wolle er wenigstens die Kapelle intakt erhalten wissen. Natürlich werde ich mich in nichts beeilen, teile Dir aber seine Absichten mit, die ich mir zu eigen gemacht habe.* Sie sei mit ihrer Vormundschaft für die Kinder voll beschäftigt, wobei ihr Bruder Alexander helfe und zwei russische Herren. Für die bayrischen Angelegenheiten sei Onkel Karl bestimmt. Sie sei sehr froh, daß Herr Roux da sei, und hoffe, ihn lange zu behalten.
Schon am russischen Nikolaustag[50] wurden aus den Herzögen von Leuchtenberg Fürsten und Fürstinnen Romanowsky. Das war die

von der Mutter prophezeite Russifizierung der Familie nach dem Tode von Max. Trotzdem sollte der bayrische Name wiedererstehen und ein Teil der Familie nach Bayern zurückkehren.
Maxens Herz wurde am 18. Dezember 1852 durch den kaiserlichen Flügeladjutanten Oberst Graf Alopeus in München dem Prinzen Karl in einer Urne aus poliertem Silber übergeben. Darauf unter einem Kreuz aus mattem Silber vier geflügelte Engelsköpfe und auf zwei Seiten das herzogliche Wappen, der russische Adler in oxydiertem Silber mit goldener Krone, Zepter und Reichsapfel. Das Wappen selbst als Herzschild in Email. Onkel Karl ließ in der Kapelle eine Seelenmesse lesen und die Urne bei den anderen an der Evangelienseite aufstellen.[51]
Die kleine Amelie Braganza, die beim Abschied in München gefühlt hatte, daß sie ihre Großmutter nicht wiedersehen würde, hatte ihre Mutter dem Erzherzog Ferdinand Maximilian von Österreich bestimmt. Dieser war wohl auch, nach einem späteren Brief zu schließen, als junger Marineoffizier bald nach der Rückkehr der beiden Amelien in Lissabon gewesen, doch ein früher Tod bewahrte sie davor, sein Schicksal als Kaiser von Mexiko zu erleben. Im Februar 1852 bekam sie die Masern, erholte sich kurz, um nach einigen Monaten so krank zu werden, daß sie versehen wurde. Ein Landaufenthalt brachte keine Besserung. Die Ärzte verschrieben auch ihr Madeira als letzte Hoffnung, und die verzweifelte Mutter mietete die Quinta das Angustias, die auch Max während seines Aufenthalts auf Madeira bewohnt hatte. Dort starb sie am 4. Februar 1853 in ihrem zweiundzwanzigsten Lebensjahr.
Die unglückliche Mutter blieb noch drei Monate auf Madeira und errichtete in Funchal zur Erinnerung an ihre Tochter eine Lungenheilstätte. Erst Anfang Mai brachte sie die Tote nach Lissabon. Der Sarg wurde unter großer Anteilnahme der Bevölkerung auf das von deren Stiefschwester, der Königin, entsandte Schiff geleitet. Die Mutter holte ihn in Begleitung ihres Hofmeisters Marquis von Rezende, ihrer Damen und der von der Königin geschickten Persönlichkeiten in der Kapelle ab und schritt mit dem Bischof von Funchal unmittelbar hinter dem von zwölf Matrosen getragenen Sarg.

Die Behörden folgten. Achthundert Kerzen wurden verteilt, und diese Straße zum Meer trägt seitdem den Namen der Verstorbenen. Auf der Fregatte war ein Katafalk vorbereitet. Am 10. Mai ging man vor Cascaes vor Anker und fuhr am nächsten Tag nach Lissabon ein. Die Königin Maria da Gloria weinte beim Empfang ihrer toten Stiefschwester, der sie schon im November nach einer Entbindung in die Gruft der Braganzas von São Vicente de fóra folgen sollte. Der Sarg der jungen Amelie soll neben den ihres Vaters Dom Pedro gestellt worden sein. Ich habe die Dom Pedros und Augusts und den der Mutter dort gesehen, nicht aber den der kleinen Amelie. Anscheinend sind bei der Umgruppierung der Gruft vor einigen Jahren Mutter und Tochter in einen Sarkophag zusammengelegt worden.

In diesem Jahr 1853 ging das Palais Leuchtenberg in den Besitz des Prinzen Luitpold von Bayern über. Vater Ludwig, Onkel Karl und Tante Charlotte, die den Kauf finanzierten, fanden es an der Zeit, daß dieses Ehepaar mit seinen drei Söhnen und seiner Tochter in ein eigenes Haus übersiedle. Für den Sommer hatten sie die Villa Amsee bei Lindau draußen am Bodensee, aber im Winter wohnten sie bis dahin in der Residenz.

Stadt und Fürstentum Eichstätt fielen am 21. April 1855 durch Retrozessionsauflösung des Fideikommisses[52] an den bayrischen Staat zurück, und das Schloß wurde wieder bischöfliche Residenz. Die vom Herzog August angelegte naturgeschichtliche Sammlung wurde in die staatliche eingereiht.[53]

Augustes Lieblingssitz Ismaning hat Freiherr von Poschinger 1899 der Stadt München geschenkt, die ihn 1919 der Gemeinde Ismaning vertauscht hat. Nur zwei Räume von Klenze erinnern an die leuchtenbergische Zeit.[54]

Ein Haus gibt es, das noch den Namen Leuchtenberg-Villa trägt, ein stattliches Herrschaftshaus am Bodensee bei Lindau an der Straße nach Bregenz. Dieses Haus hatte sich Theodolinde im Jahre 1854 gekauft und dort ihren letzten Sommer mit ihren Töchtern verbracht.

Als eines der letzten Opfer der Cholera in München war Königin

Therese im Juni 1854 gestorben. In Rußland starb Zar Nikolaus I. im März 1855, und Marys Bruder Sascha wurde Zar Alexander II. Mary selbst heiratete am 16. November 1856 den Grafen Grigory Stroganow und bekam noch eine Tochter. Sie blieb aber auch als Gräfin Stroganow die Großfürstin Maria. Nach Mandt ist sie schon früher heimlich mit Stroganow getraut gewesen.
Theodolinde lebte im Winter in Stuttgart und im Sommer am Bodensee, in Sorge für ihre Kinder und die Armen, still und zurückgezogen. Ihr Mann war Kommandant der Festung Ulm geworden. Sie starb nach kurzer Krankheit in ihrem Haus in Stuttgart am Morgen des 1. April 1857 und hinterließ vier Töchter, wovon die älteste damals vierzehn und die jüngste drei Jahre alt war. Die vollen Kirchen in Stuttgart während ihrer letzten Krankheit bewiesen ihre Beliebtheit. Sie wurde in der Gruft von Ludwigsburg beigesetzt. Ihr Herz kam in der Obhut ihres Vetters Luitpold in die Kapelle, scheint aber bis zum nächsten Frühjahr nach ihrem Tod in der Villa am Bodensee gewesen und erst auf Mahnung ihrer Schwester Josephine nach München überführt worden zu sein Ihre Schwester Linda habe ihr gesagt, schrieb sie dem Prinzen Friedrich von Württemberg, dem Testamentsvollstrecker, daß im Falle einer Obduktion ihr Herz in die Hauskapelle des Palais in München kommen solle, *wo eines Tages alle unsere Herzen vereinigt sein werden und wo zu diesem Zweck eine russische Stiftung gemacht worden ist.*
Der Witwer heiratete im Jahre 1863 die Prinzessin Florentine von Monaco, die ihm zwei Söhne schenkte. Wilhelm der Jüngere pflanzte mit einer bayrischen Prinzessin, der Tochter Amelie des Herzogs Karl Theodor in Bayern, die Familie fort. Es sind die Herzöge und Fürsten von Urach.

19
Ausklang

Zwei Herzen dieser Generation kamen nicht mehr in die Kapelle am Odeonsplatz – die von Josephine und ihrer Schwester Amelie. Amelies Leben spielte sich sehr einförmig und triste in dem Palast mit den grünen Läden ab, in ständiger Trauer um Tochter, Mann und Bruder, aber in regem Briefwechsel mit der Schwester in Schweden und der Stieftochter Gräfin Isabel Treuberg in Bayern. Nach dem Tod der Königin Maria da Gloria an ihrem elften Kind war deren ältester Sohn Peter König von Portugal geworden und regierte zuerst unter Vormundschaft seines Vaters Ferdinand von Coburg und seit 1855 selbständig. Amelie bekam zu ihm näheren Kontakt, als er drei Jahre darauf die Prinzessin Stefanie von Hohenzollern-Sigmaringen heiratete, die eine Enkelin der gleichnamigen Großherzogin von Baden, geborenen Beauharnais, gewesen ist. Sie starb schon im nächsten Juli 1859, ganz kurz nachdem Josephine durch den Tod ihres Königs Oskar von Schweden Witwe geworden war. Es war erst der Anfang einer neuen portugiesischen Tragödie.

Die Großfürstin Maria Stroganow kam im Frühjahr dieses für Schweden und Portugal so tragischen Jahres nach achtzehn Jahren wieder nach München. Sie stieg in der russischen Gesandtschaft ab. Der alte König lud sie mit dem Gesandtenpaar zu sich in das Wittelsbacher Palais ein, mußte ihr seine hl. Cecilie von Raffael zeigen und musterte sie anscheinend mit Kennerblicken. *Schöner als vor achtzehn Jahren, reizend wenigstens fand ich sie, weil damals mager, sie Fülle jezo hat.* Nur ihre Stimme gefiel ihm nicht. *Sie gleicht der ihres Vaters, ihres Oheims Kaiser Alexander, die nicht die einzigen ihrer Fami-*

lie, an welchen ich diese barsch fand. Ihren ›Stallmeister und Ehemann‹, den Grafen Stroganow, stellte ihm der russische Gesandte vor. Im Juli traf er sie wieder bei einem Musikfest in Mainz mit ihrer Mutter und ihren beiden Töchtern. Diese Romanowsky-Prinzessinnen seien sehr schön gewesen, besonders die achtzehnjährige Marussja.
Das Jahr 1861, glückhaft für das Haus Savoyen, da es ihm das geeinigte Königreich Italien brachte, endete für das Haus Braganza tragisch. Bei einer Typhusepidemie starben im Paço das Necessidades kurz hintereinander drei der Kinder Maria da Glorias: Infant Ferdinand am 6., König Peter am 11. November und Infant Johann am 28. Dezember. Noch vor dem Tode Johanns, am Weihnachtstag, schickte der Magistrat von Lissabon eine Abordnung an König Ludwig, den Bruder und Nachfolger König Peters, damit er schleunigst das Unglücksschloß verlasse. Er tat es und siedelte noch in der gleichen Nacht, von einer Menge Menschen mit Fackeln gefolgt, in das Schloß von Caxias über, Amelies üblichen Sommeraufenthalt außerhalb der Stadt. Von den elf Kindern Maria da Glorias waren noch vier am Leben, der König Ludwig, die Infantin Maria Anna, die mit dem künftigen König Georg von Sachsen verheiratet war, Antonia, Gattin des Erbprinzen von Hohenzollern-Sigmaringen, und Infant August.
Ein Pack Telegramme Amelies an die Schwester Josephine[55] zeigt, daß sie in den folgenden Jahren in ihrem Pombal-Palast viel krank war und ihr das Schreiben schwerfiel. Von den siebziger Jahren ab war sie an das Haus und immer mehr auch an das Bett gefesselt. Sie fühlte sich einsam. Fanny Maucomble war tot, Almeidas viel in Bayern. Josephine, die sich nach dem Tod ihres Königs Oskar im Jahre 1859 ganz von der Welt zurückgezogen hatte und noch mehr als vordem der Wohltätigkeit lebte, sorgte sich sehr um sie, wie ihre deutsche Korrespondenz mit der Baronin Stengel[56] beweist. Sie schrieb dieser zum Beispiel am 1. August 1864, der letzte Brief der Schwester habe ihr das Herz zerrissen.
Der große Wunsch der Schwestern nach einem Wiedersehen ging endlich 1872 in Erfüllung. Josephine kam zu Amelie nach Lissabon. Viele schwer leserliche Briefe nach Stockholm verraten die

Vorfreude der Kranken und die Angst, daß dieser Besuch nicht zustande kommen könnte. Amelie bereitete die Schwester auf ihren Anblick vor. Sie würde sie nach neunundzwanzig Jahren nicht wiedererkennen. Sie sei gebückt wie eine Frau von achtzig, bewege sich nur zwischen Bett und Stuhl, im Bette sitze sie fast aufrecht.
Europa hatte sich in diesen fast drei Jahrzehnten sehr verändert. Die Familie Napoleon war nicht mehr so gefragt. Vetter Napoleon III. war nach Sedan wieder im Exil in England – diesmal mit der Kaiserin Eugenie und Josephines Taufkind Loulou. In Frankreich dritte Republik, in Deutschland zweites Reich unter Kaiser Wilhelm I. Italien stand unter dem Zepter Victor Emanuels I. – alle anderen Herrscher der Halbinsel waren verjagt, Papst Pius IX. in Rom nur mehr geistliches Oberhaupt.
Josephine sah auf der Reise das vom Vetter und dem Architekten Haussmann zur schönsten Stadt Europas verwandelte Paris, aber auch die Trümmer der von der Kommune zerstörten Tuilerien, die ihre Mutter unter dem ersten Napoleon und Louis Philippe erlebt hatte.[57]
Die Reise durch Spanien nach Lissabon war bei der Hitze in dem langsamen Zug schauderhaft. Am 24. Juni kam sie an, vom Grafen Almeida am Bahnhof empfangen und ins Hotel geleitet. Um der Schwester nicht zur Last zu fallen, hatte sie zu deren Kummer darauf bestanden, im ›Hotel de Bragance‹ inkognito als Comtesse Tullgarn zu wohnen. Sie kam mit Herzklopfen zur Schwester. Diese saß im Bett und bekam einen Hustenanfall und Atemnot. In den zwei Wochen ihres Zusammenseins konnte sie kaum aufstehen. Zum Besuch des Pantheons von S. Vicente schickte Amelie der Schwester zwei Kränze mit Blumen, einen für den Sarg der kleinen Amelie und den anderen für den ›de notre pauvre frère‹. Almeida fuhr sie nach Cintra hinaus. Die meiste Zeit war sie natürlich am Bett der Schwester. Sie wollte auf dem Rückweg in Bayern Jugenderinnerungen auffrischen und die Enzenbergs in der Villa Leuchtenberg am Bodensee besuchen. Von den vier Töchtern Theodolindes war außer der mit dem Grafen Rudolf von Enzenberg verheirateten Auguste Eugenie noch Mathilde am Leben, die später

den Principe Paolo Altieri heiratete. Josephine schrieb aus Lissabon an den Grafen Enzenberg.[58] *Ich reise am 8. von hier, werde langsam über Madrid–Pau–Lyon–Genève reisen und hin und wieder mehrere Ruhetage nehmen. Ich kann nebenbei einfügen, daß ich Gott Lob meine Schwester besser fand als ich erwartete, und die Abschiedsstunde für sie fürchte, denn sie bleibt gar so allein zurück!! Hier habe ich viel Interessantes gesehen, ein ganz eigentümliches Land mit großartigen Bauten, welche oft aus Mangel an Geld halbfertig dastehen* – es müssen die nach dem großen Erdbeben noch immer nicht wiedererrichteten Gebäude gewesen sein –, *Gärten mit allen möglichen tropischen Bäumen, welche man bei uns nur in Miniatur in den Treibhäusern wiederfindet, und eine Bevölkerung, welche sehr an Afrikas Nähe erinnert. Das Land ist bebaut und ergiebig. Kühe habe ich gesehen wie nie. Es gibt in der Stadt eine Vaceria, wo die Kühe nicht in einem Stalle, sondern in einem Salon stehen. Nebenbey ist ein Café mit kleinen Tischen, sagt man, wo dann die Milch ganz warm serviert wird. Die Hitze ist sehr drückend, aber hier in Lissabon hat man gewöhnlich eine kleine Brise abends und morgens, wo man sich auf Augenblicke erquickt fühlt. Die Stadt ist auf sieben Hügeln erbaut wie Rom, und von dem Hotel Braganza, wo ich wohne, hat man eine herrliche Aussicht über den Tejo, den Kriegshafen und von weitem erblickt man das Meer. Madrid ist dagegen trocken, heiß und der Lärm auf den Straßen ist dort nervenerregend. Die dreiunddreißigstündige Reise von hier dahin ist furchtbar ermüdend, anstrengend und war schon heiß, als ich selbe hieher zurücklegte – was wird es erst jetzt werden.* Sie freue sich sehr auf ein Wiedersehen mit Auguste und ihren Kindern.

Der Abschied der Schwestern muß schrecklich gewesen sein. Amelie erfuhr von ihren Frauen, daß Josephine noch längere Zeit schluchzend im Vorzimmer gewesen sei, ehe sie den Entschluß zum Aufbruch fand. Sie schickte der Schwester Brief auf Brief nach. Von Pau aus machte Josephine einen Abstecher zu dem neuen Wallfahrtsort Lourdes. Bernadette lebte noch, wenn auch nicht mehr dort.

Nicht nur in der Villa Leuchtenberg am Bodensee war die erste Hausfrau tot, sondern auch in der benachbarten Villa Amsee. Prinz Luitpolds Augusta war im Jahr 1864 gestorben, in dem rasch hintereinander außer dieser Schwiegertochter König Ludwigs I. auch zwei seiner Kinder dahingegangen waren, am 10. März König Maximilian II., am 2. April Hildegard, die Gemahlin des Erzherzogs Albrecht.

Ludwig I. selbst war am 29. Februar des Schaltjahres 1868 in Nizza gestorben. Es regierte König Ludwig II. Seine Mutter, die verwitwete Königin Marie, lebte zurückgezogen in Hohenschwangau und Tirol mit der Sorge um ihren umnachteten zweiten Sohn Otto.

Der Graf Enzenberg ließ die Villa Leuchtenberg für den Besuch der Tante Königin herrichten. Sie kam mit der Muffat, Kammerfrau, Garderobiere und zwei Lakaien. Am folgenden Tag kamen zu Besuch: Prinz Luitpold, sein Sohn Ludwig, dessen Frau, Erzherzogin Marie Therese von Österreich-Este, und deren Mutter, Erzherzogin Elisabeth – alle einzeln von der Villa Amsee. *Tags darauf,* fuhr Enzenberg in dem Bericht an seine Mutter fort[59], *erwiderte die Königin die Besuche und wieder tags darauf waren wir alle beim Prinzen Luitpold zum Diner geladen. Die Königin war wirklich so außerordentlich liebenswürdig, ist eine solche Heilige, ein solcher Engel, daß man ihr gerne alles thun würde und jede Mühe leicht und vergessen wird, und ich finde, daß sich die Leute nur beschämt fühlen müßten und sich jedermann nur an ihr erbauen kann. Die höchsten Tugenden sind bei ihr mit der größten Liebenswürdigkeit, Freundlichkeit, Herzlichkeit, Gewandtheit und Majestät vereint. Allerdings ist sie von der Natur mit Verstand, Schönheit, Gesundheit reichlich ausgestattet worden. Aber sie hat ihre Talente gewiß nicht vergraben, sondern verwendet sie zum Glücke der Menschheit und zur Ehre Gottes.*

Sie muß, nach den in die Umgebung unternommenen Ausflügen zu schließen, auch sehr rüstig gewesen sein.

Die Gräfin schrieb[60] an die gleiche Adresse von der Königin ebenso begeistert wie ihr Gemahl. Diese sei froh, die Reise nach Portugal bei vierzig Grad im Schatten hinter sich zu haben. Ihre Schwester Amelie sei immer im Bett und sehr gebeugt und habe vor dreißig Jahren *eine ebenso brillante Figur wie die Königin gehabt ... Sie blieb von hier aus zwei Tage in München, war dann acht Tage in Tegern-*

see und wieder acht Tage in München und ist seit acht Tagen in Berchtesgaden, wo sie vier Wochen bleibt.

In Tegernsee war sie natürlich beim Lieblingsonkel Karl. Aus den Briefen Amelies geht hervor, daß der junge König Josephine seine vom Vater erbaute ›Königliche Villa‹ in Berchtesgaden zur Verfügung gestellt und sie in München selbst in die Königsloge des Hoftheaters geleitet hat, damit sie seinen geliebten ›Lohengrin‹ besser sehen konnte.

Wie bei ihrem letzten Aufenthalt in Bayern erwartete die Königin Josephine bei ihrer Rückkehr nach Schweden wieder großes Leid. Damals war ihr Sohn Gustav gestorben, diesmal der andere, König Karl. In Hamburg erreichte sie ein Telegramm, daß er auf einer Reise im Land schwer erkrankt sei. Trotz aller Bemühungen konnte sie kein Schiff zur sofortigen Überfahrt chartern. In Malmö fand sie ihn tot. Da sein einziger Sohn als Kind gestorben war, wurde sein Bruder Oskar II. König von Schweden und Norwegen, der von der Prinzessin Sophie von Nassau schon vier Söhne hatte und der Stammvater der nachfolgenden Könige wurde, Wissenschaftler und Poet war.

Auch mit Amelie ging es zu Ende. Sie verlöschte am 26. Januar 1873. Josephine wurde ihre Testamentsvollstreckerin und Haupterbin. Das eigenhändig französisch geschriebene Testament ist vom 16. Januar 1863. Was von ihrem Mann Dom Pedro stammte, ging an dessen Kinder erster Ehe, was sie in Bayern besaß, an die Kinder von Bruder Max und Schwester Theodolinde, mit einer Ausnahme.

Die Ziffer II des Testaments lautet folgendermaßen:

Für den Fall, daß ich nicht, wie ich die Absicht habe, bei meinen Lebzeiten dem Erzherzog Ferdinand Maximilian von Österreich mein Gut Stein in Bayern als Donation geben kann, so vermache ich ihm durch gegenwärtiges Testament besagtes Gut Stein mit allem, was dazu gehört und was es zur Zeit meines Todes enthält. Dadurch will ich beweisen, daß ich ihn wie einen Sohn liebe und daß ich mich glücklich geschätzt hätte, ihn zum Schwiegersohn zu bekommen, wenn mir Gott meine geliebte Tochter Marie Amelie erhalten hätte. Der große Höhenberg genannte Wald, vormals

zu Seeon gehörig, macht jetzt einen Teil des Besitzes von Stein aus. Außerdem verschreibe ich dem Erzherzog ein Kapital von 40.000 fl. aus meinem Vermögen in Bayern zur Ausbeutung des Gutes und der Brauerei. Das Gut Seeon, vormals ein Kloster, mit den kleinen Waldungen, die dazu gehören, und der Hof von Niereid sind kein Bestandteil des Gutes Stein und bleiben in meiner Erbmasse. Falls der Erzherzog Ferdinand Maximilian ohne Kinder aus seiner Ehe mit der Erzherzogin Charlotte geborener Prinzessin von Belgien sterben sollte, in diesem Fall würde das Gut Stein meinem Neffen Nikolaus von Leuchtenberg, ältesten Sohn meines geliebten Bruders Herzog Maximilian von Leuchtenberg, zufallen.[61]
Da der Kaiser von Mexiko tot war und keine Kinder hinterlassen hatte, war der Fürst Nikolaus Romanowsky Erbe von Stein. Dieser war weniger von Ehrgeiz als von seiner Liebe für Nadine Anjenkoff, der Frau eines hohen russischen Gouverneurs, erfüllt, die er 1868 heiratete. Sie, die noch nicht geschieden war, konnte nicht Fürstin Romanowsky werden und bekam den Titel Gräfin Beauharnais. Sie muß eine bedeutende Frau gewesen sein, hatte großen Einfluß auf den vom Berliner Kongreß her bekannten Fürsten Gortschakoff und andere russische Persönlichkeiten. Das Paar hatte bislang ein Wanderleben geführt, sich meist in Rom und Paris aufgehalten. Der erste Sohn, wiederum namens Nikolaus, wurde in Genf geboren und der zweite, Georg, in Rom. Ein Wohnsitz in Bayern kam sehr gelegen. Ob der Erbe von Stein von seiner Tante in Schweden Seeon dazu erworben hat oder erst später sein zweiter Sohn in dessen Besitz gekommen ist, habe ich nicht klären können.
Die Odyssee der Nachkommen von Max Leuchtenberg würde ein eigenes Buch füllen. Hier sind nur spärliche Hinweise unter Außerachtlassung der letzten Generation möglich.
Die Kinder von Nikolaus Romanowsky wuchsen in Schloß Stein auf und wurden von einem russischen Hauslehrer erzogen. Abgesehen von der Zeit des russisch-türkischen Krieges verbrachte der Hausherr fast sein ganzes Leben in Stein. Dieser Ort an der Traun erlebte damals seine große Zeit mit Einladungen und Festen. Die Hausfrau soll im Extrazug zur Besorgung ihrer Toiletten nach Pa-

ris gefahren sein. Der Zug soll aus einem Salonwagen für die Herrschaft, einem Viehwagen für die Milchkuh und einem Güterwagen mit Heu für die Kuh bestanden und oft lange unter Dampf in Altenmarkt gewartet haben. Das Schloß wurde leider in einer Art Neugotik umgebaut.[62]

Fürst Nikolaus war Mineraloge und schickte seinen Erstgeborenen an die Ecole des mines in Paris, um Bergingenieur zu werden. Bald darauf starb die Mutter, und die Söhne traten in die russische Garde ein, Nikolaus in das berühmte Preobraschensky-Regiment, und Georg wurde später Flügeladjutant des Zaren Nikolaus II. bei der Leibgarde zu Pferde. Der Vater wurde anscheinend auf dem Landgut der Mutter am baltischen Meer, Sergiewka, im Beisein des Zaren beigesetzt, und Alexander III. erklärte seine Vettern durch kaiserlichen Ukas von Gatschina im Jahre 1890 zu Herzögen von Leuchtenberg mit dem Prädikat Durchlaucht, womit sich der Wunsch ihrer Großmutter Auguste, der Name Leuchtenberg möge nicht untergehen, erfüllte. Stein ging an den Grafen Max Arco-Zinneberg über, den berühmten Adlerjäger, Sohn aus zweiter Ehe der bayrischen Kurfürstin Leopoldine. Seeon erhielt Nikolaus, der jüngere Sohn des Herzogs Georg von Leuchtenberg.

Auch der zweite Sohn der Großfürstin Maria, Fürst Eugen Romanowsky, heiratete, sogar zweimal, bürgerlich. Seine zweite Frau war Zeneide Skobelew, eine Verwandte des bekannten russischen Heerführers und Generals. Da er keinen Sohn bekam, starb dieser Zweig aus.

Die Mutter hat diese Heirat nicht mehr erlebt, wohl aber die ihrer beiden Töchter, die von Marie mit dem Prinzen Wilhelm von Baden und die von Eugenie mit dem Prinzen Alexander von Oldenburg. Sie starb am 21. Februar 1876, und am 6. Juni 1876 in Schweden die Königin Josephine.

Der dritte Sohn der Großfürstin Maria, Sergius, ist im Oktober 1877 unverheiratet im russisch-türkischen Krieg bei Rustschuk gefallen. Der jüngste, Georg, vererbte die Titel Romanowsky und Kaiserliche Hoheit. Aus seiner ersten Ehe mit der Prinzessin Therese von Oldenburg russischen Zweiges hatte er einen Sohn Alexander, der in Frankreich kinderlos gestorben ist, aus der zweiten Ehe mit der Prinzessin Anastasia von Montenegro, einer Schwester der Königin Helene von Italien, einen Sohn Sergius, der noch kaiserlich-russischer Marineoffizier wurde, und eine Tochter Helene. Sergius lebt, nachdem er gegen die Bolschewisten zuletzt auf der Krim gekämpft hatte, meines Wissens in Rom als Maler.

Herzog Georg von Leuchtenberg, der zweite Sohn des Herzogs Nikolaus, verbrachte den größten Teil des Jahres in Seeon, nachdem er 1905 den aktiven Dienst aufgegeben hatte. Die Mobilmachung zum Ersten Weltkrieg überraschte ihn dort. Als russischer Offizier mußte er schleunigst über die Grenze. Ich erinnere mich, daß man in der nervösen Spannung vor Ausbruch des Krieges im August 1914 die Anwesenheit der russischen Familie des Herzogs Georg von Leuchtenberg in Seeon höchst verdächtig fand und sich wunderte, daß sie ungehindert abreisen konnte. Es war unter Fürsten selbstverständlich, persönliche Beziehungen von der Politik zu trennen, und in diesem Falle kamen verwandtschaftliche noch hinzu. Die erwachsenen Mitglieder der Familie Leuchtenberg kämpften nach der russischen Revolution bis zum Zusammenbruch als weißrussische Offiziere in den Freiwilligenarmeen von Koltschak, Denikin, Judenitsch, Wrangel gegen die Bolschewisten. Die meisten Überlebenden kamen mit dem deutschen Rückzug aus Rußland heraus, Herzog Georg nach Seeon, wo sich seine Familie allmählich sammelte. Von seinen sechs Kindern aus seiner Ehe mit der Fürstin Olga Repnin war Andreas bei Narwa verschollen. Dimitri fiel den Bolschewiken in die Hände und ist nur durch ein Wunder am Leben geblieben. Der jüngste Sohn Konstantin flüchtete im Alter von sechzehn Jahren mit seiner Schwester nach Finnland. Er kam zu seiner Mutter nach Seeon und ist nach dem Zweiten Weltkrieg mit seiner Familie seinem bereits nach dem Ersten Weltkrieg nach Kanada ausgewanderten Bruder Dimitri dorthin gefolgt.

Auch der ältere Bruder des Herzogs Georg, Nikolaus, dachte daran, sich in seiner zweiten Heimat Bayern anzusiedeln, zog aber dann weiter nach Südfrankreich und ließ sich bei Orange nieder. Er starb 1928 nach dem tödlichen Unfall seines Sohnes Michael. Nikolaus der Jüngere, Dirigent des Kosakenchors, hatte sich zu Denikin durchgeschlagen und gelangte nach dem Zusammenbruch in der Krim über Konstantinopel nach Bayern. Er lebte in München, heiratete eine Münchnerin, starb 1937 und ist in Seeon begraben. Er hinterließ einen Sohn und eine Tochter. Von den Söhnen des Herzogs Nikolaus ist nur noch der jüngste, Sergius, am Leben, der, soviel ich weiß, jetzt in Amerika lebt.

Es ist bemerkenswert, wie tapfer sich die verschiedenen Herzöge und Herzoginnen von Leuchtenberg, die in ihrer Kindheit Reichtum und Glanz am Zarenhof in St. Petersburg miterlebt haben, mit ihrem harten Flüchtlingslos abgefunden haben. Als ich die Herzogin-Witwe Olga von Leuchtenberg in Seeon kennenlernte, lebte sie mit ihrem Sohn Konstantin und seiner Familie eng und bescheiden im früheren Verwalterhaus. Sie wollte sich nicht mehr verpflanzen lassen und hat ihre allerletzten Lebensjahre allein verbracht, bis sie im April 1953 ihrem Mann, der ihr bereits im Jahre 1929 im Tode vorausgegangen war, auf den idyllischen Friedhof gefolgt ist.
In das Schloß ist Bundesgrenzschutz eingezogen. Unmittelbar daneben am kleinen See steht die Wallfahrtskirche mit zwei stumpfen Türmen. Ein schlichter Kreuzgang stößt daran. Klein wie das Dorf mit seinen wenigen Häusern ist auch der Friedhof an der nahen Pfarrkirche. Man sieht schon durch das Eingangsgitter Grabsteine mit russischen Doppelkreuzen und kyrillischer Schrift. Es sind die Gräber des Herzogpaares Georg und Olga, des Kosakendirigenten Herzog Nikolaus und seines im Alter von vier Jahren verstorbenen Bruders Maximilian. Diese russischen Gräber im bayrischen Chiemgau erinnern zusammen mit den Särgen von Eugen und Auguste Beauharnais in der Kirche von St. Michael in München und den Herzen ihrer Kinder aus dem Palais Leuchtenberg an eine napoleonisch-bayrisch-europäische Fürstenfamilie.

Die Abbildungen

Nach Seite 44: Eugène, Vicomte de Beauharnais, Herzog von Leuchtenberg, Fürst von Eichstätt. Lithographie von L. Schöninger nach einem Gemälde von J. Stieler. (Münchner Stadtmuseum)
Nach Seite 44: Prinzessin Amelie von Leuchtenberg, Kaiserin von Brasilien. Lithographie von. J. Fertig nach einem Gemälde von Dürck, gedruckt bei Piloty und Loehle in München. (Im Besitz des Autors)
Auf Seite 49: Grabmal von Eugen Beauharnais. Architektur von Klenze, Figuren von Bertel Thorwaldsen. Stich von H. Meyer. (Münchner Stadtmuseum)
Nach Seite 90: Prinzessin Eugenie von Leuchtenberg, Fürstin von Hohenzollern-Hechingen. Lithographie von J. Fertig, gedruckt bei Piloty und Loehle in München. (Im Besitz des Autors)
Nach Seite 90: Herzog August von Leuchtenberg. ›Son Altese Royale, le Prince Dom Auguste de Portugal. Duc de Leuchtenberg et Santa Cruz, Prince d'Eichstedt‹. Lithographie von F. Hanfstaengl, nach einem Gemälde von J. Stieler, gedruckt bei Th. Kammerer in München. (Im Besitz des Autors)
Nach Seite 134: Prinzessin Josephine von Leuchtenberg, Königin von Schweden. Lithographie von Cardon nach einem Gemälde von Södermark. (Im Besitz des Autors)
Nach Seite 134: Prinzessin Theodolinde von Leuchtenberg, Gräfin von Württemberg. Lithographie von H. Grevedon, 1836, gedruckt bei Lemercier, Paris. (Im Besitz des Autors)
Nach Seite 178: Herzog Maximilian von Leuchtenberg. Lithographie, gedruckt von J. Lacroix in München. (Münchner Stadtmuseum)
Große Parade am 18. August 1838 auf dem Marsfelde in München in Gegenwart des Kaisers Nikolaus I. von Rußland und König Ludwigs I. von Bayern. Lithographie von Gustav Kraus. (Münchner Stadtmuseum)
Maria Nikolajewna von Rußland (Herzogin von Leuchtenberg). ›Son Altese Impériale Madame la Grande Duchesse Marie Nicolajewna, Duchesse de Leuchtenberg‹. Lithographie von D. Haiz nach einem Gemälde von J. Stieler, gedruckt bei Th. Kammerer in München. (Im Besitz des Autors)
Nach Seite 202: Kaiser Nikolaus I. von Rußland, Lithographie von Lemercier, Bernard et Cie. (Im Besitz des Autors)
Nach Seite 202: Herzog Maximilian von Leuchtenberg. Mischtechnik von F. J. Kiesling, 1840. (Im Besitz des Autors)
Nach Seite 230: Aus: ›Quadrilles parées costumées, executées à la cour de sa majesté le Roi de Bavière le 3 Février 1835, représentant les divers pays des *quatre parties du monde* ...‹ Nach aquarellierten Kostümzeichnungen von Fries und Nachtmann, lithographiert von J. Kürzinger. (Stadtbibliothek München, Monacensia)
Nach Seite 310: König Ludwig I. von Bayern. Lithographie von Adolph Wolf, 1830. (Münchner Stadtmuseum)
König Ludwig I. von Bayern im Familienkreise beim Betrachten des Bildes ›Einzug König Ottos in Nauplia‹ von Peter von Hess. Von links nach rechts:

Prinzessin Hildegard und Adelgunde, Prinz Adalbert, Königin Therese, Prinzessin Alexandra, Kronprinz Maximilian, König Ludwig I., Prinz Luitpold, Prinzessin Mathilde, Prinz Karl. Nach Bodmers Originalzeichnung lithographiert von J. Melcher. (Münchner Stadtmuseum)
Kronprinz Maximilian von Bayern. Lithographie von F. Hanfstaengl, 1834. (Münchner Stadtmuseum)

Die Zeichnungen im Text sind einer lithographischen Darstellung der ›Feierlichen Beerdigung Seiner Majestät Maximilian Joseph, Königs von Baiern. Den 18ten Oktober 1825‹ entnommen. (Münchner Stadtmuseum)

Für die Überlassung der Originale zur Reproduktion danken Autor und Verlag Herrn Dr. Heiss, Münchner Stadtmuseum, Herrn Hollweck, Monacensia-Abteilung der Stadtbibliothek München, Herrn Professor Dr. Lieberich, Herrn Professor Dr. Rall und Herrn Dr. Nusser, Geheimes Staatsarchiv, München.

Anmerkungen

BENUTZTE ARCHIVE

Almeida-Archiv	Archiv des Grafen Almeida in Starnberg für den Nachlaß seines Ahnherrn gleichen Namens
Arco-Archiv	Archiv des Grafen von Arco-Zinneberg in Schloß Moos, Nachlaß der Kurfürstin Leopoldine von Bayern
Aretin-Archiv	Archiv des Freiherrn von Aretin in Heidenburg für den Nachlaß der Freiin Rosa von Aretin
Bernadotte-Archiv	Bernadotte-Archiv in Stockholm für den Nachlaß der Königin Josephine von Schweden und die Tagebücher der Herzogin Auguste von Leuchtenberg
Forni-Archiv	Archiv des Grafen von Forni in Modena für den zweiten Teil der Tagebücher der Prinzessin Theodolinde von Leuchtenberg, Gräfin von Württemberg (nach ihrer Verheiratung)
Wittelsbacher-Hausarchiv	Geheimes Hausarchiv in München für Wittelsbacher Korrespondenzen
Leuchtenberg-Archiv	Archiv des Herzogs Dimitri von Leuchtenberg im Hausarchiv für den Nachlaß der Herzogin Auguste und ihres Sohnes August von Leuchtenberg
Spreti-Archiv	Archiv des Grafen von Spreti in Schloß Kapfing bei Landshut für die brasilianische Reise
Staatsarchiv	Geheimes Staatsarchiv in München
Stengel-Archiv	Archiv des Freiherrn Rudolf von Stengel in Rieden in Tirol für den Nachlaß der Freiin Caroline von Stengel (ihre Briefe aus Portugal und Abschrift des Testaments der Kaiserin Amelie)
Vetter-Archiv	Archiv des Grafen von Vetter in Innsbruck für den ersten Teil (bis zur Heirat) der Tagebücher der Prinzes-

sin Theodolinde von Leuchtenberg, Gräfin von Württemberg	
Wettin-Archiv in Dresden (beim Bombenangriff auf Dresden verbrannt) für den Nachlaß der Königin Caroline von Bayern	Wettin-Archiv
Archiv des verstorbenen Herrn Robert von Xylander in Dachau für den Nachlaß seiner Ahnen, der Grafen von Méjan	Xylander-Archiv

[1] W. Götz, Geogr. hist. Handbuch von Bayern II. 1898, S. 318 f.
[2] Königin Caroline an ihre Schwester Wilhelmine von Hessen, 12.9.1817. Wettin-Archiv
[3] Kehrer, Deutschland in Spanien. S. 218
[4] Xylander-Archiv
[5] Leuchtenberg-Archiv
[6] Auguste an Karl Johann XIV., Eichstätt 22.6.1826
[7] R. Braun, Josephine v. Schweden. Wien 1948
[8] Leuchtenberg-Archiv
[9] Hechingen, 7.6.1826. Leuchtenberg-Archiv
[10] Ismaning, 11.9.1826. Leuchtenberg-Archiv
[11] Nekrolog Méjans auf August. Xylander-Archiv
[12] Arco-Archiv
[13] 12.2.1827. Leuchtenberg-Archiv
[14] Bernadotte-Archiv
[15] 19.3.1828. Leuchtenberg-Archiv
[16] 26.3.1828. Abschrift Leuchtenberg-Archiv
[17] Ebenda
[18] Jungqueira Schmidt, Amélia Leuchtenberg; Lemos de Torres, Imperatritz Dona Amélia, São Paulo 1947, dort die Heiratsgeschichte geschildert nach Henri Chavane de Dalmassy: Comment Amélie de Beauharnais devint Impératrice. In ›Revue de Questions historiques‹, Juli bis September 1937
[19] Kienzl, Kaiser von Brasilien. Berlin 1942, auch für das Folgende.
[20] 31.5.1826. Wettin-Archiv
[21] Tegernsee, 14.9.1827. Wettin-Archiv
[22] Stefanie an Méjan, 20.1. ohne Jahr. Xylander-Archiv
[23] Wettin-Archiv, alles andere Leuchtenberg-Archiv
[24] Charlotte an Auguste, 4.12. u. 15.7.1829. Leuchtenberg-Archiv
[25] Caroline an Elise, Bruchsal, 18.7.1829. Wettin-Archiv und Leopoldine am 24.7.1829. Arco-Archiv
[26] Undatiert. Leuchtenberg-Archiv. Vgl. Lygia Lemos Torres a.a.O., S. 27 f.
[27] S. über L. v. H.: Gerda Bobbert, Charlotte von Hagen, eine Schauspielerin der Biedermeierzeit 1809 bis 1891. Diss. Leipzig, 1936, und Bernh. Hoeft, Charlotte von Hagen, Familiengeschichte und Jugendzeit, Berlin 1926
[28] 10.2.?. Xylander-Archiv
[29] Abschrift Xylander-Archiv
[30] Diese Auskunft verdanke ich dem Direktor des Stadtjugendamtes, Herrn Prof. Dr. Luxemburger
[31] Eugenie an August, Ismaning, 18.5.1829. Leuchtenberg-Archiv
[32] Leuchtenberg-Archiv
[33] 31.7.1829. Leuchtenberg-Archiv
[34] Die sehr ins einzelne gehenden Tagebuchaufzeichnungen des Grafen F. v. Spreti über die brasilianische Reise, auch für das Folgende
[35] 4.8.1829. Wettin-Archiv
[36] Arco-Archiv
[37] Abschriften Xylander-Archiv
[38] Ismaning, 10.9.1829. Abschrift Leuchtenberg-Archiv
[39] Caroline an Tochter Elise. 23.2.1830. Wettin-Archiv
[40] Lindich, 13.10.1829. Leuchtenberg-Archiv
[41] 24.10.1829. Leuchtenberg-Archiv, auch für das Folgende
[42] Lygia Lemos Torres, a.a.O. und Xavier Pinheiro Artidoro, Organisação des Ordens honorificas do Imperio do Brazil. São Paulo, 1884
[43] 1884 Leuchtenberg-Archiv

[44] An Caroline, 10.11.1829. Leuchtenberg-Archiv
[45] Vgl. J. Schmidt, a.a.O., S. 42
[46] 3.11.1829. Xylander-Archiv
[47] August an die Mutter, Rio, 17.11.1829. Leuchtenberg-Archiv, Entwurf Xylander-Archiv
[48] August an die Mutter, Sta. Cruz, 21.11.1829. Leuchtenberg-Archiv
[49] Xylander-Archiv
[50] Undatiert. Leuchtenberg-Archiv
[51] 10.2.1830. Xylander-Archiv
[52] 26.2.1830. Leuchtenberg-Archiv
[53] August an die Mutter, Rio, 5. u. 15.4.1830. Leuchtenberg-Archiv
[54] 26.2.1830. Leuchtenberg-Archiv, auch für das Folgende
[55] Leuchtenberg-Archiv
[56] Xylander-Archiv
[57] Kissingen, 5.7.1830. Leuchtenberg-Archiv
[58] Abschrift Auguste 17.8.1830, Louis Philippe, Paris 26.8.1830. Xylander-Archiv
[59] Nekrolog Méjans auf August. Xylander-Archiv
[60] Xylander-Archiv
[61] August an die Mutter, Ansbach, 16. u. 18.12.1830. Leuchtenberg-Archiv wie alle folgenden, August an Maurice Méjan, Ansbach, 20.12.1830. Xylander-Archiv
[62] August an die Mutter, Ansbach, 10.1.1831. Leuchtenberg-Archiv, und an Herzog v. Bassano, Ansbach, 12.1.1831. Entwurf oder Abschrift Xylander-Archiv
[63] Xylander-Archiv
[64] Eichstätt, 16.1.1831. Xylander-Archiv
[65] An Méjan, Ansbach, corps de garde, 17.1.1831, und an die Mutter. Xylander-Archiv
[66] An Méjan, Bassano, Ansbach, 18.1.1831, und an die Mutter ohne Daten. Xylander-Archiv
[67] Eichstätt, 20.1.1831, Abschrift. Leuchtenberg-Archiv und Xylander-Archiv
[68] Alle Briefe Leuchtenberg-Archiv
[69] Auguste an Charlotte, Eichstätt 7.4.1831. Leuchtenberg-Archiv
[70] Vgl. A. Nobel, Königin Hortense. Frankfurt 1938
[71] Vgl. Adalbert v. Bayern, Königin Caroline v. Bayern und Kaspar Hauser, in ›Der Zwiebelturm‹, Nr. 5 u. 6, 1951
[72] Auguste an August, Paris 18., 19. u. 24.11.1831. Leuchtenberg-Archiv, auch für das Folgende
[73] Auguste an August, Paris, 30.11.1831. Leuchtenberg-Archiv
[74] Vgl. L. Lemos Torres u. Schmidt, a.a.O.
[75] Xylander-Archiv
[76] An August, Paris, 17. u. 21.12.1831
[77] Auguste an August, Paris, 21. u. 28.12.1831; 25.1.1832. Leuchtenberg-Archiv
[78] Auguste an den Papst, München, 8.3.1832; Antwort Rom, 24.3.1832; Auguste an August, 6.3.1832. Leuchtenberg-Archiv
[79] München, 14.3.1821, 27.4. u. 1.5.1832. Leuchtenberg-Archiv
[80] Xylander-Archiv
[81] Vgl. Adalbert v. Bayern, Königin Caroline v. Bayern und der Herzog v. Reichstadt, in ›Der Zwiebelturm‹, 1951, Nr. 2 u. 3
[82] Eugenie an August, Hechingen, 17.11., 20.12.1832 u. 15.1.1833. Leuchtenberg-Archiv
[83] Beide Leuchtenberg-Archiv und Xylander-Archiv
[84] Auguste an August, Nizza, 21. u. 26.1.1833. Leuchtenberg-Archiv. August an Méjan Sohn, 29.1.1833. Xylander-Archiv
[85] Eugenie an August, Hechingen,

23.1. und 5.2.1833. Leuchtenberg-Archiv
[86] Eugenie und Auguste an August, Neapel, 1. u. 2.6., und Auguste an Stiefmutter Caroline, 4.6.1833. Leuchtenberg-Archiv
[87] Auguste und Eugenie an August, Castellammare, 10. u. 9.6.1833. Leuchtenberg-Archiv
[88] Amelie an August, Paris, 16. u. 21.7.1833. Leuchtenberg-Archiv
[89] Amelie an August, Paris, 8. u. 17.8.1833. Leuchtenberg-Archiv und Xylander-Archiv
[90] Amelie an die Mutter, Le Havre, 30.8., und August an die Mutter, ebenda, 29. u. 30.8.1833. Leuchtenberg-Archiv
[91] Abschriften des Briefes an Palm in Leuchtenberg-Archiv und Xylander-Archiv; August an Dom Pedro, Le Havre, 30.8.1834. Xylander-Archiv; August an Amelie, 9.1.1834. Leuchtenberg-Archiv
[92] 31.8.1834. Xylander-Archiv
[93] 19.3.1833. Leuchtenberg-Archiv
[94] Auguste an August, Rom, 4.7. u. 25.11.; Méjan an Auguste, München, 16.11., Eugenie an August, 21.11.1833. Leuchtenberg-Archiv
[95] Amelie an August, Lissabon, 2., 9., 15. u. 18.11.; 7. u. 12.12.1833. Leuchtenberg-Archiv
[96] Siehe Alphons Nobel, Königin Hortense, die Erbin Napoleons. Frankfurt 1938, S. 229 f.
[97] München, 18.7.1834. Entwurf Xylander-Archiv
[98] Josephine an August, Stockholm, 26.9.1834, Xylander-Archiv, an Amelie, Drottningholm, 26.8., und Stockholm, 5.9.1834. Bernadotte-Archiv
[99] Beide Xylander-Archiv
[100] Auguste an August, München, 20.9.1834, Tegernsee 28. u. 29.9.1834; August an seine Mutter, Eichstätt, 30.9.1834. Leuchtenberg-Archiv. Méjan Vater an Amelie, München, 24.9.1834. Entwurf Xylander-Archiv
[101] An ihre ehemalige Bonne, Caxias, 27.8.1851. Leuchtenberg-Archiv
[102] Beide Xylander-Archiv
[103] Tegernsee, 26.10.1834. Leuchtenberg-Archiv
[104] August an Vater Méjan, München, 27.10.1834, und Abschrift der Instruktion für Bayard, Lissabon, 2.10.1834. Xylander-Archiv. Vgl. Vater Méjan an Auguste und August an die Mutter, München, 26.10.1834. Leuchtenberg-Archiv
[105] 14.11.1834. Xylander-Archiv
[106] Bayard an Vater Méjan, London, 17.11.1834, Xylander-Archiv; Maria da Gloria an August, Lissabon, 26.11.1834, Leuchtenberg-Archiv; Terceira an August, Lissabon, 1.12.1834. Xylander--Archiv
[107] Auch die folgenden und die Gegenbriefe Leuchtenberg-Archiv
[108] Wortlaut Leuchtenberg-Archiv und Xylander-Archiv
[109] Bernadotte-Archiv
[110] Vgl. Lygia Lemos Torres u. Schmidt, a.a.O.
[111] Lissabon, 28.3.1835. Leuchtenberg-Archiv
[112] Bernadotte-Archiv

[1] Leuchtenberg-Archiv
[2] Vgl. Braun, a.a.O.
[3] Vater Méjan an Amelie, München, 28.10., an Fanny, 29.10.1835. Entwurf Xylander-Archiv
[4] Leuchtenberg-Archiv
[5] Lygia Lemos Torres, a.a.O., S. 205 ff.
[6] Méjan an Fanny, München, 12.11.1836. Entwurf Xylander-Archiv, und Auguste an Königin Caroline, 2.11.1836. Leuchtenberg-Archiv.
[7] Bernadotte-Archiv
[8] 20.8.1837. Xylander-Archiv
[9] Im Leuchtenberg-Archiv. Abschriften zweier Briefe von ihm aus London: vom 8.7.1837 an den österreichischen Botschafter Fürst Esterhazy und vom 20.7. an den preußischen Gesandten Baron Bülow
[10] Leuchtenberg-Archiv
[11] Paul Lacroix, Histoire de la vie et du régne de Nicolas Ier, Bd. 7. Paris 1873, S. 378 ff., auch für das folgende. Dazu Mandt, a.a.O., und die Tagebücher von Auguste und Theodolinde
[12] Lettres du Cabinet, Wesnessensk, 30 8.1837. Xylander-Archiv
[13] 13.3 1838. Almeida-Archiv
[14] Ancona, 26.4.1838, und Antwort, Vaticano, 10.5.1838. Leuchtenberg-Archiv
[15] Forni-Archiv
[16] F. Wencker Wildberg, Das Haus Napoleon. Stuttgart 1939, S. 105
[17] Der schon durch Herausgabe der Werke von Schiller und Goethe bekannte Verleger Cotta hatte vom König Ludwig I. das ehemalige Malteser-Palais zwischen Theatinerstraße und der jetzigen Kardinal-Faulhaber-Straße, an dessen Stelle die Zentrale der Hypotheken- und Wechselbank steht, erworben. Dort hatte die Familie Leuchtenberg vor ihrem Umzug in ihr neues Palais am Odeonsplatz gewohnt, und dort war Max geboren.
[18] 23.8.1838. Leuchtenberg-Archiv
[19] Xylander-Archiv
[20] Vater Méjan an Auguste, Ismaning, 22.9.1838. Xylander-Archiv
[21] 9.10.1838
[22] Xylander-Archiv
[23] Xylander-Archiv
[24] Undatierter Entwurf. Leuchtenberg-Archiv
[25] Max und M. Méjan an die Herzogin in ihrem Tagebuch. Bernadotte-Archiv. M. Méjan an seinen Vater. Xylander-Archiv. Auch für das Folgende
[26] Max an die Mutter, Zarskoje Selo, 19./31.10.1838. Leuchtenberg-Archiv
[27] Zarskoje Selo, 19./31.10.1838. Leuchtenberg-Archiv
[28] Zarskoje Selo, 4. u. 13.11.1838. Xylander-Archiv
[29] Brief des Zaren an Ludwig I., Zarskoje Selo, 26.10./7.11.1838. In Kopie Xylander-Archiv. Ebenso Nesselrode an Sévérin
[30] Extrait de la gazette russe ... l'Abeille du Nord vom 17.11. und M. Méjan an seinen Vater, St. Petersburg, 26.11.1838. Xylander-Archiv. Vgl. Lacroix, 8, S. 113
[31] Lacroix, 8, S. 115 ff.
[32] Auguste an Zarin Alexandra und Zar Nikolaus, München, 25.1.1839. Abschrift. Leuchtenberg-Archiv und Xylander-Archiv
[33] Lacroix 8, S. 168 f.
[34] Albizzi. Leuchtenberg-Archiv

[35] München, 21.5.1839. Abschrift Leuchtenberg-Archiv

[36] Mitteilung des letzten Nachkommen Professor Schuhs. Dieser hat die eingehenden Aufzeichnungen seines Großvaters über seine Reise nach Rußland und die dortigen Begebenheiten mit Stahlstichen dem Herrn Generaldirektor der bayerischen Archive, Dr. W. Winkler, mit der Bestimmung hinterlassen, daß sie nur als Ganzes veröffentlicht werden dürfen. Sie befinden sich im Privatbesitz der Witwe Frau Hedwig Winkler.

[37] Zuletzt Reichsrat

[38] Marquis de Custine, Lettres de Russie. Paris 1946

[39] Lacroix 8, S. 279 ff., auch für das Folgende

[40] Adalbert v. Bayern, Eugen Beauharnais. München 1949

[41] Lacroix, 8, S. 393 f.

[42] A. Rümann, Bayerische Künstler arbeiten für das Ausland, in: ›Bayern und die Welt‹, Sonderausgabe der Zeitschrift Bayerland, München.

Buch II Kapitel 11-20

[1] Braun, a.a.O., S. 144 ff.

[2] Zarin Alexandra an Auguste, Singinfotry, 23.7./4.8.1843. Leuchtenberg-Archiv

[3] Ropscha, 2./14.8.1843. Leuchtenberg-Archiv

[4] L. Egler, a.a.O., S. 25

[5] Bernadotte-Archiv

[6] Mandt, a.a.O., S. 429 ff.

[7] An Auguste, St. Petersburg, 20.3./1.4.1845. Leuchtenberg-Archiv

[8] 28.4.1845

[9] A. Sieghardt, Deutschlands größte Höhlenburg, in: Traunsteiner Zeitung vom 24./25.6.1944, und Schloß Stein a. d. Traun, ebenda, 19./20.8.1944. Über Seeon s. Scheglmann, Geschichte der Säkularisation im rechtsrheinischen Bayern, 3, S. 769 Anm.

[10] 31.3. u. 13.4.1845

[11] 8.3.1851

[12] 27.1.1858

[13] Therese vererbte es an ihren Sohn Adalbert, der es verkaufte. Kaiser Franz Joseph erwarb es und schenkte es später Leopold, als er seine Tochter Gisela heiratete. Im ›Dritten Reich‹ abgebrochen.

[14] Eugenie an ihre Mutter. Leuchtenberg-Archiv, auch für das Folgende

[15] Bernadotte-Archiv

[16] Baden-Baden, 16.8.1847. Leuchtenberg-Archiv

[17] Baden-Baden, 28.8.1847. Leuchtenberg-Archiv

[18] Deren Tagebuch. Forni-Archiv, auch für das Folgende

[19] Chronik der Stadt Hechingen und L. Egler, a.a.O.

[20] Leuchtenberg-Archiv und Bernadotte-Archiv

[21] Prinzessin Luitpold

[22] T. Everett Harré, The Heavenly Sinner. New York, 1835

[23] Stockholm, 9.3.1848. Bernadotte-Archiv

[24] Vgl. Chronik der Stadt Hechingen

[25] Vgl. Geschichte d. bayrischen Heeres, 7., S. 152

[26] S. Corti, a.a.O.

[27] Tagebuch

[28] Leuchtenberg-Archiv

[29] S. 418

[30] Auguste an Nikolaus I., 9.3.1849, und Antwort von Petersburg, 22.3./2.4.1849. Leuchtenberg-Archiv

[31] Abschrift im Tagebuch

[32] Tagebuch Auguste, Bernadotte-Archiv, und Albizzi, Leuchtenberg-Archiv

[33] L. Lemos T., a.a.O., S. 232

[34] 31.12.1853

[35] Zarin an Auguste, St. Petersburg, 9./12.12.1849. Leuchtenberg-Archiv

[36] 2.3.1850

[37] Junqueira-Schmidt, a.a.O., S. 128 u. 132

[38] Forni-Archiv

[39] Da die Königin Amalie keinen Thronerben in die Welt setzte, hatten die Könige Max und Otto ihren jüngsten Bruder oder desen eventuellen Sohn als Nachfolger ins Auge gefaßt. König Max kam später auf diesen Plan zurück. Adalbert lehnte von seinem Vater unterstützt ab, weil er seinen Sohn nicht griechisch-katholisch erziehen lassen wollte. Daß mein Vater mit seinem letzten Namen Konstantin hieß und mein erster Sohn so genannt wurde, erinnert an diese Episode.

[40] 15.5.1851. Wittelsbacher-Hausarchiv

[41] Der längere Bericht des Prinzen Karl scheint mit seinem Nachlaß vernichtet worden zu sein.

[42] Josephine an Max, 25.5.1851. Bernadotte-Archiv. Für das Folgende Tagebuch von Theodolinde. Forni-Archiv

[43] Stockholm, 27.5.1851. Bernadotte-Archiv

[44] R. Braun, a.a.O., S. 186 ff.

[45] 5.9.1852

[46] 14./26.10.1852. Bernadotte-Archiv, auch für das Folgende

[47] Bernadotte-Archiv

[48] Lithographierte Abschrift in meinem eigenen Archiv

[49] 19.11./1.12.1852. Bernadotte-Archiv

[50] 18.12.1852

[51] Leuchtenberg-Archiv

[52] W. Götz, Geogr. hist. Handbuch von Bayern, 1898, II, S. 318 f.

[53] H. Balss in: Bayer. Kulturpflege, Beiträge z. Gesch. d. schönen Künste in Bayern. München, 1949, S. 158

[54] E. Pfeender in Süddt. Zeitung v. 8.10.1954

[55] Bernadotte-Archiv

[56] Stengel-Archiv

[57] Vgl. Braun, a.a.O., S. 268 ff.

[58] Lissabon, 6.7.1872. Genève, Vetter-Archiv

[59] Undatiert. Vetter-Archiv

[60] 24.8.1872. Vetter-Archiv

[61] Stengel-Archiv

[62] August Sieghardt, Deutschlands größte Höhlenburg im Chiemgau, Traunsteiner Zeitung v. 24.6.1949

Register

Bibliographie

Bahr, Hans: in ›Bayerische Kulturpflege‹, Beiheft zur Geschichte der Schönen Künste. München 1949

Braun, Robert: Josephine von Schweden. Wien 1948

Custine, Marquis de: Lettres de Russie. Paris 1946

Egler, Ludwig: Fürstin Eugenie von Hohenzollern-Hechingen, ihr Leben und ihr Wirken. Hechingen 1888

Ehrenberg, Maxim Rudolf von: Chronik der Stadt Hechingen, 2. Aufl., Hechingen 1906

Götz, Wilhelm: Geographisch-historisches Handbuch von Bayern, II. 1898

Jungqueira-Schmidt, Maria: Amelia de Leuchtenberg a segunda Imperatriz do brasil. S. Paolo 1927

Kienzl, Florian: Kaiser von Brasilien. Berlin 1942

Lacroix, Paul: Histoire de la vie et du règne de Nicolas Ier, Empereur de Russie, 7. u. und 8. Band. Paris 1873 f.

Lemos Torres, Lygia: Imperatriz Dona Amelia. S. Paolo 1947

Mandt, Martin: Ein deutscher Arzt am Hofe Kaiser Nikolaus' I. von Rußland. Lebenserinnerungen, herausgegeben von Veronika Lühe mit einer Einführung von Prof. Theodor Schiemann. München und Leipzig 1917

Markgraf, R. u. H.: München mit seinen Kunstschätzen und Merkwürdigkeiten nebst Ausflügen. München 1846

Nobel, Alphons: Königin Hortense, die Erbin Napoleons. Frankfurt 1938

Aus den Aufzeichnungen der Königin Olga von Württemberg, aus dem Französischen von Sophie Dorothee Gräfin Podewils. Pfullingen 1955

Wencker-Wildberg, Friedrich: Das Haus Napoleon. Stuttgart 1939

Aus der Ahnentafel der Leuchtenberg

Josephine de Tascher
de la Pagerie
*1763 †1814
∞ 1779 mit Alexandre
Vicomte de Beauharnais
*1760 † (guillotiniert) 1794
∞ 1796 mit Napoleon I.

EUGEN
Vicomte de Beauharnais
1. Herzog von Leuchtenberg
*1781 †1824
∞ 1806 mit Auguste Prinzessin
von Bayern *1788 †1851

JOSEPHINE
*1807 †1876
∞ 1823 mit Oskar
Kronprinzen v. Schweden
(Oskar I.)
*1799 †1859

EUGENIE
*1808 †1847
∞ 1826 mit Friedrich
Wilhelm Constantin
Erbprinzen von
Hohenzollern-Hechingen
*1801 †1869

AUGUST
2. Herzog von Leuchtenberg
*1810 †1835
∞ 1835 mit Maria da Gloria
Königin von Portugal
*1819 †1853

AMELIE
*1812 †1873
∞ 1829 mit Dom
von Brasilien *179

Marie Amelie
*1831 †1853

Karl XV.
von Schweden
*1826 †1872

Gustav
*1827 †1852

Oskar II.
von Schweden
*1829 †1907

Eugenie
*1830 †1889

August
*1831 †1873

Alexandra
*1840 †1843

Maria
*1841 †1914
∞ 1863 mit Wilhelm
Prinzen von Baden

Nikolaus
4. Herzog von Leuchtenberg
Fürst Romanowsky
*1843 †1891
∞ 1879 mit Nadine Anjenkoff
(Gräfin Beauharnais)
*1839 †1891

Eugenie
*1845 †1925
∞ 1868 mit
Alexander Herzog
von Oldenburg
*1844 †1932

Nikolaus
Herzog von Leuchtenberg
*1868 †1928
∞ 1894 mit Maria Gräfin Grabbe
*1869 †1948

Georg
Herzog von Leuchtenberg
*1872 †1929
∞ 1895 mit Olga Fürstin Repnin
*1872 †1953

Alexandra
*1895

Nikolaus
*1896 †1937

Nadejda
*1898

Maximilian
*1900 †1906

Sergius
*1903

Michael
*1905 †1928

Maria
*1907